故乡的泥土

上

章云天 著

作家出版社

向你们致敬：

千百万曾为中华民族抛头颅洒热血的老兵！

目 录

CONTENTS

说在前面的话

章云天

我是个庄稼孩子，从小拾柴火砍草长大，虽说进城几十年了，骨子里还是个农民，到现在，要看到路旁花池子里有片好草就眼馋心痒，恨不能找把镰刀砍下来。这是小时候砍草坐下的病，那会儿草金贵，喂牲口喂猪、垫圈沤粪都是最好的原料；勤快的庄稼主子会趁大歇晌儿或是收工后，拔草晒干拉到集上换个油盐钱。所以孩子们砍草就难了，有时为砍满一筐，顶着日头钻树趟子走河湾，转转悠悠要走十来里地。

我上学早，初中时正赶上“三年自然灾害”，吃不饱肚子就不想再念书。记得中考前几个月，上级来了文件，要下放一批出身不好、学习不怎么样的学生回村种地。我第一个写了申请书，可我们班主任赵明凯老师就是不让我走。当时我很不理解，现在想来，他教语文，我作文写得不错还当着语文课代表，他是爱才舍不得。人最怕的就是心死。你不让走，管住人管不住心，中考时几门功课我都交了白卷，结果自然是如愿以偿，回家种地。

我在农村扎扎实实生活了两年多，对庄稼主子艰难困苦的无望和逆来顺受的无奈有了深刻了解，对他们的生活习性和语言逻辑有了更全面的掌握；同时，对他们苦中作乐的幽默、胡吃蒙睡中的精明和近似愚昧的忠诚十分感慨。参加工作后，我长期下乡，走遍了无极北半个县，那一带的风俗习惯、村言俚语、奇闻怪事在潜移默化中已融进了血液里。在写作中，我尽量采用原汁原味、土得掉渣儿的庄稼话，好听不好听却有它自己的味道，希望读者能够耐下心来理解。

在农村摸爬滚打几十年，我一直关注着一大批人，那就是成千上万的复退军人（也包括国民党的老兵），人们习惯称他们为“荣军”。这些人大都参加过抗日战争、解放战争和朝鲜战争，一个个伤痕累累、缺胳膊少腿，有的甚至到死身上还残留着敌人的弹片。可他们回乡后的日子并不好过，不少人娶不上媳妇光棍一根，到死穷困潦倒。因为他们长期参战，回乡时大都已到三十岁上下，在农村早过了结婚成家的最佳年龄。有的娶个“活头”还往往带着“油瓶”，“前窝”“后窝”矛盾不断，打架生气便成了家常便饭。我有个堂叔就是这样，他没文化、脾气耿直、说话难听能噎死人，打了十多年仗立了几次功还是个老兵。他回乡时村里还是用碾子碾米磨糁儿，便自制了一套工具，每月巡回把全村所有的碾子修个遍；而且，每天坚持早起清扫街道……人们背后都说他“傻”，不是开玩笑，而是从心里认为他这么做就是“傻”。他就娶了个“活头”，为五六个儿女吃喝拉撒、娶媳妇聘闺女拼死拼活多半辈子，肉舍不得多吃一口，衣更是一身军装穿成了烂布条。到老来，前后窝互相攀比都不孝顺，最后搬进责任田头的一间小屋里，不经意间自己把自己烧死了。还有个堂叔，从朝鲜战场回来时身上就带着弹片，没活到五十岁就死了。他在生命的最后一刻，拿着印有“抗美援朝”字样的搪瓷茶缸对妻儿说：“万一哪天吃不上饭，你们就拿着这茶缸去要饭吧，或许人们看到它能多给咱一口两口。”

这事我是回家时听一个叔叔说的，当时心头一热，鼻子发酸。可叔叔那种嘲弄和不屑的表情，那种麻木和不仁的神态让我无言。到石家庄工作不久，我在《建设日报》上看到一篇通讯，题目是《大山深处守营人》，写的是赞皇一位叫常孟兰的老人的军旅情结和他多年寻找部队的事迹。我专门去采访了三天，才知道他一九四八年底在一次阻击战中和自己的部队打散负伤回家，解放后由于部队整编，全国大调动，连番号都变了。他一双脚走遍北国南疆、东山西河，吃的苦受的罪让人难以想象，直到四十多年后的九十年代，才找到了自己的部队。按政策给的待遇和部队的奖励他一分不要，只说为自己正了名、给牺牲的战友们有个交代就足够了……就我所了解到的上百个老兵，他们不管多么艰难困顿，不管多么痛苦失意，对共产党和毛主席的忠诚却从没动摇过。我那个把自己烧死的堂叔，曾因有人说了几句对毛主席不满的话把人家打断了三根肋条……应该说，这些人是共和国的奠基者，是共产党最忠实的基层群众。你说他们愚忠也罢，说他们没文化真可怕也好，但这种不忘初心、矢志不渝的精神却让人震撼，让人感慨万千！

也许是我感情用事，也许是我认识偏颇，在采访过程中，我总觉得一直以来他们是被亏欠而沉默不语的一群人，因此总想为他们做点儿什么，为他们树碑立传，这就是我创作这部作品的初衷。

前面说过，为保持原汁原味，在语言运用、故事叙述中我尽量做到忠实于生活。对书中人物命运大起大落的悲欢离合、感天动地的爱情悲剧、销魂蚀骨的性爱绝唱，以及让人毛骨悚然的灵异现象，等等，有的描写可能过了点儿，但绝对真实，大都是我亲身经历，至于合不合乎科学规律那是专家的事。

最后，我郑重声明：此故事纯属虚构，有愿意对号入座者请自便，笔者概不负责！

引　子

深秋。广袤的大平原上一片荒凉。

傍晚时分。硕大的落日悬浮在西地平线上。霞光流溢，染红了天，染红了地，染红了茫茫衰草、绵绵沙丘。

一条小河像飘带、像银练，蜿蜿蜒蜒地划开了原野。

一头牛，一头黑色的老牛拖着木犁艰难地行进。扶犁人逆着光线，我们看不清他的模样，只是从那干瘦而又佝偻的背影，可以判断出是位老人。

残阳如血。牛和人的剪影缓慢地、执着地向着落日走去、走去……此情此景，使人油然想起上古时代“夸父追日”的神话。

雁过斜阳。悲啼声声。

小河流水汩汩、汩汩……像是有位老人低声吟唱着一支古老而忧伤的歌。

第一章

一见钟情　好汉萦怀空牵挂
两情相悦　奈何好事总多磨

光棍苦，光棍苦，衣裳破了没人补。魏守根都二十五六了，却不觉得这算吗苦。他人笨手巧，甭说衣裳，连鞋脚袜子都会做。他觉着最苦是黑介，尤其是十冬腊月躺在被窝里：伸伸腿冒凉风，蜷蜷腿半截空，唉……睡不着哇！想想东头于家大闺女的高奶子；想想西头李家小媳妇那圆屁股，眼皮子打架心里像猫抓。唉——唉——，他出长气、吐短气，趴在被窝头子上吸烟，一锅一锅又一锅，直到小鸡子叫！

好在是懒汉子耪地——总算看见头了。这不，干姐郑巧云托人赖脸给他说了个媳妇，尽管是个"活头"，还拖着个"油瓶"，但总归是个圪蹴着尿泡的吧？深更半夜睡不着觉时也算有个摸拉头。这不，定的是阴历九月十六过事，今儿都初七了，掰着脚指头算算也不到十天，嘿嘿，傻小子守根却不见人影儿了。

小子不急老子急啊！他娘田二婶儿这两天一大早便带着二小子山堂过来了，和白灰、打糨糊、备料……还请来本村的能人王九毛，从早忙到晚，给新房吊顶、刷墙、糊窗；又用守根积攒多年的烟盒纸糊裱了炕箱，"大婴孩""火车头""大生产"……花花绿绿还挺好看。这天擦黑儿，活总算忙完了，娘儿俩正收拾着满院子烂秫秸、碎纸片子。山堂说："娘，眼看到日子了，我哥不会忘了吧？"

"他要忘了，可真成大傻子了。"二婶说。

“他不傻谁傻呀，”山堂“嘿嘿”笑着，“人们都叫他傻根儿哩。”

“谁叫也不兴你叫！”二婶拉着脸说，“没大没小的！”

田山堂没吭声，仍笑个不停。他说得没错，要讲起守根从小干过的二百五傻蛋事，乡亲们随便哪个都能数念一嘟噜。就说他十七岁那年，一群儿马蛋子（当地人对没成家的年轻人的戏称）吃了黑介饭没事干，凑在大辈子李秋生家的闲屋里抬杠吹牛。一个说：“刚吃的饺子，喝了两碗汤，原汤化原食嘛。”

另一个就接上了：“你吹吧，黑介饭谁家吃饺子？还原汤化原食？你吃炸果子为吗不喝那锅里的油？”

当时正是十冬腊月，外面滴水成冰。屋里没生火，但人多气暖也就不觉着冷了。每当这种时候，守根一般是坐在人后黑旮旯里不吭声，听着乐时随人“嘿嘿”笑两声。秋生的兄弟秋海岁数最大，是当然的孩子王。他突然想到个主意，便说：“谁敢打赌？赌赢了我输一席的吃喝。”

一席的吃喝在这一带农村是有讲究的，那就必须是八凉八热、八碟子八碗。八凉无非是心尖儿肚把儿舌头根儿；八热是酥肉喇嘛肉、条子烧丸子炖，再加上白菜肉卷、豆腐、蘑菇、海带什么的。庄稼主子过年都舍不得吃，只有在过“红事”时才摆这种大席。有卖当就有买当的，有人就问了：“你说吧，赌吗吔？”

秋海笑了笑，说：“谁敢脱光了去村东壕坑里暖出个人印儿来，我一定输。”

好家伙！这冻死狗的天气，还要脱光了趴在冻凌上暖出个人印儿来，那不是要命吗？一时间没人吭声。秋海笑着捅捅人后的守根：“怎么样？大伙儿都说你最有扛架子，敢去不？”

守根迟疑着没开口。旁边的坏小子们就敲边鼓：“根子骨头硬，没事儿。”“就是。根子怕过谁呀？”“刀架在脖子上根儿也不会说草鸡话！”……

守根果然吃将，站起身来说：“去就去，怕吗呀！可你能拿出一席的吃喝吗？”

秋海愣住了。片刻，他跳下炕往外走，说："你等着。"

大家你看我我看你，不知秋海葫芦里卖的什么药。没多会儿，秋海返回来，手里举着根一拃长、翠绿翠绿的烟嘴说："看清楚没？这是我哥的玉石烟嘴，能换两头牛哩，一席的吃喝算吗？"

于是，协议达成，一群小伙子跟着守根来到村东大壕坑边。大家一个个冻得"嘶哈嘶哈"吸凉气，守根却边脱棉袄棉裤边说："海子哥，你可看好了，说话可得算数！"

秋海打着电棒连连点头。守根把棉袄棉裤脱了个精光（那会儿人们穷，没人穿裤衩），被冻得连打了几个"激灵"。他一声没吭，光脚顺斜坡走到冰面上趴了下来……当时已进腊月，有不少人家已经杀猪准备过年了。天气杠冷杠冷，夜风刮在脸上，像小刀子割肉般生疼。壕坑里的水冻成了个大冰坨子，上面还落了层白茫茫的霜雪。秋海他们也跟着下去了，围着守根圪蹴成一圈。他们瞪眼瞅着，一个个冻得弓腰抱胛打哆嗦。一锅烟的工夫过去了、两锅烟的工夫过去了、三锅烟的工夫过去了……足足有蒸卷子做顿饭的工夫，守根爬起来说："海、海子哥，你、你看看……"他被冻得上下牙"嘚嘚嘚"直打架，根本说不成一句囫囵话。

在大家瞪眼注视下，秋海用电棒仔细照了照。可不是，一个人印儿很明显，连手指脚指头都清清楚楚。大家这一来可服气了，七手八脚帮守根穿上了棉衣棉裤……秋海说话算数，第二天就去了无极大集上，可人家说他的烟嘴是假的，根本不值几个钱。守根没挣上一席的吃喝，回家却被二婶儿摁在地上，用笤帚疙瘩把屁股都打肿了。

田山堂想到这里，不由"嘿嘿"直笑。二婶见他没吭声，不由脸拉得更长，大声问："你听见没有？！"

"听见了，听见了。"山堂忙答应着。二婶儿规矩大，他又是个孝子，从来不和娘抬杠。他二十拐弯儿，是个一挺杠直、四面见锯的好小伙儿，人长得白白净净，宽眉大眼留着小分头。他穿着粗布制服，上衣小口袋里别着支钢笔，一看就是当时农村里的文化人。二婶儿也才四十多岁，她五官端庄、身材有点儿胖，眉心间有个大黑痦子，是个不笑不说话、吐唾沫就成钉的农村娘儿们。她在村里辈大，人缘好又讲直理，二十多岁就守寡把山堂拉扯大，乡亲们没人不服她。守根不是她养活的，也没任何血缘关系。老魏家在村里独门独户，是守根爷爷带着全家逃荒过来的。他五岁那年，爷爷早没了，紧接着爹死娘嫁人，二婶儿看着可怜，拽着小胳膊把他领回了家。

娘儿俩正说话，圈里的小毛驴突然伸长脖子，冲着大门外“咴儿咴儿”一个劲儿叫。

“小驴子这是怎么了？”二婶儿笑着，“好像亲人回来了。”

“说不准。”山堂说，“全村里属这头驴儿最通人性哩。”

说话落话间，魏守根进了家门。他汗冒葫芦，背着牛腰粗的一捆青草，手上还端着两块半截砖。嘻嘻，怪不得他二十五六说不上媳妇，长得实在是……没法看。他个头儿不高，身板却横宽，是农村人说的那种“抓地虎”身材；他该大的地儿长小了，比如眼睛和耳朵；该小的地儿长大了，比如嘴巴和手脚……他瓮声瓮气叫了声“娘”，扔下草捆几步走到大柳树下，拧动辘轳“咣当咣当”绞上来一柳罐斗子水，端起来像饮牛一样“咕咚咕咚”喝个没完。

这时候，民兵连长李不正连蹦带蹿地进来：“村长，三官庙来了一群逃难的！”他十七八岁，是个满脸横肉、黑不溜秋的愣头青。这小子原名叫李保证，只为小时候圪蹴着拉屎老尿湿鞋帮子，人们都说他小鸡鸡长得歪，才给他改了名。习惯成自然，到如今，他的本名就只有爹娘叫了。

“是吗？”山堂边问边提溜起靠在墙上的“三八大盖”，和不正急忙忙走了。

“根儿，这回吗样呀？”二婶儿问，“找到没？”

守根没吭声。他解开草捆，先喂了喂毛驴，然后抖抖擞擞满院子晾晒。几只鸡跟在他脚下，你争我抢地啄食着掉在地上的草籽儿。一群大老渣（家雀）也从树尖子上“倏”地飞下来，一个个转动着圆圆的小脑袋，瞪着圆圆的小眼睛，边跳来跳去地躲闪边和鸡抢食吃。

二婶儿看守根那样就知道没戏，不由埋怨几句：“哪儿有你这样的？眼瞅着到日子了，你倒日蹦（跑的意思）得没影儿了……这么些年，你东跑西颠，耽误工夫不说，钱也没少糟蹋，有吗用呀？”

守根不说话，只是一个劲摸拉着脸上的汗水，手脚不停地忙活着。二婶儿叹了口气，唠唠叨叨地劝说：“这眼瞅着就娶媳妇，也该套上笼头了，往后就甭瞎跑跶了……甭管闺女小子养活仨俩的，踏踏实实在家过日子吧。”

三官庙在三岔口，三岔口在村中央。这儿有块不小的空地，是乡亲们吃饭扎堆、饭后说闲话的地方。你看吧，每到吃黑介饭的工夫，差不多半个村的男的都会端着大海碗山药（当地人把红薯叫山药）轱辘菜饭，挟上一箸子咸菜，小手指摁着俩大饼子聚集在这儿，边说说笑笑边“呼噜噜”吃出满头大汗。

小广场两边各有一棵老槐树，两棵树像一对双双，长得一模一样。左边树下有眼井，上边的辘轳有年头了，长年累月被人们结了老茧的大手摩擦，像女人般洼下去的细腰锃明瓦亮能照出人影来；右边树下有盘碾子，碾米推糁，一天到晚转个不停。树底下常年排着十来根推碾棍，闺女小子们断不了为先来后到“吵包子”（吵嘴）甚至打上一架。

叫三官庙其实没有庙，听老人们说早年间是有的，里面供奉的是“桃园结义”三兄弟，民国二十八年发大水把村都冲了，庙也冲了。人们逃难回来又赶上兵荒马乱，连小命儿都顾不住，谁也没心情再修，只是把名字沿用了下来。

只见十来个逃难的有坐有靠围着碾盘，一个个衣裳脏了巴唧，又黑又瘦的，满脸都是愁云彩。他们大都是老人和孩子，里面有个五十多岁的老太太差不多躺在了地上。她合着眼，满头白发，干巴瘦枣般的脸青黄带紫像干菜叶子。她出气一阵比一阵紧，看样子病得不轻，让人瞅着真担心她这口气说不定哪会儿就上不来了。一位老汉正眯缝着眼，半醒半睡地拉二胡。兰花梅敲打着两块竹片，一声高一声低地唱小曲儿。她看上去不过二十岁，个头儿不高不矬、条杆儿不胖不瘦，却是该高的地儿高该低的地儿低。她白白净净的脸上一双眼睛并不大，却黑白分明，弯弯的，看上去像是随时都在笑，尤其是眼睫毛翘翘的像小燕儿翅膀，忽闪出来道道亮光。她身上的衣服虽说也很旧，但上身素花褂下身蓝条裤不破不烂干干净净挺合体。只听她唱道：

一月一更里月儿在正东，
小奴家在绣楼冷呀冷清清。
想起了情郎哥他在那边庭，
……

一个脏乎乎的小小子站在她身旁。他才三四岁，小脏脸儿瘦得只剩下一双大眼又黑又亮。他衣服倒也齐整，怀里抱着一只同样脏乎乎的小黑狗。

村里的会计李双河圪蹴在地上，正和一个妇女说话："你们是哪儿的？"

"景县的。"妇女愁眉苦脸地说，"发大水把庄稼全冲了。"

"那地儿是够穷的，前些年我去贩过牲口。"双河说。他四十拐弯，个头儿挺高，长着驴脸羊胡子，一双吊梢的小马眼儿老是眨巴个不停。

山堂和不正沿着街筒子大步流星走过来。他走到近前看了兰花梅一眼，不由一愣神儿，心里"咯噔"一下：嗨，这女的怎么这么眼熟呀？花梅看了看他，眼神儿也有点儿发直……两人愣怔间，那个小小子一惊一乍地叫起来："娘，看呀，我奶奶没气儿了！"

花梅被吓着了，急忙回过头来——可不是，老太太闭眼歪头，哈喇子都流出来了。田山堂见此情景，忙招呼看热闹的乡亲："天下农民是一家，快，分头把人领回家，先让他们吃顿饱饭再说！"说着，他交代双河安排一下，上前托起老太太，蹽开大步往村头走去……花梅和小小子小跑溜丢紧跟。山堂边走心里还在琢磨：奇怪了，在哪儿见过她呀？真想不起来……

天眼看就黑了，家家户户都在做饭，村街上飘着一层薄薄的烟雾。挑水的、垫圈的、打扫门前地的……男男女女都客气地和山堂打着招呼。他顾不上多说，急忙忙踅出村头，来到绕村而过的小河边。

魏守根家独门独户住在小河对岸，这里当年是片荒地，守根爷爷带领全家逃荒来后，村里看着可怜就给他家划了块宅基地。轻烟弥漫中，只见两棵大柳树遮掩着三间土坯房，一座小石桥横跨河两岸，把他家和村子连在了一起；荆条子编的篱笆墙、酸枣棵子扎成的栅栏门；干干净净的庄稼院儿里，靠墙排开着牲口棚、猪圈、羊栏、鸡窝；对面靠墙种了几畦菜，芫荽、韭菜、小香葱……几棵丝瓜和扁豆角爬满了篱笆墙。这两种植物耐寒，尽管已是仲秋，仍然是花开一团团、果结一串串；墙角堆着砖瓦、木料、柴火垛……充满生机的一切，显摆着主人的勤劳和小日子的殷实。

魏守根圪蹴在猪圈墙上，边瞅着猪吃食边叼着小烟袋锅“吧嗒吧嗒”吸个不停。那猪个头倒不小了，但正是上秋膘的时候，看上去还不怎么肥。他心里正估摸这猪能出多少肉，够不够过事那天用，庄稼主子摆席——豁着肉上，肉少了人们会念嘴儿……

山堂他们跟斗轱辘进门来，守根被吓了一下子。他忙从猪圈墙上跳下来问：“这、这是……”

“吗也甭问了，快给她们做口饭吃！”山堂说着，手托花梅娘往屋里走。守根见状忙抢在前头进了屋，从灶火口旁的小坷台里摸出“取灯”，大手抖动点着了半截墙上的豆油灯。

“大哥，给你添痳烦了。”兰花梅说着勉强冲他笑了笑，然后脱鞋上炕、连跪带爬地铺褥子拉枕头，帮山堂把老人放下来。守根蒙诧诧站在一旁，挓挲着大手不知该干吗。

“愣着干吗？快，抱柴火做饭！”山堂擦抹着头上的汗水冲守根嚷嚷。守根这才回过神来，急忙忙往外走时碰在那个小小子身上。小小子瞪着大眼珠子嘟囔了句什么。小黑狗也冲他“汪”地叫了一声。

守根挤出个笑脸，侧棱着身子出去了。这时，老太太咳嗽着缓过一口气来，花梅忙着给她喂水。不正进来了，指着山堂做介绍："这是俺们田村长。"

"村长哥，给你添麻烦了。"花梅柔声说着微微一笑，好看的眼睛眨动了两下。山堂不知怎么心里有点儿发慌，愣了一下才说："我叫田、田山堂。"

"俺姓兰，叫花梅。"花梅边给老人喂水边说。

"花梅？"李不正笑着，"这名儿挺好听。"花梅看他一眼，没吭声。

"我叫李保证，是村里的治保主任兼民兵连长。"不正热情地说，"有吗事你就说话，天下农民是一家嘛！"

守根家的正房是三间，一明两暗。中间堂屋盘着灶火台，摆着条案方桌什么的，正面墙上贴着张毛主席和朱总司令的大头像，烟熏火燎不知多少年了；东头屋住人，西头屋是库房，放着粮食囤、米缸面瓮什么的；二婶儿为他准备的新房就是东头那间。

守根抱柴火进了堂屋，忙着点火、往锅里添水准备做饭。花梅转身从东头屋里出来："大哥，你先甭忙活，告俺东西在哪儿，俺自个儿做。"

"没、没事。"守根说着，忙进西头里屋拿出两封挂面几个鸡蛋，又从条案下的盐罐子里掏出拳头大的一块腌肉……然后，他坐在灶坑里拉风箱烧火，不时告诉花梅东西在哪儿。花梅干活像一阵风，真是眼到手到，手到了眼又瞅着别的活。她熟练地和面烙饼，炒了个韭菜鸡蛋加腊肉丁，最后是清水煮挂面调上醋和香油，再甩上芫荽末……大家忙忙活活地吃罢刷洗完，天已黑透了。老太太吃了口东西，迷迷糊糊睡着了。那个小小子儿硬是吃了一张大烙饼，撑得肚子圆溜溜像个西瓜。山堂撂下饭碗对花梅说了几句客气话，又把守根叫到大门外叮嘱："哥，逃荒要饭不容易，你对人家好点儿。"

守根叼着烟袋，厚嘴唇动了动想说什么没出声。

"行了，我知道你想说吗。"山堂笑着说，"把心放肚里吧，耽误不了你的正经事，赶明儿——最晚过了明儿就让她们搬别人家去。"

说罢，他大步流星过河回村去。山堂忙着哩，老支书李秋生身子骨不壮实，去保定府找儿子看病走一个多月了，村里的大事小事缠线蛋子事都等着他哩！他想挨家去走走，看那些逃难的都安顿好了没有。

天不早了，村子里安静下来。守根圪蹴在大门外抽了最后一锅烟，在鞋底子上磕打磕打烟灰进了家门。他去了东头屋，从柜槽里拽出准备“过事”用的新被子褥子扔在炕上，然后抱起油脂麻花的旧被窝便往外走。花梅忙问：“大哥，你去哪儿？”

“我……有地儿。”守根说着出门去。他来到牲口棚，把屋角的干草垛成小炕铺上了被褥……小毛驴瞅着他，高兴得“咴咴”直叫。花梅跟过来，心里很是过意不去：“大哥，你看这……真是！让俺说吗好呀。”

“没、没事。”守根说，“天不早了，快去歇了吧。”

花梅愣片刻，千恩万谢地出去了。守根看着她的背影进了屋才坐下来，习惯性地掏出了烟袋……说实在话，从花梅她们进这个家到这会儿，要有人问守根她长得吗样他肯定说不上来。因为他这个人就是这样，用二婶儿的话说就是出不了台挂不上杆，甭看二十五六的人了，也断不了在被窝里想媳妇，可一见到女的就脸红，从不敢拿正眼看人家。

田山堂睡不着觉了，躺在土炕上烙大饼，一直折腾到鸡叫。他细想了想，长这么大好像是头一回，以前忙活一整天，都是沾枕头就着。他心里明白，自个儿这是……想媳妇了，因为花梅那双会说话的眼睛，老在他眼前晃来晃去。唉、唉……他一声接一声地出着长气，不知这事该怎么办。因为他有媳妇，虽说没娶过门儿，可早订婚五六年了。娘二十多岁守寡，好不容易把他拉扯到十四五岁，怕小子长大了打光棍儿，早早就定了一门亲，那会儿他还是个屁事不懂的毛孩子哩。当时家里又穷，甭说挑挑拣拣，能划拉上一个就不赖了。等他长到十八九岁，又参加了工作，整天跑来跑去，见人多了，眼光越来越宽，心里就有了想法……他们这个小村子叫金沙窝，那女的是邻村银沙窝的，叫李桂芝，比他大三岁不说，长得丑俊也不说，主要是身子骨不壮实，一年到头病病歪歪像个药罐子。他早就想过要退婚却一直不敢说，因为他知道娘规矩大，有一回实在忍不住，吭吭哧哧一句话没说完娘就火了。当时二婶儿正在做饭，用烧火棍敲打着灶火坑发脾气："怎么着，你骑上马了嫌街窄呀？当上村长就高人一头、大人一膀了?！想退亲，除非等我咽了这口气！"

从那以后，山堂再没敢提过一个字。他实在睡不着，坐在被窝头上吸了锅子烟，披了件衣裳从屋里走了出来。

半个月亮挂在天上，把院子里照得明晃晃。山堂白日没把花梅娘抱回自家来，是因为他家正翻盖房子，旧的拆了，新的还没盖上，只剩下他住的那间做饭用的秫秸屋。眼前满院子乱七八糟，落房土、烂瓦块、乱柴草，还有新备的砖坯木料什么的堆得到处没法下脚。他点上根烟，边吸边走来走去，心里头一直翻腾着"媳妇"这件事，却怎么也排解不开。

夜晚的天空很干净，月亮太亮，星星就显得稀稀拉拉。月亮旁边有朵马尾云，一会儿舒开一会儿卷起来，好像也在替山堂发"媳妇"愁。

兰花梅睡得也不踏实。那个小小子没事，吃饱了爬到炕梢，呼呼睡得像只小死狗。老太太就不行，一会儿咳嗽，一会儿喝水，一会儿憋得喘不上气……花梅伺候着娘，直到后半夜才消停下来。她刚躺下，却听到外面传来淅淅沥沥的雨声。她更睡不着，忽然想到院子里还晾晒着几件衣服，忙爬起来出了屋……好在雨不大，她收了衣服却不想回屋，抱着衣服坐在门槛上发呆。真是"往事依稀浑似梦，都随风雨上心头"。她脑袋里像过电影，乱乱乎乎想起来好多好多事……她是童养媳，六岁就进了婆家门，男人叫麦玉虎，大她五岁。她十五岁和丈夫圆房，十六岁养活了那个小小子。婆家姓麦，生孩子那天正是“芒种”节，“芒种见麦茬”嘛，就随便给孩子起了个名字叫麦茬……稀里糊涂这么多年过去了，她突然觉得除了夜里黑介，像是从没吃过一顿饱饭。她们老家景县属黑龙港流域，村四周都是盐碱地，旱天一片白花花，光长草不长庄稼，还差不多年年秋天发大水。她们这些老弱妇幼，也就差不多年年秋后出来逃荒要饭，今年眼瞅着秋收无望，提前就出来了。她们走走停停半个多月，住草窝遭白眼，被人骂被狗撵……受罪遭难说不清，好歹大伙儿也习惯了。夜里黑介来到这个小村子，她自个儿也说不清为吗，心里忽然有一种不想走的念头。可不是，这小村儿多好呀！细细的沙滩、弯弯的小河、清清的流水、绿绿的庄稼……更主要的是人好，那个村长大哥叫吗来着？对，叫田山堂，人长得多精神！心眼儿多好！还有这个守根大哥，一看就是个实诚人……她想啊想，一扑明儿才回屋迷迷糊糊躺了一会儿。

魏守根睡下得最晚。吃过饭他让花梅去照顾老人，接下来的一套家务像行云流水：刷锅、洗碗、喂猪、盖鸡窝……忙活完后，他出门来到小河边，“噗噜噜”洗了把脸，撩起衣角随便抹了两下，而后圪蹴在大青石旁“吧嗒吧嗒”吸烟。这块青石有半间屋子那么大，是什么人、多咱埋在这儿的？下边有多深？人们都说不清楚。从守根记事那天起，它就没动过地方。夏天，孩子们天天从这儿跳下河打“扑腾”，小屁股把石头磨得光溜溜能照见人影儿。守根望着长长的流水，心里在琢磨：过两三天该杀猪了；还得早点儿借桌椅板凳、盘子碟子碗筷什么的，差不多要准备十桌吧；请谁不请谁，该和山堂商量……直到上下眼皮开始打架，他才起身回家返手插上了栅栏门。他习惯性地在院里转一圈儿，从猪圈棚上提溜起黑乎乎的尿盆放到上房门口，冲屋里喊：“盆，放门口了。”

守根回到牲口棚，顺手往木槽里加了些草料，躺到干草铺上便打起了呼噜。他也不知睡了多大工夫，恍惚间好像听到三声长长的军号：嘀哒——嘀哒……他被惊醒，“骨碌”一下子坐起身，瞪着满是血丝的眼珠子发愣。小毛驴看着奇怪，不由冲他“咴咴”叫了两声。

守根这才回过神儿来，知道自个儿又做梦了。他长叹一口气，摸索着装上锅烟，掏出火石火绒火镰，“嚓、嚓”火星子乱飞，好不容易把火绒燃着了。他急忙把火绒摁进烟锅，“吧嗒、吧嗒”一阵紧吸，好半天终于吐出来一口浓烟……他过足了瘾，披上件衣裳从牲口棚出来，才发现地上湿乎乎，天上还飘着雨丝儿。他戴了顶草帽，背上粪筐粪叉，轻手轻脚出了大门。这是他多年的习惯，不管刮风下雨，天天后半夜出去拾回来两筐粪。就靠这点勤快，他平分来的几亩地，年年都比别人家多收三五斗。有一次他出门回来，看见路上有一摊冒着热气的牛粪，因没带粪筐粪叉，硬是用手把粪捧回了家。乡亲们把这事当笑话，在村里流传了好久。

花梅觉着不过打了个盹儿，睁开眼天已放亮。她打着哈欠起身下炕，端起地上的尿盆，蹑手蹑脚开门出去了。她见院里没人，忙走到猪圈旁把尿倒掉，而后进了茅子里，并顺手把粗布腰带搭在了半截墙上。这工夫，守根背着岗尖儿一筐人畜粪便回来了。他把粪倒进猪圈，听见窝里的鸡又叫又闹，忙走过去拉开了挡板。十多只鸡挤挤抢抢钻出来，又飞又跳满院子撒欢儿。他从窗台上的升子里抓了把棒子粒撒在地上，抬眼看见半截墙上的花腰带，心里想到什么，忙拿上扫帚去外面打扫门前地。花梅从茅子里出来，笑笑地说：“大哥，你起得这么早哇！真勤快！”

守根“嘿嘿”一笑算是做了回答。这时，屋里突然传出麦茬的哭喊：“奶奶！奶奶——”

花梅一愣神儿，急忙回屋去。原来，花梅娘早起醒来，觉着脑瓜子清楚了好多。她歪头看见花花绿绿的炕箱，心里有点犯嘀咕，便推了推旁边的孙子：“茬子，咱这是在哪儿呀？”

麦茬正在犯迷糊，含混地说：“在……一个大伯家。”

“这是人家要娶媳妇的屋子吧？”

“谁知道哇，好像是。”

“那咱不能在人家这儿住。”老太太说罢，挣扎着想爬起身，谁知刚一动弹就咳起来，而且越咳越厉害，一会儿连气儿都喘不上来了。花梅进来，边叫娘边忙不迭地为她捶背、喂水……守根在门口看了看，一声没吭地转身走出大门。

山堂家院子里微光朦胧。他和双河拽着根绳子，正在丈量房基地的尺寸。二婶儿在厨房里忙活着做早饭。守根大步流星走过来。山堂抬眼看看他："怎么了？那个老太太……"

守根喘着粗气："我就是为这事过来的，我看……够呛。"

山堂一怔，和双河交流一下眼神儿，不由扔下了绳尺："走，去看看。"

庄稼主子命苦，一般没有睡懒觉的习惯。这不，村街上黑夜的影子还没消尽，人们就都起来了。推碾的、担水的、垫圈的、打扫门前地的……大家"嘻嘻哈哈"打招呼，说着天气好呀坏什么的。山堂他们一路紧走，自然引起人们的注意，纷纷停下手里的活问长问短。山堂他们顾不上多说什么，支应着快步拐出了村口。

三条大汉进了屋，看见花梅正守在炕边抹眼泪。老太太额头上搭着湿毛巾，闭着双眼，喘气又粗又短，看着好像很快就只有出的气没有进的气了。山堂见这样忙问："怎、怎么回事？"

花梅吸了吸鼻子："发烧，热得烫手。"

山堂伸手试了试老人的爷拉盖儿（额头），问："真是……老人平时身子骨壮实不？"

花梅摇了摇头："老病根儿，气管不好，天一凉就犯，到冬天更不行，窝冬。"

"那……老人平时吃吗药呀？"山堂问，"你们带了没有？"

花梅摇了摇头，没吭声。双河上前，像模像样地伸手数着老人的脉搏。山堂看着花梅："要不，请个先生看看？"

花梅没搭腔儿，只是遭难地长叹了口气。

山堂明白了她的意思，忙扭头对双河说："走，出去再说。"

三人来到大青石旁。守根圪蹴在地上，边打火点烟边嘟囔：“哼，看你弄得这一摊子……”

“真是……我也不知道她病得这么厉害呀。”山堂不高兴地转脸问双河，“你摸着脉……吗样呀？”

“咱又不忒懂。”双河说，“反正不怎么样，一点劲儿没有。”

山堂点上根烟，边吸边心里盘算着什么。三人一时都没开口，谁也不看谁地闷头抽烟。静寂中，只有小河水在他们脚下“哗啦啦”流淌。

这时候，早晨的夜雾还没完全消散，从村里又飘浮出阵阵炊烟，烟和雾掺和在一块，迅速弥漫开来，很快把小村笼罩在一片似幻似梦的缥缈之中。

过了好一会儿，山堂望着双河问：“怎么办呀，咱总不能见死不救吧？”

“能怎么办？”双河说，“只能去帮她们请个先生呗。”

“要不去绿城道请王先生吧。”山堂说，“让不正借辆车，套上你家的红马。”

“沾倒是沾。”双河笑着说，“钱哩？请先生不得花钱？村里的账上可是镚子也没了。”

守根听到这里，站起身就想走，却被山堂一把拽住了：“哥。嫑走哇，大伙儿一块想想办法呗。”

守根只得又圪蹴下来，抽着烟小声嘟囔：“你们当官的……我能有吗法儿？”

“我正翻盖房子，买砖买木料把钱都占住了。”山堂说，“双河叔，要不先从你那儿拿点儿？”

“我手头也紧巴。”双河低着头，“你婶子是个药罐子……这你也知道，这么些年，钱都泡在黄汤子里了。”

“那可怎么办呀。”山堂点上根烟，边吸边皱着眉头嘬牙花子。守根看事不好，站起身又要走。山堂再次拽住他，嬉笑着说：“哥。磨扇子压着手哩……要不你先垫点儿吧！”

守根一听就急了："我、我……"

"知道你急着办大事，"山堂打断他说，"可吗事也不如救人要紧吧？再说了，你容我两天沾不？我想办法张罗来就还你。"

守根心里一百个不愿意，可又不知该怎么拒绝，只是皱着眉头装哑巴。

"行了，根儿。"双河说，"就这么办吧，救人要紧。"

"这、这算吗事呀。"守根脸红脖子粗地嘟囔着。他四下瞅瞅没人，非常不情愿地解下足有一拃宽的粗布腰带，又从一头把线拆开，大手哆嗦着抽出几张皱巴巴的纸票子。

山堂看着他笑："哪天我偷了你这裤腰带，看你的大事还办不办。"

天色尚早，秋后的大野地里显得空空荡荡，湿漉漉的空气让人吸一口就觉着透心清肺。庄稼都收割完了，刚种下去的小麦一片片钻出地皮，翠绿的嫩芽顶着露珠儿在微曦的日光下晶莹闪烁。叶子掉光了，一棵棵光秃秃的大树小树在晨风中摇来摆去。庄稼孩子闲不住，远远近近晃动着他们搞小秋收的身影，搂树叶、拾山药、挟豆秸……一辆马车走在乡路上。车里铺着粗布褥子，上边用弯竹片和花包搭了个棚子。山堂和双河坐在车前板上，两人边抽烟边说话。

"夜里黑介，保证那小子讴了我半宿。"双河皱着眉头说。

"不正？"山堂奇怪地问，"他怎么了？"

"想媳妇了呗。"双河"嘿嘿"笑着。

"他……"山堂本要说什么，想了想又改了口，"可不是。他虚岁都十八了，也该张罗一个了……他相中谁家闺女了？哪村的？"

双河"嘿嘿"笑着一时没回答，山堂吆喝着牲口，歪头看了看他。

"我看他是瞎琢磨。"双河这才说，"我家不是也住着个逃难的吗，他跟人家问了个一清二楚……说那女的十九了，属羊的，男人得痨病死了。"

"你说谁呀？"山堂不明白地只眨巴眼，"哪个女的？"

"就是那个……梅花，"双河说，"咱这不是去给她娘请先生嘛。"

山堂听他这么说，不知怎么心里“咯噔”一下。他一时没吭声，用力抽了红马一鞭子才含糊地说：“人家……叫花梅。”

双河没注意他的神色，自顾抽烟接着说：“我是不同意，比他大一岁不说，还带个犊儿。你嫂子也不同意，说妻大一使不哩，又说女属羊，命不强……可那小子像中了邪，就是听不进去。”

山堂心里觉着别扭，一直没搭腔儿，只是闷头听着。

“后来我仔细想了想，好像也没吗不沾。”双河说，“只要他愿意，我还省钱了哩……不是吗，一个逃荒要饭的，给她口饭吃不就沾了？再说了，那个小小子都三四岁了，省多少粮食呵？”

山堂心烦得听不下去，皱着眉头打断他：“你们这一家子真是……也不看吗时候。人家老人病得眼看要断气儿，能有心情盘算这种事？”

双河不好意思地“嘿嘿”笑：“也是，那就过几天再说吧。”

两人沉默着，好一阵子都没开口。

小红马翻动四蹄，撒着欢儿“嘚嘚”往前跑。

干燥的沙土路上扬起来一股股轻烟似的扑汤土。红马的脚步要是慢下来，那团烟雾便会跑到前头，把人和车都埋在了里头。

请来的王先生七十多岁了，白头发白胡子，戴着个顶上有小红疙瘩的瓜皮帽，穿着当时已不多见的紫花布袍子。他坐在炕沿儿上，眯缝着眼为花梅娘号脉。花梅大气不敢喘地站在一旁。守根正在外间屋忙活着准备做饭。山堂从里屋出来问：“哥，家里还有酒不？”

守根摇了摇头。山堂说：“那就快去打点儿吧，待先生没酒怎么沾呀！”

守根没吭声，从条案下摸出个空酒瓶，大步跨出门去。

正是吃晌午饭的时候，小河边静悄悄没个人影儿。麦茬圪蹴在河边，正给小黑狗洗澡。小狗不听话，又蹬又挠还叫个不停。麦茬一不留神，脚下“哧溜”一下子滑到水里。水并不深，可他被吓得够呛，边叫喊边挣扎扑腾半天也站不起来。正在这时，守根从家里出来了，见此情景不由大吃一惊，手上的酒瓶子掉在地上摔碎了。

“覅、覅慌！”守根大声说着，三步并作两步冲过去跳进水里，一手抓住麦茬、一手提溜着小狗登上了河坡，结果弄得浑身泥水。麦茬吓得小脸儿煞白，边咳嗽边大口吐水。守根拍打着他的后背说：“傻小子，小狗一落地就会水，淹不死。”

麦茬“哈哧哈哧”喘着粗气，好一会儿才稍稍平静下来。

“走，回家换换衣裳。”守根拉着他的手想往回走，麦茬蹶着屁股不肯迈步。“怎么了？”守根奇怪地问。麦茬小声说：“娘……打屁股。”

“没事。”守根笑着，不顾他挣扎抱起来往家走。小黑狗颠儿颠儿地跟在后面。他们进家门，花梅正抱柴火准备做饭。她看见两人的模样，吃惊地瞪大好看的眼睛，问：“老天爷！这是怎么了？”

“没、没事。”守根忙说，“河边忒光溜……快给孩子换身衣裳吧。”

“哪儿有衣裳呀。”花梅非常生气，抬手打小子一巴掌，“小祖宗，你怎么这么费劲，不能让人省点儿心呀？”

“你这是干吗。”守根忙拦住她，“一个孩子家……”

麦茬不吭声，瞪着大眼珠子看着娘。山堂听见动静也从屋里出来了。

“怎么着，你还不服气呀？”花梅说着，又给了小子一巴掌。

麦茬还是不说话，却从柴垛上抽出根树枝子递到花梅手上，说：“娘，你……手疼。”他说着，掉转身把屁股撅起来。山堂和守根见他这样，愣了一下，忍不住都笑了。

“你、你……”花梅举着棍子试巴了两下，终于把棍子扔到柴火垛上，双手捂着脸圪蹴在地上抹开了眼泪。山堂想把她拉起来，伸了伸手又停住了。

“她这病可是不轻，”老先生慢条斯理戴上花镜坐在外间屋的方桌旁，边用毛笔开药方边说，“先吃十几服药试试吧。”

山堂站在一旁研墨，不由意外地问：“吃那么多呀？”

正拉风箱做饭的花梅抬眼看着他们。老先生笑了笑：“甭说十服八服，就是三五十服能吃好也算不赖。”

守根换了身衣裳，拿着个空酒瓶从西头屋里出来，听见他们说话不由站住了。麦茬光身子穿了他的一件褂子，看上去像老先生穿着长袍一样。

“她这种病最怕乱动。”老先生嘱咐着，“你们记住，千万千万不能让病人下炕，只要一动，就怕一口气上不来，那可就……难说了。”

守根听罢，心里自然十分着急，忙问：“那得……养多长时间呀？”

“那就看她命硬不硬了。”老先生说，“要是能挺过去，半月二十天能见轻。”

守根一听就傻眼了。山堂看花梅一眼，忙冲他说：“快去打酒吧。”

守根还想说什么，厚嘴唇动了动没出声，呆怔一会儿才磨磨蹭蹭地出去了。

吃过晌午饭，双河把马车赶了过来。老先生喝了几盅酒，上车前唠唠叨叨再三嘱咐：“记住了，千万千万甭动她。”

花梅和山堂连忙答应着。守根叼着烟袋，黑虎着脸不吭声。双河挥动鞭子，吆喝着红马下河坡、过青石，“吁吁喔喔”登上了小石桥。山堂冲守根伸出手：“哥，再借点儿呗。”

守根愣怔一下，装糊涂地问：“吗、吗呀？”

山堂晃着手上的药方：“去抓药呀。”

守根意意思思，刚想说什么，看到站在门口的花梅又抿上了厚嘴唇。

“行了。”山堂说，“看你那样，不就借两天嘛。真是……”

守根万般无奈，慢慢腾腾回家去走进了茅子里掏钱。山堂看花梅一眼，忙笑着说：“我哥可是个大好人，就是有点儿磨叽。”

西边的日头快要落山了。大片大片的火烧云飘来荡去，染红了天、染红了地，染红了家家户户的茅屋草舍，染红了弯弯的小桥流水……也染红了河坡上的大青石。魏守根圪蹴在青石上，叼着烟袋

“吧嗒吧嗒”吸烟。

正是做黑介饭的工夫，各家房顶上的窑洞（烟囱）里冒出来粗粗细细的炊烟，飘飘袅袅升到半空便聚在了一起，和着暮霭汇成一张浓雾般的大网，把整个村子都罩住了。一群鸽子像是找不到家了，在网中忽上忽下地转圈子。从村里不时传出牛叫、狗吠……女人站在梯子尖上，拉着长嗓吆喝孩子：“歪歪，回家吃饭了——”“二旦，死你娘哪儿去啦？快滚回来！”

魏守根像泥人似的一动不动，不知道心里在想什么。他自个儿也恍恍惚惚，眼前老晃动着血肉横飞的战斗场面，耳边老震响着那三声长长的军号。

“根儿叔，吃了吗？”一声清脆的问候打断了守根的白日梦。他回过神儿来，看见苏红柳挑着两只大木筲登上了桥头。她十三四岁，高挑的小身条已有了女人样儿，是个大眼睛长睫毛、唇红齿白的俊闺女。

“柳子呀。”守根忙说，“怎么你担水，你哥哩？”

“他放羊还没回来哩。”红柳说着迈进了大门。

“这闺女，你会用辘轳吗？”守根说着，不放心地跟进了院。花梅正圪蹴在屋门口熬药。她用三块砖头支着药吊子，下面的麻秸秆燃出蓝旺旺的火苗儿。在农村，麻秸秆算“细柴”，燃出的火焰特别柔和，人们平时舍不得用。一般人家种几畦大叶子麻，成熟后拔下来打捆扔进水坑里，沤烂沤臭捞出来，皮和秸秆一剥两分开。皮洗净了用来打麻绳、织麻袋；秸秆留起来专门用来熬药、炖坛子肉什么的。花梅轻轻翻动麻秸秆，火光映照着她的秀脸弯眉，更显得美丽动人。

守根一只手叉腰一只手“咣当当”放辘轳。红柳看看花梅，轻声问：“叔，她是谁呀？”

“是……逃难的。”守根边拧辘轳边说。

“她长得可真俊！”红柳“哧哧”笑着。守根没吭声，提起柳罐斗往她的木筲里倒水。红柳又说：“真的，你瞅她长得多好看呀！”

守根有意岔开话题：“你爷……这阵子还好吧？”

“他好不到哪儿去，唉……”红柳皱着小眉头，说，“一根筋、死心眼儿，打从土改那口气憋到如今，天天喝闷酒、生瞎气。”

土改那两年守根没在家，不知道情况也不好说什么，只能陪着长叹了一口气。红柳人小力单，挑着两筲水晃晃悠悠走了。守根想起她的话，装着整理井绳偷看花梅。没想到花梅正好抬起头来，笑笑地问：“大哥，看吗哩？”

守根“腾”一下子闹了个大红脸，忙说：“没、没事。”说罢，他脚步慌乱地往外走，不知怎么在门槛上绊一下，一溜斜歪出去了。

魏守根去了山堂家。二婶儿刚吃完饭，正忙活着收拾碗筷。

“娘。这事……可怎么弄呀？”守根说着，愁眉苦脸圪蹴在屋门口掏烟袋。“怎么了？”二婶边擦着手说，“看你那一脸黑云彩。”

守根长叹了口气：“我盘算着，这两天该杀猪了，可那一家子……”

“那病人吗样了，好点儿不？”二婶儿问。守根低着头说：“我没去里屋看过，听说是好点儿了。”

二婶儿想了想：“要不，明儿找几个人试巴试巴，把她抬到别人家去？”“那……”守根有点儿拿不定主意，“山堂又没在家，他去县上开会，还得两三天才能回来。”

二婶儿说：“他在不在还不是一个样。”

“那也沾。”守根说着站起身，“我去找不正商量商量。”

熬药不能着急，大火烧开水后，只能用小火慢慢炖。花梅腿都圪蹴酸了，找了个麦秸墩坐下来。这时候天已经黑透了。李保证背着杆“三八大盖”，转转悠悠进了院。他含笑问：“姐，熬药呀？大娘好点儿不？”

“好点儿了。”花梅忙说，“大连长呀，你怎么这咱过来了？”

“今儿黑介我查夜，过来看看。”不正说着圪蹴在一旁。两人一时都找不到话说。沉默中，只有吊子里的药“咕嘟咕嘟”翻上滚下，一阵阵冒着热气。下边的麻秸秆烧到杈口处，不时“啪啪”地爆出细碎的小火花。过了一会儿，保证嬉笑地说：“姐，你长得可真俊！”

“俊吗吔。”花梅头也没抬，说，“庄稼闺女呗。”

“可不是。”不正认真地，“让我看，这世界上属你俊！我长这么大，还是头、头一回看见哩。”

“净瞎说。”花梅“呵呵”笑着，有意改变话题，“嗨，这两天怎么看不见你们村长了？”

“他去县里开会，还得两天才能回来。”不正说，“我们村长忒忙，支书没在家，里里外外就他一个人。姐要有事就冲我说，支书村长都不在，村里我就是老大。”

“是呀。我没事。”花梅迟疑了一下，又说，“你们村长……挺好的。他长得那么好人儿，媳妇保准也挺俊吧？”

“他还没娶媳妇哩，”不正笑着，“倒是早就定亲了。女的是银沙窝的，叫李桂枝。我都见着好几回了。”他停了一下，又说，“村长家正翻盖房子哩，估摸着头年里办喜事。”

“是呀。”花梅心里想着什么，把吊子下的火撤了出来，一会儿又笑着问，“那女的……一准很俊，是不？”

“她呀……”不正嬉笑着，“连你一个小脚指头都比不上。”

这时，守根进了家门：“你小子在这儿呀，我还去你家找哩。”

“根叔。”不正忙站起，“你有事呀？”说着，跟在他身后走出去。

两人相跟着来到青石旁。不正坐下来，直接从守根手上拿过烟袋，边摆弄着装烟问：“叔。怎么了？你找我干吗？”

守根沉吟片刻，低声说：“我的事……你也知道，再有五六天就到日子了，赶明儿该杀猪了。可这一家子怎么弄呀？”

“这事呀？”不正思索片刻，反问，“那你说怎么弄？”

守根：“我这不是和你商量吗？”

“要不，小孩子拉屉屉——让她们挪挪摊儿？”不正说着用火镰打火，“嚓嚓”半天也打不着。他生气地把火镰一丢：“这是吗破火镰呀！”

“拉不出屎来怨茅子。”守根拣起火镰，“嚓”的一下就打着了。

“娘的，还认生人呀。”不正把火绒摁进烟锅里，“嗞嗞”地紧吸了几口，说，“要不这么着吧，我家的小东屋闲着哩，让她们搬过去不就沾了。”

“沾。”守根站起身，“我去找几个人明儿一早过来。”

“不用。”不正说，“我安排几个民兵吧。”他说着把烟袋还给守根，背上枪往大村外走去。守根圪蹴在青石上抽了锅子烟，起身进了家门，正碰上花梅从上房里出来。他像办了对不住人的事，心虚地没等花梅开口打招呼就连忙低头进了牲口棚。花梅看着他的背影，心里不无疑惑地思索着什么。

第二天大清早，一绺红日光刚挂上了村头的大槐树梢。一群大老喳蹦蹦跳跳、“叽叽喳喳”叫着飞上飞下。它们不怎么怕人，有时敢落到碾盘上抢粮食吃。

大槐树下，王九毛两口正在推碾子。他三十出头，人长得倒也周正，只是个头又瘦又小，因有“心口疼”的病根儿，常年离不开药罐子。用他媳妇的话说，是“吃了干不了，说说受不了”。可他心灵手巧，甭看没上过几天学，斗大的字认不了两升，可人家会画画、会比葫芦画瓢写毛笔字，村里写标语、谁家画影壁墙什么的都得找他。乡亲们都说，九毛这点儿墨水，全是他老爷爷的血脉。他老爷爷在十里八乡可是个大名人，叫吗名人们没记住，他的故事却祖辈流传着。

传说王九毛家当年是个大户，老爷爷是慈禧年代乡试中的最后一茬秀才，人们都叫他王秀才。家景好，身份高，娶媳妇自然就挑挑拣拣，据说有几年媒人像“流水席”，一拨一拨踢破他家的门槛子，可王秀才一个也看不上。说话间就耽误到了二十五六，爹娘着急上火，硬做主给订了邻村的一个“闺女尖儿”。新婚头一宿黑介天不早，看媳妇闹洞房的都走了，新媳妇一个人孤零零坐在炕旮旯里。王秀才在门外干咳两声，身穿长袍马褂进屋来。新媳妇偷着看他一眼，忙把脑袋耷拉了下去。王秀才没往里走，而是反手关上屋门，出口成章地说道：“丈夫我进门来心中烦躁。”

新媳妇瞅瞅丈夫，不知道他在说什么就没吭声。王秀才又重复一句："丈夫我进门来心中烦躁……"

新媳妇还是不明白他是吗意思，又瞅了他一眼仍然没吭声。王秀才马上不高兴地拉下脸，甩手就出去了。新媳妇蒙茬茬坐了一宿也没想明白。第二天、第三天黑介还是这样，就是说，王秀才三天没上她的炕。回门那天，当娘的自然要问闺女这几天过的吗样啊？没想到这一问闺女就抹开了眼泪，说女婿三宿根本没上她的炕，每天黑介进门就说"丈夫我进门来心中烦躁"，紧接着甩门子就走了。

"丈夫我进门来心中烦躁？"当娘的念叨了两遍，眨巴着眼问闺女，"这是吗意思呀？"

闺女抹着眼泪："俺要知道吗意思不就好了。"

"丈夫我进门来心中烦躁……"当娘的念叨着琢磨了半天，一拍大腿站起来，"走。咱去学堂里问问老先生，人家是大文化人，一准知道。"

娘儿俩去了学堂，对老先生说了说情况。老先生心中了然，微微一笑，说："好说，我教你一句话，千万记住了……他要再说'丈夫我进门来心中烦躁'，你就答'请丈夫上炕来自在逍遥'，保险就没事了。"

"请丈夫上炕来自在逍遥……"新媳妇念叨了几遍，牢记在心中。过了几天，她被接回了婆家。到黑介夜深人静，王秀才进门又是那句话："丈夫我进门来心中烦躁。"

新媳妇心里有数，微微一笑答道："请丈夫上炕来自在逍遥。"

王秀才愣了愣神儿，又来了一句："不知是何人所学所教？"

新媳妇一听又傻眼了。她就学了一句，张着大嘴说不出话来。王秀才再重复一遍："不知是何人所学所教？"

新媳妇答不上来，王秀才甩门子要走……她急眼了，顺嘴冒了一句："就是这庄稼闺女爱操不操！"

王秀才一下子怔住了，半天才回过神儿来笑道："粗是粗了点儿，倒也合辙押韵。"他说罢便脱衣上炕，从此夫妻和谐，白头到老。这故事真假没人说得清楚，反正三里五乡的人们当酒桌饭后的笑话传流到今。

王九毛个头小，有人背后叫他“武大郎”。他媳妇黑玉却长得人高马大，黑眉护眼一身紫花肉，大人孩子都叫她黑嫂。她说话高葫芦大嗓门儿，是有名的长舌头“大扇车”，谁家出点儿吗稀罕事，不到吸锅烟的工夫准能给你嚷得全村都知道。

从碾子这儿往上走是双河家的高台阶，往下走是小石桥，通往守根家。双河家的大门楼子看上去有年头了，已相当破旧，门扇漆皮脱落，两旁的石狮子门礅也是缺耳朵少鼻子。他家在大门旁的山墙上开了个小门，里边是个杂货店，卖些油盐酱醋、针头线脑什么的。

这时候，一个小男孩从大门里跑出来。他是双河的小小子，叫三歪歪，和麦茬同岁，属牛的，是个黑不溜秋的生小子。双河给他起名叫歪歪也是有点赌气：你们不是叫我大小子不正嘛，这一个起名歪歪，看你们还怎么叫！要真是“大难不死必有后福”，这小子往后应该是个大福大贵之人。因为娘怀他九个多月时，有一天觉着肚里不好受，算算日子还不到也没当回事。她去茅子里拉屎，刚圪蹴下他就着急忙慌地挤出来了，“咕咚”一声掉进茅坑里。当时是夏天，猪圈里又是泥又是水，正“哼哼”叫着准备接屎吃的半架子猪吓得蹿回炕上。娘吓得和猪一样叫唤，裤子都没提就跑出去了。正好双河在家，跳进圈里才把儿子捞了上来。因为不正后面曾有个小闺女伤了，这个小子排行老三，人们才叫他三歪歪。只见这小子光着屁股，小鸡鸡撅得老高冲出家门。他站在台阶上憋足了劲尿泡，尿流儿亮闪闪划了个半圆，滋出去丈八远。黑嫂看着他“哈哈”大笑：“傻小子，你就不怕冻着了？”

“你说谁傻呀？”三歪歪抬头看着她说，“你才傻哩，反正俺不傻。”

“是啊。”黑嫂逗他，“你不傻，那你弟兄几个呀？”

三歪歪眨巴着小眼睛想了想，说：“算俺爹不？要算就仨……”

“哈哈……”黑嫂笑弯腰，眼泪都流下来了。

“清早巴起的，怎么这么高兴？”二婶儿说着，和李保证从村口拐出来。大乱和四升子抬着土担架紧随其后。他俩都十六七岁，是不正手下的两个愣头青，那时候叫基干民兵。

“二婶儿呀，这是去干吗？”黑嫂仍笑个不停，边用小笤帚扫着碾盘上的棒子糁儿问。

“去守根家。”二婶说着，抬手指指河对岸。黑嫂是个最喜欢凑热闹的主，扔下推碾棍就颠儿颠儿跟着去了。王九毛趁机掏出烟袋锅，圪蹴在老槐树下吸烟。这时，红柳正好拿着推碾棍，端着一簸箕山药干走出村口，见此情况忙笑笑地说：“叔，来，我帮你推。”

花梅娘刚吃过药，躺在炕上犯迷糊。她出气平稳，脸色比原来好看了许多。花梅正站在炕沿儿旁收拾衣物什么的。麦茬歪在炕里边，嘴角挂着哈喇子睡得正香。守根在外间屋忙忙活活，添水抱柴准备做饭。

“大哥，你就甭忙活了。”花梅说，“保证不是来过了，俺们这就走。”

“那也得吃饭呀。人是铁，饭是钢，一顿不吃饿得慌。”守根笑呵呵地说。他心里高兴，嘴皮子也显得比平常日利索了好多。

“这几天就够麻烦你了。”花梅说，“一家子又吃又住，还花你的钱，真是……”

“没事。山堂不是说了，天下农民是一家。”守根边往锅里添水边说，“一家人不说两家话。嘿嘿……”

这时，二婶儿带着那一帮人进来了。守根忙说：“娘，让她们吃了饭再走呗。”

“不用，我家都做好了。”不正说着进了里屋，“姐，让大娘起来吧。”

花梅答应着，伏下身轻声说：“娘，起来吧，咱挪挪地儿。”

老太太睁开眼，冲大家笑了笑，在花梅和黑嫂搀扶下想坐起身。可是……她刚挣扎了两下，立马就一阵猛咳，而且一咳就止不住，把刚吃下去的黑药汤“哗哗”地全吐了出来。

“娘，娘……”花梅着急的呼唤声把麦茬惊醒了。他一骨碌坐起身，吃惊地瞪着大眼珠子发愣。花梅娘一发不可收，咳、咳……最后一口气没上来，人就昏迷了过去。人们瞪眼瞅着，不知该怎么伸手帮忙。还是二婶儿上前去，和花梅一起掐人中、揪脖颈……折腾了半天，老太太终于缓过一口气来。

“好了，好了。”二婶儿忙说，“大伙儿先出去吧，让她喝口水，缓缓再说。”

一伙子人围在大青石旁，着急地商量着办法。

“我看够呛。”黑嫂说，“看那样子，吓死人了！要是这口气上不来……”

“行了。”不正打断她，“没办法，只能缓几天再说。”

“那怎么弄呀！”守根急扯白脸地，“我的大事……”

“行了，根儿。”二婶儿说，“你的事大伙儿都知道，咱不是没办法嘛。”

守根不敢再说吗，圪蹴在地上，边喘粗气边揑弄着装烟。

“要不这样你看沾不？”二婶儿慢声细语地说，“你跑一趟阜平，让巧云跟那头说说，把日子往后推个半月二十天的，沾不？”

守根边吸烟边嘬牙花子，好一会儿不吭声。

“再怎么说，总不能瞅着人死在咱眼皮子底下呀。”二婶儿拍拍他的大脑袋，“听话，去跑一趟吧。”

正在这时，一个干巴脆的小声音从河对岸传来：“舅舅——”

守根惊喜地抬眼望去——杨春雪小脚“咚咚”冲下河坡，登上了小石桥。她也三四岁，个头却比麦茬高半脑袋，是个小脸粉嘟嘟，大眼亮闪闪，梳着抓角辫，打扮得像只花蝴蝶般的小丫头。郑巧云胳膊上挒着个红管箩跟在后面。她三十出头，中等个儿，模样不丑不俊，是个快人快语、嘴一份手一份的庄稼娘儿们。

“雪儿！”守根叫着迎上去，高兴地把小姑娘举过了头顶。春雪

“咯儿咯儿”笑成了一朵花。

“这是今儿办喜事呀，怎么大伙儿都来了？”巧云话里带刺儿，冲守根瞪了一眼，又立马转过头，满脸是笑地对二婶儿说，“娘，你也在呀？这阵子身子骨儿还壮实吧？”

“我挺好。只是……这事不好，这不，大伙儿正在这儿发愁哩。”二婶儿笑着，“真是，说曹操曹操就到了，我正说让守根去找你哩。”

“我这还不是被他逼的，这满打满算还有几天？”巧云说着冲守根拉下脸来，“咱这大事还办不办？你人不去信儿不传，想急死我呀？！”

“这事、这事……”守根吭哧瘪肚说不上话来。

“这事不怨他，他心里比谁不急？”二婶儿拉着巧云，“走，你进屋去看看。”说着，俩人手拉手进了栅栏门。篱笆墙下，麦茬边逗弄着小狗边往这边看。

“舅舅，他是谁呀？”春雪指着麦茬问。

“他是……一个小哥哥。”守根说，“去跟他玩儿吧。”

屋里。花梅正给娘喂水。老太太缓过劲来，出气平和了一些。她眼里噙着泪花，少气无力地说：“梅子，这些日子……真是难为你了。”

“娘，你说这些干吗，我是外人呀？”花梅放下碗，给老人擦了擦嘴。老太太长出了一口气，断断续续地说：“这么多年……你跟着我吃苦受累，没得过吗好。我那个王八羔子又不、不争气，让、让你……”她说着又咳嗽起来。

“行了，甭说这些没用的了。”花梅忙为她捶背，“好好养你的病吧。”

老太太喘了一会儿，又说：“我这病……怕是好不了了。咱娘儿俩，按在家时商量的……我看这个小村就不赖，人也挺好……要不，你就找个主儿？”

花梅收拾着桌上的药吊子和水碗，一时没吭声。

“过两年也好，三年也罢……等玉虎从济南府回来，那边的日子好了，你、你再回去……”老人瞅着她的眼睛问，“闺女，你说沾不？”

花梅苦笑地摇着头："那么好找呀？咱想找就能找到？"

"多留个心呗。"老人长叹口气，又说，"要有一分奈何，谁愿走这条道？咱不是没办法吗？唉……都是为活人呗。"

花梅说不出话来，只有陪着叹息。老太太喘了一会儿，又说："一块过来的乡亲，咱都嘱咐好了。就怕茬子……这孩子实在，说不了瞎话。"

这时，二婶儿和巧云相跟着进屋来。花梅愣一下，忙着让座。巧云打量她两眼，心里琢磨着什么。二婶儿跟她们做了介绍。巧云"呵呵"笑："这个妹子……可是真俊！"

花梅有点儿脸红："姐夸我呀？一个庄稼闺女，俊吗俊。"

二婶儿伏身问："老嫂子，好点儿不？"

花梅娘微微点头："给你们……添麻烦了。"

"咱不说这个，"二婶儿说，"你就好好养病吧。"

"就是，人活这辈子，能走到一块就是缘分。"巧云说，"不是逃难，请你们也不来呀。"

老太太和花梅都被她说笑了。

"守根是我的干小子，和亲的也不差吗。"二婶儿说，"他嘴笨心实在。你们千万覅见外，有吗事就说。"

"就是。"巧云说，"我这个兄弟，除了傻实在没别的毛病。"

大家都笑了。花梅从心里服气地说："姐，你可真会说话。"

两人告辞出来，边往大门外走边小声议论：

"这老太太……我瞅着也没吗事啊？"

"那你是没见她犯病，可吓死人了，好像那口气眼看就上不来了。"

"是呀。"

"可不。"二婶说，"我正和守根商量，想去找你和那头说说，能不能把日子再往后推个半月二十天的？"

"这事……怕不好说。"巧云盘算着说，"你老也知道，咱原本定的是八月十六，守根急着出去找部队就推了一个月，这回再推……"

"那有吗法呀。"二婶说，"总不能看着人死在咱眼皮子底下吧？"

“那……好吧。”巧云思索片刻，干脆利索地说，“我试试，这就往回走。”

“辛苦你这个大媒人了。”二婶笑着说，“小丫头怎么办？”

“我去跟她商量商量。”巧云说着出了大门。

小河边，春雪和麦茬边逗弄着喂小狗边说话。

“咱俩同岁，都属牛。”春雪说，“不过你是牛身子，我是牛尾巴。”

麦茬听不明白：“吗叫牛身子、牛尾巴呀？”

“就是你靠前我靠后呗。”春雪说，“你比我大，我叫你哥呗。”

“是啊。”麦茬笑着问，“那你有哥不？”

“有哇，他叫冬雪，比我大六岁，跟着我小叔在保定府上学哩。”

这时，二婶和巧云从家里出来了。

“雪儿，我有事急着回去一趟。”巧云大声问，“你怎么着，是跟着回呀还是在这儿等我回来？”

“你吗时候回来呀？”春雪问。

“要是快就是赶明儿早起，要不就后晌儿才能回来。”

春雪歪着小脑袋想了想，说：“那我在这儿等吧。对了，你给我带本小人书……要《西游记》吧。”

巧云答应着和二婶儿道了别，脚步匆忙地下河坡、上小桥，和黑嫂两口子说了几句什么，拐进村口看不见了。春雪一直瞅着娘的背影。

“拿小人书干吗呀？”麦茬问，“你认字吗？”

“认啊。”春雪回转头，“我一岁多，俺爹就教我认字。”

“那你爹是先生呀？”麦茬问。

“不是，俺爹是开飞机的。”春雪说着，挥动胳膊往天上划拉了一下。

麦茬半信不信地眨巴着大眼睛。当天黑介，两个孩子睡在同一个被窝里，大话小话说个没完。花梅制止几回不管用，后来自己也睡着了。春雪讲孙悟空和猪八戒的故事，傻小子听得两眼发直。

守根躺在牲口圈里，心里七上八下睡不着。他干脆坐起身，一锅接一锅地吸烟。烟火忽明忽暗，照见他的眉头拧成了个大疙瘩。到后半夜，小鸡子叫了两遍，他喂了毛驴，背筐拎叉出去拾粪了。

第二章

人心难猜　多情总被无情恼
歪打正着　孬汉懵懂抱花枝

田山堂在县里开了三天会，心里一直又烦又乱不安生。会议本身倒没什么，上级号召成立互助组，他觉得这是好事，完成任务、争个头一名都不难。他们这个小村人少事少，乡亲们祖祖辈辈相处和美，除了个别偷鸡摸狗的，一年到头连个吵包子打架的都没有。大家从来就有互相帮助着干活的习惯，这回无非是在自愿的原则下，村里平衡各户的生产能力，把几家组合在一起。山堂心烦是为自己的终身大事，银沙窝那个他实在不想要了，花梅那双好看的眼睛又老在他心里晃来晃去……黑介，躺在睡几十个人的地铺上，听着各种声调的放屁、磨牙、打呼噜……唉，睡不着连个能说心里话的人都没有。虽说双河就在旁边，可他们共事多年但并不过心，除了工作，从不说这方面的话。

好不容易散了会，往回走时，双河又说到保证想求山堂当媒人的事。山堂显得心烦意乱，心想：我自个儿的事还弄不明白，哪儿有那闲心呐！双河看着他，不明白他为吗这么不高兴。两人回到村里，正好老支书李秋生从保定府回来了。山堂非常高兴，像是看到救星，心里一下子亮堂了许多。

李秋生资格很老，他和山堂爹、守根爹是这一带最早加入地下党的。山堂刚满月那年，由于叛徒告密，敌人派了一个连深更半夜包围了他们村。在慌乱的逃跑中三人被冲散了。秋生和守根爹被抓投入大牢，敌人差点把他折磨死，家里人卖房子卖地才把他保出来。守根爹没逃过这一关，死在了监狱里。秋生出来时瘦得脱了形，浑身疥疮就剩一口气，养了一年多才算保住了小命儿。但因内脏受伤，他这么多年吃东西不行，身体一直病病歪歪。乡亲们说，要不是因为身子骨不壮实，他早调上边吃公家饭去了。山堂爹逃出去后，一路讨吃要饭去了延安，后来在一次保卫战中牺牲了。因为这层原因，三家人这么多年一直走得很近。山堂对秋生很尊重，在他面前也很随便，什么话都能说。实际上，在他心里头，是把秋生放在了“爹”的位置上。

三人一块去了村公所，山堂汇报了县里的会议精神。秋生马上说这主意好，肯定是毛主席想出来的。他分析说，虽说土改后家家都有了土地，可有些人家因为缺劳力或没农具，地种不好，日子照样不好过，有了互助组就好多了。他们根据各家各户的实际情况，大体把几个组划分了一下。山堂没有把折腾了几天的心里话说出来，一是因双河在场；二是人家花梅怎么想的，他心里没底。

天擦黑儿，满天的火烧云已渐渐散去，村街上飘浮着一层淡淡的烟雾。

山堂从村公所出来没回家。他揣着一颗“怦怦”乱跳的心，拐出村头来到小河边。守根和两个孩子坐在大青石上，正嘻嘻哈哈说着笑话。花梅圪蹴在河边洗衣物。她远远扫见山堂从村里出来，不由心里一阵狂跳，忙下意识地捋了捋自己并不散乱的头发。山堂下河坡登上小石桥，花梅抬头笑笑地问：“山堂哥，开会回来了？”

“是啊。”山堂这才看到她，不由也是一阵心跳。他下意识地四下看了一眼，边顺着河坡往下走边问道：“大、大……娘这两天好点儿不？”

“好点儿了，”花梅说，“可就还是不能动。”说着，她冲旁边的一块石头点了点下巴，意思是让他坐下。山堂迟疑一下，把石头挪开了些。花梅笑了笑，没吭声，山堂点上根烟慢慢吸着，两人一时都没开口。

沉默中，只有小河水“哗啦啦”流淌出满河的微波小浪，浮泛着层层点点的粼光。过了好一会儿，花梅轻声说：“山堂哥，俺求你件事……沾不？”

“沾、沾啊。”山堂不大自然地笑着，“你那么客气干吗，有话就说呗。”

“俺觉着你们这小地方像个……佛堂，村好人更好。”花梅笑微微地说，“俺都不想走了，你给俺……找个主儿呗。”

“是吗。”山堂也笑着说：“真的还是假的？”

“真的，俺娘都同意了。”

“那好哇，保证正想托我当媒人呢。”山堂试探地说完，不由紧盯住她的眼睛。花梅稍一愣神儿，“呵呵”笑着说：“那个大连长呀？他还是个毛孩子，比俺还小哩。”

“人家愿意呀。”山堂说，“你想那么多干吗？”

花梅笑着，一个劲儿摇头。山堂看着她的满头秀发，又说：“那你想找个吗样的呀？说说你的想法。”

“俺吗想法……”花梅打了个磕巴，抬头注视着他的眼睛，“就想找哥你这样的，人好心好，又实诚又能干。”

山堂“腾”一下子红了脸，忙避开她的目光，含糊地说：“我、我可没你夸得那么好。”

“才不是。”花梅又盯了一句，“俺就看着哥你好。”

山堂心慌意乱说不出话来，他干笑两声忙站起身，脚下发软地往坡上走……

花梅在他身后意味深长地叮嘱一句：“哥，俺可是……等你了。”

山堂走到青石旁，守根不高兴地说：“你可真行，拍屁股走了，看看弄得这一摊子。”

眼下的山堂可没心思理守根，拿过他的烟袋，双手微微哆嗦着捶弄着装烟……这时，苏青松赶着一群羊从小桥上路过。他是红柳的哥哥，二十来岁，瘦瘦高高的个子，应该说也算个好小伙儿，只是因小时候出疹子落了一脸大麻子，麻子坑牵扯得嘴歪眼斜，看上去样子有点儿吓人。他生性内向加上自卑，平时很少和乡亲们说话，不知道的还当他是个哑巴哩。山堂吸了锅子烟，心情才稍稍平静下来。他拍拍麦茬的大脑袋，说："茬子，数数一只羊几条腿？"

麦茬想了想趴在了地上，伸着手指头乱乱点点："一、二，一、二三……"数了半天也没数清，他站起身小声嘟囔，"它们……老动。"

大家不由"哈哈哈"大笑。春雪急得直拍打石头："真笨，它动不动也是四条腿呀！"

"傻小子。"山堂拍着他的后脑勺，"谁给你起这么个名字呀？"

"俺爹呗。"麦茬说，"俺家姓麦，俺是芒种那天生的，爹说，就叫麦茬吧。"

"也沾，挺好记住。"山堂说，"你爹是干吗的？"

"俺爹……"麦茬打了个磕巴，忙又说，"死了，是痨病。"

山堂点了点头，没再开口。他叼着烟袋，目不转睛地注视花梅窈窕的背影，心里突然有一种想过去抱一抱她的冲动。守根、麦茬和春雪他们再说什么，他一句没听进去。

第二天早起，守根圪蹴在大门口吃饭。小盆大的海碗盛着典型的冀中菜饭：山药轱辘蔓菁片、杂面条子白菜叶，加上小米熬得乱乱糊糊，有条件的人家还添点黄豆楂儿，吃起来又香又甜。他端碗的大手还用小指摁着俩大饼子，边用箸子拨拉着菜饭上的咸菜丝边"呼噜噜"吃得真香。二婶儿从小桥上走过来。守根忙站起身："娘，吃了吗？"

"吃了。"二婶儿说，"我一宿没睡好……你姐还没来呀？"

"还没……"守根正说着，却看见巧云着急忙慌踅出村头，忙改口，"那不是，来了！"他说着，张开满是饭菜的大嘴笑了。

二婶儿忙笑着迎上去："巧儿，吗样呀？"

"砸了！"巧云拍打着手上的红包袱，大声说，"这不是，人家把三色礼都退回来了！"

听到这话，守根像被人劈头盖脸浇了一桶冷水，从脑瓜顶凉到后脚跟。他的大手猛地一哆嗦，海碗没掉下去，饭却撒了自己一身。他心慌意乱地背转身，掩饰地往大门里走去。

“夜里黑介，我好话说了一街筒子，嘴皮子都磨泡了。”巧云喘着粗气，连珠炮般地说，“人家那头死活不松口，说你家这是闹着玩儿呀？推一回不行，还要推二回？这不是耍俺们吗？”

两人边说边往家里走。二婶儿急得一个劲儿拍巴掌：“老天爷，这、这可怎么办呀？”

就在这时，花梅忽然满脸是笑地从屋里出来了，坐在桌旁吃饭的两个孩子不由抬头看着她。守根从牲口棚里出来，把衣襟上的饭也擦干净了。花梅对他说：“大哥，俺娘好了！”

二婶儿和巧云进了大门。花梅高兴地和她们打招呼，又说：“俺娘好了！”

“是吗？”二婶儿惊讶万分，“这……怎么会呀！”

谁都没想到，老太太这时候从屋里出来了。她一手扶着门框，哆里哆嗦下台阶……大家惊呆了，一个个不错眼珠儿地瞅着她。花梅怔了片刻，忙上前去扶住她：“娘，你慢点儿。”

“好、好了。”花梅娘脸上挂着笑模样轻声说，“今儿早一睁开眼，就觉着脑袋不蒙了，心口不憋了，嗓子里也干净了……”

“是啊，那可忒好了！”二婶儿笑着，“快坐下吃饭吧。”

春雪懂事地让开座位，又忙着为老太太盛饭、递筷、拿饼子。巧云把一本小人书递给她，眼睛眨巴着像在打什么主意。过了一会儿，她看看守根又瞅瞅花梅，而后冲二婶儿小声说：“娘。你出来一下，我跟你说句话。”

小河边。二婶儿和巧云站在大青石旁说小话。

“娘，你想想，这还不是老天爷的意思？”巧云神神秘秘地说，“原先，她病得要死要活，一会儿翻白眼儿一会儿上不来气儿；怎么等守根的事砸了，她立马就好了？”

二婶儿琢磨着她的话，一直没吭声。

“她是长得俊，可能当饭吃还是能当衣穿？”巧云说，“咱守根是比她大几岁……可是她一个逃荒要饭的，有口饭吃就行了呗，还能怎么着？”

二婶儿拿不定主意：“要不，咱先抽空儿和她娘商量商量？”

巧云点点头：“我看沾。”

“要不你在这儿住两天吧。”二婶儿说，“咱娘儿俩把这事撺掇撺掇。”

“沾。”巧云想了想说，“反正眼下场光地净，家里也没吗活。”

这时，红柳挑着担子从石桥上走来：“二奶奶，你们怎么在这儿站着哇？”

“是柳子呀。”二婶儿忙说，“怎么你打水，你哥哩？”

“他一早儿就去放羊了。”红柳说着冲巧云笑了笑，闪身走过去。巧云打量着她的背影问，“谁家的小闺女呀？这么俊！”

“老杠头家的孙女，”二婶儿说，“也是个苦命的孩子。”

“老杠头？”云巧思索地问，“听守根说过，就是你们村唯一的那户富农？”

“可不是。”二婶儿说着叹了口气，“他这个富农当得才冤哩，打从年轻时候起，吃没吃过喝没喝过，一年四季和扛长活的们一块下地干活。”

“是呀。”巧云问，“那怎么评了个富农呀？”

“他家地多，人缘又不好。”二婶儿说，“这老东西嘴不好，说话能噎死人，得罪当官的们了呗！”

自从解放那天起，这一带的村干部就有轮流值夜的习惯。这天晚上应该是李秋生的班。山堂吃了饭觉得没意思，点上根烟吸着，转转悠悠来到村公所。

这是建在村头上的一座大四合院，房子都是起脊扣瓦青砖裱墙，只是因年代久远，到处都已显得有些破败，唯有门口粗糙的石狮子和拴马桩，向过往行人显示着当年的威风。这是土改时斗争苏喜恒家的浮财，和村里那些低矮的茅屋草舍相比，当然算是“豪宅”了。大门外，两亩见方的小广场上有几棵古槐和老榆树，枝枝杈杈上架着数不清的老鸹窝；北头有座土台子，那是村里开会和过年唱老戏的地方。苏喜恒就是二婶儿说的老杠头，因为他说话难听好抬杠，乡亲们都这么叫他。

山堂见大门上着锁，知道秋生还没来，便摸索着从上门框处取出钥匙，打开铁锁进去了。青砖墁地的院子里坑坑洼洼，黑黢黢的吗也看不见。好在山堂是轻车熟路，合着眼也走不错。他推开上房门，摸索着点亮了罩子灯。屋子里倒还亮堂，新吊的房顶，白灰刷墙，最显眼处贴着毛主席和朱总司令的大头像，旁边是一副对联：翻身不忘共产党；幸福牢记毛主席。

山堂从黑乎乎的柜子里取出一沓子材料，那是各级政府关于成立互助组的文件。他坐在桌旁没看多大会儿，脑袋里就开了小差儿，直愣愣瞅着“突突”跳动的灯花发呆、发呆……直到烟屁股烧了手才跳起身，急忙把烟扔在地上抬脚踩灭了。

秋生正好进来，奇怪地问：“你这是怎么了？”

“没、没事。”山堂说着，不住往手指上吹凉气。秋生坐在他对面说：“后晌儿没事我到地里转了转，看到九毛家的麦子还没种上？”

“是。我找过他了。”山堂说，“他说家里没麦种子了。”

“这他娘两口子……”秋生有点儿生气，“哪儿像正经过日子庄稼主儿啊？一个不会盘算一个不会过，年年不等麦子熟就吃‘捻捻转儿’，等打下麦子，今儿烙饼明儿擀面，不到俩月就折腾光了。真是……”

“可不是，两口子又没出息，不到三十弄出来四个孩子。”山堂说，“没办法，我正想着从我哥家给他借点儿麦种哩。”

两人生着王九毛的气，一时都没开口。过了一会儿，山堂有点儿不好意思地说：“叔，有点儿事……我想跟你商量商量。”

秋生看他一眼：“吗事呀？”

山堂却吭吭哧哧，好一会儿没开口。秋生点上根烟瞅着他：“怎么了？你倒是说话呀！”

山堂勉强笑了笑，终于开口说：“叔，你和我爹……算生死之交，他走得早，在我心里……这些年是拿你当爹。”

“你小子，说这干吗？”秋生打断他，“咱们是父一辈子一辈，有话就说有屁就放！”

山堂“嘿嘿”笑两声，有点儿不好意思地低声说：“叔，我是想……让你给俺娘说说，退掉银沙窝那门亲事。”

“退亲，为吗？”秋生看着他的眼睛，“不是订好几年了？”

山堂低头搬弄着自己的手指头，好半天没吭声。秋生追问：“说话呀！为吗要退？你总得给我个由头吧。”

山堂抬起头，勉强笑了笑：“你也知道，我那会儿小，吗都不懂……要放这会儿，我肯定不会同意，实在是……看不上她。”

“是吗？”秋生半开玩笑地，“那你小子是不是又看上别人家的闺女了？”

山堂迟疑了一会儿，还是点了点头。李秋生不无惊讶地睁大了眼睛：“还是真的呀！说说，是谁家的闺女？”

“不是咱村里的，”山堂轻声说，“是……逃难过来的。”

李秋生听他这么说，心里思索着什么，好一会儿没开口。山堂不无奇怪地抬眼问：“叔，怎么了？”

“你说的是不是住在守根家那个小媳妇？”秋生问，“叫什么……梅花？”

“人家叫花梅。”山堂不解地问，“可是……你怎么知道？叔。”

“唉——你们这是怎么了？”秋生说，“吃黑介饭的工夫，双河去我家，托我给不正做媒，就是说的这个小媳妇。不正后来也跟着去了，死皮赖脸还给我拿了条子烟。”

山堂一听就傻眼了，半天没吭声。

“照这么说我得去看看，是吗样一个俊媳妇，能把你们迷成这样？”秋生点上根烟，“嘿嘿”笑着冲他直眨巴眼睛。山堂怔了一会儿，有点儿急眼地说：“不正……人家能看上他？！”

“那你怎么就知道人家能看上你？”秋生盯着他的眼睛，“你俩过话了？”

“那倒没有。”山堂唔唔哝哝地说，“俺们……心里有。”

秋生“哈哈”笑着：“你可真是……有毛病呀？再怎么说，银沙窝是个黄花大闺女，这个是个活头不说还带着个犊儿。”

“没办法，”山堂苦笑着，“也许这就叫缘分吧。”他停顿片刻，又不无揶揄地补充一句：“我听说，叔和婶儿年轻时也挺……有故事？”

秋生又是一阵“哈哈”大笑。而后，他擦抹着笑出泪花的眼睛说：“也是，年轻人嘛，谁没荒唐过？”

原来，秋生十八岁那年喜恒媳妇死了，请了个戏班子来村里唱了三天戏。他看上了那个唱花旦的，便偷了家里一布袋麦子换成钱，人家戏班去哪儿他去哪儿，整跟了七八个台子口，终于感动了那位小花旦……

“叔，咱村里，我娘就听你的。”山堂哭丧着脸央求，“你就帮我说说呗。”

“说说倒沾，就是……”秋生摸拉着脑瓜子说，“我还不知道你娘？她这一辈子主意贼正，说了也不一定沾。”

守根家房后有片不大的禾场。禾场边上的两棵大杨树看上去有年头了，每棵都有两搂多粗，而且每棵树杈间都支架着好几个大大的老鸹窝。眼下树叶子掉光了，黑乎乎的老鸹窝格外显眼。树下有座磨棚，土坯房秫秸顶已很陈旧，棚栏门上挂着个大笨锁。棚里有盘石磨和一台扇车，角落里堆着木擦子、铁耙、杈把扫帚什么的显得有点儿凌乱。

这天后晌儿，暖洋洋的日光晒在身上很得劲儿。杨春雪坐在树下，一动不动地低头看小人书。麦茬没事干，手里拿着根棍子瞎转悠，一会儿捅捅麦秸垛，一会儿敲敲棚栏门……小黑狗颠儿颠儿地跟在他屁股后头。好半天，他觉着实在没意思，便跑到春雪跟前说：“雪儿，甭看了沾不？咱们玩儿会儿呗。”

“不玩儿。”春雪头也不抬地说。

“玩儿会儿呗，求你了。”麦茬可怜巴巴地吸溜着清鼻涕。

“玩儿吗呀？”春雪仍然没抬头。

麦茬笑了：“咱们藏苟（猫猫）吧，我先藏，你找我。”

“真麻烦！”春雪皱着小眉头，“沾，你先去藏吧。”

“哎。”麦茬高兴地跑了两步，回头吓唬小黑狗，“滚一边去，覅跟着我！”

小狗瞅着他愣了一会儿，乖乖地回到春雪身边。麦茬围着花秸垛转了一圈儿，没看到合适的地方，便跑过去搬开秫秸捆，钻进垛里去了，可没多一会儿又钻出来。他四下打量半天，手脚并用翻过栅栏门跳进磨棚里。他瞪着大眼想了想，蹬着碾盘钻进了扇车肚子里，然后冲外大声喊：“雪儿，来找我吧。”

“等会儿。”春雪的声音传进来。麦茬蜷缩在扇车肚子里，眼望着秫秸棚顶耐心等待。棚顶上垂垂挂挂，到处都是沾了层白面的蜘蛛网，有的已经破碎，有的完好无损。他等了一会儿听不到动静，又大声喊：“雪儿，来找我呀！”

“等着，我去趟茅子里。”春雪说着并没动，眼也没离开小人书。麦茬傻乎乎等着、等着……棚顶上的一场战斗吸引了他的目光——有只蝇子撞在蛛网上，黄豆大的蜘蛛不知从哪儿钻出，迅速扑了上去……蝇子扇动翅膀拼命挣扎。蜘蛛边抱着它转圈边甩丝，没多大工夫便把蝇子缠了个结结实实。麦茬看着看着眼皮开始打架。他连连打哈欠，最后闭上眼睛睡着了。

太阳落山了，天已擦黑儿。春雪仍坐在大杨树下看书。

院里传来花梅的喊声：“雪儿、茬子，吃饭了——”

春雪全神贯注在书上，根本没听见。一会儿，花梅找了过来：“雪儿，茬子哩？快，吃饭了。”

春雪这才抬起头来。她四下看了看，满脸疑惑地说：“茬子哥……那会儿还在这儿呢。”

“茬子，茬子——”花梅喊了两声没人搭腔。她心里有点儿发毛，边喊叫着快步走到小河旁，睁大了双眸左瞅右看。

“茬子哥，茬子哥——”春雪也忙着四下里寻找。

小黑狗却“汪汪”叫着径直跑到磨棚门口，边冲里狂叫边抓挠着栅栏门。花梅和春雪连忙跑过来，冲着里面又喊又叫，好一会儿也没人搭腔儿。

“大姨，你等着。我知道舅舅把钥匙放哪儿了。”春雪说着，小脚“噔噔”跑回家，眨眼间便举着把大铁钥匙返回来。花梅打开栅栏门扫了一眼，蹬上碾盘看到在扇车里“呼呼”大睡的小子。她又气又笑，“啪”一巴掌打在他屁股上……

半前晌儿，守根家院子里干干净净、亮亮堂堂。花梅娘坐着高麦秸墩晒太阳，老人家看上去精神多了，脸上也有了红颜色。一群大老喳从树上飞下来，围着柴火垛蹦蹦跳跳地找食儿吃。有的边找边转动小脑袋，警惕地观察着四下里的动静。二婶儿和巧云说说笑笑进门来，大老喳们“轰”一声齐刷刷飞到了大柳树上。

花梅娘忙含笑站起，客气地让座。二婶儿“哈哈”笑着：“老嫂子，看你精神多了，脸色比我还好看哩。”

“是啊。”花梅娘高兴地说，“还不是多亏你们这些好心人呐！”

“可覅那么说。”二婶儿扶她坐下，“俺守根不是说了，天下农民是一家嘛。”

三人说笑着，各自找了个麦秸墩儿坐下来。巧云和二婶儿交流一下目光，转过脸像是很随便地问：“大娘，你看俺们这个小地方……吗样呀？”

“挺好、挺好。”花梅娘忙说，“这小村儿多好，人心实在，日子不紧巴……”

“那你们就覅走了，”巧云笑着，“长住下来呗。”

“那敢情好！”花梅娘发自内心地说，“俺巴不得哩。”

“这事不难。”二婶儿忙说，“我听人说，茬子爹不是不在了？那就给花梅在这儿找个主儿安个家，你们不就能常住了。”

“沾、沾呀。”花梅娘答应得挺痛快，因为她们娘儿俩多次说过这件事。

“那忒好了！”巧云有点儿急不可待地说，“这事……俺娘儿俩包了。”

花梅娘忙说：“看看，还得给你们添麻烦。”

“一点儿都不麻烦。”二婶儿“呵呵”笑着，“眼巴前不是就有嘛！”

花梅娘愣怔一下：“你们……是说守根？”

“沾不沾呀？”二婶儿笑望着她，“俺根儿可是个好孩子。”

花梅娘迟疑片刻，突然笑了：“你们……怎么猜到俺心里去了？才刚俺还在琢磨，一大家子在这儿又吃又住又花钱，这是多大的人情？听说还耽误了守根一辈子的大事，这是多大的亏欠？俺娘儿俩可拿吗还呀？！”

“行了，你就甭想那么多了。”二婶儿说，“人生在世，谁还遇不上个沟沟坎坎的？”

“话是这么说。”花梅娘摇着头，“做人，得讲良心不是？”

“那你就把花梅给了守根。”巧云趁热打铁，“这样一来，吗人情呵亏欠的，咱一了百了！”她停顿一下，又说，“这些日子你也看见了，我家守根的人品……”

“这个你甭说，守根这孩子我放心。”花梅娘打断她说，“他话不多，心眼儿实诚，腿勤脚快的，治家过日子没挑。”

“也有毛病。”二婶儿忙说，“这孩子从小一根筋、认死理儿，天生凿四方窟窿的脾气……”

“瞧你说的……”花梅娘笑着，“这天底下，有挑不出毛病的人吗？”

“就是，金无足赤人无完人嘛。”巧云说，“要不……咱就这么定了？”

“沾。”花梅娘点点头，“回头，我和梅子商量商量。”

这天擦黑儿，二婶儿坐在灶火坑里，正拉着风箱做饭。锅上冒着腾腾热气，小屋里盛不下了，丝丝缕缕挤出门口往空中飘去。李秋生倒背着双手进院来，二婶儿忙着把小米和山药骨碌什么的往锅里倒，没看见他。秋生也没打招呼，走来走去查看清好的地基、备好的砖坯、木料……而后，他来到门口问："这房子……多咱盖呀？"

二婶儿被吓了一下子，抬眼看见是他，不由笑起来："你个老东西还没死呀？怎么像做贼一样就进来了？"

"怎么着，来看你还要敲锣打鼓呀？"秋生也笑着，"当是娶你啊？"

他俩是叔嫂关系，开了大半辈子玩笑。在农村里，兴的是玩婶子闹奶奶，拿着嫂子做买卖。尤其嫂子和小叔子是一对冤家，耍说开玩笑说脏话，动起手来扒下裤子也不算伤大雅。

"看好日子了，初六动手。"二婶儿说，"到时候你可得过来。"

"那当然。我不过来你家这房子能盖好？"秋生说，"盖房子娶媳妇，等山堂忙活完，你这老家伙也该嫁人了吧？"

"老没正经了。"二婶儿笑着问，"说吧，有吗事？"

"没事就不兴来看看你呀？"秋生点上根烟，找了个麦墩坐在门口外，终于一本正经地说，"不是我有事，是你家山堂……有点儿事。"

"山堂？"二婶意外地抬眼看着他，"他有吗事啊？"

秋生只顾吸烟，一时没开口。二婶儿用烧火棍敲打着门槛："这老东西，你说话呀！"

"嫂子，咱们这么多年不隔心……"秋生说，"这事我说出来，你可不兴闹脾气，要不我就不说了。"

二婶拉风箱的手停下来，满脸疑惑地问："他是不是……又想退亲？"

秋生一愣神儿："你知道哇？"

"我家就这点儿事。"二婶儿阴沉着脸说，"他说过好几回了。"

秋生点点头："这些日子他心事挺重，说实在看不上银沙窝那个……"

"那他看上谁了？"二婶儿盯着他的眼睛，"他说没说？"

秋生沉吟片刻，低头把烟屁股在鞋底子上拧灭，而后含糊地说：

“这……他倒没说。”

“唉——”二婶儿长叹了口气，说，“他叔哇，这事从头到尾你都清楚……那你说说，这门子亲事能退呀？”

秋生没吭声。二婶儿轻轻拉着风箱，断断续续地说：“咱不说媒人是山堂他亲舅，你也认识，就是县服装厂那个老四嘛……这亲事，都定六七个年头了，那闺女快二十三了……再说，这些年，人家帮衬咱多少呀？”她抬起烧火棍往院里指了指，“那堆木头，还是人家她爹选好了送来的，咱给钱，人家死活不要；这盖房子，人家她爹说好了来给做房架……”

秋生思索着她的话，不时点点头。

“再说了，想退亲你早干吗去了？仨烧饼吃了俩半，剩下半块你不想掏钱了……这算吗事呀？”二婶儿越说越生气，不住用烧火棍敲打灶坑，“还有，会说的不如会听的，舌头再硬能扎过腮帮子去?！乡亲们的吐沫星子，还不把人淹死？你家骑上马了嫌街窄，当上村长就高人一头大人一膀呀？这不都是嘴边子上的话吗？”

秋生“嘿嘿”笑着：“看看，说好了不兴生气……”

“我能不生气吗？”二婶儿瞪着眼说，“事怕颠倒理怕翻，这事放在你头上，能拍着巴掌笑呵？”

秋生赔着笑脸，不知该说什么。

“你明明白白告诉他，想退亲门儿都没有！”二婶儿最后说，“除非等我咽了这口气！”

老秋生傻眼了，一句话也说不出来。

村公所办公室里亮着灯光。山堂坐在桌旁，一口接一口闷头吸烟。秋生走来走去：“这事到此为止，不能再提了，要不弄得满城风雨更不好。”他沉吟了一会儿，又说，“共产党的干部最忌讳两条，一是作风，二是经济。你还年轻，不能为这事耽误了前程。”

山堂不吭，一声接一声地出长气。

“行了，就这样吧。”秋生说，“走，回家吃饭。”

“可是……”山堂苦丧着脸，“我怎么进家门儿呀？”

“怕吗？她是你娘，还能把你吃了？”秋生哭笑不得地，“快走吧。”

山堂万般无奈，磨磨蹭蹭站起身说：“叔。你跟我回去吧。”

灶里火灭了，锅上还丝丝缕缕冒着热气。

二婶儿放好小饭桌，把两盘菜端上来，一盘白菜辣椒炒豆腐，一盘萝卜咸菜丝儿。然后，她坐在桌旁，久久地想着心事。过了一会儿，秋生和山堂相跟着进了家门。

“你这老家伙规矩忒大，”秋生又在开玩笑，“吓得孩子不敢进家了！”

二婶儿忙起身盛饭，嘟噜着脸一声没吭。秋生“呵呵”笑着：“老伴儿去闺女家了，我在这儿蹭顿饭。”

“叔。你坐。”山堂递箸子、拿饼子忙个不停。

“嫂子，这事算过去了，咱从今往后再也不提。”秋生坐在桌旁，“山堂也想开了，你也嫑再生气，沾不？”

“我敢生气呀。”二婶儿堵丧地说，“你们当官的，说话算话就行。”

三人埋头吃饭，一时间谁都没开口。过了有抽袋烟的工夫，二婶儿抬眼对山堂说：“我和你巧云姐，想把花梅给你哥说说。”

“我哥？”山堂非常意外，一时没反应过来，“哪、哪个哥呀？”

“你有几个哥呀？”二婶儿说，“守根呗。”

“守根？他、他怎么沾？”山堂急扯白脸地，“不沾，不沾！”

二婶儿不高兴：“你急吗吔，怎么就不沾呀？”

山堂意识到自己失态，忙低下头小声说：“我是说……岁数差那么多，我哥配不上人家……往后，怕日子长了受气。”

“怎么就配不上呀？你哥不秃不瞎、不缺胳膊不少腿。”二婶儿说，“她长得像七仙女能顶饭吃？一个逃荒要饭的，还想怎么着啊！”

“我看沾。”秋生冲山堂眨眨眼睛，“守根没事，就怕人家女的不愿意。”

山堂埋头吃饭，再也没敢多说一句话。实际上，他的眼圈早红了，泪水差点掉进饭碗里。

大歇晌儿，守根家的小院儿里洒满了金子般的阳光。

花梅和娘正在做被子。娘儿俩在地上铺了领席子，爬跪在上面穿针引线，她们拆洗的是守根那条油脂麻花的粗布被子。花梅的秀发耷拉下来挡住了眼睛，她边干活不时抬手捋一把。

院子里很安静。一群鸡吃饱了，懒懒散散地躺在柴垛根儿下晒太阳。

"梅子啊，"老太太轻声说，"有件事……咱娘儿俩得商量商量。"

"吗事呀？娘，你说吧。"花梅头也不抬地问。老太太却意意思思，好一会儿没开口。花梅不由抬眼看看她："娘，怎么了？"

"唉——"老太太长叹一口气，满脸凄惶地说，"人穷志短呀，哪怕有一分奈何，咱也不会走这条路哇！"

花梅猜到老人要说什么，一时没吭声。老太太抹了一把眼睛，低声说："夜里格儿（昨天）二婶儿和巧云过来，给你说了个人家。娘黑介睡不着，怎么想……这心里也别扭。"老人说到这儿，泪水真的流下来。

"娘。"花梅心里也不好受，连忙劝说，"你嫑这样，咱不是没办法嘛。你要是心里难受，咱以前说的都不算了。咱这就回家，穷就穷死、饿就饿死……"说着说着，她自个儿也掉下了两眼泪。

正在这时，守根背着岗尖一筐树叶和柴草末子进了家门。他看到母女二人这样，不由大吃一惊，急忙问："大、大娘，你们……这是怎么了？"

"没、没事。"老太太忙擦抹着眼睛说，"俺们是……想家了。没事。"

守根这才松了一口气。他把筐里的东西倒在柴垛下，又说："大娘，我不会说、说话……你们有事就说，千万嫑见外。"

"没事。大哥，真的没事。"花梅说着，脸上强挤出来一丝笑模样。守根笑了笑，摘下脑袋上的羊肚子手巾抽打着身上的尘土，然后牵上毛驴出了家门。花梅娘望着他那宽厚的背影，像是很随便地问：“梅子。你觉着守根……吗样？”

“挺好的呀。”花梅并没多想，仍在低头缝着被子，“他不会说不会道，一看就是个忠厚老实人。”

“是。一看就是个好孩子。”老太太停顿一下，像是开玩笑地说，“要是……嫁给他，你愿意不？”

花梅听娘这么说，不知怎的身子一激灵，针扎在食指上流出血来。她忙用拇指摁住，抬起头问：“娘，你这是……？”

老太太点点头：“巧云她们说的就是他。”说罢，她紧盯着花梅的眼睛。花梅把食指噙在嘴里愣怔了一会儿，一声不吭地继续低头做被子。老太太瞅着她，轻声问：“梅子，你看沾、沾不？”

花梅还是没回答。沉默中，老太太幽幽地叹息一声，伏下身子边做活边说：“守根是比你大几岁，人皮儿也……一般吧，可他人好。再说，你看这个小家，殷殷实实的，吗都不缺……”

“娘，你吗也甭说了。”花梅终于低声说，“守根大哥是个好人，可是……说心里话，俺……看不上他。”

老太太停住手沉吟了一会儿，慢声细语开导：“梅子呀，两口子过日子，图个实实在在、图个长远……男人嘛，人皮儿好歹不是主要的。再说，做人总得讲良心吧，咱对人家这么大亏欠，可拿吗还呀？”

花梅不抬头也不吭声。

“梅子啊，玉虎学徒，也就两三年。”老太太凄凄艾艾说个不停，“为了这个家，为这几张嘴，为这几条小命儿，你就受点委屈吧。算是……娘求你了！”

终于，花梅的声音像蚊子叫：“娘，你让俺……想想。”

禾场上。守根一手牵缰绳一手挥鞭子，“吁吁喔喔”轰着毛驴轧豆秸。毛驴戴着捂眼拉碌碡，转了一圈又一圈。嘿嘿，要换成人，早就头晕了，不知它晕不晕。巧云满面春风地从小石桥上走过来，冲守根招招手：“根儿，歇会儿，姐和你说点儿事。”

守根答应着拴好毛驴，边掏摸烟袋来到杨树下。巧云一时没说话，只是瞅着他“嘻嘻”笑。守根被瞅得心里发毛，边揑弄着装烟问：“姐，吗事呀？”

“好事。”巧云仍笑个不停，过了一会儿才说，“我和娘给你说了个媳妇……”

守根一听便红了脸，磕巴地说：“姐，你就、就耍逗你傻兄弟了。”

“真的，我逗你干吗。”巧云说，“这不是，娘让我来和你商量商量。”

守根仍然认为巧云是逗他玩儿，便也“嘿嘿”笑着说：“要是真的就不用商量，娘你们说沾就沾。”

巧云“哈哈”笑：“傻小子，你也不问问是谁呀？”

“谁都行。”守根打火点烟，“反正得是个女的。”

“好了。姐跟你说正经的。”巧云止住笑说，“俺娘儿俩商量着，想把花梅给你说说。”

“花、花梅？”守根一时没反应过来，傻乎乎地问，“哪、哪个花梅？”

“真傻了？”巧云说，“就住在你家那个呗。”

这回守根是真傻了。他愣半天，脸“腾”一下子成了大红布，然后脑袋摇得像拨浪鼓：“不、不沾！不沾！”

巧云奇怪地看着他：“不沾？怎么不沾？”

“不沾！”守根仍在摇头，“我说不沾就不沾！”

巧云越发奇怪：“怎么就不沾？是你不沾还是怕人家不沾？”

“当然是人家不沾。”守根说，“我怎么能配得上人家呀！”

巧云“哧”地笑了：“说你傻是真不俏，配上配不上得人家说，你说不算。”

守根不吭声了。他圪蹴着靠在树根下，低着脑袋“吧嗒吧嗒”只顾吸烟。

“怎么着？倒是说话呀？”巧云问，“你到底愿不愿意？”

守根嘴上叼着烟袋，含混地说：“姐，这事……就甭说了，让人家笑话咱。”

“俺们早对她娘说了。”巧云说，“这不，娘让我来问问你。”

“你们对人家说了?!”守根吃惊地跳起来，“你们、你们……”

“是啊。说了。”巧云望着他，“你蹦吗?人家她娘愿意，说是商量商量。”

“坏了!坏了!”守根急得只转圈子，说，“看这事弄得……我、我怎么回、回家呀!”

“你怎么就不能回家了?人家是老虎哇?”巧云说，“说吧，一碰两开，你到底愿不愿意?”

“这……”守根迟疑一下，说，“你、你和娘看、看着办吧。”他说罢，逃跑般扔下巧云朝毛驴走去……

巧云笑着：“快三十的汉子了，看你那点儿出息!”

这天后晌儿，魏守根像丢了魂儿，一个人思思忖忖、磨磨蹭蹭在场里待到天擦黑儿。豆秸轧好了，他用木杈把已经半烂的秸秆挑到场边，把剩下的豆粒豆皮撮成堆，用簸箕一点点颠簸着去皮……这是第二次碾轧，剩下的豆子不多，最后只装了个布袋底儿。他一手牵驴一手提溜着布袋往家走，到门口看见花梅正抱柴火准备做饭。他突然觉得一阵心跳脸发烧，脚下不做主地扭头便往回走……花梅奇怪地问：“大哥，你去哪儿?”

“没、没事。”守根不敢看她，含糊地说，“我、我……把烟锅丢场里了。”

“那你把驴和布袋给我呗。”花梅说着，扔下柴火往门口走……守根更慌了神儿，扔下手上的东西，落荒而逃般回到禾场里。实际上，烟袋锅就在他裤腰带上掖着呢。他圪蹴在杨树下，大手哆嗦着装了袋烟叼在嘴上，掏出火镰、火石和火绒，敲打了半天也没点着。他一生气，把那些东西全扔在了地上，然后，瞪着大眼珠子瞅着蚂蚁上树，一动不动、一动不动……心里不知在想什么。

西天际，一朵灰红的乌云遮住了落日，天地间突然变得暗淡了下来。

吃过黑介饭，二婶儿和巧云坐在小饭桌旁说闲话。半截墙上的豆油灯闪闪烁烁，昏黄的光亮照耀着桌上还没收拾的碗筷。院子里，春雪和麦茬玩得正欢。他们带着小黑狗，边喊叫边在坯垛木料间跑来跑去。

“娘，你没看见。”巧云笑个不停，“真是……他那样就像个孩子，脸红脖子粗、手脚都没地儿放。”显然，她在说后晌儿的事。

“我能想出来。”二婶儿也笑着，“守根就是忒老实。”

“他那是老实啊？”巧云说，“我看就是有点儿傻。”

两人正说得热闹，守根抱着刚拆洗过的被褥来到门口。二婶儿不由一愣神儿，问道：“你这是唱的哪出戏呀？”

守根没回答，进屋把东西扔在小炕上。巧云“哈哈”笑道：“怎么着，被人家赶出来了？”

“不、不是。”守根说，“你看院里这么多东西，黑介没人看着怎么行呀。”

“没事。”二婶儿忙说，“山堂不是在家么。”

“他成天介那么忙，说不清吗时候才能到家哩。”守根边说边拿碗盛饭……

“凉了。”二婶儿说，“等等，我给你热热。”

“没事。”守根说着，盛上碗山药菜饭，圪蹴在地上“呼噜噜”吃起来。

“甭给自个儿找台阶下，”巧云挖苦他，“我看你是不敢进那个家了。是不？”

守根的大嘴咧了咧，一大海碗饭眨眼间就倒进去了。二婶儿忽然想起地说：“不知那娘儿俩商量成吗样了？”

这时，花梅忽然出现在大门口：“大娘、姐，你们都吃了？大哥，你怎么不言一声就出来了？俺们还等你吃饭呢。”她像是刚洗过脸，还擦了点儿胭脂，头发也梳得光光溜溜。守根头都不敢抬，含糊地说：“一样，一样。”

二婶儿有点儿意外地问："你怎么……这咱过来了？"

"这不是，找他们吃饭呀。"花梅指指疯跑的春雪和麦茬，然后又随口问，"村长大哥没在家呀？"

"他撂下饭碗就走了，"二婶儿说，"说是去村公所值夜。"

"是呀，村长可真忙。"花梅转脸对守根说，"你们都吃了我就不惦记了。"她说罢，又回头冲麦茬喊，"茬子，早点领雪儿回家睡觉！"

麦茬答应一声。花梅笑微微和大家告辞，转身离去。剩下的三个人一时都没开口。过了一会儿，巧云又开始拿守根开涮："看见没，多好的媳妇啊，快娶回家吧。过了这个村可没有这个店。"

守根不吭声，只顾"呼噜噜"埋头吃饭。实际上，他的脸早就红了，只是灯光太暗，谁都没看见。

村公所里，五六位村干部正在开会。双河坐在灯下，翻动着账本说："……大多数人家都交上去了，就剩几个腻歪户。东头六保家差二十斤棒子；南头大乱家差三十斤山药干；就是九毛家，一两还没交哩，我都去催过三四趟了，这小子连句正经话都没有。"

"哪年都这样。"山堂皱着眉头说，"就他家抽坠坠（不积极，不痛快），真是……"

"这小子就是吃整砖不吃半截。"不正说，"我去，一根绳把他捆来！"

"算了。"秋生叼着烟说，"回头我去一趟吧。"

这时，花梅出现在门口，"哟喝，在开会呀？"

大家有些意外，不由都愣住了。李保证忙起身迎上去："姐，你怎么来了？找我有事呀？"

"俺……找村长大哥。"花梅没看他，目光望着山堂说。山堂心里"咚咚"只跳却没动身，而是一本正经地问："你……有事啊？"

花梅迟疑一下，忙说："是……俺村里的人们要走了，俺来给你说一声。"

"是吗？"山堂这才站起身问，"你们也走哇？"

花梅点点头："是，俺们也想一块走。"

"那怎么沾啊。"山堂说，"大娘身子骨还那么弱巴。"

"就是。"不正说，"不差你们吃喝，多住些日子呗。"

花梅没吭声，过了一会儿才说："村长大哥，你能不能出来一下？俺想跟你说句话。"

山堂看秋生一眼："叔，你们先念叨着……"

夜晚的天空繁星点点。弯弯的月牙儿穿行在薄薄的云层间，朦胧的月色像薄雾轻烟，忽而明忽而暗地笼罩着小村庄。

花梅和山堂相跟着来到土台子旁，两人一时间都没开口说话。

静寂中，大榆树上的鸟窝里传来一阵轻声呢喃，像是两只鸟儿在睡梦中说着悄悄话。花梅忽闪着大眼睛注视山堂。他不自然地笑了笑，由于心情紧张，身子像害冷似的微微哆嗦着。他掩饰地背转脸点烟，连划几根火柴都没点着，再点盒子空了……终于，花梅轻声问："哥，俺托你那件事……怎么样了？"

"还、还没……"山堂吭吭哧哧地说，"我这几天……忒忙。"

"是吗？"花梅仍然轻声地问，"你就……那么忙呵？"

"可、可不是。"山堂躲闪着她的目光说，"又是催交公粮，又是成立互助组……"

"是啊，那俺知道了。"花梅突然打断他，冷冷一笑说，"那俺就不麻烦了，去忙你的吧。"她说罢，猛地转身就走……

"花梅！"山堂忙喊了一声。花梅站住了没转身，只把后背给了他。山堂犹豫片刻，低声说："娘她们……想把你介绍给守根。"

花梅依然没转身，声音颤颤地问："那又……怎么样？"

山堂没正面回答，却问了句傻话："你心里……愿意不？"

"俺不愿意又怎么着？"花梅说罢又提高声音反问，"再说，俺愿不愿意你心里不明白？"

山堂无言以对，过了会儿才说："我是觉着……他配不上你。"

听他这么说，花梅慢慢转回头。她美丽的眸子里泪光闪闪，轻声问：“那你觉着……谁能配得上俺？”

山堂又不知该怎么回答了。他尴尬地“嘿嘿”一笑，忙又说：“实际上……守根人挺好的，谁跟了他也不会……受屈。”

“反是好人就能到一块呀？”花梅寸步不让地说，“宁嫁好汉子拉马坠镫，不嫁窝囊汉子当祖宗。俺就想找一个能让俺受屈的。”

“……”山堂张口结舌。花梅目光幽幽注视着他。

沉默。沉默……鸟窝里仍有轻声在呢喃。

“我恨你！恨你一辈子！”花梅说罢，两大滴不争气的泪水一下子滚落下来。她急忙回转身，咬住下嘴唇脚步踉跄地跑开了。山堂瞅着她窈窕的背影，傻了般呆立。花梅没有回村，而是朝着空旷的大野外一路狂奔、狂奔……

云彩终于遮住了月牙儿，原野上夜雾浮移，朦胧间一片苍茫。

兰花梅使尽了力气，不顾一切地疯跑着。她越过庄稼地、翻过沙土岗、穿过小树林……夜风吹乱了她的长发，树枝扯破了她的衣裳。她脑子里一片空白，没有意识、没有念头，不知道自己想干什么，也不知道自己要去哪里，只是一路喘着粗气，“哈哧哈哧”跑着、跑着……直到最后没有了一丝丝力气，才“扑通”一下子跌倒在沙岗子上。

夜风呼啸。光秃秃的树枝急剧摇曳，一阵阵发出鬼叫般的“倏儿——倏儿——”声响，让人听上去浑身发冷，头发根子都奓开了。

花梅忘记了自个儿是谁，更顾不上害怕。她久久地喘息着，脑袋里就像过电影，一幕、一幕，又一幕……更小时候的事记不得了，记得五岁那年黄河大堤开口子，淹了秋庄稼，冲了好多个村子。她爹和村里的壮劳力都光着屁股上了堤，到头来一个都没回来。三天以后，她和娘在烂泥浆里找到爹。他已经泡发了，看上去像剃了毛、吹了气的大肥猪，脑袋有柳罐斗子那么大。她只看了一眼，好几年黑介做怕梦……六岁那年，她跟着娘逃荒要饭，过邯郸、穿魏县，挨狗咬、遭人撵……最后来到景县麦家岗一户人家。她饿急了，光顾狼吞虎咽地吃一个老太太给的饭，没着耳朵听娘和人家说吗话。后来，娘说有点儿事就出去了。她等啊等，哭干了眼泪、哭哑了嗓子，哭得睡着了……直到今天，她再也没见到过自个儿的亲娘。

那年，麦玉虎十三，大她七岁。后来的几年，她像玉虎的小尾巴，夏天背着草筐跟在他屁股后头，拾柴火砍草搂树叶；冬天跟着玉虎娘，在地窨子里纺棉花拐线子……十三岁那年，有一天撇高粱叶，玉虎忽然提出来说想看看她尿泡的哪儿吗样。她不愿意，但架不住玉虎劲儿大，硬是把裤子扒下来了……一会儿，她就觉得两腿间像杵了根棍子，疼得浑身哆嗦，后来流了那么多血，把裤子都弄脏了。玉虎还吓唬她，不许告诉娘。回到家里，玉虎娘问怎么回事，她只能摇头说不知道。玉虎娘只是笑着，说她长大了。从那以后，她虽说再也不愿和玉虎在一起，但也挡不住他隔三岔五趁没人时扒她的裤子。

她十四岁那年，麦家岗保长他爹死了请来个戏班子。她也不明白自个儿怎么那么着迷、那么上瘾，天天看到深更半夜，娘有时在一旁都睡着了，她还瞪着大眼特精神。戏班子领头的男人不知什么时候发现了她，偷着问她愿不愿跟他们走，她想都没想就点了点头。第七天是最后一天，半夜散戏后她和娘被挤散了。她没有一点儿留恋，跟上戏班子就走了。后来的一年多是她有生以来最阳光灿烂的日子，白日跟着师傅学唱腔，跟着姐姐们学身段，黑介边看戏边帮着大哥哥们抬桌拉凳摆道具。这个戏班子到处流浪，从一个村转到另一个村，唱的是河南坠子。她学了好几出戏，唱得最多是《王清明投亲》。她先扮丫鬟后装小姐，一年后正式登台，没多久便唱红了周围的十里八村。

常言说：好景不长在，好花不长开。麦玉虎不知怎么找上了戏班子。一天黑介，锣鼓开场，她上台没唱几句，他便带着一群人冲了上去，一根绳五花大绑把她牵回村。当晚后半夜，娘硬逼着把她和玉虎锁在了一个屋里。甭管她怎么哭、喊、磕头下跪……玉虎像个疯子，撕烂了她的衣裳，趴在她光溜溜的身子上，到天亮还不肯下来。娘在外面听着装没事人儿。过了俩月，就开始掏肠挖肚地干哕、呕吐……再后来就是身子撕成两半似的疼痛，当她挣扎得没一点儿力气、觉得自个儿快要死了的时候，孩子终于“呱呱”落地。后来这几年，她屎一把尿一把地拉扯孩子，牛一样披星戴月下地干活，却差不多年年不是水灾就是旱荒，没有几个春秋不出来逃荒要饭……所以，她觉得不管春夏秋冬，不管阴晴雨雪，心里总觉得是黑沉沉的阴天。可是，当她看到山堂的那一瞬间，心里不知怎么的一下子就觉得亮堂了许多，好像天立马就要晴了……谁知道，那日头只是忽闪了一下，天就又阴了。她越想心越痛，越想憋得越难受，不由在沙土地上撒泼打滚儿地啼哭起来。

云彩飘走了。月亮出来了。原野上一片白茫茫。

花梅撕心裂肺地哭，掏肠挖肚地哭、哭……不知过了多久，她觉得自己整个人都哭干了、掏空了，身子轻飘飘、心里空荡荡、脑袋里一片空白……她迷迷糊糊间，忽然觉得有一只柔软的小手在抚摸自个儿的脸，不由睁开了双眼。麦茬的小黑狗正伸着红润的小舌头，轻轻舔去她脸上的泪水。她一把搂住黑狗，泪水又流下来。

村委会散了。干部们伸懒腰打哈欠，出了大院分头往家走。

山堂和不正同路，肩并肩走在大街上。不正想到什么，嘻嘻笑着说：“哥，这个小娘儿们长得真俊！是不？”

山堂正心烦意乱，知道他在说谁更不高兴，便堵丧地问：“什么小娘儿们？你说谁呀？”

不正少心没肺仍在嬉笑：“就是找你的那个小娘儿们呗……对了，她这时候找你干吗？”

“没、没干吗。”山堂不由有点儿心虚，搪塞道，“说她娘的病……花了守根多少钱该怎么还什么的。”

“她拿吗还呀？”不正说，“村里替她垫出来不就行了。”他见山堂没吭声，又问，“她们真的要走哇？”

山堂不耐烦地：“那谁知道呀！人家要走要留，跟你有一毛钱的关系？”

“哥，我正要和你说这事。”不正的态度认真下来，拉住山堂的胳膊说：“哥，你得想想办法，一定要把她给兄弟我留下来。”

“你胡说什么呀？”山堂更不耐烦，“还给你留下来？我凭吗留人家？”

“哥，算兄弟求你了！”不正像孩子一样摇晃着他的胳膊，“这几年我忠心耿耿、鞍前马后跟着你……你一定要替我想想办法！”

山堂明知故问：“废话！人家和你有屁关系呀？”

不正愣片刻，问：“怎么？我爹没跟你说呀？”

“你爹？”山堂装傻充愣，“你爹说什么了？”

“这老东西！”不正骂骂咧咧，“他没说我看上花梅了，想娶她？”

“怎么说话呀？”山堂训斥道，“他是你爹！”

“我让他跟你和秋生叔说说，”不正尽顾嘟嘟囔囔，“我真的想娶她……”

“你？哼哼，也不撒泡尿照照自己那副德性！”山堂甩开他的手，尽顾进了自家门。不正像被人兜头泼了盆凉水，傻傻地愣住了。他并不知道山堂的心事，也不知道二婶儿她们要给守根做媒，心里一直还做着美梦哩。村委会开到后半截，他根本没听大家在说什么，老想着等散了会和山堂好好说说，求他把花梅留下来，没想到碰了这么大个钉子。他呆立半天，盘算着去找秋生又觉得天忒晚了，只得垂头丧气往家走。这小子可万万没想到，老天可怜，让他在村口碰上了那个心里想的美人儿！

花梅哭够了，想累了，脑仁子一蹦一蹦地疼。她气头上本想跟乡亲们一走了之，但总觉得心有不甘，更不愿再看到麦玉虎那副臭嘴脸。她愁肠百转，苦胆千回，最后决定留下来看看再说。她想通了，认命了，才觉得身下的沙土像冻凌，浑身冷飕飕好似泡在冰水里。她连连打几个激灵爬起身，仔细辨认了一下方向，才像梦游般慢慢走回来……不正开头并没看清是花梅，只是迟疑地呆立原地观望着，等看清后才大喜过望凑上前问：“姐，你怎么在这儿？”

花梅像在睡梦中被人吓醒，茫然间竟没认出来他是谁，愣怔着一时没回答。不正又问：“姐，这咱晚了，你一个人在这儿干吗？”

花梅这才回过神来，忙支吾着："没、没干吗。"她说着，绕开他想走……不正急了，不管不顾拉住她的手："姐，你等等，我想和你说几句话！"

花梅像吃了蝇子一样感到硌硬，挣扎着想把手抽回来："你、你这是干、干吗？天晚了，有话明儿再说吧。"

不正哪里肯放手，伸出另一条胳膊想搂她，嘴里胡乱说着："姐，你不能走……姐，我想、想你。"

花梅又气又急，抡圆了巴掌"啪"一声扇在他脸上。不正愣一下仍没松手，而是伸胳膊把她搂住了，并且伸着嘴想亲她……花梅挣扎、暴跳，猛然伸开五指抓了他个满脸花。不正负疼不过才把手松开了。花梅冲下斜坡，一溜小跑儿进了家门。不正傻了，摸着脸上渗出的鲜血久久呆立……

小鸡子叫了，天已过半夜。

花梅娘坐在炕沿儿上，戴着花镜缝补麦茬的小衣服。半截墙上，蜡碗中豆粒般大小的灯火忽悠悠散发出昏黄的光亮。老太太看上去心神不宁，时不时停住手听听外边的动静。一阵开门关门和脚步声过后，花梅撩开门帘进来了。她已经把自个儿收拾得干干净净，洗了脸、梳了头，一点儿看不出哭过的样子。

"这闺女，你去哪儿了？"老太太不高兴地说，"看这深更半夜的，真是……"

花梅没看她，也没回答问话，边脱衣裳钻被窝边说："你告诉她们吧，这门亲事……俺认了。"

老太太愣了一下，咧开没有几颗牙的嘴笑着："认了好，认了好……"

山堂家院里真热闹，好像全村人都来了！

庄稼主子有个好传统，就是不论谁家有了较大的事，比如婚丧嫁娶、兴屋盖房什么的，各家都有人过来帮忙，俗称攒忙。当然，多数人是来实实在在干活的，但也不排除个别人是来蹭饭吃的。像王九毛，本来体弱多病干不了吗，可谁家有事他都到，干多干少，乐得吃两碗肉片粉条大锅菜、三四个雪白的大卷子。不过今天还行，他正牵线拉绳，帮着李木匠做房架。李木匠是山堂的准老丈人，长得瘦瘦高高像根打枣杆子。

房子已盖了多半，门窗都立上了，山墙也快封顶了。山堂领着几个大把式站在脚手架子上，比比画画地垒墙码坯。房子的墙角是四条砖裱腿，这活儿技术含量高，二五眼把式干不了，有一块砖裱不正，整座房子都难看。山堂不敢交给别人，自个儿动手抹灰砌砖。他技术娴熟、眼到手到，干活非常利索。守根负责和泥，他只穿了条粗布大裤衩，光脚丫把花秸跐进黄泥中，再动手用三齿镐搅拌均匀。他浑身上下沾满泥巴，因不时抬手擦摸着头上的淋漓汗水，结果弄了个大花脸。不正和大乱他们窜来窜去，忙着送泥递坯……只有李秋生吗都不干，倒背着手这里指指、那里点点。人们很尊重他，说到谁都是满脸赔笑。

院子角落里垒起的长灶大锅旁，苏喜恒和黑嫂忙个不停。他六十来岁，五短身材，小眼睛、鼓拐脸，再配上翘翘的尖下巴，一看就是个倔老头。他性情刚烈、脾气耿直、说话难听，大家叫他“老杠头”实至名归。

长灶上有三口锅，第一口锅上坐着高高的笼屉蒸卷子，第二口锅里“咕嘟”着杂烩菜，第三口锅里熬的是小米绿豆粥。看上去老杠头是大把式，他戴着油脂麻花的围裙，不时用长把铁勺舀起菜汤咂咂味道。黑嫂满头大汗，很卖力气地双手抱着风箱杆烧火。

庄稼主子干活讲带三分“恼性”。这么多人忙碌着，却很少听到说笑声。现场十分安静，只有铁木工具碰撞的铿锵声和上下喊料的应答声：泥！有！坯！来了……二婶儿端着一大盆绿豆汤放在桌上：“秋生，让大伙儿喘口气儿，喝点儿绿豆汤吧。”

“沾。”秋生冲大家喊一嗓子，“吸锅子吧！”

人们这才放下手上的家伙，说说笑笑围到桌旁。有的就着脸盆洗手，有的抓起散扔了一片的香烟，有的端碗喝汤……一个个都打开了话匣子："婶儿，房子盖好了，山堂该娶媳妇了吧？""是啊，定的日子是腊月初三。""那过年你该抱孙子了？""那是，早盼着这天哩！""你这个家里吗都好，就是缺人呵。""可不是，过日子过吗吔，就是过人呗……"

老杠头很少开口，开口就没好听话，这会儿却冒了一句："等有了孙子，你就知道谁是孙子了。"

"可不是，杠子叔说得对着哩。"二婶儿"呵呵"笑着，"如今这孩子们都金贵。"

守根一直没说话，圪蹴在角落里"吧嗒吧嗒"吸烟。他从不吸烟卷，说那玩意儿没劲，一辈子叼着自个儿的短烟袋锅。这时，郑巧云满脸笑开了花，风急火燎地快步走来，离开老远便高声喊："娘！娘——"

"怎么了？"二婶儿问，"看你那高兴劲儿，喝喜老婆尿了？"

守根心里意识到什么，不由浑身紧张，端烟袋的大手也开始哆嗦。

"成了！成了！"巧云喘息着说，"守根的亲事……成了！"

"是啊？"二婶儿大喜过望，兴奋地拍巴掌，"老天爷，这可是忒好了！"

"啪"，守根手里的烟袋掉在地上。他顾不上捡，趁人们不注意站起身，一溜斜歪地跑得没影儿了。人们不明就里，一个个伸着脖子问："怎么回事？""守根的亲事？他和谁呀？"……山堂心里清楚，他一声不吭，闷着头大口吸烟，如果你仔细看，实际上他的手一直在微微颤抖。

"和花梅！"二婶儿大声宣布，"就是住他家那个俊媳妇！"

"哈……"人们出乎意料，不由哄堂大笑，"真没想到，那小媳妇挺俊的。""可不是，守根这小子捡了个大便宜！""真是……好汉没好妻，孬汉抱个花织女！"……

老杠头这时又来了一句："嘿嘿，就怕便宜没好货。"

二婶儿听这话不入耳，想说什么又忍住了。一是今儿算个好日子，不想坏了大家的心情；二是她知道这老家伙的脾气，一辈子不会说好听话。当年土改时按实情他家该是上中农，给他定个富农，也是锛渣木（啄木鸟）死在树窟窿里——扛嘴的亏。李保证听到这消息非常意外，身子发软一屁股坐在地上，小声嘟囔一句："我操！很好一棵小白菜让猪拱了！"

"巧儿啊。"二婶儿笑得合不上嘴，"咱找人看个日子，早点儿把事给他们办了吧。"

"看日不如撞日。"巧云说，"今儿是初二，咱明儿就杀猪，初六是正日子，可办大事！"

那会儿的农村，庄稼孩子们一年到头没吗好玩的，看杀猪就是一大乐趣。大早起，孩子们就聚在守根家院子里等开了，麦茬、春雪、三歪歪，还有九毛家的白翠和黑翠等一大帮子。花梅娘儿俩已经搬走了，因为按村里的风俗，娶媳妇不能不出门儿。她们本应搬到山堂家，可新房太潮不能住人，只能搬到邻居田东山家。田东山是山堂的远当家子堂哥，是村里的支部委员。他比山堂也就大个三四岁，因长得老相，从小就有抬头纹，所以人们都叫他老东山。

吃过早饭，李秋生带着几个壮汉手拿杀猪刀、铁钩子、梃杆什么的进门来。孩子们看见了，高兴地你挤我抗直拍巴掌。守根问山堂怎么没来，秋生说山堂去乡里开会了，他没往心里去。在秋生指挥下，不正和大乱等跳进圈里，七手八脚把大肥猪捉了上来。秋生边挽袖子边打量着猪说："行，差不多能出一百二十斤肉。"

"你老眼里有杆秤，上下差不了三五斤。"大乱说着，和不正他们拽尾巴捉腿把猪摁在支好的门扇上。守根忙拿来个放了盐的盆子，并把早就磨好的杀猪刀担在盆沿儿上。秋生这才上前来，他揪着耳朵把猪后脑勺死死地顶在膝盖上，伸出左手用力搬住猪下巴，右手拍打着猪脖子窝里沾的泥巴……肥猪感到大事不妙拼命挣扎，当然是瞎子点灯——白费蜡。它想大声嚎叫被秋生紧紧攥住了嘴巴，只能从鼻子里发出“哼哼”声。守根心肠软，从小养大的猪多少有点儿感情，他不敢看，扭转头回到灶坑里烧火。麦茬他们大气儿不敢出，一个个瞪圆了小眼睛瞅着。春雪吓得紧紧抓住了他的手。

李秋生右手拿起盆沿儿上的杀猪刀……孩子们的心一下子提到嗓子眼儿上。只见秋生用刀尖对准猪那柔软的咽窝，猛地斜捅下去，直到光剩下了刀把，然后，他把刀拧了一下才用力拔出来……只听“噗”的一声，一股鲜血顺着刀尖喷涌而出流进盆里……这是个技术活，不是谁都能干，一刀下去如果捅不到猪的心脏，血流不干净，杀出来的猪肉颜色会发红，看上去像死猪肉，自家吃没事，拿到集市上卖不上好价钱。那时候，庄稼主子一年到头才喂一头猪，没有谁家舍得全吃掉，一般都是留半扇卖半扇。

孩子们吓得变颜变色，张大着嘴巴连连后退。春雪小脸儿煞白，忙躲到麦茬身后，想看不敢看地露出一只大眼睛。李秋生哈哈大笑，翻过刀把搅动着盆里的血让盐化开。庄稼主把这叫做“头刀肉”，血凝住后放在水里煮一煮便成了血豆腐，切成薄片，炒上白菜辣椒就是世界上最好吃的下饭菜。

接下来，李秋生便没事了，心满意足地圪蹴到一旁吸烟。不正拿刀在猪后腿上割开个不大的口子，然后把铁梃杆捅进去，在猪的皮肉间来回搅动，一边差不多了，把猪翻过来再搅。这时候，守根把大铁锅里的水也烧开了。几个人喊着“一二三”抬起肥猪系进锅中，来回翻动着刷来刷去，没多大工夫，猪毛便离了皮。水热得烫手，人们边“咝咝哈哈”吸着凉气，把猪毛一片片薅下来扔在一堆。这东西不是废物，晾干后存放好，等走村串乡的杂货车来时能换个针头线脑什么的。大面积的猪毛薅得差不多了，剩下沟沟皱皱里的不好弄。大乱便抱着猪腿，从刀口处往里吹气，一口、一口……憋得脸红脖子粗。肥猪被吹得一点点胀大，待到又白又胖时，大乱便用细绳把刀口扎起来。人们用刮刀、蜂窝石，仔细清理着沟沟皱皱里的剩毛……到这时候，孩子们都睁大了眼睛，因为他们想要的东西马上就该下来了。

李秋生过足了烟瘾，拿着中间带轴的双头钩子，把猪蹄角一个个拽下来。孩子们一窝蜂地上前抢夺，都想挑个最大的。麦茬和歪歪抢到同一个，互不相让动起手来。小孩子打架和猫对爪一样不算吗事，大人们一般不去干涉。没想到，小黑狗却一口咬住了歪歪的脚后跟，痛得他哇哇大哭。不正上前，抬脚把狗踢出去丈八远。他可没想到，这一脚，黑狗记了他一辈子，甭管吗时候看到他都是龇牙咧嘴的。守根忙上前来平息事端，可麦茬和歪歪仍互不相让。他便想了个办法，把猪蹄角按大小个排成队，把几根长短不一的树枝下半截埋进土堆里，让他们“抽轴”，抽到长枝拿大的，抽到短枝拿小的……听天由命，谁都嫑争嫑抢，一场风波总算平息下去。孩子们并没离开，他们还在等自个儿想要的东西。

李秋生用杀猪刀和斧子，连砍带剁把猪头抹脖割下了。不正拿刀在猪后腿上扎两个小洞，挂上双头钩。三四个人喊着号子一齐用力，把没头猪倒挂在事先埋好的架子上。猪头交给守根去收拾，这活儿忒吃工夫，上边沟坎太多，用刀刮、用蜂窝石打，甚至用烧红的火镩烫……折腾半天也不一定能弄干净。秋生挥刀开膛破肚，刹那间露出来花花绿绿的猪下水和红红的肉、白白的油。他取瓢舀水，一次次泼上去，血水带着星星点点的油渣落进下面的土坑里。孩子们再次扑上去抢油渣，狼多肉少，又差点儿抓挠起来。守根为平息事端，干脆割下块板油给他们分了分。孩子们这才高兴地叫喊着一哄而散……

庄稼孩子都会做猪蹄角灯。他们从娘藏在柜里的包袱中偷出小块褯子，搓成捻儿混同猪油渣塞进蹄角窝里，点着了就是个小灯。当天黑介没有月亮，麦茬他们举着蹄角灯在屋后禾场上玩耍。三歪歪不知怎么引着了花秸垛，孩子们都吓傻了。麦茬带头上去扑打，把眉毛都烧着了。他们人小力单，抢救不得法，火越着越大。歪歪见事不好，撒丫子溜了。幸好大人们来得快，又守着小河，不一会儿就把火扑了，没造成多大损失。花梅急匆匆赶来，大声训斥儿子：“活祖宗，你怎么净给我惹事啊！”

“不、不是我……”麦茬摸着秃眉毛小声嘟囔。

“不赖茬子哥，”春雪也为他说好话，“是歪歪……”

“还犟嘴！”花梅气哼哼地说，“属你大，不是你带的头？！”

麦茬拧着脖子嘟噜着脸不吭声。

“小王八羔儿，你还不服气呀！”花梅说着，抬手打他一巴掌。

麦茬心里委屈，又气又急地捡起根树枝一折两截，然后用尖茬扎自个儿的大腿。在场的大人孩子都被他的举动震住了。春雪扑上去夺树枝：“哥，哥……”

麦茬推开她，用力扎、扎……直到鲜血顺腿往下流。花梅上前夺下树枝，心痛地抱着儿子掉眼泪：“活祖宗，你想急死娘呵！”

一直站在旁边的秋生对山堂说：“这小子好刚性，管好了将来能干大事，管不好就是个土匪头子。不信，你等着看吧。”

魏守根成亲那天，谁都没想到被不正搅了场子。

天头明儿，雾气特别大，像瓤瓜子似的，一团一块地顺街筒子滚来滚去。人们走个对脸冲，也认不清谁是谁。主事的李秋生第一个到，却发现守根家大门上着铁锁。他心里只纳闷：这小子，这么早去干吗了？他点上根烟，圪蹴在大青石上慢慢吸着。工夫不大，攒忙的乡亲陆续到了：老山东、黑嫂、双河、大乱……王九毛仍然是不请自到。

“妈了个巴子！”老山东有气管炎，祖传的，他奶奶他爹都是出气不顺当。只见他边咳嗽边说：“这么大雾，多少年没见过了。”

“可不是。”黑嫂说着看了看大铁锁，“这傻小子去哪儿了？”

“不知道哇。”秋生说，“我来了就没见着人。”

双河眨巴着眼睛：“八成又去拾粪了。”

“不会吧。”九毛说，“他也不看看今儿是吗日子？”

说话间，守根背着满满一筐粪回来了。他嘴里“呼呼”喷着热气，胡楂和眉毛上挂了一层霜雪，看上去像个白胡子老头。人们不由都笑了。

“你小子真行，拾粪也不看个时候，”秋生站起身，“不怕弄臭你的好事？”

守根“嘿嘿”一笑，忙从腰带上摘钥匙开了锁。院子里一切都已准备妥当，二十多张方桌、百十来条长板凳把小院儿挤得满满当当。这些家具的规格、样式形形色色，一看就是从各家各户借来的。角落里的长灶上热气腾腾，高高的笼屉差不多齐了房顶。门窗上贴的大红“囍”字，已被雾气洇得湿乎乎耷拉了下来。

“这还差不多。”秋生点点头，又说，“你可记清楚了，按夜里黑介咱们说的，一步也不能错，可要闹出笑话来让人讲你一辈子。”

守根连连点头。庄稼主子把结婚叫做“过事”，真是事和事挤一堆摞一块，又烦琐又麻烦。甭说提前十多天就得忙活着磨面蒸食罗、做豆腐、杀猪；提前三四天就得挨家串户借家具：桌凳、锅笼、碗筷……就说头天黑介，男女双方多数人都睡不了觉。亲戚朋友们聚在一起，议论程序，安排分工：抬食箩的、打灯笼的、抱包袱的……往往鸡叫了还说不明白。好在解放后人们有了心情过日子，村里有了卷子铺、豆腐坊，多花俩钱儿省了好大劲。

这时，不正和大乱提溜着三眼炮、药葫芦什么的跑进来。他凑到秋生跟前问：“支书爷，到时刻了，放炮吧？”

秋生习惯性地抬头看天，天上除了大雾吗也看不见。他点点头说：“放吧。”

不正扭头往外走却被双河喊住了：“混账！这头声炮你能放？”

不正“嘿嘿”笑着把三眼炮递给秋生：“爷，你来。”

秋生接炮来到小河边，非常熟练地用药信子倒上引药，拿火绳轻轻一玍……只见一股浓烟“哧哧”冒过，火光闪烁处“咚——咚——咚——”三声巨响惊天动地，震撼着黎明前的黑暗、叫醒了沉睡的村庄。

大杨树枝头，几只什么鸟儿惊叫着扑进茫茫夜雾之中。

老东山家中灯火通明。红柳和青松正认认真真地泼洒、打扫院落。她家和老东山家门挨门，兄妹俩都很懂事，一大早就过来帮忙了。麦茬和春雪都换上了新衣，领着小黑狗跑来跑去地玩耍。娘儿们们三三两两说笑着进门来。红柳显得很高兴，像是她家过喜事一样，满脸是笑地和每个人打招呼。这闺女好说好笑，从小喜欢人多，平日里成天介守着没笑模样的爷爷和闷葫芦似的哥哥，心里憋闷得够呛。这几天花梅她们过来，小丫头高兴得像过年，天天跑过来忙里忙外地帮着干活，笑得合不上小嘴儿。爷爷说她是“人来疯”。

屋子里更热闹。花梅娘盘腿坐在炕上，仔细整理着两个红包袱。二婶儿和巧云正帮花梅穿上一身红衣裳。花梅画了淡妆，神态略带羞涩，比平常日更显得妩媚动人。她头上戴花，红衣红裙配上叮咚作响的银胸饰（都是借的），真是个韵味儿十足的新娘子。巧云上下打量半天，笑着说：“真俊！比七仙女还好看！”

“她像七仙女，”有个娘儿们说，“那守根就是牛郎呗。”

“那还用说，”花梅娘接过话茬，“守根那实诚劲儿就像牛郎。”

今儿是大喜的日子，花梅却显得并不高兴，一直咬着下唇不吭声。

“他呀……嘿嘿。”那个娘儿们说，“我看倒像那头老黄牛。”

满屋子人都笑了。二婶儿听这话心里有点不得劲儿，忙说：“这话我可听不上。俺根儿长得是不俊，也不会花迷调嘴的哄人高兴，可他心眼儿实诚，知道和人亲，知道疼人。”

“就是。”花梅娘忙接过话头，“脸俊能当饭吃啊？嘴甜能顶衣裳穿吗？”

这时，外面的炮声和喇叭声吵翻了天，老娘儿们再说吗，谁都听不清楚。

“到了！”二婶儿大声说，“快，叫茬子和雪儿抱包袱！”

说话间，院里已挤满了看热闹的男男女女。两名壮汉抬着顶一抹素的红绸小轿进了大门，红柳忙迎上去给他们引路。小轿来到屋门口，前边的汉子把轿杆送进门槛里，忙中偷闲点上根烟大口吸起来。红柳伸胳膊撩起小轿帘……花梅娘忙为花梅蒙上红盖头。她眼里噙着泪花儿，神情凄惶地小声嘱咐：“梅子，去吧、去吧……要和人家好好过。”

巧云搀着胳膊把花梅送进轿里，又接过二婶儿手上的两个红包袄，塞进挤在门口的麦茬和雪儿怀中说："去，跟在轿后头！"

"起轿！"两名轿夫吆喝一声，抬起小轿。看热闹的人们忙闪开一溜胡同，笑闹着往后退。轿夫来到大门口，把小轿稳稳放进大轿中。大轿用的是红缎子面料，四周描龙绣凤、插花刺朵，非常鲜艳、非常美丽，让大闺女们看上去眼热心跳，不由得胡思乱想。四个壮汉齐声喊着号子，颤悠悠抬起大轿。

从老东山家到守根家，走着也就是吸锅子烟的工夫。娶亲的队伍没直接过去，而是围着村子转了一大圈，出西口到村南，再往东拐北转回来。这时候雾已散得差不多了，日光曚曚昽昽，天地间亮堂了许多。只见三眼炮"咚咚"，伴随着阵阵硝烟轰鸣不停；锣鼓"铿锵"，小喇叭吹得震天响；满街筒子人跟着看热闹，跑来跑去把地上的尘土蹚起来漫天飞舞。尤其是孩子们，紧跟在轿子后头你挤我搡，有的甚至动手抓挠了起来。

兰花梅坐在轿子里，心里的感受一时半会儿说不清楚。高兴吗？好像有点儿，最起码往后不用饿肚子了；忧伤吗？也有点儿，毕竟不是自个儿想要的那一个；激动却是真真切切的，大闺女坐轿——头一回嘛。她虽说不是大闺女，可坐轿确实是头一回。当年她被抓回来，没坐轿也没骑马，和玉虎锁在一个屋里就算结婚了。只不过第二天请当院里的人们吃了顿饭，稀里糊涂算通知了大家。

魏守根坐在前边的蓝轿里，心情和花梅大不一样。他兴奋、激动、紧张，想着夜深人静在炕上该干的那点儿事由不得浑身打哆嗦。他长这么大，这种事听说过不少，马呀驴呀配对儿也见过很多，但男人女人到底是怎么回事，心里一点儿都不清楚。实际上，守根这些天一直是晕头转向，成天介不知该干吗不该干吗，像个木头人似的别人怎么拨拉他怎么转，时不时逗得秋生他们哈哈大笑。

花轿引领着大队人马过小桥、上河坡，来到守根家大门外。接下来的一套程序更烦琐：过门槛、迈马鞍、跳火盆……新郎要拿着弓箭进新房冲四个角比画比画，说是为"驱邪"；新娘来到天地台前，在人们的哄笑声中给本家长辈鞠躬上拜；长辈们按着辈分大小，五毛一块、三块五块的给拜钱；这时也有人闹公婆，二婶儿在劫难逃，被娘儿们们用锅底灰什么的抹了个满脸花……这其中尽管有一些迷信说法，实际上也是因为当时庄稼主子一年到头生活忒枯燥，乡亲们抓住机会找点儿乐子呗。直到耍笑够了，新娘逃跑似的冲进新房，才算告一段落。这时，会有人把下轿饺子送进新房，新娘子一般都不吃，她们知道今儿一天院里闹哄哄都不断人，去茅子里忒不方便，宁肯饿着。花梅也没吃，一方面为上边说的原因，另一方面她进屋时匆匆往人群里扫了一眼没看见山堂，心里“咯噔”一下堵得满满，一个肉丸的饺子也咽不下去。

按理说，当哥的娶媳妇，做弟弟的是主要劳动力，责无旁贷应该尽职尽责、跑前跑后跟着忙活。可这些日子，山堂一直没露面。二婶儿问他，他几次说公事忒忙，抽不出工夫。事实上也是，村里的大事小情、上边的大会小会，秋生都让他一人顶着。秋生是过来人，明白山堂的心思，知道他不愿意看到花梅出嫁的场面。山堂也正好想躲，他成天介像一口吞下二十五个小老鼠——百爪挠心啊，白日吃不下，黑介睡不着，有事忙事，没事就猫在村公所里抽闷烟。眼瞅着自个儿喜欢的女人嫁给别人，尤其是自己名义上的哥哥，他无法容忍，他接受不了，可又想不出解决的办法。他想眼不见心不烦，实际上根本做不到，眼是不见了，可心里烦着哩。不管是外出开会还是在家忙事，他脑子里老是晃动着花梅那双好看的弯弯眼。他万般无奈，除了抽烟就是一声接一声地出长气，就这，在娘面前还不敢表现出来，还得装得高高兴兴。唉……他心里那份憋屈、那份别扭，逮着谁都想发脾气。

天头午，大席总算开始了。亲戚朋友和乡亲们十人一桌，除头席二席外，大家找对眼的自由结合围坐一起就行了。头一桌叫冰恭席，坐着双方管事和本族老辈子；二席是双方的直系亲人。好在守根和花梅都没吗亲人，就把头席二席合并在一起，剩下的都随便坐。巧云是今天的总指挥，让红柳她们先在每人面前上了碗打卤面条，叫做“安席面”。面条是头天黑介擀好的；卤是现打，里面有肉丁、炸豆腐丝、黄豆芽、珍苠（黄花菜）什么的。常坐席的人有经验，知道后面有很多好菜，吃两口就放下箸子等着。傻小子们不知道，“呼噜噜”一大碗面条下肚就差不多了，再有好菜也吃不下多少。面碗撤下去就上“干果盘”，八个小碟里盛着炒花生、瓜子、水果糖……紧接着凉菜就上来了，也是八个盘，无非是心尖儿、肚把儿、舌头根儿，再加几个素菜调龙须、黄瓜丝什么的。这时候，已等待好久的人们开始端盅喝酒，一个个都很文明，互相说着客气话、吉庆话、吹捧话……

巧云指挥着红柳和大乱几个年轻人，腿勤脚快地窜来窜去，撤空盘、上新菜……这时候开始炒热菜，最忙的要属大灶上的老杠头和黑嫂他们。当时在农村里，条件好点儿的人家讲上八道菜，其中炖肘子、炖鸡和炖鱼是头天就做好的，热热就行，剩下的几道菜必须现炒。肉炒萝卜丝、大白菜炒肉、肉丝炒土豆……一锅炒三四盘，二十桌炒六七锅，五道菜就得炒三十多锅。两人汗冒葫芦，脚忙手不乱地紧折腾，五道菜上去已累得够呛。老杠头平时就喜欢喝两口，不管给谁家攒忙，他都在灶上放把小酒壶，趁尝菜的工夫忙里偷闲抿两口。几道菜炒完，他差不多就有点儿迷糊了，便坐在灶火口，脑袋一栽一栽地打盹儿。到这时候，天已到后半晌儿，他的任务基本完成，剩下的每席八大定碗也是头前做好的，热热就能上：条子烧、丸子烧、酥肉、喇嘛肉、蘑菇肉……喝酒的人们差不多都到了二八干儿，一个个红头涨脸，吆五呵六、满嘴跑舌头地胡扯八卦。

该是新人给乡亲们敬酒的时候了，秋生引着守根把花梅请出来。守根这多半天忙着招呼客人，串来串去关照乡亲们吃好喝好，酒没少喝菜没吃几口，这会儿已是身子发轻脚下发飘了。两人在秋生带领下，端着酒从头席开始，每席敬一盅。守根抬手见底，花梅象征性地抿一下就行。本来是走过场的事，进行得顺顺当当，谁知到第十席不正跟前出了差错。他已喝高了，甭说脖子和脸，连眼珠子都是血红血红的。他脚腕子发软舌尖子发硬，磕磕巴巴地说："嫂、嫂子，这天底下，地、地上头，俺就、就看着你、你俊。来，咱姐弟俩喝、喝个满、满盅。"

这时的花梅确实挺漂亮！她秀发飘逸、粉脸酥红，眼睛水汪汪像会说话，借来的红衣很合体地紧裹着窈窕的身段，尤其显得胸高腰细，圆溜溜的屁股不大不小，时时都牵动男人狼一样的目光。她原本就讨厌不正，这会儿看他那样更觉得恶心，便冷着脸说："我不会喝。"

"那、那不、不沾。"不正端着酒盅说，"今、今儿是你大、大喜，兄弟我高、高兴，敬、敬你。"

"我真不会喝。"花梅说着，抽身想走，却被他一把拽住了。几个年轻人见这边有乐子，不约而同凑了过来。坐在头席的双河知道自己小子喝了酒没准头，起身想过来看看。二婶儿拉住他说："没事，今儿大伙儿高兴，让他们闹吧。"

"覅、覅走哇。"不正一直端着酒盅，"你是我、我亲、亲姐，就、就一、一盅。"

"我、我……"守根舌头也不利索，接过酒盅一饮而尽。

"那、那不沾，白、白喝。"不正又端起一盅，"亲、亲姐，给、给个面、面子。"他说着想把酒盅送到花梅唇边，因手打哆嗦，有一多半洒在她怀里。花梅更不高兴，这衣裳是借的，回头怎么还人家呀？她用力挣扎想甩开他的手："你……干吗呀？"

不正就是不松开："给、给个面、面子。我、我喝仨你喝一个，沾、沾不？"

"就是，快喝。""喝了这盅酒，好日子更长久。"儿马蛋子们跟着瞎起哄，其中也有人拱火，"让她喝，看你这大连长有没面子！"

花梅很无奈，想发火又觉着不合适，只得冷着脸不吭声。守根见状，忙赔着笑脸打圆场："沾、沾了，我、我喝……"

"没、没你的事，滚、滚半搁儿去！"不正心里窝火，用力推他一把。守根本来就脚下没根儿，身不由己倒退几步撞翻了旁边的桌子。

只听“哗啦啦”一阵声响，碗打了、盘碎了、壶摔了、菜撒了……满地狼藉。人们愣着，一个个都傻眼了。

这时，双河急忙忙赶过来大声喝骂：“妈那巴子！喝多了还不给我滚回去！”他骂着，猛地踹儿子一脚。不正本来就站不稳，一下子摔了个大马趴。满院子人哄堂大笑。不正挣扎半天才爬起来。他咧开大嘴冲天号叫：“老、老天爷瞎、瞎了狗眼，很、很好的一、一颗小白菜，让、让猪拱、拱了！”

花梅听到此，头一低冲进新房。不正哇哇大哭，一溜斜歪出了大门。从这天起，花梅多了个外号——小白菜。

当天黑介，守根学没学会男人和女人该干的那点儿事谁都说不清楚。听房的人们众说不一。有的说守根喝多了，睡得像死狗一样一宿没动弹；有的说花梅把他教会了，趴在她身上到天明都没下来；也有的说就干了一回……要管吗样，乡亲们眼里的守根确实变了。他以前话很少，走路低着个头，人们说他成天和蛋包子算账；这会儿，他走起路来头抬得老高，腰杆子也挺直了，见人大老远就笑笑地打招呼……嘿嘿，看来有媳妇和没媳妇就是不一样！当有人开玩笑问起头天黑介的事，他总是“呵呵”一笑，说：“反正，我知道这世界吗样了！”

第三章

贼心不死　蛤蟆难吃天鹅肉
一夜走红　乌鸡变成金凤凰

成立互助组，村干部们没费多大劲。乡亲们听说是毛主席号召的，都积极报名参加，自愿结合的小组，和秋生他们划分的差不了多少。只有个别腻歪户，像王九毛家，人多劳力少，干活不见人，吃饭一大群，就没哪个组愿要。二婶儿说："九毛两口子人不赖。眼下他们在泥洼坑里，大伙推一把拉一把也就过去了。等孩子们长大了，比谁家劳力都多，就入咱们组吧。"

就这样，山堂家、守根家、老东山家、老杠头和九毛家，五户成了村里的第一组。经过大家举手表决，选二婶儿当上了组长，老东山当副组长。等一切安定下来，已经到了冬天。场光地净没活干，二婶儿开始张罗着给山堂娶媳妇，成天价忙得团团转。她找人看了日子，定的是腊月初三，紧接着定轿子、找吹打班，又走东家、奔西家，找攒忙的、借家具——桌椅板凳、锅碗笼屉……山堂对这事却一点儿都不上心，天天撂下饭碗就走，忙着去开会，去处理村里的大事小情。

这时候，区政府已改成乡政府，村公所也改成了村委会。上级号召扫除文盲，村里要办识字班。山堂让不正带着几个民兵，把村委会的西屋收拾出来。这是四间通敞的一个大房子，里面放着土改时的一些剩余浮财，无非是几十根旧木料、一堆破家具什么的。房屋年久失修，破败得厉害，山墙泥皮脱落，房顶上垂垂挂挂，到处都是乱蜘蛛网。不正他们吊顶棚、刷墙皮、抹黑板、盘煤火……整整忙活十来天，终于把“识字班”的牌子挂了上去。

这时候，包村干部吴一平来了。他比山堂大两岁，也是个很精神的年轻人。他原来在部队是个排长，转业下来当了副乡长。那会儿条件不行，乡里只有一辆自行车，一般情况归书记和乡长骑。吴一平他们来来去去只能靠两条腿，好在金沙窝离绿城道乡没多远，十几里地对年轻人来说不算吗。他把铺盖卷往办公室里一扔，就和村干部们一起走家串户做工作，动员人们吃过黑介饭去识字班学文化。有那么一天，山堂不知怎么了，心里特别想见见花梅。自从她结婚后，他一次都没见过。花梅整天像个坐家女，大门不出二门不迈，伺候着守根和麦茬，洗衣、做饭……老太太已经走了。那是她们过事没几天，老人惦记家里的两间破房子闹着要走。守根牵着毛驴，驮了半布袋白面半布袋小米子，一直把她送到了家。好家伙，那道忒远了，中间还过滹沱河，守根来回走了四天。

山堂领着吴一平拐出村头，下了慢坡，过了老槐树，看见一群孩子正在河里玩耍。小河分季节，夏天里水最大，秋天时水就很少，这会儿都冻成了一块大冻凌。孩子们一个个小脸冻得通红，嘴里“呼呼”喷着热气，有的打滑溜，有的打陀螺，有的揣着袖子看热闹。麦茬穿得干干净净像个小学生，挥动小鞭把陀螺打得有板有眼。三歪歪可就不行了，他身上的棉衣趿里踏拉，边打边不时抬胳膊抹一下滴溜下来的清鼻涕，结果两只袖口抹得油光发亮，硬邦邦能划着“取灯”，孩子们就叫他“老抹”。山堂登上小桥问：“茬子，你爹在家不？”

“没在。”麦茬头都没抬，“出门子了。”

山堂不由愣一下，又问：“你娘哩？”

“在家呢。”麦茬说着，挥动鞭子追赶黑狗，原来是它调皮地把陀螺叼跑了。几个月没见，这条狗已长得又粗又壮，身架快赶上麦茬了。

守根家院子里静悄悄。花梅正收拾晾在铁丝上的被褥。她比刚来时略微胖了点儿，脸色保养得白里透红，看上去更加娇嫩动人。褥子上大袼褴套着小袼褴，有的像地图，有的像云彩……那是麦茬尿炕的杰作。这小子话少、蔫淘，白日疯玩傻跑，黑介沾枕头就成了小死狗，甭说尿炕，把自个儿漂起来也醒不了。花梅看见山堂和吴一平进门来，稍微愣了一下，脸色“腾”地变得通红。

“嫂、嫂子。”山堂叫了一声。他自个儿都觉得别扭，好像那声音不是从自己嘴里出来的。他咽了口吐沫，忙介绍说：“这是……吴乡长。”

花梅努力让自己平静下来，忙笑着打招呼：“吴乡长……快屋里坐吧。”她觉着自个儿笑得很难看，慌忙掩饰地抱着被子转身往屋里走……迈门槛时，她不知怎的脚被绊了一下，趔趄着身子进去了。山堂看在眼里，心中自然明白是怎么回事。

“当心！”吴一平关照一声，跟在山堂身后进了屋。

堂屋里没多少变化，只是比以前收拾得更加干净利索，连灶火坑里都一尘不染。两个男人坐在方桌旁。花梅一直低着头，谁也不敢看地沏茶倒水：“家里没吗好茶叶，你们凑合着喝点儿吧。”

“没事。你别忙活了。”吴一平打量着屋里说，“大嫂一看就是个利索人，收拾得多干净啊！你看那锅台，苍蝇落上去也得劈了叉。”

“吴乡长笑话我呀。”花梅已恢复了平静，笑着把水杯放在他面前。

“我哥……没在家？”山堂掏出一盒“大生产”香烟，抽出一根递给一平。

“他去阜平了，”花梅回避着他的目光，低头擦抹洒在桌上的水，“说是给雪儿她们送点儿年货。”

“是呀。”山堂点上根烟，“走几天了？”

花梅眨巴着眼睛想了想：“今儿是第四天了。”

“四天？去阜平当天就能打来回。”山堂笑着说，“他八成又去找部队了。”

“找部队？”花梅意外地抬眼看着他，“你哥还真的当过兵呀？”

“是啊。”山堂说，“当过五六年哩，后来不知怎么就回来了，到这会儿还有人说他是开小差了。我还问过，可他吗都不说，身上也没证件……”

“还真有这么回事呀？”花梅思忖地说，“我也听人们风言风语，说过一句半句的。”

“嘿嘿……”山堂笑着说，“这好几个月了，他没告诉过你呀？”

花梅摇了摇头，说：“他这个人……心思挺重的。”

“他呀，当年是被我娘打跑的。”山堂说着点上根烟，思索着讲起了守根当兵的故事……

无极是个小县，坐落在冀中平原深处，那年代不过二十来万人。县虽小历史却不短，县志记载始建于汉代，隶属中山国，归刘姓靖王管，据今也快两千年了。全县土地平坦、肥沃，没有山，只是在西部偏南有两个好几丈高的大土堆，据说是汉代那个先睡老爹后睡儿子的甄妃墓。但据考证又说甄妃家是东北套里南流一带，是个大村子，至今村头上还横躺竖卧着好多石人石马哩。她的墓为吗跑到几十里地外？为吗有两个坟包？至今谁都说不清楚。

县境内有两条较大的河流，一条是城南的滹沱河，一条是城北的木道沟。相传这条河原名叫穆刀沟，是当年穆桂英打了败仗，拖着绣花宝刀从西山逃下来，山水顺刀沟流下，日冲月刷，便流成了一条河。后来的人们为写着省事儿，就改成了木道沟。守根家门前这条河是木道沟的一条分支。

守根十七岁那年因打赌挨了揍，一气之下从家里跑了出来。他想去石门找表哥当兵，表哥是他堂姑家小子，叫周兴，比他大四五岁。他知道表哥在国民党军队里是个军官，多大官不清楚。初生牛犊子不怕虎，他小包袱里背上几张大烙饼和一根老咸菜就上了路。当时没公路，更没有汽车——有车他也坐不起。石门的具体位置他也不清楚，有人告诉说：你就往西走吧，找到铁道再往南，一口气就能走到。他大早起动身，背着日头、沿着田间小路大步流星走呵走，饿了啃几嘴烙饼，渴了扒着浇地的垄沟喝一气……不知过了多少大村小庄、翻了多少沙岗土丘，天擦黑的时候到了正定，终于见到了铁道。他擦抹着满头大汗，看到长长的一列火车“咣当咣当”跑过去，心里就想：好家伙！它爬着跑这么快，要是立起来，那还不飞上天去！当天黑介，他找个柴火窝钻了一宿，第二天顺铁道往南，头晌午就到了石门。

当时的石门还是个大村子，除了有个火车站，几座小洋楼，剩下的都是些灰拉巴唧的庄稼屋。十七岁的守根很傻，除了写信不知怎么和表哥联系，而写信只能说哪天到、在吗地方见面，具体几点自个儿都说不准。可好，他在火车站等呵等，又不敢挪地方，直到日头快落山了，表哥才骑着辆军绿摩托车从又脏又乱的街口冲出来。守根很激动，大声喊叫着迎上去。周兴却显得很冷淡，一是因为血缘较远，他们只是小时候见过几面；二是周兴不怎么欢迎他来，说现在正和日本人打仗，当兵多危险？说不定哪天脑袋就得搬家！

守根是个一条道走到黑的主，认准了的事情八头牛都拉不回来。周兴见怎么劝守根都听不进去，只得让他跨上了摩托车……活该这傻小子倒霉背兴，这一脚跨出去了几年的枪林弹雨、出生入死不说，还给自个儿带来了多半辈子的牵肠挂肚、绕梦萦怀。

到部队守根才知道，周兴所在的是国军三六五师。他是十三团九营五连的一个小排长，手下管着四十多号人，其中有个机枪班。在守根要求下，周兴把他留在机枪班成了年龄最小的一名战士。那会儿战事紧张，根本没时间训练。半个多月后的一天头明，守根在睡梦中便被班长赵先才一巴掌敲醒了。当天，他们的部队急行军一百五十多里，半夜时分赶到了娘子关，准备截击从天津支援太原的日本鬼子。

守根虽说庄稼底子身子骨戗实，可在短时间内走这么远的路还是头一回。他的脚上磨了好几个大血泡，一瘸一拐硬没让战友们落下。等部队到了指定地点，班长赵先才和战友赵小山用沾了煤油的针线把守根脚上的泡捅开，放了那么多血水他才觉着轻快了好多。脚轻快了身上却又很难受，出了一天的汗，内衣都湿透了，现在凉飕飕紧贴身子，整个人感觉像是被捆着。正在这时，上边传来消息，说敌人已到了山脚下。守根一听精神紧张，不知是冷还是害怕，浑身哆嗦上下牙

“嘚嘚”打得山响。赵先才发怒了，几次制止不住，硬往他嘴里塞了块毛巾。守根的牙齿倒是不响了，下边却又觉得内急想撒尿。他爬起身要找地儿方便，被赵先才一脚踹倒了：“不许动！你想暴露目标呀?！”

赵小山爬过来小声说：“一天没喝水，哪儿有尿呀？你这是草鸡尿，谁都一样，头一回上战场都想找个茅子。”

还真是那么回事，枪声一响，守根把什么都忘了，牙也不打了尿也不急了，抱着机关枪冲山下敌人一顿狂扫……娘子关战役不算大，打得却相当惨烈。敌人的大炮把整个山头都削平了，国军一个营的兵力最后剩下不到一个连，而且弹药都打光了，战士们只能用石头对付小鬼子。石头能有多大杀伤力？眼看鬼子乌泱泱爬上来阵地要失守，躺在地上的赵先才把一只军号扔给了还能站起来的魏守根……这真是闲时备下忙时用。守根自从来到部队上，一是喜欢机枪二是喜欢军号，没事的时候，他经常跟着赵小山学吹号，当嘴唇磨出泡时，他还真吹出来调门儿。此时的守根立马明白过来，拿起军号站起身吹响了冲锋号……还活着的战士们一听就来了精神，跳起身一阵狂喊：“冲呀！冲呀——”

正往上爬的小鬼子们一惊，掉转屁股跟斗骨碌就往山下跑……等他们回过神儿来再次往上冲时，国军的增援部队赶到打了个漂亮的歼灭战！

战斗结束，魏守根立了一等功。喜报传回村，乡亲们才知道他参加了国军，后来人们统称为伪军。实际上，守根在这个部队前后待了也不过五个多月，当他胳膊上的伤还没痊愈时，就稀里糊涂成了八路军的俘虏。

当时他们新组建的部队在河北平山、行唐一带驻防，一天后半夜被王震率领的三五九旅连锅端了。人家也没难为他们，大早起都集合在一面山坡上。王震亲自讲了八路军的政策，说愿意留下来跟他们走热烈欢迎，愿意回家的发两块洋钱马上可以走人。守根当时就想上去领洋钱，赵小山在背后捅他一下：“你傻呀？等你领了钱，走不下山坡就被人从背后一枪崩了！”

守根被吓了一脑门子汗，就没敢上前领那两块大洋钱。后来他才知道，确实有不少人领钱回家了，也没人从背后打冷枪。守根很后悔，几次埋怨小山……

识字班开课了，来的人还真不少，男女老少，最多的是娘儿们们。这天黑介，十来个妇女先到了。她们坐在一排排的大木头上，一个个谁都没闲着：奶孩子、拐线子、纳鞋底子……而且手不闲嘴也不闲："你家吃得吗饭呀？""能吃吗饭？山药轱辘菜饭呗。""快过年了，没吃点儿好的？""俺家今儿可是改善了！杀猪了不是？哧喽嗦子萝卜皮，剁上点儿蒜末，捏饺子香死了"……

花梅和红柳坐在最后排角落里，低声细语说着什么。自从花梅出嫁前去老东山家住了几天，红柳天天过去陪她说闲话，两人便好得像亲姐妹，恨不能同穿一条裤子。不正鼓鼓捣捣把汽灯弄着了，用一根木头钩子高挂在房梁上，屋里一下子变得雪亮雪亮。他搓弄着双手，看看后排的两个人，坏笑着说："趁这会儿等人，咱们让小白菜唱个小曲儿呗。大伙儿说沾不沾啊？"

"沾，忒好了！"老娘儿们们齐声响应，"就是，唱一段呗。""最好来段带荤的，反正都是老娘儿们，怕吗呀！""不正也是老娘儿们呀？""他一个儿马蛋子，狗屁不懂。"……妇女们七嘴八舌瞎起哄。

"不、不沾。"花梅不好意思地连连摆手，"俺不会……"

"来，大伙呱唧呱唧！"不正说着带头鼓掌。妇女们来了精神，放下手上的活计，边喊叫边"劈里啪啦"拍巴掌。

"嫂子，你就唱一段呗。"红柳说着把她推起来。

花梅推脱不过，想了想说："那我唱段《回娘家》吧。谁给答个下嗑儿？"

"我来。"黑嫂说着站起身，并把花梅拉到了汽灯下。《回娘家》是当时河北一带非常流行的民间小曲儿，好多人都会唱，不会唱的也大体明白吗意思，能跟着瞎哼哼。等人们静下来，花梅清了清嗓子唱道：

七月二十七，八月二十八，
抗着毛篮回娘家呀。
哎呀我那大娘吔……

黑嫂忙接下嗑儿：“回娘家就怎么了？”花梅继续唱：

一出村，上河堤，
河堤上碰上个当兵的。
哎呀我那大娘吔……

黑嫂：“当兵的又怎么了？”花梅接唱：

当兵的，不是好东西，
拉拉扯扯就进了高粱地。
哎呀我那大娘吔……

黑嫂：“进高粱地又怎么了？”花梅再接下去：

铺着青秫秸，盖着秫秸叶，
红裤子绿袄褪了大半截。
哎呀我那大娘吔……

黑嫂已笑得喘不过气来：“后、后来呢？”花梅接唱：

头一下疼，第二下麻，
第三下好像蜜蜂爬。
哎呀我那大娘吔……

老娘儿们们听到这儿才过足了瘾，“哈哈哈”一阵仰头狂笑。这时，男男女女来了不少。吴一平、秋生和山堂也进门来。他笑着问：“干吗呀，怎么这么热闹？要过年了，心里高兴是不？”

大伙儿笑得更欢。山堂皱起了眉头：“行了，快上课吧。”等人们安静下来，他又说：“今天，吴乡长给大家上课。大伙儿一定要认真听讲，尤其是妇女同志们，谁也不许干私活。常言说得好，顾一不顾二，顾二两头空。大家欢迎！”

人们热烈鼓掌。吴一平摆摆手，含笑说：“眼看要过年了，大家高兴，我也高兴。可是，过年咱也不能忘记学文化。扫除文盲学文化是毛主席的号召，咱不响应谁响应？大家说对不对？”

“对！”“毛主席的话，咱最爱听！”“没二话！”……人们乱纷纷喊叫着。

吴一平接着说：“不学文化就是睁眼瞎，账目算不清，出门回不了家；有了文化，走遍天下，谁也蒙骗不了咱，想去哪儿就去哪儿……”

坐在最后排的花梅手托下巴认真听讲。她认识一些字，是在戏班里时师父教的。她从没告诉过别人，而且学习很用功，在吴一平眼里一直是个好学生。山堂坐在讲桌旁，时不时把目光投过来。她装作看不见，美丽的弯弯眼一直盯着吴一平的嘴。下课时天已快半夜了。不正凑到花梅跟前：“嫂子，天忒黑，我送你回去吧。”

“不用麻烦你。”花梅笑笑地说罢，拉着黑嫂和红柳往外走……不正并不觉得没面子，仍讪皮讪脸地嘱咐黑嫂：“你把花梅嫂子送到小桥上。”

“怀里揣笊篱——捞不着的心！”黑嫂堵丧他一句，和花梅出去了。

再说魏守根，山堂没猜错，他真的是去找部队了，而且去了北京。

那天大早起，他牵着毛驴、背着粪筐从家里出来，路没走一半拾的粪就满了筐。他找个土坑把粪埋上，插了根树枝做记号，想回来时用破口袋装回家去。毛驴驮着大包小袋，里面装着年糕、豆腐、白面，还有一刀肉。自从那年巧云救了他，每年他都去阜平雪儿家跑两趟，麦天帮着收割、耕种，冬天去送趟年货。几十里路，他打个大早起，天头午就赶到了。巧云也习惯了，每到说好的那几天，只要没雨没雪，晌午饭都多做几口。这天，她把饭做好，吩咐小子收拾桌子。小子叫杨冬雪，十一岁了，是个白白净净、蔫头少语的半大孩子。他平时不在家，跟着叔叔在保定府上学，这会儿是放寒假才回来的。春雪帮哥哥端盘子拿碗，不小心把箸子掉地上了。巧云说："箸子掉，客人到，说不定是你舅舅就来了。"

"是呀？"雪儿笑着捡箸子冲洗，"还有这么一说啊？"

"封建迷信。"冬雪小声说。巧云不置可否，笑着把贴饼子和大锅菜端上桌时，守根牵着毛驴进了大门。一家三口不由哈哈大笑起来。守根不明就里，蒙茬茬地问："怎、怎么了？你们笑吗？"

"没、没事。"巧云说，"快坐下吃饭吧。"

"舅舅，我们正念叨你哩。"春雪说着，忙不迭地为他搬坐物、拿饼子……冬雪只是冲他嘿嘿一笑，仍埋头吃自己的饭。巧云不由训斥他："这孩子，念书念傻了？见了你舅舅，怎么也不叫一声？"

冬雪叫了一声，忙起身帮守根卸下毛驴驮着的东西。守根喂上毛驴，拍拍手想坐下吃饭。正往脸盆里倒水的春雪急忙说："舅舅，洗手！"

守根嘿嘿笑着洗了手才坐到桌旁。吃饭中间，巧云说："这村里有人去北京，说是国家刚建了个军事吗馆？"

"军事博物馆。"冬雪说。巧云点点头，接着说："那里头摆着架飞机，说是解放军用机关枪打下来的，不知是不是你打的那一架。"

"是、是呵？"守根意外地愣了一会儿，说，"那我得去看看。"

吃过饭，春巧就锅烙了几张大饼。守根剥了两棵大葱，捞了根腌萝卜，卷巴卷巴打成个小包。他正要出门时，阴了许久的天空忽然下起了小雪。他笑了笑："雪儿，你不想让舅舅去是不？"

春雪怔一下神儿，"哧"地笑了："可不是，那你就待两天再去呗。"

"可不沾，那样我睡不着觉。"守根说罢，提溜起装大饼的小包袱出门而去了。

冬天的原野格外清冷，没有人影儿，没有声音，就连平日里烦人的老鸹也不知躲哪儿去了。雪越下越大，由开始的小雪糁儿变成了飘飘洒洒的雪花，没多大工夫，地上便白茫茫落了一层。守根没把下雪当一回事，他眉毛上沾着雪花，嘴里喷着热气，大步流星走着，心里不由想起了那场打飞机的战役……

当年抓走他们的小股部队改编后属晋察冀军区，司令员是聂荣臻。守根被分派到三十团三营三连二排机枪班。他心眼儿实诚，为人厚道，做事从不耍滑偷懒，再加上小时候念过两年私塾识几个字，在当时的部队也算是大文化人了。私塾他是十一岁那年陪山堂念的，因为二婶儿很注重孩子们的教育，家里虽然穷，她靠娘家的帮衬硬是支撑了两年。守根随部队参加了孟良崮、邯郸等战役，不到一年就被提拔成了班长。打飞机那次是在阜平西，当时他们的部队接到命令，去堵截赶往北平增援的国民党军队。那是个深秋，他们在邯郸西的插箭岭一带驻防，怕暴露目标又不敢走大路，在庄稼地里急行军一天一夜赶到了埋伏地点。

他记得那天格外晴朗，天空又高又蓝看不见一丝儿云彩；地里的秋庄稼大都收割完了，只剩下大片大片的棒子秸，在凉飕飕的秋风中瑟瑟抖动。日头偏西的时候，国民党的军队像发大水一样滚滚地流进合围圈。好家伙！只见炮车轰隆、战马嘶鸣、步兵排成二十路纵队急行……蹚起的尘土像烟似雾，把天上的日头都遮挡得失去了光芒。守根他们伏在战壕里，一个个大眼瞪小眼盯着敌人，近了、更近了……不敢出声、不敢咳嗽，连大气都不敢喘；看到了大片的刺刀尖寒光闪闪，看清了敌人眉眼……就在大家紧张得能听到互相的心跳时，两颗贼亮的信号弹“啪啪”升上天空，战斗正式打响。那会儿我军的武器装备不行，开头打得却特别顺利。步枪、机关枪、手榴弹一齐上，敌人猝不及防，在爆炸声中鬼哭狼嚎，扔下一大片麦个子似的尸体掉头逃跑。守根他们高兴呵，大声喊叫着连连开火。可惜好景不长，敌人的飞机一上来，战况立马发生了变化。机群像老鸹一样贴着树尖转圈圈，炸弹像大雨点子落在我军阵地上。那爆炸声，真他娘的像天崩地裂，震得人吗都听不见。眨巴眼的工夫，我们费劲巴虎修了两天的战壕就被炸得稀烂；战友们一片片倒在血泊中。守根他们紧伏在地上，一动不敢动，眼瞅着不远处的表哥周兴被炸烂，胳膊大腿飞上天，肠子肚子洒开一大片。敌军趁此机会组织反攻，舞马长枪地喊叫着洪水一样扑上来。当时会儿，守根真是急红了眼，他吗也没顾上多想，大骂一声："操你奶奶！"便冲出了战壕。他举起机关枪，冲天空一阵猛扫……没想到，奇迹真的发生了。一架飞机被打中，拖着一股黑烟，歪歪斜斜往西边的万山丛中跌下去。大家眼看着一个小黑点从飞机中弹出来，紧接着张开云朵般的降落伞，往西山飘落、飘落……瞬间，天上的机群像听到命令，"日儿——"一声都飞得没影了。守根还在发愣的时候，战友们全跳起来大声叫喊："打中了！""好狗日的，真厉害！""操你们奶奶，看你们还发疯不！"……

直到这时，守根才觉得有什么不对头。他急忙脱下褂子，发现有五个子弹壳掉进袖筒里沾在了胳膊上，烫下五个花朵般的小伤疤，至今还看得清清楚楚。敌人一下子乱了阵脚，我军抓住机会大反攻……那一仗，我军大获全胜，消灭敌人三千四百七十八，俘虏八千多。守根立了特等功。在庆功会上，聂荣臻司令员亲自给他颁发了荣誉证书和免死牌。所谓免死牌，是我军当时的奖励政策，就是授勋者在这一生中不管犯多大罪，哪怕是杀了人，第一次都不判死刑。可惜的是这些荣誉和证件，在他最后一次脱离部队的战役中全部丢失。回村后，他无法证明自己的身份，不管怎么解释乡亲都半信半疑，好多人认为他是开小差回来的、是逃兵。时间长了，他也懒得再多说，只是心里抱定一个信念：不管花多长时间，不管费多大劲，哪怕搭上一辈子的工夫也得想办法把自个儿的身份找回来，一来是为自个儿争口气，主要是一定得为自己那十来个牺牲的战友讨个公道、要个说法！当然，这是后话。

几十里路对守根来说不在话下，尽管下着雪，他还是走出了一身热汗。天擦黑儿，他来到了定州火车站。这是个乡间小站，除了三间大的候车室和几把长长的木头椅子，就是那个黑乎乎的大铁炉子。屋里一个人都没有，门上的玻璃还少了一块，冷风“嗖嗖”往里灌。守根四下打量一眼，径直走到买票小窗口。他敲了敲紧闭着的小门，里边一点动静儿没有。他呆立片刻，在屋里转了一圈，伸手摸摸铁炉子，不知是灭了还是压根儿就没升，拔凉拔凉没一点儿热乎气。他不知该干吗，溜溜达达走到墙旮旯里，圪蹴在地上掏出烟袋装烟打火……汗湿的棉衣这会儿变得冰凉，贴在身上很不得劲儿。他连吸了两袋烟，才觉着好受了点儿，可肚子又开始“咕咕”叫。他在鞋底子上磕掉烟灰收起烟袋，打开小包袱里取出烙饼大葱老咸菜，大口大口吃起来。这时候，前前后后进来了十几个人，有的用力跺着脚上沾的泥和雪；有的把双手捂在嘴上哈着热气；有的咒骂这鬼天气……小窗口“刺啦”一声打开了，人们不由都挤了上去。坐在里面的女售票员瞪着眼呵斥：“就这么几个猴人儿，挤吗挤！去北京的，快排好队！”

人们很听话地排成一队。守根忙收拾起吃饭的摊子，排在最后边，轮到他买票的时候，却出了差错。他嘴里嚼着烙饼，含混不清地说：“去……北京。”

售票员瞪眼瞅着他不吭声。守根又说一遍：“去北京。”

“知道你去北京，”售票员皱着眉头，“掏钱呀！”

守根在才明白过来，可要掏钱又费事了。原先，他的钱是塞在裤腰带里，走到哪儿都是随身带。现在有了媳妇，那条腰带就放家里了。这次出门时，他在大裤衩上缝了个小口袋，取钱必须把大棉裤脱下来。他刚才忙着吃饭，竟忘了这档子事。售票员不耐烦地说：“你到底买不买呀？”

守根显得十分狼狈，黑脸涨得紫红像死猪肝花。他嗑磕巴巴地问：“同、同志，茅、茅子在、在哪儿？”

“你是买票呵还是上厕所？”售票员更不耐烦地用手往外一指，“出门往右再往左……”

守根拐弯抹角找到厕所，躲到一个旮旯里褪下大棉裤，鼓秋半天才把钱掏出来。这时候，天已黑透了。他买了票，登上又脏又乱的北上列车。

几天过后，人都混熟了，花梅在识字班里变得活跃起来。她本来就是好说好笑好热闹的性格，前些日子当新媳妇，走路不敢迈大步、说话不敢用大嗓儿、笑不敢露大牙、吃饭不敢张大嘴，连放个屁都得一点点地零嘣儿……嘿嘿，可把她憋屈得够呛。这会儿，她和大伙儿说说笑笑，等人时还断不了教她们唱歌哼小曲。她虽说认字不多但毕竟有点儿基础，而且每个字都认认真真，一笔一画写得很工整，所以哪次交作业都是满分。吴一平很看好她，心里想就重点培养，一次等人时他问花梅："你上过学呀？"

"没有哇。"花梅笑着回答，"跟着师傅学的。"

"不对呀，我看你认字挺多，"吴一平说，"相当于小学二年级水平。"

"不多、不多，斗大的字认识一筐箩。"花梅笑得更开心。

"咱说正经的，你都可以当老师了。"吴一平认真地说，"今后，你锻炼锻炼替我们上课吧，这样，自己进步也快些。"

"吗？让俺当老师？"花梅吃惊地瞪大了眼睛。

"是呀。"吴一平说，"山堂我们事多，忙起来没准头，你就替我们上课呗。"

"不沾不沾，俺可干不了。"花梅脑袋摇得像拨浪鼓，"没有金刚钻，可不敢揽大瓷盔。"

"没事，你准备准备，过两天开始上课。"吴一平说，"有什么不会的，山堂我们可以帮你，边学边教嘛。"

花梅还想推辞，正好秋生和山堂进来了。秋生笑着说："这事我看沾，你就学着干呗，反正都是乡亲们，干好干坏没人挑剔。"

花梅拿不定主意，神色迟疑地望着山堂。

"你就试试呗。"山堂笑着说，"吴乡长瞧得起你，咱不能拨面子啊。"

当天黑介，山堂跟识字班上课。吴一平给了花梅一本小学课本和一部字典。两人回到办公室，吴一平教会了她字典的使用方法。接下来的两天，花梅可真下了功夫。她边查字典边认字，有时连饭都忘了做，饿得麦茬一个劲儿嚷嚷。到第三天，吴一平决定让花梅正式上课。学员们到齐后，他一本正经地宣布："今天，换一位新老师给大家上课。来，大家鼓掌，欢迎兰花梅兰老师！"说着，他带头拍巴掌。学员们似乎愣了一下，哄笑着一齐热烈鼓掌。花梅从最后排站起身，她尽管上台唱过戏，但在这都是熟人的场合还是有点儿抹不开。她不大自然地笑着摆了摆手，脸儿飞红朝讲台走去。红柳忙跟在她身后，看样子是怕她绊倒了。

"好！"不正瞎起哄，"叫兰老师也好，叫白老师也行！"

人们哄笑着掌声更加响亮。花梅走上台，一时没开口，只是张大眼睛闪闪地瞅着一张张开心的笑脸。山堂忙用手势制止了大家的哄笑。花梅粉脸儿微红，轻声说："这才是……打着鸭子上架，白菜疙瘩刻戳子——俺可不是当老师的材料。要是领导和大伙儿信得过，俺试试也行，讲好讲歹，大家多包涵。"

"没事。"不正又在起哄，"光着屁股串门儿，这儿没外人儿！"

学员们又是一阵哄堂大笑。吴一平瞪不正一眼，大声说："好了，快上课吧。"

花梅待人声静下来，翻开书本说："咱们接着村长夜里格儿讲的往下讲。"她拿起粉笔在黑板上写下一行字：大灰狼和小白兔。她写得很慢，但字迹却十分工整。而后，她又说："大家先把这几个字写六遍，咱再讲下面的故事。"

人们低下头，在各自的小本本上划拉着。花梅下讲台，在一排排座位间走来走去，并不时停住脚，给学员指指点点……真是灯下看美女，这会儿的花梅越看越俊。她上身穿高粱红碎花小棉袄，下身穿一条深蓝宽角裤，尽管都是棉衣，因为剪裁合适，倒显得胸高腰细屁股圆。也许是兴奋和羞涩，她嫩脸红扑扑，更显得一双眸子顾盼生辉。山堂坐在讲桌旁，越看心里越疼，不由长叹一口气，起身出去了。不正坐在台下，看得两眼发直，整个人都傻了。吴一平和李秋生跟在山堂身后走出来，他说：“这个妇女……我看行。”

“你是说花梅呀？”秋生问。

“是呵，”一平说，“好好培养培养，当个妇会主任没问题。”他停顿一下，又说，“你们村的妇会主任出嫁有两年多了吧？能一直这么空着？”

“我们村小，有没有大家没当一回事。”秋生笑着说。

“那不行。”一平说，“上级有规定，长期没妇女干部不合适。”

“也沾。”秋生对山堂说，“要不，你先和花梅谈谈？”

山堂犹豫了一下：“还是……你跟她谈吧。”他走了几步，又说，“是不是先和我哥商量商量？”

“沾呀，等他回来再说。”秋生说，“那小子走多少天了，也该回来了吧？”

魏守根是白跑了一趟，一点儿收获都没有。那晚，他深更半夜到北京，人生地不熟也不知路怎么走，本想在候车室待到天亮再说，却被值勤的警察赶了出来。他站在候车室门口傻眼了……正是十冬腊月，天气干冷干冷，空落落的广场一个人没有，只有夜风旋卷起碎纸片烂树叶子满世界扑荡，刮在人脸上像小刀子割。守根被冻得浑身哆嗦，抱着胛蹦跶半天也找不到能避风的地方。实在没办法，他又回到候车室却没敢再往里走，只是在两道门之间的通道里找了个旮旯圪蹴下来，尽量把身子蜷成一团不被人发现。他觉得肚子饿了，打开粗布小包袱发现烙饼冻得邦邦硬，只得用牙一点点嗑下来慢慢往肚里咽。这时候，他想家了，又思谋着自己好像不该成家娶媳妇。可不是，从前出门儿，他一个人无牵无挂，走到哪儿算哪儿。可这会儿，他真想家了，确切地说是想媳妇了，想花梅那好看的笑脸，想那热烘烘的被窝光溜溜的身子……他想着想着，不由嘿嘿一笑，然后像怕被人看见，做贼似的四下瞅了瞅，狠狠打了自个儿一巴掌。等心里平静身子冷下来，他迷迷糊糊打了个盹儿，天就大亮了。

守根不知去军博该怎么走坐几路车，找人打听清楚了又心疼五毛钱的车票钱，最后还是决定走着去。街上人多车也多，他东瞅老鸹西瞧燕儿，到军博门口天都快晌午了。好在那会儿不用买票，进进出出人很多。他看看自个儿的旧紫花袍子和沾满泥巴的破棉鞋，再看看两个威严的警卫，没敢冒失地往里走。他在门口溜达了半天，见里面没几个人了，才硬着头皮走进去。好家伙，这是天下最大的屋子吧？守根心里暗暗嘀咕，贴着墙根儿往里走……只见一层层大屋套小屋，里边摆着长枪大炮旧军车，都用大铁链子圈起来。讲解员都是女兵，英姿飒爽，一个比一个俊。她们有的小嘴"叭叭"给参观的人们做讲解；有的趁眼前没人，三两位凑在一块，嘀嘀咕咕说小话。守根转了几个房间，终于看到一架飞机摆在台上，用齐腰高的几道铁链子圈起来。有个小讲解员站在旁边，用好看的大眼睛瞅着他。守根忙上前小声说："同、同志，跟你打听点儿事。"

"大叔，你有什么事就说吧。"讲解员满脸是笑。

"是这样……"守根忙说，"这架飞机……你知道是谁打下来的吗？"

"是在解放战斗中我军战士用机枪打下来的，具体是谁不知道。"

守根愣了一下，忙又问："那么……打下这架飞机的部队这会儿在哪儿你知道不？"

"不知道。"讲解员笑着摇头。这时，有个参观团走过来，她忙迎了上去……守根傻乎乎退到一旁，不知该怎么办。直到参观团走开了，他急忙上前说："同、同志。是这么回事……我当过兵，用机枪打下过飞机，后来和部队失散了……我找五六年了也没找到，能不能麻烦你帮我打听打听？我……"

"大叔，对不起，你说的这些，我都帮不上忙。"讲解员说完不再理他，忙着去接待又一个参观团。守根呆立了好半天，万般无奈地离去……他垂头丧气地原路返回火车站，排队买票、啃着冻烙饼等点、跟头骨碌挤车……踏着雪路回到巧云家已是后半夜。他抬手想敲门又停住了，心里总觉着这时候把一家人都吵醒不合适。他一时不知该怎么办，转转悠悠来到屋后发现有个花秸垛，心里马上有了主意。他在垛根里掏了个大窟窿，脚朝里钻进去，又用抽出去的花秸堵住洞口，暖暖和和一觉睡到大天亮。等巧云开了大门，他牵上毛驴要走，巧云拦着他要做早饭。他惦记着藏在半路上的那筐粪，牵上毛驴便上了路，当找到那个土坑时，里面的粪早不知被谁偷走了。真是阎王不嫌鬼瘦，他骂了声娘，哭丧着脸回到家已是晌午时分。他推开大门，看见麦茬正撅着小屁股喂猪，羊圈和兔窝里添了新草，鸡群抢食着地上的棒子粒儿……他的心情一下子高兴了好多，边喂驴边笑呵呵地问："好小子，你娘哩？"

"娘在奶奶家。"麦茬在衣襟上擦抹着小脏手说，"叔叔赶明儿要娶媳妇哩。"

守根和麦茬来到山堂家，看见来攒忙的人真不少。老杠头和黑嫂正垒长灶，王九毛剪"囍"字，小红柳贴窗花，二婶儿和花梅比比画画地铺炕叠被。她们把两条红绿格子的粗布被子和两条洋布大花被叠整齐，摆放在红漆炕几上，最上面压上一个两人合枕的荞麦皮绣花枕头。守根进门来，二话没说就打水抡扫帚，把屋里院里打扫得干干净净。二婶儿问他："根儿，你怎么走这么多日子？是不是又找军队去了？"

守根鼻子里"嗯"一声，把扫出来的土土末末扔进猪圈里。

"都去哪儿了？找到没？"二婶儿又问。守根没回答，阴沉着脸干活。二婶儿已知道了结果，没再问。花梅不无关切地看丈夫一眼，想说什么又止住了。

"你小子是不见棺材不掉泪，不撞南墙不回头。"老杠头说，"这几年你东奔西跑找多少趟了，还不是瞎子点灯——白费蜡？"

"就是，老婆孩子热炕头，好好过日子呗，"黑嫂说，"瞎跑跑吗吔？"

守根没吭声，摆桌放凳地忙活着。天擦黑儿，秋生来了。大家坐在一起，仔细商量着明天的具体细节和人事安排。麦茬在新炕上呼呼大睡。直到快半夜了，总算把一切安排妥当，一个个哈欠连天地站起身来。守根抱起麦茬往外走，花梅跟在后头。二婶儿关切地嘱咐："梅子，夜深了，叫着茬子点儿。"

这是农村人的迷信，说是孩子要是在外面睡着了，抱回家时一路要叫着魂儿，要不怕半路被野鬼勾跑了。花梅答应着，一路为小子叫魂儿："茬子，回家了。茬子，跟娘回家了……"

回到家里，花梅简单洗了洗就钻被窝躺下了。守根喂驴盖鸡窝，提溜着尿盆进屋里忙着吹灯脱衣钻被窝，碰到的却是花梅冰凉的后脊梁。他"呼呼"喘着粗气扳动她那光溜溜的肩膀头，听到却是不耐烦的回答："累死了，快睡吧。"

守根不由愣住了，呆呆地停一会儿，好没意思地把手收回来，翻转身半天没睡着……

山堂过事那天真热闹，全村的男女老少都来了！三十多桌酒席院里放不下，一字长蛇摆到大街上。那会儿人们都穷，上份子没有拿钱的，最好的给送个"喜帐子"，就是个洋布被面；多数是送瓶酒，三斤装、两斤装……上面贴的红纸条写着人名，围着院墙摆了好几圈。吴一平大早起赶来，亲自主持婚礼。一切按程序进行，新娘子进门，迈马鞍、跳火盆、上拜……最后在人们的笑闹起哄声中逃进新房。紧接着大席开始，安席面、茶果盘、八凉八热八大碗……那天，好多人都喝高了。几十年过去，人们讲起李秋生的洋相还笑个不停。他是支书，本来有头有脸坐在头一席，喝多了竟然钻进新房和年轻人一块起哄闹媳妇。结婚三天没大小，这本来也没什么。他却有声有色、比比画画，给一群儿马蛋子讲起了"宰相肚里能撑船"这句话的来历。

话说宋朝仁宗年间，一位六十岁的宰相娶了个十六岁、花骨朵般的小媳妇。宰相自然是宠爱万分，那真是噙在嘴里怕化了，捧在手中怕摔了，每天黑介不抱着她就睡不着觉。开头那几年，小媳妇懵懵懂懂，对男女之事不甚了了，老宰相说什么她照做就是了。几年之后，小媳妇过了二十，对这方面的要求越来越强烈起来。老宰相朝事繁杂，加之上了几岁年纪，渐渐感到力不从心，十天半月有一回也是三下五除二拔枪走人。小媳妇刚刚有那么点儿意思就突然中断，便有了种被欺骗的感觉。久而久之，她觉得像吃不饱饭老在挨饿似的，脸上的笑容便越来越少，一天到晚小眉头皱起来疙瘩。老宰相虽关切地屡屡相问，但这种事怎能说得出口？因此上，日子就这样少盐无醋、日复一日地过了下去。

小媳妇二十三岁那年，老宰相换了个年轻的书童，长得那是欢眉大眼、唇红齿白一表人才，尤其是那一身皮肤，更是细腻嫩白、浮泛着青春的光彩。小媳妇那是一见钟情、春心萌动，恨不能当晚就把他搂在怀中。她几次小心翼翼地试探，可书童刚进相府，有贼心也没贼胆呀，岂敢轻举妄动？小媳妇并不着急，稳坐钓鱼台，温火慢煮，认为金簪子掉进井里，是她的就跑不了。

常言说得好：男人想女人，隔着一座山；女人想男人，隔着一层衣。日子没过多久，在一个宰相去上朝的大早起，书童就被小媳妇拉进了热被窝。或许这就叫“金风玉露一相逢，便胜却人间无数”。打从那天起，只要宰相上早朝走了，他们二人就会滚到一起。可欢乐总是嫌夜短，两人觉得在那么短的时间里老是亲不够爱不完。于是，小媳妇便出了个主意。

那年代没有钟表更没有手机，宰相上朝的时刻由老鸹掌握。原来，他家院子里有棵大杨树，树枝上有个老鸹窝。每天一扑明儿，老鸹“哇哇”一叫，宰相就知道上朝的时刻已到，起身简单梳洗一下就走了。

这天，老宰相睡得正沉，外面就传来了“哇哇”的噪叫，紧接着便是老鸹拍翅起飞的声响。小媳妇忙捅了捅他：“快，该上早朝了！”

宰相没多想，爬起身简单梳洗一下便走了。等他赶到朝房，却发现天色尚早，文武大臣一个没到。宰相心里纳闷，想不明白这是怎么回事。他本想打道回府睡一觉再来，又担心路途较远，耽误了早朝可不是小事。他思来想去没敢回去，一个人在朝房中坐到了文武大臣列班、皇帝升殿……第二天、第三天都是如此。宰相终于多心了，第四天不到半夜，他趁着去院里出恭就躲在了暗处，蹲下身静静观察。果然，到半夜时分，就看到书童拿着根大竹竿走到树下，跳着脚用力往上捅，紧接着便是老鸹噪叫、起飞……宰相看在眼里，一时没弄懂书童这是吗意思。他本欲上前问个明白，转念一想不对，书童这么做肯定事出有因，便没吭声回屋去了。

在小媳妇的催促下，宰相不露声色地梳洗、出门，上轿而去。可他并没走远，半路命令轿夫转了回来。他让轿子停在大门外，一个人蹑手蹑脚回到了自己卧室的窗户根下。他还没站稳，就听到屋里传出一男一女“哧哧”笑着说话声。女的说：“看你，身上多白呀，像面团一样！”

男的说：“你更是又白又软，像瓤瓜子一样！”

宰相再细听，里面就传出男女干那种事的暧昧动静。他听出那个男的就是自己的书童，不由怒从心头起、恶向胆边生，抽出腰刀欲破门杀将进去……可是，当他冲到屋门口，一下子又收住了脚步，心里急剧思索着：这算怎么回事？杀了这对狗男女容易，可这事如果传扬出去，自己的名声不是全完了？自己的这张老脸还要不要？怎么面对朝廷？怎么面对满朝的文武大臣……宰相思虑再三，最后决定先咽下这口气，等自己想好了对策再说。因此上，他悄悄退了出去，不露声色地上轿去了朝房。

接下来的几天，老宰相心神不宁，一直在思索这事该怎么处理：休掉小媳妇，他还真有点舍不得；找借口辞退书童，又怕他出去胡说八道，自己照样是名声扫地，无法抬头见人……日子一天天过去了，眼看到了八月十五，宰相终于想出一个自己满意的万全之策。

八月十五当晚，圆月升空，明晃晃的光华普照大地，普照着欢乐的千家万户。老宰相佯装兴致勃勃，和小媳妇在院子里喝酒赏月，并派人把书童也请了过来。他提议大家喝酒并行酒令，共祝这太平世界，朗朗乾坤。小媳妇和书童目光交流一下，表示同意。于是，老宰相举杯念道：“月亮出来在正东，老鸹不飞用棍捅。面团抱着瓤瓜睡，外面冻着老干葱。”

书童一愣神儿，知道宰相发现了他们的苟且之事，愧疚之情油然而生。他思虑片刻，想求得主人的原谅，便端杯说道：“月亮慢转到正南，这事发生已半年。大人不记小人过，宰相肚里能撑船。”

小媳妇并不以为然，端杯说：“月亮慢转到正西，老叟搂着花枝女。活着不把人情做，死了也是人家的。”

老宰相连连摇头，不知下一步该怎么办。

秋生讲完，惹得那些儿马蛋子哈哈大笑。从此，这四首顺口溜在这一带流传了很久很久，直到今天，人们酒足饭饱之后，还经常拿出来笑一阵子。

那天，山堂喝得最多，他酒量挺大，六十二度老白干一瓶半没问题。他挨桌敬酒，本来是走过场，比画一下就行了，可他端盅就干，大家拦都拦不住。开头，乡亲们知道他有量，没往心里去。后来，他竟然又转一圈，每个门上敬一满盅，有的还连端三个。守根看事不好，劝又劝不住，忙叫来二婶儿。二婶儿连训带骂，山堂也不吭声，仍傻笑着喝个不停。到最后，人们眼瞅着他就不行了，两只脚捯来捯去，站都站不稳，仍是一盅一盅往嘴里倒，而且谁劝跟谁急。花梅一直忙活着端盘上菜，眼角的余光却一直暗中关注着山堂的一举一动。此时，她实在看不下去，忙上前夺下他的酒盅，说：“行了！你想干吗？这么糟蹋自个儿给谁看呀？快进屋去躺一会儿吧。”

山堂瞪着血红的大眼珠子瞅了她半天，忽然“哇”一声大哭起来。人们惊讶地站起来，一个个伸长脖子往这边看。吴一平上前来：“山堂，你这是干什么？大喜的日子，给谁弄难看呀！”

山堂圪蹴在地上不抬头，擦抹着眼睛哭个没完。花梅蹲在旁边小声劝说：“行了，知道你心里不好受……日子长着哩，快起来，进屋去躺会儿。”

山堂这才站起身来，在花梅搀扶下回屋去。他倒在炕上，拉着花梅的手不肯放开。花梅有点儿尴尬，忙笑着对新娘李桂枝说：“他喝多了，快给他倒杯茶。”

桂枝看着他俩那样，心里有点儿别扭又不好说吗，只得背转身沏茶倒水。公平地说，她长得不能算难看，不丑不俊中等人儿，高挑的身材，白白的皮肤，只是眼睛小了点儿，胸脯子没花梅挺得那么高。可惜，这两个部位对女人来说，实在是至关重要。

山堂喝了杯茶，终于平静下来。他闭眼皱眉平躺在炕上，一口一口吐着长气。花梅往外走，小声对桂枝说：“让他多喝点儿水，没事，睡一觉就好了。”

桂枝送她出门，回转身坐在炕沿儿上，眼瞅着山堂想心事。她是个内向的女人，有话憋在肚子里，轻易不说出口。就是这种性格，决定了她短促的一生和诸多的不幸……山堂当了多年干部，在村里有一定威信，不少人见了他心里打怵，所以那天黑介闹媳妇听房的一个人都没有。二婶儿和守根好不容易支应完大席，送走客人天已黑透了。他和花梅帮二婶儿简单收拾一下，拉着麦茬往家走。路上，守根自言自语地叨唠：“山堂这是怎么了？从来没这样过呀。”

花梅对山堂的心思能猜个七八分，但她能说吗呀？只能一声不吭拉着麦茬的胳膊进了家门。

山堂迷迷糊糊睡着，不时喊口渴。桂枝扶他起来喝茶，他眼都不睁，喝几口又倒头大睡。二婶儿端着碗饺子进来：“闺女呵，饿一天了，快吃点儿东西吧。”

“没事。”桂枝连忙把碗接过来放到桌上，“娘，我不饿。”

“不饿也得吃。”二婶儿把碗往她手里塞，“一天了，你还汤水没进哩。”

桂枝只得接过来，小口小口慢慢吃着。二婶儿摸摸小子的脑门儿说：“这孩子是怎么了？从来没喝过这么多。”

“没事，娘。”桂枝说，“睡会儿就好了。”

二婶儿点点头，把手伸到炕被子下试了试，说：“哟，挺烫！今年的煤火盘得真过炕。”说着，她蹲下身，“哧啦啦”扒炉灰添煤。桂枝忙放下碗说："娘，我来，我来吧。"

这时，山堂忽然翻身爬过来，腮帮子一鼓一鼓，看样子想吐。急切间，桂枝忙拿过脸盆放到他脸下方。山堂干哕两声，"哗啦啦"一阵大吐，连汤带水从嘴和鼻子里往外冒，一家伙吐了半盆子。二婶儿拍打着他的后心口："好了，这回就没事了。"

山堂一直没睁眼，从桂枝手上接过水杯漱了漱口又翻转身睡去。

"这回就没事了。你们早点儿睡吧。"二婶儿说罢，端着脸盆出去了。

这工夫，天已是半夜时分，外面传来一声接一声的驴叫。桂枝插上屋门回到炕边，看一眼快要燃尽的红蜡烛，迟疑地背转身脱掉红袄绿裤，快速地上炕拉条被子盖在身上。她瞅着山堂，一时不知该怎么办，过了好一会儿，才试探地伸手为他解衣扣："天不早了，睡、睡吧。"

山堂实际上已经醒了。他佯装迷迷糊糊地闭着眼睛，坐起身脱掉自己的衣服，钻进桂枝掀起的被窝里。这时，燃尽的蜡烛倏地熄灭了。唉……两口子之间，说白了就那么回事，有爱当然更好，没爱也不耽误正经事。或许是兽性的冲动，也或许是酒精的作用，山堂喘着粗气，三下五除二扒掉桂枝的小衣，翻身爬上她光溜溜、略显干瘪的身子……

还有半个多月就是大年三十，村里的年味儿越来越浓。大人孩子脸上都挂上了喜气，一天天扳着手指头数日子，高高兴兴忙活着：杀猪、做豆腐、蒸年糕……秋生和山堂去县里开了个会，领回来两项任务：一是年关安全大检查；二是号召各村把俱乐部都活跃起来，排节目演小戏，准备参加正月十五全县花汇演出。头一项任务好完成，年年都要搞。可不是，庄稼主子黑汗白流干一年了，家家小日子都不赖。年头岁尾，孩子们要放炮，大人们要玩灯笼，万一不经心着火伤人的，不是扫了一年的兴吗！山堂主持召开村民大会，秋生传达了上级指示精神，千叮咛万嘱咐乡亲们注意年关安全。会后干部们又分头下去，挨家挨户进行检查。

第二项任务有点儿难，秋生和山堂商量了半天。他们村前几年组织过俱乐部，村小人才少，是和银沙窝一块搞的，锣鼓胡琴什么的倒也齐全，只是女演员们离村的离村嫁人的嫁人，两年前就解散了。今年，县里新来的书记喜欢文艺，下死命令要组织大型元宵花会……正当两人想不出办法时，吴一平来了。他是个急性子，办事嘁里咔嚓，听秋生介绍完情况，当时便带他们去了银沙窝。两村的干部经过商量，决定让山堂具体主抓这件事，大家全力配合。三人往回走时，不约而同想到一个人才：请兰花梅出山！

天擦黑儿，花梅在堂屋里忙活着做饭。守根坐在门槛上，就着灯光扎跑马灯。他看样子傻大黑粗、闷头笨脑，实际上是个心灵手巧的人。这种灯扎起来挺费劲，不是谁都能做。他每年都做一个挂在大门口，从年三十到二月二，也算村里的一景。反正当时人们也没吗好看的，所以，只要他挂出去，天天黑介有人围在门口瞧稀罕。扎这种灯的原料当地人叫“秸荡”，就是高粱挂穗的那一截，细细长长挺结实。他用锋快的小刀把“秸荡”裁成寸段（不能用剪刀，一剪就变形），像做木工活一样刻上卯窍，几十根铆合在一起组成个“绣球”，再用两组“绣球”连成上下两个正方形，中间的立杆用毛头纸围起来粘结实，灯的外观就算做好了。这还不算巧，最要紧的是里边要有马，还得跑起来。他把蜡碗放在底部的横杆上，中部的横杆上立着根能转动的“秸荡”，顶端粘着个厚纸做的“风葫芦”，这上下的距离很重要，近了不行，“风葫芦”会被烧毁；远了也不行，气流吹不动，“风葫芦”转不起来。“风葫芦”的立杆上分高低插着四根细铁丝，每根铁丝上都粘着个纸剪成的奔跑状的小马。当蜡碗点着后，热气流吹转“风葫芦”，“风葫芦”带动小马。这样，不管你从哪个方向，都能看到一匹匹忽儿上坡忽儿下坡、奔跑不停的马儿。在庄稼孩子没多少欢乐的童年记忆里，这是当时年关最亮丽的一道风景线。

吴一平他们进来时，守根和花梅都意外地愣了一下，不约而同站起身来。

“做什么好饭呀？”吴一平笑着说，“有我们的份不？”

“有，有。”花梅笑着迎出来，“你们这么稀罕呀！快，屋里坐。”

“让让是个理儿，锅里没给下着米儿。”秋生哈哈笑着，“没事，我们过来看看。”

“进、进屋吧。”守根说着，忙不迭把他身旁那堆东西拾掇开。

“这是做什么呀？”吴一平打量着做了一半的跑马灯问。

“没、没事。”守根不好意思地搓着大手笑，“我闹、闹着玩儿哩。”

大家进屋坐下后，秋生看了看一平，说：“根儿，是这么回事……这不吴乡长也在，我们经过商量，想让花梅当村里的妇会主任，来征求一下你们的意见。”

花梅稍愣神儿，忙摇头摆手地说：“俺可干不了，不沾，不沾……”

“你干了干不了，不能你一个人说了算。”吴一平风趣地说，“我们大家都看着呢。”

“就是。”秋生说，“朝廷也不是天生的，边学边干呗。”

花梅拿不定主意，征询的目光看山堂一眼。他一直在旁闷头吸烟，这会儿忙笑了笑说：“嫂子，吴乡长看得起你，我们信得过你，你就干呗。”

花梅转脸看看守根，一时没吭声。

“你们都是年轻人，应该有个上进心。”秋生说，“守根，你说是不？”

守根嘿嘿一笑，抽着烟没回答。说心里话，他并不同意花梅当干部，知道媳妇长得俊，怕她在外头招猫逗狗的，但这话又不能说出口。吴一平又问了一句：“怎么样？守根，你也表个态？”

“这、这事……嘿嘿。”守根嘴里叼着烟袋锅，含混地说，“让俺们想想……”

“想吗呀想？磨磨唧唧的。”秋生不容争辩地说，“村里的工作磨扇子压着手哩，就这么定了吧。”

守根还想说什么，花梅忙站起身表态：“沾，我干。”

“那好。”秋生也站起身来说，“忒好了，你今儿黑介就上班，先把村里的俱乐部抓起来。”

两口子送三人出门时，麦茬领着黑狗跑回来了。这条狗的变化让人吃惊，刚来时又瘦又脏像只病猫，这会儿又高又大、膘肥肉满像头牛犊子，生人看见了没一个不心里发怵的。一家人坐下来吃饭时，守根嘟囔了一句：“这事……你怎么就答应了？”

“不答应沾吗？”花梅把山药菜饭递到他手上，堵丧地说：“吴乡长都找上门来，咱总不能给脸不要脸，一把一把往下撕吧！”

吃过黑介饭，花梅简单收拾一下自己便出了门。她走在小桥上，心里有几分兴奋和得意。她从小喜欢唱、喜欢跳，又在戏班子里待过，对抓俱乐部很自信也满心愿意。那天是腊月十六，天干冷干冷晴得很好，又圆又大的月亮早早便升上了天空，平日里的满天星星都不知藏哪儿去了。她的一颗心也和夜空一样，干干净净、亮亮堂堂。她下了小桥上河坡时，正好碰上从家里出来的李保证。她压根儿不喜欢这个愣头青，赶上心里高兴，便冲他笑了笑。不正嚼着饼子大葱冲她咧了咧嘴：“姐，去俱乐部呀？”

“是呵。”花梅说，“你这是去哪儿？”

“我也去俱乐部。”不正把嘴里的东西咽下去说，“咱们搭班子哩。”

闻着他嘴里的臭葱味儿，花梅心里飘过一丝云彩。她想甩开他，脚下不由迈大了步子。不正却紧跟在她身后，一步也不让落下，嘴里不停地说：“姐，你唱得那么好，咱村的俱乐部一定能搞好。”

花梅不理他，只是更快地走着。不正一点也没觉着难堪，边走边嬉笑：“姐，你不光唱得好，长得也俊，三里五乡的，没人比得过你。”

“胡说八道！”花梅嘴里这么说，心里倒也挺舒坦。女人嘛，不都这样，尽管不喜欢这个人，奉承话还是愿多听几句。天忒冷，村街上静悄悄看不见个人影儿。花梅东瞅西瞧，正愁着没法甩开不正时，青松和红柳兄妹俩从家里出来了。大家打过招呼，一路说说笑笑往村委会走去……

苏青松这几年一直是俱乐部的主力。这小子甭看长得丑，成天价像只闷葫芦，用柳子的话说：放上个碌碡压不出屁来。可他心里透亮，脑袋瓜儿灵性过人。他没上过几天学，却认字挺多，看书写信都不在话下。他七岁上出疹子落下满脸坑，或许是因自卑和内向，不知哪天睡醒一觉迷上了拉二胡。开头，他闹着想让爷爷给买一把，老杠头舍不得花钱骂了他几句。这小子闷头生了两天气，不知从哪儿捣腾来一堆东西：猪尿（suī）泡、竹筒子、马尾丝……他把自个儿关在屋里，一天一宿谁叫也不开门，不吃不喝地又锯又刨，还点火弯弓子、用火撺烫眼儿……到头来还真做成了把二胡，尽管样子不好看，拉出来的声音像杀鸡，自己却挺高兴。他“吱吱啦啦”拽了一会儿，竟然把《小放牛》的曲子拉得有板有眼。老杠头本来憋着一肚子气想揍他，这会儿脸上也就有了笑模样。

从那以后，青松只要下地回来就把自己关在屋里，没完没了地拉二胡，柳子不喊他吃饭都不出来。到黑介更是如此，他也不点灯，摸着黑儿拉了一曲又一曲。夜深了他怕吵别人，就把竹筒用毛巾堵住，把码子放倒……这小子在音乐方面还真有天赋，不管多复杂的曲子，听两遍就能拉出来。老杠头嫌他耽误正经事，又训又骂，有两次还动了手，到后来见他是死猪不怕开水烫，万般无奈也就随他去了。就这样，十来年过去，青松拉坏了七八把自制二胡，直到村里成立俱乐部，才给他买了把油光发亮的好二胡。那天黑介，傻小子兴奋地拉了一整宿，早上起来，眵目糊把眼睛都粘得睁不开了。

俱乐部就设在识字班那屋里。不正和大乱他们把当坐物的木料堆放到屋角，场地便腾了出来。锣鼓家伙都现成，从柜子里拿出来就能用。等银沙窝的三男三女到来，人就齐了，七男七女，共十四人。本村的女演员除花梅外还有金凤和大红，她们是俱乐部的老人，十八九岁嫁在了当村。红柳是跟着哥哥来看热闹的，花梅见她小模样挺俊又精俏伶俐，便劝她留下来跟着学。红柳倒是愿意，可她忒小顶不上事，只能跟着端茶倒水打个杂儿。山堂过来给大家讲了几句话，无非鼓励她们好好排练，争取扛红旗回来什么的。山堂出去，锣鼓家伙上场，“哐哚”“哐哚”……《乱锤》接《四击头》，一通响亮招来满院子人看热闹。不正大喊小叫把人们轰出去插上了大门。

他们排练的都是当时的流行节目：《夫妻识字》《小放牛》《白毛女》……不正人不怎么样，却有一条好嗓子，洪亮、浑厚，就是有时候跑调儿。反正庄稼主子也不挑剔，只要嗓门儿大就是好。所以，他在俱乐部里一直是男主角。女主角是原来的妇会主任，眼下只有花梅能顶得上去。她和不正扮演《夫妻识字》中的小两口，男女对唱：

> 黑咕隆咚的天上出呀嘛出星星，
> 黑板写字放呀嘛放光明。
> ……

当天晚上，大家都很兴奋，排练一直到深更半夜，各自回家却发生了两件事。一是老杠头发脾气，差点儿动手打孙女。他说青松是个臭小子，扔哪儿都不担心；红柳一个闺女家，不该三更半夜往外跑。幸亏柳子乖巧，从不和老人顶嘴，一边嬉笑着满口认错，保证今后改过，至于改不改，只有她心里清楚。她知道老人在气头上不能顶嘴，等睡醒一觉再和他讲道理也不晚。二是不正和花梅往家走时，这小子一时冲动下了手，却被对方抓了个满脸花。

他们两家住在村头，在街上和柳子兄妹分手后，二人相跟着走出村口。不正还迷糊在《夫妻识字》中小两口的浪漫之中。这小子不知听谁说过句混账话，好女怕男缠，所以上次吃亏后并没往心里去。现在他趁着月色，不时看看花梅由于兴奋而微红的粉面，嘴里说梦话一样夸奖她怎么怎么好看。花梅不想理他，只顾低头走自己的。下河坡走到碾子旁的大槐树影里时，不正比上次还直接，忽然伸胳膊抱住她，猴急地喃喃低语：“好姐姐，亲姐姐，你就想死我了！”

花梅冷不防被吓一跳，惊骇间竟忘了动弹。

“我白日想你吃不下饭，黑介想你睡不着觉。”不正说着，伸着大嘴想亲她。

花梅这才回过神儿来，忙扭转脸挣扎着：“你、你干吗?!”

不正紧抱不肯松开：“亲姐姐，你行行好，就给、给我吧。”说着，腾出一只手往她衣襟底下摸索。花梅气急了，拼尽全身力气想挣开：“你这个混蛋王八蛋，快松手!”

村里人们都知道，不正这小子是大贼劲，双手能扳倒老黄牛。这时，他的一只手已伸到花梅的小衣下摸着了肉，并努力再往上探索：“姐，一回，这辈子就一回，行、行不?”

“放屁!”花梅剧烈地扭动着身子，比上次更狠地抓了他个满脸花。不正痛苦地叫一声把手松开了。她趁机跳开身子，飞快地冲过小桥、登上河坡……这时，守根正好开门出来了。他看见花梅，不由咧嘴一笑：“天这咱晚了，我正想接你去哩。”

花梅“呼呼”喘着粗气没吭声。守根有点奇怪地问：“怎么了?看你这……”

“没事。”花梅打断他的问话说，“是……走得急了。”她回到家中，把这件事烂在心里，一辈子没对别人说过。只是以后她尽量躲着不正，再不和他单独相处。

大年三十这天，谁家都是忙忙乱乱。前晌儿大扫除，大人孩子都发动起来，屋里、院里，犄角旮旯要用清水泼洒一遍，仔仔细细打扫干净；灶台、锅台、窗台，用湿抹布擦了一遍又一遍；窗上的玻璃、橱里的瓶瓶罐罐，都要擦抹得锃明瓦亮。后晌儿贴春联点天灯，不管日子过得好歹，家家都用早就准备好的细竹竿插上柏树枝，挂上红灯笼，有的捆在烟囱上，有的绑在梯子尖上。天擦黑儿，在孩子们的鞭炮声中，家家的天灯都亮了起来，像火烧云一样红彤彤的光芒笼罩着小村庄。

黑介饭家家都吃饺子。那会儿人们穷，三十吃素饺子，萝卜皮剁点猪油嗦子，多加点儿蒜末也挺好吃。饭后不久，老人们会把大屋里的煤火烧得通红，全家人暖烘烘聚在一起。媳妇们在婆婆的指点下，早把酒菜、茶水、炒花生和糖果什么的摆上桌，大人孩子边吃喝边说说笑笑拉家常。小伙子们一般不和家人在一起，大都是自带酒菜，凑到院宽屋大的朋友家，舞马长枪地叫拳喝酒，直到半夜三更，吆五呵六的叫喊声仍在村街上回荡。他们一个个粗脖子红脸，酒盅换成吃饭碗，不放倒几个不过瘾，有时喝急了眼，动手打起来也不算稀罕。

天一扑明儿，男的们就又起来了，全院房的小辈们凑在一起，在长房长孙带领下，挨家挨户给老辈子拜年。现在有的村还坚持着这传统，当时的场景让人感到很震撼。可不是，那会儿的男人们都穿黑棉布长袍，几十号人进院高喊着拜年，一个个撩起前襟“呼啦啦”跪开一片，有的大家族院里盛不下，不少人只能在街上跪下去。转一圈天也亮了，人们各自回家换新衣裳、吃白菜肉馅饺子……

大年初一，俱乐部放一天假，花梅睡了个懒觉。夜里黑介，她和守根带着孩子去了山堂家，守着二婶儿和桂枝坐了半宿。山堂没在家，说是去村委会值班了。二婶儿挺不高兴，说他比毛主席还忙，大年三十都不着家。早起花梅睁开眼，守根第二筐粪都背回来了。他沾了一身霜雪，眉毛胡子白乎乎像个老头。花梅不无心痛地埋怨他：“真是的……你就不能歇一天？大年初一又去拾粪，你就不怕这一年找背兴？”

守根“嘿嘿”笑：“没事，不在这个，反正闲着倒难受。”

他家这一年没见怎么样，有一家却当天就背了兴。每到过年这一个多月，村里都在三岔口立一架秋千。人们把四根檩条子分别埋在街道两边，顶端交叉用铁丝拧紧，上边横架一根打磨得光溜溜的檩条，用两个粗粪筐系套在上面，下边拴井绳，井绳上穿块长条木板，人蹬在木板上用力跐，秋千便荡了起来。前面说过，金沙窝是个小村，地处三县交界，山高皇帝远，连耍猴的都走不到这儿来。所以，一年到头，乡亲们除了看狗打架，没吗热闹可瞧。过年的秋千，是村民们最大的兴奋点。吃过初一的肉饺子，男男女女穿着新衣裳，三五成群、陆陆续续凑到秋千下。年轻人们排好队，一个挨一个等着打秋千。再过一会儿，老人们收拾好锅碗瓢盆，也都聚拢过来。这时候，有个大闺女蹬上了秋千架。她十七八岁，脸上擦着粉，身穿鲜亮的红袄绿裤。众目睽睽之下，她蹬上秋千板，双手攥紧井绳，脚下开始用力，一下、一下……在人们的欢呼声中，荡起来平了街两边的屋顶。正当她自信地满面含笑继续用力时，粗布腰带“噔”一下子崩断了……那会儿家家都穷，没钱讲究，甭说秋衣秋裤，人们里面连小裤衩都没有，大都是光屁股穿一条挽腰大棉裤。大闺女的棉裤脱落到脚腕上，腰部以下光溜溜吗吗都看得一清二楚。她当然是大惊失色，一声声叫着：“我娘！我娘！”可由于惯性一时半会儿停不下来。围观的人们开头是目瞪口呆，紧接着儿马蛋子们一阵“嗷嗷”怪叫。大闺女的老爹也在人群中，见此情景不由大叫一声：“乡亲们，合眼吧！”

几个小媳妇上去，好不容易把大闺女拦下来。她一声没吭，脸色像大红布，眼里转着泪花，提溜着裤子就回家了。人们可是开眼瞧了稀罕，“嘻嘻哈哈”好一阵哄笑。可等到第二天，男男女女谁都笑不上来了。因为当天黑介夜深人静时，那闺女一根绳吊死在了秋千架上。这大过年的，全村人都觉得挺晦气。山堂当时就命令不正他们把秋千拆了，乡亲们都说这个年过得忒没劲。好在从正月初二一大早，俱乐部的锣鼓又响起来。大家聚到村委会门前小广场上，瞪眼瞅着花梅她们在土台子上彩排节目。

三十晚上，人们忙着家庭聚会，年轻人忙着相约喝酒，没几个人来守根家看跑马灯。到初一黑介，来看灯的人像赶集一样，男男女女一拨接一拨。大家“嘻嘻哈哈”说笑，夸赞着守根的手艺。花梅笑脸迎送，热情地请他们进屋吃花生、喝茶水。麦茬和歪歪跑来跑去，正逗着大黑在院子里玩耍。大黑这家伙平时很凶，生人一般不敢进他家门，这会儿却很懂事，谁进来都不咬。歪歪看着那些人，忽然停住脚，眨巴着小眼睛不知心里在想吗事。麦茬不解地问：“你怎么了？”

歪歪把嘴凑到他耳朵旁，小声说：“这么多人白看，你们家亏不亏？”

“亏吗呀？”麦茬说，“不白看怎么着？”

“收钱呗。”歪歪说，“咱把门关上，进一个人收五分钱不行？”

麦茬眨巴着大眼想了想：“这事……得问问俺爹。”

守根正在牲口棚里喂驴，俩小家伙跑进来说了他们的想法。他嘿嘿一笑，说：“想吗哩？咱又不是地主老财。”

正月十四一大早，山堂赶了辆大马车，拉上俱乐部的全班人马和行头锣鼓，一路响鞭出了村。夜里黑介下了场小雪，地上一片白茫茫，这会儿却格外晴朗，蓝汪汪的天空看不到一朵云彩，空气干冷干冷，小风吹在脸上像针扎。年轻人们挤在一起，一个个嘴里哈着热气说说笑笑，时不时还有人吼上几嗓子。原野空旷，声音传得老远老远。没多大工夫，他们的眉毛和头发上就沾满了霜花。

山堂赶牲口，自然坐在车前板的里辕。花梅坐在外辕，眼望着已微微泛红的东方天际久久不语，心里不知在想什么。那会儿都是铁轮车，路上的车辙长年累月轧得很深很深。大红马披了一身霜花，粗鼻孔喷着热气，“哒哒”地翻动四蹄撒欢儿。有时路面坑坑洼洼，车身颠簸得厉害，山堂和花梅的后背会不由自主碰在一起。每当这时，他会像烫着了似的迅速躲开。花梅却浑然不觉，呆坐着一动不动。车厢里的人们说说唱唱，没有谁会注意，只有坐车尾巴上的李保证时不时往这边扫两眼。

车进县城已是半前晌儿。好家伙，你看街上那人呵，成疙瘩成堆、挤不动夯不动！无极本是个小县，当时的人口不过二十来万，这会儿好像全挤到县城里来了。男男女女穿得鲜鲜亮亮，三五成群挤过来拥过去。街两侧，卖吃食的摊位列队成阵：饸饹锅、豆腐脑、钢炉烧饼、咸驴肉、炸果子、馅合子……一字长蛇，两眼都看不到头。山堂早已跳下车来，牵着红马的笼头一路喊着“借光借光”往前挤。花梅她们也跳下车来，东瞅老鸹西瞧燕儿地跟在车后。大家走走停停、拐弯抹角，赶到县招待所已是晌午时分。

全县一百多个村子，参加汇演和带队的有两千来号人。你看那个热闹呵！吃饭就圪蹴在院子里，十个人围一圈，中间放一桶肉片豆腐粉条大锅菜、一抬筐暄腾腾的大卷子。二百多圈人横竖成行排开一片，你说招待所的院子有多大！十几个大师傅穿着白大褂串来串去，给这么多人加卷子添菜，他们一个个累得满头大汗。黑介睡觉都是大通铺，上百号人头对头躺成两排，中间过道放着十来个半人多高的大铁煤火，有专人看管烧得红彤彤，屋里倒也不冷。妇女们人少受优待，睡的是木板搭成的长铺。男人们可就不行了，不管多少人都是睡在地上。就是用干草花秸铺成厚厚一层，四周拿秫秸捆挡起来。被褥都是自带的，好多人懒得带枕头，睡觉只能枕秫秸捆……嘿嘿，你想想那有多好玩儿，百十条大汉睡同一个屋，放屁咬牙打呼噜外带说梦话；一会儿这个出去尿泡，一会儿那个回来吸烟、咳嗽、吐痰……乱乱哄哄，谁能睡得安稳？好在他们都是头一次参加这种活动，又能整天和全县的“闺女尖们”在一块混，一个个非但不觉苦和累，还乐乐呵呵挺兴奋。

参加汇演的一百多支队伍分成了三个组。一组在大礼堂里进行比赛；两组在街上和中学的学生们一块参加民间花会大游行。县里和各部门的头头脑脑也分成两组，小组在比赛现场当评委，每组评出前十名；大组聚在中学门口临时搭起的观礼台上，装模作样地检阅游行队伍。三个组的前十名最后一天晚上再进行决赛，评出一二三等奖。从正月十五后晌儿到十七前晌儿，整个县城热热闹闹、乱乱哄哄。白日不用说，黑介闹花灯，街上人更多。那会儿没有电，礼堂里比赛点着贼亮贼亮的汽灯，过不了吃顿饭的工夫，就有人登高上去，“哧哧”地往里打气。街上张灯结彩，不管什么灯都是点蜡烛。在一片朦朦胧胧的红光里，男男女女挤来擦去。有不少坏小子趁机过干巴瘾，往大闺女怀里摸两把，瞅准机会抱一下。但也不都是这样，有不少男女在这种场合擦出了爱的火花。

那几天，花梅见山堂总是皱着眉头，人前人后从不和自己说话。

她心里觉得挺别扭，老想抽空儿跟他说点儿什么，该说吗一时又想不好。实际上，也确实没那机会，大家黑介白日在一块，那么多双眼睛看着哩，没法说。她们的节目评了个二等奖，领回来一面红旗，说是还有奖品，不知为吗现场没有发。大伙都埋怨是不正唱跑了调，要不一定拿个头等奖。不正心里不服也不好说吗，因为有两句唱腔，他确实把调门儿唱跑到姥姥家去了。花梅这次却出了大名，三里五乡都知道：金沙窝的妇女主任人长得俊，唱得也是狗赶鸭子——呱呱叫。

十多天后，山堂又去县里开会，才把奖品领了回来。一个带摇把的戏匣子、十几张圆片片的唱盘，里边都是当时流行的评戏段子：《小女婿》《小二黑结婚》《秦香莲》……还有一只精巧的、明晃晃的小电棒。那时候，这些东西在农村根本看不到，据说还是日本鬼子逃跑时丢下来的。奖品从省城往回运时耽误了工夫，发奖才晚了几天。山堂回村没舍得把小电棒拿出来，倒是每天擦黑儿把戏匣子摆在村委会门外小广场上，引得全村男女老少吃过黑介饭便往这儿跑，提凳搬椅都来听戏。老杠头顾不上听，围着戏匣子转了好几圈。红柳好奇怪，便问道："爷爷，你看吗呀？"

老杠头一本正经地说："我看看这小人儿在哪儿唱哩。"

人们一阵哄堂大笑。山堂也懒得给他解释，打开小电棒回屋去。他当时并没想到，就是这个小电棒，以后会给他带来一连串的麻烦。

第四章

天堂有路　你上你的阳关道
地狱无门　我下我的独木桥

春天来了。小河解了冻，一天到晚“哗啦啦”地唱着歌。河边的柳枝上拱出来毛茸茸的嫩芽。树下的小草也钻出地面，开放着一片黄灿灿的小花。

庄稼主子忙活了起来，有的给小麦浇水、拔草；有的往闲地里送粪、翻耕，准备种豆子、谷子、秫子……今年的农活比往年进度快，因为有了互助组，牲口农具什么的能互相调剂。大家在一块干活，说说笑笑也不觉得累。可甘蔗没有两头甜，手指有长短，人心不一样，碰碰磕磕的事也出来了。有一天后晌儿，大伙在王九毛家的麦子地里拔草。他说青松没拔干净，干自家的活上心，干别人家的活不当一回事。老杠头听不上，两人脸红脖子粗地吵起来。还有一回为浇地谁先谁后，九毛和青松差点儿动了手。幸好二婶儿在场，他们才没敢忒放肆。实际上人们都不知道，王九毛心里是记着老杠头点儿旧仇。他十七岁那年给老杠头家打短工，因干活偷懒被踢过几脚。这种事，往往是打人的记不住，挨打的忘不了。老杠头早忘了，九毛却一直记在心里。

魏守根帮谁家干活都是认认真真、实实在在。他总说干活要带三分恼性，从不和人说笑，对吵吵闹闹的事心里犯腻歪。他几次想提出来退组，面对当组长的娘却不敢说出口。等开春这阵子农活忙过去，他跟二婶儿请假，说是要打几垛坯，把牲口棚翻盖成两间厢房，麦茬大了，在一条炕上越来越不方便。二婶儿答应后，他在屋后的场边上挖坑取土，筑台放模子准备打坯。这活应是两个人干，一个拱土，一个打坯。守根是万事不求人，跳上跳下连拱带打。只见他拱好土后，抓一把事先备好的沙子撒在模子里（防粘），铲进去两大锨黏土，手扶石锤把儿脚心向里跳两下把土收拢，提溜起石锤“咚咚咚”，几下土坯就打好了。他下来时脚后跟顺便一磕，模子就从尾部打开，一个完整的土坯摆在台子上。土坯上垛是个技术活，用劲小拿不起来，劲大又怕捏碎了，守根却拿捏得恰到好处。只见他轻轻把土坯搬得横立起来，然后像抱婴儿一样托住两头，轻走两步，稳稳放到垛上。

早春的风虽然还很凉，可没多会儿守根已是大汗淋漓。他干脆脱了长衣，只穿条大裤衩忙个不停。半前晌儿，麦茬和歪歪提壶端碗地来送水。守根冲他们咧嘴笑笑，仍然手脚不停。麦茬心痛地说：“爹，看把你使得这一脑袋汗……我们给你拱土吧。”

“好小子！”守根笑着说，“有你这句话就沾，爹没事。”

两个小家伙不管他同不同意，跳进坑里吭哧瘪肚开始拱土。真是添只蛤蟆四两劲，守根出坯快多了。两个孩子手忙脚乱，没多大工夫就累得小脸通红“呼呼”喘粗气。守根劝不住他们，边擦抹着脸上的汗水边咧着大嘴笑个不停。

兰花梅也很忙，一天到晚不怎么着家。她这妇会主任当得挺带劲，白天忙工作还得抽空儿备课，晚上给识字班上完课干部们又要开会。秋生不怎么管事，有时山堂也不在，村里的大事小情都找她。大到各家的婚丧嫁娶、生老病死，小到两口子生气打架、婆媳不和，房角子、地界子……不管好事坏事，人们信不过保证都找花梅，她都得去处理。这也是庄稼主子的习惯，谁家有事都找干部出面。好在她那会儿年轻气盛，心劲儿十足，再苦再累也是乐乐呵呵。有天黑介研究各家各户的夏季征购粮，散会已是半夜时分，四面八方的驴叫声此起彼伏。那是个阴天，真是黑得伸手不见五指，整个世界像扣在大锅底下。山堂和花梅相跟着往家走，和平时一样，两人都不说话，只是默默地走着。双河和不正要跟秋生说吗事，站在村委会门口没跟上来。

到山堂家门口了，他说："天这么黑，我送你回去吧。"

"没事。"花梅说着，照直往前走。山堂没再说什么，只是闷头跟在她身后。村街上静悄悄不见人影。花梅走着走着突然觉得很别扭，一颗心"咚咚"跳得人发慌。她口干舌燥地咳嗽两声，涩涩地问："娘……还好吧？"

"挺好的。"山堂同样干巴巴地回答。花梅又问："桂枝也好吧？"

"不好。"山堂说，"她好像……有了。"

"是呵。"花梅有点儿意外，又说，"回头我得去看看她。"

"没事，看不看的吧。"山堂迟疑一下，又说，"她连你的一个小脚指头都比不上。"

"废话！"花梅说，"我是你嫂子，她是你媳妇。"

山堂"哼哼"冷笑两声，紧走两步和她并肩而行。二人出了村口下坡时，山堂忽然想起口袋里的小手电。他平时为省电舍不得用，这会儿忙掏出来摁着了。只见一道白晃晃的亮光像打闪，刀一样切开黑暗照亮了脚下的路。花梅从没见过更没用过这东西，惊讶地问："这是吗吔？"

"这叫电棒，专门儿照明用的，"山堂递给她，"据说还是小日本儿造的呢。"

花梅瞧稀罕似的把玩了一会儿，爱不释手地说："这小玩意儿真好！"

"那就送给你吧。"山堂痛快地说。

"俺可不敢要，这么金贵的东西……"花梅说着想还给他，山堂不肯接，推搡间，两人的手不知怎么就攥在了一起。花梅下意识地挣扎一下，山堂没松开，她也就不动了。一时间，这个世界上好像什么都没有了，只有两颗心在剧烈地跳动，"咚咚"地互相都能听得见。就这样，两人一动不动，不知是过了一分钟还是一个世纪……终于，山堂气短一样声音又干又涩地说："花、花梅，我、我想你，想得心疼。"

花梅没吭声，眼泪却像决了堤的洪水，瞬间便"哗哗"地流下来。片刻，她张了张嘴吗也没说出来，只是把泪脸贴在了他的心口上。山堂伸胳膊抱住了她。就在花梅抬起头，两人急切地想亲嘴儿的时候，不远处传来双河父儿俩的说话声，二人才急惶惶分开了。山堂回转身，脚步不稳地往回走，在和他们碰面时，不无心虚地说了一句：“天忒、忒黑，我把花梅送回去了。”

“是呵。那你快回家吧。”双河说。山堂“唔”一声，快步沿街而去。不正看着他模糊的背影，心里直犯嘀咕，返回头目送着匆匆下坡的花梅。

花梅擦抹着眼泪过小桥、上河坡，走到家门口时停住了脚步。她的一颗心仍在狂跳不止，回望着茫茫的黑暗呆立、呆立……过了好半天，一颗心才平静下来。她回转身，看着手上的小电棒愣了一会儿，最后心里发虚地塞进衣兜，轻轻推开了家门……她当时可没想到，就因心里的这份发虚，为他们的夫妻关系带来了根本性的变化。

花梅有了，她是过来人，自个儿心里当然清楚。但她不知怎么想的，好长一段日子没告诉守根。她有时候又干哕又吐，守根当她是病了，几次劝她去村里的小药铺找先生。直到有天黑介，守根憋得急扯白脸想亲热，她才说了实话。守根当时高兴地跳了起来，把想亲热的念头也就忘了。从那以后，他们两口子之间该干的那点儿事也就省了。实际上，这正是花梅想要的。那天黑介她和山堂分手，带着一颗狂跳的心回到家里，躺在被窝中一宿没合眼。她听着守根的呼噜和咬牙声，心里那真是翻江倒海。她想了到这个村里来的前前后后，想了和山堂认识、交往的每一句话、每一个细节，想了和守根结婚、生活这一年多的日日夜夜……越想越觉得这两个男人是一个天上一个地下。山堂是好小伙儿，一挺杠直、四面见锯，一年到头把自己打整得干干净净，黑亮亮的头发一丝不乱。他精明能干、办事果断，嘴巴会哄人、眼睛会说话。守根？可真是……怎么说呀，哼哼，长像咱就甭提了，遇事磨磨唧唧，脑袋里装一盆糨子，嘴笨得像棉裤腰子……最让人受不了的是他从不知道爱好，饭前不洗手，说一百回也记不住；

长年累月不洗脚，不管冬夏后跟上都有一层黑皴；更甭说吃饭吧唧嘴、睡觉打呼噜，那毛病忒多了，数都数不清。花梅越想越觉着没法和他一块过，可不过又该怎么着？她想得头都疼了也想不明白，剩下来，只有一声接一声长长的叹息，唉、唉……

有一天黑介，花梅从识字班回来，走出村口见四下没人，便把小手电掏出来，摁亮了照着路下高坡。她走过碾子旁时，不正突然从大槐树下的暗影里蹿出来。花梅被吓着了，张着嘴说不出话来。不正"嘻嘻"笑，猛一下子伸手把小电棒夺了过去。花梅回过神儿来缓了一口气，急扯白脸地说："你干吗呀？把人吓死了！"

不正把玩手电，阴阳怪气地说："姐，这小玩意儿不赖，是山堂给你的吧？"

花梅愣了一下，忙说："胡说八道，这是……俺从老家带、带来的。"

"是么？"不正抬眼望着她，"你家是地主老财呀，趁这么好的玩意儿？"

"你吃着河水长大的呀，管得这么宽？"花梅说着从他手上把手电夺了过来。不正"嘿嘿"冷笑："我记得……你们来时，穷得连裤子都快穿不上了。"

"你管不着！"花梅说着，夺路想走。不正拦住去路，仍然嬉笑地说："急吗呀，这东西我见山堂用过，要不咱去问问他？"

"你闲得慌呀！"花梅说罢，硬推开他快步登上了小桥。不正瞅着她的背影一阵冷笑："可真是个好玩意儿，拿回去让守根看看呗。"

听他这么说，花梅的脚步不由慢下来。她心里预感到这小子要找麻烦，可一时又想不好该怎么办。实际上，她犯了个错误，如果开头就大大方方承认是山堂给的，不正或许不会多想。可因她心里发虚说了瞎话，倒让对方起了疑心。不正是"有心人"，不知从什么时候开始，他总觉着山堂和花梅之间像有点儿"吗事"，今天看她这样，更坚定了自己的猜测。他不失时机地快步追上去，讪皮讪脸地说："姐，怎么样呀？”

花梅一脸恼怒地问：“你想……干吗？”

“我想干吗？嘿嘿……”不正嬉笑着说，“姐，我想干吗你心里不明白？”

花梅一时不知该怎么回答，冷着脸没吭声。不正接着说：“姐，你是过来人，就当是……教教兄弟呗。”

花梅心里慌乱，脱口问：“我教你干、干吗？”

不正一下子抱住她，急吼吼地说：“姐，一回，就一回，这辈子就一回。行、行不？”

花梅努力挣扎着：“你干吗……王八蛋，放开我！”她怎么挣扎也不管用。不正人称“半匹牛”，贼劲大着哩，而且是连她的胳膊都抱住了：“姐，只要你答应了，我就是聋子、瞎子，吗也没看见，吗也没听见。”

花梅不停地扭动着身子，心里急切地打着主意。不正还在混乱地说：“姐，你是观世音、活菩萨，救苦救难……算我求你还不沾？”

花梅情知挣脱不开，急中生智缓和口气说：“你先放手，咱有话好商量。”

不正没松手：“不沾，你得先答应我。”

这时，家里的黑狗像是听到了动静，“汪汪汪”一阵狂叫。花梅心里突然有了主意，忙小声说：“沾，沾。我答应你，快撒手。”

不正松开手，但仍抓着她的一条胳膊。花梅强忍慌乱，故意装作很轻松地含笑说：“多大点儿事呵，值得你费这么大劲？这样吧，你去俺家屋后的坯垛里等会儿。我去趟茅子里。”

不正不相信：“你哄吃屎的孩子呀？”

“真的。不骗你，去吧。”花梅说着，还轻轻地拍了拍他的肩头。

不正这才放开她，边往河坡上走边说：“你要不来，我一会儿就去敲你家的门子，当面告诉守根。”

花梅慢慢往家走，心里在掂量这事该怎么办。她心里清楚，这小子是个二百五，说出来就敢做出来，电棒这事，还真不能让守根知道。她想堵住不正的嘴，可怎么堵？莫非真和他……呸，想想都恶心！她走到家门口，轻轻推开栅栏门，大黑狗扑上来，“呜呜”叫着又蹦又跳。她犹豫片刻下定了决心，把黑狗引到门口外，拍着它的脑门儿指了指屋后的坯垛轻声说：“去，咬他！”

大黑狗心领神会，箭离弦一样往屋后冲去……不正心里乐开了花，他都十九岁了，还不知道世界吗样哩！甭管去谁家闹洞房的时候，他虽说断不了在新媳妇身上摸一把抠一把，可过干巴瘾解决不了根本问题，每次回家躺进被窝，心里咂摸着女人身上那股味道，便浑身冒火，烙大饼一样睡不着……这回要来真的了，而且是自个儿那么喜欢的小娘儿们！他揣着一颗兔子般“嘣嘣”直跳的心在坯垛里等了一会儿，又出去抱了一堆花秸，撅着屁股想铺在地上……正在这时，大黑狗狂叫着冲进来，一下子把他扑倒在地。不正吓傻了，瘫在地上手脚都动弹不了。黑狗并没下口，它懂规矩，没主人的命令不能咬人，只是骑在不正身上，龇牙咧嘴看着他。

“大黑，大黑……”花梅一路叫着追进来，见此情景忙大声呵斥，“大黑，滚一边去！”

黑狗听话地跳开去，站在一旁死盯着不正不放松。

“真是……这算吗事呀！嘻嘻，吓坏了吧？”花梅说着，忙伸手拉不正说，“没留神，一开门它先冲出来了，我怎么也叫不住。”

不正脸色焦黄说不出话来。他心里哆嗦浑身筛糠，裤裆里尿湿了一大片，一声没吭出了坯垛，蹚着尺把高的麦苗往野外走去……

“没事，兄弟。心急吃不了热豆腐，咱改日、改日……”花梅心里发笑，望着他的背影轻声说。这时，守根听到动静，披着件长衣从家里走过来：“怎、怎么了？”

“没事儿。”花梅领着大黑往回走，“是……一只野兔子，大黑半天没追上。”

李保证躺在炕上，两天两宿没起来。当娘的可着了急，问话他不说，做饭他不吃，摸摸脑门儿也不热，愁得一个劲儿抹眼泪。她身材瘦小，体弱多病，四十多岁已是满头白发，一脸褶子。她比双河大三岁，看那模样，不知道根底的还以为是他姑哩。第三天，李秋生来了，不正这才起来了。他是来给不正说媳妇的，前些日子双河父儿俩找他就为这事。秋生当了一辈子干部，三里五乡熟人多，断不了保媒牵线讨口喜酒喝。他给不正说的媳妇叫李桂香，也是银沙窝的，和山堂媳妇李桂枝是出了五服的远当家，据说人皮儿还不赖，家里是贫下中农，只是比不正大两岁。他来过两次了，双河两口子觉得还行，不正也同意见个面，这回是商量相亲的具体时间和地点。那会儿相亲没现在这么隆重，还要兴师动众下馆子吃大席，一般都是定好日子，在大集上走个对面，你看我一眼，我看你一眼就行了。

绿城道是二七过集，就是阴历的初二初七、十二十七、二十二二十七，每个月六天集。到四月十七这天，不正换上一身新衣裳，人模狗样跟在秋生屁股后头去了集上。李桂香是跟着山堂媳妇来的。桂枝本不想管这事，一是她怀上五六个月了，身子已显笨；二是她知道这个远当家堂妹子从小娇生惯养的有点儿懒，怕管闲事落闲事，以后他们过不好日子给自个儿找麻烦。可她架不住两头老人都找上门来，山堂也说让管一管，只得硬着头皮答应下来。绿城道是个小集，那天早起又下了点毛毛雨，所以整条街上没多少人，除了卖粮卖菜就有几家卖杈把扫帚的。四个人碰了面，秋生和桂枝说着闲话，不正和翠香互相看了几眼。按正常程序，进行到这儿就算告一段落，各自回家商量出意见，再由媒人从中传信就行了。可不正这小子心性野，头一眼看到翠香，见人家高挑细杆儿、白白净净，就有点儿按捺不住。他咧嘴笑了笑，说："你叫翠香，我叫李保证，不会说好听话，只会保证一辈子对你好！"

翠香没说话，粉脸通红地抿嘴一笑，嘴角旁便旋出两个黄豆大的小酒窝儿。不正更是心里痒痒，恨不得立马上去把她搂进怀中。这时，秋生回头说："不正，咱走吧。"

"别介。"不正忙说，"好不容易凑一块，我请大家吃顿饭呗。"

秋生没这种心理准备，不由看了看桂枝。桂枝忙说："又没外人，吃吗饭呀，都回去商量商量再说吧。”

“我不用跟谁商量，自己能做主。”不正说，“大老远来了，饭还是要吃的。我不请你，也得请请秋生爷呀。”

桂枝看看翠香：“你说怎么着？”

翠香低着脑袋小声说：“我听姐的。”

桂枝已明白了她的心意，有点无奈地说：“那就……走吧。”

四人找了家路边的小饭馆，互相客气着坐下来。不正点了几个家常菜，要了瓶本地烧的“枣木杠”和四盘炒饼、一盆鸡蛋汤。大家东拉西扯说闲话、吃菜……姐儿俩不喝酒，秋生量也有限，一瓶酒不正喝了多半。真是酒壮㞞人胆，等大家吃完饭，他面不改色心不跳地说：“秋生爷、婶子，要不你们先回去吧。我陪翠香在集上转转，完事再送她回去。”

保证的这种要求，在当时是相当大胆的，头回见面就把大闺女一人留下，根本不可能。一般的庄稼小伙儿，绝不会提这种要求。不正十六岁当干部，东跑西颠、见多识广，再加上生性如此，胆量自然比别人大。桂枝一听就急了：“那怎么沾呀，还是一块回去吧。”

“没事。”不正说，“婶子还信不过我呀？”

桂枝一时没了主意，不由抬眼望着秋生。秋生想了想，也说：“不正，这不合适，还是下次再说吧。”

不正可不想放弃，坚持说：“秋生爷，跟你鞍前马后这么多年，你也信不准我呀？真是……我肯定把她稳稳当当送回家。”

秋生也不好再说什么，忙含笑问翠香：“闺女，你说怎么着？”

翠香仍然低着头：“怎么着……都行。”说实话，她是觉得这个小子胆儿挺大，心里多多少少有点儿敲小鼓，但并不忒反感，还有几分自己也说不明白的期待。她心里想：青天白日的，你能把我怎么着？

秋生和桂枝明白了她的心思，两人交流一下目光，嘱咐了几句转身离去。不正并没带翠香在集上转，而是直接领她去了大村外。在河边的小树林里，不正如愿以偿，伸胳膊抱住了翠香。她稍微挣扎了一下，也就随他去了。两人都没这方面的经验，凭着本能亲嘴、抚摸，同时跌倒在开满野花的草地上。不正一条胳膊搂住她，另一只手伸到衣裳底下，在光溜溜、高低不平的肉体上摸来摸去……翠香鼻子里发出“唔唔”的呻吟任不正抚摸，但当他那只手往下伸向粗布腰带时，她却猛地挣开了身子。

花梅好几天没去识字班了。她害口闹得忒邪乎，有时整天介吃不下一口东西，干吗都打不起精神来。守根下地回来，便忙活着做饭、刷锅、喂猪……一切收拾利索，又见缝插针盖厢房。他早就把牲口棚拆了，毛驴拴在大门旁的小榆树上。他用打坯的石锤砸好地基，拉土和泥，把多年捡来的烂砖头全倒腾出来，一层一层地垒根脚。麦茬也跟着干，搬砖和泥没少帮忙。有时守根看他忙得满头大汗，心疼地想拦又拦不住，就收手不干了。可他心里还是挺高兴：才几岁的孩子就沾上光了，这小子长大后一定有出息！后来，他想了个办法，就是白天下地回来不干，等晚上月亮出来，麦茬睡着了才动手。就这样断断续续十来天，才终于把根脚垒起来。为这事，花梅没少叨唠他：“你真是……请几个攒忙的，两三天就盖起来了，非一个人费这劲干吗？”

守根不吭声，闷头干自己的，心里却在想：又不是什么好房子，请人干吗？那不得管饭呀，花钱不？花梅见说不听，只好随他去了。这天黑介，她吃了碗山药菜饭，觉得有了精神，便想去识字班看看。当时月亮还没出来，外面黢黑。她想带上小电棒，便弯腰从柜槽里往外掏，谁知不小心掉在地上，“啪”一声摔亮了。一道白光把正在外屋刷锅的守根吓了一跳，他歪头往里看了看，问道：“那是吗吔？”

“是……”花梅心里发慌没说出口，忙捡起来往衣兜里塞……没想到却被跑进来的麦茬抢在手里：“娘，让我看看！”

“这孩子，快给我！”花梅着急地想抢过去。麦茬却已蹿到了外屋，顺手递给守根：“爹，快看，多好看呀！这是吗呀？”

守根刚接到手上要看，花梅却急扯白脸地抢过去塞进衣兜里。他抬眼看着她，不无疑惑地问：“你怎么……干吗这么急崴崴的？”

花梅躲闪着他的目光往外走：“这东西娇气，怕弄坏了。”

“可是……”守根又问，“这是哪儿来的？”

“是……我从老家带来的，”花梅已走到门口，“没用过，一直在柜槽里放着哩。”

“从老家带来的？”守根心中更加怀疑，“你们家穷成……”

“是。俺们家穷！”花梅有点儿恼羞成怒，在门口外大声说，“俺是讨吃要饭过来的！你想怎么着吧？”说罢，她脚步“咚咚”出大门，下河坡登上小桥。

守根蒙了，怔柯柯望着花梅的背影，不明白她为什么发这么大火。这次，花梅又犯了个错误。她如果实话实说，电筒是她们参加汇演的奖品，守根不会有半点儿想法。可她还是因为心里发虚说了瞎话，而且不明不白地发火更不妥当。守根不是傻子，能不多想？他深爱自家媳妇，又觉得她对自己一直不怎么亲热，不管疑心还是吃醋，反正心里从此结了个小疙瘩，而且随着时间推移和人情的变化，疙瘩越结越大不能化解，直至最后无法收拾！

月亮出来了。麦茬睡着了。守根用独轮车把屋后的土坯一趟趟推回来，和好了一堆泥，拿着瓦刀比比画画地垒墙。等垒到齐胸高时，他搭起脚手架，先把坯和泥扔到架子上，然后登上去往高处垒。垒到自己想要的高度，他用两根一拃多粗的木头做檩条，然后把裁好的秫秸一捆捆紧排在上面，再铺上层花秸，最后就剩下上大泥了。大泥是用土和花秸混在一块加水搅和成的，他仍然用老办法，先把泥扔到架子上，再从架子掏到屋顶上……真是只要功夫深，钢梁磨成绣花针。守根天天黑介干到鸡叫，用了一个来月，终于把两间厢房盖了起来。这期间，有人来串门儿，谁都感到很吃惊，说好听的：这家伙真有个坚持性！说难听的：这小子真他娘一根筋！甭管别人怎么说，守根没事时圪蹴在猪圈墙上，叼着烟袋瞅着新房，心里美滋滋的。可惜，好花不长开，好景不长在，他美了没几天，就再也美不起来了。

麦穗儿发了黄，南风吹到镰刃儿上。庄稼主子家家都在泼场磨镰刀，准备着一场抢收抢种叫劲的活。秋收一时，麦收一晌，可不是闹着玩的事，那是和老天爷抢时间，越往前赶越主动。那天黑介，花梅想明儿一大早要割麦子，吃点儿好的吧。她挺着大肚子包的饺子，泡好了的萝卜干，新下来的韭菜，剁上点盐罐子里过年时埋下的咸肉，挺好吃。守根吃了三大碗。真是半大小子吃死老子，麦茬比他一点儿没少吃。撂下饭碗，麦茬蹲在磨刀石旁帮着洒水，守根一口气磨好了三把镰刀，用大拇指肚拭拭刀刃，满意地挂在窗户上。忙活完后，他点上锅子烟走出大门，下河坡圪蹴在大青石上，有滋有味地吸着、吸着……大黑狗卧在一旁，支棱着耳朵倾听村里传来的母狗叫声。

月亮出来了，清冷冷的光芒普照着大地。小河水哗啦啦流淌，涟漪粼粼闪烁，像铺了一河碎银子。静静的夜晚没风丝儿，浮移在空中的炊烟还没散尽，朦朦胧胧像给小村罩上了一层轻纱。守根吸了一锅又装上一锅。他把火绒摁在火石上，掏出火镰一下一下敲打，“嚓、嚓……”火花迸溅，不知怎的把他的思绪一下子拉回到离队前的那场战斗……

魏守根记得很清楚，那会儿他当上机枪班长没多久。部队转移阵地，在太行山深处急行军。大冬天，山上山下看不见一点儿绿色，除了干茬茬的石头就是光秃秃的树木。他们走在崎岖的山腰小路上，一个个累得“哈哧哈哧”喘粗气。日头偏西的时候，一匹枣红马从他们身边急驰而过。骑马的是个小战士，守根知道他姓陈，是团部的通信员。路本来就挺窄，战士们纷纷躲闪。没多大会儿，前面传下话来，说是山下发现了国民党的部队，有多少人说不准，是正规军还是杂牌军也不清楚，让大家提高警惕，注意隐蔽。守根他们不由得往下张望，果然麻麻渣渣看到山脚下的大路上，敌人的炮车、马队正轰隆隆走过。赵小山和身边的几个战友嘀嘀咕咕：“好家伙，这么多人呀！肯定是正规军。”“打不打呀？”“就是，现在的形势可对咱们有利。”……那时候，三天两头打仗，战士们都习惯了，像吃饭喝水一样，谁都不当一回事。

"不许说话，跟上队伍！"守根低声命令大家。

这时，团长马辉和连长赵先才骑着马从前面返回来。赵先才下命令："魏守根，带领你们全班出列！"

守根答应一声，命令全班战士出列站到一块凸出的大石头上。马辉用鞭子指指山脚下，说："大家看到了吧……情况不明，上级没有命令，我们不想打仗。你们班留在这里，监视敌人行动，掩护部队转移……记住，不到万不得已，不准和敌人交火。"

"是，保证完成任务！"守根立正、敬礼，命令大家迅速散开抢占有利地形。

赵先才压低声音命令："一旦打起来，你们必须给我顶住，哪怕剩下一个人，没有命令也不准撤退！"他说罢看团长一眼，两人打马往前奔去。

守根愣了一会儿，忽然想起地问："连长，我们吗时候撤呀？"

"听我从山那边吹三声长号！"赵先才说罢，弯过山路不见了。

"三声长号。"守根念叨一句，找了片灌木丛把机枪架起来。他们身后，大部队悄没哑声，正成建制迅速转移。

西风猎猎。残阳如血。莽苍苍的群山薄雾缭绕。

过了一会儿，敌人好像发现了什么动静。一个当官的举着手枪比比画画，像是正在下命令。紧接着，大群敌人布成散兵线，一个个端着枪，试试探探往山上走来。短兵相接，守根他们自然有些紧张。他低声命令大家："不急。把手榴弹准备好，等敌人走近再打。"

这时候，他们身后的大部队已撤得差不多了。辎重队的战友们把身上的手榴弹全给他们留了下来。守根边道谢边死盯着山下，一刻都不敢放松地趴在灌木丛中。

风止了。声息了。万里大山静悄悄。只有不远处的野树枯枝上，几只乌鸦蹦上跳下、呱呱地怪叫不停。或许它们凭本能已经嗅到了死亡的气息，准备大吃一顿。守根他们大气不敢喘、有屁也得憋住，不错眼珠地注视着山下。一个小战士忽然低声说："班长，我想尿泡。"他叫高芒种，刚入伍没几天，听到枪响就浑身哆嗦。守根瞪他一眼，低声呵斥："憋着！"

敌人越往上走胆子越虚，一个个猫腰端枪，小心翼翼走上来、走上来……有的边走还嘀嘀咕咕说着什么。上百号人排成三层梯队，近了，更近了……走在最前排的已能看清眉眼。战士们开始显得不安，时不时有人转头看看守根。可他一直黑虎着脸，谁也不看地盯住敌人。四十米、三十米、二十五米……守根的脸色越来越阴得厉害，仍然不发出命令。在这种情况下，谁说心里不紧张那是胡咧咧，大家互相之间好像能听见"咚咚"的心跳声。前排敌人走近二十米时，守根投出捆在一块的两颗手榴弹，战斗正式打响。战友们急不可待，纷纷把手榴弹扔出去。一时间火光闪闪，浓烟冲天。敌人措手不及，一枪没放，有的一声没吭就地倒下，有的哭爹喊娘，扭头往回跑；有的眼瞅着四分五裂，胳膊大腿飞上半空……也就是抽锅烟的工夫，敌人扔下一片麦个子似的尸体，剩下的跑得无影无踪。

战士们齐声欢呼。守根笑模悠悠点上了袋烟，刚吸了两口，忽然想起地看看四周，而后，对那个想尿泡的小兵说："你去那块大石头后边，听见三声长号马上回来告诉一声。"

高芒种答应一声，提溜着枪快步跑开去。这时候天已擦黑儿，山里的雾气更浓。守根拎起机枪说："走，后退三十米，估摸着敌人该开炮了。"

战士们纷纷起身，收拾自己的武器往山上撤退。要说也真玄，他们撤出二十多米时，敌人的炮弹便像一群老鸹落在刚才的阵地上。刹那间，震耳欲聋的爆炸声响成一片，火光浓烟冲天而起，荒草烧着了，野树烧着了，敌人的尸体烧着了……好家伙，那真是像孙猴子他们过的火焰山！在那种情况下，说不后怕是假的，战士们一个个不由得吸凉气吐舌头，吃惊地议论："好家伙，真玄！""好他娘厉害！""幸亏咱们上来了。"……

"少说废话！快，抢占地形！"守根命令大家，并把机枪安置在一块石头后面。战友们也纷纷找地儿隐蔽了起来。过了吸锅烟的工夫，又一排炮弹"轰隆隆"炸响。紧接着，更多的敌人舞马长枪喊叫着冲上来。守根再次嘱咐大家："沉住气，甭急，近了再打。"

这次接上火，情况发生了变化。敌人有备而来，仗着人多死命往上冲。守根他们机枪步枪一齐上，也没挡住汹涌的人群。没多大工夫，他们便被敌人团团包围了，而且，眼看着战友们一个个倒在血泊中。守根急红了眼，站起身大声命令："快！跟我往外冲！"

来不及了！战友们能站起来的努力往他身边靠时，已被敌人分割开来，里三层外三层围住各自为战，有的已拼上了刺刀。守根眼珠子血红，平端着机枪扫开一溜胡同，大声喊杀着往山坡另一方向冲下去、冲下去……算他命大吧，敌人竟然没追上来。他跌跌撞撞冲下山坡，大气没敢喘，顺着地里的一条流沟拼命往前跑、跑……天黑得伸手不见五指。他跑着跑着，脚下踩空，"噗咚"一声跌进一眼深井中。

守根想到这儿，突然像着凉一样打了个激灵。他不由抬眼四下看了看，除了大黑狗，周围没一个人影。他长叹了口气，重新装上袋烟，慢悠悠吸着。过了一会儿，李保证背着杆"三八大盖"从野地里转过来。他是看青小分队的队长，每年当麦子快熟的时候，村里的看青小分队就会成立起来，一共九个人，两人一班，按村子的东西南北各把一方。不正总负责，可以四处游走。他走至近前，嬉笑地说："根叔，吃了没？"

山根鼻子里唔一声，没回答。大黑狗却站起身，龇着獠牙发出"呜呜"的低吼。不正吓得连忙后退，这是上次坏垛事件后，他头一回来守根家门口。守根忙呵斥一声："大黑！"大黑狗好像迟疑了一下，才重新卧下来，但目光仍然很不友好地盯住不正。守根忙拍了拍它的脑袋，它才把目光移开。不正心有余悸地讪笑着，慢慢凑到近前坐在大青石上。他抓过守根的烟袋，边装烟边笑着说："根叔，小日子过得挺滋润呀。"

守根爱答不理地说："嘿嘿，瞎混呗。"

"你可不是瞎混，"不正点上烟紧吸几口，"又盖房又置办家当，婶子还要给你养活小子。嘿嘿……"

“那不就搭了两间土坯棚棚么。”守根说，“再说，我置办吗家当了？”

“我看婶子天天拿着个小电棒，真是好东西。”不正说着，不怀好意地嘿嘿笑。守根没当回事：“那算吗家当呀，是她从老家带来的。”

“是吗？”不正把烟灰磕在鞋底上，佯装很随意地说，“多好的东西呀。前段时间我见山堂拿着一个，这些日子看不见了。”

守根心里“咯噔”一下，愣怔片刻忙问：“你是说……是山堂给她的？”

“我可是吗也没说。”不正嬉笑着，下河坡上小桥扬长而去。守根砸摸着他的话，心里可就翻腾开了。他想起花梅她们刚来那阵子，二婶儿几次跟他说山堂折腾着要退亲；想起山堂多次找他做工作，非让花梅当妇会主任；想起……正在这时，花梅挺着大肚子出现在大门口：“天这咱晚了，还不睡呀？”

守根站起身，慢吞吞往家走……他几次想开口问花梅，话到嘴边又停住了，只是从此心里多了个念头：往后，还真得多留个心眼儿。他有了这个念头更坏事，使本来简单的事情变复杂了。他倒不如问花梅、逼花梅，或者把山堂找来三头对案，把事情说明白、问清楚。这样一来，大家心里都干净，还可能起一定震慑作用，让花梅和山堂从此断了念想。像他这样闷着头瞎猜乎，久而久之，准会滋生出一系列本不该发生的故事。

抢收小麦是磨扇子压手的事，一时半会儿都不能耽误。尤其是那十来天老天爷爱和人们开玩笑，三天两头下场雷阵雨，抢收不及时产量肯定受影响。如果正赶上那些日子老天爷不高兴，下了雨还连阴三五天，就更完蛋了。捂了的麦子出黏面，黑乎乎的不是个味道，吃在嘴里还粘牙。偏偏在这个节骨眼儿上，互助组里又出了点麻烦事。

本来各家各户的麦子不会同一天熟，早熟早收，晚熟晚收，错开日子吗事没有。可偏偏老杠头家和王九毛家的麦子同一天熟了，为争个你早我晚两家又打了起来，闹得大伙儿一前晌儿没能下地。二婶儿他们忙着拉架、劝说……守根圪蹴在街旁土堆上，边吸烟边心里瞎琢磨：真是……人心隔肚皮，里外不相知。各有各的盘算，各有各的小九九，看看，吵包子打架成了家常便饭。唉……入这互助组干吗呀！

不管怎么样，那年老天爷还真给面子，风调雨顺麦子长得好，收割的十来天一滴雨水没掉。麦收刚过干部们又忙起来，挨家挨户催交公粮。庄稼主子就是这样，钱和物都在肋条上串着哩，除了割肉就是出钱出物心疼，谁都不愿交。这种事守根不用催，每年头场下来他就把最好的麦子装进口袋，按村里分配的数额用独轮车推到乡粮站。花梅已有六七个月了，天天拖着笨重的身子走东头串西街。秋生让她歇歇，她总是笑笑地说没事，整天忙忙活活还挺高兴。打完场守根就去阜平了，他年年都是这时候去帮巧云家收麦子。她家偏北几十里，麦子晚熟几天，正好错开日子。

就在这时候，李桂枝要生产了。因是头生，又不足月，二婶儿硬逼着山堂套车去县医院接来个女先生。老娘儿们们就笑：女人养活孩子，跟拉泡屎一个样，还请吗先生呵？啧啧，村长家的人儿就是娇贵……她们讲的不完全是笑话，歪歪不就是他娘上茅子里生出来的？

桂枝养活了个小子，或许是因为不足月，又瘦又长像只剥了皮的病猫，细脖子支不住大脑袋，啼哭起来细声弱气更像小猫叫。二婶儿说：“这孩子，又瘦又长一条，但愿他长大像石头一样结实，就叫田石条吧。”她说着，拿了根红布条拴在大门的“哗啦吊”上，这是告诉生人，一个月内是不能来串门儿的。

太行山脚下的千里平原，成熟的麦田像金色的大海。远远近近的村庄，像海中的岛屿星罗棋布。晨风吹过，大海波涛翻滚，那些岛屿像是会动一样浮来荡去。甭说庄稼主子，谁看着都是心旷神怡，由不得放开嗓子，“啊啊”地叫几声。正是“哥哥慢走”（杜鹃鸟）飞来的时候，但人们很少能看到它们的身影，只能听到半空中一递一声传来清脆的叫鸣：哥哥慢走、哥哥慢走……

守根赶着毛驴，天不明就到了巧云她们村。他没进家，而是直接去了她家的麦地里。自从巧云把他从水井旁救出来后，每年麦秋两季他都来帮忙，因此对她家的地块十分清楚。农村人都知道，割麦的最好时候是早起和前半晌儿，麦秸泛潮，绵软筋道，抓起来不扎手还不容易掉穗；正晌午就差多了，日光暴晒，麦秸又硬又脆，扎手是次要的，庄稼人的手，本来就像老树皮，不怕扎，主要是掉穗让人心疼。守根圪蹴在地头上吸了锅子烟，从驴背上摘下镰刀开始干。他割麦子是有名的“快手”，在村里很少有人能跟上。只见他挑高秸秆麦子先拔下一把，在脚上摔摔土，攥住麦穗那头拧个回头弯，然后从中间分成两绺甩在地上，一根“要儿”就做成了。他岔腿弯腰，一条胳膊早伸了出去搂住麦秸，“嗖嗖”两长镰就是半抱，轻移一步放在“要儿”上，再弯腰又是半抱，放上去一只脚蹬住，伸手抓住麦根两头用力一拧一掖，一个大麦个子就成了。这一系列的动作，他头不抬腰不直，干脆、利索，让人看得眼花缭乱。

天光大亮，巧云带几个人来到地头上。守根一人顾着四垄麦子，已割出去了半截地。她不由哈哈笑着：“根儿呵，你这么早就来了？”

守根直腰抹了把汗水，嘿嘿一笑算做了回答。

“根儿呵，往后过秋过麦你都不用惦记了。”巧云说着指了指身边的人，“这会儿有了互助组，你看，这么多人帮忙哩。”

守根没吭声，不知怎么心里有点儿别扭，这几年都习惯了，眼下好像突然被人抢了生意，多少有种失落感。他没有马上走，还是帮着干了两天，人背驴驮地把麦子运回场上才离去。他牵着毛驴，一路匆匆赶回到家，却看到一件让他更堵心的事。

那天日头落山时，帮守根家干活的组员都收工回家了，屋后的麦场上只剩下两个人。山堂扬场，花梅拱锨，正把一堆从上垛花秸里抖搂出来的土麦子清理干净。扬场是个技术活，首先要找准风向，戗风不行，顺风也不行，应该是半戗半顺；土麦子扬到空中，麦粒子“哗啦啦”垂直落地，浮皮碎麦秸便被吹到下风头分离开来。山堂干庄稼活也算个好把式，但比守根肯定是差一点儿。他边抬头观察风向，边把手上的空簸箕递到花梅面前。花梅费劲地弯下粗腰，用木锨把土麦子装进去。山堂端着簸箕颠两下，长胳膊一扬，土麦子飞出去在半空中划出一道彩虹，紧接着，麦粒子蹦跳跳地纷纷落地，一会儿工夫便成堆成廪。两人配合默契，干得正顺手时，猛一下子风向变了。或许世界上万事万物都有个定数，该出事谁都拦不住。山堂被眯了眼，痛得只流泪水。花梅凑至近前想帮他翻开眼皮，大肚子差不多顶在他两腿间……老远看去，像是两人够着想亲嘴哩。

守根站在家门口，看到的正是这一幕。疑心生暗鬼，他脑袋里"嗡"一声，眼一黑差点儿摔倒，紧接着，浑身血液往上冲，憋得脑门儿上的青筋"嘣嘣"直跳。他呆怔片刻，揉揉眼睛再看，两人已经分开了。他认准二人肯定"有事"，气得咬牙攥拳，脸色煞白，一时不知该怎么办。要换成别人，扑上去吵几句、嚷一顿，甚至打一架，弄清说明就完事了。偏偏守根是看在眼里、吃在心里、烂在肚里。他一辈子也不会说出来，却会在心里记一辈子、恨一辈子。实际上，花梅和山堂时至今日真不能算"有事"。自从"电棒之夜"以后，他二人好长一段日子见面都觉得别扭，脸红心跳谁都不理谁。秋生为此还问过他们，是不是为吗事生气了？毕竟为村里的工作天天见面，日子一长也就过去了。眼下，两人见面是又说又笑，各自心里有数，表面上像吗事也没发生过。

守根像根木头橛子，久久地呆立、呆立……花梅他们谁都没注意，风向变了又开始有说有笑地干活。毛驴急着回家吃草，捯动着前蹄直打响鼻。守根回头给它一鞭子，气哼哼推开了家门。

天擦黑儿，山堂扛着多半布袋麦子进来了。他看见守根正圪蹴在猪圈墙上吸烟，忙笑着问："哥，你回来了？"

守根耷拉着驴脸，竟然装作没看见他。山堂没在意，又问："哥，这点儿麦子放哪儿？"

这时，花梅拿着簸箕和扫帚进家来："咦，你吗时候回来的？"

守根没吭声，黑虎着脸拿过扫帚，"呼啦呼啦"扫院子。花梅稍愣神儿，忙招呼着山堂把麦口袋放进屋里。守根咬牙发恨抡圆了扫帚，撒气地扫、扫……结果弄得满院子狼烟地动，呛得自己一个劲咳嗽。他这生火撒气的样子，傻子也能看出来。在屋里，山堂边往囤里倒麦子边问花梅："他这是怎么了？"

"谁知道哇。"花梅说，"他就这样，有点儿不高兴准挂在脸上。"

"可咱也没惹他呀。"山堂说，"是不是和巧云姐生气了？"

"管他哩。"花梅说，"快走你的吧。"

山堂从屋里出来，仍然笑着说："哥，我走了。"

守根埋头扫地，仍然没答腔。山堂冲花梅笑笑，快步走出大门。花梅不干了，"咣"一声把簸箕摔在地上，怒呵道："你这是干吗？！进家来鼻子不是鼻子脸不是脸的，给谁弄难看呀！"

守根还是不开口，闷着头拿过铁锨，把扫成堆的土土末末扔进圈里。花梅也累了，坐在门槛上喘粗气。过了一会儿，她放缓口气问："怎么回事，和巧云姐生气了？"

守根拧着脖子就是不吭声。花梅也懒得再理他，扶着门框慢慢站起身，忙忙活活地抱柴火做饭……这时，麦茬背着满满一柴火筐麦穗回家来，大黑紧跟在他身后。他看见守根，笑笑地龇着小白牙问："爹，你回来了？"

守根总算从鼻子里"唔"了一声。麦茬放下柴火筐，冲厨房喊："娘，我肚里饥。"

"你是饿狼托生的呀？进家没别的事。"花梅没好气地说着，从锅里拿出个大饼子，用菜刀一片两半，抹上香油撒了点儿盐，递给等在门口的小子。麦茬接过来，大嘴马牙地吃起来。大黑瞪眼瞅着他，馋得一个劲转圈子。

花梅把饭拾掇上桌。守根还是老习惯，盛上一海碗，挟了一箸子咸菜，拿上俩大饼子圪蹴到门口去吃。花梅身子重，忙了一天本来就累得够呛，看着他那半死不活的模样心口更堵得慌。她扒拉了几口饭，早早便回屋躺下了。守根闷着头刷锅、洗碗、喂猪……忙活完后，一个人圪蹴到河坡大青石上，没完没了地吸烟。他皱着眉头想呵想，脑瓜子都快裂了，终于想出来一个自以为天底下最好的办法。可他并没想到，照他的办法做下去，事情却变得越来越糟，直到没法收拾。当然，这是后话。

可是，没等他把想的办法施展出来，就在新麦子入囤那天，花梅躺倒在炕上。守根手忙脚乱，急得围着她转圈子不知该怎么办。花梅额头上冒出豆大的汗珠子，有气无力地说："去把娘找来……请个会拾掇孩子的。"

守根答应着，脚步踉跄地出去了。花梅肚子疼得直打滚，下嘴唇都咬出血来了。好在工夫不长，二婶儿带着个收生婆进了家门。两人不慌不忙，边安慰着花梅帮她脱下裤子，当时，血水都流出来了。花梅挣扎，用手势把守根赶出屋。收生婆指挥二婶儿从灶火洞里掏出一大簸箕草木灰倒在花梅屁股底下，上面铺了条粗布炕单子……那时候，庄稼主子拿草木灰当宝贝，家家都在门筒子里垒个砖池，专门存草木灰。洗衣裳时，把柴火筐架起来，底上铺一层花秸，倒上厚厚的草木灰，然后浇水往下淋。灰水流进下边的大盆里，黄乎乎、滑溜溜，洗衣物特褪糙。那会儿没洗衣粉，肥皂都很少见，一般人家也舍不得花钱买。妇女们来月经，有的也是用粗布袋子装上草木灰垫在"骑马布子"上，吸水防潮据说还消毒……好在花梅是顺产，折腾了有吃顿饭的工夫，生出来了个头发黑脸蛋儿白的胖闺女。二婶儿拍打着圆溜溜的小屁股，顺嘴说："好俊个闺女！她哥叫麦茬，她就叫麦穗吧，根儿和尖儿都让你家占了。哈哈哈……"

李保证要"过事"了?！这消息一传出来，惊得全村人舌头伸出来收不回去。村子这么小，谁放个屁乡亲们都能听得见，甭说这么大事了。人们由不得私下里瞎猜乎：这也忒快了！打从秋生说媒，到如今不才三个多月。定亲仪式都没听说办呀？那会儿还没"闪婚"这个词，按当时农村正常程序，怎么着也得一两年，来回走动走动，再找人看看，或年或节定个好日子。莫非老双河犯糊涂了？日子这么浅，年不年节不节的，过得吗事呀？嘿嘿，看着吧，这里头肯定"有事"……

人们早就听说不正说了个媳妇，银沙窝的，叫李桂香，是山堂的堂小姨子。也就是说，不正和山堂如今是堂“一担挑”了。好多人看到过，不正领着个大闺女赶集上庙，甚至往庄稼地、树趟子里乱钻。当时就有人说：这小子没准头，看着吧，早晚得出事。村里的老辈子顺昌爷还专门找到双河，说这丢人现眼的，你也不想法管管？双河除了摇头出长气，一句话说不出来。实际上，他不是没管过，可小子是个“活土匪”，拿爹不当爹，根本管不住。就是翠香她爹，也没少管自家闺女，照样管不住。俗话说：闺女大了不可留，留来留去结冤仇。人又不是牲口，总不能拿根绳拴在家里。闺女说去赶个集，去串个亲戚，你能说不让去？可她出了门儿往哪边走，你能跟着她？

翠香爹对这门子亲事压根儿就不忒同意，不为别的，就是嫌不正家是贫农。庄稼主子讲实惠，在贫下中农最吃香那些年，有点儿思想的老人，宁肯把闺女嫁给中农上中农，也不愿沾这些人家的门边子。俗话说，打断骨头连着筋，解底还是老乡亲。真正的贫下中农，因天灾人祸造成的很少，多数是祖上不正干，吃喝嫖赌、懒婆懒汉作成的。干活干活，你不干怎么活？这种人家血脉不好，闺女嫁过去也享不了福。翠香爹心里虽这么想，可他和秋生是多年的老哥们儿，抹不开面子，才心不甘情不愿地点了头。等他看着事不好，想找秋生退掉这门子亲事时，已是正月十五贴门神——晚半个月了。

一天吃黑介饭的时候，双河端着碗想往外走。不正娘喊住他：“他爹，你坐下，咱商量点儿事。”

当时不正还没回来。歪歪坐在饭桌旁，狼吞虎咽吃得正香。双河不怎么情愿地看看她，捡了个麦秸墩坐下来。不正娘却只顾低头吃饭，好一会儿没开口。双河忍不住问：“怎么了？你倒是说话呀。”

不正娘这才说：“这事……我说了你可要生气。”

双河不高兴地：“吗事呀？”

“咱丑话说在前头，”不正娘仍不说正题，“甭管吗样，你不能生气。沾不？”

“你说呀，吗事？”双河“啪”地撂下箸子，“怎么这么磨唧！”

“看看，我还没说你就成这样了。”不正娘忙说，“俺还敢说呀。”

“你真他娘的……”双河无奈地拿起箸子，放缓口气说，“没事，你说吧。”

不正娘这才说：“保证的意思……想尽快把他们的事办了。”

“吗？你说吗？”双河像没听明白，“把他们的事办了？怎么办？”

“就是，就是……”不正娘有点儿底气不足，“早点儿张罗他们成亲呗。”

“那着吗急呀，这才三天两后晌儿的。”双河不以为然地吃饭，“再说，吗吗都没准备，又不年不节的……”

“可是……”不正娘着急地打断他说，“保证说，不能再等了。”

双河一听这话，意外地抬眼看着她问：“不能再等了？吗意思？”

“是、是……”不正娘像自己做了错事，低头避开他的目光，声音小得像蚊子叫，“那女的……有了。”

双河一愣神儿，手上的箸子差点儿掉到地上。而后，他像不相信自个儿的耳朵，提高声音问：“你说吗？你再说一遍！”

“是真的。”不正娘抬起头，“保证告我说，那女的，仨月没来身上了。”

双河气蒙了，张着大嘴好一会儿说不出话来。一直低头吃饭的歪歪忽然问：“娘，吗叫身上呀？”

不正娘瞪他一眼：“大人说话，小孩子家少插嘴！”

双河愣了一会儿，突然扔掉箸子，暴跳地站起身：“这算你娘吗事呀，让乡亲们知道了还不笑话死！”他起身忒猛，把碗都碰翻了，山药菜饭撒了一地。

不正娘小声嘟囔：“那有吗法呀。”说着，她忙拿笤帚簸箕打扫碎碗烂饭。

双河怒气不息地转圈子：“混蛋王八蛋！都是你养活的这兔崽子！”

“怎么是我养活的？”不正娘小声反驳，“没你的份儿？说好了不能生气，你干吗……”

“我能不生气？丢祖宗八辈儿的人呀！”双河说，“他人呢？兔崽子，看我不敲断他的腿、扒了他的皮！”

“行了吧。你再怎么折腾，那孩子能掉不下来呀？”不正娘说，“到哪儿说哪儿吧，紧着忙里把事办了，一了百了吧。”

“屁话！你说办就能办呀？”双河训斥她，“要找人看日子吧？得找把式糊裱屋子吧？猪小不能杀，得赶集买肉吧？还有……”

“你就甭念叨了，这我都知道。”不正娘说，“咱忙着准备，赶早一天算一天呗。”

双河想了半天，好像也没别的办法。他长叹一声，垂头丧气一屁股坐在麦墩儿上……

李保证“过事”那天，乡亲们来得还真不少。人们都不傻，扶竹竿不扶井绳嘛。竹竿是硬的，能扶住；井绳是软的，扶不住。谁家过日子也没拿铁箍子箍着脑袋，能断了有个大事小情的？人家爷儿俩都是村干部，说不定哪天用得着哩。那天摆了二十多桌，该来不该来都来了，当然，谁来也不能空着两只手。只有王九毛仍是俩肩膀担着一张嘴，见多不怪，乡亲们都习惯了，没人说三道四。热热闹闹、红红火火，一天顺顺当当过来了。到黑介闹洞房时却出事了，而且是大事，人命关天呢！让李桂香痛苦了一辈子，让惹祸者后悔了一辈子。

在农村，庄稼主子闹媳妇，从来都是没轻没重。尤其是那些年轻人，更不知道深浅。新媳妇都遵循一条不成文的规矩，喜庆事嘛，不管闹多邪虎也不能翻脸。那天黑介，十来个儿马蛋子闹洞房，开头是捅捅摸摸、搂搂抱抱，有人甚至把手伸到衣裳底下摸奶子。翠香不敢吭声也不敢恼，两条胳膊抱住胸口，脸儿通红地拧股着身子。后来也不知谁带的头，把她抱上炕压在了身子下边。坏小子们“嗷嗷”叫，一个接一个扑上去压摞摞，一直摞到了房顶上。他们并不知道桂香怀上了，一个个喊叫着使出吃奶的劲儿往下压。这样一来可坏大事了！翠香动弹不得，只能杀猪般痛苦地号叫着，没多会儿血水流满了两条裤腿。当这些小王八蛋听声音不对一个个跳下来时，她已昏死了过去。

当时，参加婚礼的人大都走了，只剩下秋生、山堂、花梅他们几个干部，边喝茶边念叨村里的工作。见出了这么大事，秋生急了，命令那群儿马蛋子跪在地上，每人给了两巴掌。山堂指挥着不正等人找来张木床，腿朝上绑上两根大竹竿，上面铺了条被子，七手八脚把翠香抬放在上边。这时她已缓过一口气来，只是下面仍在流血。山堂和不正带着那群小伙子抬起木床，着急忙慌往县城里赶。那天黑介没有月亮，真是伸手不见五指，一片黢黑吗都看不见。山堂提溜着马灯走在前面，不时关照大家当心脚下的泥水。小伙子们轮换着班，一个个累得“哈哧哈哧”像狗喘气。大家深一脚浅一脚赶到县医院时，天已经快亮了。

经过医生抢救，翠香的命保住了，孩子肯定是没戏了。按说年轻轻的这也不算吗，重新下种再生呗。关键是她受伤忒重，从此身体再没恢复上来，以后好多年像不正他娘一样，病病歪歪成了药罐子。更要命的是她再也没能怀上过，为不正一脚踹开她提供了借口。当然，这也是后话。

县里召开三级干部大会，以前秋生总说身体不好，请假让山堂带队，这次却没请下来。乡里的主要领导说了：上级有规定，说这次是天大的事，不管是谁，只要有口气就得参加！他没办法，只得和大家一样，背着铺盖卷，步行二十来里到了县城。

前头说过，无极是个小县，县城也不大，实际上就是个大村庄。主街就一条，赶集上庙、民间花会都在这条不算宽的街上。那会儿没铺油也没打洋灰，真是雨天“水泥”路，晴天“扬灰”街。两侧倒有不少小门面小商铺，一到集日天，占多数还是架床铺包，一字长蛇摆开的地摊儿。整个县城最高的建筑物，就是主街直通的东西两座城门楼子。城墙和南北城门不知什么时候毁了，只剩下这两座门楼子兀秃秃耸立，像是提醒今天享受和平的人们，不要忘记那烽火连天的战争年代。主街两边，大片灰蒙蒙的农舍中，一些现代化的建筑鹤立鸡群，起脊扣瓦的青砖房格外抢眼。那是解放后新盖的政府机关和中学、医院等一些事业单位。

这几天，县城里像过年一样格外热闹，到处是红旗飘飘、人群熙攘、锣鼓齐鸣。大条幅小标语贴满了整条街，上写着：“听毛主席的话，走合作化道路！”“合作化是金桥，通向社会主义康庄道！”“社会主义是桥梁，共产主义是天堂！”……秋生他们一行人背着铺盖卷，东瞅老鸹西瞧燕儿地走在大街上。不正小声问：“哎，秋生爷，吗叫社会主义呀？”

秋生四下看了看，同样小声回答：“你没听说过？社会主义就是楼上楼下、电灯电话，耕地不用牛、点灯不用油。”

“点灯不用油、耕地不用牛？”花梅好奇地问，“那用吗呀？”

“甭问了，”山堂说，“到时候不就知道了。”

一会儿，不正又问：“那……吗叫共产主义呀？”

“这你都不知道？”双河说，“真你娘的……共产主义就是天堂呗。”

“别瞎说了！”秋生小声呵斥，“快到会场了。”

三干会在大礼堂里召开，那是县城最恢宏的建筑。起脊扣瓦的大屋子里一头是戏台，下边有几十排半尺来宽、长长的木条凳，能坐大几百号人哩。礼堂门口，一座白色石牌坊横跨主街，巍然耸立，上面却不见一个字。花梅围着牌坊转了转，不由好奇地问：“秋生叔，这是干吗用的？”

“这你就不知道了吧。”秋生笑着说，“无极县城三大景，玉石牌坊地平井，榆树底下赶马车……这汉白玉牌坊是清朝初年修的，叫两部名臣坊，是为了纪念一位英雄建造的。”他缓了口气，接着说：“这个人叫杨子凤，曾在明朝户部和刑部做过高官，告老还乡隐居在城东合流村。清兵入关，从天津卫进犯中原，杨子凤揭竿而起，带领三千子弟兵奋勇抗击，一仗打下来血流成河，他和子弟兵全部战死了。”

“老天爷！这是真的呀？”花梅不由惊叫。

“可不是。”秋生说，“后来，乡亲们为纪念他，才修了这座玉石牌坊。那时候，清朝已统治了全国，所以就没敢在上面刻字。”

“这我也听说过。”山堂说，“那地平井是怎么回事来着？”

“地平井是在中学操场上，早年间有眼井，一年四季往外冒热水，算是自流泉吧。”秋生说，“日本鬼子在时给填平了。”

花梅本来还想问问榆树底下赶马车是怎么回事，可他们已进了礼堂的大门，那么多人都坐好了准备开会，就没敢吭声。共产党开会都差不多，先有领导讲几句，接下来传达文件，中央文件、省文件、县文件……一级级套下来，内容都大同小异。传达完文件也就晌午了，大家兴奋地讨论着成立合作社的事回招待所吃饭。这儿花梅熟悉，和他们搞汇演时一样：十个人围一圈圪蹴在地上，中间铁桶里是大锅菜，抬筐里是暄腾腾的大卷子……吃完饭让大家溜达了一会儿，就回宿舍讨论，一组组坐在花秸地铺上挨个发言。

嘿嘿，庄稼主子会说吗呀，既然毛主席让入合作社，那准是好呗。吴一平在他们这个组，人家讲起来那是一套套的：从世界形势讲到苏联的集体农庄，从合作社讲到社会主义……后来，山堂提了个问题，文件中有句话是“入社自愿，退社自由”。他说：“这句话……回去后能不能不传达？怕有的富裕户不想入社，抓住理由影响大伙积极性。”

“那可不行！”吴一平严肃地说，“中央文件可不能篡改，必须原原本本一字不差地传达。至于个别户不想入社，就看你们当干部的怎么做工作了。”

发言最不热烈的就属李秋生，他说了几声好就闷头吸烟，到吃黑介饭前没再说一句话。吴一平发现有问题，吃过饭把他叫了出去。

从招待所出来往北一里多远，就是木道沟的南大堤。那天是阴历六月十五，月亮又圆又大，把漫野的秋庄稼映照得流光闪彩像大海一样。两人顺着田间小路往河堤上走，路边的棒子已齐了大腿，肥硕的叶片在晚风中摇来摆去。他俩年龄相差小二十，却是多年的忘年交。战争年代，吴一平十三四岁就是县大队的小交通员，经常来往于秋生他们这些堡垒户，有时一住就是好几天。秋生也喜欢这个精俏伶俐的小家伙，所以，这一老一少早就是无话不谈。二人来到河堤上，每人脱下只鞋垫在屁股底下坐下来。吴一平取出两支烟同时点燃，分出一支递给秋生，说：“老支书，说吧，你心里有吗想法？”

“没、没有呵。”秋生紧吸两口烟说，“毛主席说话了，我能有吗想法。”

“甭蒙我，你没想法才怪。”一平说，“一下午，没听你说几句话。”

“我说了哇。”秋生争辩着，“我一个劲说好来着。”

“不对，那不是你的心里话。”吴一平摇着头，“咱俩这么多年了，你说没说心里话我还能看不出来？”

秋生“嘿嘿”一笑，好一会儿闷头吸烟不吭声。吴一平也不催促，眯缝眼乜斜着对方。他手指间夹的香烟慢慢燃烧、燃烧……挂起了长长的烟灰。

天空中，一朵云彩不知何时飘过来，偷偷遮住了月亮。大地一下子昏暗了许多，眼前的红柳子丛、堤下的棒子地，一切变得朦朦胧胧。

过了好一会儿，吴一平轻声问：“老支书，实话实说吧，你心里到底是怎么想的？”

秋生没正面回答，却抬眼看着他反问：“你说，这办法……好吗？”

吴一平没回答，他知道也不用回答，只是微皱眉头，又点上了一支烟。秋生吸着烟，边思索边慢慢说：“互助组至今快两年了……是，生产上互相帮衬，方便了不少，可是，村里这两年吵包子打架的明显比以前多多了。”

“是吗？”吴一平意外地问，“那是为什么？”

“嗐……”秋生叹口气说，“手指有长短，人心不般齐。百人百姓百脾气，各有各的小九九。以前各过个儿的日子，还断不了碰碰磕磕；这回土地、牲口、农具硬凑到一块，撕不开拉不断，那吵包子打架的事还少得了？”

吴一平认真听着，不点头也不摇头，只用目光鼓励他说下去。

“再说，生成的骨头长就的肉，人有勤有懒，互相影响，”秋生说，“学懒容易学勤难。日子长了，勤的也变懒了，这合作下去能有好日子过？”

“你说得不是没一点儿道理。”吴一平终于说，“可大道理是听毛主席的话、跟共产党走。矛盾再多，靠我们做工作呗，要不要我们干部做什么？”

“是啊，听毛主席的话、跟共产党走，这咱没二话。”秋生说，“我就是担心日子长了，这条路走不下去。万一有一天乡亲们吃不上饭了，遭难的不还是我们当干部的？”

“不会。”吴一平摇着头说，“毛主席看着哩，还能让咱没饭吃？”

秋生“嘿嘿”笑着说：“但愿吧。”

“不管怎么样，咱们党员干部不能拖后腿。”吴一平说，“毛主席的话，不管理解不理解咱都要坚决执行！”

“那没说的。”秋生表态说，“这点儿党性原则我还是有的。”

三干会开了四天，表面看很成功很圆满。大家按会议要求，一个个表态发言，都是积极响应、坚决执行！尤其是山堂花梅这些年轻干部，更是心潮澎湃、热血沸腾，准备大干一场。实际上，有相当一部分人，包括县里的一些领导干部，都没有，也不敢把心里的想法说出来。不打勤不打懒，就打不长眼的，谁愿意在这个时候找背兴。大家都是一级哄一级高兴呗。

往回走的路上，不正还算懂事，主动把秋生的铺盖卷背在自己身上。山堂也把花梅的行李接了过来。快进村时，他再次对秋生说：“叔，我还是觉得应该把那句话改一改。”

“哪句话呵？”秋生反问，“怎么改？”

“就是……”山堂说，“把‘入社自愿，退社自由’改成‘一户不落，一人不丢’，你看沾不沾？”

“那可不沾！”秋生态度坚决地说，“中央文件咱一个字不能动！”

山堂张了张嘴，没再说什么。花梅进家的时候，天已快黑了。这二十来里路，可把她累得够呛。守根爷儿俩正高高兴兴地打扫院落，见媳妇回来了，他“嘿嘿”一笑，忙不迭上前接过她手上的行李卷，又拿了个高麦秸墩让她坐下。麦茬和大黑狗高兴地围着她又蹦又跳。走了几天，花梅也想小子了，不由得伸胳膊把他搂进怀里说：“好小子，想娘来没有？”

“想了。”麦茬说，“我爹更想你。”

守根正打水让媳妇洗脸，听这话忙说：“净瞎说八道！”

“可不是。”麦茬说，“夜里黑介，我听你做梦一个劲喊：嗨、嗨……”

他这么一说，两口子都笑了。也是，花梅这俩字，守根只是在以前喊过，结婚之后一次没有，想和她说话，总是“嗨”一声。在农村里，大部分男人都这样喊老婆。说话间，守根已把饭菜拾掇上桌：山药菜饭贴饼子，一碟小咸菜、一碟韭菜花。他还特意炒了盘葱花鸡蛋，自己一口也没舍得吃，倒是小子往他碗里夹了两箸子。他也没像往常一样，端着碗出去吃，而是圪蹴在小桌旁，边吃边问媳妇：“你们……开的吗会呀？”

“要成立合作社了。”说到这个话题，花梅来了精神，眉飞色舞地把县里的会议内容大体讲了一遍。守根一时没听明白，问道：“就是说……成立大互助组呗？”

“那可不一样。”花梅说，“这回是先把各家各户的土地、牲口、农具都归拢在一起，几十户算一个小社，最后统一分配……”

“归拢在一起？”守根吃惊地问，“那就是……充公了呗？”

花梅点点头：“差不多就是这个意思。”

守根眨巴着眼想了半天，迟疑地问：“这样……沾么？”

“有吗不沾呀？”花梅起身往屋里走，“毛主席的号召，还能有错？”

“可是……”守根忙又问，“非入不可吗？”

“文件上倒是规定，入社自由，退社自愿。可看那意思，不入恐怕是不行。”花梅说罢，打着哈欠进屋躺下奶孩子。她走这几天，守根一直用羊奶喂小丫头。守根呆愣了半天，碗筷也顾不上刷，提溜着烟袋便去了村里。街上，好多人圪蹴在家门口吃饭，他顾不上和人说话，直接去了山堂家。桂枝正一人在院子里奶孩子，告诉他说：山堂去村委会值夜，娘去秋生叔家了。他站都没站，返身出来去了秋生家。

秋生和二婶儿坐在院子里，正晃动着手上的蒲扇小声说话。他说："嫂子，你说的这些，我想过，私下里也跟吴乡长讨论过……也许是咱思想落伍了，跟不上社会，被吴乡长批了一顿。人家说得也对，毛主席还能把咱往歪道上领？"

"那当然不会。"二婶儿说，"可毛主席也是个人呀，不能有个考量得……周不周到的时候？"

秋生连忙摆手说："嫂子，这话可不敢乱说。毛主席不会有错，是咱跟不上他老人家的思想，顾虑忒多了。"

二婶儿还想说什么，守根一头闯进来。她愣一下，忙问："根儿，你怎么过来了？"

"我去家里，桂枝说娘在这儿。"守根说着，又冲秋生叫了声，"叔。"

"坐、坐吧。"秋生笑笑地递给他一个高麦秸墩。守根没坐，圪蹴在墙根儿下，边捿弄着装烟边问："叔，这事……你看沾不沾呀？"

秋生明知故问地笑着："吗事呀？你这没头没脑的……嘿嘿。"

"就是入社的事呗。"守根有点儿着急地说，"叔，常言说得好：鸡多不下蛋，人多瞎胡乱；猪多没好食，人多没好饭……还要把牲口地吗的都拘到一块，这一人一个心眼儿，日子长了能过好不？"

秋生顾不上回答，一个劲"嘿嘿"笑。二婶儿说："你看看，急得这哑巴都说话了。"

"可不是。"守根接着说，"手指有长短，人心不般齐，不可能往一块想；再说，地有肥有瘦，人有勤有懒，日子长了，勤谨的也学懒了，种不好庄稼打不来粮食，大家一块喝西北风呀？叔，这事，你真得好好想想哩！"

"行了。"秋生摆了摆手说，"守根呀，这不是咱想不想的事……

你就记住一条，毛主席那么英明伟大，不可能把咱往歪道上领。”

守根愣怔一下，张着嘴还想说什么……二婶儿截住他说：“行了，根儿。人随世界草随风，咱就跟着社会走吧。常言说得好：随大溜，不挨揍。你就甭想那么多了。”

这天黑介，花梅睡得很香甜，倒在炕上一宿没动弹。守根圪蹴在河坡大青石上，一锅接一锅吸烟，快半夜了才回屋去。他躺在炕上还是睡不着，翻来覆去烙大饼，天头明时，终于拿定了主意：不管你说得天花乱坠，搁不住咱一把死攥，坚决不入社！一是觉着大伙儿搅和在一块，日子长了准不是好事；二是他心里还有个小九九：只要自个儿拖着后腿不入社，花梅这干部就当不成。她不当干部就不能和山堂在一块混，回家安安生生过日子，也省得自个儿操那份不该操的闲心。

这两天村里也像县城一样，红红火火热闹了起来。吴一平把铺盖搬来，找了户人家住下了。党员会、干部会、互助组长会……一个接一个地开。乡亲们自然听到了风声，吃饭的时候都端着碗从家里出来，三三两两凑在一起小声嘀咕：“合作社？吗叫合作社呀？”“没听说吗，合作社是金桥，通往社会主义康庄道。”“那吗叫社会主义呀？”“电灯电话、楼上楼下，耕地不用牛、点灯不用油呗。”“听说还要把土地牲口都没收了？那不是二次平分吗？”……一时间，村里是人心惶惶，男男女女连农活都干不下去了。

最后一天，大早起村委会里就响起了锣鼓声。不正带着二旦、大乱、四升子等几个小青年，把花花绿绿的标语贴满了大街小胡同：“响应毛主席号召，走合作化道路！”“社会主义是桥梁，共产主义是天堂！”“天堂大门向你开，父老乡亲快进来！”……吃过早饭，干部们挨家串户，通知全体村民到小广场上开大会。人们都挺积极，没多会儿就搬凳拿墩提马扎地来差不多了。有的人没带坐物，就随便捡块半截砖支在屁股底下。守根胸有成竹，圪蹴在人后旮旯里一锅接一锅地吸烟。

田山堂站在台上，大声命令互助组长清点人数。那会儿没有电，他只能举着个洋铁皮做的扩音筒，扯着嗓子喊叫。等组长们报告人都齐了后，他宣布："大家注意了，咱们现在开会！首先，请吴乡长传达中央文件。大家欢迎！"

庄稼主子不习惯鼓掌，拍起来也是稀里哗啦不整齐。吴一平摆了摆手坐到讲桌旁，接过扩音筒一字一句念中央文件……没等他念完，下边就炸了窝。反响最强烈的，是那些穿不起裤子吃不上饭的主儿。你看，王九毛带头喊口号："毛主席万岁！""坚决听党的话，走合作化道路！"……人们有的跟着喊，有的瞎起哄。但有小部分人，像守根一样日子较好过的疙瘩主儿，你看我我看你谁都不吭声。

山堂大声喊叫着，人们好一会儿安静不下来。趁这工夫，守根和一些人四下看看，想偷偷溜出会场，可谁也没敢站起身来。因为不正和几个民兵，背着枪在会场边上转转悠悠。吴一平传达完中央文件，李秋生开始念省里的文件。守根实在待不下去，弯着腰起身往外走……不正横着"三八大盖"截住他喝问："你想干吗？"

"尿泡。"守根低声说。

"不行！"不正呵斥，"快坐下！"

"放屁！能让人憋死？"守根推开他，扬长而去……当时，山堂坐在台子的后排座上，正歪着头和一平小声说着什么，没看见守根离开。老杠头和另外俩人也起身想走，不正一枪托砸在他屁股上训斥道："你这老富农，破坏传达中央文件，给我老老实实待着，想造反呀？！"

老杠头气急了，瞪着眼一时说不出话来。不正再次抡起枪托："怎么着？还不服气呀？"没想到，站在身后的青松抬脚踹了他个狗吃屎。人们大声哄笑起来。山堂很生气，一拍桌子站起身大声命令："把那个富农羔子给我绑起来！"

几个基干民兵冲上来要捆青松，全场乱作一团。

当天黑介，魏守根两口子生了场大气。村民大会散了后，干部们又接着开，花梅到家时，守根已把黑介饭做好了。他抱着八个多月的胖闺女麦穗，正坐在灶火坑里想心事。花梅一进门接过孩子喂奶，鼻子不是鼻子脸不是脸地埋怨他不该中途退场，最后清点人数让自个儿脸上挂不住。守根闷头拾掇饭，死活不吭声，被她唠叨急了，才赌气地说："我就是不想听，更不想入社！"

"你不想入就不入哇，毛主席的话你都不听，你想干吗?！"花梅提高了声音说道，"亏你还当过兵，这点儿觉悟性都没有？怪不得人家说你是……偷着跑回来的。"

听她这么说，守根不干了。他把手里的箸子一摔，挽裤腿撸袖子让她看那些斑斑点点的伤疤问道："我偷着跑回来的?！你看这是吗，莫非是我自个儿咬的?"

"那又怎样?"花梅冷笑着，"你这么光荣，怎么就没点儿觉悟性呵。"

"我怎么就没觉悟?"守根不服气地说，"中央文件上都说入社自愿，退社自由……"

"文件是文件，"花梅说，"在三级干部会上，县委书记就说了，咱县的口号是一户不拉，一人不丢，甭管是谁，不入就是不沾！"

守根还是不服："他县委书记大，还是中央文件大呀?"

"县官还不如现管哩，县委书记不正现管着咱们。"花梅哭笑不得，知道他一根筋、认死理，也懒得再讲大道理，缓和一下口气说，"再怎么说你是干部家属，你不入社，让我这干部怎么当?"

"不当正好。"守根说，"我早就不想让你当，一个娘儿们家，老老实实过日子多好，成天家在汉们群里混，让外人说闲话……"

花梅听他话里有话，稍一愣神儿，紧接着追问："吗闲话？你听谁说吗了?"

守根意识到自个儿说走了嘴，慌乱间支吾地说："没、没人说吗，我自个儿那么想、想呗。"

花梅却不依不饶："不对。甭那么脏心烂肺的！你说，你听到什么了?"

守根不吭声了。花梅追问："你说呀！我在外边做吗亏心事，给你丢人了？"

守根还是不吭声。花梅又说："事怕颠倒理怕翻，你得把话说清楚，要不咱这日子没法过！说吧，把你心里的话都说出来。"

守根被逼急了，进屋从衣柜里翻出小手电……他返身出来，举起电棒想摔又停住了，而后，把手伸到她眼前气哼哼地问："你说，这是吗？"

花梅心里发虚地愣了一下，强撑着反问："这是电棒呵，怎么了？"

守根黑虎着脸："你说，这是哪儿来的？"

花梅一时没回答。她以前说了瞎话，心里发虚地琢磨着该怎么解释。守根自认为逮住理了，微微冷笑着说："还说是从你老家带来的，糊弄傻子呀！说吧，是不是山堂给你的？"

花梅再次愣了片刻，把心一横回答："是又怎么样？就是山堂给的。小叔子给嫂子，有吗毛病？再说了，本来是我们演节目挣的，他不过是领回来了。不沾呀？"

"……"守根张口结舌，不知该说什么，过了一会儿才反应过来，"那、那你为吗说是从老家带来的？"

"不是怕你瞎猜乎嘛。"花梅说罢，反守为攻拉着他往外走，"走吧，咱们去找山堂，三头对案说个明白，省得你脏心烂肺糟蹋人。"

这一来，守根傻眼了。他蹶着屁股往后退："这、这……不、不合适。"

花梅放开他："怎么着，你不去是吧？那好，我把他找过来。"她说着，抬腿往外走……守根彻底草鸡了，忙上去拽住她央求："算了，算了，都是我脏心烂肺，是我胡说八道还不沾？"

"不沾！咱必须把话说明白，"花梅挣扎着往外走，"要不这日子没法过！"

守根急得差点儿跪下，抬手打自己一巴掌说："都是我不好……求你了，好、好梅子哩。"

花梅没再坚持。她顺势坐在一个高麦秸墩上，抽抽搭搭抹开了眼泪。守根说好话赔不是哄了老半天，看她没吃几口饭，就煮了碗挂面，打上了俩荷包蛋。眼瞅着花梅吃完，他刷锅洗碗，又伺候她躺到炕上才松了口气。他圪蹴在门口吸了锅子烟，听她睡着了，才轻轻关上屋门，抱起麦穗去山堂家找二婶儿……

乡亲们都知道，小麦穗是守根的命根子、心尖子、眼珠子，那真是噙在嘴里怕化了，捧在手里怕摔了。他下地回来，头件事就是把闺女扛上肩，父儿俩嘻嘻哈哈笑半天。这小丫头白白胖胖，吃饱了就笑，确实挺讨人喜欢。她长得大部分像守根，大嘴大鼻、大手大脚，只有一双眼睛随了花梅，眼皮双双、睫毛长长，黑眼仁儿又多又亮。三翻六坐七爬爬，麦穗八个多月，已是“咦咦呀呀”满炕爬来爬去，有时还能扶着墙站起来。每当这时，守根都会哈哈大笑，嘴角咧到了耳朵根子上。

不知道为吗，花梅对这个闺女不怎么上心，除了喂奶很少逗她。所以，只要守根在家，小麦穗就会赖在他身上，连黑介睡觉都跟着他。白日他下地干活，麦茬就成了小保姆，背着扛着哄妹妹玩儿。

守根本想就入社的事听听娘的主意，可到了山堂家却吗也没说出来，因为二婶儿和桂枝正给条子喂药哩。可不管她们怎么吓唬怎么哄，这小子闭眼蜷腿、脚蹬手挠，咬着牙就是不张嘴。桂枝急了，硬掰开他的嘴往里灌，结果黑乎乎的药汤子洒了一炕。二婶儿眼里噙着泪花连连叹气：“小祖宗，你这是要把人治摆死呵？！”

唉……她家这个小祖宗，可真是让全家人操碎了心！条子比麦穗大半年，按正常情况，应该是跑来跑去，满院子撒欢儿了。可他一岁好几个月连爬都不会，顶多也就是翻个身，摇摇晃晃能坐一会儿，而且个头只往长里长不往粗里发，更显得细细瘦瘦像根豆芽菜。也赖桂枝的奶不好，不够孩子吃。二婶儿就烙好带芝麻盐的薄干饼，嚼成糊糊嘴对嘴喂孙子。可怎么哄他也不张嘴，就算是你给喂到嘴里，他也是光噙着不往下咽，再喂他就会被呛得咳嗽，而且一咳嗽就没完没了，好像眼瞅着这口气上不来，把人吓个半死。没办法，二婶儿去集上买了只羊，专门挤奶喂孩子吃。有那么一阵子，条子是白日迷迷糊糊睡觉，大人得看着守着；到了黑介，大人又累又困他却精神了，连哭带闹弄得一家人都不能睡。二婶儿没办法，急颠颠找到王九毛，写了黄帖子深更半夜贴满村里村外的大树，上面写着："天惶惶，地惶惶，我家有个夜哭郎。过往君子念三遍，一觉睡到大天亮。"可贴了也不顶事，他该哭还是哭，该闹还是闹，而且三天两头不是咳嗽就是发烧，二婶儿和桂枝吓得抱着他一趟趟往小药铺里跑。山堂和花梅一样，对这个孩子一点都不上心，平时连看都懒得看，一到黑介，他就借口值夜去村委会睡觉。二婶儿和桂枝被这孩子缠磨得要死，黑介白日提心吊胆吗也干不了。她常不常轻声叹息："这孩子，怕是成不了人……"每到这时候，桂枝只能一声不吭掉眼泪。

守根进门时，二婶儿刚把洒在炕上的黑药汤子擦干净。娘儿俩正愁眉不展地小声商量："要不，给孩子戴个'红袼鞑'吧？"

"那顶事呀？"桂枝不放心地问。

"谁知道哩，试巴试巴呗。"二婶儿愁眉不展地回答。给孩子戴"红袼鞑"和梳小辫是这一带农村的迷信风俗，说是能辟邪消灾，保佑孩子长命百岁。梳小辫就是后脑勺的头发不能剃，梳成辫子扎上红绳越长越好；"红袼鞑"做起来有点瘆人，就是等村里死了人，孩子的一个亲人要在深更半夜、鸡不叫狗不咬时去坟上把"人头幡"纸取回来，用红布卷成"袼鞑"套在孩子脖子里。这两样东西伴随孩子成长，直到十八岁成年才能摘下来，据老人们说是非常灵验的。

二婶儿看守根一眼，有点儿意外地问："根儿，你怎么这咱晚儿过来了，有事呀？"

"没、没有，过来看看……"守根看到屋里的情景，把想说的话咽了回去。

正在这时，村子上空传来三声"二踢脚"炸响："咚——嘎！""咚——嘎！"……闪闪的火光，瞬间把茅屋草舍映照得一片通红。条子被吓着了，咧着小嘴想哭，桂枝忙连哄带劝地把他抱起来。二婶儿抬眼问守根："这咱晚儿放炮，应该是谁家死人了？"

"应该是东头胖旦家。"守根说，"后晌儿我从地里回来，听人们说他老伴正捯气哩。"

二婶儿心里想着吗事，好一会儿没说话。谁家死了人先放三声炮也是庄稼主子的风俗，一是告知全村的乡亲们他家的老人走了；二是召集本家当院的小辈们过去守灵；三是附近村里那些游手好闲、赌博成性的家伙听到动静会赶来设局：压宝、推牌九、掷色子……从古到今，官家不会到这种场合抓赌。

根据家庭条件，农村里死了人讲究放三、五、七天。日子殷实、社会地位较高的人家放的时间长，还要请草台班子唱大戏；一般人家都是放三天，日子再难也要请个吹打班来热闹热闹。胖旦家是死巴庄稼主，日子不宽裕，第三天吃过晌午饭就草草地把人埋了。

当天黑介天阴着，村子像扣在锅底下，伸手不见五指。半夜三更，鸡不叫狗不咬的时候，二婶儿奓着胆子，深一脚浅一脚摸到了老坟地。这是个离村有二里多地的大沙土岗子，到处长满荒草野树，大大小小的坟头子根据姓氏不同一片连着一片。老坟地有多少年了谁都说不清楚，沙土下埋了几层人也没人知道，反正金沙窝的先人们都埋在这儿了。一年四季，大沙土岗子阴森森，甭说黑介，白天也很少有人来这里，孩子们拾柴火砍草都绕着走。

夜深人静，风声凄厉。树枝子摇晃着发出"倏儿——倏儿——"的怪叫，那动静，像是野狼在为死人唱安魂曲。二婶儿浑身紧张，头发根子一阵阵奓立，心想要不是为孙子，放一百块钱她也不会这工夫来这儿拿。她强撑着摸索到新坟前，双腿发软，"咕咚"一声就跪下了。她嘴唇哆嗦着祷告："胖旦家嫂子，咱前生无仇今世无冤……为保佑俺孙子长大成人，我算是对不住你了。"她说着，起身扑上去，抓了一把人头幡纸扭头就跑……

二婶儿慌里慌张，记不清自个儿摔了多少跤。她浑身是土，气喘吁吁，那颗心像是要从嗓子眼儿里蹦出来，一路跌跌撞撞总算到了家。桂枝早把一长条红布准备好了。俩人将幡纸卷在布里，比比画画做好"褡鞑"，趁条子睡得正香给他套在了脖子上。说来也怪，打从那以后，条子的身体果然好多了，饭量增加，咳嗽发烧也很少再犯。可让他腻歪的是，麦茬和歪歪他们看见他就会喊：“高腿郎，梳小辫儿，脖子上套着‘红袼鞯’！”害得条子不知哭过多少回，一次次找守根和双河告状，俩小家伙为这事没少挨揍。

第五章

明修栈道　夫妻扬镳始分道
暗度陈仓　叔嫂勾搭终成奸

后来的几天，守根和花梅再没为入社的事吵吵过。她忒忙，白日看不到人影，黑介往往鸡叫了才回来。村干部们在吴一平带领下，分片包干，挨家挨户做工作，深更半夜还要开碰头会交流情况。他们这么辛苦，成绩也很显著。

村委会门前的小广场上红旗招展，大横幅小标语随风飘扬。村民们三五成群，一天到晚来来往往，有问情况的，有看热闹的，多数都是牵牲口套车拉着农具来入社的。大家脸上喜气洋洋，嘻嘻哈哈打招呼、骂骂咧咧开玩笑，甚至见了嫂子辈的妇女动手动脚。李秋生走来走去，指挥着双河和花梅他们登记造册、把农具写上名字、牲口牵到大树下……一个个忙得满头大汗。忽然，李保证满脸是血，倒提步枪带着二旦和大乱脚步慌忙地走来。人们都愣住了，一个个像受到惊吓的鹅，伸长脖子看着他们被撕烂了的衣裳想问不敢问。秋生呆怔片刻迎上前："怎么回事？你们这是……"

"造反了！"不正"哈哧哈哧"像狗喘气，"老东山那家伙要造反了！"

原来，这两天干部们分了工，对那些入社不积极的钉子户重点做工作。山堂好胜心强，想在全乡争个第一，他发了话："不强迫不命令，不入社就是不行！该说说该劝劝，该动手就得动手！"

不正带着几个民兵去了老东山家，好说歹说，嘴皮子都磨破了都白搭。他们动手牵牲口，却被人家打了。不正简单汇报了情况。秋生非常生气，一拍大腿说：“妈那巴子！这还了得？走，一块去看看！”

老东山家住在最北头，不是村里的首富也差不多。他家人头整齐，六口人五个劳动力。夫妻俩也才四十多岁，可人家会养活，从十八到二十一连生了四个小子，而且一个个膀大腰圆，虎头虎脑像牛犊子。老东山是个孤儿，年轻时房无一间地无一垄，靠走村串户给人扛长活混日子。可他壮实，有一身好力气，就像人们现在说不正一样叫“半匹牛”。土改时他分了几亩好地，一家人像伺候孩子，没日没夜辛勤劳作，几年就把日子过得火炭一样。他家新盖了四合院，买了匹枣红马，打造了全村第一辆铁轴大车，为着全力以赴把日子过好，四个小子都还没娶媳妇。

李秋生他们赶到时，四合院门口里三层外三层围了好多人看热闹。老东山两口子站在房顶上，拿着砖头瓦块有人上前就往下砸。四个愣头青小子舞弄着三齿镐起粪叉，死死堵住了大门口。田山堂站在人前，正强压怒火做工作：“东山哥，你这是干吗？有话咱好好说，这像耍猴一样不怕人笑话？”

“说个屁呀！”老东山龇牙咧嘴，大声吵叫，“文件上明明写着‘入社自愿，退社自由’，你们为吗非把人往死里逼？老子不入，打死也不入！”

“入社是毛主席的号召。”山堂忍不住发火了，“你甭给脸不要，一把一把往下撕。你这样折腾，总有后悔那一天！”

“老子吐吐沫成钉，从不做后悔事。”老东山不说软话，“不就是个死吗？砍掉脑袋碗大个疤，怕个鸡巴毛呀！”

“混蛋！还反了你？”山堂边说拍打着胸膛向前逼，“来，好小子们，动手往这儿捅！”

四个愣头青敢揍不正却不敢碰山堂。他们拿着家伙死死堵着门口，反正不让人进去。这时，秋生他们过来了。他拦住山堂，冲房上喊：“东山，你他娘混蛋呀？快下来，有话好好说……”

“秋生叔，甭怪我不给你面子。”老东山的口气放缓和了些，“这社我肯定是不入！从小饿怕了，我怕以后再吃不上饭。”

“胡说八道！毛主席还能让咱饿肚子？”秋生说，“甭放着光明大道你不走，非要钻那黑胡同呀？”

“叔，这黑胡同我钻定了。”老东山说，“就是撞了南墙我也不回头！”

“真的？”“真的。”“你不后悔？”“不后悔。”

李秋生没再说什么。他冲山堂摆摆头：“走吧，回去商量商量。”

后来，这事解决起来却很简单。吴一平听到汇报，立马便去了县里。当天黑介，数十名警察一路小跑来到村里，二话没说便包围了老东山家，砸开大门，一根绳拴走了他的四个小子。庄稼主子，都是气壮如牛胆小如鼠，没人敢跟官家叫板，要动真格的，一下子就变成了稀泥软蛋。老东山两口子像死了亲爹，一路咧着嘴哭丧找到村委会，当着全体干部的面磕头下跪，眼泪鼻涕流了一地。第二天大早起，两口子套上枣红马，赶上铁轴车，把地契和所有农具送到了小广场上。真是打骡子马惊。三里五乡那些不想入社的腻歪户，听到消息吓破了胆，赶紧牵马套车拿地契送到村委会里去。

魏守根这些日子心里一直在犯嘀咕，因为自从上次生完气，花梅在他面前再没提过入社的事。她在外忙完累够，回到家不管吃饭睡觉都是耷拉着脸一句话不说。有时麦穗哭闹，她抬手就是两巴掌，打得守根心里像针扎又不敢说吗。而且，她干起活来明显比过去手脚重，摔盘子摺碗弄出很大响声。守根吃不香睡不稳，胆战心惊一天到晚叼着烟袋锅喷云吐雾也想不出好办法来。老东山家出事那天黑介，守根圪蹴在灶坑里吸烟。花梅歪在炕上奶孩子，头也没回地问：“老东山家的事……你听说没有？”

“听、听说了。”守根闷声闷气地说，“那是他家，要是我……哼。”

“要是你怎么着？”花梅仍没看他，“还真敢动手？”

“那倒不一定。”守根“嘿嘿”一笑，又说，“动了也没事，我有免死牌……”

“得了吧你！”花梅突然坐起身，“免死牌免死牌，我听你说一百回了，拿出来看看呀？”

“还不是打仗弄丢了。”守根说，“不知是落在地上还是掉井里了……”

“那就等于没有。”花梅提高了声音说，“有本事找回来呀，也让乡亲们开开眼。”

“我找一百回了。”守根说，“县里省上都去过，就是……唉！”

花梅冷笑一声，扭脸看着他问：“咱一碰两开，实话实说。入社的事你到底是……怎么打算的？”

守根回避着她的目光，一时没吭声。花梅接着说：“有两条道你自个儿挑，一是分家，我带着孩子入社，你一个人单干；二是咱们立马打离婚，我走我的阳光道，你走你的独木桥，谁也不碍谁的事。你挑吧。”

守根不傻，这几天，花梅说的这些他都想过，心里也早有了主意。他笑了笑，低声说：“行了。你就嫑叨叨了，咱入、咱入还不沾？”他停顿一下，接着说，“赶明儿，你揣上咱的地契，套毛驴拉上水车，送、送过去不就行了。”

花梅心里一亮，仍然冷着脸说：“那不沾，要去也必须是你去。”

“沾，沾。”守根答应着，第二天一大早便套上驴车拉上农具送到了村委会，全村最后一个入了社。

电灯电话，楼上楼下。耕地不用牛，点灯不用油。合作化胜利了，社会主义胜利了！乡亲们满怀希望，做梦都憧憬着美好的明天。金沙窝争了个全乡第一，在县里庆功大会上，田山堂光鲜鲜上台介绍了经验，还扛回来一面绣着金字的红旗，上写：合作化运动先进单位。

那些日子，村子里到处红旗招展，锣鼓喧天，笑声不断。花梅和山堂他们激情满怀，没日没夜地忙碌而快乐着：分牲口、分农具、调整土地……把原来的二十个互助组合并成五个小社，每个小社二十多户，百八十口人。全村算一个大社，村委会改成了社委会，书记还叫书记，村长改成了主任。兰花梅当上了副主任主抓妇女工作；不正也当上了副主任，负责治保工作兼民兵连长。魏守根他们互助组和另外三个组合并成第五社，二婶儿由组长变成了社长。老杠头、王九毛等几户都在这个社。

本来应该是上工敲钟，可庄稼主子会过日子哪个社也没舍得买。各社有各社的办法：有的把破水车轮子或是旧犁铧吊在树用铁棍敲；有的敲卖豆腐的木梆子；有的干脆站在街口上扯着嗓子吆喝……每到上工的点，“叮叮当当”的动静此起彼伏，社员们成群搭伙、说说笑笑往地里走。妇女们最会抓紧时间，走在路上嘴不停手不停：有的就着挎在胸前的粪筐缠线蛋；有的举着绷子绣枕头顶；有的纳鞋底……到了地头，放下手里的活拿起锄把，边干活仍然“嘻嘻哈哈”说笑不停。每到这时，守根心里就特憋气：干活应带三分恼性，一心不能二用，这样玩玩闹闹能把活干好？他气也白气，傻社员一个，这事轮不到他管。他只能把气憋在手上，闷着头一心一意干活，就说耪地，往往是别人一垄还没到头，他两垄已拐回来了。所以，每次社里评工他都是最高，十分。二婶儿是社长，在妇女群里也是最高的十分，可这是个又累又得罪人的活。干活她得带头，等别人到大树凉里“吸锅子”的工夫，她还得顶着大日头，在地里走来走去检查质量。看到谁没把草耪干净，谁又把小苗子锄下来了，她肯定要批评几句，可说谁谁不高兴，当时会儿是没人和你抬杠，但是一回两回，日子长了憋在心里头就是个事。

魏守根心里不痛快，一天到晚除了见到俩孩子很少和别人说话。还有件事让他感到别扭，就是坚持多年大早起拾粪的习惯没有了，地都不是自个儿的了，拾粪干吗用呀？有几次他背着粪筐出了门又退回来，在院里转悠老半天不知该干吗。他天生没有睡懒觉的命，小鸡子一叫准醒，醒了没事干就会觉得浑身难受。那阵子他把劲全用在了院子里，扩大小菜园，多开出来几畦种上了白菜大萝卜；翻盖了羊圈鸡窝兔子笼；又把去年垒起的土院墙用白灰粉刷了一遍，弄得满院子干干净净、亮亮堂堂像过年。俩孩子高兴得又蹦又跳，花梅却说他是吃饱了撑的。

棒子卧住了牛，锄把挂上钩。农闲那几天，守根找二婶儿请假，说想出去找部队。二婶头摇得像拨浪鼓："你真是……胡跑跶吗吔，瞎耽误工夫还糟钱；老婆孩子热炕头，吃饭穿衣不用愁，好好过日子得了。"

"不是，娘。"守根说，"前日格我去城里赶集，顺便去了趟民政局，人家告诉我说石家庄修了个烈士陵园，我想去看看有没有我的战友。"实际上，这七八年他出去过十多趟，找回自个儿军籍的念头一直在心里装着。不光是为村里的闲言碎语，他总觉着对牺牲的战友心里有愧，费多大劲也得给他们个说法。尤其是入社前天，因为免死牌的事花梅说的那些话让他受了刺激，更想在媳妇面前给自个儿正名。

前面说过，那时候没有公路更不通汽车，庄稼主子用煤烧炭都是套车去正定拉，七十多里地来回得走一天一宿。正定到石家庄还有三十来里，就是说从无极到石家庄一百挂零。这点儿路对守根来说实在是张飞吃豆芽——小菜一碟，当兵时急行军，一天走百八十里经常事。头天黑介守根发面蒸了两锅大卷子，第二天一扑明儿，他留出来一锅给家人吃，自个儿背上一锅又捞了根腌萝卜便上了路。

大早起天上的星星还没落，庄稼地里的空气凉飕飕格外清新，吸上一大口，甭说心和肺，连肠子肚子都像洗了一遍让人添精神。秋庄稼正是生长拔节的时候，高的棒子、低的棉花、趴在地皮上的山药……微风中，肥硕的叶片像孩子的小手一样摇来摆去，上面沾了一层亮闪闪的露水珠，走不多会儿就把人的裤腿褥湿了。

魏守根大步流星走在田间小路上，放眼望去野地里看不见一个人芽儿芽儿，心里不由一阵嘀咕：单干的时候，这会儿地里早就到处是人了，拾粪的、拔草的、捡柴火的……入了社怎么一个个都变懒了？这样下去，时间长了日子能过好？唉……真不知道毛主席是怎么想的。他也明白，事到如今，想吗都没用，娘说得对，人随世界草随风，睁只眼闭只眼瞎过吧。唉……他胡思乱想着蹽开两条小短腿，尽量加快了脚步。天到晌午时分，他已走出藁城县界，踏上了正定县的地边子。他前几年这样走过多少回，知道从脚下到石家庄还有四十多里，心里一放松，就觉得有点累了。他摘下头上的羊肚子手巾擦了擦汗，走到路旁的大树凉里，靠着树干圪蹴下来。这是他一辈子的习惯，哪怕再累也不喜欢坐着，就是有时候在家吃饭也是圪蹴在凳子上。为这点“毛病”，花梅不知叨叨过多少回，他就是改不了。他吸了锅子烟，就着咸菜萝卜啃了仨大卷子，而后，走到不远处的浇地垄沟旁，用大手捧着喝了一肚子凉水。他“噗噜噜”洗了把脸，边打着饱嗝回到树下，心满意足地连吸了两锅子烟，这才用羊肚子手巾抽打着身上的尘土上了路。他走着走着，不由想起这些年找部队的前前后后……

最后的那场阻击战，守根抱着机枪冲出敌人的重重包围，慌里慌张一路疯跑。由于天黑得伸手不见五指，他先是撞在一架辘轳上，然后“噗咚”一声掉进了井里。当时会儿，他吓蒙了，心里只有一个念头：操，这回完蛋了！他沉到井底，连喝了好几口水，本能地扔掉机枪，脚蹬手挠地浮出了水面。他本想抠住井框的砖缝儿喘口气，可这是眼老井，每块砖上都长满了厚厚的苔藓，水淋淋滑溜溜根本抠不住。他小时候在河里打过“扑腾”，多少会点儿水性，可由于多年没下过水，加上心慌，眼看要再次沉下去。急切间，他想呼救，一张嘴又喝了好几口水。常言说得好：人不该死总有一救。他脚蹬手挠，突然抓住了一个木头钩子，再加身上的棉袄棉裤湿透了，增加些浮力才没沉下去。

守根双手紧紧拽住木头钩子，大口大口喘着粗气，过了一会儿才想起来，他跌进井里时先撞在辘轳上，肯定是井绳被挂下来才救了自个儿一命。他喘息好半天，一颗“怦怦”直跳的心终于落了地。这时，他听到外面传来了阵阵鸡叫，估摸着这儿离村子不远，天应该是后半夜了。等他觉得歇过劲儿来了，便吸了口气，顺着井绳往上爬。

本来，他手劲挺大，爬上去应该没吗问题。可由于井绳沾水冻成了根冰棍又硬又光；身上的棉衣湿透了死沉烂沉的，他没爬多高就出溜了下来。他缓了口气，继续往上爬，不一会儿又出溜下来……就这样，折腾了有吃两顿饭的工夫，当他终于爬到井口、翻身滚到井台上时，“忽悠”一下子就吗也不记得了。

天蒙蒙亮，郑巧云挑着担子来打水，一眼看见井台上躺着个“死人”，吓得叫了声“我娘”，扔下水桶便往回跑……可她跑了几步又停住了，四下看看不见人影儿，便壮着胆子走了回来。她犹犹豫豫蹲下身，看着冻成冰疙瘩的守根愣了好一会儿，才试探地把手伸到他的鼻子底下。她感觉到手上有点热乎气儿，知道这个人还没死，心里又犯了犹豫。救不救他呢？从感情上说，她真的不想救，因为她看到这人身上的军装，知道他是解放军，是共产党的人。当时，由于家庭和亲人的原因，她恨共产党，巴不得他们都死光烂完。可当她起身想离开的时候，不知怎的心又软了：好歹是个大活人，见死不救老天爷会不会给报应？要不把他弄回去吧，救活了就让他走……这样想着，她蹲下身，费了好大劲才把他背起来，脚步踉跄地往家里走去。

郑巧云家住在村头上，和守根家差不多，是个独门独户的庄稼院。她背着守根回到家时，一岁多的杨春雪睡得正香。她把守根放在炕沿上，想帮他脱掉衣服却解不开扣子，因为到处都冻得梆硬。她拿剪刀给他铰开了，发现裤子上有个大窟窿，再往里看，吓得她连声叫“老天爷”。守根的大腿上被炮弹皮削走了块肉，水泡胀了，白乎乎的还在渗血，看上去有巴掌那么大，吓死人了！她把冻衣裳扔到院里，从上门框上拿下存放的“药包”（一种菌类，球状，里面是灰褐色的粉末，有止血消炎的功能），给他敷在伤口上包扎好。

这时，小春雪睁开了眼睛。她先是冲娘笑了笑，看到脱得只剩大裤衩的守根不由愣住了，过了一会儿才小声问：“娘，是……谁？”

“是个……叔叔。”巧云说着把守根放到炕上盖好了被子。她喘了口气，想起自家的水桶还在井台上，忙返身出去打水。春雪裹着被子坐在炕头，瞪圆了好看的大眼瞅着他。

接下来的两天两宿，魏守根不吃不喝、不拉不尿，只是闭着眼呼呼大睡。巧云里里外外忙着家务，不时看看他，伸手摸摸他的额头倒也不烫。她也曾想找个先生来给他看看，可又觉得自己一个寡妇女人，家里躺着个大男人算怎么一回事？因此，她几次打断了这个念头。好在第三天一大早，守根终于睁开了眼睛。他茫然地怔愣片刻，转动着脑袋四下打量，不知到自个儿这是在什么地方。巧云正在扫屋里地，忙提溜着笤帚走过来含笑问："大兄弟，你醒了？"

守根意外地愣一下，努力挣扎着想坐起身。巧云忙拦住他："先要动，你腿上有伤。"

"大、大……姐。"守根嗓子发干，声音沙哑地问，"我这是……怎么了？"

"你受伤了。这是我家。"巧云说，"我是在井台上把你背回来的。"

守根一时没吭声，好半天才恍恍惚惚想起发生过的一切：打仗、突围、掉井里往上爬……他勉强笑了笑，低声说："大姐，谢谢你。"

"没那么多事，你醒了就好。"巧云说，"两天两宿了，我给你弄口饭吃。"

"两天两宿了？"守根意外地重复一句，又挣扎着想坐起来。当他发现自己光着膀子时，忙又缩回被窝里："大、大姐，我的衣裳哩？"

"冻得邦邦硬，被我铰烂了。"巧云说着，开柜取出来一套旧棉衣递给去说，"这是孩子她爹在家时穿的，你试试能穿不。"

守根接过衣服，有点不好意思地说："大、大姐，你能不能出去一下？"

巧云"扑哧"一笑，说："算了吧。你的衣裳都是我扒下来的，不是穿着大裤衩子嘛。"

守根笑了笑，坐起身穿上棉袄。当他穿裤子时，却觉得右腿又粗又硬，费半天劲也打不过弯来。他看着腿上缠的白布，不明白地问："我这腿怎么了？"

"我不是说了。你腿上少了巴掌那么大一块肉，"巧云说，"老天爷，可把人吓得够呛！”

“是、是呀？我都不知道。”守根愣了一会儿，强挣着蹬上了裤子。他慢慢下炕来，刚想迈步腿一软又坐下了。巧云一直瞪眼瞅着他，见状忙说：“你先坐会儿，我给你做口饭吃。”她说着，又从柜里找出来双布袜子，从柜底下掏出来双旧鞋让他穿上。

这套衣服，守根穿上咣咣荡荡有点儿大，甭管怎么样，总比光着强。巧云干活非常利索，那真是眼到手到像变戏法。她边干边说：“大兄弟，要是能扎挣，吃了饭你就走吧，俺孤儿寡母的不方便……”

守根这才意识到面临的问题，不由愣坷坷地问了一句：“走……我去哪儿呀？”

巧云也愣了一下，笑着说：“你去哪儿我怎么知道，该去哪儿去哪儿呗。”

没多大工夫，巧云就把饭做好了：煮挂面、荷包蛋、炒咸菜，还在锅边上炕了仨大饼子。守根确实饿了，狼吞虎咽吃着心里一直在琢磨：我去哪儿呀？找部队？都三四天了，部队去了哪里都不知道；再说，自己这腿能不能走远路还不好说……他想了半天，最后决定先回家，等养好伤再说。两碗挂面三个饼子下了肚，他觉得身上有了力气，一瘸一拐出门时，对巧云说了句话：“姐，从今往后，你就是我的亲姐！”

郑巧云家是阜平县的杨家庄，离无极的金沙窝不过七十多里。放在过去，这点儿路对魏守根来说实在不算吗，连玩带耍大半天就能走回去。可眼下不行了，伤腿又疼又重像灌了铅，他撅了根树桄当拐杖，磨磨蹭蹭天已后半夜才到家。从他当国军打日本、受伤被俘虏当上解放军到现在快五年了，家里一点变化没有，还是那三间土坯秫秸房、一个破猪圈。他慢慢转了一圈，发现到处干干净净，像自己在家时一样，就知道肯定是娘和山堂隔常不断过来收拾，心里不由多了几分温暖。可家里什么吃的都没有，他想去山堂家找吃的又觉得天忒晚怕把娘吓着，只得拧辘轳打上来一柳罐斗凉水，“咕咚咕咚”喝了一肚子。

那天头晌午，二婶儿过来被吓了一跳——守根四肢拉叉躺在炕上睡得正香。二婶儿一巴掌把他拍醒了，惊喜地问："这孩子，你多咱回来的呀？怎么也不言一声？"

守根揉着眼睛叫了声"娘"，忙说自个儿打仗受了点儿伤，来家养几天就回部队。他当时真是这样想的，总觉着只要伤好了三五天就能找到自己的队伍，万万没想到这一找就找了三十多年。

在三里五乡，魏守根的名声很响亮。因为当年他打下飞机扭转战局荣立特等功后，县长带人敲锣打鼓，亲自把喜报送到了村里。他这次回来，乡亲们把他当成了英雄满捧满敬，这家请吃饭那家请喝酒，一个多月没消停。可日子一长，闲话也不知怎的就出来了。有人在背后嘀咕：不对呀，他怎么连军装都没穿？就是，要真是回来养伤，怎么县上没通知村里？部队上连个人都没来？说不定他是偷着跑回来的……山堂听到这些议论沉不住气，一天黑介偷偷跑来问守根："哥，你这次回来……有手续没有？"

"手、手续？"守根发愣地问，"吗手续呀？"

"就是部队的介绍信吗的。"山堂盯着他说，"还有，你怎么穿庄稼衣裳？部队连个人都没来？村里有闲话哩。"

守根半天没吭声。实际上，这些日子他一直在想军挎包丢到哪儿去了，那里面有自己的全部证件，包括嘉奖令、免死牌什么的，想来想去觉得肯定是掉井里了。现在他听到山堂的问话，知道自己一天也不能在家待了。所以，他没等伤好利索，在一个大早起便拐着腿子离开了家门。

守根先去的杨家庄，路过一个大集镇时，买了不少东西：点心、罐头、水果糖……他就是这样，为自己花钱舍不得，为亲戚朋友花钱从来都没小气过，更何况这次是去看自个儿的救命恩人呢。天擦黑儿，他提溜着大包小包迈进了巧云家的栅栏门。春雪正和哥哥在院子里"跳房"玩，看到他，叫了声"叔叔"撒腿就往屋里跑："娘，娘，叔叔……来了！”

守根心里好奇怪：这么个小人儿，自己走了一个多月她还认识？巧云正在贴饼子，奓撒着两只沾满棒子糁的手出屋来。她很是意外地看着守根：“你怎么……又回来了？”

“想雪儿了，过来看看。”守根说着把大包小包放在饭桌上，弯腰抱起春雪，一下子举过了头顶。雪儿高兴地脚蹬手挠，“咯儿咯儿”笑个不停。巧云看看那堆东西，像是埋怨地说：“真是……来就来呗，你买那么多东西干吗。”

杨冬雪看着守根，一脸茫然。他十来岁，留着分头穿一身学生装，是个白白净净、少言寡语的小帅哥儿。巧云忙对他说：“他是……守根。快叫叔叔。”

杨冬雪中规中矩，立正鞠躬问了声：“叔叔好！”

守根光笑不答应，却说：“姐，这样叫不对，应该叫舅舅……”

巧云想了想也笑了：“可不是，叫舅舅才对。”而后，又说，“甭管叫吗吧，反正是平辈儿。”

杨冬雪仍然是中规中矩，立正鞠躬问了声：“舅舅好！”

吃过黑介饭天已不早，俩孩子都去睡了。守根说明来意，一是对救命之恩表示感谢；二是想找回自个儿的挎包。巧云说着客气话，答应赶明儿找人想想办法。说闲话当中，守根知道冬雪九岁了，从小在保定府跟着当老师的叔叔上学，这几天是放假回来了。

也许是上辈子的缘分吧，巧云不知怎么见到守根就有种亲切感。她本来就好说好笑，说着说着话就多了。她告诉守根自己娘家是邻村郑家营的大户，爷爷是远近有名的财主；婆家祖坟上风水好，辈辈出当官的，公公是国民党军队的师长；丈夫十四岁在保定滑翔学校上学，毕业后在军队上开飞机，就是眼下好几年没音讯了，不知是阵亡了还是去了台湾……说到在井台上救守根的事，她笑了笑，说：“实话实说，当时会儿看到你的一身军装，我压根儿没想救你，背起来时还想把你扔回井里，后来不知怎么又心软了……嘻嘻。”

守根听着真有点儿后怕，脊梁沟子一阵阵发凉。他明显感觉到人家和自个儿不属于同一个阶级，要在战场上肯定是你死我活。可偏偏是她救了自己，这大恩大德和阶级无关，他会一辈子牢牢记住，滴水之恩当涌泉相报么，做人最不能没良心！

第二天前晌儿，巧云借来了三副杀猪专用的钩子，就是中间带环和转轴，两头是尖钩的那种。守根用绳子绑住中间的圆环，六个尖钩便奓撒开来。他系进井里，摆动绳子晃来晃去，豁捞半天提上来，却只捞出一条羊肚子手巾和一只小孩子的鞋。他把这两样东西扔半搁再捞，结果却吗也没有。守根蒙了，想不明白这是怎么回事，自己的挎包丢哪儿了？巧云说："是不是那天黑介你慌里慌张逃命，没准掉路上了？"

守根想了想，问道："那……机枪呢？我肯定是扔在井里了！"

巧云说："前几天有几个人掏井，莫不是被他们捡走了？"稍停，她又补充，"那挎包，你八成是丢路上了。"

守根不知道那天黑介自己跑了多远。他凭着模糊的记忆，一路找过去却一无所获。也是，都过去两个多月，就是丢在路上早不知被谁捡走了。他估摸着走了有五六里地，才看到打阻击战的那片山岗：烧焦的树木、炸烂的石头、一片片黑红的血土……没有了，别的什么都没有了。他听巧云说过，打过仗的第三天，乡亲们都来了，看着那一片麦个子似的死人，一个个吓得腿肚子转筋。好多尸体都炸烂了、烧焦了，分不清胳膊腿，肠子肚子满地流，血腥子味儿顶得人喘不上气来。有的两个人咬耳朵掐脖子搂在一块，怎么着也分不开。实在没办法，大伙儿车拉人抬忙活了一整天，把所有的死人和尸块都拉到大山深处埋掉了。

守根像个傻子，在山岗上久久呆立、呆立……先是几个战友的音容笑貌在他眼前晃来晃去，紧接着是爆炸声声、烈焰熊熊、血肉横飞、炸上天的胳膊大腿……最后，他像被剔了骨头、抽了筋，一屁股坐在血色的土地上呜呜大哭起来。

后来的三个多月，魏守根拖拉着一条拐腿去了保定，又走到了张家口，一直没打听到自己部队的下落。身上的钱花光了，他走投无路，万般无奈，只得回头往家转。马瘦毛长，人穷志短。他只能一路讨吃要饭，住山洞、钻花秸垛；被人欺、挨狗咬……唉，受的罪遭的难就甭说了。等回到家，他头发胡子老长，身上的衣服又脏又破，让谁看都像个叫花子，连二婶儿头一眼都没认出来。

守根这一回来再次惊动了全村，不过没人再请他吃饭喝酒。人们众口一词，说他肯定是胆小怕死当了逃兵，不少乡亲见他都躲着走，娘儿们们甚至在他背后吐吐沫。那年是有这么一批老兵，流血流汗打了多年仗，年近三十也成不上家。眼看全国解放，蒋介石跑去了台湾，已没有了大规模的仗可打，部队便号召这些人回家务农，支援国家建设。不少人离乡日久，仗打腻了，家想疯了，趁此机会就递交了申请。可他们没想到回家后却被人瞧不起，大都没有好下场。有的家庭条件好点儿，娶媳妇也找不到大闺女，只能胡乱对付个“带犊儿”的“二婚头”，再养活了孩子就是前窝后窝，隔三岔五吵包子打架，为此离婚的不少，上吊跳井的也大有人在；有的条件不好，托人赖脸都娶不上个媳妇，光棍儿一根，到老来晚景凄惶，惨死街头的也不稀罕。守根一肚子委屈无处诉，当着娘和山堂的面哭鼻子抹泪，讲述了自己离队的前前后后。山堂心疼哥哥，专门为他召集了村民大会。守根讲说一遍，多数乡亲知道他是个老实人，不会说瞎话，也有少数人心里仍有想法。不管吗样吧，那发大水似的流言蜚语算是暂时止住了。

守根找不到队伍没地儿可去，只好塌下心来当个死巴庄稼主子。二婶儿把他在部队时寄回来的钱全部拿出来，还让山堂找人帮他修整了房子。守根置办了水车、独轮车、杈把扫帚、锅碗瓢盆……还买了一头半岁口的驴驹子。牲口是庄稼主子的半块家业，家家看着比孩子还亲哩。驴驹子进家后，守根像是和它相依为命，自己吃吗就喂它吗，舍不得打舍不得骂，恨不得黑介搂在怀里睡觉。浑身墨黑、四蹄雪白的驴驹子也特通人性，好像守根的一个眼神它都明白是吗意思。

守根土改时没在家没分到地，山堂和秋生费尽周折，把他家房后的几亩地划到了他的名下。

新中国成立后那几年，守根曾先后多次出去找部队，光石家庄荣军管理站就去过四五回。管理站的工作人员也挺负责任，打电话发信函全国查询，先是告诉他建国后部队全国调动大整编连番号都变了，根本没法找；后来又告诉他原来所在的晋察冀军区归了北京军区。守根前后两次去北京军区，头一次人家告诉他要找的部队出国执行任务去了，吗时候回来说不清楚；两年后他又去，人家告诉他要找的部队是回来了，可一个团牺牲得只剩下十多个人，合并到什么部队去了不知道……那次回来路上的遭遇守根一辈子也忘不了。他深更半夜往回走正赶上瓢泼大雨，拦了辆汽车还是拉猪的。人家司机楼里满员，他只能站在车厢里和猪挤在一起。路况不好车颠得厉害，他几次摔倒滚进猪堆里，弄得浑身泥粪不说，还被咬得腿肚子直流血。他连滚带爬回到家，在河沟子里泡了半天还是臭不可闻，甭说是人，嘿嘿，连驴驹子都不往他跟前凑。也就从那往后，花梅老说他身上有味儿熏得脑袋疼，就让他把铺盖卷搬到小屋和麦茬一块睡。

魏守根边想边走，到石家庄天已擦黑儿。他边打听边找，到烈士陵园门口都快半夜了，人家的铁栅栏早已关门上锁。他又拍打又喊叫，折腾半天里头一点儿动静没有。他万般无奈，只得找了个干净的墙旮旯，铺上自己每回出门都随身带的粗布包袱皮、捡了块半截砖当枕头，舒舒服服躺下去……守根累得浑身像散了架，脑袋一沾砖头就睡得像条死狗。他的呼噜声震得地皮子直哆嗦，吓得十二点下班路过的女工们“吱哇”乱叫。他可是不知道，那天黑介花梅碰上了点儿事，闹得她心慌意乱、胡思乱想，一宿没睡着。

识字班下课后，干部们又去办公室商量了几件事，散会时鸡都叫了。

那天黑介天阴着，整个世界黢黑烂黑连点儿星光都没有。山堂习惯性地送花梅回家，两人并肩走着连对方的脸都看不清楚。自从花梅当干部以来，每回天晚了山堂就会送她。小叔子送嫂子当然应该，没人往心里去。只有李不正脏心烂肺醋味儿十足，暗中跟踪过好几回。可除了那次“电棒事件”他再也没逮着什么。时间一长他又娶了媳妇，每天都急着回家上炕瞎鼓捣，也就懒得再操这份闲心。

尽管好几年过去了，小麦穗已是喊爹叫娘满世界乱跑，可每回花梅看见山堂心里都不平静。在人前，两人表现都很正常，该说说该笑笑，嘻嘻哈哈吗事没有。“电棒事件”后，花梅的一颗心就分成了两半，一半想着天天看到他，永远和他在一起才好；另一半却总觉着会发生什么事，在期待和担心中尽量减少和他单独相处。眼下，两人并肩走着默默无语，鸡不叫狗不咬，除了他们的脚步声，好像整个村庄都睡着了。花梅管不住自个儿的一颗心怦怦乱跳，前一半张开着，像是隐隐盼望着发生点儿什么事；后一半却担心对方听见，使劲吸了几口凉气，希望对方覅注意自个儿的存在。实际上，山堂的心也不平静，他像是猜透了花梅的前一半心，当两人晃动的手交错尤其是偶尔相擦时，他几次暗暗给自己打气：抓住！抓住呀！不急，等下一次、下次吧……笨蛋，你等吗呀？

终于，当两人走出村口下了坡来到大槐树底下时，山堂一把抓住了花梅的手。花梅像是愣怔了一下，下意识地挣了挣没挣开，脸上的肌肉发紧地冲山堂咧嘴笑了笑，也就随他去了。实际上，她的脸早变成了大红布，只是天忒黑，谁都看不见。再往坡下走，一切就顺其自然了，山堂稍微拽了一下，花梅心领神会，脚下发飘地跟他顺着河坡来到小桥下。

当时正是旱季，河水像根细细的链子退到了河床最深处，腾出来一片干净的沙滩。两人来到沙滩上，说不清谁先伸胳膊便紧紧搂抱在一起，接着就是疯狂地亲嘴、亲嘴……一秒钟、两秒钟，不知是世界在他们面前消失了还是他们在世界面前消失了……也不知过了多久，花梅陶醉地眯缝着眼，鼻子里发出轻轻的“唔唔”声。山堂一只手搂住她的腰，另一只手从后背转移到前胸，伸进衣襟下面往上摸索，平坦的腹部、滑溜溜的皮肤……强行穿过紧身小衣，抓住两只丰满的奶子又揉又捏。花梅醉了，瘫了，不是山堂搂着一定会躺倒在沙滩上。她呼吸急促、浑身躁热，觉得自己下边像在流血，一股股把裤衩都褥湿了……可是，当山堂的手伸向她的裤腰带时，她却猛然跳开了身子。她当然知道接下去会发生吗事，也知道这种事如果发生便收不住，她还没做好充分的心理准备。山堂喘着粗气，满脸困惑地瞪眼瞅着她。花梅一声没吭，脚下不稳地登上河坡，小跑溜丢消失在黑暗中。山堂傻了、呆了……像被剔了骨头一样瘫坐在沙滩上。又不知过了多久。他摸索地点上根烟，大口大口吸着、吸着……这时，村里传来一声接一声的驴叫，庄稼主子都知道，天半夜了。

魏守根回到村里时也是这个时辰，不过那是第二天黑介。

他在烈士陵园门口睡了半宿，天没亮就醒了。他坐起来撒了会儿眯怔，听着肚子一个劲叫唤，便掏出卷子咬了一大口。卷子又干又硬，噎得他直着脖子一个劲打嗝，好不容易才咽了下去。他强吃了俩大卷头，觉得身上有了精神，便站起身来四处闲溜达。陵园西墙外是片空地，长满着半人高的野草，稗子、蒹草、谷妞子、灰灰菜……黑油油密匝匝格外茂盛。守根心里直痒痒：要是有把镰刀多好，这草砍回去喂牲口不用添料！那时候的草金贵，喂牲口喂猪、垫圈沤粪都是好原料。庄稼主子看着草亲，拔下来晒干了拉到集上换个油盐钱；孩子为了砍满筐，有时转转悠悠要走出去十好几里地。守根看着那片草笑了笑：就是砍下来又怎么办？一百多里地能背回去？嘿嘿……

天到半晌午，陵园的铁栅栏终于开了。守根向值班的老汉说明来意，人家没多问就放他进去了。好家伙，里面有十多个打麦场那么大，四周种满松柏树，一排排像士兵们站队。中间的空地上草绿花红，静悄悄不见人影儿，只有一溜溜白石头做的墓碑让人看着眼晕。守根在墓碑间的小路上走来走去，看到上面刻着烈士的姓名和简历。他转了好几圈，天都晌午了也没看到一个熟悉的名字。他一肚子失望，到门口向值班老汉讲起了自己的故事，还问他知不知道晋察冀军区的部队现在在哪儿。老汉是个从农村临时雇来的农民，而且耳朵还不好使，除了点头摇头一问三不知。守根没辙了，圪蹴在门口吸了两锅烟，耷拉着脑袋走上了回家的路。

一路上无话可说，再好的风景守根也没心思看。他闷着头大步流星往回走，饿了啃个干卷子，渴了就着浇地的垄沟喝一肚子凉水。天擦黑儿，当他路过藁城县一个村边时，听到街里传来女人吆喝孩子吃饭的喊叫声，不知怎么心里有点儿想家了。说想家好像不忒准确，他主要是想自己的小闺女麦穗了：苹果似的小圆脸儿、星星似的大眼睛、奶声奶气叫声“爹”……他想着想着，不由“嘿嘿”笑出声来。过了一会儿，他又瞎琢磨：自己以前经常出门，怎么就没想过麦茬哩？在家看着这孩子也挺亲的，怎么出门就想不起来了？莫非真是亲了割不断，不亲连不上？至于媳妇……刚结婚那两年，一出门就牵肠挂肚的，这两年不在一块睡，好像没那种感觉了，连两口子之间那点儿事，在记忆中也变得模模糊糊。怪不得听人说，女人有贱筋，谁操跟谁亲，半点儿不假。

半夜时分，魏守根离家还有三里多地。天黑不怕，田间小路他走熟了，摸着黑儿也能走回去。他走着走着，忽然像是听到自家毛驴的叫声，而且不是一般的叫，是那种……非常痛苦的哀嚎。从小养到大，他对小毛驴的叫声忒熟悉了：伸长脖子“唔哇”是兴奋；直着脖子“咴儿咴儿”是高兴；低下脑袋“唔唔”是撒娇；转着身子“哼哼”是痛苦……他有点儿不相信自己的耳朵，停住脚步仔细辨认，果然没有错，就是那种痛苦的“哼哼”声。他心里“咯噔”一下，不由加快了脚步。他没回家，而是直奔村西头的牲口圈。

这是三间通敞的大屋子，土坯墙、秫秸顶，坐南朝北，是成社后刚盖上的。正冲屋门的南山墙下盘着条大炕，两边各有一溜长长的牲口槽。炕和槽之间的过道里放着齐胸高的大黑瓮，瓮里盛着牲口料，有时是黑豆，有时是麸子，有时是豆饼……左边的槽头拴着十多头牛；右边拴着骡子马，还有四五头驴。这儿也是社里开会计工分的地方，每当吃过黑介饭，各家的主要劳力便拿着小本本聚集过来。尤其是大冬天，这里比哪儿都暖和，一是那么多牲口喷热气；二是饲养员早早就把柴火末子随进炕洞点着了，做顿饭的工夫就把屋里熏得热热乎乎。虽说刚进来有点儿牲口的骚气味儿，社员们还是愿挤一屋子，坐炕倚槽蹲墙根，只要家里没事，计完工也不走，说国家大事、传坊间新闻、讲生咕笑话……直到小鸡子叫，一个个才揉着发红流泪的眼睛，打着呵欠往家走。

社里有两个饲养员，一个是王九毛，另一个叫马乱群，俩人都是四十多岁。喂牲口不能找年轻人，怕他们贪睡耽误添草加料牲口吃不饱。守根走进院子里，看见门缝儿里透出灯光就喊开了："九毛，王九毛……"

屋里没人搭腔儿。守根推门迈门槛，头一眼看到炕上的被子乱七八糟却没有人。他刚想开口再喊，扭头间看到的情景吓得他目瞪口呆——一头大个子灰叫驴正骑在自家小毛驴背上又撕又咬；小毛驴转动着身子，"哼哼"哀叫却怎么也躲不开。它的屁股上被咬下核桃大一块肉，脖子里被撕下巴掌大一块皮，鲜血淋漓流了一地。守根的脑袋"嗡"一声炸开了！他顺手从门后抄起长鞭，冲着灰叫驴不管脑袋屁股一阵猛抽。灰叫驴哀叫着四处逃窜，最后躲到骡子屁股后头的墙角里。守根"呼呼"喘粗气，嘴里骂骂咧咧。他隔槽跳进圈，牵上自家的毛驴，打开栅栏门出去了。

不知什么时候，一弯窄窄的月亮升上了天空，村街上亮堂了许多。

魏守根牵着毛驴往家走，刚进村口就碰上了王九毛。他鼻子不是鼻子脸不是脸地大声喝问："王九毛，你他娘是干什么吃的?！"

"怎么了?"九毛怀里抱着件棉袄，摸不着头脑地反问，"你牵驴干吗?"

"不牵等着被咬死呀?"守根怒气冲冲，"你瞎呀，看看给咬成吗样了?！"

九毛凑到近前才看见毛驴身上的伤，不由吃惊地瞪圆了眼睛："这是……怎么回事？"

"还不是被灰叫驴咬的。"守根牵驴往前走，"深更半夜，你他娘干吗去了？"

"天忒凉，起夜怕冻着，我回家拿了件棉袄。"九毛说，"就走了一小会儿……"

"那乱群哩，"守根问，"乱群干吗去了？"

"唉……甭提了。"九毛摇头叹气，"那小子性忒大，天天这个时候得回家弄他媳妇一回。"

"这算他娘吗事呀。"守根说，"回头你告诉山堂，就说我退社了！"他说罢，扔下九毛扬长而去。九毛看着他的背影愣一会儿，匆忙忙朝牲口圈走去。

守根气哼哼走着，远远看见一男一女两个条人影从小胡同里拐出来。他心里动了一下：这是谁呀？天这咱晚了还在街上胡串游。待走近了些，才看清是山堂和花梅，两人肩挨肩走着，还不时小声说着什么。守根心里的醋火"腾"一下子顶到脑瓜门儿上。好家伙，驴被咬的怒气和这股醋火搅在一起，差点儿把他憋得背过气去！他脑袋里一片空白，不知道该说什么，也不知道该怎么做，只是闷头紧走几步，牵着毛驴硬从两人中间穿挤了过去。

山堂和花梅被吓得不轻，慌忙闪开了身子。守根脸色铁青，头也不回地往前走，只是扔了一句话："田山堂，我退社了！"

"哥，你说吗呀？"山堂追着问了一声，又不无心虚地解释道，"秋海跳井死了，我们过去看了看……"

此时的守根吗也听不进去，吗也不想问，牵着毛驴径直往家走。山堂怔坷坷看着他的背影。花梅轻声说："没事，甭理他。"她说罢，快步追了上去。

田山堂没瞎说，李秋海真是跳井了，起因只为一句玩笑话，乡亲们都摇头叹气，说忒不值得了！

李秋海是秋生最小的弟弟，才四十五六，挺壮实的一个庄稼汉子。那天后晌儿，他和几个壮劳力在村东平整土地。李不正检查看青的小分队，背着大枪转转悠悠走过来，站在地头上和大家说闲话。天一擦黑儿的时候，大家远远看见一个红裤绿袄的小媳妇，扡着篮子扭扭达达地走过来。秋海平时就好说好笑没正形，大家都叫他“话篓子”。他开玩笑地说：“你们看那个小媳妇，粗腿挟撅的，干一回肯定过瘾。”

大伙儿哈哈一笑，谁都没当回事。等小媳妇走到近前，他们一个个却是洋鬼子看戏——傻眼了。只见小媳妇冲秋海笑着问：“爹，你们在这儿平地呀？”原来，是秋海的闺女回娘家来了。

李秋海脸像大红布，脑袋差点儿钻到裤裆里，嘴里唔哝半天吗也没说出来。他闺女也没往心里去，笑笑地和大家打完招呼就走了。等她走远了，大汉们实在憋不住，“嘻嘻哈哈”一阵哄堂大笑。如果这时候没人再说什么，秋海难堪一会儿说不定就过去了。偏偏不正这小子看热闹不怕事大，冲秋海坏笑着说：“怎么着，你个老家伙想当扒灰头哇？”

又一个人接话：“狗屁！老公公和儿媳妇才叫扒灰头，爹和闺女叫青灰头。哈哈……”

李秋海的脸色红一阵紫一阵，吗也没说扛着铁锨就走了。大家都没当一回事，反正天不早也到了收工的时候，便说笑着各自回家了。到吃黑介饭的工夫，秋海媳妇怎么等都看不到他人影，登上梯子喊半天也没动静。闺女出去找了一圈一个人回来了。秋海媳妇这才着了急，忙去告诉了在社委会开会的秋生。秋生开始也没当回事，村里村外、连喊带叫转了一大圈，眼瞅着天已黑透了才着了急。他找来了山堂和不正，把十多个民兵分成小组撒了出去。大家拿手电打灯笼，河沟子、树趟子、沙岗上、破窑里……最后在离他们平地不远处的一眼水井里把秋海捞了上来。

守根牵着毛驴往家走。花梅落后了几步，光线暗没看清驴身上有伤。她问了好几遍：深更半夜，你牵驴干吗？守根就是不吭声。一直到家门口，花梅才赶上来。她看到驴身上鲜血淋漓，吃惊地瞪大了眼睛："老天爷，这是怎么了？"

"被灰叫驴咬的。"守根说着，"哗啦啦"打开家门。花梅忙进屋点上根蜡端出来。毛驴看着守根，鼻子里"哼哼"叫，眼里好像闪动着泪光。守根拍拍毛驴的大脑门儿，拧辘轳吊上来一柳罐斗井水，仔细为它清洗伤口，嘴里一个劲叨唠："你看看，两头驴都拴不到一个槽上……非让入社，那么多人凑一块，锣齐鼓不齐，能有好日子过？"

这话花梅可听不上，不由顶撞他："你穷叨叨吗呀！不就一头驴，能和人相比？"

"牲口通人性，和人一个样。"守根说，"反正人多没好饭，猪多没好食……"

"又来了，这话你说一百遍了。"花梅也没好气，"你有完没完呀？！"

"没完。"守根口气坚定地说，"反正文件上写着入社自愿退社自由，我退社还不沾？"

"当然不沾。要退你自个儿退，俺娘儿们不跟你丢那人！"花梅说着把蜡往窗台上一墩，气哼哼地回屋去，"咣当当"插上了门子。这回守根没服软，像是王八吃秤砣——铁了心了。他阴沉着脸给毛驴清洗干净，从上门框的旮旯里掏出个"药包"撕开来，把灰褐色的粉末一点点撒在伤口上……

第二天大早起，五个社的动静响成一片：钟声、锣声、破水车轮子声……守根没起炕，蒙着脑袋不知是睡着了还是在装蒜。这对他来说是百年不遇，长这么大头一回。花梅觉得奇怪，边梳着头敲敲他的屋门喊："快起来吧，该下地了。"

守根其实一夜没睡着，躺在被窝里一直在琢磨退社这件事。他思前想后，把最坏的结果都考虑到了，下决心要一条道走到黑。听到花梅叫他，便闷声说："我……退社了。"

花梅愣怔片刻，火气一下子顶到脑门儿上。她连训带吓唬："你还蹬鼻子上脸了?!怎么着?来真的呀?我实话告诉你……要退社，咱们就打离婚!”她说罢抱起麦穗，脚步“咚咚”出门去了。

天到半前晌儿，毛驴一个劲“咴儿咴儿”叫，守根才磨磨蹭蹭起来了。他看着毛驴的伤口已经干巴了，就扔给它捆晒蔫了的青草，然后圪蹴在一旁，边吸烟边瞅着它吃。过了一会儿，不正带着大乱和二旦进了大门。他皮笑肉不笑地说:“根叔，婶子去社委会，说你要退社，支书和主任让我过来看看。你肯定是说着玩儿，是吧?”

“不是。”守根冷着脸，头不抬眼不睁地说，“我就是要退社。”

“行了。根叔。”不正仍然笑着说，“这又不是开窑子，你有钱就来，没钱就走哇?”

守根没吭声，他本来就看不上这小子，听他这话心里更反感，便站起身想把驴牵到小屋里去。不正拦住他:“叔，咱说是说笑是笑，事该咋着还咋着。给我，把驴牵牲口圈里去吧。”他说着，上前想接驴缰绳，却被守根一下子推了个侧（zhāi）不楞。

不正终于忍不住发火了:“怎么着，给你脸不要脸，一把一把往下撕呀?!”他说着冲大乱和二旦挥挥手，“上!把驴牵走!”

两个愣头青上前要动手，没想到守根顺手从窗框上摘下把镰刀，黑虎着脸说:“都他娘滚半搁儿去!”俩家伙一看都愣住了，扭脸看着不正不知该怎么办。

“不就是个逃兵嘛，还反了你!”不正说着，挽胳膊撸袖子想往上冲……

“放你娘的狗臭屁!”守根像被捅了肺管子心尖子，龇牙瞪眼地大叫，“你才是逃兵哩!”

正在这时，山堂走到了大门口，见此情景不由喝一声:“都给我住手!”

院里的双方都怔住了，同时扭脸看着他。山堂走到近前，对不正说:“你们……先出去吧。”

不正怒气不息，鼻子里“哼”一声，带着他的俩兵退到大门外。山堂冲守根笑了笑，捡了个麦秸墩放到他脚下，自己顺势坐在门槛上。守根没坐，退一步圪蹴在墙根下。山堂递过来根烟他没接，掏出烟袋锅捱弄着装烟。山堂又笑了笑，轻声说：“哥，这就是你的不对了，有事说事，动刀动枪的多不好。”

守根不吭声，拿着火镰火石打火“嚓嚓”半天打不着。山堂见状，忙擦了根火柴递过去……守根拧开身子不让他点，执拗地继续打火。山堂有点儿挂不住，脸色阴了下来。他愣片刻，自己把火柴吹灭了。守根费半天劲，到底打着了火绒。他迅速把火绒摁进烟锅里（因经常做这个动作，他的左手大拇指肚被烤得焦黄），“吧嗒吧嗒”一口接一口地紧吸，最后终于长长地吐出来一大口烟，好像把肚里的气也吐出来了。山堂一直看着他，脸色渐渐平静了下来。两人沉默了好半天，山堂才轻声问：“哥，不就是为头驴吗，你怎么……非退社不行呀？”

“不是驴不驴的事。”守根闷声说，“我就是要退社。”他磕巴一下，又补充一句，“就是不想和你们在一堆瞎搅和。”

“怎么是瞎搅和呀？”山堂说，“入社是毛主席的号召，是要大家共同……”

“打住！”守根大手一摆打断他，“甭跟我讲这些大道理。我就认准一条，中央文件上说了，退社自由，谁都不能强迫命令！”

“文件是文件，现实是现实。”山堂耐着性子解释，“你当过兵，还是……战斗英雄，这点儿道理还不懂呀？咱共产党每次不都是这样，上边吹口气，下边刮大风；上边下点儿毛毛雨，下边流满一濠坑。”

“甭跟我说这没用的。”守根把话堵死，要口不开地说，“我不想饿肚子，就是要退社！”

“你怎么知道入了社就会饿肚子？”山堂终于忍不住提高了声音，“共同富裕嘛，毛主席还能让咱吃不上饭？”

“废话！”守根在墙根上磕打着烟灰说，“万一哪天吃不上饭，你能找到毛主席？”

“……”山堂张口结舌，一时竟不知说吗好。守根又加了一句：

“说不定，到时候毛主席也吃不上饭哩！”

山堂终于忍不住抬高了嗓门儿：“你怎么……瞎说八道！”

守根大概也觉得自己说得不合适，一时没吭声。山堂缓了口气，耐着性子说：“哥，从小到大，你总是护着让着我，这回，就算给我个面子行、行不？”

守根一听这话就火了，这两年堵在心里那个大疙瘩一下子蹿出来。他猛地站起身，不管不顾地大叫：“给你面子？这两年你给我面子了吗？甭当我是大傻子，你和花梅……村里人谁不知道！”

这小子犯了个大忌，这种事最伤人，没凭没据是不能瞎说八道的。他也是憋急了，花梅一年多不和他一块睡，难免胡思乱想。山堂万万没想到守根能把这话说出来，不由一下子怔住了，张着大嘴半天没出声。他的脸色眼瞅着一会儿白一会儿红，出气又粗又急，拿烟的手也止不住直哆嗦。过了好一会儿，他摔掉烟屁股，跳着脚喝问：“你放、放狗屁！你说清楚，我和花、花梅怎么了？”

守根的话一出口心里就有点儿后悔，声音不由低下来：“怎么了你心里不清楚？你们黑介白日在一块，不听听人们说吗呀。”

实际上，山堂这时心里也发虚，很怕花梅跟他说过什么。可他清楚这节骨眼儿上不能说软话，打死也不能认账，必须反守为攻站个主动。他更加提高了声音：“我清楚什么？人们说吗了？你说呀！”

守根瞎猜乎行，让他说还真说不出什么来。山堂不依不饶：“你说呀！今儿咱死活得把话说清楚，我和花梅怎么了？你有吗证据呀？”他停顿一下又说，“要不咱把花梅找来，三头对案，一碰两开，看你还说什么！”

守根可不敢当着花梅的面说这事。他心里明白，只要一说出来他俩就算走到头了，不管怎么样，他可不想打离婚。在山堂逼视下他又不愿说软话，便唔唔哝哝冒了一句：“反正……你俩有事。”

“放屁！我看你是血口喷人，胡搅蛮缠破坏合作化！”山堂恼羞成怒地冲外喊，“来人！”

李不正他们一直在大门外等着，听到吆喝便“呼啦啦”冲了进来。山堂把胳膊一抡："把驴牵走，把人给我绑起来！"

兔子急了也咬人。守根一听这话，迅速退后两步，从墙夹道里抄起把起粪叉，龇牙瞪眼摆出一副要拼命的架势。不正他们正要往上冲，见这情况吓住了，光喊叫不敢向前。山堂也愣了一下，随即大声呵斥："魏守根，你想干吗？把起粪叉放下！"

守根不吭声，瞪着血红的小眼瞅着他们。山堂鼻子里冷笑一声，一把撕开小褂的扣子，敞着怀朝前走，一步、一步……守根怔片刻，佝偻着腰往后退，一点儿、一点儿……最后被逼到墙旮旯里。眼瞅着山堂的肚子顶到了起粪叉尖上，他拍打着胸脯逼视守根，脸上挂着笑模样说："哥，来吧，朝这儿捅……来呀，我后退半步就不是你兄弟！"

守根牛一样"呼呼"喘着粗气，蜡黄的脸上豆大的汗珠子往下滴答。他愣着、愣着……突然扔下粪叉蹲着地上，双手捂脸"呜呜"大哭起来。山堂稍愣神儿，一句话没说，扭头便往外走。不正看看他，伸手去牵毛驴……山堂却说了一句"算了"，大步走出栅栏门。不正他们忙跟了出去。守根像死了老子娘，浑身瘫软地一屁股坐在地上，咧着大嘴没完没了地哭、哭……鼻涕泪水加上哈喇子把衣服大襟都湿透了。

就在守根哭得昏天黑地的时候，花梅正在山堂家守着二婶儿诉委屈。她知道守根最听娘的话，本意是想让二婶儿去劝劝他要退社。可不知为吗，俩人还没说几句就抬起杠来了。

花梅抱着孩子进门时，二婶儿正坐在上房门口拐线子。桂枝领着条子在院子里跑来跑去玩耍，见她进来忙把麦穗接了过去。这时候，正好街上传来换朴扯套子的拨浪鼓声。桂枝拾掇了一堆布条子烂线头，哄着俩孩子出去换糖吃。花梅捡了个麦秸墩坐在二婶儿对面，愁眉苦脸地说："娘，你得说说守根，他老这么闹腾可不是个事儿。"

二婶儿抬眼看看她，笑着问："俺守根又怎么了？"

"他不是去了趟石家庄，说是去看吗烈士陵园？"花梅说，"夜里黑介半夜回来了，神经病一样闹着要退社。真是……急死人了！”

二婶儿问：“为吗事呀？”

“不值里一点儿事。”花梅拍打着双手，“就是毛驴被灰叫驴咬了一口，他就像天塌了一样，瞪着眼和我吵，非折腾着要退社。”

二婶儿一时没吭声，尽顾舞动着线拐子。在她脚下的小笸箩里，三个线蛋子绣球一样滚来滚去。花梅接着说：“那天黑介秋海不是跳井了？我和山堂开完会过去看了看，往家走时守根赶上来，吗也没说牵着驴从我俩当间硬挤，差点儿把人吓死。”她只说了前边的过程，回家后他俩吵架，尤其是守根说她和山堂怎长么短的话，心里犹豫不知该不该说。

听她的话头话尾，二婶儿心里意识到什么又不好出口，只得说：“他准是……白跑一趟没找到队伍，心里没好气呗。”

“没好气也不能就退社呀！”花梅抬高了嗓门儿，“又不是小孩过家家，仨烧饼你吃俩半又后悔了，这算吗事呀！”

“他也不是后悔。”二婶儿说，“入社时他就不痛快，磨磨蹭蹭……”

“可不是，最后一户。”花梅接过话头，“咱村扛了红旗，我却让吴乡长训了一顿，说我这个干部不及格。”她说到这儿心里动了一下，觉得还是应该把守根说山堂的话告诉二婶儿，万一他要先说出来自己就被动了。想到这儿，她叹了口气又说：“不光是这事……他脏心烂肺小心眼子，非说我和山堂……不干净。”

这正是二婶儿心里刚才意识到的那点儿事。她不无惊讶地说：“是吗？这就是他的不对了。一个大汉们，心眼儿小得像针鼻儿，胡思乱想瞎说八道，回头我好好训他一顿。”

“娘，你说这日子还有法过吗？”花梅说着眼里转出了泪花，“再这么折腾下去，甭说人家不让我当这个干部，让当我也没脸呀！”

“这倒是小事。”二婶儿忙说，“当干部又是谁家的祖业，能上来就能下去，只有这个家，才是女人待一辈子的地方。”

“一辈子？哼……”花梅冷冷一笑，冲动地说，“他要敢退社，我就不跟他过了！”

二婶儿抬起头，不高兴地看着她：“怎么着，你还和俺根儿打离婚呀？”

花梅说的是心里话，可她忘了对方是谁的娘。她意识到这话不该说，微红着脸没吭声。

“做人得讲良心不是，你不想想当初是怎么落在这儿的。”二婶儿说完这话就觉得有点儿重，忙缓和一下口气，“花梅呀，心里有气，这话说说也就罢了，你要真这么做，我可是不答应……”

正在这时，李秋生出现在大门外。他脸阴得像要下雨般地说：“嫂子，快去看看吧，你家守根舞弄着起粪叉要玩命哩！”

二婶儿一听这话，慌忙站起身往外走。花梅出了大门没跟着回家，转悠着在街上找到了桂枝。两人带着孩子往回走时，她有意无意多看了桂枝几眼。也说不清为吗，自从山堂结婚后，这些年她和桂枝走得不近，没事很少去她家串门，连见面的机会都不多。她打量着桂枝，心里暗暗替山堂抱屈：这也算个女人呀？生过孩子更瘦了，看那胸脯子，平坦坦和汉们一样，唉……真是好汉没好妻，窝囊汉子抱着花枝女。

二婶儿和秋生到守根家时，这傻小子膀鼻子肿眼正给毛驴换药。她看到驴身上的伤，不由心疼地只嚷嚷：“老天爷，怎么咬成这样，是谁家的驴这么凶呀？”

“准是老东山家的灰叫驴。”李秋生说，“这头驴是忒厉害，咬伤过好几个人了。”

“那是个牲口还是个妖怪呀？”二婶儿说，“干脆把它杀了吃肉算了吧！”

守根一直耷拉着脸忙活，他们进门连个招呼都没打，这时却说：“灰叫驴是挺凶，可干活也好，顶一头骡子哩。”他说着捡了俩麦秸墩让两位老人坐下，自个儿圪蹴在门槛上，从腰带上抽出烟袋锅装烟打火。二婶儿看着他，轻声问：“根儿，听说你想退社……是真的还是赌气呀？”

“怎么能是真的，肯定是赌气话。”秋生笑着说，“守根在咱眼皮子底下长大，吗脾气秉性咱还不知道？他心眼儿实诚，知道轻重……”

“叔，你甭这么将我。”守根闷声说，“这回，我是真想退社。”

“为吗呀？”二婶儿问他，“就为你的驴被咬了几口？值当的呀？”

“娘，你知道，我压根儿就不想入社。”守根在鞋底子上磕打着烟灰说，“驴挨咬我当然心疼，更主要是……两头驴都不能拴一个槽上，这么多人在一块瞎搅和，时间长了能有好日子过？鸡多不下蛋，人多瞎胡乱……”

“行了。”二婶儿打断他，“这些话念叨了多少年，也不能说没有道理。可眼下毛主席说话了，上级也这么要求，咱就随大流呗。”

“就是。人随世界草随风，咱干吗非要别这个劲？”秋生说，“再说了，你一个人也别不过社会呀，不随大流，还不是自个儿找挨揍？”

守根一时没开口，又搓弄着装上锅子烟，闷着头“嚓嚓”地打火……二婶儿趁机试探地问：“根儿，你这么折腾，是不是……心里装着别的吗事？在跟谁叫劲？”

守根看她一眼又忙避开目光，连连摇着头说：“没、没有哇。”

“没有就好。”二婶儿见他不想承认，只得说，“一个大汉们，不能忒小心眼儿，千万嫑听风就是雨的，自个儿跟自个儿过不去，把好日子搅得不安生。”

“就是。添闲言添不了金钱，背后还有骂朝廷的哩。”秋生说，“自家日子自家过，过好了有人眼红不会给你拍巴掌；过不好有人偷着乐看你的笑话。男子汉活在世界上要有主意，不能听别人胡说八道。常言说得好：男人没主意受一辈子穷；女人没主意落一肚子屄，半点儿没错。”他附和着说了这么一大堆。甭看他平时不怎么管事，可对村里的大事小情心里清楚得很。他知道山堂对花梅的一往情深，听到过一些闲话，大体也明白守根心里是怎么想的。但要不是见二婶儿开这个头，他永远不会说这些话。

“你个老没正经的，说着说着就跑偏了。”二婶儿笑着说，“倒是话粗理不粗，真是这么回事。人生在世站中间，不能靠后，也不能忒靠前。”

“娘，叔，你们都甭说了，我心里明白是怎么回事。”守根心里有点儿憋气，眼圈都红了。他吸了吸鼻子，牵心动肺地说：“我从来就好说实话……你们也掏心窝子说说，这合作化要走下去，日子长了能吃上饭不？”

两位老人一听这话都不吭声了。他们都有了一把年纪，经多见广，吃过苦受过罪，不像年轻人那么脑瓜子容易发热，对于合作化靠不靠谱心里都有点儿吃不准，只是迫于形势没说出来罢了。当时会儿，好多人都是这种心态，包括一些高级干部。守根接着说：“秋生叔，你是咱村的大拿，乡亲们都听你的。你就让我在社外待两年，咱试巴试巴，看怎么着能把日子过好。”他停顿一下，又补充，“就两年，行不？万一有一天你们吃不上饭，我也能接济接济。要是到时候日子过得一样，我二话不说，保证入社。”

李秋生吸着烟，思索着，一时没吭声。实际上，他心里已有点儿活动。二婶儿趁机忙说：“好像也沾……咱瞒上不瞒下，就他一家，也影响不了吗。”

“沾倒是沾。”秋生神色迟疑，嘬着牙花子说，“不过也不能我一个人说了算，就怕社委会上通不过。”

当天黑介，社委会上果然为这事吵翻了天！

李秋生话没说完，不正就跳了起来：“秋生爷，你脑袋进水了，这事能答应他？和毛主席党中央唱反调，咱还要脑袋不？”

“就是。要退让他自个儿退。”花梅表示，“我和孩子们坚决跟合作化走！”

山堂说：“叔，这事我不同意。咱红旗都扛回来了……说是瞒上不瞒下，可世界上没有不透风的墙，万一哪天被上级知道了，咱怎么交代？”

“那你们说怎么办？”秋生说，“咱又不是没做过工作，好话说了三千六，他打架拼命也要退……”

“怎么办？那忒简单了。”不正说，“一根绳把他送进去，看他还敢说个退字不？”

“那不行。”秋生连连摇头，“中央文件上说得清楚：入社自愿，退社自由。咱们可不能把事儿做绝了，闹出人命来谁都不好交代。”

“就是。”双河说，“让他一个人在社外待两年，我看也没吗事。”

“没事才怪。”山堂摇着头，“万一再有人提出来要退社怎么办？我估计，有这想法的人还不是少数。”

“不会。换个二人谁敢和守根相比？”秋生反问，“甭说咱村，全县有几个战斗英雄？几个人得到过免死牌？当年县长把喜报送回来，咱可是亲眼所见。”

他这么一说，大家都不吭声了。只有不正说：“那……他后来可是开小差回来的。”

“说他开小差是瞎讲，守根不是那种人。”秋生看不正一眼，接着说，“这屋里没外人，咱实话实说……毛主席的话咱不能不听，可对这合作化我真……不看好。让守根留在社外，咱就算做个试验，出水才看两腿泥，说不清还能给上级提个醒儿哩。”

“甭管怎么说，反正我反对。”不正小声嘟囔，“万一被上级知道了……”

“有吗事我一个人顶着。”秋生不高兴地冲他说，“咱瞒上不瞒下，上级怎么会知道？除非你去捅小鬼儿屁股！”而后，他把目光移开又不无威胁地补充一句，“咱把丑话说在前头，谁要敢汇报上去，甭怪我翻脸不认人！”

就这样，魏守根留在了社外。全国的情况咱不知道，反正整个无极县，就留下他一个单干户。乡亲们知道后，开始戏称他魏六社，公社化后叫他魏六队，再后来叫他魏老队，多少年改革开放后改成了魏老对。

魏守根这小子命苦，一辈子得好的时候不多，退了社的那段时间，应该说是他除了刚把花梅娶进门之外最开心的日子。当时合作社成立不久，各家的土地还没调整，他家的几亩地又都在自己房前屋后，原封不动划回来就行了。社里还把他入进去的水车农具什么的退了回来。从那天开始，他见人就咧着大嘴笑呵呵，又恢复了半夜三更爬起来拾粪的习惯。

他随心顺意了，花梅却甭提心里有多别扭，用她自个儿的话说，真是连死的心都有了。她闹腾着分家另过，被二婶儿和秋生连劝带训得只流眼泪，从此在家就变成了哑巴。她一天到晚不管有没有工作尽量在外面飘着，一进家就耷拉着脸摔东摞西，而且稍不如意就动手打孩子。守根却更变成了棉花套子好脾气，甭管她怎么耍都是满脸赔笑。他在地里干半天活，一进家门更是手脚不闲，洗衣做饭、喂猪喂鸡、扫院泼街……把所有家务都包揽了下来。好在麦茬这小子挺懂事，七八岁就帮着大人干活，领孩子看麦穗成了他的主要工作，有时候还帮着做饭刷锅、喂羊喂驴，趁妹妹睡觉的工夫还能去地里砍筐猪草回来。不过这种日子过了也就两个来月，花梅突然离家出走使这一切全乱了套。

县里召开合作化庆功大会以后，吴一平便被派去省委党校受训了。金沙窝是个小村，县里乡里都不拿它当回事，他走后就没人来过。两个月后，吴一平从党校回来，骑着辆除了铃铛不响哪儿都响的自行车来村里了。

那是早饭后上工的时候，二婶儿领着一群社员说说笑笑往村外走，吴一平正好骑车拐进村口。他刚学会骑车，技术本来就不怎么样，一见人多更慌了手脚。他拧着车把歪来扭去，嘴里喊着“我操我操”，可好，车前轱辘插在黑嫂裆里摔了个平身落地。黑嫂满脸是笑地说：“还操不，还操不？你光操不下来，看看，累趴了吧？”

吴一平臊得满脸通红，急着起身却被自行车压住，蹬踢半天也起不来。人们瞅着他哄堂大笑。不正忙上前扶起自行车，帮他拍打着满身的扑汤土。小村人头一回见自行车，“呼啦”一下子都围过去瞧稀罕，鸡一嘴鸭一嘴地瞎议论：“这叫吗东西呀？”“连这都不知道？真是老土鳖……这叫洋驴，当年日本二狗子骑过。”“这玩意儿挺怪，俩轱辘着地愣倒不了！”“怎么倒不了，刚刚吴乡长不是倒了？”……

二婶儿见人们越说越不像话，忙大声招呼：“走了，走了，快下地干活！”

人们这才嘻嘻哈哈往村外走。不正对二婶儿说：“婶儿，我晚会儿去。”他说罢，便帮吴一平推着车子往回走。二婶儿领着大家走了几步，心里突然想到什么，不由回头望去——村街上，不正歪着脑袋，正一脸神秘、嘀嘀咕咕向吴一平说着话。二婶儿心里“咯噔”一下，立马意识到要发生吗事，不由紧张地思索着对策。

二婶儿猜得没错，不正就是对吴一平说着守根退社的事。他早就想向上级报告了，吴一平这阵子一直没来，他想去县里又不知该找谁。果然，没等他说完吴一平就火冒三丈了：“你是说……你们村至今还留着个单干户？！”

“没错。”不正说，“就是那个从部队上跑回来的魏守根，山堂的哥哥。”

“净瞎扯。”吴一平看看他，“一个姓魏，一个姓田，怎么成山堂的哥哥了？”

“真的。是山堂他娘从小拉扯大的。”不正说，“跟山堂一样叫娘，还不是他哥哥？”

吴一平思索片刻，仍有点儿不大相信：“你说这事……是真的？”

“我长俩脑袋也不敢瞎说八道哇，”不正拍打着胸脯子，“这事要三头对案的。我可没想坑谁害谁，只是觉着这么做不合适，咱得对党负责，对乡长你负责不是？”

“那好。”吴一平说，“你马上通知全体干部去社委会开会！”

“不能这会儿开。乡长，你先在村里转悠一天，等晚上再开沾不？”不正说，“你刚进村就开会，大伙儿该猜乎是我打了小报告。老秋生要知道了，还不把我的舌头割下来？”

二婶儿心里有事，干着活一个劲抬头看天。好不容易盼到收工，她没回家，一溜小跑儿直接去找守根。守根叼着烟袋锅，正圪蹴在河边洗刷着铁锹，看她登上小桥头不由意外地问：“娘，你怎么这咱过来了？”

“我心里着急，这事……怕要露馅儿哩。”二婶儿“呼呼”喘着粗气说，“吴、吴乡长回来了。我看见不正一路跟他嘀嘀咕咕……”

守根提溜着铁锹站起身来，一时没吭声。二婶儿又说：“那小子没准头，我怕他跟吴乡长告状。眼下这时候，咱得多长个心眼儿。”

守根听着心里有点儿发慌，急声问：“娘。这可怎么办呀？”

“我一路盘算好了，”二婶儿说，“三十六计走为上。你还是出去躲些日子吧。”

“躲？我凭吗躲呀？”守根梗着脖子说，“我一不偷二不抢三没犯法，入社自愿退社自由……”

“得得得，你又来了。”二婶儿打断他，着急地说，“磨扇子压着手哩，是讲理的时候啊？快走吧！”

守根傻愣着，一时拿不定主意。二婶儿催促他：“赶早不赶晚，快走吧。共产党的事儿，风刮一阵儿，说不定过些日子就没人再提了。”

守根脚步慌忙回到家里。花梅带孩子们出去了。他牵出毛驴，装了半布袋白面和半布袋小米，临上路把大门上的钥匙交给了二婶儿，说：“娘，回头你跟花梅说一声。”

当天白日，吴一平还真吗都没说，一个人在村里村外转了个遍，还特意去守根的一亩三分地里看了看。他一路走来，满脸是笑，和见到的每个大人孩子打招呼开玩笑，在秋生家吃了两顿饭都没提这事。吃过黑介饭，他把全体干部召集到社委会里，依然是笑嘻嘻地和早来的每个人寒暄着。等人到齐后，他像是很随便地问：“你们的锦旗呢？就是合作化先进单位那面，怎么没挂在墙上？”

李秋生稍愣神儿：“就是，锦旗放哪儿了，怎么没看见过？”

“在柜子里。”田山堂说着，忙从墙角的柜子里拿出来，“回来忙忙乱乱，忘挂了。”

“是吗？”吴一平仍然是一脸平静地问，“是忘了挂还是不好意思挂呀？这么长脸面的事，干吗把它藏起来？”

“……”田山堂怔住了，不知该怎么回答。

“老书记，你说说，”吴一平把脸转向秋生，“你们村……真的全都入社了？一户不落一人不丢？”

李秋生眨巴着眼睛说：“是、是呀，这还能假，全都入、入了。”

吴一平冷冷一笑，又问花梅：“你说说，是这么回事吗？”

“……”花梅满脸通红，张口结舌回答不上来。

“吴乡长，真是这么回事。”不正忙说，“一户没落，一人没丢。”

“啪”，吴一平一拍桌子站起身来大声问：“你们当我是傻子、聋子、瞎子？那魏守根……是怎么回事？”

此言一出，满屋子人都傻了，一个个大眼瞪小眼说不出话来。

吴一平继续拍着桌子发问：“李秋生、田山堂、兰花梅，你们说话呀！怎么都哑巴了？”

三人耷拉着脑袋，谁都不敢吭声。不正忙站起身，嬉皮笑脸地说：“吴乡长，你千万嫑生气，魏守根情况特殊……”

“什么情况特殊？有你什么话说？”吴一平大声训斥，“你们好大的胆子，欺上瞒下，阴一套阳一套，一个个想干什么？！”

“这事不怨大家。”李秋生站起身来，低声说，“他们都不同意，是我一个人做主……”

“你做主？你凭什么？凭你资格老？凭你岁数大？”吴一平连珠炮般发问。

“……”李秋生干张嘴说不出话来。吴一平不依不饶地：“就凭这些，你就敢阳奉阴违？敢和毛主席对抗？就敢违背上级指示精神？”

李秋生小声辩解：“那中央文件上明明写着入社自愿，退社自由……”

“县官不如现管。”吴一平说，“县里的会议你也参加了，书记县长是怎么讲的？你们又是怎样表态的？”

李秋生不吭声了，满脸通红地坐回去。吴一平逼视着他：“说话呀，你说怎么办吧。”

李秋生小声说：“我错了，愿意接受任何处分。”

“处分是肯定的，那是后话。”吴一平说，“就说这事怎么办吧。”

“这事好办。”田山堂忙说，“明儿一大早，立马去找守根……”

“还要等明儿一大早？”吴一平冷笑着，“你们可真能沉得住气。”

“咱这就去！”不正忙说，“马上、立刻……多叫几个民兵，带上绳子和枪，不信治不了他一个逃兵！”

“行，就这么办。”“走，咱都去。”……干部说着，轰隆隆站起身来。

月牙儿升上了天空，惨淡的光芒普照着莽莽大地，普照着小小村庄，普照着长长流水……也普照着魏守根家孤零零的茅屋草舍。

干部们打狼一样来到他家门口外，却遭到意想不到的阻拦。大黑狗像只老虎，死死地堵住了栅栏门。它不像别的狗那样大声狂叫，只是半趴在地上，龇着牙瞪着眼，威胁地冲人们“呜呜”低吼。花梅忙上前呵斥：“大黑，滚一边去！”

大黑正眼不看她，仍然保持那种随时攻击的姿势。花梅往前走了两步，它的吼声提高，身子也慢慢站直了……花梅不敢再往前走。干部们也都愣住了。不正要二百五，端着“三八大盖”边往上冲边说：“我操！这么多人，还斗不了一条狗?!”他的话音没落，大黑忽然狂叫一声，腾空跳起一人多高，旋风般扑过来……人们慌乱地“呼啦啦”朝后退。大黑直奔李保证，吓得他把枪都扔了，跑得比谁都快。花梅这才趁机进了家门。

大黑一直把不正赶到桥头上，返转身又跑回来。它再次低吼着趴在台阶上，把门口堵得严严实实。人们远远地愣着，一时不知该怎么办。这时，花梅和麦茬从家里出来了。她对大家说：“守根没在家，毛驴也不见了。”

山堂问麦茬："茬子。你爹去哪儿了？"

"不知道。"麦茬说，"他说出趟远门，晌午饭没吃就走了。"

山堂愣片刻，又问："他说吗时候回来？"

"不知道。"麦茬摇着头说，"把毛驴牵走了，还带了好多白面和小米子。"

山堂回头看看秋生："叔。怎么办？"

"跑了和尚跑不了庙。"秋生大声说，"咱们先回去吧，他总有回来那一天。"实际上，这种结果是他最希望看到的。在来的路上他一直琢磨：守根这小子一根筋，他再拼命该怎么办？总不能把他捆起来送公安局吧？他要不在家就好了。

"可是……"山堂迟疑地说，"吴乡长还在社委会等着哩。"

"他等着又怎么样，找不到人咱也没办法呀。"秋生说着，带头往村里走去……干部们回到社委会，吴一平好发了一顿脾气。实际上，他有点儿虚张声势，做样子给人看。前面说过，他对合作化也有一定看法，但碍于自己的身份不好说什么罢了。所以，这件事他没向县里汇报，回到乡里和几名领导商量了一下，最后决定免去李秋生支部书记职务，由田山堂接任支书并暂代村主任；免去兰花梅副主任职务，取消预备党员资格，妇女主任一职暂时空缺，找到合适人选再说。

这决定在村民会上公布后，人们才算松了口气。李秋生心里很坦然，这个支书他早干够了，自个儿身子骨又不壮实，正好下来歇歇。不正有点儿丧气，因为他告状时就有想法，满心盼望着秋生下山堂上，自个儿怎么着也能弄个主任当当，结果却是狗咬尿泡——一场空，白喜欢了好几天。最闹心的是花梅，觉得自个儿真是屎壳郎过门槛——又蹾屁股又戗脸儿。她真是连死的心都有了，不吃不喝躺在炕上好几天。她恨魏守根，怎么盘算都觉着丢人，没法在村里待下去。也许是命该如此，正在这个时候，一个她这辈子最不想见的人找到了家门口。

魏守根在巧云姐家待了十多天。他并不知道村里发生的这些事，更不知道事后没几天吴一平就调别的乡去了。他躲过一场大难，这事没人再问不了了之。直到十来年后，他才被红卫兵像赶牲口一样，连打带踹硬塞进了人民公社。

郑巧云家发生了很大变化。自从入社后，她倒是觉得日子比以前轻松了，把几亩地扔进社里，种什么收什么、吗时候浇水、吗时候施肥……样样都不用自个儿操心，每天听到钟声一响，扛着锄头下地就行了。唯一的变化是小子杨冬雪回来了。因为他当老师的叔叔被打成了“右派分子”，全家人被赶回老家，他自然不能一个人留在保定府。巧云正为这事闹心哩。冬雪刚刚十四岁，上初中二年级，学习又好，总不能就此荒废了吧。她求爷爷告奶奶，找乡长跑县城，半个多月了也没结果。人家县中嫌他出身不好，爹是国民党兵叔叔是“右派”，说吗也不肯收。巧云着急上火，小子已长成了人，细细高高的个头、白白净净的脸蛋，一看就是个念书的料儿，就此不能上学，一年三百六十日，天天拽牛尾巴忒屈才了！可事到如今有吗办法呀？她磨破鞋跑细腿，除了牙疼得吃不下饭睡不着觉，一点儿招儿都想不出来。守根听了也只能陪着唉声叹气，搓着双手帮不上什么忙。

让人欣喜的是小春雪个头长高了，估计能超出麦茬半个脑袋。这小丫头越长越俊还是个乖乖女，从不像有的女孩儿那样疯跑乱颠串门子。她还不到上学的年岁，成天大门不出二门不迈，白日帮娘干家务，黑介跟哥哥学识字。而且这闺女跟巧云一样，干起活来眼疾手快，干净利索，洗衣做饭、喂猪喂鸡……连针线活都拿得起放得下。前两年她的个头还没长起来，刷锅够不着就蹬个小板凳床，嘿嘿，几次都差点儿栽锅里去。没事的时候她最喜欢的就是看小人书，趴在窗台上不叫她吃饭不出来。《岳飞传》《花木兰》《杨家将》……也不知她从哪儿淘来的，满满当当存了一箱子。

守根待着没事闲得难受，就想打几垛坯帮她家盖两间西屋。冬雪已是大小伙子了，总不能娘儿仨挤在一条炕上。他在巧云家房后找了块空地，起早贪黑干起来。冬雪帮着供土，没干多会儿守根心里就笑了。这小子真不是个干庄稼活的料，拿锨抡镐架把式儿都别扭，甭看个头不小，可身条软塌塌像个大闺女，没干多会儿就累得满头大汗“呼呼”喘粗气，手上还磨出几个大血泡。守根让他一边歇着，自己跳上跳下连扒带改，专心致志忙活个不停。可他万万没想到，就这几天的时间，由于一个人的出现，让花梅做出了个改变三个人后半生的重要决定。

那是个后半晌儿，日头眼看就落山了。麦茬领着妹妹带着大黑去野外砍猪草还没回来。花梅躺了一天，爬起来洗了把脸，边抱柴火边盘算着给孩子们做点儿吗饭吃。一群鸡跟在她的脚后跑来跑去，“咕咕咕”叫个不停。一天没人喂，它们饿坏了。花梅从窗台的升子里抓了两把棒子粒，顺手扔给它们。鸡们欢叫着抢食的工夫，麦玉虎背着个小包袱，风尘仆仆进了栅栏门。

花梅抱着柴火正往屋里走，听到动静回头看了一眼，一下子愣住了。麦玉虎摘下头上的羊肚子手巾，笑嘻嘻擦抹着脸上的汗水。花梅不无惊慌地问：“你、你怎么来了？”

“我还不该来呀？”玉虎笑着说，“都四五年了，早想媳妇了……娘的，累死我了。”他说着，捡了个高麦秸墩坐下来。花梅的脸拉下来问：“你还知道有老婆孩子呀？”

“能不知道么？我天天想你们。”玉虎说，“娘也是从早到晚念叨你们。”

花梅鼻子里“哼”一声，重重地把柴火扔在灶坑里。她返身坐在门槛上问：“说吧，你来干吗？”她显得很平静，自己心里也觉得奇怪：和这个男人一个锅里抢马勺十多年，怎么看见他心里没一点儿热乎气儿？

“娘病了，想你们。”玉虎说，“我在济南府学徒三年，师傅老了，想让我把理发店接过来……你知道，我不会算账，想让你回去一块操持。”

“你当我是来下饭馆呀？”花梅堵丧地说，“想来就来，想走就走？”

正在这时，麦茬背着满满一筐猪草进了家门，麦穗和大黑跟在他身后。他看到院里的“生人”，不由愣住了。玉虎站起来，微笑着问：“傻小子，不认识你爹了？”

麦茬愣乎乎地眨巴着眼：“你、你是……”

花梅急忙打断他说：“不能叫爹，叫大舅。”

“大、大……”麦茬大了半天也没叫出来。他红着脸，转身把草筐卸在猪圈墙边。大黑围着玉虎转了一圈，闻了闻他的脚后根，爬到柴火垛下吐着舌头“哈哧哈哧”喘气。麦穗看着玉虎，不无胆怯地绕过他扑进花梅怀里喊：“娘，肚肚饥了。”

“进家没别的事，就知道吃。”花梅说着回屋去。她从锅里拿出个饼子，用刀一劈两半，抹上层香油撒上点儿盐递给麦穗。玉虎站在门口嘟囔：“你真行，还为人家养活个丫头片子。”

“废话！”花梅没好气地说，“这么多年，不养活个孩子人家要我呀？”

麦茬站在猪圈墙边，一把一把地抓草喂猪，心里一直在琢磨这个人是谁。也是，他来时刚三岁多，对爹不爹的没吗印象。花梅在他身后叮嘱：“茬子，记住了，叫大舅。”

做黑介饭的时候，玉虎坐在灶火坑里帮着烧火。花梅烫好了棒子糁儿，揼出来一块双手拍打着弯腰往锅圈上贴。玉虎见孩子们在院里玩，趁机站起来从后面抱住了她的细腰，把嘴凑到她耳边说：“梅子，想死我了！黑介让我过过瘾吧。”

“滚半搁儿去！”花梅扭着屁股挣扎，“在这个家里……没门儿！”

玉虎不松手，嬉皮笑脸地说：“要不，你一定得跟我回去。”

花梅没吭声，黑介睡觉的时候，她把麦茬的被窝搬到自己炕上，让玉虎一个人睡在小屋里。玉虎躺在小炕上睡不着，唉声叹气地烙大饼。夜深人静的时候，他蹑手蹑脚去了上房门口，推了推屋门发觉关得死死。他呆怔了好半天，只得垂头丧气回到小屋里，摔倒在小炕上瞪着血红的眼珠子直到天明。

实际上，花梅一宿也没睡着。她的耳朵很尖，听到了玉虎在院里的动静，知道他想干吗，只是懒得理他。她平躺在炕上，听着两个孩子熟悉的呼吸声，过去的一切像拉洋片一样在脑子里闪现……她摇摇头，努力不去想那些没用的，而是集中思绪想自个儿眼前该怎么办？是继续留下来还是跟玉虎走？平心来说，她真的不想回去，一是这儿的日子比老家好过很多，守根甭管吗样待她算是一百一，还守着亲亲热热的俩孩子；二是隔三岔五能看到自个儿喜欢的那个人，尽管什么也不能做，互相看一眼心里也踏实。想到这儿，她心里哆嗦了一下，一个强烈的念头忽然涌上来……她呆怔片刻，凝住神往深处想了又想，最后还是摇了摇头。可要是真留下来……她又觉得实在没脸再在这个小村里待下去了。自打守根入社又退社，她被免职取消了预备党员资格，好像走到哪儿背后都有人戋戋点点。她不敢上街，不愿出门，成天躺在家里胡思乱想。想到这儿，她的思路忽然清楚了：要不先回去吧，花香一喷儿，风刮一阵儿，日子久了，等人们忘了这事再回来。她接着又想，要回也只能自个儿一个人走，麦穗不用说，把麦茬也得留下来，一是省得二婶儿他们瞎想；二是只要孩子们在，就是她回来的最大理由。想好了，心定了，她迷迷糊糊睡了一小觉儿天也就亮了，忙爬起身拾拾掇掇准备做早饭。

天到半晌午，玉虎说去村外转转，麦茬带着妹妹也就跟他去了。花梅吃过早饭就开始忙活。她拆洗了被褥，把守根和俩孩子的衣裳洗了个遍，全都晾晒在铁丝上。她觉着有点儿累，捡了个麦秸墩坐在树凉里喘口气。

小院儿里静悄悄。大黑卧在大门口，眯缝着眼打盹儿。十几只鸡围在柴火垛根儿里，有的刨食有的侧愣着身子晒太阳。一只大红公鸡刨到个草穗子自个儿却不吃，而是抬起脑袋，冲着母鸡们“咕咕”直叫。一只芦花小母鸡连忙跑了过来。大红公鸡没让它先吃，而是奓撒开一只翅膀，“咕咕咕”叫着围着它转圈子。小母鸡顺从地蹲下身子，公鸡立马跳上去跟它踩蛋……花梅看着这一幕，想到世间万物的公和母之间都是这么回事，不知怎的浑身一阵燥热，夜里黑介那突然闪过的念头再次强烈地袭上了心头。她略思索就没再犹豫，当时决定走前要干件大事，就是要和山堂做一回真正的夫妻！

正在这时，李桂枝背着孩子进了大门。条子看上去那么高了，两条长腿耷拉到娘的腿弯处，桂枝背着他都费劲。她看到满院子晾晒的衣物，笑着问："嫂子，你这是干吗呀？"

"这两天活不忙，我拆洗拆洗。"花梅起身迎上去说，"你娘儿俩这么稀罕呀？条子，多大了还让你娘背着？快下来！"

条子往下出溜着："大娘，麦穗哩？"

"和你茬子哥去河堤上了，"花梅上前扶住他，"一会儿就回来。"

说话间，麦玉虎领着俩孩子回来了。花梅忙做介绍："这是……麦茬他大舅。这是桂枝，麦穗她亲婶子。"

两人客气着。桂枝笑笑地说："可是长得真像，你看那眉眼儿……呵呵。"

"那是。外甥和舅，不差一豆嘛。"花梅打着哈哈忙问，"你怎么这咱过来了？"

"哦……"桂枝这才想起自己的来意，忙说，"我想给山堂做双鞋，鞋样子不知搒哪儿了，怎么也找不着。嫂子你好找搁（收存的意思）那玩意儿，看有没有合适的。"

"有，有。"花梅答应着，忙回屋拿出一本不知存了多少年的黄纸线装书，打开来一页一页翻动着。里面挟着好多形形色色的鞋样子、花样子、枕头顶样子……桂枝拿下来，一张张打量着。花梅像是随意地问："山堂……在家不？"

"在哩。"桂枝低头比量着鞋样儿回答，"他好像有日子没出去开会了，没事就在家闷着。"

花梅心里盘算着什么，一时没吭声。

那天晌午，花梅做了顿好饭——抻面带。她先用凉水加点儿盐和好了面，盖上搌布放锅台上醒着，然后开始做卤子。她点着火让麦茬拉风箱，等锅热的工夫切好了腊肉丁和葱花，又把几个鸡蛋打进碗里加了点盐。锅热后她先烙了两张鸡蛋饼放案板上晾着，然后就放棉籽油捏上几粒花椒……不一会儿，热油咕嘟出黄黄的泡沫并开始冒烟，她忙把葱花扔进去加了勺自家做的黑酱，等香味儿出来了再把腊肉放进去，爆炒片刻抓上两大把黄豆芽，翻炒一会儿加盐添水，把鸡蛋饼切成丝放进去……卤子做好后掏进后锅，前锅添水加盖让麦茬继续烧火。花梅把醒好的面擀成一张厚厚的大饼，用擀面杖逼住菜刀，一下下划成一指多宽的面带，等水烧开后拽得又长又薄扔进锅里，滚俩滚就熟了，挑进大海碗里浇上卤子……嘿嘿，吃在嘴里喷儿香！这是华北一带庄稼主子都会做的面食，好做好吃还顶时候。

饭再好吃花梅也咽不下，只吃了一小碗就放下了箸子。她心里堵得满满，一直在琢磨着那件想做的大事。可不是，干这种事得找个合适的地方，在家里没机会而且觉着就别扭；去大野地里倒行，棒子长一人多高了，钻进去谁都看不见，以前没少这么干，可那是玉虎逼的，她并不情愿；要不去村南沙岗子上小树林里？也不行，那有条大道，来往人忒多……她琢磨来琢磨去，最后想到了村东的废砖窑。

千里大平原上，除了河堤没有高的地方，比河堤还高出半截的砖窑就显得格外抢眼。废砖窑叫苏家窑，离村有三里多地。花梅听人们讲过，这窑有好几百年了，是明朝洪武年间老杠头家的先人们修建的。当时会儿名声挺大，着实红火过好多年。因为这一带土好，上面的二尺沙刨开，下边就是黑红色的黏土，烧出的砖又硬又光还不生碱。据说那时候大车小辆黑介白日不断头，把砖送往长寿、保定，甚至北京建皇宫时都用过。苏家的先人是个热血汉子，清兵入关那年，他带领本家兄弟十多人参加了杨子风的抗清队伍，在天津保定一带浴血奋战打了败仗。兄弟们当场死了几个，剩下的逃回来，被一路追来的清兵杀死在砖窑上。从那以后，砖窑衰败，这一带就荒凉了……这故事流传至今，是真是假没人考证过，反正乡亲们都说那儿是块“凶地”，平常日很少有人来。再加上李秋海跳的那眼井就在不远处，人们更加害怕，除了不懂事的孩子们拾柴砍草，大人们甭说黑介，白日都绕着道走。

也许是色胆包天吧，花梅急着干那事，就看好了这砖窑。天擦黑儿，她做好了饭没有吃，说是有点儿事就从家里出来了。她没走大道，而是从庄稼地里一路斜插往窑上走去……这时候，大村外静悄悄已看不见人影。她边走心里边感慨：怎么入了社人们就看着地不亲，都变懒了？放在单干那会儿，这工夫地里还到处是人哩，浇水拔草、收拾地角田边……没活也愿蹲在地头上，叼着烟袋守着庄稼多待会儿。

砖窑荒废多年，到处长满半人多深的野草。窑门早塌了，烂砖废土一大堆挡着，花梅摸索半天才找到一条缝隙钻了进去。她打亮小手电，看到里面还正经不赖，窑洞有一人多高四五尺宽，地上除了几摊大黑豆似的兔子屉屉还算干净。她擦摸着脸上的汗水长吐了口气，转身钻了出来。她在窑门口外站了一会儿，抬眼四下看了看，往回走时忽然想到，窑洞里虽说不忒脏，可地上硬邦邦怎么躺呀。她想了想，顺路拐了个弯，去一个就近的不知是谁家的麦场上抱了捆花秸，返回来塞进窑洞里。

真是该出事写书的也拦不住。花梅拍打着身上的扑汤土往家走，一路盘算着该怎么去告诉山堂，进门却看见他坐在院子里，正抽着烟和玉虎说闲话。原来，山堂听桂枝说麦茬他舅来了，还说两人长得像一个模子里刻出来的，他心里动了一下，撂下饭碗就过来了。他看花梅一眼，轻轻叫了声："嫂子。"

"山堂过来了？"花梅装作很惊喜，大声笑着说，"你这大书记挺忙的，难得有空儿过来坐会儿！你们先歇着……"她一路说着进屋去。

山堂和玉虎没什么好说的。他客气几句站起身冲屋里喊："嫂子，我先走了！"

"等等，我和你一块走。"花梅说着出屋来。她换了身干净衣服，头发梳过了，好像还在脸上擦了点雪花膏。她对玉虎说："我去那院告娘一声，顺便串俩门子……你们该睡睡，要等我。"她说罢，和山堂相跟着出了家门。

那天是阴历七月十三，吃过黑介饭月亮就快出来了，所以夜色不怎么黑。

山堂和花梅下河坡登上桥头。他侧脸看着她问："麦茬他舅说……赶明儿你们要回去？"

"是呵。麦茬他奶奶病了，我想回去看看。"花梅轻声回答。

山堂点点头，又问："你得走多少日子？吗时候回来？"

"说不准。"花梅轻摇着头，"回去看看再说呗。"

"也行。秋收还得一个多月。"山堂说，"多住些日子伺候伺候老人也应该。"

"嗯。"花梅听话地答应一声。她神色迟疑刚想说什么，看见大槐树下有人推碾子又停住了。山堂看她一眼，大声和推碾子的乱群两口打着招呼。直到两人走到村口，花梅才低声问："今黑介……你们还开会不？"

"不开。"山堂说，"不过西头志保家弟兄俩打架哩，我得过去看看。"

"是呀。"花梅的声音更低，"那……完事后，你去一趟村东窑上沾不？"

"村东窑上？"山堂像是没听明白，意外地盯着她的眼睛反问，"去哪儿……干吗？"

花梅躲闪着他的目光说："俺赶明儿就走了，有些话……想对你说。"

山堂意识到什么，不由心中一阵狂跳。他连忙答应："沾、沾……"

"不见不散。"花梅叮嘱一句，飞快地瞥他一眼，逃跑一样闪进村口。

山堂愣着、愣着……一颗心还在"咚咚"跳个不停。他当然明白花梅让他去窑上干吗，不由一阵胡思乱想，紧接着就觉得身上发热、口干舌燥。他强咽了一口吐沫，四下观望片刻，扭头往村西走去……

正是吃黑介饭的时候，村街上到处都是端着大海碗，边吃边说闲话的庄稼汉们。他们三五成群圪蹴在家门口、猪圈旁、土堆上……有滋有味地吃，海阔天空地聊，上至天文地理、下到国家大事；大到谁家要兴屋盖房、小到哪头牛要生产下犊；甚至东头于家的小子搞破鞋被人梆了腿、西头李家的闺女进城当保姆被弄大了肚子……所有的闲话都会在这种场合风一样传遍全村。娘儿们们在家照顾孩子吃饭，一般都不出来。

花梅强压着心跳，一路笑笑地和人们打着招呼来到山堂家。二婶儿她们刚吃完饭。桂枝正在刷锅洗碗。二婶儿帮条子擦摸着身上的饭粒子说："把剩的那点儿饭温在后锅里吧，说不定山堂回来要吃一口。"

花梅刚好迈进大门，忙说："山堂去西头志保家了，说是弟兄俩打架哩。"

"那弟兄俩混混账账，成天打架跟吃饭一样。"二婶儿说着，忙递过个麦秸墩让她坐，"听桂枝说麦茬他舅来了？有事呀？"

"可不是。"花梅说，"说是茬子奶奶病得不轻，想让我回去看看。"

"是呀。那是该回去。"二婶儿拍打着犯困的条子说，"茬子奶奶来这儿时身子骨就不壮实，这几年不知道吗样了。"

"估计也好不到哪去，老毛病了。"花梅叹息着，"她比娘你差远了，活不了大岁数。"

"这可难说。常言说得好，破罐子能熬过柏木梢哩。"二婶儿笑了笑，又问，"你们打算吗时候动身？不等守根回来了？"

"谁知道他吗时候回来呀。"花梅说，"赶早不赶晚，俺们想明儿一早动身。"

"那也沾。回头我告诉他一声吧。"二婶儿说，"老人的病要紧。"

这时，桂枝擦干了手把条子接过去，随口问："茬子跟你们走不？"

这正是二婶儿想问的话，她不由抬眼注视着花梅。

"来回这么远，不想让他跟着。"花梅说，"再说，守根不知道吗时候回来，茬子能做点儿省事的饭，领着穗子喂猪喂鸡都能干了。"

"就是。把俩孩子交给我吧。"二婶儿松了口气，笑笑地说，"一只羊是赶，一群羊也是赶，跟喂小猪子一样，饿不着他们。"

“那就给娘添麻烦了。我尽量早去早回。”花梅站起身来，说是要去串个门儿就告辞出来了。她没直接往村东去，而是沿着村街一路和人们打招呼往家走。等出了村口，她四顾无人，一头钻进棒子地，像擦黑儿那样斜插了过去……

月亮升上了天空，虽说少边无沿不怎么饱满倒也亮亮堂堂。水银般的光芒浮浮泛泛，像水一样满世界流淌。夜风轻拂，树影摇曳，一眼望不到头的秋庄稼起起伏伏，飘荡出大海般的层层波涛。

花梅在棒子地里穿行。她的一颗心里也是思绪万千、波涛翻滚，有期盼、有焦急，又害怕、又紧张，越往前走越跳得厉害，快到窑上时，浑身也不由自主地直哆嗦。她张大嘴巴，一口接一口地吸着凉气，好不容易钻出棒子地，抬眼四下观望着小跑溜丢儿闪进窑洞里。她像抽了筋散了骨，一屁股坐在地上“哈哧哈哧”喘息着，足有吸袋烟的工夫才缓过劲来。她从衣兜里掏出在家时装在衣兜里的火柴和半截蜡烛，点着后四处张望找合适的地方。她举着蜡走进深处，看到烧窑时添煤的灶口，忙滴了几滴蜡油，把蜡烛稳稳蹾在上面粘住了。她回转身打量片刻，担心蜡烛的光亮透出窑洞口被人看见，忙又钻出去拔了一抱野草，倒退着身子进来把口挡住了。

西头志保家哥儿俩从小不对眼，分家时又闹了些矛盾，这次是因为老二卸垫圈土老大说挡住了他家的道，老二不承认才动了手。山堂过去把弟兄俩臭骂了一顿，逼着老二把土拉开了一些才算完事。他从志保家出来没直接去村东，而是装作查夜先去了村南。他在看青民兵们的窝棚里待了一会儿，和他们交代了几句，才转转悠悠来到窑上。他四下看看不见人影儿，心里有点儿发怵地愣住了。

明晃晃的月光下，黑黢黢的砖窑怪兽般兀立。夜风呼啸，野草摇曳，砖窑也像活了一样晃来晃去。山堂害怕了，嗓子发干地轻唤：“花梅，梅子……”

窑洞中，花梅正把花秸均匀地铺撒开来。她听到动静，忙扒开挡着窑口的草捆子回答："哥，我在这儿，快来！"

山堂心中一阵惊喜，三步并作两步奔过去钻进洞里。他看到里面的一切，不由意外地愣住了。趁这工夫，花梅忙返身把洞口重新挡好。片刻，山堂咧嘴笑了："真是……不知道还有这么好的地方！"

花梅没容山堂再说什么，急切地冲上去抱住他的脑袋，用滚烫的双唇堵住了他的嘴。山堂稍愣神儿，顺势伸胳膊紧紧箍住了她的细腰。两人亲呀亲，先是嘴唇，后是舌头……一般人在这种情况下都是微闭双眸，他俩却大睁着眼睛，目光紧紧地纠缠在一起。他们亲呀亲，不知过了多长时间，直到花梅鼻子里发出轻轻的"唔唔"声，两人嘴没分开，手却摸索着开始解对方的衣扣……夏天衣裳穿得少，眨眼间两人都脱得光溜溜躺倒在花秸上。

山堂亲她的眉、亲她的眼、亲她的耳朵、亲她的脖子……花梅微闭双眸呻吟着，嘴里不时发出梦呓般的声音："哥，亲哥，你就想死俺了……"

山堂这才放开她，猛然反转身爬上那酥软的身体。就在他雄赳赳气昂昂要长驱直入时，谁也想不到的情况发生了！

花梅经历过两个男的，当然算过来人。可不管玉虎还是守根，每到那个时候她都是被动地一声不吭，你爱弄就弄，不弄最好，就是隔半年六个月，她从没想过这事。山堂是这个世界上她唯一想要的男人，而且是从第一眼看到他心里就有了……也许是忒想要，也许是激动和紧张，她的下边在节骨眼儿上发生了意外——尽管那红艳艳的花蕊中蜜水像发河，一股股涌出来把屁股下的花秸都濡湿了，可两片粉嫩的花瓣却包裹得铁紧，甭管山堂怎么使劲都无法进入。他"呼呼"喘粗气，拱动着身子一次次努力；花梅也把手伸下去为他引路……两人折腾了半天也没成功。终于，山堂大叫一声，在花梅家的门口外泄了身子（笔者曾咨询过相关专家，说这叫局部肌肉痉挛，和游泳腿抽筋一样正常，只是发生在这个部位的概率很低，但也有新婚夜夫妻无法分开只得去医院的病例）。

花梅蒙了傻了，不知道这是怎么回事，也不知这是为什么。山堂从她身上骨碌下来，含混地轻声问：“你……怎么了？这是怎么回事？”

花梅回答不上来。她双手捂住脸哭开了：“俺不知道，俺不知道哇……老天爷，这是怎么了！”

第六章

狼心狗肺　保证强霸黄花女
天灾人祸　守根仗义救乡亲

第二天吃晌午饭的时候，魏守根牵着毛驴回来了。

他帮巧云家打了三垛坯，想过些日子等坯晾干了，再去帮她家把偏房盖上。自家大门上着锁，他熟练地从上门框上摸下钥匙把门打开了。他站在门口打量着院里的一切，心里忽然觉得有什么地方不对劲，不由愣住了。院子里收拾得干净整洁、一切照旧：猪在圈里睡觉；鸡在柴火垛下刨食；小菜畦里一片绿油油；架上的丝瓜豆角花开得成嘟噜成串……哪儿不对劲守根说不清楚，反正心里觉着有点别扭。他拴好毛驴喂上草，屋里屋外转了一圈，当准备换件衣裳打开上房里的立柜时，一下子愣住了：柜板上整齐地摆放着三摞衣裳，一摞是他的，两摞是俩孩子的。他呆立片刻，心里忽然想到什么，忙去了西头里屋杂物间，伸手从米罐子底上掏出一沓子毛票。他沾着吐沫数了数，钱正好少了一半。他瞪着小眼想了一会儿把钱放回去，出来锁上大门去了山堂家。

饭架摆在大稍门筒里，二婶儿一家正围成一圈吃饭。守根进门看见麦茬在场，一颗心才稍稍放了下来。二婶儿看他一眼，笑笑地说："根儿回来了？快吃饭吧。"

桂枝忙去厨房给他盛了一大碗面条。守根笑了笑，圪蹴在门槛上大口吃起来。二婶儿说："花梅她们大早起刚走……麦茬他舅来了，说茬子他奶奶病了。花梅回去看看。"

守根愣了片刻，鼻子里“唔”一声，又问：“她没说吗时候回来？”

“那得看老人的病吗样，”二婶儿说，“好得快就回来得快呗。”

守根没吭声，又去盛了碗面条。他心里明白，只要麦茬在，花梅早晚会回来的。可他没想到，花梅这一走就是好几年，直到大饥荒把她逼回来。

公平地说，合作化开头那两年还是不错的。初级社、高级社，人们心气足，土地有单干时的老底儿，庄稼长得和守根家不差多少。那会儿各级领导头脑还清楚，征购粮交得合理。守根按规定，每年春秋两季赶着小毛驴把征购粮交到乡粮站。头两回人们瞧稀罕，一路有人指指点点看着他笑，后来习惯成自然，没人再关注他。

吴一平调走后来了个新乡长，姓张，叫张胜德，人个子不高，俩眼瞪瞪着，胖乎乎的皮肤比较黑。他两年后接党委书记，一直在这个乡干了好多年。他是个“一头沉”，老婆孩子都在农村。他当上书记后才听说金沙窝有个单干户，几次琢磨着想解决这件事。可那时候吴一平已当上了副县长，他觉得多一事不如少一事，耍自己找不自在，睁一只眼闭一只眼也就过去了。

入社后，社员们挺知足，觉着比单干时轻闲多了。地里种什么收什么，吗时候浇水吗时候锄草……一切不用自个儿操心。人人都成了磨道里的驴——听吆喝，每天黑介去牲口圈里记完工分，社长就把第二天的活分配好了。大早起钟声一响，人们该拿锄拿锄该拿锨拿锨，跟着组长下地就行了。男女搭配，干活不累。大家说说笑笑，干多干少没人夸，干好干歹没人管，工分照记，粮食照分，一年到头不缺吃，秋后还能分俩零花钱，嘿嘿，日子倒也过得滋润。

魏守根可就辛苦多了！他又当爹又当娘，一个人种着几亩地，还得操持俩孩子的吃喝拉撒睡，天天黑介忙到小鸡子叫，一扑明儿又背着粪筐去拾粪，唉……不容易呀！麦茬虽说能帮着干点儿家务，可他毕竟是个孩子，有时候干一个钱的活费俩钱的劲，帮不上忙还添乱。麦穗更甭说，两三岁的孩子净想娘，常不常咧着小嘴站在日头地儿里，叽叽歪歪啼哭起来没完没了，你把她拉到阴凉里都不干，还得拧着脖子回到原来的地方。守根几次气得抡起了大巴掌，比画半天“唉”一声打在自个儿大腿上，由不得眼圈子就红了。

二婶儿心疼守根，后来就不下地了，每天一大早就把麦穗接过去，领着她和条子一块玩。过了些日子就不接送了，麦穗干脆吃住都在这院，黑介就跟条子一块睡。王九毛家就住在街对面，有时黑嫂也把她家的三闺女小香翠送过来。一只羊是赶，一群羊也是赶，无非二婶儿辛苦点儿。三个孩子在一块玩，常不常条子就被欺负哭了。他好几回找到守根告状：“大伯，管你家麦穗不。她老念我高腿郎，梳小辫儿，脖子里戴着红袼鞴。呜呜……”

成立高级社那年，麦茬该上学了。金沙窝村小没学校，孩子们上学要去银沙窝，好在也就二里多地，不算远。每天吃过早饭，麦茬叫上三歪歪，和村里的一群孩子背着书包带上干粮，蹦蹦跳跳穿过整个村子，一路往南走去。这小子很争气，不光学习用功，还挺懂事，从不和小伙伴们打架，知道处处让着别人。但他也不是个善茬儿，谁要惹了他还不说理，或是欺负小同学，他会和你没完，找到家去也得和你掰扯清楚，说急了眼也有动手的时候，三歪歪就被他揍过多少回。他是个孩子头，上学一个多月就当上了大班长。大人们看在眼里，都说这小子有出息，长大后说不定是个人物。

那年暑假，郑巧云带着春雪来了。春雪还是比麦茬高半头，她早一年上学，已是二年级了，又因为从小喜欢看小人书，就显得比别的孩子知道得多，会讲好多故事，什么《孙悟空三打白骨精》《杨家将》《刘胡兰》……春雪一来麦茬就显得傻了，会不自觉地把孩子头的大位让出来，像条子他们一样，颠儿颠儿地跟在她屁股后头听吆喝。因家庭背景不好，在自家村里春雪和大人一样受气，孩子们不愿跟她玩。打从那年以后，一到放假她就会自个儿跑来，和茬子他们黑介白日黏在一起，昏天黑地玩得好高兴，开学了还不愿回去。巧云过来接，春雪哭哭啼啼不想走，有好几回气得想抡巴掌扇她。

巧云过来是为自个儿心里的一块石头。可不是，冬雪都十七八了，上学没地儿，干活没劲儿，一天挣的工分还不如个娘儿们。农村的孩子订婚早，十四五岁家长们就开始张罗。也是因家庭出身不好，冬雪这么大了还没有媒人蹬他家的门边子。岁数越大越不好找，巧云急得像猴跳圈儿。她这回来就是想和二婶儿商量商量，看能不能给小子在这三里五乡划拉一个合适的闺女。

说来也巧，吃过晌午饭，春雪和麦茬领着一群孩子跑出去玩了。巧云和守根坐在树凉里说着冬雪的事，苏红柳挑着水桶进了大门。巧云的眼睛突然放光，盯着人家看个没完。也是，小红柳到了招人待见的年龄，虚岁十六了，豆蔻年华，像一朵含露待放的花朵。你看她，小脸儿白里透红，大眼水灵灵，真是一掐一股水；再看身条，细高挑儿，要哪儿有哪儿，该高的地儿高，该低的地儿低；自个儿手巧会打扮，浅绿的裤子配上碎花粉红小褂儿，一条粗粗的麻花辫儿在浑圆的屁股上甩来甩去；用这会儿的话说，走在街上那真是一道亮丽的风景线，回头率绝对百分百！

红柳笑笑地和他们打过招呼，担着水扭动细腰出门去。巧云的目光还追着人家。守根笑了笑说："姐，再看可就拔不出来了。"

"可不是，这闺女真俊，让人看不够。"巧云收回目光问，"是老杠头的孙女吧？她多大了？"

"是杠叔的孙女，"守根说，"有……十五了吧？好像是属马的。"

巧云心里盘算着什么："属马，比冬雪小一岁。"

"是呵。"守根点上锅烟，叹息着说，"人好命不好。土改那年，她才四岁，爹死了；娘想不开跳了井……她和哥哥青松是杠叔拉扯大的。"

巧云抬眼看着守根问，"她家成分也不好，要是跟冬雪说说……你看沾不？"

守根想了想，摇着脑袋说："这事……说不准，杠叔有个拧脾气。"

巧云是个急性子，用农村人的话说，叫三声狗不来，恨不得自个儿把屎吃下去。她当时就去找了二婶儿。二婶儿也拿不准，后晌儿就去问了老杠头。老杠头琢磨了半天只摇头。他嘴上说柳子还小，不想这么早定亲，心里却另有一番打算。老家伙心里清楚，自家这成分，青松那模样，想说个媳妇比登天还难。他就琢磨着找个合适的人家，用红柳给孙子换个媳妇回来。也是，那些年，因成分不好说不上媳妇，农村里换亲、转亲的人家哪村都有。可老杠头万万没想到，他的宝贝孙女一个多月后就不再是黄花闺女了！

巧云很失望，住了一宿就回去了。春雪留下来喜欢得直蹦高，每天背着柴火筐和麦茬三歪歪他们去大野地里砍草。麦穗也闹着要去，守根就给她编了个小筐，尾巴似的跟在春雪屁股后头。大黑狗每天跟着跑前跑后地撒欢儿，它比谁都积极，吃过早饭就会蹲到大门外等着。那年代，庄稼孩子夏天砍草是主要劳动，一是用来喂牲口，二是晒干了拉到集上换零花钱。

前面说过，讲阶级论成分那些年，所谓的“贫下中农”被捧上了天。在农村却有个怪现象，就是正经过日子的庄稼主，多数都不愿意把闺女嫁给他们。人们说这些人家祖上缺德，血脉不好，李双河家就属于这一类。据说他老爷爷人称“震三县”，是个大土匪头子，烧杀抢掠什么都干，几年间积攒了一份很大的家业。也许是善恶到头终有报，到他老来不能动的时候，有一天下雨响了个炸雷，一股天火窜下来，把他烧死不说，家业也被烧了个精光。后来的几十年他家房无一间地无一垄，穷得叮当响。双河的爷爷带着他爹只能给财主家扛长活，到土改才“翻身做了主人”。可老天爷的报应好像还没完，双河媳妇先后养活了七个孩子，死的死亡的亡，最后只剩下不正和歪歪。一岁看大三岁看老，就这弟兄俩从小也不被乡亲们看好。

三歪歪八九岁了，长得虎头虎脑、黑不溜秋倒也看得过去。可这小子上学不识字，干活没有劲，从小爱出些么蛾子事，让人们当笑话讲了好多年。他四十拐弯横死街头，那些笑话却流传至今。当然，这是后话。

七月天流火，老牛凉里躲。吃过晌午饭，麦茬他们背上柴火筐就出发了。大歇晌儿，地里看不到一个人影，只有满眼的秋庄稼蔫头耷拉脑。天热得“知了”都懒得再叫，四周一片静悄悄。孩子们不傻，谁都没有直接钻到庄稼地里去砍草，而是先后来到小河湾里，扒光了衣服打“扑腾”。麦茬有个习惯，就是不管天多热，总是长衣长裤穿得整整齐齐。歪歪就不同了，一到夏天，浑身上下就一条大裤衩子。真是放屁崩坑，各有一功。这小子干别的不行，玩水打“扑腾”却是不学就会，全村一百多个孩子属他水性好，什么“狗刨”“踩水”“仰浮”……他能在河里折腾吃顿饭的工夫不上来。尤其是“仰浮”，他能把小鸡鸡露出来，头枕双手平躺在水面上，顺水漂流老半天一动不动。

那天出了点儿事，让麦茬后怕了好几天。平常他们玩水时，春雪和麦穗就坐在不远处的树凉里，把小脚丫放进河里讲笑话。歪歪每次都把大黑拖进水里，又骑又抱一块玩。可那天他拖了几次大黑都不干，总是挣扎出来跑到春雪她们身旁，吐着舌头“哈哧哈哧”喘粗气。过了一会儿，春雪去河岸上的高粱地里解手，麦穗不知怎的不小心出溜进了深水中，挥着小胳膊挣扎两下就没过了头顶。这节骨眼儿上，只见大黑跳起来冲麦茬他们狂叫两声，而后一下子蹿入河中，叼着麦穗的衣裳把她拖出了水面。但它毕竟是条狗，不懂得麦穗的小脑袋还泡在水里。麦茬他们都吓蒙了。关键时刻，还是歪歪连滚带爬冲过来，踩着水把麦穗的脑袋托出水面推到了岸上。麦茬赶过来，脸色煞白地托起妹妹，拍打着后背让她吐水。麦穗倒没事，吐了几口水咧着小嘴哭了半天。春雪回来也吓得够呛。大家商量着这事千万不能告诉守根，谁要告诉就是“小狗子”。

高粱地中央有眼水井，井台旁有棵大柳树。这是麦茬他们的根据地，每天大家都把草筐和衣服什么的放在树下，然后分散到四下的棒子或是豆子地里找草砍。大黑就负责看摊儿。那天，歪歪说他累了不想干活，大家都走了他还躺在树凉里睡大觉。过了一会儿，麦茬抱着草回来把他弄醒了：“覂睡了，快去砍草吧，砍不满筐小心回家挨揍。”

“没事。”歪歪打着哈欠说，“我觉着日头地儿里没有树凉里得劲。嘿嘿……”

麦茬不再理他，刚想走时春雪和麦穗抱着草回来了。麦穗吵着口渴，麦茬想做个“水葫芦”给她打水喝。他从旁边地里拔了棵高粱回来，把根部系进井里蹾洗干净，然后撇回来些高粱叶，十字插花摊到地上，收起两端用草蔓捆在高粱秆上就做成了个“水葫芦”。他把“水葫芦”系进井里再迅速提上来，就会带上来好多清凉的井水。春雪和麦穗忙捧在手里接住，大口大口喝下去……喝了水，麦茬他们又分头钻进地里去砍草了。歪歪拿着镰刀刚想走，突然听到旁边的豆子地里传来蛐子的叫声。他来了精神，蹑手蹑脚蹭过去……蛐子很警觉，稍有动静就不叫了。他大气不敢出，瞪圆了眼睛四下找寻、找寻……终于，蛐子又叫开了。他这才看见，那个绿油油的小家伙就在自个儿眼前的豆叶子上。他忙伸出双手猛扑上去，一下把蛐子扣住了。当他高兴地打开手缝想看时，蛐子一嘴下去咬得他手指肚儿流血，他“唉呀唉呀”叫着松开了双手……

日落西山该回家了。麦茬他们把小山似的一堆草装筐，用手摁、上脚踹，上满下流装不下。歪歪的草却少得可怜，筐都装不满。麦茬说：“给你点儿吧，要不大伯该揍你了。”

“不用。没事。”歪歪摇着头笑嘻嘻地说。他往手心里吐了两口吐沫，而后把镰刀叼在嘴里，像只灵巧的猴子，三抓两挠便爬上了大柳树。他挥镰砍了一堆树枝子跳下来，撅巴撅巴垫在底下，再把草摆在上面，这样看上去也是岗尖的一大筐。

春雪看着他笑，说：“亏你想得出来……真能对付你爹。”

“这叫八路军糊弄共产党。”歪歪嬉笑着背起草筐。这办法他用过几回，一般都是后晌儿才用，趁天黑回家打马虎眼，挺管用，从没出过差错。

往回走路过豆子地，麦茬逮住了只蛐子。歪歪说那是他放跑了的，想要回来。麦茬不高兴地说："你怎么知道是那一只？你叫它答应呀？"

歪歪没话说了。麦茬回家把它撒在丝瓜架上养了一秋天。蛐子饿了吃丝瓜花，渴了喝露水，每当月亮光光时"咯吱咯吱"叫得真好听！它白日也叫，不过人们都忙着顾不上听。

常在河边走，总有湿鞋的时候，这回歪歪就栽了。以前他回到家里，都是趁天黑把草薄薄地摊晒半院子，反正那么一大片，谁也看不出多少。这回他肚子痛急着拉屎，把筐一放就钻进了茅子。双河正好回家来。他看见那筐草还挺高兴，觉得这小子长出息了，便上前想把草晾晒开来。当他拿下上面的草，看到下面的烂树枝子时不由愣住了。眨眼间，他立马明白了这是怎么回事，不由火冒三丈地大骂："兔崽子，学会跟老子玩鬼吹灯了！"

他三脚两步冲进茅子里，把没提上裤子的歪歪拽出来，一下子搡了个狗吃屎。他捡起歪歪垫筐的柳树枝子，边骂边在他的小黑屁股上狠劲抽。歪歪打着滚儿，杀猪般号叫起来。

歪歪娘听到动静，扔下烧火棍从厨房里跑出来，见状愣住了。过了一会儿，她才掴动着小脚急颠颠上前："老天爷！这是为吗呀？你疯了！"

"日你娘！叫你不长出息！兔崽子……"双河怒骂着抽打不停。歪歪娘挡在父儿俩中间说："你不是他爹呀？想把他打死……你说说，你日谁呀？"

"日你呗！日别人你让啊？"双河说着，推开她又想下手……

"扑哧"一声，歪歪被他们说笑了。他爬起身钻进茅子里大声说："你们日吧。我还没擦屁股哩！"

第二天，三歪歪被打得屁股肿了，趴在炕上不起来，娘把饭碗端过来，央告半天他也不吃。娘看看他红红的小屁股，心疼得只抹眼泪。她把饭碗放在炕沿儿上，急忙去村里找先生想要点儿药。歪歪爬起来去茅子里尿泡，看到猪圈棚上的尿瘪子心里有了主意。他趁家里没人，找了把破剪刀把尿瘪子底上钻了个小窟窿放回了原处。

当天黑介，双河睡得迷迷糊糊，伸手从炕头上拿过尿瘪子……歪歪娘突然叫起来："这个老东西，你怎么尿外边了?!"

双河一惊，点着灯看了看，可不是，褥子都湿了半截。他纳闷地打量着尿瘪子："不对呀，这是上集才买的，怎么会漏了?"

"你个老东西瞎眉糊眼的，准是挑了个坏的呗。"歪歪娘说着，忙把褥子撤下去。下个集日，双河提着尿瘪子找到卖主摊子上，两人吵得脸红脖子粗差点儿动手。最后卖主指着底上的小窟窿说："你睁开眼看看，这分明是新钻的眼儿，想讹谁呀?"

双河傻眼了，心里大体明白了是怎么一回事。他气哼哼回到家里，不管歪歪承不承认摁住就用鞋底子抽，又把他揍得三天起不了炕。

合作化第三年成立了人民公社。据说那几天县城里像过大年，到处张灯结彩，锣鼓喧天，大横幅小标语满街筒子呼啦啦飘；那么多人兴高采烈穿着五彩戏装扭秧歌、跑旱船、耍狮子……魏守根没资格也没想去参加，他正忙着修理自家那院墙似的树趟子。退社那年，他买来一大车杨树秧子，围着自家的几亩地密匝匝栽了两行，把家都圈了进去。这种杨树据说是从加拿大进口的，长得特别快，两年多工夫就由手指头长成了胳膊那么粗，而且枝壮叶肥蹿过了房顶子。他还在房前屋后栽了几十棵果树，有桃、杏、梨……眼下都已开花挂果，每到春天，花开灿烂，浅粉嫩红簇簇团团吸引着全村人的目光，就是没人敢轻易上前。因为大黑像头小牛犊，一天到晚围着树趟子跑来跑去。只有到秋天果子熟了的时候，守根会把大黑拴起来，大人孩子谁来都行，仨枣俩梨打发出去，他落了个好人缘。

社委会改成了生产大队，田山堂仍当书记兼着大队长。全村五个社组合成了三个小队，守根家就变成了第四队，也有人说他是独立大队。甭管叫吗，守根只是笑笑，每年麦秋两季，他还是和过去一样，推着独轮车头一份把干白细净的征购交到公社粮站里去。

按乡亲们的话说，自打人民公社成立以后，这社会就有点儿乱套。先是小县变大区，藁城、无极、栾城三县划作藁无栾区；紧接着就是“赶英超美”“钢铁元帅升帐”，全国人民大炼钢铁。白日不让人们下地干活，大会小会做动员；黑介让孩子们高房广播，仨一组俩一伙，站在房顶上一递一声地喊口号；村街上到处贴上了花花绿绿的标语……

麦茬是大班长，当然要事事带头。学校里停了课，他领着一群孩子从早忙到晚，挨家挨户收铜敛铁。既是国家需要，守根也没含糊。他把家里多年存的破锅烂铁、连门哗啦吊都卸下来捐了出去，还把祖传的一口大楠木座柜送到了队部里。这座柜有一丈来长，是他盛粮食用的，山堂让木匠凿眼打洞改成了个大风箱，套马车拉到大炼钢铁的工地上。

工地设在藁城县城外的滹沱河滩上。十多座高炉威风凛凛，呈梅花形冲天耸立。李保证作为金银沙窝俩村的突击队长，带领二十多名青年男女背着铺盖卷、步行五六十里来到工地上。突击队里狼多肉少，只有四个女孩儿，住同一间工棚。两个是银沙窝的，一个叫大虹，一个叫小兰；再就是金沙窝的苏红柳和王黑翠。黑翠是王九毛的大闺女，本名叫金翠，因长得像她娘黑玉，体胖色深，大家就叫她黑翠；九毛家的二闺女叫银翠，长得像他，身细脸白，人们都叫她白翠；三闺女叫香翠，和麦茬是一发子，经常跟他们一块拾柴火砍草。

小青年们热情很高，干活嗷嗷叫。可他们有的连学都没上过，除了拽牛尾巴捋锄杠吗也不会，只能像磨道里的驴——听吆喝。带工的把他们分成了两个组，一组负责加煤添火，一组专门拉风箱。那风箱就是守根家的座柜改的，特沉，一个人根本拉不动。不正把十二个人分成六个组，每组两班拉四个钟，歇人不歇马，黑介白日连轴转。他说红柳人小劲不大，跟谁谁吃亏，就留在了自个儿身边。

这次让红柳来工地，不正是有想法的。本来她虚岁才十六，家庭出身又不好，按规定是不能参加炼钢铁这种重要活动。可不正说她平时表现不错，话少干活实诚，不顾山堂反对硬是带来了。其实这小子是黄鼬鼬跟鸡拜年——没安好心。红柳在十三四岁时就长成了人，嫩嫩的小身子要哪儿有哪儿。不正从那时候就看上这个三里五乡都找不到的“闺女尖儿”了，可在村里他没法下手，一是乡亲们大眼小眼瞅着；二是他从内心里怵青松，那家伙要是知道了准定跟他玩命。前两年，他只能有事没事就在她家门口转悠，找机会多看她几眼，上赶着说几句奉承话……没办法，谁让红柳长得那么俊哩！甭说她的身条和脸蛋儿，也甭说她的头发和肤色，就那双会说话的眼睛，哪个男人看见心里都会……打哆嗦。眼睛大睫毛长不说，黑白眼仁儿格外透亮也不说，就里面流露出来的那股子劲，让人看一眼就永远忘不了。怎么说呢……也许是天生的，也许是出身不好从小养成的，用现在的话说：那种柔弱和淡淡的忧伤，让人心动，让人心疼，让人怜悯，让人恨不能把她抱在怀里好好保护起来。当然，不正不懂这些个。他就觉得红柳好看，心里喜欢，想把她占成自个儿的。

对这种安排，苏红柳开头心里还挺高兴。她虽说出身不好，同样有一腔热血，愿意投身这轰轰烈烈的大运动；愿意出来长长见识，离开那个一天说不了三句话，沉闷得让人喘不上气来的家。她不喜欢多说话，却从心里感激不正把自个儿带出来。可是，两天还没过去，她就觉着不正这小子怪怪的，跟他在一块总觉着好像有什么不对头。

两人四只手攥着一根风箱把，那种皮肤之间的紧密接触是没法避免的。且不说大手小手一上一下紧挨着，想躲都没地儿躲；拉动风箱时，两人必须是肩并着肩，同步前进和后退，那种身体的碰撞和摩擦是实实在在的。刚开始红柳觉得忒别扭，长这么大，头一回和一个男的挨这么近，近得能闻到他身上的汗臭味儿。她心里紧张，身子发硬，脸色红一阵白一阵，后来想这是工作，也就放松了下来。实际上，不正比她还紧张。这小子心里有鬼，由不得头上冒汗，呼吸急促，一颗心突突跳着，像是要从嘴里蹦出来。他绷着黑脸目不斜视，身子僵硬地尽量离红柳远点儿。

刚开工大家觉得好玩，不少青年围在一旁看热闹。两人一本正经拉着、拉着……一个班下来，都出了通身大汗。等到黑翠和另一个小伙子接班时，不正突然跳起来大叫一声，然后飞快地跑过河滩，衣服鞋袜都没脱就跳进了滹沱河里。大家不明就里，哈哈笑着说他抽羊角风了。

他们两人的第二个班是吃过黑介饭开始上的。这时夜已黑透，满天星星出齐了，看上去密密麻麻像煮了一大锅饺子。工地上座座高炉浓烟滚滚，这里、那里……闪闪的火光中晃动着忙碌的人影。不正刚攥住风箱把，就闻见从红柳身上飘来的淡淡香味。许是夜的诱惑，这时旁边又没人围观，他突然从身体最深处爆发出原始的、不可遏止的强烈冲动。他浑身燥热，呼吸急促，一颗心狂跳如鼓……幸亏是晚上，要是白天，肯定能看到他两腿间支起了高高的帐篷。红柳并没觉察，一双小手刚挨住风箱把就被不正攥住了。她稍愣一下，忙把手抽出，轻轻地问："你……干吗？"

"没、没事。"不正干笑着支吾道，"我是说……我身上有的是劲……你不用拉了，在旁边看着就沾、沾了。"

红柳迟疑片刻，放下风箱把转身想走……不正忙又说："你不能走，要不被别人看见就……不好了。"

红柳想想也有道理，就退到一旁，低着头好一会儿没吭声。不正看着她"嘿嘿"一笑，奋力地拉送着风箱。过了一会儿，他用一种从来没有的温柔口气说："柳子，叫我一声哥沾、沾不？"

"俺不好叫人，"红柳低声说，"连青松俺都没叫过。"

"我就想听你叫一声。"不正歪头看着她，"你就叫一声……沾不？"

红柳迟疑了一会儿，轻声叫："保证哥。"

"把保证去掉，"不正忙又说，"就叫一声哥。"

红柳不吭声，心里盘算着什么。她十六岁，自然模模糊糊知道一些男女之间的那点儿事，从不正这两年的言谈举止中，也大体明白他是吗意思。庄稼主子不懂什么性教育，也没人对一个大闺女说这些。孩子们这方面的知识，大都是从大人们讲的坏笑话里偶尔听到只言片语，加上那些带色的顺口溜才知道的。什么母狗不掉尾，公狗不上身；人浪笑，猪浪叫，驴浪吧嗒嘴，狗浪跑断腿……在他们两三岁时，大人哄睡会拍打着念儿歌：小小子儿，坐门墩儿，啼哭嘛哭要媳妇。要媳妇干吗？点灯说话，吹灯打架……这里面有很大的想象空间，条子就经常问奶奶："打架干吗？怎么打呀？"

二婶儿回答不上来，继续拍打着数念："麻野雀（qiāo，喜鹊）尾巴长，娶了媳妇忘了娘。把娘扔进河沟里，把媳妇背到炕头上。大米饭，浇肉汤，不吃不吃还盛上。"每念到这儿，条子就会说："为吗把娘扔进河沟里？俺不要媳妇。"

不正还在看着她央告："柳子，你就叫一声呗。"

红柳不傻，知道叫一声眼下对自个儿没坏处，至于他下一步想干吗，就看自个儿怎么把握了。想到此，她轻轻叫了一声："哥。"

"唉！"不正高兴地答应一声来了精神，更加卖力地拉送着风箱。

两人下班往工棚走时路过一段空地，这里灯光照不到，一片昏暗中杳无人影。不正在前面走，红柳故意落后了几步。四周静悄悄，只有他们的脚步声"沙沙"响。不正走着走着停住了，回头等着红柳。红柳也停下来，抬眼轻声问："哥，怎么了？"

"没、没事。"不正笑着说，"你来，我给你说点儿……小秘密。"

红柳迟疑一下，犹犹豫豫走过去。不正忽然抓住她的手，坏笑着问："柳子，你知道男人女人……是怎么回事不？"

红柳下意识地想把手抽出来，急忙说："不、不知……"

"你摸摸……它想你了。"不正硬把她的手拽到自己腿裆里。红柳碰到了那个硬邦邦的东西，惊慌地挣扎着想跑开。不正嬉笑着就是不松手。她急眼了，抡起另一只胳膊打了他一巴掌。不正这才放开手，仍嬉笑地看着她说："没事，一点儿不疼。"

红柳头一低，快步跑走了。不正看着她进了工棚，想回去睡觉又觉着浑身肿胀憋得难受，只得钻进不远处的小树林里，自己动手解决了问题。从那以后，他只要看见红柳，或是听到她的笑声就会起性，不得不三天两头往小树林里钻……他弄不明白，在家和媳妇睡一条炕，十天半月不想这事，怎么见到红柳就不是自个儿了？真是怪事！这样下去，吗时候算是个头？莫非这小妮子要折磨自个儿一辈子？

那天黑介，红柳睡不着，翻来覆去想了好多事。她心里明白，不正这人自个儿惹不起也躲不起，要是得罪了他，就自家那成分，他随便找个理由就能让全家人没好果子吃。更何况，他还年轻，说不定哪天能当上大队长村支书什么的……可是，不得罪又能怎么样？要不就从了他？不沾，不沾。自个儿还这么小，往后怎么找婆家？他要是没媳妇，能嫁给他倒也……她想呵想，脑袋疼了也想不出好办法，只能走一步看一步，争取找到一条既不能让他占便宜又不得罪他的路。从那以后，红柳见到不正嘴特甜，一口一个“哥”叫着，暗中却从烂铁堆里找到一把一拃多长的小刀，在河边捡了块石头磨得锃亮随时带在身上。

没想到这刀子被黑翠看见了，惊讶地问她想干吗，红柳笑着说是拿着玩哩。黑翠不光长得像她娘，那张破嘴也和黑嫂一样，是个从早说到晚的“闲话篓子”。而且，她在村里分不清大小辈儿，见谁都没深没浅地开玩笑。人们叫黑嫂“大扇车”，叫她“小扇车”。柳子身上带刀这事很快就在突击队里传开了。别人没往心里去。不正却有点儿害怕，从此再没敢招惹过她，可心里对她那种饥渴般的欲望却没消停过。直到半年后突击队解散回到村里，在秋天的一个大歇晌儿，终于被他逮住了个机会如愿以偿。

至于他们折腾半年炼的那山也似的一堆铁坨坨，有人说上级拉走顶了国家的指标；也有人说铁坨坨里掺了好多炉渣，根本就是一堆废料，半点儿用没有，上级没拉走，一直在河滩上扔着，风吹日晒都锈成了铁疙瘩，天长日久被埋住了，至今有人拉沙子还断不了挖出一块两块来。

那年头麦，李秋生从保定府回来了。他因守根退社被免职不久，儿子便把他和老伴接走了。在城里住了两年，他养得又白又胖，身子骨壮实了好多。真是破罐子熬过柏木梢。他年轻时蹲鬼子的监狱被折磨得留下病根儿，一年到头嘿儿喽吧喘的倒没事；老伴平时身子骨挺壮实，不知怎么在城里住了一年多，一个跟头从楼梯上跌下去就没抢救过来。秋生很后悔进城来，又不能埋怨儿子做得不对。他觉得住在这洋灰块子堆起的楼房里像蹲大狱，黑介做梦都想回来。他想阳光普照的小村庄，想野风吹动的秋庄稼，想祖辈相处的老乡亲……还有件事他没说出来，就是想猫在河水中撒网打鱼。人们常说：打鱼玩鹰，败家的祖宗。可他一辈子没别的爱好，就迷着打鱼。乡亲们都讲他的笑话：说是他平时不管干吗都把渔网随身带，有一天他正赶车往地里送粪，听说河里水下来了，立刻把牲口拴在路边，随便逮住了个过路的，让人家通知老伴把车赶回家，他却一溜小跑往河里奔去……

在儿子媳妇的劝说下，秋生咬着牙又住了几个月。这一带有句谚语：发不发，全在六月二十八。意思是说木道沟里要发水，差不多每年都在阴历六月二十八那天。这不，眼下已是五月底，他再也坐不住，着急上火地赶了回来。村边的小河连着木道沟，每年六月来水到过年春天断流。现在是枯水期，他没鱼可打也不下地干活，成天在村里村外转转悠悠。他当了大半辈子干部威望很高，就是游手好闲也没人说三道四。山堂他们有吗难事断不了上门求教，就商量着一天十分给他记社务工，跟社员们一样分粮分红。他说儿子寄回来的钱够花了，用不着记社务工。山堂说这是支部意见，就这么办了。

守根听说秋生回来了，就包好饺子准备了几个小菜，专门为他接风。也说不清为吗，这一老一少是忘年交，甭看平时来往不多，可从心里觉着近，在一起有说不完的话。秋生来时还顺路把二婶儿叫上了。这不，三人喝了点儿小酒，吃过饺子坐在树凉里说闲话。开头还是围绕合作化这个话题，秋生说儿子告诉他，咱国家是学苏联老大哥，人家叫集体农庄咱叫人民公社，意思差不多；还说苏联的集体农庄是军事化管理，人们吃大食堂，估计人民公社也会有这一天。说到这儿，秋生只摇头，叹息着说："社会照这样走下去，我看弄不好，早早晚晚有吃不上饭那一天。"

二婶儿也跟着摇头叹气："就是。上面也不知怎么想的，明摆着是条瞎路还要这么走。真是……可咱庄稼主子有吗办法呀？只能跟着社会走呗！"

"是没办法。"秋生说，"守根你这会儿还算有点儿主动权，就千方百计多存些粮食吧，说不定到节骨眼儿上能救个急哩。"

守根连连点头答应，又说："世界上有些理也说不清，有用的不值钱，没用的却傻贵。比方这土这水谁能离得了？可就是分钱不值；那金子银子不能吃不能喝，却贵得要命。嘿嘿，跟谁讲理去？"

后来，他们又说到大炼钢铁。秋生更加气愤："我看这纯粹是狗带嚼子——瞎胡勒！庄稼主子不就会拽牛尾巴拉锄杠？要是人人会炼钢铁，那还要工人阶级干吗？"

二婶儿笑了："你这老东西生那么大气干吗？睁只眼闭只眼瞎过呗！"

"我恨不能去找毛主席讲讲理。"秋生说，"咱骑驴看唱本——走着瞧，照这样下去，往后还不知道出吗幺娥子事哩！"

李秋生是诸葛亮，有先见之明，那年麦收后果然出了幺蛾子事。往年报产量都是按秤称，亩产多少就报多少，国家按总产量的百分之二十六收征购，合作化后一直是这么过来的。守根不用报产量，社里每亩交多少跟着走就行了。可当时张胜德刚到这个公社当书记不久，盘算着怎么也得出点儿成绩呀。在全公社干部大会上他就讲道："咱们得实事求是，不能欺骗国家是不是？产量是什么？就是每亩地到底长了多少粮食，大家听清楚了，是长了多少粮食，不是打了多少粮食。那麻雀叼走的、地里落下的、路上丢掉的、打场没打干净的，不都是地里长出来的？都应该计算进去才对。我看每亩地再加上二三十斤，才算对国家公平合理。"

干部们大眼瞪小眼，一时都没吭声。对这种新的计算方法，好多人脑瓜子里转不过弯来。张书记又说：“大家都说说，为国家多做贡献嘛，看谁有意见？”

他这么问，谁敢说有意见呀。大家都没意见，事情就这么定了：在原来上报的基础上，每亩地增产三十斤。这在当时可是爆炸性新闻，一下子轰动了全县。那时候产量低，一亩好地也不过三百来斤，三十斤可不是个小数目。三十的百分之二十六是七斤八两，这个公社当时的耕地是十九万亩，那一季就多交了十多万斤小麦。在全县庆功大会上，张胜德兴致勃勃，带领十六个村的支书披红戴花登上主席台，扛回来一面大红旗。

回到村里，双河跟山堂算了笔账。金沙窝村小，耕地是六百亩，六百乘七点八，光这一项就多交了四千六百八十斤小麦。这些粮食从哪出？当然是挤社员们的口粮。全村差不多是二百口子，每人比往年少分二十三斤还多。山堂摸拉着脑袋直吧嗒嘴：“那有吗法呀？大家都这么干，咱横不能落个草鸡？嘿嘿……”

这种计算产量的消息，干部们觉着没办法给社员们交代，就一直守口如瓶。等麦子分下去，社员们傻了：今年麦子长得不赖呀，怎么分的少这么多？就说王九毛家吧，四个孩子加他两口，还有一个老娘共七口人，少分了一百六十一斤，差不多两布袋麦子哩。九毛不操这份心，好饭歹饭有他吃的就行。黑嫂可不干，担心是给她家算错了，一趟趟找小队会计、找大队会计李双河。她这么一找，社员们都坐不住了，三个小队会计家门口像赶集一样黑介白日不断人。正当干部们没法交代时，上面传来了好消息：把今年分的麦子全收回去，立马成立集体大食堂！社员们一听都咧嘴笑了：敢情是毛主席跟咱开玩笑呀！原来他老人家心里早有盘算，让咱一步迈进共产主义了！

只有老杠头笑不起来。他病得落了炕，牙疼、头蒙、高烧不退，吃了好几服汤药都不顶事。红柳知道，爷爷这是着急上火，心里有病。可不是，哥哥青松今年都二十二了，到这会儿说不上个媳妇。爷爷托人赖脸，求亲戚告朋友，先后也说了几个。有的人家一打听连面都不见，有两个见了一面就没信儿了。眼瞅着老苏家一门要绝户，爷爷能不着急呀！可这种事，再着急也没用。爷爷想不明白，红柳劝不开，只能一天到晚汤呵水地伺候着。可乡亲们都知道，这老东西不好伺候，他一辈子不吃正经粮食。用他自个儿的话说：过了嗓子眼儿，吃吗不一样？白面鸡蛋他从不往嘴里送，最爱吃的是糠菜饼子加山药菜饭，再挟上一箸子切成丝儿的老咸菜。这天，红柳从地里下工回来，忙着洗手洗脸准备拿碗端盆去食堂打饭。爷爷问："柳子，今儿干吗活呀？"

"翻山药蔓儿。"红柳说。翻山药蔓儿不算重活，就是把趴在地上的蔓子抻起来翻个过，让叶面朝下。因为这种东西边长蔓边扎根，扎根就长小山药，要是不翻，小山药会长得成嘟噜成串，就是正根上的大块长不大。老杠头又问："那山药……该长不小了吧？"

"可不是。地上崩开大宽缝，有……拳头那么大块了。"红柳说着，端盆往外走……老杠头叹了口气，说："唉——这会儿要能吃块山药，该多解馋呀！"

红柳心里动了一下，迈门槛出去了。

大歇晌儿，天杠晴，日头在正脑袋顶上像下火一样烤着大地。野外没有一点儿风，高高低低的秋庄稼无精打采、纹丝不动。天热得让人出气都觉着憋得慌，在大树凉里待着都浑身冒汗。

苏红柳扤着一篮子马生菜从棒子地里钻出来。她小脸儿通红，气喘吁吁，汗湿透了的衣服紧紧包裹着窈窕的身子。她四下观望片刻，见原野上静悄悄没有人影，便顺着田间小路躲躲闪闪地往村里走去……突然，一个声音像从地底下冒出来："柳子，大歇晌儿来地里干吗呀？"

红柳被吓得够呛，忙停下脚步，张开嘴巴，大气不敢出地瞪圆了眼睛四下张望。一会儿，不正满头大汗地从棒子地里钻出了，嬉笑地问："天这么热，你不怕中暑呀？怎么一点也不心疼自个儿？"

红柳这才缓过一口气来。她忙强挤出一丝笑容，半嗔半怪地说：

“哥……你、你吓死俺了！”

“怕吗呀，青天白日的，不会有鬼。”不正笑着看看她的篮子，说，“拔那么多马生菜干吗？都长老了，不能吃。”

“我掐的都是嫩尖儿。”红柳说，“俺爷不知怎么了，想吃凉拌马生菜……”

“是呀。”不正说着伸出手，“来。把篮子给我看看。”

红柳一听，脸色“唰”地变白了。她躲闪着身子，慌乱地说：“看、看……没吗好看的。真、真的，吗都没有。”

“有吗没吗，看看再说，”不正拉下脸来，命令地，“快给我！”

“哥。哥。覅看了。”红柳不无祈求地说，“真的没吗。”

“你拿过来吧！”不正说着，上前一把夺过篮子。他拨拉开上面的马生菜，篮子底上露出来几块擀面杖粗细的山药。红柳的脸色由白变红、由红变黄，额头上本来就有的汗水开始“滴答滴答”往下流。她前言不搭后语地解释：“俺爷，想吃……他病得不、不轻。哥，哥……”

“甭跟我说这没用的。”不正冷笑着抹一把脸上的汗水问，“你说怎么办吧？”

红柳低下头，一只手搓弄着衣裳角好半天没吭声。不正也不说话，静静地注视着她。庄稼主子说得好，不怕贼偷，就怕贼琢磨。实际上，自从炼钢铁工地上回村后，不正每天都在关注着红柳的行踪，有事没事就在她家门口外转悠，白日看她下地干活；擦黑儿看她收工回家；黑介看她从家里出来，去守根家挑水、去找桂枝借鞋样……也许是命里该着，天意如此，今儿不正放下饭碗从家里出来，一眼便看见红柳扤着篮子往村外走。他心里动了一下，一声没吭地躲躲闪闪跟在她身后，眼瞅着她进了棒子地。红柳一点儿都没察觉。她拔了半篮子马生菜，四下看看不见人影，便走到棒子地边蹲下身来。旁边紧挨着就是山药地，她再次四下瞅了瞅，慌里慌张刨出几块山药……

不正点上根烟，不紧不慢地吸着轻声问：“柳子，你说……咱们该怎么办？”

红柳头都不敢抬，含糊地嘟囔：“哥，俺这可是头……”

“这我知道，”不正打断她说，“我相信。咱就说这头一回怎么办吧。”

红柳抬头看他一眼，央求地说：“哥，你抬抬手，放俺过去呗。求你了……”

不正笑了笑，反问：“放你过去？你觉着有这可能么？让山堂知道了，我这治保主任还当不当？”

“那……你说怎么着呀？”红柳眼睛里转出了泪花，“算俺求你还不沾？”

“当然不沾。”不正紧吸两口，扔掉烟头沉下脸来说，“这不是求不求的事。你这是偷盗集体财产，是犯法行为！”

“是俺错了。”红柳低下头去，“要打要罚，你说怎么着吧？”

“这不是要打要罚的事。”不正说，“要按公办，就把你送公安局，是判徒刑是蹲大牢人家说了算。”他停顿一下，又补充，“那就不是你一个人的事，光怕你爷你哥也安生不了。”

红柳盘算了一会儿，轻声问：“那……要是私办呢？”

“私办就简单多了。”不正笑了笑。他抬眼四下观察片刻，指着不远处的砖窑说，“走吧，跟我去窑上……待会儿。”

红柳朝那边看了看，不太明白，眨巴着眼睛问：“去、去窑上干吗呀？”

“干吗？咱好好说说呗。”不正带头往那边走，“眼看快上工了，在这大道上，万一让人看见不是更不好交代？”

红柳思索着什么，身不由己地跟在他屁股后头。

窑洞里光线暗淡却比外面凉快了好多。不正侧着身子钻进来，不由惊讶地叫了一声：“操，还有这么好地方呀！”确实，里边地上铺了一层花秸，除了角落里有一堆兔子屎、顶上挂着几团蜘蛛网，到处还算干净。红柳站在洞口外，迟疑着不肯往里走。不正回头看她一眼，说：“快进来呀！里头凉快多了！”

红柳低声说："俺就在这儿吧，能听见。"稍停，又补充道，"哥，有话你说吧。"

"真是……"不正皱起了眉头呵斥，"你快进来呗，要不让人看见……"

"没、没事。"红柳坚持不往里走，"哥，你说吧，俺听着哩。"

"还怕我把你吃了哇？"不正走过来想拉她，"快，进来！"

红柳往后躲："哥，好哥。俺害怕……"

"怎么，我是老虎呀？"不正装着要往外走，并说，"你不进来也沾。咱们先去大队部，再去公安局。走吧。"

红柳真害怕了，忙拦住他说："好，好。俺进去。"她说着，万般无奈地侧身进来了。不正一屁股坐在花秸上，点了根烟慢慢抽着，好一会儿没开口。红柳站在洞口处，心慌地直敲小鼓。她抹拉了把脸上的汗水，轻声催促："哥，有吗话你说吧。"

不正终于开口说道："你这是偷盗行为，是犯法……你家那成分，要送进去起码判你三五年。你知道不？"

红柳没吭声。不正看她一眼，接着说："咱乡里乡亲，要那么做我也不忍心。还有一层……谁叫我看上你了呢。"

对这一点儿，红柳虽然心里早就明白，可真听他说出来还是吃了一惊。她后退半步，慌乱地说了一声："哥，你说吗呀？"

"真的，我是实话实说。"不正有点儿动情地站起身，"柳子，我早就看上你了。真的……白日想你吃不下饭，黑介想你睡不着觉，"他说着，伸胳膊想抱她。红柳连连后退慌乱地说："哥，你可覅这么说……你有媳妇呀！"

"我是有媳妇，可她连你一个小脚指头都比不了。"不正说着，饿虎扑食般冲上去搂住红柳，伸长了脖子想亲她。

红柳剧烈挣扎着："哥，你不能……你放开我！"

不正没想到她这么大劲，松开手却拉下脸来威胁道："怎么着？你非逼我公事公办呀？"

红柳粉脸通红，"呼呼"喘息着没吭声。不正又说："我知道这事不能强求……我不强迫不命令。你说吧，咱怎么办？”

红柳眼里噙着泪花，乞求地：“俺才十六……等长到十八沾、沾不？”

“没事。”不正说，“俗话说得好：过了十五，敢和鸡巴打赌。十六养活孩子都没事。”

红柳可怜巴巴地：“可俺……往后怎么嫁人呀？再说，爷爷要是知道了，不打死俺也得剥层皮！”

“谁敢动你一手指头，看我不废了他！”不正随口说，“嫁吗人呀，等我离了婚就娶你。”

红柳心里动了一下，抬眼看看他，试探地轻声问：“你说的……是真心话？”

“我对老天爷发誓。”不正一脸严肃，单腿跪地说，“要说了不算，叫我活着猪狗不如，死了下十八层地狱！”

红柳脸上的泪水流下来。她慢慢解着自个儿的衣扣，泣不成声地说：“哥呀。俺这辈子……可就指望你、你了！”

“我田保证对天保证！”不正说着扑了上去……在撕心裂肺的一声哭喊里，苏红柳变成了娘儿们。李保证可是打死都没想到，他急切中哄人的一句毒誓，却在他后半生应验，让他求死不能求生难。

当天吃过黑介饭，不正提溜着两包点心去了红柳家。他虽说经常在人家门口外转悠，真迈进门槛好像还是头一回。老杠头吃了山药长精神，正坐在院子里吸烟。不正进门满脸堆笑地打招呼：“杠爷，你好哇！”

老杠头看见他愣了一下，还以为自个儿看错人了呢。他本来说话就难听，对这小子又压根没好印象，不由皱着眉头说：“不好也死不了。你来干吗？”

不正没不高兴，仍笑着说：“我是来告诉红柳……村里要成立缝纫组，让她赶明儿去大队部上工吧。”

红柳没吃黑介饭，正躺在自个儿的小屋里抹眼泪，听见动静忙走出来。不正冲着她笑笑地说："柳子，我跟山堂说好了，让你去缝纫组上班，明儿一早就去吧。"

红柳没吭声。她从小喜欢做衣服出样子，去缝纫组风吹不着日晒不着还记满工，当然是好事。不正说罢，放下点心出去了。老杠头心里一个劲犯嘀咕，不由说："真他娘日头从西边出来了！这小子安的吗心呀？"

红柳还是没说话，扭身回屋去了。甭管怎么说，此时的她心里总是添了一丝丝温暖。

人民公社好，集体大食堂更好！娘儿们们笑得嘴角咧到耳朵根子上，就差举胳膊高喊"毛主席万岁"了。可不是，以前不管家里人多人少，一天三顿饭是必做的。吃什么，做什么，怎么做，睁开眼就得盘算；吃了早饭想午饭，午饭过后想黑介饭；甭管天多热，下工回到家就得紧着做，汗珠子水珠子一齐甩到锅里；吃完了还得手忙脚乱地刷锅洗碗，刚把碗筷收进橱柜里上工的钟声又响了……这会儿多好，下工回来梳梳洗洗打扮好看点儿，拿碗端盆去食堂；吃完饭女人洗衣做针线，男人们呼呼睡一觉……嘿嘿，舒妥死了！

再说，食堂里做的饭多好吃呀！早上油条咸菜小米粥；晌午肉片豆腐粉条大锅菜，雪白的卷子随便造，能吃一个的吃俩，能吃俩的吃仨；一个个吃得腆着肚子摸不下腰，实在吃不完就倒进泔水瓮里……那阵子，养猪场的槽子里天天漂着半拉卷子大肉片，猪都懒得看一眼！没事，合作化家大业大，老伙里的东西没人心疼，随便造呗！

生产队败家，守根却看到了发财的机会。他每天趁没人时去猪场，把槽子里的烂卷子捞出来晒干，一个夏天就攒了十多布袋。这小子嘴里不说肚里有数，他听老秋生的话，天天黑介等孩子们睡着了就动手，用了半年的工夫，在西头屋地下挖了个地窖，只要手头有点儿活钱就赶集买粮存进去。天长日久，地窖里存了多少粮食他自个儿都说不清了。

后来，人民公社加快了步伐，连滚带爬朝共产主义飞跑。全民大跃进嘛！干部们讲的是：没有星期天，没有上下班，睁开两只眼，一干就一天；社员们讲的是：男像赵子龙，女像穆桂英，老人赛过老黄忠。麦秋两季甭说，尤其是场光地净入冬时候，本来是庄稼主子直腰喘气的淡季，现在讲农闲变农忙，成了一年中最忙的季节。说是大搞农田水利基本改造，没完没了地平整土地，挖沙造田；拉土送粪，积肥垫圈……公社干部们分片包村，住生产队，吃百家饭，黑介白日盯着干。省里县里经常来人，两天一检查，三天一交换；深更半夜开现场会，清早巴起介绍经验。红旗黑旗扛在他们肩上，先进插红旗，落后插黑旗……唉，老虎还有打盹的时候呢，何况是人！当时生产队里没几头牲口，就是人多，那就把人当牲口使，黑介白日拉大车。一天沾，两天行，三天累得呛不了，人们就开始想方设法玩鬼吹灯：白天拉粪下面垫上柴火，见了干部就疯跑；晚上黑灯瞎火反正看不见，检查团来了就拉着空车满村跑，听上去轰隆隆挺热闹。那才真是瞎子点灯——白费蜡，社员们想起歪歪那句话，说这叫八路军糊弄共产党。

再往后有些事就更不着调了！放卫星、搞浮夸；吹大气、说空话……真是时势造英雄。那年，小小的金沙窝发生了两件事，不能说造就了英雄却也红极一时，忽悠了大半个中国。头件事是王九毛在村头山墙上画了两张宣传画：一张画的是两个膀大腰圆的壮汉，拉着大锯正锯开一块屋子那么大的山药，下面角落里摆着口铁锅，意思是说把山药锯成上百块才能放进锅里；另一张画的是三个妇女正蹬着梯子摘棉花，云彩贴着棉尖飘，飞机擦着棉叶飞。这两张画正好被下乡的一名大干部发现了，指示跟随的记者拍成照片发表在报纸上，一下子传遍全中国，各地纷纷派人来学习，没几天工夫就画遍了祖国的村村寨寨。王九毛一下子红了，三里五乡请他去画画，好吃好喝好招待，一年三百六十日计满工。他因为干活没有劲，以前在生产队里一天才挣七分。那阵子这家伙飘上了天，不知道自个儿有多粗多长。县文化馆也扬言要把他调上去，九毛更不知道天高地厚，几次闹着要离婚，不是山堂硬压着，他早把黑嫂蹬了。

第二件事发生在麦天，正是麦子黄了稍儿，家家磨镰刀的时候，公社张书记接到县委书记亲自打来的电话，说是省里的大领导要下来检查工作评产量。张书记不敢怠慢，放下电话就骑车来到金沙窝，命令山堂带领社员们连夜把村东村西村北三面的麦子全拔下来，栽到村南检查团必经之路上。当天黑介，张书记没回公社，就住在山堂家，和村干部们研究明天的接待措施直到半夜。第二天，他们早早来到村南大树凉里，摆好了桌凳茶水等待着。快晌午的时候，远远望见一团铺天盖地的尘土飘过来、飘过来……大伙儿站起身抻着脖子瞅了好半天，才看到一辆吉普打头，后跟着三辆大卡车停在了地头上。

吴一平从卡车上跳下来，拍打着浑身上下的尘土上前拉开吉普车门。一位留背头，穿列宁装，样子很气派的大干部下车来。吴一平忙做介绍："这是刘省长，这是秦部长……"

大家热情地握手问好。卡车上大大小小的干部们像土地爷，乱纷纷跳下来用力拍打身上的扑汤土。山堂他们忙招呼大家喝茶，坐下歇会儿。刘省长没坐，走来走去观察着路旁的麦田，嘴里不住夸奖："好麦子！好麦子！"

人们纷纷附和："真是好麦子！""就是，从来没见过这么好的麦子！""真是特大丰收哇！""这一亩地得打多少斤？"……

双河忙说："怎么着也得四五百斤吧。"

"右倾，保守。"刘省长直摇头，"我看下不了七八百斤。"

"省长英明。七八百斤也多。"公社张书记忙说，"我们仔细计算过，估计能突破千斤。"

这时，田山堂提溜起早来到人群看热闹的三歪歪，轻轻放到簇在一起的麦子穗上。只见歪歪晃动两下，稳稳站住了。实际上，这是张书记出的主意，提前在麦垄里藏了只小凳子。刘省长大出意外地惊呼："奇迹！多呛实的麦子！真是奇迹！"而后，忙招呼走来走去拍照的记者，"快拍下来，明天发报纸头条！"

记者忙找好角度，"咔嚓咔嚓"拍了好多张，第二天发表在《大河日报》头版上。这一来轰动了全国，后来转发到《农民画报》上，据说毛主席看到后竖着大拇指直夸奖。没过多久张书记便被提拔，调到石家庄行政公署当上了农委主任，从正科直接升正处；田山堂被提拔成县委委员，仍当他的支部书记；李保证当上了大队长；大乱接了他的治保主任兼民兵连长。

当然，那两年放卫星吹大气绝不是一个小小的金沙窝，全国各地都在这么干。小麦过千、棒子过吨、山药能收五万斤……一级压着一级，谁不报就是“右倾保守”，是“小脚女人”，免职是轻的，给你个处分下台滚蛋！

产量上去了，征购自然跟着走。双河扒拉着算盘跟山堂算账：“咱往高处说，亩产就算四百斤，百分之二十五，四二得八、四五二十，咱交一百斤；报一千斤咱得交二百五十斤，四百减二百五，咱才剩一百五十斤。这一百五十斤是社员们的口粮，怎么掂算也不够吃……”

“行了，行了！”山堂连连摆手，“你不算我心里不清楚？可有吗办法呀？大家都这么干，咱总不能眼瞅着受处分。”

“不是受不受处分。”双河还在嘟囔，“这一年多，队里的存粮都贴进去了……照这样下去，每人一天平均不到半斤粮食，不饿肚子会飞呀！”

“走一步看一步吧，又不是咱一个村。”山堂说，“毛主席吗不清楚？他老人家能眼瞅着咱饿肚子？你就把心放肚里、把粮食卡紧点儿就行了。”

李保证想离婚了。因为他觉着自个儿已离不开红柳这个小妮子，一天看不见就想得够呛，三天不要就憋得浑身难受。自打他俩有了那种事后，他就天天都想，可机会实在难找。后来的半年多，他连吓唬带哄，红柳跟他又去过窑洞里两回，但那里离村忒远，来回没两顿饭的工夫根本不够用。他也曾几回把红柳堵在庄稼地里，可她死活不干，怕人多眼杂，被人撞见就甭活了。所以，他就想离婚把她娶回家，想吗时候干就吗时候干，弄下条腿来别人也管不着。但是，想离婚是一回事，要真离可就难了。他媳妇肯定不同意，双河老俩顾脸面坚决反对，更难的是山堂也不会同意。那年代，想离婚必须有村里的介绍信，公章在山堂手里攥着，他不给开信一点儿法没有。另外，他自个儿也有考虑，要娶个富农闺女做媳妇，头上的这顶乌纱帽肯定保不住。所以，离婚这个念头，不正一直没敢说出口，只能把气撒在媳妇身上。他除了吃饭一天到晚不回家，黑介有事没事也要耗到深更半夜，而且三天两头找碴和媳妇吵架，喝点儿酒还断不了动手揍她。媳妇不敢在家待，一年到头大都住娘家，加上新婚之夜受了伤，以致他们结婚三四年还没小孩。

村里的缝纫组改成了缝纫社，红柳在这儿上班快一年了。缝纫社就设在大队部南屋里，就是当年办扫盲班那三间通敞的大屋子。社长叫小满，是秋生家的二儿媳妇。她三十来岁，中等个儿，长得欢眉大眼不丑不俊，干活是把好手，干巴落利脆，从不拖泥带水。工人有二十来个，多是大小队干部家的大闺女小媳妇，黑翠也在其中。王九毛正红那阵子，县里有个领导想把他调文化馆，村里怕他走，作为条件把他闺女调进了缝纫社。

屋子一头垒了个齐腰高的洋灰台子，白日当案板，黑介有时需要有人值班，铺上被褥就是炕。红柳负责画皮和裁剪，每天上班脖子里挂着皮尺在台子周围转悠。裁剪是技术活，不是谁都能干。常言说得好：头等人看看就会，二等人教教就会，三等人教也不会。红柳绝对算头等人！她心灵手巧，从小喜欢描花绣朵，不管多复杂的样版，她琢磨一会儿就能画好剪裁出来。

山堂当干部多年，自然是有苦劳也有功劳。他最大的功劳就是在公社化那年做了两件大事：一是在村北划出来上百亩土地建了个果园；二是组建了这缝纫社。这两个部门，在人祸天灾那几年为村里立下了汗马功劳，挣回来的钱，起码在刚缺粮断顿时从黑市上买回来粮食来救了急。缝纫社挣回来的钱最多。因为当时山堂的舅舅在县服装加工厂当供销科长，一年到头供村里活干，结账也很及时。他叫陈铁刚，是二婶儿最小的弟弟，只比山堂大两岁。那时候是计划经济，县里所有工厂里的工作服都交服装厂加工，服装厂干不过来就交到村里，因此缝纫社就从不缺活干。

听人说，女人和男人不一样，男人不管干没干过，随时都会想起腿裆里那点儿破事；女人要没干过，一辈子都不会想，但只要干过一两回就永远忘不了，像小孩吃糖一样，心里会老咂摸那滋味。红柳大概就是这样，虽说头一回并不情愿，但干过几回后她还真有点儿上瘾了。白日忙忙活活顾不上，黑介躺在小炕上，她管不住自个儿老想那些细节，而且反复比较，一回和一回不一样，想着想着就口干舌燥、浑身发热，由不得把手往下滑，伸进那个温暖的小窝窝里……有一天，她实在想了，就趁上班去茅子的工夫找到不正，告诉他今儿黑介鸡叫头遍时去家里。开头不正不敢，怕被她爷发现，更怕青松揍他。红柳骂了一句“看你那㞞样儿”扭头就走了。

那天后晌儿，不正像丢了魂儿。山堂让他去找秋生叔来队委会商量点儿事，他满口答应着却走到了红柳家门口，看到上锁的栅栏门才回过神儿来。他心里老在盘算：黑介去还是不去？不去吧，实在想她了。要是去……万一被老杠头碰上，青松出来怎么办？那天擦黑儿，他连饭都没回家吃，一个人在大野地里挨到半夜，才转转悠悠来到红柳家门口外。他四下看看，一颗心像野驴一样连蹦带蹿，见栅栏门没上锁，刚想进去却听到从北屋西头传出轻轻的二胡声，吓得他像木桩子一样愣住了。这时，红柳从黑影里闪出来，一把把他拽进了自个儿的小东屋……

两人自然没敢点灯，着急忙慌地摸黑儿脱光了衣裳。当不正呼呼喘着粗气爬到她身上时，却发现自个儿不行了——那玩意像烂面条一样起不来。红柳急得浑身冒火，拽着那东西骂他没用。不正知道自个儿是心里害怕，丧气地穿衣裳想走。红柳不干，抱住让他歇会儿，并小声告诉他：爷爷耳背身子骨不壮实，天一黑就上炕睡了；青松每天黑介蒙着毛巾拉二胡，耳朵比爷爷还背，外面打雷都听不见。过了抽袋烟的工夫，不正果然又雄赳赳气昂昂起来……从那以后，他们隔长不短在这小东屋里偷偷摸摸，一年多了，村里一点儿闲话没有。这和不正的身份有关，因为他从当上民兵连长那天起就负责看青，天天黑介查夜，村里村外瞎转悠，只要不在红柳家院里碰上，谁也不会多想。

也许是命好，或者平时比较注意，红柳从没怀上过，看上去还是那个精俏伶俐的小闺女。俗话讲，女人是压一压发一发，只要是过来人而且留心，还是能从她身上看出些变化。比方说桂枝，就看出红柳胸和屁股变圆、眉毛发散了，身子各部位变得有点儿模糊，不像大姑娘那样线条清楚、棱角分明。当然，她本来就不好多说话，看出来也只是自个儿心里想想，从不跟别人说。红柳有时自个儿想着也觉得不忒明白：不正人高马大一条汉子，乡亲们有人叫他“活阎王”，有的叫他“大贼”，怎么在自个儿面前像只小绵羊一样？每想到此，她干着活也会笑出声来。小满奇怪地看看她，几次问：“你吃了喜饽饽呀？笑吗哩？”随后还会加上一句，“你可是胖了。”

红柳总是笑呵呵回答：“高兴，大食堂吃得好呗！嘻嘻……”

大食堂好是好，就是跟不上人民公社前进的脚步，而且一步一步往后退。头一年是共产主义，社员们胡吃海塞随便造。男人们一个个吃得像肥贼，有劲没处使就折腾媳妇，黑介成宿在炕上瞎鼓捣，那年愣是让全村的娘儿们们多养活了好几十个小孩儿。第二年是社会主义，吃饭定量，每人每天一斤粮食。人们没有了去年的精神头，但掺上糠糠菜菜也能添饱肚子。第三年就不行了，一下子退回到万恶的旧社会，定量减少到三四两，而且吃了上顿看不见下顿。那年刚开春，生产队的粮囤光出不进，眼瞅着就见底了。食堂要断顿，山堂着了急，跑县里找吴一平，去公社找新来的书记关永九，不顶用，那年头全国都一样，谁都拿不出粮食来。这时候，不正想出了个办法，他说办食堂头一年，只是让大伙把当年分的粮食交上来了，不少人家肯定还有存粮，让他们把粮食交出来，不是能对付些日子？

山堂召开了社员大会，按上边传达的精神讲了：苏联老大哥翻脸不认人，当年抗美援朝，讲好咱出人他出枪炮弹药，咱死了好几十万人他不说，现在逼着咱还枪炮弹药钱哩；还说连毛主席都勒紧了裤腰带，好几个月不吃肉了……一听这话，干部社员来了气：你娘的！要不讲理呀？不就是要账吗？咱还他狗日的！当天，还确实有不少人家把存粮交了上来。不正看着那可怜的一小堆，又说："不对呀，就这么点儿？肯定有人玩猫腻不肯全交。咱搜吧。"

说干就干，他把基干民兵分成几个小组，拿铁钎扛镐头，挨门挨户进行大搜查。折腾了一整天，还真的从两户人家搜出了粮食。一户是王九毛家。黑嫂把小米子藏在衣裳包袱里，一层衣裳撒一层小米，总共不过七八斤。她拽着包袱不撒手，泪眼吧嗒说九毛胃不好，留着给他熬粥喝哩！不正踹了她一脚夺过了衣裳包袱，念她家是贫农就算了。

另一户是老杠头家。民兵们从他家炕洞子里搜出来一口袋麦子和半口袋棒子，老家伙说是留着给孙子娶媳妇用的。这还了得？一个老富农，敢和共产党对着干？斗争他！于是，民兵们把老杠头五花大绑，又用根细铁丝把两口袋粮食挂在他脖子里，敲锣打鼓进行游街。老家伙汗流浃背，脖子里挂着那么重的东西，脸都憋成了死猪肝花色。他一步三寸往前挪，二旦还不住拿着柳条子抽打……快七十的人了，哪经得住这么折腾？当天黑介，老杠头差点儿咽了这口气。青松找到山堂，派了几个壮汉，用大竹杠倒抬着张床把他送进县医院里……为这事，红柳有俩多月不搭理不正，他急得像猴跳圈，深更半夜跳墙进去，跪在红柳门口外说好话赔不是。当时青松在医院陪床，家里就红柳一个人。从那以后，不正说他娘病了，每天从食堂里拿点儿干粮出来，趁夜深人静放到红柳家门口外。他是大队长，大师傅们当然不敢说三道四。

为这事，二婶儿骂了儿子一顿，说当干部不是谁家的祖业，乡里乡亲的，不该把事做绝了。老杠头出院回来那天，她拿着守根给的几十个鸡蛋去他家坐了会儿。老家伙可高兴坏了！他这辈子没吗喜好，除了下地干活就是爱喝两口。二婶儿走后，他让孙女炒了一盘子鸡蛋，把藏了多年的小烧从墙缝里抠出来，一口气喝了一瓶多，醉得三天三夜没醒过来。吓得红柳坐在炕沿儿上，一步也不敢离开。

其实，总共收上来几百斤粮食管吗用，按每人一天三两也不过支撑了几天。食堂里早起菜叶子稀粥照日头，晌午每人一小块山药，黑介饭又是菜叶子稀粥照星星。社员们一个个饿得像瘦狗，前心贴着后心直不起腰来，甭说黑介瞎鼓捣，下地干活连路都走不动。这时候，上级派人下来了，号召大伙儿咬紧牙渡难关，先是推广“小球藻”，后是提倡“瓜菜代”。“小球藻”就是每天大早起有专人把各家的尿收集起来，加入点儿什么东西，放到日头底下暴晒，等发酵后会长出一层灰白色的块状物，说这叫“人造肉”，吃下去比鸡蛋营养价值还高。“瓜菜代”就是把山药拐子、花生壳，连同谷糠一块磨成粉，外面包上层白面上锅蒸。出锅后看上去又大又白像暄腾腾的卷子，掰开来里头比狗蛋还黑，吃到嘴里不是正经味，紧着喝汤才能顺下去。

上边进去不容易，下边出来更难，全村人集体大肠干。孩子们急着上学拉不出屎来，大人用手揉、用指头挤、用指甲抠……好不容易一点儿点儿弄干净了，孩子们跑到学校里却上不成课，因为老师蹲在茅子里出不来。一家老小排着队蹲茅坑，队长把钟敲烂了也没人出来下地干活。没过多久社员们身上全显了毛病：老人又咳嗽又喘，脸色青绿像干白菜帮子，打枣杆子似的腿脚开始浮肿，一摁一个坑；汉们像骟了蛋的驴，大头小头都抬不起来，黑介没人再瞎鼓捣；就是有人想鼓捣也不沾，女人们绝了经，里面干得像沙滩，一点儿水没有，根本进不去。后来又听说南边好几个省大旱，饿死的人成千上万，活人吃死人，互相交换着吃孩子，有的一家家都死绝了……人们听了更加恐慌，甭说没力气，有力气也没心思干活。那年棉花大丰收却摘不回来，一场大雪全捂在了地里。

狗急跳墙人急造反，为活命人们吗事都干得出来。那两年偷盗成风，妇女们把棒子穗掖在腰里，把麦子粒噙在嘴里藏在鞋里，把山药夹在腿裆里……民兵们守住每条街口，逮住谁两天不给饭吃，可那么多人也逮不过来呀。当时农村里流传着顺口溜：干部拿，伙夫拨，十个社员九个贼。剩下一个你不偷，饿死你了你怨谁？全村里只有一个人“坐在城楼观山景”，那就是李秋生。他手里有儿子寄回来的钱，隔三岔五去黑市上买粮买肉，食堂里吃好吃坏和他没关系。他活照样吗不干，鱼照常打。每当满月当空时，他就坐在插入河中的“鱼桥子”上，手上提着备好的渔网，抽着烟卷瞅着平静的水面。所有的鱼都浮上水，当一个人字形的水纹拱上来时，他便迅速站起，把渔网抡圆了撒出去……那年六月二十九，上游下来水的第二天，他竟然在这小河沟里打住了一条二十多斤的大鲤鱼。渔网被撞烂了，他跳进河里抱住鲤鱼折腾了好半天，仗着水浅才把它弄上了岸。当他扛着大鱼回到家，全村人都赶来瞧稀罕。他把鱼收拾干净，自个儿留一小块，剩下的给大伙儿分着吃了。他说打鱼不为吃，更不为卖钱，吃鱼不乐打鱼乐，就图个过瘾!

终于有一天，山堂和双河哭丧着脸来河边找到了李秋生。山堂乞求地看着他说：“叔，想想办法吧，总不能看着乡亲们饿死呀!”

李秋生笑了笑：“我一个大闲人，能想吗办法吔?”

“叔。你是高人，”双河说，“只要出手就一定有办法。”

“我高吗呀?”秋生呵呵笑着，“老毛都没招儿，我能比他还高?”

“去公社粮站求求四虎叔呗。”山堂说，“磨扇子压着手哩，咱先借点儿粮食救救急，等过了年咱加倍还人家沾不?”

李秋生心里掂量着好一会儿没吭声。公社粮站主任赵四虎是他姑家的表弟，两人从小一块长大，跟亲兄弟差不多。终于，他轻声说：“咱死马当活马医吧，去试巴试巴也沾……就眼下这形势，估计希望不大。”

“就有一丝丝希望咱也得争取呀。”山堂着急地说，“要不可真被尿憋死了!”

李秋生想了想又说：“这事，你们当干部的都不要出头，派几个年轻人跟我去就沾了。”

“还是让不正去吧。”山堂说，“有吗事你们也好商量商量。”

那是个月黑风高的夜晚，秋生带领十多个小伙子拿着粮食布袋出发了。

天阴着，没一点儿星光，真黑，伸手不见五指。路两旁的麦苗半尺高了，要是白日，风吹绿浪不到边，是庄稼主子最爱看的景色。眼下吗都看不见，一行人脚步匆忙地走着。秋生说："到那儿听我指挥，看我眼色行事……记住了，咱是去借粮，人家借是情不借是份。咱只能好说好商量，千万不能瞎胡来。"

大伙儿答应着。不正说："凭你老的威望，他怎么着也得给点儿面子吧？"

"那当然最好。"秋生说。春寒料峭，夜风似小刀。那会儿人们没秋衣秋裤，都是光板穿着棉袄棉裤，就觉着凉风一股劲往里钻。小伙子们吸溜着鼻子裹紧棉袄大襟，有的用力勒了勒腰间的麻绳，有的把粮食口袋缠在身上……好在路没多远，身子没走热就到了。

公社粮站坐落在村外小树林里。只见十多个圆形尖顶的粮仓黑黢黢耸立，高高的院墙上架着铁丝网，大铁门紧闭没一点儿亮光。秋生摆手让大家停住，一个人上前去轻轻叩击着门环。里面传出一阵狗叫，听那粗嗓门就知道是条大狗。片刻有人问："谁呀？"

"我是四虎他哥李秋生，金沙窝的。"秋生忙回答，"找他有点儿急事。"

"这深更半夜的……"里面说，"有吗事白天再说吧。"

"要能等到白天我就不来了。"秋生说，"兄弟，麻烦你叫他出来，我说句话就走。真的，是……家里有急事！"

"你等着。"里面的人说罢就没了动静，只有狗的叫声吼个不停。过了一会儿，门缝里透出来一缕晃动的亮光，两个人的脚步声由远而近。秋生忙提高声音问："是四虎不？我是你秋生哥。"

"是我。"赵四虎在里面说，"秋生哥，你怎么这咱来了？有事呀？"

"可不是。"秋生说，"家里有点儿急事……"

"哥，我们有规定……"赵四虎好像没打算开门，说，"有吗事，明儿一早我去家里行不？"

"要能等到赶明儿我就不来了。"秋生忙说，"你出来，我说句话就走。”

赵四虎犹豫了片刻，“咣啷啷”打开了大铁门上的小单扇。他一见外面人多，稍愣神儿就没往外走，手把门扇问：“哥，你这是……干吗？”

“是这样……”秋生忙说，“村里眼看就出人命了，我们想借点儿粮食。”

“哥，你甭说了。”四虎摇着头，坚决地打断他，“这事不可能！”他说着想退回去关门，可已经晚了，不正的一条腿伸进来把门别住了。四虎吃惊地问：“你……干吗？”

不正没吭声，用力一推把他顶得倒退了好几步。旁边值班的小青年提着桅灯背着枪，张大嘴巴像被吓傻了。不远处，拴着铁链的大狼狗狂叫不停。不正推着门放大家往里走……秋生神色迟疑，最后一个进去关上了单扇门。

四虎慌乱地把他们往外推：“你们、你们不能……哥，你这是害我呀！”

“行了，虎子。”秋生说，“实在是没办法，咱商量商量。”

“哥，这事没的商量。”四虎说，“我们也吃不饱，可库里的粮食一粒都不能动！”

“我们借点儿还不行？”不正说，“等收了麦子就还，借一还二，打上借条。”

“绝对不行！”四虎头摇得像拨浪鼓，“哥，你想把兄弟送进去呀？！”

秋生想说什么……不正早急眼了，他“嗖”地从腰间拔出把匕首，横眉立目地说：“姓赵的，你放明白点儿，今儿这粮食，你借也得借，不借也得借！”

赵四虎傻眼了，张口结舌不知该说什么。不正一把揪住他的脖领子说：“放明白点儿，甭找不自在，快去，把粮库门打开！”

秋生意外地大声呵斥：“不正，快放手！咱不能……”他万万没想到不正会这么干。村里人们都知道不正有把匕首，一年四季不离身。这是日本鬼子投降那年，他跟着山堂去高陵炮楼上捡的“洋落儿”。当时秋生是区小队长，山堂是战斗组长，不正才十一二岁，成天像小尾巴一样跟在山堂屁股后头。

“秋生爷，你甭管，出了事我顶着。”不正边说边推着四虎往粮库方向走……跟来的小伙子们不知怎么办地看看秋生又看看不正。秋生犹豫着，一时也没了主意。他知道，看四虎的态度，今天好说好商量准定借不到粮，但不正的做法好像也不妥当。

这时，值班的小青年偷偷把狗放开了。大狼狗狂叫着向不正扑过去……不正吓坏了，放开四虎连忙躲闪，可已晚了，狼狗咬住了他一条胳膊。不正惊恐万分地挣扎着，忙乱间把匕首捅进狗肚子里。大狼狗哀嚎两声摔倒在地，蹬蹬腿不动了。看着它肚子上的鲜血“咕嘟咕嘟”往外冒，所有人都傻眼了。不正的胳膊上也在流血，他提着染红了的匕首不知该怎么办。片刻，值班的青年骂了声“操你们姥姥”，冲天空“啪啪”打了两枪。秋生知道事情已无法收拾，忙带领大家从小门退了出去。

他们没敢走大道，而是从麦子地里斜插往回走，一路上谁都没心情讲话。只有不正少心没肺地嚷嚷：“好家伙，那狗跟老虎一样，真它娘厉害！咱比武松也差不多。嘿嘿。”

“行了。闭上你的臭嘴吧！”秋生一肚子没好气，知道事到如今埋怨也没用就没再多说什么。他心里像明镜一样，知道这祸闯大了，闹不好得有人进去。他边走边回想着今天的前前后后，掂量着这事会落个什么结果。快到村头时，他心里模模糊糊有了个想法，便对大家说：“这事就此打住，你们各自回家吧。除了我，四虎谁都不认识，你们对谁都覅说吗……不管谁问就说不知道。记住没有？”

小伙子们答应着四散回家了。秋生思思索索往大队部走，半路碰上了山堂和双河。他们一直在村委会等着，听到枪声心里很不踏实，便一路迎了出来。山堂看见秋生，急不可待地问：“叔，怎么样啊？”

“覅问了，你们快回家吧。”秋生说，“甭管谁来，问你们就说不知道这事就行了。”

山堂和双河愣着，好像没听明白。秋生又嘱咐一句：“千万记住，谁问都说不知道！”他停顿一下，接着说，“你们……一定要挺住，带领乡亲们迈过这道坎；尽快把食堂解散吧，各过个儿的日子，兴许能闯过去；要实在想不出办法，就去找找守根，他这些年应该存了些粮食。”他说罢，心里盘算着什么往村外走……山堂忙问：“叔，你去哪儿？”

秋生站住了，他呆怔片刻，自嘲地笑了笑，说：“我去……河边打鱼。”

双河回到家里，看见老伴正给不正包扎胳膊上的伤口，不由吃惊地问：“这是怎么了？”

“大狼狗咬的。”不正说，“你没见，那狗像老虎一样，真它娘厉害……秋生的表弟忒操蛋，粮食不借还放狗咬人。”

双河愣一下，忙又问：“后来呢？”

“被我一刀捅死了。”不正说，“那个值班的还打了两枪。真他娘不是东西！”

双河思索了一会儿，点上锅子烟慢慢抽着说：“这事……怕是闹大了。”

说话间，外面传来山堂的喊声：“双河哥。公社关书记来了，让咱们马上去村委会。”

“知道了。”双河答应一声往外走，到门口又回头嘱咐小子，“你快去睡觉，就装作吗也不知道，有人问你的胳膊，就说树枝子划的。”

关永九脸色铁青，推着自行车站在村委会门口。他看到公社青年团书领着山堂和双河走来，劈头就问：“李秋生在不在家？”

“秋生叔……不知道哇。”山堂装傻充愣，“没听说他出门，应该在吧。”

关永九命令地：“快去把他给我找来！”

“现在？”山堂眨巴着眼睛，“这深更半夜的……”

“少废话！”关永九打断他，“叫你找你就去找！”

山堂和双河交流一下目光，跟着青年团书往村里走去……双河忙不迭地开大门：“关书记，外头冷，屋里坐吧。”

关永九没吭声，撒气地推着自行车“咣当当”进了院。双河忙进屋点上了罩子灯。待书记坐定，他试探地问：“书记，天这么晚，出吗事了？”

“吗事，把天捅了个大窟窿！”关永九看他一眼，气哼哼地说，“李秋生带人去粮站抢粮，你们不知道？”

“我们……不知道呀。”双河一脸无辜地回答，而后又问，“李秋生带人抢粮站？不可能吧？他是老革命，当了一辈子干部，怎么会做这种事？”

关永九点上支烟，大口大口吸着没吭声。双河接着说：“秋生叔抢粮站？打死我也不相信。是不是弄错人了？”

“赵四虎是他表弟，还能给他脑袋上扣屎盆子？”关永九说，“他俩从小一块长大，还能认错人？！”

双河装模作样思索着直摇头：“不可能，不可能……”

关永九闷头吸烟，懒得再理他。过了一会儿，山堂和团书回来了。他说：“我们去了秋生叔家，家里人说他去河上打鱼了。我们去河边转了一圈，也没看到他人影。”

“哼！畏罪潜逃了？”关永九冷笑着说，“跑了和尚跑不了庙。这天也快明了，你们多派人出去，挖地三尺也要把他找到！”

怪不得让人家当领导，人家水平就是高！关书记有先见之明，李秋生果然在地底下，就在老村东，几年前他兄弟秋海跳下去的那眼水井里。乡亲们打着灯笼拿着手电，用大竹竿绑上肉钩子把他捞出来时，一个个惊骇得瞠目结舌，不由倒抽了几口凉气。老支书死得好坚决！他把自个儿先罩在网里，再用网绳捆住双手双脚，把双脚套进双胳膊弯里，然后像粽子一样骨碌进井中。当然，他死之前肯定也做了长时间的思想斗争，因为在井台上扔满了烟屁股。他平时不怎么吸烟，可那些烟屁股有人数了数刚好是一盒。他当时都想了些什么，人们已无从知道，但有一点儿大家心知肚明：他是为了保护村干部和所有去借粮的人，才下了这么大狠心。

魏守根就在现场。他并不知道借粮的事，头一眼看到秋生的尸体就咧开大嘴哭了："叔，你这是为吗呀？"他平时和老支书走得近，又想起他因为自个儿退社受处分之事，心里愧疚，哭得眼泪鼻涕一块往下流。

田山堂第二个掉眼泪。不正也哭了，甭看这小子平时二百五，这时候还有点儿良心。他心里明镜一样，知道老支书是为自个儿顶罪。他边哭边不容别人下手，把秋生背上肩头……

李秋生的灵堂没在他家，而是设在大队部门前的小广场上。在山堂指挥下，在场的干部群众分成了两班，有的进城买装裹衣裳、蒙头被褥、炮仗香纸什么的；有的找来木料竹竿，忙忙乱乱地搭席棚、写挽联、安灵床、摆供桌……天头明，三声"二踢脚"炸开了黎明前的黑暗，叫来了全体父老乡亲。老老少少二百多口子守在灵棚内外，没有一个不掉泪的。除了秋生家的人，哭得最伤心的是守根、山堂和二婶儿。

天光大亮时，一辆吉普和一辆卡车挟裹着漫天尘土停在广场边。二十多名公安干警乱哄哄跳下车，一个个端枪拎铐愣住了——只见烛光摇曳、香烟袅袅，全村父老跪拜在地，"嗡嗡"地哭成了一团。灵棚正中白纸黑字写着：老支书一路走好！两边的挽联是一首古诗：生当作人杰，死亦为鬼雄。至今思项羽，不肯过江东。

干警们你看看我我看看你，一时不知该怎么下手。正当这时，一股大旋风平地而起，围着广场急速旋转，只见天昏地暗、沙飞石走、拳头粗的树枝子"咯吧咯吧"往下掉；紧接着就有铜钱大的雨点子砸下来……死人嘴里没交代，事情不了了之。这就是当时轰动全国的抢粮案件，据说都惊动了毛主席。第三天，按中央指示，全国的所有粮站都进驻了解放军，荷枪实弹日夜守护。

山堂顶着上级的压力下了命令：全村停工七天，为老支书守灵！守根拉来自家养的两头大肥猪、十几布袋小麦和两布袋黄豆。相关技术人员分头忙活起来：杀猪、磨面、做豆腐……那七天，全村男女老少很少有人离开现场。不能排除大家对老支书的感情，实际上多数人是为了晌午那顿饭：暄腾腾的大卷子、肉片豆腐杂烩菜……香啊，两三年没闻过肉味儿了！也有人实在没出息，像王九毛就撑得直蹿稀。后来大家都说，七顿饭饱了七天，实际上顶了半个月村里没饿死人。

吴一平听到消息来了一天，人家当然不是冲那顿饭来的。前面说过，他和李秋生是战争年代的交情，不是一般关系能比的。可他没想到，这一来给公社干部们制造了理由。关永九来了两天，其余的十多人每到开饭的工夫就来了，吃饱喝足不算，临走还捎上俩卷子……唉，人穷志短，马瘦毛长。那年头，为吃顿饱饭不要脸没人笑话，有的娘儿们为多领个窝窝头，主动找伙夫脱裤子不在少数。也是，命没了，脸算个屁呀！

李秋生交代的两件事，山堂第一件没落实，就是解散大食堂，干部们讨论了几次都没敢做。因为毛主席说过，集体食堂是人民公社的心脏，谁敢拿心脏开刀呀？按当时的政治气候，不把你打成“现行反革命”才怪。二是找守根借粮，干部们商量了两回都没好意思张口。可不是，当年守根退社大家都反对，老支书的丧事也是他管的饭，哪儿还有脸再跟人家借粮食呀。不过山堂有的是办法，他没出头，而是跟娘念叨了两次。二婶儿说了句话，没想到平时那么抠唆的守根特别痛快，当时会儿先把二十多布袋卷子干送到食堂里。人们一见都惊呆了，这是大食堂头一年倒进猪槽子里的东西呀，想不到今儿个要靠它救命！过了半个多月，守根把他家的地窖基本腾空了，又送来二十多布袋粮食，里面有棒子也有麦子。

全村的父老乡亲感动得不知说吗好，一个个泪汪汪地找到大队部。在大家的强烈要求下，山堂派人进城做了面锦旗，敲锣打鼓送到守根家，上写：国难正当头，义举传千秋。守根嘿嘿笑，只说了一句话：咱谁跟谁呀？要谢就谢老支书吧。实际上，他心里也是这么想的，当年秋生让他多存粮食，应该是早就料到了有这一天。守根落了个好名声，到如今他去世好多年了，乡亲们还断不了提念这件事。

第七章

昏天黑地　小荷才露尖尖角
干柴烈火　情色深处一把刀

那年，冀中平原上下了场暴雪，鞋底片子大的雪花斜甩横撒，三天三夜没住劲儿，那个厚呵，小村差点儿被埋住了！乡亲们挖坑打洞爬出来，像是半辈子没见过面似的哈哈笑着：这要是白面多好！瑞雪兆丰年吧，盼望过年有个好收成。

大食堂还在半死不活地维持着，一天三顿不是熬白菜山药干饼子就是棒子糁山药粥，吃得人们天天烧心。下了雪，农田水利基本建设搞不成了，生产队就放了假。人们半年多没见肉星星，那个馋呀。不少人拿枪带狗去野地里追兔子。孩子们仨一群俩一伙，成天介长在地里夹鸽子。他们刨开厚厚的雪，露出一片地皮，埋好逮老鼠用的铁丝挟子，撒上几粒棒子籽，便跑开老远趴在雪堆里等着。大雪封地，鸽子们几天找不到吃食早饿急了，看到棒子粒便会不顾一切扑下来……干这个三歪歪是行家，有时一天能夹四五只。当然，他不会独吞，总是分两只给麦茬和麦穗。麦茬就随手给条子一只，或是回去拔毛开膛收拾好了送他家里交给奶奶。因为条子没出息，有好几回在半路上被别的孩子抢跑了。

有一天，李不正和二旦去打兔子，从早跑到晚累得像狗喘气却一只没打着。天擦黑儿，两人饿得前心贴着后心往回走，忽然看见路边雪堆里躺着个“倒卧”。不正上前踢了一脚见没动静，摸了摸心口早凉了：“操！准是个要饭的。”

“管他哩。”二旦说，“赶明儿埋到沙岗子上算了。”

不正答应着往回走，可没走几步又停住了。他眨巴着眼睛瞅着“倒卧”，心里在盘算什么。二旦不解地问：“怎么了？”

不正嘿嘿一笑，说：“听说南边不少人吃人肉，要不咱也尝尝？”

二旦吃惊地：“那能吃呀？”

“当然能吃，听说挺香的，就是有点儿发酸。”不正说，“你忘了，《水浒传》里的母夜叉孙二娘，不就是卖人肉包子？”

二旦一时没说话。不正扒开死人烂成布条的裤子，拔下经常挂在腰间的匕首，“嗖嗖”几下就把“倒卧”屁股蛋子上的两块肉旋了下来。二旦看得心惊肉跳脊梁沟子冒凉风，不由倒退了好几步。尸体刚冻住没流多少血，只是露出了白森森的骨头茬子。不正笑他：“看你娘那个胆儿！要让你当兵上战场怎么办？”

二旦磕磕巴巴地说：“那、那是两码子事。”

不正没理他，尽顾把死尸翻过来。他打量片刻，攥住“倒卧”两腿间那堆东西，匕首一晃便割了下来。二旦吓得闭上了眼睛：“我娘！你可真下得了手！”

“你知道个屁！”不正把那些东西扔进准备装兔子的兜子里说，“听说这东西最营养，吃下去老二忒有劲。”他笑了笑，又说，“成天介山药都吃不饱，下边像软柿子，有他娘一个多月没干那事了。嘿嘿……”

在回家的路上，不正把肉分两包剁成小块，把那堆东西单放，让人看不出是什么。二旦脑袋摇得像拨浪鼓没敢要，不正笑他是个娘儿们。他回到家让媳妇把肉炖在锅里，告诉娘说：“跑了一天，兔子没打着，半路上捡了条快死的狗。”

当天黑介，一家人可解馋了！尤其是歪歪，吃得小肚溜圆，满嘴流油。那堆东西不正单做单吃，还真像人们传说的那么灵验。他睡到后半夜醒来，就觉得下边憋胀得难受，歪头看看躺在身旁的媳妇又没劲，便借口查夜穿衣出去了。

三九四九冻死狗，街上一个人影没有。不正缩着脖子抱着胛，连蹦带蹿来到老杠头门口外。他下意识地四下看了看，熟练地轻轻一拨便推开了栅栏门。院里黢黑一片，从西屋里传出轻轻的二胡声打破了深夜的静寂。不正知道青松还没睡，不由心有点儿慌，忙圪蹴在东墙根儿下。过了一会儿，他蹑手蹑脚蹭到东屋门口，刚想掏匕首撬门栓门却从里面无声地打开了。他吓了一跳，愣怔间被红柳拽了进去。原来，红柳本来睡觉就轻，和不正好上后变得更机警，栅栏门开的轻微声响就把她惊醒了。而且，家里的大门和屋门她每天不忘在轴上抹油，开关没半点儿响声。为这事，爷爷几次说她败家。

不正无声地咧嘴一笑，抱住红柳就要亲嘴。红柳一把推开他，忙不迭地关门上栓，不正又从后面抱住了她的细腰。红柳挣扎着："都快饿死了，你还有这心情？"

"有，有，不信你摸摸。"不正拉着她的手往裆里放……其实，红柳早感觉到了那铁棍般硬邦邦的东西，不无吃惊地问："天儿！你这是怎么了？男的们不是老说，饿得放不下圣来了？"

"想你想的呗。"不正撕扯着她的小衣，急切地说，"多少日子没要你了？嘿嘿……"

"你可真是个……活阎王。"红柳推开他自个儿脱衣服，"你爱怎么弄怎么弄，反正也怀不上。"她边说着脱光了钻进被窝里。

"我还盼着你跟我生个小子哩，到时候我保证离婚娶你。"不正说着扒光棉袄棉裤往被窝里钻。红柳抱住他说："做梦去吧。你去问问，这一年多，哪个女人还来身上？"

她说的是事实，大食堂后两年由于营养不良，妇女们生的孩子，加在一起还没有头一年的一半。不正上了红柳的身子，没多会儿她就嚷下边疼得难受，催他快点儿。不正匆匆忙忙完了事，放下个纸包往外走说："这是……狗肉，专门给你留的。"

红柳吃了一小块，觉得确实很香。她没舍得吃，早上起来给了爷爷："这是桂枝给的，说是有人送的狗肉。"

老杠头嚼了一小块，说："真香！还是当官好哇，多咱都有人舔屁股。”

红柳不高兴地噘着小嘴：“爷爷，你这辈子就是锛渣木死在树窟窿里——全扛嘴的亏，吃了人家的东西还说三道四。真是的……”

老家伙“嘿嘿”笑着，从柜子底下摸出来半瓶本地烧……

一天前晌儿，干部们又在开会商量集体食堂的事。山堂觉得再也支撑不下去了，建议把食堂解散分户吃饭，大家一致表示同意。为分担责任，万一上级知道追查下来，不能大家喝凉水一个人肚子痛，有人提议写了一份《关于解散集体食堂的决定》，每个人都在上面签名摁上了手印儿。当时决定，晌午吃最后一顿散伙饭，后晌儿各生产队就把库里的粮食分下去，没多有少，让家家户户各显其能，度过这段艰难的日子。

这时，民兵连长大乱慌慌张张地跑来，报告说村南路边上有个“倒卧”。山堂吩咐二旦去看看，埋到沙岗子上算了。不正心里动了一下站起身说：“我和二旦去吧。”

两人来到村南，看到这个“倒卧”是个女的。她趴在雪地上，身上的穿戴比上一个强多了，虽说破破烂烂但还算干净整齐。不正上前踢了一脚见没反应，便说：“把她翻过了，看看还有气不？”

二旦圪蹴下身刚想动手，没想到“倒卧”开了口，有气无力地说：“是……不正吧？”

二旦吓得倒退半步，一屁股坐在地上，脸色都变白了。不正也吓得够呛，愣怔片刻才大声说：“我操！是……小白菜呀？！”

兰花梅“嗯”了一声，挣扎着想站起来……可她浑身没劲，几次都没成功。她整个人看上去瘦了一圈，脸色苍白，眼睛显得更黑更大。不正忙上前扶她起来问道：“你怎么混成白菜帮子了？这么远，你一个人回来的？”

花梅没力气说话，只是苦苦一笑。她喘息着走了几步，晃晃悠悠又差点儿摔倒。不正忙上前：“算了吧。来，我背你回家。”

花梅摆摆手想拒绝，无奈实在走不动，只得老老实实趴在不正背上……这几年的遭遇，她后来从没对谁多说过。实际上，那年为守根退社受处分后，她本想回景县住些日子避避风头再回来。没想到，麦玉虎死活不放，还把她带到济南府租门面开了家理发店。她帮着打下手，为顾客洗头搞卫生什么的。过了些日子，她觉得这样也不赖，风吹不着日晒不着，比在地里干活强多了，就慢慢打消了回去的念头。谁知道才干了一年多就赶上了公私合营，玉虎有技术成了公家的人。她吗也不会，只能在城里吃闲饭，后来又被动员回了麦家岗。这不，赶上了困难时期吃食堂，她们这一带本来就穷没家底儿，支撑了不到一年就散伙了。村子里放了羊，大队开介绍信让人们出去逃荒。她知道那要饭的日子更难过，便把麦茬奶奶送进城交给玉虎，一个人踏上了北行之路。麦玉虎没死乞白赖拦她，一是觉着自己负担不起，二是因为他身边有了个相好的。

那是个星期日，天气格外晴朗，阳光灿烂万里无云，就是干冷干冷让人伸不出手来。守根圪蹴在自家院子里的柳树下生闷气。他脸色发黄，眼圈发红，浑身不由自主地直哆嗦，像是被气得够呛。麦茬看样子是惹了祸，低头垂手站在他面前。三歪歪像受了什么惊吓，小脸煞白，正一步步往大门外蹭。两个孩子都已十四五岁，长成了吃死老子的半大小子。上房门口外，齐腰高的咸菜瓮裂成了两半，咸菜汤子满地流，腌好的萝卜滚了一院子。

原来，这祸是三歪歪惹出来的。那是秋天的时候，麦茬和歪歪去野外砍草，在河边的豆子地里发现个田鼠洞，直上直下的特别深。根据经验，他们知道里面肯定藏着不少粮食，便回家拿来镐头铁锨，脱下上衣准备动手。麦茬小心地把褂子晾在豆棵子尖上；歪歪却随手往地上一扔，往手心里吐了口吐沫就干开了。两人汗冒葫芦一顿猛挖，挖到大腿根儿那么深的时候，从洞里骨碌出了两粒黄豆。三歪歪有经验，忙说："慢点儿，到粮仓了。"

他让麦茬出来，自个儿跳进去用手刨，果然看到一大堆颗粒饱满的黄豆把洞都堵死了。他捧出来一大捧，命令麦茬："快，把我的褂子袖口绑上。这家伙，净偷好粮食！”

麦茬忙拔了几根线草，把他的褂子袖口扎起来。歪歪一捧捧往外掏，把两只袖筒子装满了还盛不下。他忙说：“把你的袖口也绑起来吧。”

麦茬犹豫了片刻，说：“没多少了，就在你这褂子上放吧。”

歪歪也没多想，又掏出两捧果然就没有了。他说：“这黄豆不能吃，只能换豆腐。”

麦茬不解地：“那是为吗呀？”

“吃了这种豆子会长老鼠疮。”歪歪拍打着手上的沙土，边从坑里往上跳边说，“大人们都这么说。”

麦茬：“那……人要是吃了豆腐会不会长老鼠疮？”

歪歪歪头想了想：“那我就不知道了。管他哩，谁吃谁背兴呗。”

“那多不好。咱还是回去喂猪……”麦茬正说着。一只田鼠突然从洞里蹿出来，吓得他惊叫一声，倒退了好几步。歪歪眼疾手快，猛扑上去把田鼠扣住了……他们回家后，歪歪找了只他爷爷在世时留下来的破鸟笼子，又是食又是水的一直养到了现在。这田鼠个头大，尾巴短，嘴巴和四只胖胖的小爪粉嫩嫩的，比老鼠好看多了。

今儿个，麦茬正在家写作业，歪歪提溜着鸟笼子过来了。他随手关上了大门，说：“你家院里干净，咱把它放出来跑跑吧。”

“沾不沾呀？”麦茬说，“要逮不住了。”

“没事。”歪歪说着，拉开了笼子的小门。开头，田鼠缩在里面不敢出来。他就把笼子倒过来，边磕打边吓唬。田鼠出来愣了一会儿，顺着墙根慢慢跑起来。俩人又拍手又欢呼，跟在后头直跺脚。田鼠越跑越快，越跑越快……倏地钻到咸菜瓮后面不见了。俩孩子傻眼了，愣怔片刻，同时伸手上前想把大瓮挪开……没想到这是个破瓮，曾让锯盆扒碗的修过，中间有条缝锔着一溜铁巴子。

“一、二……”两人喊着号子一齐使劲。突然，“嘎巴”一声响，大瓮裂成了两半，白萝卜满地滚，咸菜汤子把他们的鞋都弄湿了。俩孩子傻眼了，也看见瓮后有个老鼠洞。

正在这时，守根扛着铁锨进了家门，一看这情景，立马心疼得像刀子扎。可不是，甭说大瓮和咸菜，就那汤里头有多少盐呀！他的怒火“腾”一下顶到脑瓜门儿，不由大声呵斥：“你们……这是干吗?！”

俩孩子大眼瞪小眼，谁都没敢吭声。守根又喊：“半大小子招人嫌，狗都不待见。一个个都是败家的祖宗！”

麦茬小声分辩：“那瓮……本来就是坏、坏的。”

“兔崽子！你还敢犟嘴?”守根怒不可遏。他四下看了看，扔下铁锨，提溜着麦茬的两条胳膊把他往水井里系：“说，还犟嘴不?”

麦茬噘着嘴不吭声。歪歪见状，脚下抹油就想溜。守根看他一眼，继续逼问：“说呀！还犟嘴不?”

歪歪没敢走，小脸刷黄地远远瞅着。没想到，麦茬歪头看看守根，低声说：“爹，是我错、错了，你……撒手吧。”

这一来，轮着守根傻眼了。他愣怔片刻，把小子拉出来狠狠蹾在地上，气得不知该说什么。这时，不正背着昏迷的花梅进了家门，边大口喘息边说：“根叔，你看这、这是谁?”

守根和俩孩子见状一下子都愣住了。不正支撑不住地喊：“还愣着干吗? 快做饭！她是饿昏了！”

“嗳，嗳。”守根答应着，忙不迭地去抱柴火。不正“呼呼”喘息着进了屋，麦茬和歪歪跟进去，帮他把花梅放到炕上。这时，麦穗背着小书包回家来，她是去找条子写作业了。守根正在点火，忙说：“快去看看，你娘回来了。”

麦穗稍愣神儿，把书包挂在门“哗啦吊”上进屋去。她看看不正他们，扑到炕边急声喊：“娘！娘——”

花梅睁开眼看看她，少气无力地说：“闺、闺女……是你呀?”

“是我。我是麦穗。”麦穗说着，拉着她的手哭开了。花梅眼里也转出了泪花。她看着小子，轻声叫：“茬子，过、过来。”

麦茬上前去，张了张嘴没叫出声来。许是时间久了，他觉得花梅很陌生，从这以后，他别别扭扭很少再叫娘。守根烧开水，先冲了碗红糖鸡蛋花，喂花梅喝了下去。她微微出了点儿汗，迷迷糊糊又睡着了。等守根做好挂面烙饼炒鸡蛋，怎么叫她也醒不了。

那年头，能吃顿饱饭是最大的享受。不正可是逮着了，他一点儿都没客气，连说着“好吃、好吃”一阵狼吞虎咽，差不多把全家人的饭都吃光了，最后腆着大肚抹拉着嘴，横不浪着身子迈出了大门。

花梅睡得昏天黑地，后晌儿二婶儿、桂枝和好多乡亲来看她都没醒。等她再睁开眼，已是第二天的一扑明儿。她眯眯瞪瞪好一会儿，看看冒着轻烟的豆油灯，才想起自个儿在什么地方。她歪头瞅瞅熟睡的两个孩子和圪蹴在炕下抽烟的守根，吸吸鼻子，眼里转出来泪花。守根听到动静忙站起身，含笑问：“醒了？吃点儿东西吧？”

花梅没回答，只是点了点头。守根忙去了外间屋，端来温在锅里的鸡蛋羹和卷子：“还热乎呢，快吃吧。”

花梅没接碗：“你……一宿没睡？”

“睡不着哇。”守根说，“看着你高兴呗。嘿嘿……”

花梅心里好感动但没表现出来，只是说：“去给我拧块湿手巾擦把脸。”

守根答应着，放下饭碗出去拧了块湿毛巾。花梅坐起身擦了擦手脸，端过鸡蛋羹慢慢吃着。守根不错眼珠地瞅着她，脸上一直挂着笑模样。花梅显得有点儿不好意思，轻声说：“看吗？糙得不像人样儿了。”

守根“嘿嘿”一笑：“是、是瘦了不少。”

花梅叹了口气：“可不是，这年头，能有口气就是算命大了。”她停顿一下，又说，“这几年让你受累了。”

“没、没事。”守根说着，心里不由多了几分感动。实际上，他这多半宿一直在翻腾几年的风风雨雨，觉得自个儿拖泥带水、连滚带爬过来得不容易。可不是，一个大汉们又当爹又当娘，家里地里，再苦再累也得挺着；心里身上，再疼再痛也得忍着。花梅走半年多的时候，他曾去过一趟景县，也找了麦家岗玉虎家。麦茬奶奶一人在家，看到他连连道歉，一把鼻涕一把泪地诉说着家景的困顿，为当年说瞎话骗他娶花梅赔不是。守根一句话没说，从驴身上卸下带去的两布袋棒子和小麦，扭头就回来了。他没去济南府找花梅，一是觉得那么大城市没法找；二来想就是找到了也没吗意思，她要不想回去，你能捆她绑她？往回走时阴着天，他找了块没人的庄稼地，连哭带号惹得老天爷陪着直掉泪，要是有人听见，准得认为是狼来了。

花梅吃饱后有了点儿精神，说浑身脏得像从猪圈里捞出来的想洗洗。守根连忙烧了一大锅热水，一趟趟端进小屋大木盆里。花梅慢慢走进来想脱衣裳，守根慌忙往外走……她轻声说："你走干吗？没见过呀？我还想让你给搓搓脊梁哩。"

守根"嘿嘿"笑着帮她脱衣服，自个儿倒显得有点儿不好意思。看到花梅那白白净净的身子，他忽然有点儿起性，下边那个东西蠢蠢欲动。花梅像是感觉到了，轻声说："浑身没劲……过几天吧。"

"没、没事。"守根显得更尴尬。他脸红脖子粗、手脚都没地儿放，差点儿把盆里的水弄洒了。花梅心里笑他没出息，也感慨他的这份老实。

守根在村里好人缘。接下来的两天，父老乡亲们差不多来了个遍。山堂带领干部们来了。大家说着客气话，问花梅家那边的情况。山堂看着花梅，不由想起她走那天黑介在窑洞里发生的事，心里多少有点儿冲动。花梅感觉到了，心里却平静如水。因为她在路上多次想过，自个儿也反复劝自个儿，如今孩子们都大了，和山堂的这层关系就断了吧。

全家人高高兴兴，日子很快过去了。俩孩子都觉得爹像变了个人儿，以前成天拉着个脸，像谁欠他二百吊大钱一样，这会儿笑笑呵呵，干活都一溜小跑儿。有天吃过黑介饭，花梅对俩孩子说："你俩今黑介去小屋睡吧，我和你爹要……说点儿事。"

麦穗不高兴："吗事不能白日说呀？"

麦茬毕竟大几岁，多少懂了些人事，忙说讲故事把妹妹哄走了。花梅早早就脱衣服钻进了被窝。这两年连命都顾不住，她和玉虎又很少在一块，多久没干那事，自个儿也想不起来了。这些日子吃饱喝足，浑身有劲，她白日把家里的衣服被褥拆洗了个遍，到黑介躺在被窝里，还真想那事了。守根更甭说，花梅在的时候，尽管两人是分屋睡，但有时趁孩子们不在家，十头半拉月总有那么一回半回。花梅走后他多次想过那事，可想也白想，跟谁干呀？日子长了，好像那份心情也就没有了。自从看到花梅洗身子那天，他一个人睡在小屋里，每天黑介一钻被窝就想那事。

守根简单洗了洗，去猪棚上拎上尿盆，路过小屋时催俩孩子快吹灯睡觉。他回到上房，见花梅眯缝着眼躺在被窝里，不由就一阵紧张，身上发热，出气都粗了。他一口气吹灭豆油灯，脱巴脱巴就钻进被窝里，伸胳膊把花梅搂了过来。花梅顺从地迎合着，身子变得酥软。守根激动得浑身颤抖，抹拉着她滑溜溜的身子"呼呼"喘粗气，可是……许是因为忒想要，过分激动，欲速则不达，他浑身发硬，该硬的那地儿却软得像烂面条。花梅伸手摸了摸，不解地问："你这是……怎么了？"

"不、不知道哇。"守根紧张、着急，大冬天里，头上的汗都出来了。

"甭急，越急越不沾。"花梅柔声劝说，轻轻揉搓着那堆东西。守根答应着，可越想不急越急，越想干越不行。花梅揉搓半天见没一点儿效果，渐渐失去了耐心。她把身子从守根怀里挣出来，不无失望地说："算了，改天再说吧。"

守根万般无奈地平躺下来，沮丧得差点背过气去。花梅给了他个后背，过了一会儿就扯起轻轻的鼾声。守根可睡不着，他坐起身，摸索着点了锅烟，边抽边瞎琢磨：自个儿这是怎么了？有病？也不像呀，一个人躺在被窝里想媳妇时，下边挺硬的……是不是该找先生看看？可这种事，怎么能说得出口呀！真他娘的……他心烦意乱、胡思瞎想，一锅接一锅地抽烟，直到鸡叫才迷迷糊糊睡着了。天头明，他醒了过来，不知不觉间下边硬得像根铁棍子。他一阵狂喜，不管不顾搬过媳妇的身子便爬了上去。花梅睡意正浓一点儿都不想做，可她没说什么，只是尽量迎合着……这回，守根倒是进去了，可没几下他就“哼”一声泻了身子。花梅刚有那么点儿意思，一下子变得非常扫兴，心里就有了种被欺骗的感觉。接下来的几个月，守根每次都差不多，要么起不来，要么就是老头子扛布袋——进门就倒。花梅越来越觉着没意思又不好说什么，心情不好成天介耷拉着脸。直到放秋假的时候，杨春雪来了，她才趁机把守根赶回小屋和小子一块睡。

春雪是和娘一起来的。巧云这回来还是为自个心里那块大石头，就是给儿子说媳妇。她仍想着老杠头的孙女，求娘再去给说说。二婶儿知道老杠头的脾气，本不想管这事，架不住巧云连求带央告，只得又去了一趟红柳家。果然，老家伙还是那句话：等着用孙女给孙子换媳妇哩。二婶儿回来实话实说，巧云很是失望。她把春雪留下，一个人先回去了。

甭管日子多么艰难，孩子们都在一天天长大。童年的岁月再苦难，他们也能找到属于自己的欢乐。

麦茬、歪歪和春雪同年，都十四了，也都念完了高小，秋天开学该上中学了。麦茬抽了条，长成了个一挺杠直、四面见锯的大小伙子，说话的声音也变得瓮声瓮气，像个大人了。歪歪当然也长了个，只是仍然瘦拉巴唧、猴里猴气，声音还没变，整天叽叽喳喳说个没完。春雪已长成一个美丽少女，身体各部位的线条显露出来，明眸皓齿、细腰丰臀，男人们开始把她当女人看了。条子尽管小几岁，但个头已和麦茬不相上下，只是细细瘦瘦仍像根豆芽菜，说话奶声奶气没一点儿男人样。麦穗个头没长多少，小眼大嘴，是个不丑不俊的小闺女。再加上王九毛家的白翠，尽管大几岁也成天跟在他们屁股后头，这一小群孩子就是村北头一道惹眼的风景线，也是乡亲们喜欢议论的一个话题。

生成的骨头长就的肉，每个孩子的性格特点也在日常生活中显现了出来。老人们说人分五类：有的光说不做；有的先说后做；有的边做边说；有的做完了再说；有的做完了也不说。大家都说麦茬属于第五类，个性随守根，一天说不了三句话，心里忒有主意，做事认死理，说他是“蔫淘”。他上小学一年级时做的一件事，好像也证明了人们的看法。

学校旁边有一家卖卤煮鸡的，麦茬下课后就喜欢去人家玩，看掌柜的怎么杀鸡、怎么烫毛、怎么开膛破肚……那年春天的一个后晌儿，守根和花梅带着麦穗下地干活。大黑也跟去了，它的任务是在大树凉里看孩子。麦茬放学回来，正好看到河对面四奶奶家的老母鸡带着十多只小鸡在他家门外找食吃。他灵机一动，把它们赶进院里紧关上了栅栏门。他找了把破剪刀，逮住小鸡，一只只放血开膛，然后烧了锅开水就要烫毛……这时，四奶奶一路“咕咕”叫着找上门来。她看到一地的死小鸡差点儿背过气去，接着干号一声，就像死了老子娘似的又哭又喊。

花梅正在麦子地里拔草，大黑忽然冲她直叫唤。她还以为麦穗醒了，忙放下手上的活赶回来，没想到大黑边叫边领着她往家跑……花梅看到院里的情景，气得直骂“王八羔子”。她呵斥儿子跪下，边数落边抽打，连着打断了两根烧火棍。麦茬不动也不求饶，小脊梁很快就变得青一道红一道。四奶奶看不下去，忙上前护住他喊叫：“这孩子，你傻呀？还不快跑！”

好事不出门，坏事长腿跑。这故事全村人都听说了，直到麦茬去县城上了中学，每到星期天回来，一进村准会有人喊：“哟呵，卖卤煮鸡掌柜的回来了？！”

尽管这样，大人们多数还是看好麦茬，说这小子“肚里有牙”，长大了肯定有出息。也是，麦茬在大家眼里一直是个好孩子好学生。他一入学就当上了大班长，学习用功，从一年级到高小毕业，每次考试都排在年级头一名。他像个小大人，处事公道，吃亏让人，不惹事也不怕事。有时在村外看到小伙伴受欺负，对方再强他也敢出头相助，讲理不行就动手，哪怕被打得头破血流，他仍会没完没了地和你死磕。久而久之，他便成了北半拉村的孩子头。但有一点儿没有变，就是每到放假春雪来后，他这个孩子头就当得不那么硬气，事事处处都听她的。

歪歪的名声可就差多了。大人们说他从小就是个“嘎杂子”，属于那种“三天不打，上房揭瓦”的主。他脑瓜也很灵活，鬼点子挺多，就是跟书没缘分，从小学到高小，没一次考试及格过。他自个儿说三岁上被驴踢过，看到书本脑瓜子就发蒙。老师几次想让他留级，他干脆不去学校，背着书包在大野地里瞎转悠，上树偷枣、下河摸鱼，多少次惹祸被人找上门告状。双河没办法，只得找老师说好话，求人家甭管吗样把儿子留在学校里，认不认字不惹祸就沾。有一回歪歪干的事忒况外，被他爹吊在房梁上揍了个半死。

那是歪歪上三年级时的夏天，一个四年级的女学生穿了条花裙子。在课间操排队时，歪歪正好和她挨在一起。他突发奇想，想看看人家里面穿裤衩没有，便弯下腰，撩起人家的裙摆往里偷看。那个女生被同学提醒不干了，又哭又闹搅得全学校没做成课间操。校长大发雷霆，把歪歪训了个大片鸡屎。这一来，歪歪“嘎杂子”的名声更响，甚至有学生当面叫他“小流氓”。他从此再不想上学，每天背着书包早早出门，在学校门口外转一圈便疯跑到地里撒欢。双河最后一个听说，气得把他吊在房梁上……仔细想想，说歪歪要流氓实际有点儿冤枉。他当时才十一岁，知道个屁呀，无非是一时好奇而已。甭管怎么样，通过这件事，大人们对他的看法空前一致，说这小子头脑灵活但德性不强，说不定将来能干成点儿大事，但到头来不一定落下好结果。这话不幸言中，多少年后，歪歪果然被媳妇麦穗炸死在自家的小洋楼里。

那个年代，庄稼孩子谁小时候没点儿故事？当时会儿甭说电视，村里连电都没用上，电影也很少看。一年到头，他们最大的乐趣，除了年根儿下看杀猪的，就是谁家老了人请一班说大鼓书的，吃过黑介饭就紧着去占地方，什么《杨家将》《包公案》……听到小鸡子叫，哈欠连天地跟着大人回家睡觉。一到节假日，他们成群搭伙，除了拾柴火就是砍草。

春雪来的第二天，便背着草筐，领着这群孩子去了大村外。他们的根据地，仍是棒子地里那个井台，一个个放下草筐拿上镰刀便分散开来。那是个热天，大太阳当头照，庄稼地里又密不透风，棒子叶边沿像小锯，把他们的细皮嫩肉划得青一道红一道。半前晌儿的工夫，一个个汗流浃背抱着草回来了。麦穗一个劲嚷嚷肚里饥。歪歪说："我也饥了，咱们焐锅子山药吧。"

春雪没见过怎么焐山药，也想瞧个稀罕。于是，麦茬给大家做了分工：春雪和麦穗去河滩上捡胶泥片，白翠和条子去拾柴火，歪歪主动要求去偷山药。实际上，他不要求这活也是非他莫属，在大家心目中，好像他干这事最合适。麦茬留在原地，动手在井台边上挖了个尺多深的大坑。

棒子地紧挨着就是山药地。歪歪摸着腰钻出来，机警地瞅瞅四下没人，便迅速地扒下小褂铺在地上。他趴下身，像老鼠打洞一样小手飞快，专捡崩缝大的山药棵开挖，而且非常专业，每棵只挖一块再用土埋好，不细瞅根本看不出来。转眼间，拳头大的山药堆满了小褂。他看差不多了，抡起小褂背在身后，倏地消失在棒子地里。

麦茬把胶泥片沿土坑边一层层垒上去，最后下大上小形成了个窑状。这时歪歪也回来了，他看上去早有准备，随手从衣兜里掏出盒火柴扔给麦茬，而后，一屁股坐在地上喘粗气。麦茬点着火，脱下自己褂子让白翠扇风。春雪不解地问他："干吗要扇风？"

麦茬说："烟忒重，大老远就看见了，赶散了不容易被看青的发现。"

春雪笑着："你们……还挺有经验。呵呵。"

不一会儿，胶泥片便被烧得通红。麦茬把山药扔进坑里的炭火中，抬脚把泥片窑踹塌了，又命令条子把四周的土埋了上去。然后，大家又分头出去砍草，说好了吃顿饭的工夫就回来。歪歪没走远，等大家都进了棒子地便转了回来。他躺在大树凉里，迷迷糊糊做了会儿白日梦，觉得时间差不多了，便找了根树枝子，连扒拉带刨挖开了小窑。里面的山药大部分熟了，他全部捡进了自个儿的筐里，背筐想离开时突然闪过个坏念头。他四下看看没人回来，便脱裤子往小窑坑里拉了泡屎，把土重新填回去后才匆匆离开。

没多大工夫，麦茬和雪儿他们都抱着草回来了。他喊了两声歪歪听不到回答，便动手挖小窑，挖了几下觉得有什么不对头，就狐疑地停住手说："不、不对呀。"

"怎么了？"春雪走过来问。

麦茬说："怎么不烫了？"

春雪："是不是焐时间忒长了？"

麦茬还在犹豫。麦穗催他："哥，你快点儿，我都饥坏了。"

"就是。"条子说，"哥，你快点儿吧，我也饥了。"

麦茬这才继续往下挖，没几下就弄了一手屎。大家闻见臭味都傻眼了，一个个捂着鼻子往后躲。麦茬愣怔片刻心里马上明白了，直起身来大声喊："歪歪，快滚出来！"

歪歪大笑着从棒子地里钻出来说："山药都在这儿，我可是一块没吃。哈哈……"

"操你奶奶！"麦茬大骂一声，蹿过去用沾屎的手揪住他的脖领子。歪歪忙说："闹着玩儿哩，翻脸是小狗子。"

麦茬不听他那一套，摁在地上给他来了个"老头看瓜"——就是用筐绳子捆住歪歪的手脚，解开腰带把他的脑袋掖进裤腰里再捆住。歪歪像个大粽子，叫喊求饶都不管用。麦茬把他扛到河滩的日头地儿里暴晒，还在他屁股底下甩了根蒺藜蔓。歪歪干叫唤不敢动，一动就扎他的小黑屁股。当大家返回井台上吃山药时，麦穗偷偷把蒺藜蔓挪开了，说："你也真是……闹着玩儿不分轻重。"

歪歪还在"嘿嘿"笑："穗儿，快给我解开。"

"俺不敢。你老实待会儿吧。"麦穗说着转身离去。自从小时候歪歪和大黑把她从河湾里救出来后，麦穗就对他多了几分亲切感。这些年，甭管别人说歪歪多少坏话，她都听不到耳朵里去。歪歪被晒得顺着小黑屁股流油，直到天头晌午要回家吃饭麦茬才放开他。

年头不好人受罪，六畜也跟着遭殃。大黑就死在人祸天灾最后那年，全村人都觉着可惜了的。守根把它埋在沙土岗子上，连不正都没忍心挖出来吃狗肉。

大黑的死也和粮食紧张有关。花梅回来前，守根已把家里的粮食捐出去了。她发现存粮不多，就给孩子们立下了规矩：正顿吃饱，半晌不下不许搬腾。每天吃过早饭，她把篮子里的饼子点了数，蹬着板凳挂在房梁上，连麦茬都够不着。可有那么两天，她从地里回来，总觉着少一两个饼子，问孩子们，谁都不承认。她以为自个儿数错了，心里直犯嘀咕。接下来还是天天少，气得她把儿子打了一顿。麦茬更生气，发誓赌咒钻进庄稼地里一天一夜没回家。慌得她和守根满世界去找。二婶儿听说了，还把他们训了一顿。这成了花梅的一块心病，天天一进家就数饼子，而且越数越少。守根劝了几次不顶事，心里也很生气。

那年刚刚时兴胶皮轱辘。守根想打一辆新小拉车，就把桂枝她爹请来了。因桂枝回家时当笑话讲过，老人知道他家少饼子的事。一天后晌儿，桂枝爹正在院子里干活，就看到大黑顶着只凳子进了厨房。他觉得好奇怪，忙轻手轻脚走到厨房窗口。只见大黑把凳子放在篮子底下，纵身跳上去，后腿直立起来，前爪就扒住了篮子边。它伸嘴叼出来俩饼子，跳下来还不忘把凳子顶到旁边，然后就跑出来，躲到柴火垛后面去吃……桂枝爹看在眼里，不由倒抽一口凉气：好家伙！这是条狗还是个妖怪呀?!

天擦黑儿，守根两口子从地里回来了。桂枝爹当笑话一样，连比画带说地讲述了大黑偷饼子的全过程。花梅气得牙根疼，把大黑用铁链子拴住，揍得它直尿草鸡尿。那天吃黑介饭时花梅炒了俩菜，守根陪着桂枝爹喝了半斤枣木杠。老人吃饱喝足，晕晕乎乎往回走。木匠们都有个习惯，就是走动时手里总提着把锛子，说是这东西避邪，妖魔鬼怪不敢近身。

金沙窝到银沙窝也就二三里地，中间要经过一道大沙岗子。这是两个村的坟地，上面除了齐腰的荒草、横生的野树，就是一片片高低不平的坟头子。当时天已经黑透了，月牙儿刚从东山钻出来，地上的一切都模模糊糊看不忒清楚。桂枝爹被凉风一顶，醉意便来了。他脚下没根，踉踉跄跄往前走。过沙岗子时，他不知道为吗心里突然有点儿发怵，头发根子一阵阵奓立。他捏着鼻子唱着小戏为自个儿壮胆：

巧儿我自幼许配赵家，

我和柱儿不认识怎能嫁他。

……

忽然，他猛一下子停住了脚步，小戏也卡在了嗓子眼儿里——正前方丈八远，一个黑乎乎的东西挡住了去路！

桂枝爹的醉意被吓醒了一半，想到自个儿是不是碰上狼了。他揉了揉眼睛再看又觉得不像，那个黑东西比狼个大，蹲在那儿能到人的腰里，两只眼睛在昏暗中发出绿幽幽的光芒。他干咳两下，壮着胆大声呵斥："什么东西？找死呀？快闪开！"

那东西一动不动，嗓子里发出"呜呜"的威慑声。桂枝爹一下子听出来了，是大黑，守根家的那条狗！他愣了一下，尽量缓和口气说："大黑，你想干吗？快闪开让我过去。"

大黑仍然没动，嗓子里的呜呜声更高了。桂枝爹一时不知该怎么办，试着往前走了一小步。大黑突然咆哮着站起身来，将林间小路堵得严严实实。桂枝爹草鸡了，掂了掂手中的锛子往后退、往后退……大黑没给他时间，闪电般猛扑过来……桂枝爹慌乱间急往后退，躲过了它的大嘴却没躲过爪子，肩头上被抓了几条深沟，鲜血顺着胳膊往下流。他吓傻了，扭头想逃跑，可因为脚下没准儿，又被树枝子绊了一下，一个前扑趴在了地上。大黑腾空而起，稳稳落在他后背上，一口咬住了他的脖颈子。桂枝爹这时完全清醒过来，知道自个儿再这样下去肯定完蛋。求生的本能让他聚集起全身的力气，猛一下子站起身来。大黑被甩在地上，却从他后脖颈子处连皮带肉叼下来一大块，鲜血哗哗往下流。桂枝爹成了个血人，身上的衣服也多处被撕烂。他忍住剧痛，翻转身抡起锛子砍在它背上。大黑哀嚎一声跳开去，后腿发力想再次扑上来。桂枝爹抓住机会，抡锛子连连砍在它头和背上……终于，大黑浑身流血，蹬了蹬腿不动了。

桂枝爹呼呼喘息着呆怔片刻，眼瞅着大黑慢慢往后退、往后退……忽然，他脚下踩空，一下子跌进一个半人深的大坑里。这时，月牙儿已升上半空，大地上亮堂了许多。桂枝爹躺在坑中惶然四望，看见坑坡上那数不清的狗爪子印儿，不由倒抽了一口凉气：操！这畜生是想把我咬死了埋在这儿呀！

第二天，守根就把大黑埋在自家屋后场边的大杨树下。麦茬像死了老子娘，哭得上气不接下气，趴在地上不起来。雪儿和歪歪他们也陪着流了好多泪水。乡亲们都说大黑是条好狗，怪可惜了的。大黑死后不久，有好事者做过调查，原来这家伙的出身确实不凡。它娘是当年日本鬼子带来的军犬，日本战败后流落在了当地，发情时和中国一条大黑土狗相恋生了三个崽，大黑就是那其中一个崽的后代，被逃难中的麦茬捡了回来。乡亲们知道后无不惊呼：怪不得这家伙这么歹毒，原来是有鬼子血脉呀！这情况是真是假说不清楚，但大黑的故事流传至今，老人们经常挂在嘴上当故事讲。

三十如狼，四十如虎，中年妇女守活寡的日子最难熬。花梅刚回来那些日子，身子虚弱，心情不好，捡了条命算是烧高香了。她主动把守根留在身边睡觉，有点儿立功赔罪的意思，自个儿并不怎么需要。因守根不争气才把他赶回小屋跟儿子睡。半年多过去了，她身子已完全复原，心情也好多了，黑介却经常睡不着觉。开头她没当回事，睡不着更好，爬起来干活呗。在小油灯下，她穿针引线，做全家人的棉袄棉裤、棉鞋棉袜，常常是鸡叫了才躺下。躺下还是睡不着，她不由自主地胡思乱想，想过去的苦难岁月，想眼下还算平妥的日子，想往后这些年该怎么过……想得最多的，还是自个儿当妇会主任那几年的辉煌，心思由不得便转到了山堂身上。想到山堂，她自然就会想起临走前那天黑介在窑洞里发生的一切。每想到此，她就会激动难耐，浑身害冷似的打哆嗦，这次回来前下的决心就有点儿动摇：可不是，人生就这么几十年，说不清哪天一眨巴眼就过去了……这辈子要不和山堂做一回真正的夫妻，算白来世界上走一遭，死都会冤得闭不上眼……她这样想着想着，一颗心便活动了起来。

俗话说：男人想女人隔着一座山，女人想男人隔着一层衣。人生最难得的是心不死，最要命的也是心不死。更何况，花梅想山堂，山堂也想她，两人不用拍就合在了一起。

整个暑假，雪儿和麦茬他们玩疯了，只赖到最后一天，才闹着让舅舅把她送回去。守根嫌白日忒热，吃过黑介饭才把毛驴牵出来。他装上半布袋面和半布袋小米子，让雪儿骑上去就出发了，临出门还没忘背上粪筐拿上拾粪叉。也许是命该如此，他前脚出门，山堂后脚就来了。花梅很是意外，因为她回来这大半年，山堂总共来过两次。她记得很清楚，头一次是她回来的第二天，山堂和桂枝来看望她；第二次是麦天刚过，山堂和双河一块来的，说村里秋后要办电，电业局来人测量过了，变压器就安在她家房后的麦场上。他这次来还是为办电的事，想问问守根他家用不用电，要用，装变压器时就一块装上，但提前得把电线、电闸什么的买好。号召入社那年，花梅是妇会主任，做宣传经常对人们说：社会主义就是电灯电话、楼上楼下，实际上电是吗玩意她根本不知道。她说要等守根回来再定，山堂告辞着就往外走。花梅不知怎的一阵心慌意乱，忙起身送他出门。到大门外，她一把抓住山堂的手，嗓子又干又涩地轻声说：“一会儿……去窑上吧。”

山堂看着她的眼睛，迟疑一下才点了点头。花梅返身回家，一颗心咚咚跳得像是要从嗓子眼儿里蹦出来，脚不做主地在门槛上绊一下，趔趄着身子进了院。她觉得口干舌燥，喝了半瓢凉水才打住了心慌。麦茬和妹妹趴在小屋炕沿上写作业，不知道外边发生的事。油灯闪烁冒着黑烟，把他们的小鼻子眼儿熏得黢黑。花梅进了上房，在镜子里看了一眼自个儿发红的双颊和泪光闪闪的眼睛，不由又是一阵心跳。她拧湿毛巾擦了把脸，简单梳理了一下头发，换上件碎花褂出屋来。她对小子说要去奶奶家商量点儿事，吩咐他们写完作业早点儿睡，便从家里出来并反手挂上了小稍门。她站在门口，迟疑着又停住了脚步，自己口问心心问口：我这是去干吗？三十多岁的人了，又有了俩大孩子，这么做合适吗？万一被人撞上，今后还怎么做人？不去了，不去了……可是，自己已经告诉山堂了，不去怎么办？再说了，不去，就这样守一辈子活寡……她呆呆地站了半天，四下看了看不见人影，还是下定了决心，像上次那样从庄稼地里斜插了过去。

又是一个秋风夜，月光如水照大地。山堂没直接去砖窑，而是转到村北河堤上，像查夜似的走走看看，碰上看青的小伙子们还要交代几句。他半天才来到砖窑旁，四顾无人弯腰钻进窑洞里。早就等得急不可待的花梅扑过来，一句话没说便用热热的双唇堵住了他的嘴。两人边亲边急切地脱光衣服，不约而同倒在花秸上……这一次倒是水到渠成，俩人你上来我下去，折腾了有两顿饭的工夫。最后，花梅母狼似的嚎叫一声，浑身哆嗦着瘫在山堂身上。她汗水淋漓，长发散乱，像死过去了一样好半天缓不上气来。山堂擦抹着脸上的汗水，不无担心地轻唤："花梅，梅子……"

花梅像在梦呓中轻轻哼了一声，仍一动不动地瘫软着。实际上，她现在的思想特别活跃，多少年的风风雨雨、多少年的苦难委屈、多少年的迷茫压抑，像发大河一样全都涌上了心头。她心里有好多好多话想说，有好多好多委屈想诉，却一句也说不出来。最后，她伏在山堂胸口"嘤嘤"地哭起来。山堂着了慌，抬起沾满汗水的脸问："梅、梅子，你怎么了？"

花梅没回答，摇了摇头继续伏在他胸上哭、哭，而且哭声越来越高。山堂无言地轻抚着她的后背。就这一回，花梅记了一辈子，到七老八十还经常想起来；就这一回，让她知道了什么叫女人，知道了做女人是怎么一回事；就这一回，让她从骨子里下定了决心：拼死也要跟这个男人做夫妻，跟他几十年，跟他一辈子，跟他到离开这世界那一天！

当天黑介，花梅一宿没睡着。刚回到家躺在炕上时，她因为激动而兴奋，身子的震颤似乎还没完全过去，从心里觉得精神，闭上眼也睡不着。后来，她想到了自个儿那一闪念间的决心，开始盘算怎么着才能和山堂做成夫妻。这事说起来很简单，两人都离婚不就能走到一起了？可再往下想，她立马就丧了气。要想和守根离婚，她觉着好像不怎么难，两人前后好多年就不怎么在一块睡，估计他不会死缠烂打。尽管当年守根对自个儿全家有恩，总算做了几年夫妻，还跟他养活了个闺女，自个儿觉着从良心上还过得去。

要想让山堂离婚？嘿嘿，估计比登天还难。让山堂掏心窝子说，他肯定愿离婚娶她，这点儿花梅还是有把握。可有公私两道大坎，估计他很难迈过去：头一道因为他是支部书记，共产党最忌讳这种事，想离婚就得豁出来受处分，他能豁出来吗？第二道就是二婶儿了。这老人家有骨气要脸面，家规又很大，肯定会拼命反对。可不是，人家桂枝虽说长得不怎么俊，可在村里人缘挺好，一不养汉二不虐待老人，你凭嘛和人家离婚？再说了，他俩要敢这么折腾，就甭想在这个村里待了，乡亲们的吐沫星子也能把人淹死……花梅越想越丧气，越想越心烦意乱，鸡叫的时候打了个盹儿，天一扑明就又醒了。她唉声叹气爬起身，穿衣下炕出屋来。她在院里晃悠来晃悠去，圈里的两头猪听到动静“哼哼”叫着要食吃。她扔给它们把猪草，动手打扫着院落。

这时候，守根回来了。他牵着毛驴，背着满满一筐粪，不知是汗水还是露水，身上的衣服都湿透了。他看到花梅在扫院子，不由意外地问：“你怎么……起这么早？”

按他家的生活习惯，这时候应该是守根拾粪回来打扫卫生，花梅过一会儿才起来给孩子们做早饭。她没有回答，看见毛驴驮着两条鼓囊囊的布袋，不由奇怪地问：“你怎么又把粮食驮回来了？”

“不、不是。”守根咕咕哝哝说着，把两只布袋卸在猪圈旁。花梅更加奇怪：“你怎么卸在那儿？里头装的吗呀？”

“是……自从合作化以后，就没人拾粪了。”守根回避着她的目光，解开布袋把粪往猪圈里倒，“一路上……粪可多、多了。嘿嘿……”

他本来以为花梅这个点还在睡觉，打算把粪倒掉把布袋洗干净就过去了，谁知道被逮了个正着。花梅一见就撺了：“你真是……那布袋还怎么要?!”

“没、没事。”守根支吾着，“这粪不、不脏，粪多才长好庄稼哩。”

“粪不脏吗脏呀？你真让人恶心！”花梅说着，“啪”地扔下扫帚进屋去。守根“嘿嘿”笑着，拧辘轳打水把布袋洗了好几遍。甭管怎么样，花梅从那往后再没用过这两条布袋。

男欢女爱、两情相悦应该是世界上最美好的一份感情，要能把握分寸掌握尺度，确实是人生一大幸事。但从古至今，一代代有几个人能坐怀不乱、有这么好的定力？一旦过界做了那种好事，往往一发不可收拾，甚至变得疯狂，后果将不堪设想。老祖宗说得好：娼出人命赌出贼。古往今来，有多少英雄过不了美人关，前仆后继死在了这条路上？据说，有个县纪检委改革开放后清理陈年旧档案，一千个受处理的干部中有八百多是花案。有什么办法呢？当年女娲就造了男人和女人，谁都无可选择。而且，许是人性如此，不管城市还是农村，这种事都是人们关注的焦点，是男男女女茶余饭后谈论的主要话题。

后来的半年多，山堂和花梅简直到了疯狂的程度。开头是花梅主动投怀送抱，等山堂尝到甜头后，她就再也没办法控制局面。实际上，山堂是色中饿鬼，他压根看不上桂枝，从心底深处不想和她做那种事，出于原始的、动物的本能，一个月二十天有个一次半回，也是没头没尾，吸锅烟的工夫匆匆完事。桂枝原本身子骨就弱，对这种事不感兴趣，盼着一次不做才好哩。山堂正当壮年，前几年却认为自个儿在这方面已经老了。打从和花梅有了这种事，他觉得一下子像年轻了十岁，两三天不做就想得难受。

或许这就叫色胆包天。他俩不分时间不分地点地频频幽会，大歇晌儿、黑介饭后，砖窑上、庄稼地里、沙岗小树林中……没过多久，村子里便流言四起，多少人家饭桌上议论这事却没一人告诉守根。可不是，这种要命的闲话除了不正没人敢传。可不正眼下顾不上，他正忙着闹离婚呢，已经折腾俩月了。媳妇死活不离，双河坚决反对，急得不正整天像猴跳圈，牙疼脸肿像噙着个鸡蛋。他想离婚倒不是红柳逼的，红柳眼下没想嫁给他。她知道想也没用，爷爷肯定不同意，因为不正没有姐妹，没法给哥哥换媳妇。在这方面，不正比山堂高明，他和红柳来往快三年了，村里基本上没什么闲话。两个主要干部都这么不着调，工作一时倒没受吗影响，当时正刹大秋，除了抢收抢种没什么别的事。

谁都没想到，守根家头一个知道这件事的竟然是麦茬。那是个大歇晌儿，麦茬闲着没事去村东豆子地里逮蛐子。这块地离砖窑和秋生兄弟俩跳的那眼井不远，平时来人少，蛐子较多。他东瞅西看转悠着，突然从豆棵子底下钻出一只小兔，也就大人拳头那么大，毛茸茸的挺好看。麦茬稍愣神儿，惊喜地追了上去。兔子虽小跑得并不慢，他紧追慢赶总差那么几步远，当他累得像狗喘气想放弃时，小兔却停下脚步，瞪着红眼睛引逗似的看着他。就这样，追追停停、赶赶跑跑，他们没多会儿就来到了砖窑上。小兔在草丛中回头看看他，“哧溜”一下钻进了窑洞里。麦茬追过来，弯腰想往里钻的时候，却看到了他最不该看、这辈子都不会忘记的一幕——一男一女正光着身子忙活。山堂平躺在花秸上，自己的娘骑在他身上，眯缝着眼前后搓动，嘴里发出“呵呵”的叫声……一时间，麦茬傻了、呆了，瞪着惊骇的大眼看了足有吸袋烟的工夫，当心里大体明白了是怎么回事时才扭头走开了。里面的俩人忒投入，竟然什么都没察觉。

当天吃黑介饭的时候，守根哪儿都找不到麦茬。花梅登上梯子尖，喊了半天也听不见小子回应。开头他们也没当回事，以为麦茬疯跑到大野地里玩去了，吃饭时还给他留出来温在后锅里。等到该睡觉的时候还不见麦茬的踪影，两口子才着了急，一个去问歪歪说没见着，一个去问条子说不知道。这样一来惊动了全村，乡亲们听说“卖卤煮鸡的掌柜里”不见了，纷纷跑出家门帮着寻找。山堂和双河他们带领民兵，拿手电棒打着灯笼分头行动，河沟子里、水井中、树趟子间……村里村外翻了个底朝天也毫无所获。那一宿，不光是守根两口子和二婶儿桂枝她们，好多乡亲都睡不着，聚在三岔口叼着烟锅子猜测这小子的去向。

直到第二天吃晌午饭的时候，麦茬才灰头土脸地回来了。花梅一见就来了气，捡起根树枝子就要打：“王八羔子，你死哪儿去了？！”

麦茬不回答，翻着白眼仁子看着她。花梅逼视着他：“你说话呀！去哪儿了？”

麦茬还是不吭声。花梅更生气，扬起树枝子就要往下落。没想到，这小子一反常态，抬手夺过树枝，撅巴撅巴扔在灶火坑里。花梅一下子愣住了，瞪着眼睛，脸色煞白说不出话来：“你……”

守根正在水井旁磨小镐头，见状忙过来劝解：“算了，算了。回来了就好，快吃饭吧。”

麦穗从灶火坑里站起身说：“哥，你疯了？快摆饭桌吧。”

麦茬还是没吭声，从墙根下拎起饭桌，撒气般地重重扔在大柳树凉里。一家人忙着拾掇饭，一时谁都没说话。吃饭中间，花梅一直在琢磨：小子这是怎么了？平时挺懂事的，今儿可是有点儿不对头，莫非是长大了，不能再打……她一点儿都没想到麦茬能看到自己那放浪的一瞬间，也就更想不到这事给他带来的刺激有多大。自打她从景县回来，麦茬就很少叫娘，从今往后的几年，甭说叫娘，他几乎没再跟花梅说过话。

麦穗给麦茬盛了碗饭，递到他手里问：“哥，夜里黑介你到底去哪儿了？全村人疯了一样找你你都不知道？”

麦茬还是没回答。其实，他昨晚根本没走远，就躲在家门口小石桥下边。石桥的根基是砖石堆砌的，因年代久远流水冲刷掏了个洞，正好能盛下个半大小子。麦茬一次洗脚时偶然发现，觉得好玩就钻了进去。大热天里面挺凉快，他很开心，觉着这是自个儿的小秘密从没对人说过。昨天看到娘和山堂的那一幕，他心里乱七八糟，弄不明白这个世界是怎么了。他感到很迷惘、很憋气，就想钻进洞里一个人待会儿，不知不觉就睡着了。里面很黑，分不清白天晚上，他也不知道一觉会睡了这么长时间。

乡间学校放假跟着农时走，麦天有麦假秋天放秋假。麦假时间短，也就六七天；秋假能放十天半拉月。这不是，刚放秋假春雪就来了。前面说了，她家成分不好，在自家村里孩子们不愿跟她玩，所以每到放假她就来找麦茬他们。

春雪和麦茬一样，再开学该上中学了，也是因为成分问题，她能不能上还不一定。她来的时候，娘正一趟趟找大队干部、找公社领导，着急上火饭都吃不下去。雪儿住了几天，玩得很不开心，惦记着上学的事，就闹着要提前回去。因为离开学还有几天时间，麦茬和麦穗说没见过大山，想跟春雪一块回去玩两天。守根想了想也就同意了。还是嫌白天忒热，他们决定吃过黑介饭再出发。

好像世界上的万事万物都有个定数，该出事写书的都拦不住。那天是农历的七月十五，月亮早早便升上了天空。按迷信说法，这天是“鬼节”，本不该出门的。守根不信这个，吃过黑介饭就把驴车套好了。他让三个孩子坐上去，扬起小鞭儿高高兴兴地出发了。

他们一走，花梅心里就发了慌。她突然有了个大胆的想法，就是把山堂叫到家来住上一宿。因为自从他俩好上后，一直都是在大野地里干那事，胆战心惊生怕人撞见，每次都是匆忙忙不能尽兴，根本找不到那种做夫妻的感觉。要能在家里亲个够做个痛快……她一想就浑身火烧火燎按捺不住自个儿。她忙不迭地收拾桌子，刷锅洗碗，由于心慌手发抖，还把一只碗掉到地上摔碎了。收拾利索后，她去房后菜园里摘了一篮子茄子和西红柿，锁好大门去了山堂家。

山堂去公社开会回来得晚了，一家人刚坐在桌旁吃饭。花梅进门来笑呵呵地说：“娘，你们刚吃呀？这是头茬茄子和洋柿子，大伙儿尝尝鲜。”

二婶儿和桂枝客气着让花梅一块吃。她忙说：“我吃过了。他们今黑介要去阜平，饭做得早。这不，都走了，家里就剩我一个人。”她说着，飞快地瞥了山堂一眼。

二婶儿：“你说谁去阜平了？”

“都去了。”花梅说，“雪儿闹着要回去，麦茬和穗子也想去看看大山是吗样，守根去送他们，可不就剩我一个人了。”

山堂一直闷头吃饭，像是没听见她们说什么。花梅又看了他一眼，拿出个西红柿递给条子说：“这洋柿子咱头一年种，听说好营养哩，能顶个鸡蛋。条子，尝尝。”

花梅回到家里，总觉着心里慌慌的不落地。她在院里转悠了一圈，听到猪叫才想起刷完锅时忘了喂它。她回屋把泔水掏出来，捼上了两块山药倒进猪槽子里，顺手从糠池里抓上了两把谷糠。她关上鸡窝，从窗台上拿了把蒲扇坐在院子里发呆、发呆……

这时候，圆圆的月亮已挂在树尖子上，明晃晃的光芒水一样铺满了院子。天气闷热，一丝儿风都没有，蚊子又围着人“嗡嗡”叫个不停。花梅心烦意乱，挥着蒲扇用力拍打几下站起身来。她关上大门，拧辘轳提上了一柳罐斗凉水，脱光了在树影里擦洗着身子。

山堂撂下饭碗说去开会，起身从家里出来了。他去大队部转了一圈，坐在桌旁翻开了当天的报纸，上面头版头条刊登着中共中央关于取消集体大食堂的决定。山堂边看边长长地吐了口气，可不是，村里的食堂解散快一年了，自己的那颗心一直提在嗓子眼儿上，生怕上级知道了不好交代，这回总算可以落地了。看完那篇文章，他美美地抽了根烟，锁上大门便去了村南。像每次那样，他装着查夜，从村南转到村西，从村西转到村北……

圆月当头，夜空明净。如银的月华漫过原野，长势看好的秋庄稼一片连着一片：棒子、棉花、山药……肥硕的叶子流光溢彩，在野风中轻轻摇曳。美丽的夜晚并不宁静，“知了”热得噪叫；秋虫烦得“唧唧”；看青的小伙子闲得无聊，时不时吼上两嗓子，一递一声传得漫长而悠远。当劳累了一天的人们上炕吹灯的时候，山堂推开了花梅虚掩的大门……

小毛驴一天没干活，拉起车来就撒欢儿，它翻动雪白的四蹄，“哒哒哒”一路小跑儿。三个孩子开头很兴奋，“嘻嘻哈哈”又说又笑。春雪还带头唱起歌来：

公社是棵常青藤，
社员都是藤上的瓜。
瓜儿连着藤，藤儿牵着瓜，
藤儿越肥瓜越大。
……

守根跟在车后，看着他们开心地哈哈笑。等走出去十多里地，三个孩子都蔫了。麦茬头一个歪着脖子睡着了。春雪和麦穗眯缝着眼似睡非睡，有问没答地随着车行晃来晃去。守根忙让毛驴慢了下来，尽量平稳地走着。毛驴出了一身汗，也没了刚离家时的精神头。它懂事地放轻四蹄，连喷鼻子都压低了声音。

这时候，小拉车正路过一眼望不到边的棒子地，两旁一堵墙似的棒子垄挡住了月光，周围变得一片昏暗。毛驴走着走着忽然停住了脚步，两眼惊恐地望着棒子地深处，鼻子里还发出不寻常的呼噜声。守根没当回事，吆喝着抽了它一鞭子。没想到，毛驴不往前走，反而开始往后退。守根觉得好奇怪，不由顺着它的目光看去——倏地，一条黑乎乎的东西从棒子棵间蹿出来死死挡住了去路。守根大吃一惊，不由倒退半步凝神细看……这一看更了不得，恍惚间，眼前蹲在路中央的分明就是大黑。守根头发根子发奓，一颗心狂跳，刹那间惊出来一身冷汗。他下意识地回头看孩子们一眼，壮着胆呵斥：“畜生，你想干吗？”

不料，大黑好像狂叫一声，冲毛驴猛扑过来。毛驴惊叫着连连后退……就在这时，车底下突然传出震耳的爆炸，“砰、砰”两声，把孩子们都吓醒了。守根惊恐地后退几步再睁眼细看，前面什么都没有了。麦茬眯眯瞪瞪地问："爹，怎么了？"

守根顾不上多想，忙说："没、没事。像是崩带（胎）了。"

三个孩子忙跳下车细看，可不是，两条车胎瘪瘪的一点儿气都没了。守根心里害怕又很纳闷：车胎都是新换的，道路平平连个小坑都没有，怎么会崩带哩？而且还是两条一块崩？他不想对孩子们多说什么，含糊地支吾着："准是……天忒热。"

春雪问："那……咱们怎么走呀？"

守根一时没吭声，心里盘算着该怎么办。他们已走出来十多里地，离雪儿家还有三十多里，当然是回去近些。他想到此，便说："要不咱们先回去吧，赶明修好车再说。"

三个孩子一听都表示不同意。麦茬和麦穗想看山正在兴头上，春雪急着回去问问上学的事。大家商量了半天，最后决定守根一人赶车回去，他们三人继续往前走。守根觉得雪儿路熟也就同意了。他赶车往回走时，忽然想到今儿是七月十五，真是"鬼节"撞上鬼了，万万不该今天出门。

守根回到村里时，差不多正好半夜时分。毛驴伸着脖子长长地叫了一声，引来好多头驴应和，呜哇声此起彼伏震荡着夜空。他牵着驴来到家门外，推了推大门插得紧紧。他把车卸到屋后的碾棚里，心里盘算着该怎么进家，花梅肯定是睡了，要是敲门就得把她叫醒……最后决定从猪圈墙上的小窗口钻进去。那时候家家都把猪圈留在院子的西南角，在院墙上开个小窗为起粪方便。

守根钻进院子里，正想去开门把毛驴牵进来，忽然听到上房里传来花梅的哭声。他没太在意，以为她是在做梦，往门口走了两步，却又听见一个男人低低地劝慰："好了，好了，这么大的事，咱从长计议还不沾？"

守根听得明明白白，脑袋里"轰"一声愣在了当院。原来，花梅和山堂亲热够了后，提出来两人都离婚走到一起的想法。山堂不用想就知道这根本没可能，娘肯定坚决反对，桂枝死活不会同意，自己的政治前途也就到头了……花梅觉得没希望，哭得好伤心。

守根的身子晃了晃，站不稳似的呆立、呆立……他觉得自己的脑袋里像过飞机，“嗡嗡嗡”震得耳朵发麻。女人还在哭，男人还在劝。守根听出那是山堂的声音，更是震惊得一时不知该怎么办。就在这一瞬间，他想到了多年前压在心里的那块石头，想到了小电棒和不正的挑唆，想到了自己不入社的原因……他觉着火苗子从心里直往脑瓜顶上撺，顺手摘下小屋窗上挂的镰刀，三步并作两步冲过去，抬脚踹开了上房屋门。

明晃晃的月光透进窗口，毫无保留地洒在一男一女赤条条的身体上。他们一丝不挂搂抱着躺在炕上，女人身子颤动着把头扎在男人怀里……守根眼前一黑，差点儿摔倒在地。他伸手扶住半截墙，声音沙哑地说：“你们、你们……把衣服给我穿、穿上！”

花梅和山堂吓呆了，吓傻了，惊骇地瞪眼瞅着他一动不能动。

“快给我穿上！”守根大喝一声，挥镰朝山堂砍去……说时迟那时快，花梅一骨碌坐起身挡住山堂，抬胳膊搪了一下，只听“咔哧”一声，镰刀砍在了她的手背上，眼瞅着鲜血“呼呼”往下流。守根被吓坏了，提溜着镰刀瞪着眼发愣。山堂顾不上穿衣服便往下跳：“快！找东西给她缠住！”他说着打开柜门，手忙脚乱地翻找。

守根稍稍回过神儿来，急切间撕下来条衣襟想为花梅包扎……没想到，花梅却挡住了他的手。她脸色苍白，神情平静地说：“不用。守根哥，这条命本来就是你给的，今儿我还给你，把闺女也给你留下……从今往后，你走你的阳光道，我走我的独木桥，咱们恩怨两绝。”她说罢纵身跳下炕，一头撞在了桌子角上昏死了过去……

第八章

走投无路　兄妹交换成连理
捉奸在床　冤家夫妻两分离

甭管郑巧云怎么努力，磨破嘴也好，跑折腿也罢，春雪还是没能上成中学。她那份着急呀，真是想死的心都有了。可不是，一个二十多的大小子娶不上媳妇，成天在家没好气地摔摔打打，现在又添了个十五六的闺女，一天到晚哭哭啼啼，你说她能不闹心？

巧云吃不下睡不稳，真是一夜急白头哇！这天一大早，她跟生产队长请了假，带着闺女来找守根想办法，进家却看见花梅头上缠着白布躺在炕上。她大吃一惊忙问怎么回事，花梅微微一笑，说是黑介下炕没站稳摔的。这些日子有不少乡亲来看她，花梅都是这么说的。也有人心里犯嘀咕：摔了脑袋，那手怎么也破了？一嘀咕两嘀咕，村里的闲话就出来了。还真有闲话说是她养汉被守根打的，也有人反驳，说守根连蚂蚁都不敢踩死还能动手打人？闲话归闲话，知道真相的三个人嘴上都贴了封条，谁又能去深究？

巧云心里有事顾不上多想，边和花梅说着自个儿的心腹事等守根赶集回来。眼看天就晌午了，花梅想起来做饭被春雪拦住了。实际上，她的伤已好得差不多，除了手还不能沾水，做饭喂猪什么的家务都能干了。

春雪在这个家里比在自个儿家还熟，挽袖子洗手想擀面条时，麦穗背着书包回来了。俩小伙伴“嘻嘻哈哈”笑了一会儿，春雪说到不能上学的事，不由眼里转出了泪花。

麦穗却说："上学有吗好呀？我都不想上了，要不是娘逼着，哼……"她往里屋看一眼，把后面的话咽了回去。过了一会儿，她告诉春雪，说哥哥去县城上中学了，星期天才能回来；歪歪死活不想再念书，村里办电让他当上电工，这会儿去县电业局受训了。实际上，麦穗不想上学是受歪歪的影响，前面说过，自从歪歪和大黑把她从河湾里救上来后，她对歪歪就多了一份依恋，不想上学是假，不想和歪歪分开是真。

当两个小丫头做好了鸡蛋洋柿子卤，擀好面条想下锅先煮一部分时，守根背着杈把扫帚回来了。他不知怎的显得疲惫而苍老，人瘦了不少，长长的头发和胡子都有了几根白的。他看见俩闺女，咧开大嘴高兴地笑个没完。实际上，自从那天黑介出事后这一个多月，这是他头一回真正开心地笑。这些日子，他小心翼翼伺候着花梅，嘴上不说什么，心里皱皱巴巴从没舒展过。他一句也没再问花梅和山堂到底是怎么回事，该干活干活，该吃饭吃饭，只是到了黑介睡不着觉。正好小子上学走了，他一个人在小屋里，成宿成宿圪蹴在地上抽烟。每当夜深人静、月上梢头的时候，他会开门出来蹲在大青石上，望着长长的流水一口接一口地出长气。可有一点儿自己也说不清楚，他心里想得最多的倒不是眼前这件事，老是不由自主地回忆年轻时的战斗岁月和牺牲在身边的战友，越想越觉得对不起他们，再次萌生了去找部队的念头。

花梅没对守根说一句道歉的话，只是断断续续讲述了自个儿苦难的童年、不幸的婚姻；毫无保留地交代了她和山堂这些年的心路历程；承认了她对山堂那一见钟情、刻骨铭心的爱，和他们来往的前前后后。守根始终是闷头听着，从头到了没说一句话。他也许是从心里原谅了他们，每天无微不至地照顾着花梅。两个人客客气气、相敬如宾过了一天又一天，下一步该怎么办谁都没说过。

一家人坐下吃饭的时候，巧云说了这次的来意。她模模糊糊记得守根说有个舅舅在服装厂当厂长，想把春雪送去当个工人，说到自个儿的难处还掉了两滴眼泪。守根二话没说，吃过饭就领着巧云娘儿俩去了山堂家。二婶儿本来就很喜欢春雪这丫头，当天后晌儿便让守根套上驴车，三个人去了县服装厂。

杨春雪当上了工人，心里就甭提多高兴了！她走路带小跑儿，吃饭哼小曲儿，做梦都能笑出声来。也是，这闺女和红柳一样，从小喜欢描花绣朵，五六岁就拿着娘的大剪子用捡来的烟盒纸铰条小裤，剜个小褂儿，裁只小鞋……看上去还挺像那么回事。厂长陈铁钢也很待见，但不允许她叫老舅，说那样影响不好，就叫厂长。

当时的无极县城很小，东西走向就一条主街，总长不过三里远，而且都是土路，坑坑洼洼不好走。服装厂就坐落在街的最西头路南，紧挨着县医院，路对面是土产公司的门市部，卖杈把扫帚、鞭炮烧纸什么的。

服装厂不大，总共不到一百人还多是妇女。只见正房三个车间一字排开，设计和画皮、缝纫、后期整理和仓库；偏房就是办公室、食堂和宿舍。新来的工人一般都是从最基础干起，春雪被分在了缝纫车间。她好像天生就是干这个的材料，师傅上午略加指点，下午她就能独立操作，第二天就开始出活，第三天就比老工人做得还快，别人一上午做一条裤子她能做两条，而且保质保量从没出过差错。厂长陈铁钢很高兴，不到半个月就在全厂大会上点名表扬了她两次，一个月后就把她调到第一车间，跟着师傅学画皮。这是全厂的关键技术，人人都想学，有的进厂几年了还在蹬机子，申请多少次都白搭。也许是“出头的椽子先烂”吧，春雪信心满满扑在工作上，不知不觉间却惹了好多人的妒忌，为她后来一连串的苦难遭遇埋下了祸根。

深秋，场光地净的时候，守根不想在家待了。他还做着好梦：去找自己的部队，找到了就要求恢复军籍，哪怕在军营站岗也不回这个家了。也是，你说他和花梅这样夫不夫妻不妻的过有吗劲呀？俩人三天说不了两句话，在孩子们面前还得装得高高兴兴。花梅倒是说过离婚的话，守根没同意。当时在农村闹离婚还是丢人的事，他觉得一是面子上不好看；更主要的是孩子们还小，怕他们受影响，在人前抬不起头来。

那会出门必须有介绍信，不出县大队的信就行，出县得去公社开，出省就得是县政府的介绍信，要没有，说不定哪级把你当“盲流子”抓起来。守根腻歪了两天不愿去找山堂，可这事不找他还真不行。没办法，这天趁吃晌午饭的工夫，他去了山堂家。山堂刚回来，正蹲在院子里洗手。他看到守根，稍稍愣了一下，不自然地含笑问：“哥，你……有事？”

山堂已多年没叫过“哥”了，守根还有点儿不习惯，忙说了想开信去找部队的想法。二婶儿从厨房出来就数落开了：“你吃饱了撑的呀？又要出去胡跑跑？那些年你都找一百回了，还不是瞎子点灯……”

二婶儿不知道花梅他们之间的事，守根又没法解释，只能赔着笑脸打哈哈。二婶儿还在说：“你这会儿多好！儿女双全，不愁吃不愁喝，真是三十亩地一头牛，老婆孩子热炕头，干吗又去糟钱？”

守根“嘿嘿”笑：“总是……一块心病。”

“有吗用呀？”二婶儿说，“找回来又怎么样？你看看咱村东头冒林、南头大娃，人家那个也不比你功劳小，还不是照样受罪？”她说的是两名复员军人，都是抗美援朝回来的，身上多处伤残。他们打仗多年，回来都过了结婚的好岁数，一个至今还是老光棍；一个娶了个后老婆，前窝后窝经常打架。二婶儿接着说：“国家不就补助那么点儿抚恤金，你缺那俩钱呀？”

“也不是为钱。”守根说，“想想那几个牺牲在身边的战友，总觉着心里有亏欠。”

“娘，我哥说得对。”山堂接过话头，“能找当然是找回来好。”

二婶儿忙着拾掇饭，没再说什么。守根问她：“娘，我估计还得去北京，捎东西不？”

二婶儿一时没回答。很少说话的桂枝这时却冒了一句玩笑话：“哥，你要有空儿去问问毛主席，看这公社吗时候解散呀？”

“净胡说八道！”山堂瞪眼训斥她，“要让外人听见，还不打你个‘现行反革命’？”

“桂枝说得没错，解散了公社才有好日子过。”二婶儿边盛饭边说，“你私下里去问问，要掏心窝子说，谁不是这么想的？”

山堂没再说什么，撂下饭碗就骑车子转了一圈，把公社和县政府的信都开了回来。他本想亲自送过去顺便看看花梅，想了想又觉得不合适，便让条子跑了一趟。

当天黑介，守根烙了一摞大饼。第二天一扑明儿，他起来先喂了喂毛驴，拍拍它的大脑门儿像对孩子一样嘱咐“在家好好待着”。毛驴似乎知道他要出门，冲着他一个劲低声嘶叫。他背上珍藏多年的行军壶，把钱塞进大裤衩子上的小口袋里便上了路。他往外走时心情兴奋，精神抖擞，有一种当年在部队战前行军的感觉。

深秋时节，风高气爽，瓦蓝的天上万里无云。守根出了家门觉得有点儿凉，不由加快了脚步。那时候从无极到石家庄没有直达车，但可以坐卡车先到正定，再坐火车去石家庄。因为都是土路，卡车颠咣颠咣也得多半天。守根的钱串在肋条上，花一个大子都比割肉疼。他舍不得花钱买车票，蹽开小短腿，顺着乡间小道一路急行，没多会儿就出了一身臭汗。他经郭庄、过藁城，晌午刚过便到了正定。他在路旁小饭店里要了大碗鸡蛋汤，就着自个儿带的咸菜大葱，转眼间就吃了三张大烙饼。饭店的小老板惊得只眨巴眼，看他吃得带劲，白送他一盘鱼香肉丝。

正定到石家庄不过三十来里。守根顺着铁路线溜溜达达，太阳落山时就进了市。他知道这个点政府机关快下班了，也就没急着去办自己的事。他东瞧老鸹西瞅燕儿，沿着解放路一直往西，过地道桥便看到火车站了。他站在街旁打量着车站和来往的人群，恍惚间想起当年表哥周兴来这儿接他时的情景，心情一下子变得很沉重。可不是，物是人非，一晃十五六年过去了，表哥早牺牲了，而且就死在自己眼前……他忽然觉得浑身没有了一点儿劲，顺着墙根就圪蹴在地上。他连抽了两袋烟才觉得好受了些，站起身顺着中山路继续往西，快走到头时才来到路北的烈士陵园门口。

这时，天已经黑透，街侧的路灯亮了起来。守根晃了晃陵园紧闭的铁栅栏门，见里面没动静，只得退到上次待过的那个墙旮旯蹲下身来。他解开小包袱，拿出已发硬的烙饼慢慢嚼着，抬眼打量周围的情景。这里已是城市的尽头，再往西就是庄稼地，只见路灯昏暗，行人寥寥，偶尔有人骑车也是匆匆而过。

忽然，一阵凉风挟裹着败叶浮尘迎面扑来，守根不由打了个冷战。他心里想坏事了，这回出来忘了带铺盖，露天过夜可不好熬。他双手抱腿佝偻了一会儿，觉着身上越来越凉，挺到半夜实在受不了，只得起身去了火车站。那会儿候车室里没现在这么多人，他找了把长椅舒舒服服躺下，头枕着小包袱刚迷迷糊糊要睡着的时候，却被人一巴掌打醒了。他忙坐起身，看见一位铁路警察站在旁边。他忙掏出介绍信，解释了半天也不管用，到底还是被赶了出来。他没地儿可去又冷得难受，只得在站前广场上跑来跑去转圈子，累得“哈哧哈哧”像狗喘气时，身上的汗水也快出来了，就这样一直转悠到了天亮。

第二天一早，烈士陵园刚开门守根就进去了。他发现陵园扩建了不少，一排排的松柏树也长大了，到处浓荫覆盖，更显得庄严肃穆。院中央还建造了一尊白求恩大夫的巨身雕像，他面带微笑，正注视着对面那一片亮闪闪的烈士墓碑。守根听说过他的故事，知道白大夫是加拿大人，不远万里来中国支援抗日战争牺牲在前线。他一直非常敬佩这位英雄，不由站直了身子冲雕像深深三鞠躬。这是他第三次来烈士陵园，第二次来时已发现了连长赵先才的墓碑。

守根来到赵先才墓前，打开在路上特意买的一盒“大生产”牌香烟，抽出来三根点燃了插在草丛中。他叫了声“连长”泪水就流下来，索性像老娘儿们一样坐在地上，盘着腿数落开了：“连长，你说我该怎么办呀？到哪儿去找咱的部队呀？你也知道，前些年我跑了一百趟……你们都走了，剩我一个人孤苦伶仃的。都说我命大，可我的日子不好过你们知道不?”

守根哭他的连长，心里想着这些年找部队的艰辛，更想着眼下自己在家里的憋屈，眼泪像断线的珠子一样流下来。他怕人笑话，咧着大嘴却不敢高声，哽咽半天差点儿背过气儿去。他连哭带数落折腾了有吃顿饭的工夫，心里才觉得好受了许多。他告别连长，边擦摸泪水走出了陵园大门。他站在马路边辨别了一下方向，凭着记忆拐弯抹角走了半天，才找到当年“荣军安置办公室”所在地。可当他看到面前的情景，却一下子傻眼了。

当年那一大片低矮的平房都拆成了空地，推土机“轰隆隆”叫着正清理垃圾。守根真蒙了，不知自己该去哪儿、该去找谁。他冷静了好一会儿，拣着干部模样的行人问了三四个，才弄明白自己这点儿事应该去找民政局。他在热心人指点下，好不容易才找到了市政府，找到了民政局，结果却大失所望。

值班的小青年一问三不知，什么“晋察冀军区”，什么“三十三团”，他像听天书一样傻瞪着眼一个劲摇头。守根知道再多说也是白搭，一气之下当天黑介就坐火车去了北京。

守根以前出门心里总不踏实，办完事就像鬼赶着似的急着往家跑，这回不知怎么想开了，一气在北京待了三四天。他先去了北京军区，找部队的事毫无结果。接待他的小战士倒是很热情，又是打电话又是咨询老同志，最后告诉他：你们团从朝鲜战场下来没剩几个人，合并到什么部队了谁都说不清楚，尤其是后来部队整编全国大调动，番号都变了就更不好找了。这和守根以前知道的情况差不多，他很无奈，留下自己的姓名地址就出来了。他站在人来人往的大街上，心里一片茫然，不知道自个儿下一步该怎么办，该去哪里找谁。

天擦黑儿是出门在外的人们想家的时候。守根在街头溜溜达达，明知道自己该回家了却一点儿也不想回去。他看着行色匆匆的人群、川流不息的车队和华灯初上的长街，心里忽然有了想看看北京的想法。他这是第四次来首都，以前从没有过这种念头。他这样想着，当天黑介便去了天安门广场，东走走西看看，一直转悠到夜深人静。他看了天安门，站在金水桥上向毛主席像深深三鞠躬；看了人民英雄纪念碑，立正行了个标准的军礼……夜深天凉的时候，他随便找了个黑旮旯蜷着身子睡了一会儿。第二天一大早，他爬起来就去看升旗仪式。当看到战士们齐刷刷向国旗敬礼时，他实在忍不住，没管旁边有多少人，激动得热泪“哗啦啦”往下流。

接下来的几天，守根围着中南海转了好几圈，先去了军事博物馆，又看了看那架我军战士用机枪打下来的飞机。他这次凑近跟前，看到说明上真没他魏守根的名字。他不敢确定这就是自个儿打下来的那一架，非常失望地走出来。他溜溜达达去了王府井，看了西单商场……饿了啃两口烙饼；渴了找个水管嘴对嘴喝一通；黑介随便找个墙旮旯睡一觉；白日则靠两条腿走来走去，一是不知公共汽车该怎么坐，二来也舍不得花钱买车票。他本来还想看看故宫和动物园，一听说要买门票就打消了这念头。

第四天一大早，守根终于登上了南行的列车。他从长寿站下来，往自家的方向走了半里多地忽然想起件事来。他收住脚思索片刻，折转身朝阜平杨家庄走去。从长寿说，他家和巧云家是两个方向，一个东南一个西北，两边的距离差不忒多。他以前去巧云家没从这儿走过，路不熟，找人打听了一下，顺着条田间小路斜插了下去。他当时可真没想到，就因走这条新路，给他今后的生活带来了好多麻烦，也让花梅下定了离婚的决心。

天快晌午的时候，守根路过一个村庄，看见村头山墙上写着“赵各庄”三个字，心里不由“咯噔”了一下。他停住脚，心里想这个村名怎么有点耳熟呀？他仔细回忆了半天，终于想起战友赵小山好像就是赵各庄的，但是不是这个赵各庄他拿不准。因为打最后那场阻击战时他当机枪班长没几天，手下的战士又是从各连队抽调上来的，互相之间还不忒熟悉。但赵小山是和他一块从国民党部队过来的，他俩挺投脾气，说话较多，曾多次提到过赵各庄这个村名。

守根抱着试试看的想法拐进了村口，几经打听确认赵小山就是这村的。他心里一阵高兴，左打听右问找到了小山家，站在没门的墙豁处却傻眼了——这也算个家呀?！三间没椽没檩的秫秸房，年久失修塌了两间，剩下的一间歪歪扭扭，好像一阵风就能吹倒；“干打垒”的院墙早瘫了，变成了一堆黄土；院里到处是破砖烂瓦、鸡屎狗粪和柴火末子；唯一能看到的建筑物，就是猪圈坑旁那二尺高的茅子墙，人进去也不过挡住下半截。一个白发苍苍、干巴瘦枣的老太太，佝偻着腰蹲在屋门口正在做饭。她用三块砖支起一口铁锅，里面就煮着几块山药。守根呆立良久，鼻子发酸地问：“大娘，你好哇?”

老太太回头看看他，一声没吭地从锅里拿出块山药递过来说：“我家……就剩这几块山药了，你拿上走吧。”

守根愣一下，忙说：“大娘，我不是要饭的。”他知道老太太把他当成叫花子，不由笑起来。可不是，他几天没洗脸，头发胡子老长，睡觉也没个正经地方，衣服弄得脏拉吧唧的。

老太太也愣了一下，问：“那……你想干吗?”

“这是赵小山的家吧?”守根忙说，“我是他的战友，想……过来看看。”

“小山? 小山? 你是说俺家小山?”老太太一迭声地问，“他还活着? 你知道他在哪儿、他在哪儿?”

守根本来想实话实说，告诉她小山早牺牲了，可看老人那着急的样子又不忍心说出口，话到嘴边又改了：“他……我们解放后就分手了。我留在北方，他跟着部队去了南方。”他说罢怕老人不信，忙又补充，“我正好路过，想看看他回来没有。”

老太太非常失望，泪水在眼里打转转念叨着：“没、没有。十多年了，活不见人死不见尸……这王八羔子，连封信都没打回来过。真是……”

“没事。估计他挺好的，准是当领导了，工作忙呗。”守根胡乱安慰着，和老太太拉起了家常。老人告诉他，自个儿二十八岁守寡，拉扯着小山和他一个姐姐。他姐姐解放那年出嫁，两年后生孩子难产死了……老人家说着说着止不住泪水长流。守根陪着掉了几滴，临走时把身上的钱全留给了她。从那以后，他逢年过节都会过来看看，给老人送些小米白面、鸡蛋挂面，过年时还加上一刀猪肉、几块年糕和豆腐。

守根到杨家庄时天已擦黑儿。巧云刚从地里回来，正抱柴火准备做饭。她看到守根，意外地笑着："你怎么……这咱来了？又去北京了吧？"

"姐，你可真神了！"守根像回到了自己家，很随便地坐在灶坑里拉风箱帮烧火说，"你怎么知道我去北京了？"

"你来的这个时候不对呀。"巧云弯腰从柜橱里拎出只口袋，边往盆里揼棒子糁边说，"你平时过来，不是晌午就是黑介，这个点儿来只有两回，都是从北京回来路过。"

守根哈哈笑着，讲了去北京的经过。他正说着，杨冬雪扛着铁锨挽着裤腿从地里回来了。他看见守根，脸上没一点儿笑模样，只是轻轻叫了声"舅"，便放下铁锨进了自己屋里。巧云的脸色立马阴了下来，皱着眉头说："你看到没有？这小王八羔子成天介这样，进家就哭丧着脸，好像我欠他二百吊钱。真是……"

"这小子是个念书的料儿，"守根忙为冬雪开脱，"没书念了，心情不好呗。"

巧云从锅里舀出开水泼糁子，摇头叹息着说不出话来。接下来，守根改变了话题问："姐，你还记得老杠头家的红柳不？"

"记得呀。"巧云不无意外地看着他说，"挺好的个闺女，她怎么了？"

"她没怎么。"守根说，"那你认识她哥青松不？"

"就是那个麻子脸呀？"巧云拍打着棒子糁往锅里贴饼子，"说不上认识，倒也碰上过两回，那模样是挺吓人的。"

"那小子人不赖，话不多，挺实诚的，一天到晚牛一样光知道闷头干活。"守根说，"人家可是一步登天，去县剧团上班了。"

“是吗？”巧云意外地问，“他家那成分，怎么能去县剧团？”

“人家有本事呀。”守根说罢讲了件事，让巧云好几宿没睡着觉。

说是前一个多月，银沙窝大队书记九十岁的老爹走了，因是喜丧，请县剧团唱了三天戏。头天后晌儿，红柳和一群大姑娘小媳妇跟着桂枝去看戏，因去得忒早，便先去了她家。正好有剧团的三个人住在她家东屋里。红柳听见有人拉二胡，忍不住扒着门框往里看，顺嘴说了句：“这玩意儿俺哥也会拉。”

没想到剧团的领导就在屋里，听她这么一说挺感兴趣，立马让她回去叫来了青松。青松拉了两个曲子，那位领导当时拍板就批准他跟剧团走了。

巧云边听心里边琢磨什么。守根最后加了一句：“青松这一走，说不定往后还能转商品粮，成公家人哩。”

吃饭的时候，巧云一直没说话。守根撂下饭碗要走，巧云送他到大门外，突然问了一句：“根儿，你说，咱要和老杠头家换亲沾不沾？”

“姐，说实话，我也这么想过。”守根叼着烟袋说，“要说红柳配冬雪，那再好不过了；只是委屈了咱雪儿，青松比她大十来岁呢。”

“大点儿倒没事。”巧云思索着，“只是那模样……雪儿怕相不中。”

“我倒觉着男人丑俊不算吗事。”守根说，“无非是刚开头有人说三道四，日子长了，还不是看人品？青松这孩子，德性真的不赖。”

听他这么说，巧云下定了决心，便说：“走。我跟你一块回去，咱找娘商量商量。”

巧云说罢，回去加了件衣服，跟冬雪交代了一声，两人便上了路。他们回到金沙窝时，已是鸡叫二遍了。要按巧云的心思，直接就去山堂家找二婶儿了。守根笑她心急，拉着她出村过河回到自己家。花梅被叫醒，高兴地拉着巧云去大屋和自己一块睡。巧云觉着不合适，坚持要睡小屋，最后拗不过还是去了大屋。她隐隐感觉到两口子好像没在一条炕上睡，心里动了一下，因天忒晚了就没往深处想。

巧云心里装着大事根本睡不着，迷迷糊糊打了个盹天就亮了。她把守根叫起来，洗了把脸就去了山堂家。二婶儿早起来了，正轻手轻脚收拾着院落。她听巧云说明了来意，沉吟着半天没说话。巧云急声追问：“娘，你看这样沾不？”

二婶儿犹犹豫豫地：“沾是沾。老杠头定准高兴得拍屁股，只是……忒委屈了咱雪儿。”

“甘蔗没有两头甜。咱不是没办法嘛。”巧云说，“小妮子就包点儿屈吧，总不能让老杨家断了香火呀。守根说了，只要那孩子德性不赖就沾。”

“孩子倒是个好孩子，在咱眼皮子底下长大的。”二婶儿仍没拿定主意，抬眼看着巧云说，“你可得想好了，这不是小孩儿过家家，咱吐吐沫就得成钉。”

巧云急不可待地：“娘，没事。我想好了。你就多费心吧。”

“这事……是不是急了点儿？”守根说，“咱是不是先和雪儿说一声？”

“她一个孩子家知道吗呀。”巧云口气坚定地说，“这事我做主了。”

吃过早饭，二婶儿就去了红柳家。老杠头没听她说完，真就高兴得直拍屁股……他们紧锣密鼓张罗这件事的时候，谁也没想到红柳和春雪都出事了。

一天黑介深更半夜，不正和红柳光着身子被他媳妇摁在了炕上。

狗急跳墙，兔子急了也咬人。这几年，不正三天两头闹离婚，要不是双河两口子压着，早离一百回了。到现在，老两口见儿媳妇的肚子总也没动静，话头话尾间就有了点儿松动。桂香心里急呀：你不好好下种，我这地板子再好也长不出小苗儿来呀！可这话又没法说出口。他们两口子不是完全没有那事，只是次数忒少，不正性大，每当红柳不高兴或是不方便时，一个月和媳妇也有一两回。她早就觉出来不正外头有人，为了名声，总想睁只眼闭只眼，想着等早晚有个孩子就好了。可如今到了紧急关头，她觉着自个儿必须把两只眼都得睁开，弄个水落石出才行。

那天黑介，不正睡醒一觉说去查夜就穿衣服出去了。他媳妇忙起了身，不远不近地偷偷跟在他身后。天黑得伸手不见五指，不正打着手电在地里转了一圈也没发现身后有人。他知道红柳今晚值班，从村南拐回来就去了缝纫组。大队部里静悄悄。他和红柳知道没人，门都没插就脱光抱成了一团。正在这时，屋门“咣”一声被他媳妇踹开了。红柳惊叫一声拉被子盖住身子；不正傻了似的光屁股站在床边；媳妇没吵没嚷，瞪眼瞅着他们……一阵尴尬过后，三人当场签下了字据：从今往后，不正和红柳一刀两断；不正再不能提离婚的事，要提媳妇就告到公社里去。

他们三人之间的事就这么悄没哑声压了下来。春雪遇上的麻烦却说不清道不明，可就没那么简单了。她上班一个多月，刚被调到一车间跟着师傅学画皮的时候，杨雪川来到了服装厂。他是从石家庄服装学校毕业分配来的，进厂就是正式工。他十九岁，高高的个头，白净的皮肤，眉清目秀一笑俩酒窝，那真是一表人才。用二婶儿的话说：是个一挺杠直、四面见锯的好小伙儿，走到哪儿屁股后头都跟着一堆小妮子。服装厂是女人窝，来这么个帅哥本来就引人注目，偏偏他穿衣打扮又非常时尚：自来卷的头发蓬松地盖过了耳朵；宽宽的裤脚露出尖尖的皮鞋；加上满脸的书卷气，尤其显得风流倜傥、自负而潇洒。

女人们怎么看是她们的事。厂长陈铁钢却看他一眼就皱起了眉头，本能地觉得这小子和常人不一样，身上的味儿闻着都不对：哼，流氓式样的，一看就不是块好料！但他一时没说什么，因为雪川的老子杨大威是公社书记、娘是商业局副局长，和他都是多年的朋友。说朋友好像也不忒准确，小小的县城里浮在面上就那么几个人，互相之间都很熟悉。

杨春雪多年后也想不明白，自个儿为吗一见雪川就觉得不认生，好像是从前的老朋友，有点儿说不清楚的亲切感：是因为都姓杨，五百年前是一家？是因为名字里面都有一个雪字？还是因为两人进厂时间差不多，又同为年轻人？好像都有那么点儿，厂里大多是老工人，就他俩算同龄么。甭管吗样，反正他们没几天就走得很近，见面有说不完的话，开会坐一块，吃饭对着脸，有一两次下班后去街上转了转、去城北大河堤上坐了会儿……要说她当时心里有吗想法那简直屈死了，说瞎话天打五雷轰，那时候自个儿才多大？压根不可能有这种念头。他们就是喜欢在一块玩，说得最多的是雪川他们学校，以及服装设计方面的话题。她有没有想法别人不知道，反正没多久闲话就出来了，说他俩在谈对象，甚至有人讲得有鼻子有眼儿，拍着胸脯子说看见他们在树趟子里抱着亲嘴来。

娘儿们堆里闲话多。甭管以前还是现在，县城和农村一样，闺女家长得俊不是好事。但凡有姑娘比较漂亮，性格再活泼点儿，走到哪儿不吸引男人们那狼一样的目光？娘儿们们眼气心里不舒服，她们哪个屁股后头不是一街筒子闲话？当然，要不是吵包子打架，闲话再多也没人当着本人说出来。春雪傻乎乎吗都不知道，白天全力以赴埋头干活，下班后不是看书就跟着雪川出去玩。厂长陈铁钢听到闲话坐不住了，一天下班后把春雪叫到办公室。没根没据他也不好说得忒具体，只是提醒她注意影响，嫑和男孩子们在一块瞎混混。

春雪被他说得一头蒙，不知道自个儿做错了什么。男孩子有谁？不就指雪川吗？可她心里干干净净，俺们怎么了？干吗坏事了？她心里不服气就没说话，一脸不高兴出来正碰上推车子往外走的雪川。雪川看到她的脸色觉得奇怪，不由问道："雪儿，你怎么了？"

"没、没事。"春雪委屈得眼泪差点儿流下来，扭身回了宿舍。宿舍里共有四张床铺，其他三个人在县城都有家，只有谁值夜班时在这儿住，多数情况下就春雪一个人。她晚饭都没吃，想看书又觉得心烦，瞪着大眼躺在床上生闷气。过了一会儿，雪川又回来了，他家就在城里，不过是在主街的最东头，和服装厂相反方向。他骑到半路不放心雪儿，想回来看看。说实话，他当时对春雪也没什么想法，只是拿她当个单纯的小妹妹，愿领着她玩。当然，如果时间长了两人能不能处上对象谁都说不清楚。他扒着门框问："雪儿，你到底怎么了？

为嘛不高兴呀？”

春雪忙坐起身，冷着脸说：“没事呀，真的没事。”

“没事咱们出去玩吧。”雪川笑着，“我领你去看看榆树底下赶大车。”

春雪听他这么说，不由有点儿心动。她早听说无极城三大景，玉石牌坊地平井，榆树底下赶大车。地平井没有了，玉石牌坊她前些日子跟着雪川见过，心里早想去看看吗叫榆树底下赶大车。加上她多少有点儿和厂长赌气，就跟雪川出去了。她当时可万万没想到，这次跟雪川出去，却让自个儿彻底名声扫地。

陈铁钢们看不上杨雪川，不光是因为他的穿衣打扮，摩托车也是“罪状”之一。那会儿人们不叫摩托车，叫“电驴子”，整个县城也没几个人骑。杨大威是公社书记，家庭条件不错，买的时候为工作方便，等骑出去却招来人们说三道四。他一生气不骑了，干脆扔在家里。这一来便宜了雪川，毕业回来成天骑着在大街上晃来晃去。他那一身打扮再加上明晃晃的摩托车，在土呛呛的人群中格外扎眼。小青年们羡慕，大姑娘们眼热，上岁数的人们却看不惯：哼，扬风奓毛的，看那样儿就不是个好东西！

出了厂门，雪川便让春雪坐在车后架上。他们骑了一路，可以说吸引了大街上所有人的目光。好多人认识雪川，都叫他杨大公子。人们伸长脖子看着他们的背影，闲话马上出来了：“那女的是谁？他对象？”“不知道。小丫头长得挺俊。”“不俊杨大公子能要？”“我看，这闺女早晚毁在他手里。”……

杨雪川家就坐落在城墙根下、街侧路南的一座小四合院。这是他家的祖产，青砖灰瓦的房子看上去已有年头了，根基处的方砖风蚀剥落，变成粉末一层层掉下来。砖木结构的门楼像是刚翻修过，红漆门楣上雕虫刻花，两扇小门黑漆油亮，只有两边的石狮子门墩一看就是旧物，雕刻粗糙，颜色发乌。

雪川和春雪没进家，跳下车站在路旁观望着无极人盛传的奇景。

所谓榆树底下赶大车，就是因一棵老榆树长在城门筒子顶上，进城的大车小辆必过城门，可不就得在榆树底下钻来钻去。春雪不由笑了："闹半天，这就叫榆树底下赶大车呀！"

无极县的城墙据说是明朝万历年间修建的，到现在早已毁坏殆尽，只留下这两丈多高的城门筒子傲然耸立，算是全城最高的建筑物。两人沿着砖台拾阶登顶，却看到了一个幽静的小世界。这一方天地有半个篮球场大小，到处收拾得干净整洁，四周还栽满了花花草草。大榆树冠几乎覆盖了整个平台，浓密的树荫下摆着石桌石凳、石头象棋什么的，看得出这是老人们歇凉休息闲聊天的地方。

"嘿嘿。这小地儿正经不赖哩！"春雪走来走去，东瞅西看地赞叹着。雪川指着大榆树说："小时候，每到春暖花开，我就爬到树上摇榆钱……"

"我也摇过，"春雪打断他，"榆钱掺棒子糁蒸……俺们叫'苦累'，不知你们叫吗，蘸蒜泥挺好吃的。"

"我们也叫'苦累'，是挺好吃的。"雪川说，"今年春天时我家还吃过。"

两人说话间，没注意西北天边子上，一团团乌黑的跑马云像洪水猛兽，正汹涌澎湃地席卷而来。雪川惊讶地说："要下大雨了，咱们快下去吧。"

他们忙往下走，说话落话间狂风就刮过来了。只见尘飞土扬、天昏地暗，老榆树剧烈摇晃着，干树枝子"嘎巴嘎巴"往下掉。再往下看，只见满街筒子男女老少像鬼赶着、大呼小叫四处躲避。两人还没下到底，铜钱大的雨点子就"啪啪"砸了下来。雪川忙把摩托搬进自家门洞里。春雪也惊叫着躲了进去。眨眼之间，随着一道炫目的立闪和惊天动地的炸雷，大雨像盆洒瓢泼，"哗啦啦"从天上倒下来。天地间混沌一片，"轰隆隆"的响声震得两人对面说话都费劲。春雪着急地大喊："老天爷！这可怎么回去呀？"

"没事。"雪川也放开嗓子说，"这风搅子雨，一会儿就过去了。"

春雪万般无奈，回头看看他家紧锁着的大门问："你家没人呀？"

“没人。”雪川回答，“我爸在乡下，我妈去石家庄开会了。”稍停，他又补充一句，“我还有个姐姐在北京工作，很少回来。”

两人说话间，就看到街上汇集的雨水像爆发的山洪，咆哮地夹裹着败草烂叶向城门外奔腾而去。他们等了有吃顿饭的工夫，电闪雷鸣一直没停，雨一点儿没有小的意思，天色也更暗了下来。春雪急得直跺脚：“老天爷！急死人了！”

“没办法。”雪川摇摇头说，“既来之，且安之。咱们先进家吧，我弄口饭吃。”

“哪儿有心吃饭呀！”春雪皱着眉头，“你去给我拿把伞吧。”

“拿伞你也没法走哇。”雪川说，“等会儿雨小点儿我送你回去。”他说着掏钥匙打开了大门。春雪迟疑片刻，只得跟他往里走。

院子里的积水有半尺多深，眼看齐了台阶要往屋里灌。东西两房瓦口里的雨水奔泻而下，像两条巨龙在半空中交叉汇集在一块，冲击在地上水花四溅，更显得整个院里汹涌澎湃。

“好家伙，快进屋了！”雪川叫了一声，吩咐春雪稍等，扒下鞋袜便冲进水中。他双手抱头直奔上房，开门取出件雨衣披在身上，又拿了把伞跑回来。他把雨伞递给春雪，弯下腰掏摸着门洞旁的水道……等他抓出来两把烂柴草，水道通了，院里的积水眼瞅着落了下去。他又去西屋取出一双粉色的雨鞋递给春雪说：“这是我姐的，你凑合着穿吧。”

春雪换上雨鞋打开雨伞说：“谢谢！我先回去了。”

“等等。”雪川正往上房走，忙回头说，“我穿上雨鞋送你。”

“不用。你快弄口饭吃吧。”春雪说着把鞋袜夹在胳膊窝里，一头扑进了茫茫大雨中。

大街上原本有几盏昏黄的路灯，许是风雨忒大停了电，到处一片黢黑。春雪借着闪电突明突暗的光亮，深一脚浅一脚往前走。风狂雨猛，雨伞根本打不起来，她没走多远，伞就被刮翻了。豪雨如注般浇下来，衣服立马湿透了紧贴在她身上，雨鞋里也灌满了水，走一步便“扑哧扑哧”响。雨打得睁不开眼，她像瞎子一样磕磕绊绊，总共二三里地走了有吃顿饭的工夫。

工厂大铁门紧闭，里面也没一丝灯光。春雪来到门外松了口气，急忙伸手又拍又叫……看门的老师傅本来就耳背，也许是睡着了，反正她把手拍疼、嗓子喊哑了里面也没反应。电闪雷鸣，雨仍像瓢泼。真是叫天天不应叫地地不灵，她急得“哇哇”大哭起来。

过了半天，杨雪川匆匆赶来了，问道：“怎么回事？你哭吗呀？”

“没、没人开门。”春雪哽咽着说。雪川上前去，又喊又拍折腾半天仍没动静。他骂了声“娘”，打量着铁门想翻进去，可看到上边那像红缨枪似的铁尖子有点儿发怵，不由回头和春雪商量：“要不，咱先回去？等天亮再来？”

“那怎么沾呀！”春雪头摇得像拨浪鼓，“还能……在你家住一宿？”

“住一宿又怎么了？”雪川有点儿不高兴，“要不你说怎么办？”

春雪神色犹豫地说：“要不你回去吧。俺在这儿等到天亮。”

“你神经病呀？”雪川说，“这么大的雨，还不把你淋死！”

春雪万般无奈，心想反正肚里没病死不了人，便跟他往回走……两人无语地回到家。雪川打开西屋门，开柜取出他姐的衣服扔在床上便去了东屋。春雪插上屋门，擦干身子换衣躺在床上。她根本睡不着，支棱着耳朵倾听外面的动静……她哪里能想得到，那年的这场雨连下了七天七夜，华北一带沥水成灾，木道沟里的水漫过河堤，“哗啦啦”往外泼；濠平坑满，井里的水“咕嘟咕嘟”往外冒，连大路上的车道沟里都有半尺长的鱼儿往外蹦。

天刚亮，闪不打雷不响了，雨仍然紧一阵慢一阵下个不停。春雪起身换上自个儿的衣裳，把雪川姐的衣服叠得整整齐齐放在床头。她整理了一下头发打开屋门，却看到雪川站在大门口。她稍愣神儿，忙问：“你……早起来了？”

“我就没睡。”雪川说着把手上的一件粉红雨衣递给她，自己穿上了件军绿雨衣。两人无言，一前一后往外走去……

工厂的大门敞开着。厂长陈铁钢和看门的老师傅披着雨衣在院子里走来走去，正捡拾着泥水中漂浮的布条、线头和烂柴草。他们把布条线头整理好晾在台阶上，把烂柴草抱到门口外的柴垛上。春雪和雪川相跟着来到门口，不约而同愣住了。陈铁钢看他们一眼，那目光冷飕飕像刀子一样。春雪不由打了个寒战，嗫嚅地叫一声："厂、厂长……"

"你干吗去了？"陈铁钢生硬地问，"黄师傅一早告诉我，说你一宿没回来?!"

"是、是……"春雪嘴唇打哆嗦说，"我回来、来过，可叫不开、开门。"

"怎么可能。"老师傅说，"我一宿没离开值班室。"

"是、是真的。"春雪急声争辩，"那会儿雨下、下得紧，我又拍又叫老半天……"

"我可以做证。"雪川忙说，"她确实回来过，我不放心，也过来看了看。"

"我没问你。"厂长冷冷看他一眼，仍面对春雪问，"那深更半夜你干吗去了？"

"下班后，我们去看榆树底下赶大车被雨截住了。"春雪总算冷静了些，忙解释，"回来又叫不开门。"

"那你去哪儿了？"厂长问，"在哪儿待了一宿？"

"去我家了。"雪川插嘴说，"我家就在城门旁边，挺近的……"

厂长威严地看他一眼，提高声音说："我没问你！"

"是、是。我们在他家避雨，谁知道下起来没完。"春雪说，"这不，一停就回来了。"

"就是说，你们在他家住了一宿？"陈铁钢继续问，"他家还有谁？"

"就、就我们俩。"春雪不由心里发虚，"他爹在乡下，娘去石家庄开、开会了。"

陈铁钢的脸板得像块铁："就你们俩？一个旁人没有？整整待了

一宿？”

杨雪川终于忍耐不住，阴沉着脸问：“厂长，你想问什么呀？是就我们俩，每人一个屋。我们吗也没干。”

厂长还没开口，看门的老师傅却“嘿嘿”一笑，反问道：“吗也没干？”

“会说的不如会听的。”陈铁钢终于忍不住大声说，“一男一女在一块待了一宿吗也没干？你到大街上去说说，有一个人能信不？”

春雪听到此，“哇”一声大哭着想跑开。陈铁钢命令地：“你给我站住！”

春雪只得停住脚，捂着脸哭个不停。杨雪川急声争辩：“我们真是吗也没干！”

“放屁！”陈铁钢冷笑着，“就你那臭德性，见了女的跟馋猫一样。哼！”

杨雪川气得小脸煞白，说：“陈铁钢，你说清楚，我怎么了？”

“你怎么了？不说谁不清楚？”陈铁钢冷笑不停，“我活了这么多年，眼里有水，谁是吗人，打眼就能看出来。你是什么人，自个儿心里不清楚？”

杨雪川愣怔片刻，大声反问：“那你说我是什么人？”

“什么人？怕是好说不好听呢。”陈铁钢说，“你去打听打听，让大伙儿说说你是个吗人、是个什么德性？”

“不行！你今天必须当面跟我说清楚！”雪川不依不饶，“我到底是什么人？”

“你非逼我说呀？”陈铁钢拉下脸来说，“那我就明明白白告诉你。在大家眼里，看那一身穿衣打扮，就知道……你就是个小流氓。”

“你、你血口喷人！”雪川跳着脚喊，“你侮辱我的人格！”

“你还有人格？”陈铁钢冷笑着，“是狗就必定吃屎！是狼就必定吃肉！”

“你放屁！你胡说八道！”雪川变脸变色地喊叫着，“你凭什么说我流氓？今天不说清楚，我跟你没完！”

“你没完？我还没完哩！”陈铁钢冲车间大喊，“黄师傅，拿剪刀来，把他的长头发和宽裤腿给我剪掉！”

一直挤在车间门口看热闹的几个女工答应着，回屋拿出剪刀围过来。杨雪川抱住脑袋躲闪：“你们、你们干什么？你们这是侵犯人权！”

“侵犯人权？老子今天就侵犯到底了！”陈铁钢大声说，“我还要告诉杨大威，看他不棒了你的腿！”他说着命令女工：“上去，给我剪！”

杨雪川见事不妙，撒腿往外跑：“我、我去告、告你！”

“好小子，你快去吧！”陈铁钢冲他的背影喊，“我这就给杨大威打电话，看他不收拾死你！”他说着，怒冲冲进了办公室。

杨春雪后来听说，杨大威接到电话，风风火火赶回来，还真把儿子狠揍了一顿。雪川一气之下离家出走，二十多年没有音讯。等他们再见面已是人到中年，而且是在她最落魄时出手相救，帮她渡过了磨扇子压手般的难关。

陈铁钢把春雪叫进办公室，语重心长地开导了半天，大道理小道理、从工作到做人讲了一火车。春雪倒是听进去了，但从此一蹶不振，在厂里再没抬起头了。而且，她还不知道，九毛家黑翠的大姑姐就在厂里工作，回家就当笑话讲了这件事。黑翠那破扇车嘴，回娘家不到半天，就把这事添油加醋传遍了全村。那闲话越传越邪乎，说春雪忒不正经，经常跟男孩子们回家过夜；甭看她年轻轻的，成天介想着搞对象，已做了好儿回人流……

老杠头也听到了些闲话，他觉着这流言蜚语不能不信也不能全信，就是全信他也同意这门亲事。毕竟自个儿的孙子长得丑不说，还跟人家大十来岁，能娶这么个媳妇，老苏家八辈祖宗都烧高香了。红柳对这门亲事也没吗意见。一方面她认为不正为保官不敢和他媳妇离婚；另一方面，杨冬雪来守根家时她去打水碰上过，觉得他们年岁相当，他看上去除了软茬点儿还算是个好小伙儿。青松不用问，老杠头能做他的主。剩下的就只有春雪了，估计她不会同意这门亲事，那么，谁同意都是白搭。

老杠头心里着急，三天两头找二婶儿想促成这件事。巧云思虑再三，终于让守根和二婶儿赶着车把春雪叫了回来。果不其然，娘儿俩没谈几句就崩了。春雪说自个儿还小，不想这么早找婆家，至于对方是吗条件她听都不想听。巧云一把鼻涕一把泪，诉说了当娘的难处，讲了想给小子成家的迫切心情。春雪一听就吃惊地瞪圆了眼睛问："娘，说了半天你就是想拿俺给哥换个媳妇呗?!"

"没错。"巧云肯定地点点头，擦抹着眼泪说，"咱家的条件你也知道，谁家的闺女平白无故肯往火坑里跳哇？走这条路，还不是被……社会逼的？你从小懂事，这回就算可怜可怜娘沾不？"

听娘这么说，春雪的眼圈红了。她这么多年经常来金沙窝，当然知道青松这个人，也听人们说过他长得不好看，只是从没有正眼看过。她低头想了半天，答应先和青松见个面再说。二婶儿和守根一直站在门口外，听到这里进屋来。她说："雪儿呀，大凡是换亲，没一家是年貌相当的，你得想开点儿……一个人活在世上不能光顾自个儿，你娘把你们拉扯大不容易。"

"就是。"守根圪蹴在门槛上，边抽烟边说，"雪儿懂事，不会让她娘为难……男的和女的不一样，大几岁、丑点儿傻点儿都不算吗事。"

接下来，三人你一嘴我一嘴，轻描淡写地介绍着对方的情况。说青松人好、老实能干，懂事又孝顺，就是比她大几岁；小时候出过疹子，脸上留下了几个浅白麻子……春雪听着一直没吭声，心里觉得就是在剧团工作这点儿算可取之处，她仍然坚持先见个面再说。

为着怎么安排见面，红柳步行二十多里，找到了剧团演出的那个台子口。当时村里没几家有自行车，有车她也不会骑。青松听她说明来意，先是惊异地愣了一会儿，而后头摇得像拨浪鼓，说："不沾不沾，我长得这脏样儿，又比人家大那么多……"

"这你都甭管，那是人家的事。"红柳说，"不是换亲么，不可能方方面面都合适。你也见过春雪，就说愿意不愿意吧？"

“愿意也不沾。”青松坚持说，“我一个男子汉，拿自个儿的妹妹换媳妇……这成吗事了？不让人笑话？要是传出去，我怎么在社会上混？”

“可俺愿意呀。”红柳微笑着说，“她哥叫冬雪，咱们在守根家都见过。俺俩算是年貌相当，俺真的愿意……哥，你就甭死心眼儿了。为你这媳妇，咱爷愁多少年了？你想把他急死呀？过了这个村没这个店，好不容易有这么个机会，你就应下吧。”

这些年来，春雪每当放假都来金沙窝，村里的大人孩子都认识她。说心里话，青松能娶这么个俊媳妇，能不愿意吗？他好一会儿没吭声，算是默认了。接下来，兄妹俩商量了见面的办法。当时正是演出旺季，台子口一个接一个，青松是乐队的主力，不愿意为这事请假。红柳听他说剧团下个台口是北王村，马上有了主意。北王村离金沙窝不过七八里路，到时候可以请二婶儿她们去看戏，带上春雪不就沾了？她回村把这想法一说，巧云和守根都觉着挺好。二婶儿再次去服装厂找铁钢，为春雪请了几天假，事情就这样定了下来。

那时候，能请县剧团来村里唱戏可是件大事，三里五乡的男女老少都会赶来看戏。农村死了老人要停尸几天，有条件的人家就会派人和剧团联系，协商好管吃管住一场多少钱就行了。到时候，事主家会提前借七八扇大稍门，用水车大轮和碌碡什么的支架成舞台，上面搭个席棚拉几道铁丝，等剧团一到挂上幕布就开唱。没电的时候舞台口会挂两盏汽灯“嗞嗞”响，经常是唱到热闹中间有人上台去，蹬着凳子“扑哧扑哧”打半天气。

北王村刚办上电，乡亲们正在兴头上，大队长他爹死了。老人活了九十一岁，算喜丧。大队长请县剧团来，掐头去尾唱五天戏，把三里五乡的人们都高兴坏了！有了电当然就不再用汽灯，俩大灯泡挂在台子口上，贼亮贼亮晃得人睁不开眼。舞台前的空地上摆了十多根大木头，那是最好的“贵宾席”，专门给公社领导和各村的书记大队长们留的。天才半后晌儿，本村外村的老人和孩子们就提墩扛凳来占地儿了。场地上闹嚷嚷大呼小叫，为抢好地方开武行的不在少数；也有青年男女趁这场合相看对象，少了没话找话的尴尬。

那天后晌儿，山堂派了辆马车，专门把二婶儿她们送了过来。守根把车停在稍远些的大槐树下，红柳便去后台叫哥哥。剧团的三辆马车也刚到，青松和一群小伙子正吆吆喝喝卸戏箱、抬道具。女演员们一个比一个好看，吸引来不少人围成一圈看热闹。

红柳掏出手绢让哥哥擦了擦汗，关照几句把他带到槐树下。士别三日当刮目相看。青松在剧团待了一年多，整个人的精神面貌发生了很大变化。穿衣打扮比以前讲究不说，还一扫过去的自卑和沉闷，变得好说好笑开朗了许多。他亲热而有礼貌地和每个人打了招呼，把大家引到“贵宾席”便去了后台，过了一会儿又送来大包的水果糖、炒花生和瓜子。二婶儿高兴地一个劲夸奖：“这孩子，真是见过了大世面，比以前强多了！再也不像个没嘴的葫芦，放个碌碡压不出屁来。哈哈……”

“就是。”守根说，“真是见世面长见识，出息多了！”

“人家孩子比你强。”二婶儿逗他，“你当了好几年兵，也算见过大世面吧？怎么没见长吗出息呀？不照旧出不了台挂不上杆，和老棉花套子差不多。”

守根“嘿嘿”笑着：“我不沾，生成的赖狗扶不上墙。”

“俺哥一个月挣三十多块哩。”红柳说，“可他是个老抠门儿，自个儿就留下十块八块，剩下的回来全交给俺爷，可把俺爷喜欢坏了！”

“你瞅瞅，这孩子多孝顺！”巧云看着女儿说，“现如今，像这么懂事的年轻人可不好找。”她嘴上这样说，心里对青松的模样也是看不上。她以前从没留意过，可为促成儿子的婚事现在也不能实话实说呀。甭管大家说什么，春雪始终红着脸低着头一声不吭。她只是扫了青松两眼，一颗心便“咚”地掉进了冰窟窿里。

巧云看到女儿那神态，心里就全明白了。尽管她思想上有准备，心里还是一阵阵发慌，女儿要是死活不愿意，下一步该怎么办？正在这时，舞台上锣鼓齐鸣，好戏开场了！

台上唱的是《辕门斩子》，杨宗保和穆桂英还没出场，台下便开打了。主要是人忒多，演员一出场有人看不见就站了起来，一站挡住后面一大片，你站我也站，有人干脆蹬到凳子上。可好，挤来夯去就出了手。负责看场子的急了，边吆喝边抡着两丈多长的大竹竿，在那片人头顶扫来扫去。不少人被搒得喊爹叫娘，忙缩着脑袋低下身去……有的孩子来晚了找不到地儿，干脆爬到四周的大树上，一棵树上多时能爬二三十个，上上下下抱着树桄串成串，远望去像一群猴子在看戏。刚开始一个个聚精会神瞪着大眼睛，戏唱到中场有的打盹摔下来的也不稀罕。反正树下都是人，砸在谁头上也不会让伤着，顶多骂声“操你娘”，抱在怀里让他好好睡。

杨春雪哪儿有心情看戏呀？她坐了没多大会儿就起身想往外走。巧云不放心地问一声：“雪儿，你……干吗？”

春雪没吭声，顺着人缝往外挤……红柳忙说：“婶儿，没事，你们好好看吧。”她说着站起身，跟在春雪身后挤了出去。两人来到人圈外长吐了一口气，无言地相跟着来到槐树下的马车旁。春雪心里并不喜欢她跟着又不好说什么，久久地低着头一声不吭。

这里灯光昏暗树影稀疏，红马嚼草的“咯噔”声格外响亮。红柳盘算了半天直言相问：“雪儿，咱打开天窗说亮话，你……看不上俺哥是不？”

春雪有点儿意外地看她一眼，嘴唇动了动没出声。红柳微微一笑，又说：“俺不护短，俺哥长得是……不好看。我要换成你也不会愿意。”

春雪听她这么说心里倒有点儿感动，不由眼圈就红了，忙扭转头望着不远处的庄稼地，依然没吭声。红柳叹了口气接着说：“不是吹大话，凭咱俩这小模样儿，嫁个吗样的人家、多好的小伙儿也扒拉着脑袋任咱挑任咱拣。可话说回来，咱光顾自个儿行吗？你哥要娶媳妇，俺哥要张罗人……就咱两家的条件，哪个闺女愿跳这火坑？叫天不应叫地不灵，还不是这社会逼的？咱低人一头小人一膀，活得不如人不如眼，谁心甘情愿呀？！每想到这些，我多少回想死的心都有过！”

红柳说到伤心处，眼泪先流了下来。春雪憋闷良久，泪水一直在眼里打转转，这会儿不由哭出声来说道：“姐，那你说，咱凭吗就该委屈这一辈子？咱坑谁害谁了？！”

“咱是没坑谁害谁，要怨就怨咱命不好，怨老天爷吧。”红柳说着把春雪搂在怀中，两人哭作了一团。直到有看戏的扭头朝这边张望，她们才止住了哭声。红柳擦抹着眼睛唉声叹气：“雪儿呀，常言说得好：人的命天注定，胡思乱想不顶用。不为自个儿为老人，咱就认了吧，怎么着不是一辈子呀？”

“又不是三天五天，我可不想认。”春雪说罢，嘟噜着小脸久久不语。红柳皱着眉头思索片刻，佯装很随便地改变了话题：“雪儿，你们厂……有个叫杨雪川的是不？”

春雪非常意外地一愣神：“你怎么知道？”

红柳意味深长地笑了笑：“县城总共那么几个猴人，谁不认识杨大公子？”实际上，她真不认识，是听黑翠闲话传的。她看春雪一眼，又说：“听人说，那小子不正经，常不常带大闺女去家里过夜，还敢跟厂长吵架被开除了？”

“才不是那么回事！”春雪不知是计，急扯白脸地争辩，“他……人挺好的。”

“是吗？我可是头一回听有人夸他。”红柳怪怪地笑着。她这一番话，实际上是在点春雪：别把自个儿装得干白细净、牛哄哄的，你是个吗闺女大伙儿都知道。

春雪倒没那么想，但也确实吃了一惊，不知道自个儿和雪川那点儿事竟传到村里了，虽说是身正不怕影子斜，但好说不好听，一个女孩儿的名声值千金，是真是假没人帮你洗白。红柳说完这话就回去看戏了。春雪想回家又怕老人们看不成戏，只得一个人在场地外瞎转悠，直到喇叭一响戏散了。

苏青松第二天回家看爷爷还闹了点儿笑话，又偏偏让黑嫂碰上了。她的大扇车一“呼扇”，没吸锅烟的工夫便传遍了全村。

大早起，老杠头打扫完院子，提了个麦秸墩来到门口外。他大声咳嗽着点上锅子烟，边一口接一口地吐痰边慢慢吸着。村街上雾蒙蒙，到处晃动着挑水、垫圈、打扫门前地的人影。苏青松穿戴得人模狗样，提溜着两包点心拐进村口。他慢慢悠悠迈着方字步，吐着圆吐沫，一路和乡亲们大声说笑着来到家门口，问道：“爷爷，你起得这么早哇？”

老杠头看到孙子那嘚瑟样儿心里就不舒服，鼻子里“哼”一声没理他。青松又说：“我昨天晚上就想回来，怕你睡得早……”

听他撇着满口京腔，老杠头更不高兴。他耷拉着脸说：“你说吗哩？我这两天上火，耳朵不好使，你离近点儿。”

青松忙上前两步，大声说：“我说，昨天晚上就想回来看你……”

“啪”，一个大嘴巴子落在他的麻脸上。老杠头训斥道：“出去两天半你就坐在碗上，要日子长了，你还不坐进锅里去？！”

青松被打蒙了。他愣怔片刻，抹拉着脸忙改口：“夜里黑介，夜里黑介。”

从这儿路过的黑嫂正好看到爷孙俩这一出，哈哈笑着走了过去。这时候，日头穿破了云层，把第一缕阳光透射在青松脸上。也就在这一瞬间，春雪从山堂家开门出来，正好和他打了个照面。虽说夜里黑介她看到过这张脸，可那是在灯光下，当时觉得难看却没这么吓人。眼下，她好像大白天见到了鬼，不由惊骇地“啊”了一声。青松以为她在跟自个儿打招呼，忙含笑问候：“雪儿，您、您好！”

春雪没回答，也没敢再看第二眼，她把头一低，一颗心狂跳着急匆匆走了过去。她昨晚看戏回来和二婶儿睡一条炕，本想把心里的不痛快跟她说说。可二婶儿根本没容她开口，就一个劲夸老杠头为人怎么正直；青松怎么实诚；还说男人丑点儿俊点儿不算吗，知道好好过日子、知道疼媳妇就好……实际上，春雪怎么想的，二婶儿心里像明镜一样。她也觉着雪儿要是嫁给青松十分抱屈，可受了巧云委托，她只能违心地添好话往成里说。

春雪回到守根家，花梅和巧云已做好了早饭。她一口没吃，拿上自己的小包边往外走边说："妗子，我去上班了。"

巧云忙追问一句："雪儿，你先要走，这事……可怎么办呀？"

"俺还小，不想这么早找婆家。"春雪说着，一条腿已迈出了大门。巧云还想说什么被花梅拦住了。这俩娘儿们昨晚说了半宿心里话，感情比以前亲近了许多。她们开头是谈论这两门亲事，花梅坚决反对把雪儿嫁给青松，说是把一朵花插在牛粪上了。她还想起当年不正说自己的话：很好的一颗小白菜让猪拱了。哪儿有娘不心疼闺女的，巧云当然明白这一点儿。她从昨晚到今早没对闺女说过一句硬话，还不是不忍心？可她一想到小子二十好几了娶不上个媳妇，甚至有打一辈子光棍、让老杨家断子绝孙的可能，一颗心就打哆嗦。

巧云说花梅是站着说话不腰疼，要不是换亲，谁家闺女愿往火坑里跳？她讲了一个寡妇人家拉扯大俩孩子的不容易：雪儿五岁那年出疹子发高烧，自个儿三天三夜不敢合眼；大食堂正困难那年，为让俩孩子吃饱，自个儿喝凉水愣撑了三天，饿昏在地头上……更讲了自己深深的忧郁，万一冬雪娶不上个媳妇，怎么对得起自己那生死不明的男人？她讲到伤心处，眼泪鼻涕流出来一大把。花梅除了陪着掉两眼泪和长声短气地叹息，一句话也说不出来。巧云说着自个儿也下定了决心：这两门亲事必须成，老天爷没给她留下第二条路！

半夜小鸡子叫的时候，巧云问起了花梅两口子的事。因为她这几次来，发现他们确实没睡在一起。真是家家有本难念的经，人人都有伤心事呵。花梅未语泪先流，讲了自己痛苦的童年和十三岁被强暴的不幸婚姻。她实话实说，讲了嫁给守根的前前后后，说自己当时有心上人却不能到一起。当然，她没说心上人是谁，更没说和山堂后来的那些偷偷摸摸的事。她承认守根是个大好人，承认自个儿对不住他，可实在喜欢不上来也没办法。巧云不便多问，浮皮潦草劝几句也不顶事。她想到自个儿二十多岁守寡，多少人劝都没往前走，还不是为等那个自己喜欢的男人？她心疼干兄弟守根，也理解花梅的感受。两人说到伤心处，还抱头哭了一鼻子。这样一来，她们都觉着感情比以前亲近了许多。实际上，花梅讲这些心里是有盘算的，她明白早晚有一天会和守根离婚，到时候好让巧云帮自个儿说话。

当天后晌儿，春雪没打算回家。可没等她下班，巧云就坐着守根的驴车等在了厂门口，还发话说她不跟着回去就不走。厂长陈铁钢对这些日子春雪老请假很不高兴，可巧云和守根一口一个舅舅，叫得他抹不开面子，只得摆摆手随他们去了。

吃过黑介饭，巧云谁都没让参加，把自个儿和闺女关在屋里，开始了一场艰难的谈话。她坐在炕沿上，和颜悦色地问："好闺女，你说这门亲事……咱该怎么办呀？"

春雪低着头还是那句话："俺不想这么小就找婆家。"

"你小，你哥可是不小了。"巧云盯着她，一声比一声高地问，"你就眼瞅着他娶不上媳妇打一辈子光棍？眼瞅着咱老杨家断子绝孙？眼瞅着你娘着急上火、吃不下睡不着？眼瞅着我这头发一天白一大把？"

春雪站在桌旁搓弄着自己的衣角，一句话也说不出来。巧云把她拽到身旁坐下，拉着她的手慢声细气地说："雪儿，娘知道你是个好闺女，从小懂事，不让娘着急……眼下，咱是叫天天不应，求地地不灵。你就可怜可怜娘，点个头吧！"

春雪的泪水在眼里打转转，声音像蚊子叫："娘，俺……害怕。"

巧云一愣神儿："你怕？怕吗吔？"

"俺怕他。"春雪深低着头，"看他那模样，俺心里就哆嗦。"

"你真是……"巧云不由来了气，提高声音说，"跟你说过多少回了？汉们家不能看模样，长得俊能吃能喝呀？咱村东头老哞缺一条腿，人家不照样孩子郎子一大群？南头六顺瞎一只眼，日子不也过得火炭一样？"

春雪没吭声，擦了一把差点儿流下来的泪水。巧云接着说："你是娘身上掉下来的肉，娘能不心疼？嫁汉嫁汉穿衣吃饭。只要他知道心疼你，老实肯干，能治家过日子，在外有个好人缘就算好汉子。"

春雪拧了拧身子，嘟着小嘴说："反正……俺是不愿意。"

巧云被气得干张着嘴，一时说不出话来。正在这时，花梅在院里喊了一声："姐，你出来一下。"

"你怎么这么不听话呀！"巧云说着出门去。花梅把她拽到大门口，轻声说："姐，刚才红柳和黑翠来了，听说雪儿在厂里谈了个对象，不知是真是假。"

巧云一听就蒙了，好半天说不出话来。花梅忙说："咱雪儿那么懂事，这话不一定是真的。你千万覅生气，好好问问她。"

巧云一句话没说回屋去，春雪不解何意地抬眼看着她。巧云扬手打了她一巴掌，呵斥道："你个臭闺女！我好话说了一街筒子，你死活不松口，闹半天自个儿搞了个对象？！"

春雪被打得一愣神儿，瞪着泪汪汪的眼睛说："谁说的？俺没有……"

巧云又是一巴掌："你没有？无风不起浪，为吗人家都那么说？！"

"谁说也是胡说八道，"春雪摸拉着自己的脸，"俺真的没有。娘……"

"甭叫我娘！你给我跪下！"巧云气得脸色焦黄，咬着牙说，"我不管你有没有，今儿咱娘儿俩就死磕在这儿！不应下这门亲事，你就甭想出这个屋！"

春雪慢慢跪在地上，泪水"哗啦啦"流下来。巧云气哼哼出去，返身锁上了屋门。守根忙迎上来，递给她一个麦秸墩说："姐，咱不能这么逼孩子。捕风捉影的事，谁知道真假呀，万一逼出个好歹，咱后悔……"

"我不管！"巧云大声说着让屋里听，"今儿不是她死就是我活！"

花梅递碗水到她手上："姐，你消消气。咱雪儿不是不听话的孩子。你也让她想想……一辈子的大事，换咱也得好好琢磨琢磨呀。"

"谁都甭琢磨。"巧云仍然大声说，"就这一条道，撞了南墙也得顶过去！"

这时，他们听见春雪在屋里哇哇大哭了几声，突然就没有了动静。守根头一个起了疑心："怎、怎么回事？"

“甭管她！”巧云仍怒气不息，“我就不信治不了这个死妮子。”

守根不放心，走过去打开了屋门。他朝里看了一眼，大惊失色地叫着雪儿的名字冲进去。巧云和花梅愣怔片刻，也连忙起身跟了进去。春雪额头上渗出了鲜血，一动不动趴在炕洞旁昏迷了过去。看样子，她是跪在地下，一头撞在了炕沿上。

“雪儿！雪儿！”守根急声叫着把她抱到炕上。巧云和花梅都慌了神，一声声叫着手忙脚乱地掐人中、揪脖梗、揉虎口……折腾了半天，春雪终于缓了口气醒过来。她茫然地看看这个又看看那个，不顾他们阻止挣扎起身下炕又跪在了地上。花梅扶着她不知该怎么劝，一个劲感慨：“这闺女、这闺女……你怎么这么大气性呵。”

春雪泪眼汪汪看着巧云，祈求地说：“娘，俺不嫁给那个人沾、沾不？”

巧云稍愣神儿，“咚”一声跪在她对面，声泪俱下地说：“好闺女，不沾！别人脚下千条路，就给咱留下了这独木桥啊！”

春雪一句话说不出来，实在憋得难受，不管不顾张开嘴哇哇大哭。巧云抱住她，也不由痛哭失声。她边哭边乞求：“好闺女，你就可怜可怜娘吧！”

春雪哭得说不出话来，捯了半天气终于闭着眼点了点头。守根和花梅交流一下目光，脸上露出来笑模样。

连娶媳妇带聘闺女，这在金沙窝历史上还是头一回。老杠头那个高兴呀，超过了当年自个儿娶媳妇。他见了人点头笑，没人时偷着乐，小眼眯成一条缝，豁牙露齿的大嘴成天咧得像水瓢！

那天是阴历的九月初九，本应该是“碧云天、黄花地”的重阳节却下起了毛毛雨。乡亲们都说：千年万辈子没见过这天下雨，准是老天爷心疼雪儿和柳子这俩好闺女，陪着掉眼泪哩！因此上，尽管老杠头家的成分犯忌讳，人们还是都赶来凑热闹。大人们来攒忙，份子礼不能少……孩子们穿上过年的衣裳，一堆一伙跟着瞎起哄。大家陪着高兴，谁都没细想过俩闺女的心情。春雪不用说，甭管守根他们怎么劝、娘怎么骂都挤不出笑模样。她过喜事好像办丧事，成天介哭丧着个脸不说一句话，像个纸扎人一样任人摆布。红柳直到上轿那一刻心里还在犹豫，因为她意外地发现自个儿怀上了。一般的庄稼闺女没这方面的经验，有的婚后怀上两三个月自个儿还不知道。可红柳天资聪明，又成天守着一堆娘儿们在服装社干了这么多年，这方面的知识比谁都多。可不是，老娘儿们们到了一块，那臭嘴比汉们还脏，讲起炕上那点儿破事就上瘾。

那几天，红柳心里一直在骂李保证：王八蛋！好几年没本事，偏偏这节骨眼儿给种上了！让俺怎么办呀？等着你吧你又离不了婚，有一天肚子大了，甭说人们的吐沫能把人淹死，爷爷还不把俺掐死？带着你的王八羔子嫁出去，万一哪天露了馅怎么办？她偷偷找不正商量，不正急得抓耳挠腮，一个劲劝她先嫁了，并保证总有一天会离婚把她娶回来。就这样，红柳带着一颗忐忑的心进了杨家门。新婚之夜，她关灯脱衣，把事先准备好的沾着鸡血的手帕垫在了屁股底下……这一宿，冬雪像个馋嘴的孩子，爬上爬下了四五回。红柳却觉得特没意思，嘴里说着好听话，一颗心却根本没在他身上。因为尽管冬雪人模样长得比不正周正，却是银样镴枪头，中看不中用。他腰里没劲，家伙事儿忒小，细得像根手指头，而且每回上去不过抽袋烟的工夫就完事了。红柳不喜欢这时候的温柔，更喜欢那种狂风暴雨般、虐待性的撞击。

春雪三天三夜汤水没进，不死也脱了层皮。自从娘给她下了那一跪后，她就变成了哑巴，直到洞房夜一句话没说过。成亲的头一天，也就是九月初八后晌儿，她被送到了守根家。农村结婚都这样，如果是三里五乡，迎亲的队伍就直接去娘家娶；要是路忒远，娘家就提前一天把闺女送过了安置在亲戚朋友家。谁都没想到，那天黑介出了个小插曲，弄得这婚差点儿没结成。

吃过黑介饭，麦茬回来了。他已是初三的学生，因学习紧张，有两周没回来了，家里发生的事一点儿都不知道。他是回来背粮食的，那时候吃饭得交粮票，没粮票就用粮食换饭票。他进家门正好碰上春雪一个人坐在院子里发呆，不由高兴地跳了起来，哈哈笑着说："雪儿！你吗时候来的？我有半年没看到你了！"

"茬子哥……"春雪叫了一声，眼里的泪水便像发了河，"哗哗"往下流。麦茬慌了神，忙不迭地问："怎么了？你哭吗吔？"

春雪可算见到了亲人，放开嗓子哭、哭……只哭得上气不接下气，一句话说不出来。麦茬手足无措，不知该怎么劝。正在这时，花梅和桂枝回来了，她们是出去为春雪借嫁衣的。那年头人们手头紧巴，好多人家买不起嫁衣，为装门面只能去别人家借，穿三天洗干净再给人家送回去。两人好说歹说劝了半天，春雪总算止住了哭声。麦茬听说雪儿要嫁给青松，一下子就撺了："这算吗事呀？你们这是包办婚姻，是犯法的！"

"滚半搁子去！"花梅在他脑袋上敲一巴掌，"你念书念傻了，知道狗屁呀？！"

麦茬急扯白脸，据理力争，可没人听他的。山堂过来了，见他那着急的样子不由哈哈笑着说："傻小子，法律和现实是两码事，你读懂法律条文容易，想弄明白生活是怎么回事就回来种地吧。"

麦茬觉得真是秀才见了兵，有理说不清。他晚饭都没吃，一个人躲进小屋里生闷气。他想了很多，尤其想起雪儿上班后一个星期六后晌儿，带着杨雪川到学校找他玩儿。当时他心里一阵发疼，好像自个儿的什么宝贝被人抢走了一样。雪川他认识，他们是郭庄中学的校友，不过人家比他高几届，因为都是校篮球队队员，互相都很熟悉。雪川是篮球队队长，在校时就是女生们争抢的对象。因气味不相投，麦茬和他走得不近，雪川毕业后两人就断了来往。现在见春雪和他在一起，两人看上去还挺亲密，麦茬心里觉得别扭，一直闷闷不乐地拉着脸。雪川见话不投机，很知趣，坐了一会儿就告辞回家了。麦茬送雪儿回服装厂，一路上仍是不吭声。春雪扭头问他："你怎么了？看那一脸官司！"

麦茬吭哧了半天才问："你和他……谈对象了？"

“谁？你说谁？”春雪挑动着好看的眉毛问他。麦茬没回答，却说了一句：“那小子不是个好东西！”

春雪这才返过味儿，立马不高兴地嘟起小嘴：“你怎么这么脏心烂肺呀？俺才多大？不跟你玩了！”

麦茬眼瞅着雪儿生气的背影，心里倒多了几分安慰。他想再找时间和雪儿赔礼道个歉，没想到今天看到的却是这种局面。他一直胡思乱想着，不知怎样才能帮上雪儿。

花梅给春雪“铰脸”——就是嘴叼手扯，用一根细线交叉着来回移动，拔去她脸上的汗毛尤其是唇边微黑的绒毛。庄稼闺女出嫁前铰脸是必须的，而且一辈子大概就这一次。桂枝帮春雪整理衣裳包袱，在里面放上花生红枣什么的。山堂坐在凳子上，交代着明天的每个细节和注意事项。他眯缝着眼抽烟，不时打量着眼前的两个女人，心里不知在想什么。忙活到半夜，山堂和桂枝回家了。花梅吹了灯，硬拉着春雪躺在炕上。她哈欠连天，不一会儿就扯起了轻轻的鼾声。春雪根本睡不着，起身来到院子里。她见小屋里还亮着灯光，心里忽然闪过的一个念头把自个儿都吓着了。她思索了半天，怀着一颗咚咚直跳的心出屋来。她四顾片刻，故意去了趟茅子里，然后蹑手蹑脚来到厢房门口外，呆立、呆立……终于，她像下定了什么决心，小心翼翼推开了屋门。

麦茬趴在炕头上，眼前摊开一本《钢铁是怎样炼成的》。他其实根本看不下去，一门心思盘算着春雪的事，自己肯定否定地帮她想了好多办法又觉得行不通。春雪进屋来，一声没吭坐在炕沿上。麦茬忙爬起身，着急地问：“雪儿，事到如今，你说该怎么办？”

春雪没回答，只是轻轻摇了摇头。麦茬忙说：“要换成我才不甘心哩，三十六计走为上，早跑了！”

“跑？往哪儿跑？”春雪抬起发红的眼睛看着他，“俺跑了这一大摊子事怎么办？还不把俺娘急死？”

“那……你就这么认了？”麦茬说，“这可是一辈子的大事……你没看过《小女婿》，没看过《刘巧儿》？”

春雪长叹口气，神色幽幽地说：“说书唱戏是劝人的方，哪能当真呀。或许……这就是俺的命吧。唉——”

“你怎么年轻轻的就信命呀?!”麦茬一脸着急，“书上不是说，一个人的命运永远掌握在自己手中，该抗争就得抗争嘛!”

春雪一脸苦笑，只是摇了摇头。麦茬不知该怎么劝，一时愣住了。春雪突然抬脸看着他问：“哥，你觉着……俺怎么样?”

麦茬不明白她什么意思，忙说：“你……挺好的呀。”

“那……”春雪站起身走到他面前，紧盯住他的眼睛问，“你要了俺行不行?”

麦茬更是一头蒙地问：“你、你说什么?”

春雪突然伸胳膊抱住他，急切地说：“哥，你要了俺吧。俺不想把头一回交给那个人……给了你，俺心里还好受点儿。哥，你要俺吧。”她说着动手解他的衣扣……麦茬彻底蒙了，脑袋里一片空白，直到春雪脱下他的外衣时他才反应过来，忙推开她的手说：“雪儿，你干吗呀？你疯了?”

“没有，俺没疯，俺就是不想把头一回给他。”春雪说着再次伸出手。麦茬忙跳开两步，连连摆着手说：“雪儿，不能……咱不能……”

春雪愣住了，颤声问：“哥，你不喜欢俺?”

“不、不是那么回事……”麦茬不知该怎么解释，傻乎乎愣着。春雪眼里注满了泪水，轻声问：“哥，你忍心让俺后悔一辈子?”

“……”麦茬思索着不知该怎么回答时，花梅推门进来了：“雪儿。天快明了，你还不去眯瞪会儿?”

红柳也是那天被送去杨家庄的，同时被送去的还有她那一车在当时非常让姑娘们眼气的嫁妆：大衣箱、小衣柜、八仙桌、脸盆架……还有一辆锃明瓦亮的自行车。那年头，自行车在农村很少见，因为人们手里有钱的不多，就是有钱也不好买，得要票。青松人丑本事不小，在剧团待了两年混了不少社会朋友，硬是从商业局弄出来两张票，一辆给妹妹做陪送，一辆留给了新媳妇春雪。

苏家在村里独门独户，没有近当家，是守根赶着马车送去的。车上还坐着二婶儿和黑嫂，他们三个就代表送闺女的娘家人，那天被请在冰恭席上灌了不少酒。山堂、桂枝和花梅算是春雪的娘家人，一身新衣坐在花轿后的马车上送闺女。那天虽说有点儿小雨，并没影响人们喜悦的心情。只见一路上锣鼓喧天、唢呐震耳，“三眼炮”的硝烟弥漫了整个村庄，满街筒子大人孩子追赶着看热闹。青松头戴瓜皮帽，身穿暗红色的长袍马褂，十字披红骑着高头大马走在前头。春雪一身鲜艳的红衣，蒙着盖头坐在花轿中紧随其后。抬轿的汉子们夸张地颠动轿子，忽而左倾，忽而右斜，一路吆吆喝喝互相关照：注意，脚下有滑！左转弯上大道！小心外环……到老杠头家门口，一切按程序进行：春雪像个木头人，随着主婚人粗犷的吆喝声，在麦穗搀扶下迈门槛、跨马鞍、跳火盆，三拜九叩后被送进新房。人们都知道，新娘子那天不吃不喝很正常，怕的是满院子是人没法去茅子里。但大家并不知道，春雪已是好几天汤水没进了。她不是不想吃，而是心口堵得满满，一嘴东西都咽不下去。

老天爷还算给了点儿面子，天到头午终于放晴了。十多张方桌摆满院子堵住了大门口，鸡鸭鱼肉、吆五喝六……等人们东倒西歪地离开时日头已经挂在树梢头。春雪蒙着盖头在炕旮旯里坐了一整天，虽说不时有进来看媳妇闹洞房的，却都被麦穗这小丫头赶了出去。花梅这送闺女的没跟人们一起走，端着碗一个肉丸的饺子进屋来：“雪儿，好闺女，快吃口东西，早饿坏了吧？”

春雪没吭也没动，只是摇了摇头。花梅急了：“这闺女，人是铁饭是钢，你老这么不吃不喝，非要饿出毛病来呀？”

春雪凄惶地抬眼看着她说：“妗子，我实在咽不下去……”

“咽不下去强咽！”花梅一把揪下她的盖头，“当闺女的谁没这一天？”

春雪长吁短叹，勉强吃了五六个饺子便放下了碗。花梅又安慰了几句才放心地拉着麦穗离去。这时候天已擦黑儿，歪歪领着一群儿马蛋子来闹媳妇，还没进屋便被老杠头塞了几把花生轰出了去。过了一会儿，老杠头和青松正收拾着满院子的桌椅板凳，条子一个人悄悄进门来。他站在门口，怯生生地问：“杠爷，我看看雪儿姐，沾、沾不？”

“快去吧。”老杠头痛快地说，“陪雪儿说会儿话，等会儿吃碗饺子再走。”

条子进屋叫了声“雪儿姐”，站在门口没往里走。春雪意外地愣片刻，忙拍打着炕沿招呼：“条子？快过来坐！”

条子过去坐在炕沿上，头一句就天真地问：“姐，这回嫁到俺们村，你就不走了吧？”

“是、是呵。”春雪支吾地说，“不、不走了。”

“那就好死了！”条子拍打着双手，“俺就能常常看见你了！姐，你不知道，这两年看不到你，俺老想你。”他停顿一下接着说，“人要是不长大多好！小时候，你老领着俺们玩。嘿嘿，人们都说我是你的小尾巴。”

春雪被他说得有点儿感动，不由拍打着他的大手说：“可人总要长大呀，长大了就得干活吃饭不是？看看你，不是长得比我高一脑袋了？”

条子“嘿嘿”笑着。他各方面的发育总有点儿不正常，手大脚大，个头比大人还高，智力却仍停在十来岁上，说话的嗓门还是童声。春雪问他：“条子，你十几了？”

“虚岁十三，属大龙的。”条子说，“你比俺大三岁，属牛的是不？”

“是呵。”春雪叹息着，“一晃都长大了。你该高小毕业了吧？”

条子摇了摇头：“俺没上高小，小学毕业就不念了。奶奶说俺不是念书的料，就耍瞎子点灯——白费蜡了。这不，村里要办电，爹让俺跟着歪歪哥当电工。”

“早就听说你们村要办电，怎么还没办上呀？”春雪说，“俺们村去年就办上了。”

“那没办法。俺村离县城最远，属三县交界。”条子回答，“师傅说了，这办电像打节节高，得一个村接着一个村来，俺村最远就排在了最后。”

这时候，老杠头在门外喊：“条子，快过来吃碗饺子！”

条子答应着站起身说：“姐，俺走了，有空儿再来看你。”

春雪不无留恋地送他出门，折转身又坐回炕旮旯里。她回忆着童年时一群孩子的快乐光景，心里多了些许温暖，也生发出不能回到过去的无奈和感慨。过了一会儿，她意识到自己目前的处境，不由浑身一阵紧张，心口一下子又堵得满满。

这时候，青松推门进来了。他白天喝了不少酒，到现在还是红头涨脸，眼睛里充满了血丝。他返身关门上栓，冲春雪微微一笑说：“一大天，累坏了吧？”

春雪这是第二次看到他的笑脸，虽说嘴歪眼斜，但在灯光下没有白天那么狰狞。她忙移开目光，心里突突乱跳着低下头去。青松走到桌前，就着杯子喝两口春雪剩下的茶水，又说：“过事、过事，真是过事呀！这几天把人折腾得够呛，早点儿睡、睡吧。”他说着，歪头想吹灭桌角上的红蜡烛。春雪心里一阵慌乱，忙说：“等等……”

青松看看她：“怎、怎么了？”

“没、没怎么。”春雪躲避着他的目光，“俺还不想……要不你先睡吧。”

青松嘿嘿一笑，一口气吹灭了蜡烛：“你不想，我可是早盼这一天了！”他说着扑到炕边，伸胳膊把春雪抱了起来，一张大嘴急切地摁在她的脸上。春雪没想到他这么突然，身子僵直地愣了片刻，下意识地剧烈挣扎着：“你、你干吗？”

“我干吗？你说我干吗？”青松一条胳膊抱紧她，另一只手开始解她的衣扣，“干两口子该干的事呗。”

“不、不……”春雪拖着哭腔挣扎，抬手一把抓在他的脸上。天黑看不见，估计青松脸上已经出血了。可他并没生气，边继续脱她的衣服边说：“行了，耍闹了。知道你看不上我，可都是两口子了，早晚不是这么回事？放心，我人丑心不丑，会对你好的。”

说话间，春雪已被他扒得精光。她心里明白一切都晚了，便停止了挣扎，死人一样任他摆布。青松把她放到炕上，飞快地脱光了自己的衣服，急切地呼呼喘息着趴到她身上……春雪无声地哭了，摸索着抓起被脱下的衣服盖住了自己的脸。

夜深了。世界像坟地一样静得瘆人。天阴着，黢黑黢黑没一点儿亮光。青松汗水淋漓、闷头折腾了两回，死狗一样睡着了。春雪拉下盖脸的衣服，衣服已被泪水湿透。她瞪着黑森森的大眼睛，久久地瞅着同样没有亮光的窗口。恍惚间，她觉得自己被撕成了两半，血流干，人已经死了，灵魂飞上了天空，正向漫无边际的银河飘荡、飘荡……远处，或许是守根家的大杨树上，好像是夜猫子发出婴儿啼哭般的叫声，“哇哇哇”好久没有停息。

金沙窝送上电的头一天出了件幺蛾子事，乡亲们当笑话一直讲到现在。

天擦黑儿，干部们正在大队部开会，电灯突地亮了。大家一愣神儿，齐动手拍着巴掌。老东山离开关近，伸手“咔叭咔叭”拉个不停。大家嘻嘻哈哈说笑着。不正站起身，边拧灯泡边说：“都说这玩意劲儿大，可看不见摸不着，怎么会有劲儿？”

双河忙呵斥地想制止他：“兔崽子！覅瞎胡闹！”

“我就不信它比我劲儿还大。”不正说着把手指捅进灯口里。只听“噗”的一声，他被打出去丈八远，重重摔在墙根下。大家吓得够呛，一个个伸长脖子瞪圆了眼睛看着他。不正脸色煞黄坐在地上，半天才喘上一口气来：“操！真他娘比我劲儿大。”

大家见他没事，这才松了口气“哈哈”大笑起来。不正爬起身，一个劲抹拉自己的后脑勺。双河拿开他的手，发现那里被墙砖碰了个鸡蛋大的疙瘩，鲜血都渗出来了。这时候，歪歪正好进来检查线路，他穿着一身工作服，屁股后头挎着工具兜，人模狗样挺像那么回事。人们七嘴八舌讲了刚才发生的事。他冷着脸鼻子里“哼”了一声：“知道吗叫二百五不？算你命大，一百个不正也能烧成灰！”

放屁崩吭，各有一功，人们都说歪歪天生就是当电工的料。他上学不识字、干活没有劲，当电工却是绰绰有余。他在电业局受了三个月训，跟着工程队干了半年多，回来便成了三里五乡的电工师傅，哪村有疑难问题都来找他。不少人看过他干活，没有一个不啧啧称赞。他蹬上脚扣就变成了猴子，十多米高的电线杆子，“咔咔”几步就能到顶。条子可就不行了，软茬茬根本爬不上去，只能在下边递个工具、扔个电料地打下手。可他有他的优势，腿长个子高，往上递东西省劲。人们戏称他俩是“黄金搭档”。

那天后晌儿，他俩挨家挨户检查电灯亮不亮，来到守根家正碰上两口子生气，原因是家里多了一位老太太。歪歪问了半天，才弄清了事情的来龙去脉。

快到年关了，服装厂放了假。春雪想回家待几天，青松说骑车子送她她死活不同意。她嘴里不说，心里是觉着自个儿这女婿实在拿不到人跟前。守根正好想去给干姐送点儿年货，就套上驴车、背上粪筐，让雪儿披了条被子坐上去，天一扑明儿便出发了。

三九四九冻死狗。天杠晴干冷，小风吹在脸上像针扎。春雪懒得说话把脑袋都蒙住了，一路迷迷糊糊半睡半醒。真是冷的是闲人，守根和毛驴一点儿也没觉得冷。他们脚步“嘚嘚”一路急行，嘴里“呼呼”吐着热气，眉毛胡子上沾满了霜花，头午便赶到了巧云家。巧云估摸着闺女这几天要回来，早把饺子包好了冻在闲屋里。煮饺子还不容易呀，不过抽袋烟的工夫大家就把晌午饭吃完了。

守根来时就想着把雪儿送过来把红柳捎回去，到这儿才知道红柳早就闹着要回家，前天冬雪就骑车把她送走了。他吃完饭抽了锅子烟，说还要去串个门儿就告辞出来了。车上还剩了些年货，那是他给小山娘留的，想顺路去看看她老人家……当他推开小山家跑风漏气的破门时，却被眼前的情景惊呆了。

黑乎乎的屋子里一无所有，就连炕上都是光溜溜露着土坯。冷锅冷灶没一点儿热乎气，锅里的半碗棒子面掺野菜的白粥像是冻成了冻凌。屋里没人，奇怪的是有个不知用了多少年的破笸箩倒扣在地上。守根叫了两声“大娘”没人回答，刚想转身往院里找却听到笸箩底下有点儿什么动静。他犹豫片刻，上前去弯腰掀开了大笸箩，好家伙……他再次惊呆了。

笸箩底下是个土坑，里面垫着一层花秸，小山娘蜷成一团，身上盖着烂套子一样的被褥正在浑身哆嗦。守根见状，眼泪差点儿流下来："大娘，你这是……"

"活不了啦！"小山娘泪流满面，气息微弱地说，"没的吃，能卖的都卖了……"

守根见她脸色潮红呼吸急促，蹲身摸摸她的脑门儿热得烫手，就知道老人家病得不轻。他一时不知该怎么办，愣在那儿心里盘算：自个儿要是不管，放下东西就走，老人肯定过不了这个冬天；要管该怎么管？留下来伺候她几天？好像也不是个办法……他思来想去，最后拿定了主意，连同被褥把老人抱起来："走，大娘，咱们去找村干部。"

守根把老人放车上，又用自己的被子给她盖好。他轰着毛驴在街上一路打听，找到了村头的大队部。村支书是个又黑又胖的年轻人，头不抬眼不睁地问他有吗事。守根心里有气，说话就不客气："你们是卖吗吃的，老人病成这样就没人管呀？"

"管？怎么管？"支书反问一句，又说，"一个伪军家属，死了活该！"

"胡说八道！"守根脸红脖子粗地争辩，"她小子是烈士，她就是烈属，村里就该……"

"她小子是烈士？"支书打断他问，"你怎么知道？俺村谁不知道，赵小山当年是被国民党抓壮丁走的。你是卖吗吃的？"

守根愣了一下，忙说："小山我们是在国民党军队里待、待过，可没多久就起义了……在解放军队伍里干、干了几年……我是他的班长，那场阻击战，他就牺牲在我眼前。"

"你是他的班长？"支书瞪着眼问，"那你怎么没死？你有什么证件拿来我看，大队开的证明信也沾。"

守根一听就傻眼了。这么多年，就因为没任何证件他听了多少闲言碎语！到哪儿找部队人家都是爱搭不理。有两回他出门前去找村里开介绍信，山堂虽不说什么，也是推三阻四不愿给开。黑胖支书见他不吭声，伸出手说："你的证件哩？"

守根磕磕巴巴地："就、就算不是烈属，一个孤寡老人，你、你们不该管呀？"

"我说过了，伪军家属，死了活该！"支书冷笑着，"你要真是小山的班长，为吗不做件好事，把死老婆子拉回你家去管起来？"

"我管就我管！"守根脑瓜子一热，冲口说了出来。他气哼哼赶上毛驴，出村口上大道，一路急行回了家。他当时可没想到，老太太的到来会给他今后的生活带来多少麻烦。

常言说得好：人在干，天在看；不是不报，时机不到。苏红柳回家没几天就出了事，而且是轰动全村、传遍全公社丢人现眼的大事。

杨冬雪骑着自行车送她回来那天，在村头正好碰上不正带领民兵在路旁的麦场上操练。那时候讲全民皆兵，每到农闲基干民兵就会集中练兵，还配备了枪支，公社和县里经常组织比赛。不正虽说不是民兵连长了，但他喜欢干这种在人前显摆、出头露面的事。他看到红柳一阵心慌，连口号都喊错了好几回。实际上，自从知道她怀上自个儿的孩子后，他那颗心就没安生过，真是吃不香睡不稳，几次梦中喊柳子把媳妇都吵醒了。

本来，自打红柳出嫁后，桂香心里的一块石头稍稍落了地。可这些日子见不正成天介像丢了魂儿，睡梦里都喊那个臭老婆，她那颗心再次提到了嗓子眼儿上。当天吃黑介饭时，不正吃了两口把饭碗一推，说是值夜就出去了。桂香并不知道红柳回来，但她看出丈夫心里像是有事就多了心。她飞快地刷锅洗碗，收拾干净后对公婆说去串个门儿就出来了。她先去了大队部，见里头黑着影转身就去了老杠头家。她本想看看红柳回来了没有，到门口又觉着冒冒失失进去不合适忙收住了脚步。她在街上转悠了一会儿怕被人撞见，心里琢磨着这么早他们不可能在一块，就又回到大队部里。当她在窗外看到不正和山堂坐在桌旁说话时，一颗心才稍稍安定下来。

红柳伺候爷爷吃完饭，刷锅洗碗后回到自己久别的小屋里。她生来喜欢干净，把炕上炕下、桌椅板凳都仔细打扫了一遍，才心满意足地长舒了口气。她插上屋门，坐在炕沿上久久发呆。虽说在村头只扫了不正一眼，就看出他瘦了，脸色发黄，她多少还有点儿心疼。唉……真是女人有贱筋，当年本是不正掐巴了她，她也曾咬牙切齿地恨过；可这么多年过去了，尤其是怀上了他的孩子，她从心里却把他当成了自己真正的男人。她估摸着不正今儿黑介一定会过来，便关上灯轻轻抽开门栓，脱得精光早早躺在了被窝里。

桂香在黑旮旯里蹲了半天，冻得清鼻涕直流，才看到不正出来了。她心里一阵紧张，等不正走出大门，才起身悄悄跟在他身后。

大队部就在村头上，不正没往街里走，却转身去了村南。这是他多年养成的习惯，不管春夏秋冬，临睡前必须去地里转一圈，夏秋检查庄稼，冬春看护树木。尤其是年关将近，有些小蟊贼子手头紧巴，会琢磨着偷几棵树换点儿零花钱。

桂香小心翼翼跟了一段，忽然觉着自个儿犯傻了。大冬天，野地里光秃秃连个藏身的地方没有，万一被他发现不是弄巧成拙？为吗不去守在红柳家门口外？那叫什么？对，守株待兔。想到这儿，她折转身回到村里，盘算着进家添件棉袄又怕公婆多心，便直接去了红柳家门外。她东瞅西看找了个黑旮旯，悄悄圪蹴成一团瞪眼等待着。

那天是阴历腊月初二，天气格外晴朗，满天星星像饭粒子一样挤成了疙瘩。空气干冷干冷，村街上连个鬼影都看不见。正是庄稼主子讲“窝冬”的时候，有条件的人家守着通红的火炉子，边说闲话边炒瓜子炒花生；没条件的人家天擦黑就烧热了火炕，这会儿早关灯钻被窝了。钻被窝睡不着，漫漫长夜里两口子摸着黑儿瞎鼓捣，三鼓捣两鼓捣就怀上了。穷生、穷生，那年头，一家养活七八个孩子不稀罕，小猪子一样躺在烂棉花套子般的被窝里，甭说外人，连当娘的有时候都分不清大二小三。

天快半夜了，桂香被冻成了冰疙瘩，眼泪鼻涕擦都擦不干净。终于，一个人影踅进街口，大摇大摆走过来。看着那狗熊般横拔浪走路的身形，桂香一眼就认出是自个儿的男人。她不由一阵紧张，加上被冻得够呛，管不住上下牙打架，“嘚嘚嘚”发出很大声响。她使劲拧自个儿的大腿，深深地吸了几口气，紧咬住了嘴唇。不正来到红柳家门口，四下张望片刻，像回自己家一样伸手进去，熟练地打开了栅栏门。

桂香沉不住气，猛地站起身来，没想到碰掉了半截墙上的一块烂砖头，只听“咚”的一声，在寂静中像放炮一样响亮。她吓坏了，忙又蹲下去，一动不动大气不敢喘。不正听到动静也吓得够呛，忙从栅栏门里退出来，瞪大眼睛朝这边张望。说来也巧，这当口一只瘦狗不知从哪儿蹿出来，“倏”的一下跑了过去。不正骂了声娘，回头进了栅栏门。他侧耳倾听片刻，顺墙根蹑手蹑脚往里走……桂香的心像敲鼓一样狂跳着，站起身大步流星赶过去。就在不正要推红柳屋门的一瞬间，沉不住气的她从背后一把揪住了他的脖领子，骂道：“大贼操哩！我看你这回还有吗话说！”

不正吓得尿了裤子，蒙头转向一时不知发生了什么。桂香扇他一巴掌，扯开嗓子喊叫：“快来人呀！大队长搞破鞋哩！快来看呀……”

红柳躺在被窝里，早就听到了不正的脚步声。她刚披上衣服想去开门，突然听到桂香的喊叫声，心里马上意识到发生了什么。她一下子愣住了，心里闪电般盘算着该怎么办。就在桂香喊第二声的时候，她拿定了主意，便飞快地蹬裤子穿袄拉着电灯，猛地打开了屋门。门口正在撕扯的两个人都愣住了。红柳扑上前，一把抓在不正脸上说：“大流氓！大坏蛋！你真敢来欺负人呀？”

这一来，别说不正，连桂香都傻傻地停住了手。正在这时，被惊醒的老杠头拉开了上房屋门，大声问：“干、干吗？你们干吗？深更半夜跑我家来……”

红柳急忙上前去，声泪俱下地哭诉：“爷爷，不正欺负人……俺当闺女时他就好几回把俺拽进庄稼地里……俺被逼得没办法，哄他说等俺嫁了人。这不，他还真敢来了。呜呜……爷爷，你得给俺做主哇！”

孙女的话，老杠头吗时候都是全听全信。他气急败坏上前了，一脚把不正踹倒在地呵斥道："王八蛋！你当自个儿是老天爷呀?！走，咱去大队里说说去！"

这时候，被惊动的四邻八舍来了不少。红柳又哭又闹，把刚才的话再学说了一遍。桂香这才返过味儿来，大声喊叫："老少爷们儿，甭听她胡说八道！他们是老靠，我手上有证据，在家里……"

"败家娘儿们，少在这儿胡吣！"不正一巴掌把她后面的话打了回去，"回家再跟你算账！"他现在已明白了红柳的用意，决定配合她把戏演下去。

人们有的上前拉架，有的交头接耳小声议论，有的干脆揣着手看热闹。老杠头火冒三丈："妈那巴子！滚，都给我滚出去！"

正在这时，山堂进来了。桂香扑过去，"咕咚"一声跪在地上："姐夫，你得为俺做主呀！他们欺负人，他们搞破鞋……我、我不活了！"她说着，一屁股坐在地上呼天抢地。

"快起来！像什么样子！"山堂说，"有什么话，都给我去大队里说。"

人们这才散开去。老杠头、不正和桂香跟山堂往外走时，却发现红柳不见了。原来，她趁不正两口撕扯时出了大门，一口气跑到公社里，连哭带喊敲开了公社书记的屋门……这件事的最后结果，是不正承认以前打过红柳的主意但没形成事实，今晚去她家，是想让她实现自己的承诺。红柳证明他说的是事实。桂香一口咬定他们是多年的老靠，回家翻腾半天没找到证据，没证据这事就不能定。因为那份保证书，早被不正翻出来扔进炕洞子里烧掉了。甭管是哪种情况，不正反正是罪责难逃，经公社党委研究决定被免去了大队长职务。因一时找不到合适人选，由山堂暂时代理。桂香和他离了婚，没几个月就另嫁他人，不到一年就养活了个白白胖胖的大小子。人们都说，她和不正就是没缘分。

第九章

风云突变　时势造就登天梯
众口铄金　世俗逼死清白女

红柳回家打了个衣裳包袱，天不亮就去了杨家庄，直到生完孩子也没回来。那阵子，村里的闲话像开锅的水，“咕嘟咕嘟”往外冒。守根和二婶儿都听到了，商量再三决定不告诉巧云。从杨冬雪结婚到苏红柳生产不足九个月，孩子生下来又瘦又小像个大老鼠。巧云也曾起过疑心，可思前想后也没说出口：一是认为庄稼主子干活劳累，生孩子不足月是常事；二是红柳那条沾了鸡血的手巾起了作用；三是觉着弄明白又能怎着？这个媳妇娶得不容易，睁只眼闭只眼算了。更何况红柳十分乖巧，不笑不说话，一天到晚“娘、娘”的不离口，挺着个大肚子，抓二挠三吗家务都干，街坊四邻都夸冬雪娶了个好媳妇。冬雪更是乐得屁颠屁颠的，成天介抱着孩子不愿松手。巧云把这些都看在眼里，心里话更没法说出来。春雪上她的班，青松唱他的戏，两人一年没见过几次面。有时青松下乡回来去厂里找她，她总是推三阻四不肯跟他回家。

俗话说请神容易送神难，要说这一年日子不好过，就属魏守根了。他一时脑瓜子发热把小山娘接回家，本来是想过了这个冬天，等她身体养好了就送回去。谁知道又像当年花梅娘那样，老人家一病不起，直到来年夏天才略有好转。也就是因为他“没事找事给自己拉回来个娘”，让花梅忍无可忍，下定决心和他打了离婚。

刚拉回来那天，守根想让花梅帮老人家洗个澡。花梅看着泥蛋似的老太太，皱着眉头没吭声。守根烧了一大锅热水，想自己动手又觉着不合适。从这点儿看他还不算傻，要真是帮老人洗了澡，传出去还不让人笑掉大牙？好不容易等麦穗放学回来了，守根想让她帮忙。麦穗也像娘一样，嘟噜着小脸儿没吭声。不是闺女不懂事，也怪他平时不会当这个爹。守根天生好脾气，对孩子们只会娇惯不会管，对他们身上的毛病从来就看不出来，有时看出来也不说不管，从小到大嬱说动手打，连句重话都没说过。因此上，他在孩子们眼里没权威，说话没人听。花梅就不同了，谁要不听话，开口就骂伸手就打是常事，孩子们从小见她就发怵，她说话自然就灵多了。

守根好说歹说，还答应给闺女换个新书包，麦穗才高高兴兴帮老太太洗了个澡。接下来是安排住的地方，把人家接过来，总得给个窝吧？守根本想让老太太住上房，和花梅麦穗睡一条炕。花梅冷冷一笑说："沾呀。反正这家是你的，你说怎办就怎办。俺娘儿俩出去串房檐吧。"她说着，爬上炕就要搬被窝……

守根连忙赔着笑脸拦住了。没办法，他只得把老太太安置在小屋里，自己再次搬到牲口棚去住。想到麦茬就要放假回来了，他又在上房西头杂物间里倒腾半天，用木板支架了张床、土坯垒了个桌子……娘儿俩做黑介饭时，麦穗拉着风箱问："娘，这老奶奶是谁呀？"

"是你爹捡回来了个娘。"花梅冷笑着，"你爹从小缺爹少娘，想娘想疯了。"

一家人吃过饭，刷锅洗碗刚消停下来，老太太又开始发高烧。她蜷作一团，浑身哆嗦，"嘚嘚嘚"上下牙只打架，还把刚吃下去的饭全部吐了出来。守根慌了神，忙套上小拉车去银沙窝请来老先生，号脉、开方、抓药、煎药……等老太太喝下去，天都快亮了。守根累得晕头转向，好不容易圪蹴在墙根下想抽锅烟，却迷迷糊糊睡着了，烟锅子掉在地下都不知道。不知过了多久，还是毛驴的叫声把他惊醒，他揉了揉眼睛，背上粪筐出门去了。

小山娘烧得忒厉害，一天到晚眯糊着半睡不醒，拉住守根的手，一声接一声地叫“小山”。守根答应着，连哄带劝好半天她才能睡着。可是，当守根想去地里看看自家的麦苗是不是被羊啃了，刚迈出大门她就又睁开眼，扯着嗓子叫“小山”……唉，没办法！好在是冬天，要是农忙时节，守根就是把自己撕成两半也顾不过来。

花梅也不容易，她再怎么不高兴，也得一天到晚茶呀饭地伺候着。直到有一天，守根再次伸手要钱买药时，她忍无可忍地把饭碗摔在了地上：“还有完没完？把过年的钱都花光了，这年还过不过？！”

守根愣怔片刻，忙赔着笑脸说：“这年怎么着也能过……还是给老人看病要、要紧。”

“老人？她算哪门子老人？她算谁家的老人？”花梅摔摔打打地发泄，“八竿子打不着……还不是你没事找事？你是跟俺娘儿们过还是跟她过？你说吧！”

守根能说吗吔？他脸红脖子粗，被噎得一句话也说不出来，傻乎乎瞪着小绿豆眼儿瞅着她。花梅说了一大堆，最后扔了一句：“限你三天内把人送走，要不咱这日子就甭过了！”

守根可真遭大难了：把老人送走？她不被饿死也得被冻死，肯定过不了这个冬天；坚持不送走，自个儿这家怕保不住。花梅的脾气他知道，那是吐吐沫成钉，说到做到。她要叫起真来，大骡子大马也拉不回头。他回到自己的牲口棚里，坐住干草垛上抽了锅子烟，心里盘算是不是找人借点儿钱，又觉着年根儿前都是用钱的时候，找谁借也不合适……思前想后没办法，只得决定到此为止，停了小山娘的药。

谁知道，这老太太命贱命也硬，药停了却好了起来。她一天到晚躺在小炕上，神智迷迷糊糊饭量却大得吓人。锅边上贴的棒子糁大饼子，她一顿能吃仨，比守根吃得都多。花梅没再说什么，只是成天介耷拉着个脸，摔摔打打没好气。甭管怎么样，日子就这么稀里糊涂过了下去。

守根的日子能凑合着过，不正的日子却凑合不下去了。可不是，自从他被免去一切职务变成傻社员，就像从山岗上一下子骨碌进河沟子里。你当官的时候骑着马嫌街窄，走路像螃蟹，老百姓惹不起也躲不起，你下来了谁还拿你当回事？以前大闺女小媳妇，见到他觍着脸往前凑，该叫哥的叫叔，该叫叔的叫爷；这会儿见了他当没看见，扭脸绕个弯就走了。以前谁家有个大事小情，娶媳妇聘闺女，主家总是一趟趟又找又叫，死皮赖脸把山堂他们请到上席；这会儿就是当家本院有事也没人叫他。唉……世态炎凉啊！

更让他难受的是身边没了女人，黑介躺在被窝，真成伸伸腿，冒凉风；蜷蜷腿，半截空了。媳妇离婚另嫁。红柳因为照顾爷爷，虽说在娘家住的日子倒不少。可她带着个孩子很少出门，有时在街头冷不丁碰上他，也是头不抬眼不睁爱搭不理。

不正心灰意冷，头发胡子老长也懒得收拾，每天跟着大队人马下地干活，没人理他就自个儿闷着。反正干多干少也没人管，他就爱干不干地磨洋工呗。倒是山堂没事的时候断不了过来看看，有一搭没一搭地开导他几句。可那管吗用？好听话谁都会说，事没打在自己头上，要打自己头上，还不是娘儿俩守寡——自个儿知道自个儿？只有守根没把这些当回事，见了不正该说说该笑笑，甭管心里怎么想的，大面上还过得去。不知谁编了几句打油诗，孩子们看见不正就跟在屁股后头喊：不正不正好难过，今儿格不如夜里格。夜里格吃的油炸果，今儿格吃的糠窝窝……不正气得咬牙跺脚可又追不上他们，只能自个儿摇头叹息：唉……这世道，真是墙倒众人推呀！

无极县城是一六大集，就是阴历的逢一逢六，每个月六天。记得那是阴历五月二十六，不正馋了，摸摸兜里还有两块钱，扔下锄把子假也没请就去了集上。他吗事没有，就想买碗羊肉饸饹吃俩钢炉烧饼解解馋。他坐在街边小摊上刚咬了两口烧饼，就听见从不远处的人群中传来敲锣打鼓和喊口号的声音。他没当回事，认为不是娶媳妇就是聘闺女的……可又觉着不对，娶媳妇聘闺女不该喊口号呀？他喝了口羊汤，停住咀嚼，支棱着耳朵想听个明白……可街里的人熙来攘去闹哄哄，他根本听不清楚在喊什么。他咬了口烧饼想接着吃，突然背后被人猛踹了一脚。只听“嘎吧”一声，他屁股下坐的小板凳裂成了两半，人重重摔住地上，手上的烧饼甩出去丈八远，一碗饸饹全扣在怀里，烫得他“嗷嗷”叫……

“操你姥姥！”不正大骂一声，心里想着人走背字真他娘放屁砸脚后跟、喝凉水都塞牙。他挣扎着跳起来想找人打架，等看清楚对方时却愣住了。站在他面前的是个熟人，而且不是一般地熟，是他的姑表弟，大名叫马六甲，小名叫小狗子。这小子从小住姥姥家，四五岁就跟在他屁股后头跑着玩，上学后一到放假就又跑来了。不正冲他没好气：“你这小子净瞎胡闹，看烫得都起泡了！”

“起泡了好哇，说明你要发迹了。”马六甲嬉笑着拍打着自己的胸脯说，“你不看看，我现在是什么身份？”

不正眨巴着眼打量他那一身装扮，心想这小子可能是鸟枪换炮了。他姑姑家穷孩子多，小狗子排行老五，从小到大没穿过一件正经衣服，不是爹穿旧的就是哥穿剩的，不是露着胳膊就是晾着腿，十冬腊月还光脚穿着大号单鞋，里面塞的花秸从前后的破洞中呲出来……可现在这小子人模狗样穿着一身崭新的绿军装，胳膊上还戴着红袖章，袖章上用黄丝线绣着三行字，上边一行小字是“‘八、一八’造反兵团”；中间三个大字是“红卫兵”；下边又是三个小字“司令员”。

不正更蒙了，心想真他娘士别三日当刮目相看，这小子怎么能当上司令员了?！在他印象里，马六甲和歪歪一样，从小就是个“三天不打，上房揭瓦”的主儿，上树下河、爬瓜溜枣打群架，姑姑揍得他成天介鼻青脸肿浑身没一块好地方。他还知道这小子上学不识字，八岁上小学，十一岁了还在一年级晃荡……十七岁才上中学，没几天又听说他因为偷看女厕所差点儿被学校开除了……就这样一个混世魔王，怎么能当上司令?！

“哥，想吗吔?”马六甲看着他嬉笑不停。不正想说什么，却被一阵口号声淹没了。他扭头望去，看到浩浩荡荡的红卫兵队伍开了过来。只见战旗先导，彩旗飘飘，穿军装戴袖章的少男少女们群情激愤，一路喊着口号：“革命无罪，造反有理！”“炮打司令部！”“打倒走资本主义道路的当权派！”……

“你们瞎喊吗呀？”不正惊讶地问，“革命当然没罪，可造反怎么会有理？从古到今，造反是要掉脑袋哩！”

“哥，你可是真落伍了，跟不上飞速发展的革命形势……”马六甲正想讲一番大道理，却被从游行队伍中跑来的魏麦茬打断了。麦茬的袖章下边的一行小字是：大队长。他喘吁吁地问不正：“哥，你怎么在这儿？”

“我来赶个集。你们这是干吗吔？”不正忙问。麦茬刚想说什么，马六甲打断他：“你带队伍往前走吧。我和表哥谈谈。”他说着，顺手把不正拉进路边的一家小饭馆。

天到半后晌儿，李保证和马六甲从小饭馆里出来了。他吃了个大肚圆，喝得迷迷糊糊向表弟告辞。马六甲拉着他的手再次嘱咐：“哥呀，常言说乱世出英雄。机不可失，时不再来。你回去要马上行动起来。咱弟兄俩上下呼应大干一场，肯定能闯出一片天下来！”

不正出了城，沿着庄稼地里的小道一直朝北往家走。他脑袋里乱七八糟像一团糨糊，什么造反、夺权、炮打司令部……行不行呀？凭自个儿目前在村里的威信，能组织起来的不过是那几个看青的基干民兵。可这么大事，那几个家伙虽说没什么头脑，肯不肯跟自己干还得两说。就是他们肯干，三五个人就能成什么气候？能扳倒田山堂？乡亲们会跟自个儿走吗？再说，还有县上和公社里，领导们会同意吗？他越想越觉着心里没底，决定回去等等再说。

不正走着走着路过一片菜地，突然想起马六甲小时候干的最缺德的一件事。他记得，那年六甲十岁，放秋假时来住姥姥家。他给了个柴火筐，让六甲去地里砍草。那小子独性，从不跟别的孩子们成群搭伙。他转转悠悠来到生产队的菜园子里，砍了没两把草忽然想拉屎，四下看看没人，便一头钻进了南瓜地。

这带人把一种大白瓜叫南瓜，样子和冬瓜差不多，只是通体雪白，成熟时能长到三四十斤，有一袋子面那么大，主要吃法是擦丝剁馅包饺子。当时南瓜已长得像枕头那么大，肥硕的叶子像大人戴的草帽，绿莹莹直溜溜有半人高。六甲褪裤子圪蹴下来刚想使劲，一眼看到南瓜心里忽然冒出个坏念头。他蹲着身子挪了两步来到一个瓜旁，用镰刀划开个四四方方的小洞，然后小心翼翼取下瓜皮，把里面的瓜子和白瓤挖了出来。他抬屁股坐上去，一泡屎拉在里头，又把瓜皮原样盖上了。

这小子干了坏事自得其乐，回家就告诉了表哥不正，本意是想让他留点儿心，看秋后哪个倒霉蛋会分到这个南瓜。不正觉得这事做得忒出格，生气地敲了他一巴掌也没往心里去。直到冬至那天，双河赶集割回来一斤肉，想让全家人吃顿饺子。他媳妇抱出来个大南瓜，放在案板上一刀切下去……只听"扑哧"一声，霎时间满屋子臭味，屎汤子流进了饭锅里，臭得好几天没法进屋，更没法做饭。不正这才忽然想起六甲说的那件事，可那小子当时不在这儿也没法揍他。直到过年的时候，六甲跟着娘来串亲戚，不正一脚踹了他个狗吃屎。姑姑护短，为这和他吵了一架从此便断了来往。事情就此传了出去，老辈人听了摇头叹气：一岁看大，三岁看老，这小子不是块好料，长大了不是个大贼就是个土匪头子。不正想到这儿不由心中暗笑：真被老人们说着了，这小子现在不就是个"头子"嘛！

天擦黑儿，不正才回到家里。他不想吃饭，跟娘说了一声便回到自己的小东屋里，迷迷糊糊想睡的时候，听见娘和歪歪在说话。

"你忙吗吔？"娘说，"一天天不着家。饭在后锅里温着，自个儿盛吧。"

"村里刚买回来一台电匣子，铁的，这么大个……我鼓捣了一天。"歪歪边盛饭边说，"嘿嘿，我在咱家门外杨树尖上安了个大喇叭碗子。"

不正刚睡着，突然被一阵尖厉的怪叫声惊醒。他一下子坐起身，就听见外面的高音喇叭里传来乱哄哄的口号声："革命无罪，造反有理！打倒走资本主义的当权派……"接下来是一个男播音员的声音：

“八月十八日，我们的伟大领袖、伟大导师、伟大统帅、伟大舵手毛主席登上天安门城楼，接见了来自全国各地的百万红卫兵……蒯大富、聂元梓等红卫兵代表登上城楼，给毛主席戴上了红袖章……”

不正听到这儿，又联想到中午吃饭时马六甲情绪激动地讲的那番话，心里一下子清醒了。他强烈地意识到这确实是个好机会，说不定自个儿能就此蹬转棒槌，像小狗子说的那样，成就一番大事业。他再也睡不着，爬起来去了二旦家。两人在小黑屋里“嘀嘀咕咕”商量了大半夜，决定暗中准备军装袖章，串联几个弟兄，等待时机揭竿而起！

不正没想到，马六甲第三天就找上门来了。他穿了身旧衣裳，骑着辆破自行车，有点儿微服私访的意思。当时，不正刚吃过早饭，扛着锄头准备下地。马六甲把他拽进屋里，高兴地说：“哥，我刚打听到，你们村有咱县最大的资本主义土围子！”

不正没听明白：“什、什么土围子？我们村怎么会有哇？”

“你真是……没一点儿政治头脑。”六甲说，“我听麦茬说了，他家到现在还是单干户，这是不是真的？”

不正这才点了点头：“是、是真的。”

“这还不是最典型的资本主义？”六甲说，“你再想想，是谁支持他家这么干的？”

“是……”不正努力回忆着，“应该是老秋生，我们村原来的支书，可他早死了。”

“不对。”六甲说，“现在的支书是田山堂吧？他要不支持，这单干户能坚持到这会儿？”他喘了口气，接着说，“田山堂就是最典型的走资本主义的当权派！”

“不对，不对。”不正说，“当时山堂是反对守根这么干的。”

“你真是榆木疙瘩脑袋不开窍。”马六甲说，“萝卜快了不洗泥，管他当时反对不反对，不趁机把他拉下马，你怎么上去？”

不正思索着，好半天没吭声。马六甲最后说，“哥，你们做好准备，我三天后带人来，砸烂魏守根这个资本主义的土围子，揪出田山堂这个走资本主义的当权派!”

“你等等。”不正拽住要出门的马六甲问，“揪出山堂，谁当这个支书呀?”

“现在是造反派掌权，还要什么支书呀!”马六甲说完，蹬上车子走了。

不正半天没回过神儿来，最后扔下锄头回到自己的小屋里，躺在炕上翻来覆去琢磨开了。他到现在还拿不准，真要照六甲说的干下去，到底是好事还是坏事，结果又会是怎么样。直到吃晌午饭时，他终于拿定了主意：反正自个儿这会儿是破罐子破摔，仰巴着脚擤鼻涕——甩到哪儿算哪儿吧。

同样是这天黑介，守根父儿俩正进行着一场艰难的谈话。这种谈话就像缠线蛋子，轱辘来轱辘去就那么几句，而且父儿俩也不是第一回说这事了。

那天半后晌儿，麦茬回来了。他进村时，老辈子顺昌爷正坐在村头大树下抽烟。以前，他只要看见麦茬就喊他“买卤煮鸡的掌柜里”，现在看着他的绿军装和红袖章，张了张嘴没喊出来。麦茬阴沉着脸，见谁都不说话，一路闷头进了家门。当时正是农闲时节，守根坐在大柳树凉里用荆条子编粪筐。前面说过，他人笨心不笨，一双大手更是灵巧。只见他大手飞快地上下翻动，紫红色的荆条子听话地甩来甩去，眼瞅着粪筐已初具模样。他看到小子，不由意外地问：“怎么……这咱回来了?”

麦茬黑虎着脸没吭声，拉了个高麦秸墩坐在他对面。守根看他一眼，又问：“怎么了?看你那一脸官司……”

“爹，我得跟你……好好谈谈。”麦茬说着，脸上仍没一点儿笑模样。

守根感觉到儿子说的话一定很重要，不由放下手上的活计点上了锅子烟：“怎么了?还是为参加生产队的事?”

他这么一问，麦茬倒没词了，张着嘴半天没说话。也是，这几年，父儿俩为这事说了没有一百回也有九十九回，每次都是谁也说不服谁，不欢而散。麦茬上小学时孩子们都小，他家单干不单干没人说什么。等上了初中，便有同学在他背后指指点点；上高中后，同学们长大都有了自己的思想，几次有人当面问他：你家真的一直是单干户？麦茬无言一答，只能红着脸走开。再后来，同学们开始疏远他，一天天甚至没人跟他说话。他先后写过三次入团申请书，到头来都没有下文。你想想，一个正追求进步的热血青年，在这种情况下还不郁闷得要死？因此上，他多少次回家来冲爹撒气闹腾。守根总是一句话顶回去："你一个毛孩子知道吗吔，好好念书就行了，大人的事你甭管！"

"无产阶级文化大革命"开始后，麦茬认为这件事已到了生死关头，不彻底解决自己毫无前途可言。他申请参加红卫兵多数同学不同意，还是马六甲看在从小就认识的分上，硬做主才发给他军装和袖章。热血鼓动得他两天两宿睡不着，抱着一种砂锅子捣蒜——一锤子买卖，哪怕和爹决裂的心态回家来，想彻底解决这个大问题。因此上，他硬着头皮说："就是。为参加生产队的事，今儿个咱父儿俩必须有个说法！"

"说、说吗？"守根愣怔一下，"我不是早说了？这事不用你管。"

"爹，以前是以前，现在我不管不行了。"麦茬说，"非常时期，这是两条路线斗争。"

"吗？你说吗？"守根对小子的强硬态度有点儿意外，不无恼怒地反问，"两条路线？那……你是吗路线？老子又是吗路线？"

"你这是资本主义路线。"麦茬毫不示弱，"同学们都说，咱家是资本主义的土围子，要派人来彻底砸烂哩！"

守根再次愣住了。片刻，他拿下嘴里的烟袋，在鞋底子上"咔咔"磕打烟灰问："同学们怎么会知道？是你说的吧？"

"咱家是全县独一份，这么大名声谁不知道？"麦茬说，"再说，马六甲从小在咱村长大，人家吗不知道？他现在是造反兵团总司令。"

"马六甲？马六甲是谁？"守根问，"他怎么会知道咱家的事？"

“马六甲就是不正的表弟。”麦茬说，“他从小住姥姥家，吗不知道？”

“你说是小狗子呵？”守根恍然大悟地，“就是那个在南瓜里拉屎的坏枣儿？他多会儿成司令了？是土匪司令吧？”

“爹，你甭多问了。”麦茬着急地擦抹着头上的汗水，“他们说，要来砸咱家这资本主义土围子哩！也就是这一两天……”

“放屁！我怎么成资本主义土围子了？”守根激动地跳起来喊叫，“我当兵的时候，打过老蒋的土围子，砸过地主老财的土围子……成立大食堂那年，要不是我把粮食捐出来，咱村还不知饿死多少人哩！”

“你说这些有吗用？”麦茬说，“现在是‘无产阶级文化大革命’……”

“爱革不革，我管不着！”守根暴跳着，“老子是战斗英雄！老子有免死牌，甭管谁来我也敢跟他拼命！”

“爹，你真是吗也不知道。”麦茬也站起身来说，“刘少奇都被打倒了，莫非你比他功劳还大？再说了，你战斗英雄也好，免死牌也罢，空口无凭谁信？你的证件呢？”

“我、我……”守根张口结舌，不知该怎么解释。

“爹，不是我这当儿子的故意气你。”麦茬说，“你听听人家背后说你什么？这么多年，就有人说你是逃兵，是叛徒……”

“放你娘那狗臭屁！”守根暴跳如雷，一巴掌扇在小子脸上。麦茬被打蒙了，抹拉着脸半天说不出话来。可不是，从小到大，守根从没跟他红过脸，从没动过他一手指头，这一巴掌，足够他记一辈子。他愣了半天，轻声说：“爹，该说我都说了，你……好自为之吧。”他说完，匆匆离开了家门。

魏守根在劫难逃。“造反派”没给他任何解释的机会，一举荡平了他的土围子。

那是第二天一大早，马六甲带领一百多红卫兵来到金沙窝。他们扛锨提镐直接冲进守根家，十多个小伙子把刚拾粪回来的他摁在了地上。甭管他怎么挣扎叫骂，最后被五花大绑捆了个结实。花梅刚起来准备做饭，见此情况吓得脸色煞白一句话也不敢说。好在人家也没难为她，让她该干吗干吗。

红卫兵小将们劲头十足，一天没吃没喝，抡镐挥锨把守根作为围墙的两百多棵枕头粗的毛白杨全部放倒了。这样一来，他家的地就和生产队的地连成了一片。天擦黑儿，马六甲他们把守根推进大队部交给田山堂说："魏守根已是生产队的人了，你看着发落吧。"

山堂被吓得够呛，瞪着大眼说不出话来。他和双河早起去公社开会，不知道村里发生的事。直到马六甲带人走远了，他才忙不迭给守根松绑问是怎么回事。守根一时没吭声，圪蹴在门槛上连抽了两锅子烟，才讲了这一天发生的事。而后，山堂问他："哥，事到如今，你看怎么办呀？"

"能怎么办？那……就算入了吧。"守根说罢，起身扬长而去。实际上，这一年多他睡不着的时候，心里一直在琢磨入生产队的事。因为这几年集体发展壮大，先后打了好多眼机井，用上了锅驼机、柴油机、电滚子，使得地下水急剧下降，他家的好几眼井都没水了。这两年浇地，都是歪歪三更半夜趁没人时，挖开生产队的大垄沟帮他浇庄稼。他欠歪歪这么大人情，心里着实过意不去，可自个儿又没法解决浇地的问题，所以就动了入队的念头，只是不好意思张口求山堂罢了。马六甲他们这么做，实际上是守根想睡觉时给他送了个枕头。他就坡下驴，算是加入了生产队。乡亲们都笑了：还是红卫兵厉害，硬把个老倔头子绑进了生产队！

这次大行动麦茬没参加，怕爹说是自己带的头。他留在学校里，趁图书馆没人管从窗口跳进去看了一天书，出来时还顺手牵羊，把一本《烈火金钢》和一本《林海雪原》塞进怀里。可他万万没想到，这次行动彻底暴露了他的身份，造反派群起而攻之，甚至有他的大字报贴在了墙上。马六甲难犯众怒，挥泪斩马谡，把他开除出了红卫兵队伍。

魏麦茬遭了大难，头蒙转向不知自己该怎么办：回家吧？不行，自觉没脸面对老爹；继续留着学校里？更不是办法，同学们没人理他，走到哪儿都被人指指戳戳……他两天两夜睡不着，最后决定离家出走。走到哪儿去？他一时没想好，只想先去韶山看看毛主席旧居再说。可想走也没那么容易，没钱没粮票寸步难行。他思虑良久，去服装厂找到了雪儿。

杨春雪见到麦茬还是那么高兴，非要请他去饭馆里撮一顿。麦茬连忙拒绝，说学校里事多没时间。当他十分不好意思地说到借钱时，雪儿连问都没问，当场就给了他一百块钱（那是她三个月的工资）和三十斤全国粮票。当天晚上，麦茬趁宿舍里的人睡着了，把两本书打进被窝里，背着铺盖卷出了学校大门，很快走出了无极县城。他一路急行，天头明赶到正定，登上了南下的列车……他找了个角落里的位子坐下来，迷迷糊糊要睡着时，不知怎的忽然想起好多雪儿小时候的事情，想起她那双美丽的大眼睛，尤其想起她出嫁那天黑介发生的一切，心里多少有了些后悔……可他并不知道，眼下春雪的日子比他也好不到哪儿去。

"文化大革命"开始后不久，县剧团清理阶级队伍，苏青松就被开除了。他所有的雄心壮志，所有的美丽憧憬，在那一刻全都化为泡影。他觉得脸上无光，也不想回农村，就赖在县城里瞎混。当时，春雪他们刚在西关租了一间民房安上小家，因平时下乡演出较多，他来来去去，总共住了不到半个月。青松不在家时，春雪下班就回来，一个人自得其乐地炒菜做饭洗衣服，过得挺带劲儿；要是青松回来了，她就千方百计找借口留在厂里。

对春雪的这种做法，青松心里非常明白，嘴里却一直没说什么。他被开除后心灰意冷，性情大变，先是在家闷了几天，后来就天天出去找朋友喝酒，喝多了就去厂里找春雪。春雪怕丢人，只得每天下班就回家来。青松不管白天晚上，只要春雪一回家就插门脱光她的衣裳，把一肚子的愤懑和无处发泄的精力耗费在她身上。春雪苦不堪言，挣扎反抗根本无济于事，青松是大贼劲，一只手抓住她就挣脱不开。每当青松心满意足酣然大睡时，她只能背着身子默默流眼泪。她多次想到离婚，可一想到哥哥和那个看见她就围着叫“姑姑”的小侄子，尤其是想到母亲的泪水心就软了。她除了在那种时候用手绢把脸蒙上，好像什么也做不了。对她这种做法，青松开始反对过，甚至把手绢扯下来扔到地上。每当这时，春雪总是一声不吭。她眼里没有泪水，只有刀子般冷冷的寒光盯住青松的麻脸，让他从手脚凉到骨头，再从骨头凉到心里……她会一次次捡起手绢，够不着就抓张报纸、拽件衣服盖在脸上。青松很无奈，习惯成自然，久而久之只能随她去了。

在那场运动中，剧团的演职员和中学的马六甲们是先知先觉，带头发难闹腾了起来。县委领导却迟迟没动，拖了两个多月才召开了半天的三级干部大会。会上，县委书记一句多余话没说，只是原原本本传达了中共中央《关于无产阶级文化大革命的决定》及省地相关文件。村干部们都是一头雾水，不知道为什么造反倒有理，不知道为吗要炮打司令部，也不知道谁是走资本主义的当权派。

田山堂心里倒觉得敞亮，他认为金沙窝是个小村，地处天高皇帝远的三县交界，乡亲们平日里和和睦睦，什么运动也闹腾不起来。当年搞土改，金沙窝也没像别个村那样又斗又打地死了不少人。合作化运动中，老东山闹事惊动了公安局；魏守根牵连秋生叔受处分……整个村子不是还算平妥吗？至于文化革命，那应该是城里的事，和农村没多大关系。可是，人算不如天算，他完全想错了。没过几天，马六甲带领一百多名生龙活虎的红卫兵，再次冲进了村口。迎接他们的，是同样穿军装戴袖章的李保证和他手下的几个弟兄。

那是个头晌午，社员们下地刚回来。田山堂在大队部里看完当天的报纸，正准备回家吃饭，红卫兵们冲进屋来。他惊讶地站起身，大声问：“你们……干什么？！”

马六甲冷笑一声：“干什么？就找你。把他给我绑起来！”

“你们，你们……”山堂再怎么暴跳也白搭，几个人高马大的愣头青扑上来，三下五除二就把他捆了个结结实实。马六甲带头喊口号：“打倒走资本主义道路的当权派田山堂！”

红卫兵们齐声高喊，拉拉扯扯把他拽出大队部，推到小广场一头的土台子上。这时，另一路红卫兵也把五花大绑的魏守根推过来。他头上戴着报纸糊的高帽子，胸前挂的纸牌上写着：资本主义分子、叛徒、逃兵，上面还打了红叉。

“打倒资本主义分子魏守根！”“打倒走资本主义道路的当权派田山堂！”“把‘无产阶级文化大革命’进行到底！”……一浪高过一浪的口号声惊动了全村的父老乡亲。有胆小的出来看一眼，赶忙缩回去插上了大门。多数人还是不明就里地跟在后面，瞪着大眼小眼看热闹。

马六甲看着气得脸红脖子粗的田山堂，心里暗暗冷笑。他这次“革命行动”不完全出于公心，很大成分是为了报复。有一件事，田山堂或许忘了，他却记得清清楚楚。他十岁那年，学校放假来住姥姥家，因砍草毁坏了几棵庄稼曾被山堂一脚踹了个狗吃屎……他带着报复成功的快感回头看看表哥他们，不由皱起了眉头。不正和自己的几个弟兄或许是还不适应，一直落在队伍最后面。大家喊口号，他们跟着举胳膊却喊不出声来。乡亲们看红卫兵，更多的是奇怪地关注他们几个。六甲等他们上来，低声对不正说：“你得往上冲呀，要不谁知道你是干吗的？”

不正点了点头，酝酿好一会儿，憋足了劲才把胳膊举起来。他因为忒紧张，头一声就喊错了：“打倒走社会主义的……田山堂！”

红卫兵们看着他哄堂大笑。乡亲们并不知道对错，看他那傻乎乎的样子也跟着笑。六甲狠狠瞪人们一眼，掩盖地高声喊：“打倒田山堂！”

红卫兵们忙跟着喊。不正这才走腔跑调地补充一句：“打倒田山堂！打倒魏守根！”

这时，人们都已集中到了小广场上。几个红卫兵把守根推到山堂旁边，命令他低下头去。守根的拧劲上来了，梗着脖子不肯低头。几个人就连打带摁，命令他弯腰低头。马六甲带头喊口号：“打倒资本主义分子魏守根！”“砸烂他的狗头！”……

“小狗子！混账东西！”李双河大声呵斥着往台上冲，“你他娘想干吗？快把人放开！”

红卫兵们四面包围着舞台，阻止他冲上去。老东山紧跟在身后大喊：“你们谁敢拦？他是马六甲的大舅，不正的亲爹！”

红卫兵们迟疑当口，两人已冲上了舞台。不正见状心里没底，脚下抹油想开溜……六甲一把拉住他说：“哥，咱这是革命行动，你得经住考验！”而后，他命令身边的几个卫士模样的亲信，“把他们给我赶下去！”

那几个人高马大的红卫兵迎过去，把他俩围住往下推。双河暴跳着：“小狗子，你个兔崽子想造反呀？！”

“舅舅，你说对了。”马六甲走过来说，“我们就是要造反，造反有理，这是毛主席说的。”

不正也说：“爹，这没你吗事，快下去吧。”

“乡亲们，快抄家伙，把这些小王八蛋赶出村去！”老山东挥着胳膊大声喊。

有些村民早就忍不住了，吆喝着大声响应：“就是，把他们赶出去！”“哪儿来的一群小土匪，敢在这儿撒野？”“抄家伙！”……他们喊叫着就地取材，有的拿砖捡坯，有的冲进大队部抽下门闩，抄起凳子；更有离家近的回去提溜出起粪叉、三齿镐……红卫兵们可能是头一回碰到这种阵势，一个个都吓傻了，小脸儿煞黄地愣着。

“毛主席教导我们，要文斗不要武斗！”马六甲喊叫着，“父老乡亲们，我们是来帮你们闹革命的，是来解放你们的……”

没人听他喊叫什么，十多个壮汉已冲上了舞台。也有红卫兵迎上来，两帮人发生了撕扯、推搡……田山堂见此情况忙大声说：“大家冷静！咱有理说理，千万甭动手……”

正在这时，李桂枝不知从哪儿钻出来登上了舞台。她趁人不注意，过去帮山堂解身上的绳子。谁都没想到，意外就在瞬间发生了……两帮人推搡着越来越激烈，不知谁猛地把她撞到了一人多高的舞台下。紧接着，一个胖壮的红卫兵也被撞下来，两只脚重重地踩在她瘦弱的胸口上。只听“嘎巴”一声，李桂枝咳嗽一声张开了嘴，一口鲜血喷出来便昏迷了过去。事后人们分析，她可能是肋条被踩断扎破了肺叶子。

台上的两帮人仍在撕扯、喊叫。老东山大喝一声：“操你们姥姥！出人命了知道不?!”

人们一下子都愣住了，大眼瞪小眼地瞅着桂枝，全场死一般沉寂。老东山又喊：“还愣着干吗？快送县医院！”

田山堂身上的绳子已被人解开。他跳下舞台，抱起桂枝急声叫：“桂枝！桂枝……”

“快去找张床、竹杠……”不正喊叫着，和二旦几个人冲进大队部。乡亲们都围过去，关切而焦急地看着李桂枝。她脸色煞黄，不吭声也没睁开眼，伴随着微弱的呼吸，嘴里仍有大量的鲜血流出来。马六甲见此情况，暗中冲手下递了个眼色。红卫兵们你看我我看你，趁社员们不注意悄悄溜走了。

一会儿，不正他们找来了木床、竹杠和被子。大家七手八脚把床倒放在地上，床腿绑上两根竹杠，又把被子铺在上边，然后把桂枝轻轻抬了上去。四个壮小伙儿喊着号子一齐使劲把床抬起来，脚步匆忙地往村外走。不少人关切地随后紧跟出了村口。山堂说：“用不着这么多人，再留下四个就够了……东山哥，让大家回去吧。”

老东山答应着又点了四个壮汉，让剩下的人回去了。魏守根没吭声，一直紧紧地跟在旁边。一行人出村口、上大道，捡最近的路大步流星往县城急奔。田山堂攥着媳妇的手，一声接一声地呼唤：“桂枝，你醒醒，你睁开眼。桂枝……”

李桂枝一直没睁眼。她嘴里的血倒不流了，呼吸却越来越微弱，到后来只剩下出的气没有进的气了。出村走了没有二里地，当小伙子们第三次换班时，山堂觉着桂枝的手已经凉了。他又叫了几声，见她仍没动静，眼里的泪水流出来。他轻声说：“怕是不行了……大伙停下来吧。”

当人们一脸茫然地把床放在地下时，桂枝却慢慢睁开了失神的双眸。她歪头看看大家，最后把目光停留在山堂脸上。少顷，她眼里转出来泪花，气息微弱地说："山堂，我后悔……这辈子不该嫁给你。我知道，你心里有……别人。事到如今，我吗也不说了，你心里清楚……求你，把条子照顾好，有差不多的，给他娶个媳妇就、就行了。"

田山堂一脸疚愧，连连点头答应着。桂枝最后长出了一口气，随着两滴泪水在太阳穴滚落，她永远地闭上了眼睛。乡亲们把桂枝抬回家，就要入殓时有人提出来：这事不能算完呀？好好的一个人就这么走了，咱是不是得找那些小王八蛋要个说法？

田山堂也觉得憋屈，先后跑了几趟公安局。可当时公检法已被砸烂，没人有心情管这种事，最后不了了之。金沙窝算夺权成功，"八·一八"造反队长李保证把村里的公章揣在怀里，开始了他一生中的辉煌时代。

金沙窝村权力的更迭，引起了两个女人内心的骚动。一个是兰花梅，另一个是苏红柳。

李桂枝走了，算是给兰花梅腾了地儿。她很想立马和守根离婚，名正言顺嫁给田山堂。实际上，自从那天黑介被守根捉奸后，她和山堂并没彻底了断。俩人一两个月总会找地方解决一下相思之苦，有时在大队部里，有时就在庄稼地里……守根开始有觉察，心里不高兴也只能睁只眼闭只眼，慢慢地一颗心彻底凉透了，干脆就把两只眼全闭上了。花梅他们虽说没被人撞见过，但人过留影，村里的流言蜚语也不少。她盘算着要提出离婚，守根不痛快但总能商量。她想了好久没说出口，一是顾忌二婶儿那一关不好过；二是这中间发生了件事让她每想起了就心有余悸。

李桂枝死后，山堂为讨说法停尸五天。当时天气还比较热，为降温要经常在尸床下泼水撒盐。四天头上，花梅过来帮忙，端着罐子往床下撒盐时，桂枝的手突然从蒙头下伸出来，碰掉旁边的干草把打在她头上。花梅被吓坏了，盐罐子掉在地上摔成两半。满屋子人瞪眼瞅着，一时都吃惊得说不出话来。实际上是一种自然现象，因时间长了尸体开始发胀。

当时，黑嫂就在旁边守灵看得真真的。她那大扇车嘴可是有了用武之地，出去便添油加醋逢人就讲。不到半天工夫，村里的闲话就像发大水一样漫过了河堤。结果越传越离谱，说桂枝死不瞑目，揪着花梅的头发、拽住她的脖子想把她掐死……男女关系原本就是人们最感兴趣的话题，这件事还有桂枝头咽气时说的那一番话，再加上平时村里的那些风言风语交织在一起，花梅和山堂“有事”便成了铁案。

乡亲们也就是把这事当成吃饭喝茶的佐料，你说他说“哈哈”一笑就过去了。李保证却看准了报仇雪恨的机会，他想起当年花梅戏耍自己，差点儿被大黑咬的事就恨得咬牙切齿。桂枝入土为安后不久，不正带着几个红卫兵来到了守根家。当时，花梅浑身没劲，正躺住炕上犯迷糊。她两天两宿睡不着觉，想起桂枝的那只手就心慌气短打哆嗦，闭上眼睡不着却噩梦连连。平心而论，对桂枝的死她并没有幸灾乐祸，毕竟是姐妹一场，她也掉了不少眼泪……不正看着她“嘿嘿”一笑，说：“小白菜……不对，现在已是白菜帮子了。怎么样？善有善报，恶有恶报，不是不报，时机不到。甭装洋蒜了，滚起来吧！”

花梅不知他来干吗，怔怔地坐起身来。不正冲手下甩甩头：“把她带走！”

二旦、大乱他们扑上去，七手八脚把花梅拽到大门外，先是给她剪了个阴阳头，然后把一串破鞋挂在她脖子里，敲锣打鼓满村子游街……在那种情况下，花梅想死的心都有，哪儿还顾得上盘算离婚再嫁的事？

再说，苏红柳眼瞅着孩子一天天长大，而且越长越像李保证，她心里发虚，害怕总有一天会露馅儿。还有她觉着和杨冬雪过日子一点儿意思没有，一天天少油缺盐像喝白开水；再加上每天像牛一样下地干活，风吹日晒挣不了几毛钱，她早就想回去了。尤其是不正夺权后，她的这种念头一天比一天强烈，知道自己要回去嫁给保证就是全村的祖奶奶，人们哄着敬着，绝不会再晴天一身汗雨天一身泥地当牛做马了。

郑巧云看着这个孙子，听着村里人的闲言碎语，心里明镜似的知道他绝不是老杨家的种。可她没根没据也不好说什么，只是看到儿媳妇心里腻歪就没有好脸色。杨冬雪却每天高高兴兴，进家就把小子扛在肩上又闹又笑。他脑海里一直印着那块沾了血的白手绢，坚信儿子就是自己的。看到他这样，巧云更不好说什么，只能一天天尽量装出笑模样。她盼望着冬雪能让红柳再养活一个，甭管闺女小子心里就踏实多了。

红柳心里也有顾虑，迟迟没提出来离婚。一是她知道爷爷的脾气，要走到那一步，老人家肯定气不死也得脱层皮；二是她心里清楚，自个儿要离婚，春雪绝不会再和青松过下去，那哥哥只能打一辈子光棍了。最后逼红柳下决心，是因为她看到了村民们，尤其是那些大闺女小媳妇们对保证态度的逐渐变化，心里越来越不踏实。

说实在话，李保证夺权初期，乡亲们感到震惊，感到意外，感到不可思议，多少人对此嗤之以鼻。保证当干部多年，人们叫他不正也不是随便叫的，除了他小时候尿鞋帮子，更主要是大家都觉着他身上有股子……邪气。还有一点儿，甭管城市农村，人们对男女之事都特别忌讳，谁要是在这方面犯错误，将会一辈子抬不起头来。保证当大队长时，人们惹不起躲得起，对他都是敬而远之。等桂香捉奸和他离婚，他被免去职务，人们并没有感到意外，都觉得这是他这种人身上迟早要发生的事。因此上，人们茶余饭后议论、耻笑一阵子，更拿他不当一回事，一天到晚没人搭理他。保证时时都能感觉到这种心理压力，可他想不出改变的办法。这次，天遂人愿，马六甲终于给他送来了机会。他拼死一搏，没费多大劲便屎壳郎坐飞机——一步登天了！

俗话说：没吃过猪肉，也看过猪走。保证跟着山堂他们当干部多年，抓工作搞运动自然有自己的一套办法。他心里很明白，要想树立权威，必须采取高压政策，关键时刻杀鸡吓猴，不能让人敬，也得让人怕。在马六甲的指点下，他想召开一次全体社员参加的批判大会。任务布置下去了，可到时候就有一个队长带着社员来了，其他三个队队长社员一个没来。他尽管有心理准备仍气得七窍生烟，当即命令手下把三个队长五花大绑带到大队部。他暴跳如雷，把他们骂了个狗血喷头还动了手，当场就在大喇叭上宣布免去了一个队长的职务。刚把这事处理完，看青的民兵又带来了个偷树的村民。他火上浇油，命令红卫兵把人吊在房梁上揍了个半死，然后戴上高帽子敲锣打鼓游街……

庄稼主子最现实，谁不是扶竹竿不扶井绳？不正的所作所为，让全体社员感到了畏惧。随着运动的深入发展，刘少奇等老帅被一个个揪出来，人们逐渐明白，这些人不是瞎胡闹，而是毛主席让这么做的。不少年轻人不顾老人的反对，纷纷加入了红卫兵队伍。一些大闺女小媳妇也开始往前凑，见了不正喜眉笑眼，有话没话浪三句。这一点儿，正是红柳最担心的。她知道不正的德性，不相信他能把持得住，万一有年轻姑娘主动往上贴，自己很可能就没机会了。红柳这样想着，那半年多基本上都在娘家住，并主动把冷落了两年多的老情人重新拉回了自己的热被窝。可她心里也明白，这样偷偷摸摸不是长远之计，要想站稳这个地位，就只能离婚，名正言顺地嫁给不正。可有一点儿她心里更明白，离婚这种事，谁先提出来谁被动，落个不好的名声不说，经济上还得吃亏。她思来想去，决定想办法让春雪先提出来。

金沙窝村忆苦思甜兼批斗大会终于顺利召开了。那是个腊月的晚上，天气干冷干冷，阴沉沉的，看不见一颗星星。吃过黑介饭，各生产队队长带领全体社员，高喊“革命无罪，造反有理”的口号列队入场，秩序井然地按指定位置坐下来。二旦带头喊口号：“打倒走资本主义的当权派田山堂！”“打倒资本主义分子魏守根！”“打倒地富反坏苏喜恒！”

三人戴高帽挂纸牌，被红卫兵揪胳膊摁脑袋押上土台子。不正庄严宣布："乡亲们，社员们，造反派的战友们。伟大领袖毛主席教导我们，一切反动的东西你不打他就不倒！现在，我宣布，金沙窝忆苦思甜和批斗大会正式开始！"

接下来是几个红卫兵发言。他们的讲稿都是从报纸上抄下来的套话，没什么实际内容。这中间，王九毛突然跳上台，大声说："我也要讲两句！"

不正愣了一下，忙说："好好好，批判资本主义人人有份儿，谁发言都热烈欢迎！"

王九毛走到老杠头跟前，指着他的鼻子说："毛主席教导我们：马蜂刺蝎子针，最毒不过地主老财心。想当年，我给你家打短工，不过是毁了几棵青苗，你踹我一脚不算，还一天不让我吃饭。你他娘的心肠是不是比锅底还黑?！"

老杠头本来是低着头，把棉袄领子高高立起来挡住了嘴巴，这时抬脸说："你这会儿毁坏青苗，我照样踹你！"

台下人们一阵哄笑。不正忙带头喊口号："打倒地富反坏老杠头！"

"打倒你这老杂毛！"王九毛喊了一声，接着发言道，"要说忆苦思甜，咱心里像黄连……那年吃食堂，树皮草根都吃光，棒子轴、山药蔓，吃得全村人大肠干……真还不如万恶的旧社会，给地主扛长活还让吃小米饼子哩。"

不正一听不对头，忙大声呵斥："王九毛，胡说什么哩！"

"没错呀。那年，我去银沙窝扛长活，人家过麦就让吃的米饼子。"王九毛瞪着眼说，"我吃饱了，还揣怀里一个……"

这时，台下再次响起一片哄笑声。不正刚想说什么，却看见老杠头"咕咚"一声躺倒在台上。全场人愣片刻，"轰隆隆"都站了起来。不正大声说："老杠头，你甭耍死狗，快给我滚起来！"

苏喜恒不吭也不动，却从他怀里轱辘出来了个酒瓶子，里面还插着根麦秸秆。原来，这老家伙把嘴埋在棉袄里一直在偷偷喝酒，一斤枣木杠下肚，他醉倒了。人们哄笑喊叫着，乱纷纷离开了会场……

两个多月后，苏青松没法再在县城混下去，灰头土脸回到村里。原来，他们住的民房是春雪花钱租的，租期到后，她就没再续钱，退房搬回厂里住。见哥哥回来，红柳心里有了主意，一天吃过黑介饭，她对青松说："哥，我看你还是让雪儿回来吧。"

"干吗让她回来？"青松眨巴着眼睛说，"人家在厂里干得挺好的。"

"这不明摆着？"红柳说，"她当初嫁给你，就盼你有一天能吃商品粮。如今你回来成了老农民，人家还是工人阶级，迟早有一天还不跟你打离婚？"

苏青松一时没吭声。红柳又补充一句："到时候你不是鸡飞蛋打，吗吗也捞不着？"

苏青松躺在炕上睡不着，心里琢磨着妹妹的话，越想越觉着有道理。他第二天便去了服装厂，闹着要媳妇辞工跟他回家。春雪当然不同意，两人吵了一架，不欢而散。青松回到家里，红柳又说："看怎么样，我说对了吧？她不肯回来，就是憋着劲要跟你离婚哩。"

青松无奈地："那……你说怎么办？"

"我说你就是窝囊。"红柳说，"一个大男人挺不起个儿来……俗话不是说了？媳妇就是买来的驴，想打就打，愿骑就骑。你硬起来她就软了。"

青松："那样，她不是更要离婚？"

"那可不一定。"红柳撇着嘴冷笑，"她离我也离。看她哥舍不舍得？看她娘同不同意？"

青松听了妹妹的话，果然胆壮底气足。他三番五次去厂里闹，有一回还真动了手。春雪气得够呛，星期天回家又哭又闹非要离婚。巧云明知道闺女受了委屈，可她思前想后，觉得这婚不能离。她一直盼望着红柳能为老杨家生个孩子，连劝说带吓唬总算把女儿摁住了。可她没想到，过了不到半个月，雪儿就在工作上出了差错。

杨春雪是技术员，主要工作是负责画皮。她由于心神不宁，一次画皮时多画了一条裤片。剪裁工也没动脑筋，按她画的线剪了下来，结果是一条裤子三条腿，多出来了两百条裤片。两百条裤片要好几百块钱，这在当时的服装厂可算大事故。那时候，一个正式工的工资才三十多，学徒工还不到二十块钱。要放在平时，厂领导批评一顿，她写个检查也能过去。可当时是非常时期，厂里本来就有人写大字报，说她是“黑五类”子女，也有大字报说厂长包庇她。陈铁钢正为此事挠头，这一来可是找到了理由，二话没说就宣布把杨春雪开除了厂籍。当时，她整个人都傻了，半天没说出一句话来。

服装厂多是女工，女人成堆的地方就事多。春雪因杨雪川那件事，名声一直不怎么好。家庭出身又让她很自卑，再加上这几年心情不好，所以，她平时就是埋头干活，很少和身边的人交流。女工们却认为她自大、臭摆，避之不及，没人主动往她跟前凑。现在到了人生的十字路口，她该怎么办？该往哪边走？身边连个能商量的人都没有。

杨春雪孤零零收拾好自己的行李，推着自行车出了工厂大门。她站在十字街头，看着熙熙攘攘来去的人群，一时茫然，竟忘了自己该往哪儿去。回杨家庄？她不想看到娘那张生气的脸。不是吗？娘托人赖脸给自个儿找了这份工作，现在弄丢了，她肯定气个半死。照娘那脾气，遭数话不说，闹不好自己还得挨两巴掌；回苏青松家？她心里刚闪过这念头就摇了摇脑袋。想到丈夫那张麻脸，想到他每天晚上像饿狼一样趴在自己身上不下来，春雪就浑身哆嗦。她呆立好半天，引来不少路人异样的目光，甚至有认识她的人开始指指戳戳。春雪赶紧离开了街头，决定先去守根舅舅家住几天，顺便看看麦茬回来没有。因为前些日子守根曾来过厂里，着急忙慌地问她知不知道麦茬去哪儿了，说那小子一个多月没回家，找到学校也没见人。春雪也很意外，说了麦茬借钱的事，但也不知他去哪儿了。

那天正好是三月三小阳春，返青的麦苗郁郁葱葱，像给大地铺上了一张翠绿色的地毯；开化的小河水“哗啦啦”流淌；柳树枝头长出了毛茸茸的嫩芽儿；迫不及待的杏花率先怒放了；这里、那里，田野间到处闪动着干活的人影……春雪可没心情欣赏这田园风光。她无精打采，推着自行车走在乡间小路上，到金沙窝不过十五六里地，整整走了一后晌儿。天擦黑儿的时候，她来到沙岗子上的小树林里，看到了当年大黑挖的那个沙坑，心里不由一阵阵发怵。大坑快被风沙填平了，已看不到那数不清的狗爪子印儿。

杨春雪久久呆立，看着小村上空袅袅升起的炊烟，听着狗吠牛哞和女人吆喝孩子的声音，突然不想去舅舅家了。她觉着没脸见人，舅舅和姥姥要问为吗回来了，自己该怎么回答？表现不好被厂里开除了？她想到这儿，浑身无力地坐了下来，连想见麦茬的念头也没有了。麦茬肯定没回来，回来了舅舅会告诉自己一声；再说，就算见到他又怎么样？他能帮什么忙？想想自己出嫁头天晚上发生的事，她更感到心灰意冷……春雪想呵想呵，怎么也想不明白自个儿怎么走到今天这一步，下一步该怎么走更是一片茫然。真是叫天天不应，叫地地不灵。她鼻子一酸，“嘤嘤”地哭了起来。哭声惊动了枝头的几只乌鸦，它们跳上跳下，“呱呱”怪叫着。春雪这一哭就收不住，让她想起更多伤心事，不由张开嘴巴“哇哇”大哭起来……不知过了多长时间，乌鸦停住噪叫，天已黑透了。

突然间，小树林里卷起来一阵狂风，阴森森、冷飕飕，让人毛骨悚然。春雪全然不觉，只是掏心挖肺地哭、哭……直哭得气噎声绝，浑身无力。恍惚间，她好像看到大黑倏地从眼前蹿了过去。她愣怔片刻，忙起身追赶：“大黑，大黑……”

大黑好像一直在前头跑着，春雪追呀追，来到荒草没膝的树林深处，大黑突然不见了。她茫然呆立间，一个阴沉的声音像是从天上传来：人活着有吗意思？死了好！死了好……死了好？春雪想了想，觉得自己好像就剩这一条路了。她迷迷糊糊走回来，解下捆行李的绳子，毫不犹豫地甩到一根树杈上……

魏麦茬真是傻小子睡凉炕——全凭火力壮。他拿着春雪给的一百块钱，坐火车倒汽车，到韶山瞻仰了毛主席旧居。眼看手里的钱只够买返程的车票了，他还是不想回去，便辗转到了长沙市。他本想找份临时工，挣点儿钱再去井冈山，可因为没介绍信，找不到哪个单位敢用他。眼看天气就凉了，正当他一筹莫展、急得像猴跳圈时，全国红卫兵大串联开始了。

这一来，可把傻小子乐坏了。他用剩下的钱在地摊上买了件军大衣，凭着在学校没交出去的袖章，随便就可以加入一支红卫兵队伍。那时候，红卫兵就是天之骄子，大串联的队伍到哪儿都会受到敲锣打鼓的热烈欢迎，而且是白吃白住，坐火车汽车都不要钱。他跟着临时加入的小分队，在长沙参观了农民运动讲习所和岳麓书院，又一路踩着红泥巴步行到井冈山，看了上下五井。然后，他又加入另一支队伍一路北上，逛武汉、奔西安，步行几百里到了延安……真是乐不思蜀，麦茬一点儿也不想家。直到有天晚上，他毫没来由地梦见在家里晒麦子，雪儿从房上倒栽葱摔了下来……他一下子惊醒，猛然坐起身，一颗心“咚咚”狂跳不止，到天明再没睡着。他虽说不迷信但心里总有点儿疑惑，当天找邮电局往服装厂打了个长途电话却没人接。他觉得自己确实有点儿想雪儿，但跟着队伍出发，一路高歌就什么都忘了。

人不该死总有一救。杨春雪没死成，被那个“二妮子”田石条救了下来。

前面说过，条子、白翠和麦穗一样，小学毕业没考上高小，只能回生产队参加劳动。在歪歪提议下，条子跟他当上了电工，麦穗和白翠当上了电机手。经过歪歪的简单培训，都已正式上了岗。

那天傍晚，条子粪筐里背着钳子扳手什么的，到沙岗下面的机房里检查线路，或许是操作不当，电线短路“啪”地腾起个大火球，吓得他撒腿跑出来。他心慌气短，正站在机房门口打哆嗦时，忽然看见大黑从眼前闪过去。条子从小跟在雪儿屁股后头领着大黑玩，这会儿不知怎的忘了害怕，便一路喊叫着追上去……大黑好像怕他跟丢了，还不时回过头来看他。一直追到沙岗子上，大黑倏地不见了。条子发愣间，模模糊糊看见一个人站在自行车后架上，正拿绳往脖子里套。他吓得够呛，变声走调喊一声：“谁、谁在哪儿？”

这一嗓子，惊得春雪脚下不稳，晃悠两下连人带车摔倒在地。她的后脑勺碰着一棵树干，惊叫一声昏迷了过去。条子听出是雪儿姐的声音，急忙上前大声呼唤：“雪儿姐！雪儿姐！你怎么了？”

春雪不吭也不动。条子惊慌失措地四下看了看，周围连个鬼影都没有。急切间，他不知哪来的那么大劲，背起她便摇摇晃晃往村里跑去……事后，有三点儿他自个儿都想不明白。一是大黑死好多年了，自己怎么能看见它？二是他天生胆小，沙岗子上不远就是坟地，要在平时，大白天也不敢往上走。三是他身子骨软苶，连两桶水都担不动，怎能把百十斤重的雪儿一口气背回家？

田山堂没在家。他自从被赶下台，有些日子窝在家里不想见人，黑介白日躺在炕上也想不明白：自己十三四岁就给八路当通讯员，有一次被敌人发现藏在柴火垛里，还差点儿让日本鬼子捅死；十五六岁参加区小队，十七岁入党……当上村支书后兢兢业业，党指到哪儿就打到哪儿，二十来年没功劳也有苦劳吧？怎么一下子成走资本主义的当权派了？日子慢慢过去，他听广播知道那么多老帅都被揪出来了，心里的委屈才释然了许多，可不是，自己跟老帅们比算个吗吔？再往后，他反倒有点儿庆幸，自己被揪出来没有关牛棚，不像有的村支书被关牛棚后又斗又打，甚至被折磨死。从这点儿说，不正还算有点儿人味儿，他们每次也就让他在台上站那么几个钟头，批判会后就让回家了。无官一身轻吧。他虽然挣着社务工，吗活不干也是一天十分，可闲着也没意思，便每天和社员们一样下地，说说笑笑日子过得倒挺快。而且，多年养成的习惯改不了，别人收工后他还到处走走看看，每天都是回家很晚。

二婶儿正忙活着做黑介饭，见条子背着个人回来大吃一惊地问：“老天爷！这是怎么了？”她说着，手里的盆子差点儿掉到地上。

“是雪、雪儿姐……她要上吊哩！”条子气喘吁吁说着，和春雪一起歪倒在柴火垛上。二婶儿忙上前把春雪抱起来呼唤：“雪儿，雪儿，你怎么了？”

春雪其实刚醒过来了。条子进大门时她就想挣扎着下来，此时不由放声大哭："姥姥……没法活了！"

二婶儿忙把春雪扶到炕上，连说带劝好半天，她才平静了下来。这时，条子忽然想起地说："坏事！雪儿姐的车子还在沙岗子上哩。"

"这孩子，那你还不快去推回来！"二婶儿说着给春雪倒上碗水，还加进去一勺子红糖。条子撒腿往外跑，到大门外突然停下了脚步。去沙岗子上推车子？他一想就由不得浑身打哆嗦，老天爷，怕死了！他想着脚下拐了个弯，去村北头找守根大伯。

春雪喝下红糖水，期期艾艾地讲述了自己的遭遇。二婶儿忙说："好闺女，不急。铁钢听我的，赶明儿我去找他……"

春雪却摇了摇头："姥姥，人有脸树有皮……我也不想再去了。"

"没事，去不去都行。老天爷饿不死瞎眼的大老渣，咱大活人还能让尿憋死？你先躺会儿，我去把饭做熟，咱吃了饭再商量。"二婶儿说着出去了。

春雪静静地躺在炕上，回忆着今天发生的一切，想着想着就有点儿后怕：条子要晚去抽锅烟的工夫，自己可能就不在这人世间了……可是，活着好么？自己下一步该怎么走？该去哪儿？按理说，肯定应该去青松家，可是……她一想到这儿，又不由得悲从中来，再次悄悄抹开了眼泪。

当守根和条子推着自行车回来时，二婶儿已把饭做好了。他在路上听条子简单说了说情况，怕引起雪儿伤心就没再问什么。条子把雪儿叫起来，大家围在桌旁准备吃饭，山堂也回来了。春雪擦了把脸，忙帮二婶儿拾掇饭。条子说："奶奶，你不知道吧？是大黑把我带到沙岗子上去的。"

"净胡说八道！"山堂瞪着眼训斥，"大黑死多少年了？"

"我看得真真的。"条子低声说，"要不是看见大黑，打死我也不敢去那地方呀。"

二婶儿说："这孩子，准是你心里想大黑，看花眼了呗。"

守根联想到捉奸那天晚上发生的事，当时自个儿还不是看到大黑了。他咬了口饼子，含糊地说："这世界上……有些事还真说不清楚。”

条子先放下了饭碗，起身想把雪儿的行李从车子上卸下来：“奶奶。让雪儿姐在咱家住几天吧？”

“算了。”守根忙说，“还是去那院吧。”

“那院也没地方呀？”条子说，“不是有个老奶奶在你家住吗？”

“没事，我前天把她送走了。”守根说。原来，天气暖和了后，小山娘闹着要回去。他从队里借了头驴，拉了一小车粮食被褥什么的把她送回了赵各庄。他帮老太太把屋里地上的坑填了，还买了白灰，在邻居们帮助下，把屋里屋外粉刷得亮亮堂堂。

吃过晚饭，春雪忙帮着刷锅洗碗，二婶儿笑着把她推开了。守根推着车子把她领回家，算是暂时安定了下来。

前面说过，金沙窝是个小村，有人放个屁全村都能闻见臭味儿。春雪住了没两天，红柳就听说她被开除回来了。一天傍晚，趁吃黑介饭的工夫，她抱着孩子去了守根家。

春雪正帮花梅拾掇饭，见她进门心里就咯噔一下，脸色立马沉了下来。红柳看在眼里，仍笑笑地和大家打招呼，然后说：“嫂子，回来了怎么不进家呀？”

春雪嫁给青松前见了红柳一直叫姐，红柳叫“嫂子”改口快两年她仍然不习惯，心里别扭就没吭声。花梅忙说：“怎么了？雪儿在娘家住两天不行呀？”

“瞧婶儿说的。”红柳仍是满面含笑，“甭说住两天，住两年也没事。就怕外人说闲话呗，好像俺哥欺负嫂子了。婶儿你说是不？”

“外人是哪个？添了言添不了钱的。”花梅回头问春雪，“是不是青松欺负你了？”

“没、没有。”春雪忙说，“我只是……想在舅舅家住几天。”

“行了。”花梅对红柳说，“多咱雪儿住烦了，俺们敲锣打鼓把她送过去。”

红柳没再说什么，仍像来时那样笑笑地走了。她回到家，就把这事告诉了爷爷。老杠头阴沉着脸问孙子："雪儿你俩生气了？"

"没、没有哇。"青松说，"我有一个多月没见她了。"

"没有？"老杠头更不高兴，"那她回来了怎么不进家？"

"我哪儿知道呀。"青松说，"我真的没惹她。"

"甭管吗样，你去把她接回来。"老杠头不容置疑地，"总是你对她不好，两年了，连个孩子芽芽也养活不出来。哼！"

"算了，爷爷，强扭的瓜不甜。"青松皱着眉头说，"雪儿的脾气你不知道。她想回来，不用咱叫；她不想……"

"屁话！"老杠头打断他的话，"你当娶个媳妇容易呀？如今这世道，谁家娶个媳妇不是当祖奶奶捧着敬着？怪你小子没本事，连媳妇都哄不高兴。"

"爷爷，你说得也不全对。"红柳接过话头，"两口子是两好和一好，越捧越敬越气高，日子长了，不惯出毛病才怪。"

"都是胡说八道！你不去我去。"老杠头说罢，气呼呼出去了。

红柳无奈地笑了笑，解开怀给孩子喂奶。青松起身想走，她忙问："哥，你是不是怕雪儿？"

"我怕她干吗？"青松叹了口气，又说，"你是不知道……甭看雪儿少言寡语的，可有个拧咕脾气。她要认准个死理，能一条道走到黑哩。"

"蔫笃萝卜辣死人。我看都是你惯的。"红柳撇着嘴说，"毛主席说，不是西风压倒东风，就是东风压倒西风。两口子过日子，也有个讲究。"

青松："这我倒没想过。"

"要不说你傻呀。"红柳说，"在她面前你就不能硬气点儿？她是你媳妇，你就是背着扛着把她抢回来，谁又能说吗？"

青松没吭声，回屋去又拉开了他的二胡了。过了一会儿，老杠头阴沉着脸进门来。红柳明知故问："爷爷，你也没把她请回来吧？"

"雪儿说这两天身子不怎么得劲儿，过几天就回来。"老杠头说罢，回屋睡去了。红柳把睡着了的孩子放回屋，心里边想着什么，边手脚利索地收拾着饭桌上的碗筷……

实际上，自打被剧团下放后，青松的心情一直很郁闷。春雪退房他不得不回村，更是憋了一肚子气无处发泄。可他当时又不好说什么，毕竟自己一分钱不挣，全靠人家养着。当天晚上，他一直在琢磨妹妹的话：可不是，现在春雪被开除回来了，还不如自己哩，下放总比开除好听得多吧？人不求人一般高，自己没必要像刚被下放时那样在她面前低声下气……再说，一个多月没见，他也确实想媳妇了。

第二天前晌儿，青松去了守根家。当时，人们都下地了，家里就春雪一个人，她正把洗好的被褥晾晒着铁丝上。青松进门就笑："雪儿，回来了怎么不进家呀？"

这两天，在全家人劝导下，春雪的心情刚放晴，看到他一下子又阴了下来。她回避着青松的目光，淡淡地说："过几天……我就回去。"

"还等过几天干吗？"青松仍笑着说，"回家吧，我都想你了。再说，身子不得劲，也该回家养着呀，省得人们说三道四。"

春雪迟疑片刻，轻声说："你先回吧。我帮妗子拆洗拆洗，等……晚上就回去。"

"那也沾。"青松说罢，转身往外走，到门口又回头说，"咱可是说好了。"

春雪没吭声，心里却敲开了小鼓。她明白自己说的不是实话，想到要回那个家心里更发慌。她琢磨着上午把活帮妗子干完，下午就回杨家庄。可她没想到，自己的心思被小姑子猜了个正着。

青松回到家，告诉红柳说雪儿晚上就过来了。红柳笑了笑，问："你信吗？"

这一问把青松问愣了，磕磕巴巴地说："她、她干吗要说瞎话？"

"她要想过来早过来了，用着咱一趟趟地请？"红柳说，"她肯定是支应你，说不定不等天黑就回杨家庄了。"

青松琢磨着妹妹的话，好半天没吭声。红柳又说："哥呀。你心眼忒少了……要我说，你今儿蔓下地干活了，后晌儿就过去等着，早晚把她接回来。”

吃晌午饭时，春雪告诉守根，说想回家看看。守根答应着，准备了些鸡蛋挂面什么的让她给干姐带回去。等守根和花梅听到队里的钟声下地了，她收拾好前晌儿拆洗的被褥衣物，推着车子要出门时，青松正好堵在大门口。春雪意外地愣住了：“你……”

青松嘴歪眼斜地笑着：“你这是回咱家呀？还带这些东西干吗？”

“不、不……”春雪一时不知该怎么回答，结结巴巴脸都红了。

青松拉下脸来：“那你这是干吗？不是答应晚上过去吗？”

“我这不是正想过去告你一声……”春雪仍红着脸说，“俺这两天身子不忒舒服，也想娘了……回去看看就回来。”

“你当我是三岁两岁的孩子呀？”青松一脸不高兴，“想怎么哄就怎么哄？想怎么耍就怎么耍？”

春雪忙说：“不、不是……”

“不是就好。走，跟我回家。”青松说着，上前就要拉她。春雪像怕被长虫咬一样，赶紧往后退。她一撒手，车子“咣唧唧”倒在地上。青松不管不顾，拽住她的胳膊就往外拉。春雪挣扎着：“你、你干吗……”

“不干吗，我想你了。咱回家住两天，一块去看娘。”青松说着，硬是把她拽出了大门。春雪拼命反抗想掰开他的手，可那只大手像老虎钳子，她再努力也白搭。两人正拉扯间，条子背着粪筐从房后转了过来。原来，村里有一路线没电了，歪歪让他来变压器上看看是不是掉闸了。变压器就在守根家房后，他还没走到跟前，听到雪儿的声音就转过来了。他看到眼前的情景，忙问：“你们……干吗？”

青松看他一眼，毫不理会地拉着春雪往小桥上走。条子急了，大步流星跑过去挡住了去路。他怒视着青松，大声喝问：“你、你想干吗?！”

“你管不着，滚半搁儿去！”青松说着，抬手搡他一把。条子趔趄着身子站立不稳，“噔噔”倒退两步跌倒在地上。粪筐被甩出去，里面的钳子扳子撒落在河坡上。

真是兔子急了也咬人。条子爬起来骂了声娘，急扯白脸地扑上去。他在这种情况下仍然像个娘儿们，抱住青松拽着雪儿的那只手就下了口。青松被咬疼了，抬脚踹在他肚子上：“去你奶奶的！”

这一脚踹重了，条子摔倒在地，后脑勺磕在那块大青石上。他“哎呀”叫了一声，半天爬不起来。春雪着急地叫一声：“条子……”

青松看条子一眼毫无所动，拽着她跟斗骨碌过了小桥来到大槐树下。春雪怕被人看见笑话，忙低声说：“你放开吧，我跟你回去。”

青松这才半信半疑地把手松开了。春雪不放心地回头看看，条子已爬起来，正骂骂咧咧收拾散落一地的工具。

社员们都下地干活去了，后晌儿的村街上十分安静，只有几个逃学的孩子疯跑着打土坷垃仗。青松和春雪并肩走着，两人一时间都没开口说话。他不时歪头看看依然青春靓丽、丰胸细腰的媳妇，一颗心早已飞到自家的土炕上。春雪可没他那么浪漫，心里七上八下，不知自己该怎么做：逃跑是不可能，她知道青松的厉害；老老实实跟着回家，他头件事想干什么她心里清楚，可一想到那事她就浑身哆嗦。

果然，青松早已做好了准备。那年代，庄稼主子不知道做窗帘，谁家的木格子窗上都是糊一层毛头纸。刮风下雨纸破了，就随便找块布堵上，直到所有的格子都破差不多了，才舍得花钱买纸重糊。青松早已把窗户用被子挡了个严严实实。两人进屋把门一关，就像进了地洞一样黑咕隆咚吗也看不见。春雪站在门口不肯往里走，青松反手插上门把她抱进怀里。她绝望地挣扎着：“这青天白日，你干吗吔？”

“你说干吗？两口子不就这点儿事？”青松嬉笑着，“我都一个多月没见你了，想都快想死了！”他说着，就要动手撕扯她的衣服。

春雪用力推开他的手：“你等等……咱们好好谈谈沾不？”

“谈谈？谈吗吔？”青松这才停住手，“你说吧。”

春雪喘了口气，轻声问：“你说，咱俩这么过……有意思吗？”

青松怔了一下，说：“有意思呀，我觉着挺好的。”稍停，他又问，“你要说没意思，那你说该怎么办？”

是呀，怎么办？这个问题，春雪还真的回答不上来。怎么办？离婚？她一想到娘那凄凄艾艾的样子，想到哥哥那满足的笑脸和黑黑胖胖的小侄子，这两个字还真说不出口。她无言，只能低头沉默着。

青松再次把她抱在怀里，诚心诚意地说："雪儿，我知道你不喜欢我，知道你跟着我心里委屈……可如今这世道，咱不是没办法吗？"他停顿片刻，又说，"或许以前我对你不够好，那是因为咱在一块的日子忒少，往后天天在一起，我一定好好待你。"

听到这儿，春雪的身子软了，泪水也流了下来。青松趁机把她抱上炕，温柔地动手解她的腰带……就在裤子被褪下来的那一瞬间，春雪忽然抱住裤腰大喊一声："不、不行！我……不爱你！"

青松一下子愣住了。可他已控制不住自己，身体最深处那股子邪劲烧得他像一团火。他也跟着大喊一声："吗爱不爱？除了搞破鞋，躺在一条炕上就是两口子，两口子就该让我干这点儿事！"他说着，突然疯狂地撕扯她的衣服。

"不！不……"春雪挣扎着满炕打滚，泪水像发河一样往下流。

就在这时，外面传来敲门和二婶儿的声音："雪儿，怎么了？快把门开开！"

青松和春雪都愣住了。片刻，春雪抱着裤子就下炕往外跑，青松眼疾手快，急切间一把薅住了她的头发。春雪尖叫一声，重新摔倒在炕上。

屋外，二婶儿更加急切地敲门："青松，你可覅瞎胡闹，快开门！"

这时，红柳抱着孩子从自己屋里出来了。阴阳怪气地冷笑着说："二奶奶，这可就是你的不对了。人家小两口在屋里亲热，你老在外头敲门，这合适吗？"

二婶儿愣一下，呵斥地："说什么屁话！你听听里头是吗动静？"

红柳再次冷笑："两口子干那事吗动静的没有？就是弄下条腿来你管得着吗？你就是报公安局怕也没人管。"

二婶儿再次愣住了。这时，条子领着守根急匆匆进院来。红柳也愣了一下，忙上前想阻拦，却被守根一把搡了个趔趄。守根二话没说，三步并两步冲到青松门口，“咣当”一脚就把门子踹开了。春雪抱着裤腰，披头散发跑出来。她惶然看看众人，“扑通”一声跪在二婶面前“哇哇”大哭起来。

二婶儿安抚地拍打着她的后背劝慰：“好闺女，甭怕。姥姥做主了，咱……跟他打离婚！”

第十章

善有善果　条子抱得美人睡
恶有恶报　不正痛失命根子

两兄妹双双离婚，红柳达到了自个儿的目的。而且是春雪先提出来的，她从经济到名声都占了很大便宜。

对于二婶儿做主让女儿离婚，巧云开始还有点儿想法，直到有一天红柳说了句话，她的那颗心才彻底凉了。她原本是想把孩子留下来，甭管怎么着，长大了也好为杨家顶门立户。没想到，红柳亲热地叫着娘，笑笑地说："事到如今，我就实话实说了吧。这孩子……和你们老杨家一毛钱关系没有。"

巧云本来对孩子的出身就有怀疑，这一来全明白了。她如实告诉了成天愁眉苦脸的儿子，冬雪却一点儿都不相信。他仍坚信那块沾了血的白手绢，去公社办手续时抱着孩子又亲又哭。春雪却觉得天晴了、解放了，一天到晚高兴得像只出笼的小鸟，为这，巧云没少数话她。

红柳回到村里，想尽快把这好消息告诉不正，便去了大队部。大队部的木牌不见了，换上了一块"八·一八造反大队司令部"的牌子。值班的红卫兵告诉她，李司令去县里参加"学毛著积极分子大会"了。她抱着孩子往回走，心里直纳闷：不正斗大的字不识两升，怎么还成"学毛著积极分子"了？

杨春雪离了婚，二婶儿动开了心思。那天她正做饭，边拉风箱想起了这件事的前前后后，越想越觉着这里头好像有点儿“吗事”。不是么？雪儿要寻死上吊，偏偏让条子撞上了，还说是大黑引的路；平时软茬又胆小的条子，竟能从老坟地一口气把雪儿背回家；这回青松抢雪儿，那么巧又被条子看见了……莫非说，这一切都是该着？老天爷有意把他们往一块凑？再说，雪儿这闺女从小就招人待见，模样长得俊不说，还挺懂事，干活手脚麻利……她想啊想，灶膛里的火灭了也不知道。

吃饭的时候，条子还没回来。二婶儿对山堂说：“你想想，莫非是老天爷觉得他俩有夫妻缘？故意往一块凑？”

“碰巧了呗。”山堂不以为然地笑着，“条子才十七，雪儿比他大好几岁哩。”

“不就是大三岁么？”二婶儿说，“妻大三，抱金砖，有吗不沾？”

山堂低头吃饭，一时没吭声。二婶儿又说：“想想你那小子，长多大也不是个顶门立户的主儿。就他那没出息样儿，能娶个吗样的媳妇？”

“沾沾沾。”山堂忙说，“你老就看着办吧，怎么着都沾。”

两人说话间，条子背着一粪筐猪草回来了。他叫了声“奶奶”，把草倒进猪圈里。二婶儿忙说：“条子，快坐下，奶奶跟你商量点儿事。”

条子捡了个麦秸墩坐下来，拿起饼子咬了一口问：“奶奶，吗事呀？”

二婶儿急不可待地问：“条子，你觉着……雪儿怎么样呀？”

“雪儿姐？好、好哇。”条子说，“我从小就觉着她比谁都好。怎么了？”

二婶儿：“比方说……要把她留在咱家，你愿意不？”

“愿意呀，忒愿意了。”条子嚼着饼子，含混地说，“可怎么把她留在咱家里呀？”

二婶儿看着他眼睛：“把她娶回来给你做媳妇，你觉着沾不沾？”

条子一下子愣住了，张着满是饼子的大嘴好半天才说：“可、可是……她是姐姐呀，怎么做媳妇？那也不对辈儿呀？”

“傻小子，姐姐弟弟还不是平辈儿？”二婶儿说，“甭管姐姐妹妹，你就说愿意不愿意吧？”

条子琢磨了一会儿，说：“雪儿姐愿意我就愿意。”

“啪”，二婶儿一拍巴掌推开了饭碗：“咱就这么定了！”她站起身，拍打着衣襟快步走出了家门。她直接去了守根家，怎长么短还没说完，守根就咧开大嘴笑了：“好！好！咱这是亲上加亲呀！”

当天后晌儿，守根套上驴车，拉着二婶儿就出发了。

离婚都一个多月了，杨冬雪仍觉着没脸见人。他成天窝在家里，不是唉声叹气就是埋头看书。巧云从地里回来，看见他那样儿就没好气。春雪也不敢多说话，进家就悄没哑声拾掇着做饭。那天后晌儿，巧云实在忍不住，双手叉腰站在院子里嚷冬雪：“小祖宗。你怎么这么没出息？你到底想怎么着？咱这日子就不过了？人也不活了？！”

冬雪闷在屋里不吭声。春雪坐在灶坑里拉风箱，不由劝了一句：“行了，娘，我哥本来心里就难受……”

“还不都是你惹的事？！”巧云立马转过头训斥，“放着好好的日子不过，非要离呀散的……就不知道丢人？！”

春雪小声嘟囔：“那俺实在看不上他……”

“那你看得上谁？看上杨子荣？看上李玉和？管用么？”巧云气更高，嗓门更大，“咱不是有短儿有豁儿吗？要是干白细净，还用得着换亲？”

春雪仍小声嘟囔：“那短儿豁儿也不是我招惹的呀。”

巧云愣了一下，逼到厨房门口问：“那你是吗意思？就是说……都是我的错，我不该生你们养你们呗？”

春雪不敢吭声了。巧云忽然抬手打自己嘴巴：“都是我不好！我该死！我对不住你们，对不住老杨家……”

春雪害怕了，忙起身拉她：“娘！娘！你甭这样……都是我不好。”

巧云疯了、傻了，边打自己嘴巴边咬牙发狠地说：“都是我不好！

我不是人！我该死……”

“娘！娘！”春雪声泪俱下叫着跪在地上，“你嫑这样，求你了……”

正在这时，守根赶着驴车来到大门口。二婶儿一看院里的情景，就大体猜乎到发生了什么事。她马上高声说：“娘儿俩唱的这是哪一出哇？三娘教女呀？”

春雪忙站起，擦抹着眼睛迎过来：“姥姥，舅舅，你们来了？”

二婶儿训斥她让巧云听：“怎么着？又惹你娘生气了？挺懂事个闺女……”

这一来，巧云果然绷不住，忙换上笑脸说：“没事。娘儿俩闲磕牙哩。守根，快让娘进屋吧。”

守根答应着赶车进院，忙不迭地卸驴、喂草，把车上拉的东西往屋里搬。春雪扶着二婶儿往屋里走，问道：“姥姥，你们怎么这咱来了？”

“想你了呗。”二婶儿呵呵笑着说，“你回来这么多天，也不说回去看看我。”

这时，杨冬雪阴沉着脸从自己屋里出来了。他和守根打了声招呼，扭头往回走……这小子心里别着劲哩，总认为二婶儿做主让雪儿离婚拆散了自己的家庭。巧云大声呵斥他：“冬雪，你瞎眼呀？没看见姥姥来了？”

冬雪一声没吭，径直回屋去。二婶儿仍然满脸是笑：“都是一家人，哪儿那么多事呀。雪儿，给姥姥做吗饭吃呀？”

春雪笑着问：“姥姥想吃什么饭？”

“只要是雪儿做的，我都想吃。”二婶儿说，“谁不知道雪儿手巧，做吗饭都香。”

春雪开心地笑了：“姥姥可真会说话！”

“我这是关公门前耍大刀，比你娘可差远了。”二婶儿说，“三省五县，谁不知道你娘是巧嘴八哥？”

大家说笑着忙抱柴做饭。庄稼主子招待临时来的客人，做饭差不多都是老一套：烙饼炒鸡蛋、葱花煮挂面，再加上一盘小咸菜，又快又好吃。

饭后，二婶儿把守根和巧云叫到上房屋里。没等坐稳，她便开口说："巧云，根儿我俩来是想和你商量件事……要按老理，这事我不该先张口，可咱是知己的亲戚，就甭管那么多了。你说是不？"

"是，是，"巧云连忙点头，"娘，有吗事你就直说吧，咱好商量。"

她这么一说，二婶儿却一时不知该怎么开口了，便迟疑着看了守根一眼。守根忙说："姐，是这么回事……娘的意思，是想把雪儿和条子……往一块凑凑。"

巧云一时没听明白："雪儿和条子……往一块凑？"

"是这么回事……"二婶儿接过话头，把大黑领路，条子怎么救春雪；青松抢人，条子拼命等情节讲了一遍，最后说，"我总觉着，这是老天爷的意思……咱是亲戚，知根知底的。他俩要是能成，大家都放心不是。"

"那是，"守根叼着烟锅说，"亲上加亲，大家放心。"

巧云却听得有点儿发蒙，因为春雪回家来时，只说了被工厂辞退和离婚的事，其他情节一字没提。她沉吟了好一会儿，低声说："这死妮子，回来吗都没说……这样吧，等会儿我先问问她咱再说。"

等春雪刷锅洗碗收拾完后，巧云把她叫到小西屋里。她还没开口，春雪就问："娘，舅舅他们有吗事呀？怎么这时候来了？"

"可不是有事，你猜都猜不出来。"巧云说，"他们是为你的事来的。"

"我的事？"春雪意外地眨巴着眼睛，"我有吗事呀？"

"你的大事呗。"巧云拉着她的手坐在炕沿上说，"你舅舅他们是来给条子说媒的。"

"给条子说媒？"春雪仍然没反应过来，"说咱村的呀？谁家闺女？"

巧云叹了口气，说："他们是想把你说给条子。"接下来，她询问了有关情节，待春雪点头肯定后，又说，"头嫁听父母，再嫁由个人。两家的情况不用多说，条子咱也算看着长大的。愿不愿意，你自个儿拿主意吧。"

这会儿轮到春雪发蒙了，她低着头好半天没吭声，一只手下意识地搓弄着衣裳角。巧云看着她说："要说条子这孩子也不赖，就是软茬茬的不像个顶门立户的汉们。你要是头婚，我不会同意，可你……我不多说了，你自个儿想想吧。"她说完，起身出去了。

春雪坐着，一动不动地久久发呆。她觉得这事很意外，心里乱糟糟的一时拿不定主意。要说实话，她还真看不上条子，拿他当个好兄弟还行……可自个儿毕竟算二婚，再嫁能找个吗样的？她心里一点儿谱没有。再说，条子也算救过自己的命，做人得讲良心……她还想到自己家里这些日子的气氛，成天愁云密布像潭死水，憋得人喘不过气来。她想逃离，想跑到很远很远的什么地方都行……她想去找麦茬，吃饭时也问过舅舅。可守根说那小子好几个月没消息，不知串联到哪里去了。春雪再往深处想：就是找到麦茬又怎么样？人家将来肯定是上大学然后进城工作，自己现在这人不人鬼不鬼的样子……她又想到嫁给青松头天晚发生的事，一颗心更是掉进冰窟窿里。

当天，春雪没有表态，大人们也没逼她。守根赶着驴车出门时，二婶儿笑笑地说："雪儿，姥姥回去等信儿……这是你一辈子的大事，愿不愿意姥姥都高兴，千万甭难为自个儿。"

苏红柳和李保证很快就结婚了。不过，这闺女的命真苦，就在办喜事的当天发生了件大事，彻底改变了她一生的命运。

孙子和孙女双双离婚，老杠头气得大病一场，半个多月没出门。他骂青松没出息，连个媳妇都留不住。青松开始低着头不吭声，被骂急了就说："还不是因为这家庭成分？要不我也不会被剧团辞退，雪儿也不会离婚。"

他这么一说，老杠头马上就没词了。当红柳有一天突然说要嫁给不正时，他又跳了起来，眼睛瞪得比鸡蛋还大："你说吗？嫁给那头牲口？你的脑袋是不是被驴踢了？除非我咽了这口气，要不门儿都没有！"

红柳不急不火，笑着说："爷爷，俗话说得好，头嫁随父母，再嫁由个人。这事，你就甭管了。是好是歹，我自个儿心里清楚。”

“你清楚个屁呀?!”老杠头青筋暴突，满嘴喷吐沫星子，气都不喘地数落着不正从小到大的不良行为：小时候爬瓜溜枣，不走正道；当上民兵连长就成螃蟹了，一天到晚在村里横不浪着走道；不管什么运动，打人、吊人、牵着人游街，不都是他干的？老杠头说着气得浑身哆嗦，一个劲咳嗽。红柳忙给他倒上碗水，小声说：“爷爷，泄底的是老乡亲，你说的这些我都知道……可有句话，我说出来你千万要生气。”

老杠头怔了一下，脸阴得像要下雨：“你说吧。怎么了？”

红柳却又迟疑了，佯装回避着老人的目光，吭吭哧哧半天没说出一句囫囵话来。老杠头急了：“你说呀！到底为吗非嫁给那个王八蛋？”

“只为、只为……这个孩子就、就是他的。”红柳轻声说。老杠头却像听到一声耳旁炸雷，大嘴张着，一口气憋住半天没喘过来。红柳有点儿害怕，忙轻声唤：“爷，爷爷……你没、没事吧？”

老杠头没回答，仍是那样张嘴瞪眼地看着她。红柳小嘴“叭叭”，一口气讲说了当年爷爷想吃山药，不正怎样把她逼到破窑里，后来又把她安排进服装社长期霸占……老杠头傻子般一声不吭地听着，他能说什么？这一切不都是因为他才引起的？要不是这成分，不是他嘴馋想吃块山药……最后，他张了张嘴，“噗”的一口鲜血喷在炕沿儿上，整个人像面口袋一样，平身落地摔了下去……

老杠头落炕了，嘴里只有出的气没有进的气，半个月没爬起来。红柳哭啼啼忙着请先生、熬药，黑介白日精心伺候，直到她出门子那天爷爷也没往外送。

还是那句话：庄稼主子最讲现实，大都是扶竹竿不扶井绳。不是么？不正过事那天，乡亲们还真来了不少。大锅长灶、鸡鸭鱼肉……二十多张方桌从院子里摆到小河边。两百多口子挽胳膊撸袖子，吆五喝六，从头午一直闹腾到天擦黑儿。酒壮㞞人胆，喝多了谁都敢喷粪。人们你一句他一句奉承着：“李司令福大命大造化大，说不定哪天能弄个县长吗的当当。”“不正命好，上炕就有叫爹的。”“不是一家人不进一家门。你看那小子黑黑胖胖，长得和不正像一个模子刻出来的。”……

不正也喝高了，顺嘴吐噜就交了老底儿：“你们知道个屁呀，那小子本来就是我的种！”

听他这一说，全场人都成了傻子，一个个张着大嘴说不出话来。就在这时，两个红卫兵骑着自行车风风火火进院来，狗喘气般地说：“十、十万火急！马司令命令，李保证带上所有人、人马，拿上家伙，立刻赶到无极中学！”

无极中学变成了战场，马六甲正指挥一群造反派攻打一栋两层小楼，李保证带人匆忙赶到了。他仗着酒劲，挥舞着起类叉吆喝着冲在最前头……突然，一颗土造炸弹的弹片飞来，不偏不倚把他下边那堆东西连根带把儿削了个干净。他号叫一声，佝偻着腰倒在血泊中！

也许是天意，就在春雪和石条过事的那天，魏麦茬回来了。顺昌爷甭看老了眼还挺尖，看见他就笑了：“吆喝，买卤煮鸡的掌柜里怎么变成要饭吃的了？”

麦茬“嘿嘿”一笑走了过去。也是，他那一身绿军装走了大半个中国，已经又脏又破不像样子了；而且，整个人晒得黑瘦黑瘦，经常没地儿刷牙洗脸，嘴边也长出了一圈毛茸茸的小胡子，看上去好像一下子老了十岁。几个月的串联，他感触最深的除了祖国的大好河山，就是坐火车的艰难。可不是，有时一坐二十多个钟头，人多得两只脚都没地儿放下，只能金鸡独立，一只脚累了再换另一只。男男女女挤成了疙瘩，那会儿好像都没了性别意识，困了就不管谁的肩膀歪着脑袋睡会儿。男生憋急了去不成厕所，就在同伴掩护下往窗外尿。女生没那么方便，只能一人换一人地蹭过去，让同伴挡住关不上的厕所门匆忙解决问题。等到了目的地，一个个腿肿脚膀，连路都不会走……麦茬本来还想去西藏和新疆看看，中央突然下发了停止串联、回校复课闹革命的紧急通知，他只好意犹未尽地回家来。

麦茬走到家门口见大门上着锁，呆立片刻便去了山堂家。他到门口外时，看到一对新人正喜盈盈挨桌敬酒，不由愣住了：雪儿和条子……这是怎么回事？雪儿不是早嫁给青松了吗？怎么……他百思不得其解，蒙侘侘迈进门槛。全场人看见他都愣住了，有的干脆往外轰："去去去！要饭吃也不挑个饭口，看个人家……"

春雪却一眼就认出了他，稍愣一下眼里转出来泪花。她忙放下手上的酒盅迎过来："茬子哥，你……回来了？"

麦茬咧了咧嘴算是回答。人们这才回过神儿了，不由一阵哄堂大笑。守根和花梅也都放下手头的活围过来。她拉住小子的手，泪水在眼眶里打转转："这孩子，你跑哪儿去了？好几个月连封信都不见？"

麦茬显得很不自然，边抽回自己的手说："去了……好多地方。"

"行了。"守根嘴里叼着烟袋笑，"人回来了比吗都好！"

春雪拉着麦茬的手往里拽："哥，先吃点儿菜，饭一会儿就好了。"

麦茬掂了掂手里一直提着的粗布包袱，迟疑地说："我还是回去把东西放下吧。"

花梅摸了摸不大的包袱，奇怪地问："这里头……都是书哇？你的被褥哩？"

"早烂、烂了。"麦茬有点儿不好意思，"让我扔半道里了。"

"这孩子，那可是咱家最好的……"花梅的埋怨声被守根打断了，"算了。快回家换换衣裳，过来吃饭。"他说着，递给儿子一串老式铁钥匙。

守根在灶上，花梅是酒席总调度，两人的位置都很重要无法走开。麦茬接过钥匙自己回到家里。他洗了把脸换上了身庄稼衣裳，心里琢磨着雪儿的事，不知为吗觉得像是自己受了什么委屈，有种想放声大哭的冲动。他昨晚坐火车倒汽车，又步行了二十多里，到现在没吃没睡，可却觉着肚里堵得满满，一口东西也咽不下去。他洗了自己的衣裳和包袱皮，把十多本书抱进小屋里，然后装了半口袋棒子粒，背起来想回学校。他锁大门时，想到还得去那院送钥匙，不由愣住了……他自己也说不清为吗，反正再不想去那院，再不想看到那场面。正在这时，歪歪背着粪筐扛着拉闸杆从屋后转了出来。他身后的粪筐里自然是装着钳子、扳子等电工工具。

麦茬和歪歪是从小的伙伴，应算“抹泥”之交吧。可自从他上了中学，两人见面就很少了，而且见了面话头也不长，也许是没有共同语言吧。歪歪冲他呲牙一笑说：“吆喝，大学生回来了？”

麦茬也笑了笑，问道：“你在屋后干吗？”

“我看了看变压器。”歪歪说，“怎么着？你这是要走哇？”

“可不是。我正愁没人替我送钥匙哩。”麦茬把钥匙递给他，“麻烦你把钥匙交给我爹，告诉他我回学校了。”

“怎么着？”歪歪问，“条子和雪儿过事，你不去凑个热闹？”

“我还有事哩。”麦茬说罢，背上粮食口袋走去……

那天擦黑儿，春雪抽了个空儿跑过来想找麦茬说点儿什么，听说他已经走了，竟然怔半天没说出话来。她突然觉得心里空落落的像丢了魂儿，一路思思索索往家走，半路碰上了来找她的条子。她不知怎的有点儿没好气地说：“你干吗……怕我跑了呀？”

新婚之夜，春雪一宿没睡着。她倒不是一直在想麦茬的事，而是条子的行为举止让她非常意外，不能理解。

夜深人静，看媳妇闹洞房的都走了，条子提溜着个黑尿盆进屋来。春雪十分困倦地打着哈欠插上了屋门说：“困死了，快睡吧。”

条子却站在炕边迟疑地问：“姐，咱怎么睡呀？”

春雪看他一眼，不解地说：“吹灯，脱衣裳钻被窝呗。能怎么睡？”

“可、可是……”条子仍在迟疑，“你是女生，我是男生……”

春雪不由笑了：“两口子，不分男生女生。快睡吧。”她说着，吹灭了桌角上的红蜡烛，坐在被窝口上脱掉自己的大衣服。条子也爬上炕来，意意思思地说：“还是不、不脱吧。”

“那你随便吧。”春雪躺进被窝里，想着条子的行为心里纳闷：他还是个大孩子，也许还不懂人事吧。这样也好，自己本来对那种事就不感兴趣……她又情不自禁地回忆起和麦茬在一起的大事小情、青葱岁月，心里翻江倒海，一下子睡意全无。

条子却像只小猫儿，穿着衣服佝偻在另外一条被窝里，不一会儿就扯起了轻轻的鼾声。

俗话说：百日头上无孝子，更何况是媳妇。李不正在县医院住了三个多月，红柳早就烦透了。头一个月，她日夜守护在病床旁，衣不解带地喂水喂饭、端屎端尿，一天天头脸都顾不上洗。她觉得自个儿身上都快长虱子了，第二个月就借口孩子离不开娘把老婆婆叫来，从此再没露过面。

马六甲开头来看过两次，送来造反派捐献的一万多块钱，还派了个女红卫兵伺候了几天。后来说工作忒忙，全国山河一片红，组建“三结合”的县革命委员会，他作为学生代表被结合进去，当上了常委副主任，就再没来过。

不正觉得自己每天都生活在水深火热之中，心里阴得没一点儿缝。他下边的东西没了，好像上边的嘴也没了，哑巴一样成天不说一句话，多少回想一死了之。想一百回也是白想，因为他没有那勇气。就这样一日挨一日，他身上的伤好得差不多了，心上的伤却永远也好不了。因为他变成了娘儿们，拉屎撒尿只能圪蹴着。按说他不该叫不正了，从此再也尿不了鞋帮子。他摸着自己空荡荡的两腿间，天天躲在厕所里哇哇大哭。

金沙窝两个多月没有领导人，倒也没吗事。多数庄稼主子对什么运动不运动不怎么上心，就知道干活吃饭、交粮纳税，黑介能抱着媳妇睡就行了。可是各级领导着急呀，公社书记被打倒了没人做主，就请示县里。一天头午，吴一平骑着自行车来找山堂。他早就当上了副县长，“文化大革命”开始后，守根单干的事被翻出来，黑根子自然追到了他头上。他成了正南巴北的走资派，被打倒两年多，现在才被“三结合”成了革命委员会副主任。

他们好长时间没见面了，这两年又都过来得不容易，聚在一起当然十分高兴。二婶儿也很开心，帮着雪儿炒了好几个菜，又忙着烙饼煮挂面……山堂和吴一平喝了两瓶“枣木杠”，饭吃完了话还没说完。他们谈到了过去的岁月；谈到了死去的李秋生；谈到了那些被打倒的又开始露面的老帅；谈到了逐渐好转的革命形势……最后，吴一平说：“共产党员是打不倒的，咱是特殊材料制成的特殊的人……心里憋屈革命意志不能衰退，工作该干还得干。”

“干？怎么干？”山堂苦笑着，“无官一身轻，这样很好。一天仨饱俩倒，天下太平，吗心都不用操。嘿嘿……”

“那可不行。”吴一平一脸严肃地说，“没人开除你的党籍，入党誓词就是咱永远的行为准则。小车不倒只管推，干革命有去无回才对。”

二婶儿也帮着劝儿子，说这两年村里快乱成一锅糨糊了，打架斗殴、小偷小摸天天不断；社员们下地干活出工不出力……人哄地一时、地哄人一年，再这么下去又快吃不上饭了。

就这样，在吴一平和公社领导主持下，金沙窝村组建了革命委员会。李保证当主任；田山堂和老东山当副主任。在保证养病期间，田山堂主持全面工作。就此，这个社会最底层的小车轮子又正常骨碌了起来。

学业荒废了一年多，麦茬每想起来就心里发疼，觉得对不住自己，更对不住父母。复课闹革命后他回到学校里，两耳再不闻窗外事，全力以赴复习功课准备考大学。他心想要能考上一所好的大学，也算对得起生养自己的父母双亲；自己“文化大革命”开始揭发父亲单干的愧疚之情，也许能稍稍得到平复。谁知道事与愿违，那年初中三个年级和高中三个年级一起毕业了，拿到毕业证后，城市里的学生上山下乡叫“知识青年”；农村学生直接回家种地叫“回乡知青”。

人随世界草随风。麦茬万般无奈，灰头土脸回到了金沙窝。没想到父母谁都没埋怨他。守根还是那句话：“人回来了比吗都好。”

麦茬这小子还算懂事，当天黑介就去拜访了田山堂，算是跟村里的最高领导报了个到，顺便带着十几个鸡蛋看了看奶奶。雪儿回娘家了，他没见着。他陪奶奶说了会儿话，往外走时心里多多少少有点儿遗憾，转念一想，没见着更好，说不定见到了心里更不是个滋味。他往回走时，顺路去了队长老东山家，问了问明天干什么活，第二天一早就下地了。

正是秋收时节，满眼的庄稼都成熟了。棒子穗早掰下来分到各家各户，只留下大片大片仍然青绿的棒子秸在微风中摇曳。听老辈人讲，早年间这一带农民都是先砍棒子秸再掰棒子，打小日本时为留住青纱帐，好掩护八路军行动养成留棒子秸的习惯，一直保留到现在。棒子秸要等到地快上冻的时候，干透了才砍下来分到户下当柴火烧。

麦茬记得很清楚，头天干活是刨山药，这活他喜欢干。灿烂的阳光下，只见满地的山药叶子被霜打成了黑褐色，土垄被下面的山药拱开了宽宽窄窄的缝隙。人们有的用起粪叉有的用三齿镐，随着身体起伏的节奏，一嘟噜一串的山药便露出地面。沙土地不沾泥，刨出来的山药干干净净，小块像兔子头，大块像孩子脑袋……人们享受着收获的喜悦，欢快的说笑声满世界扑荡。

不过，那天麦茬和红柳的分工是勾山药蔓。在人们还在抽地头烟的时候，他俩便提前动了手，因为不先勾蔓就不能刨山药。他俩挥动长柄镰刀，各负责五六垄把山药蔓从根部贴地皮削下来，然后倒退着卷在一起，直到滚成团拖不动时，才合力甩到地边子上。红柳看样子很高兴，不时歪头看他问："洋学生，干过这活不？"

"干过呀。"麦茬回答，"每年放秋假不都下地干活。"

"这可没有坐在教室里念书得劲，是不？"

"嘿嘿……此一时彼一时，命该如此。"

"那你该知道……手握镰柄不能忒紧，要不一会儿该打泡了。"

"知道。谢谢柳子姐。"

"咯咯咯……"红柳银铃般笑着说，"洋学生就是洋学生，说话像唱歌一样好听！"她喘了口气，又说，"甭卸（谢）了，一套拉下来吧。"

勾山药蔓这活，看上去不怎么费劲，可老是一个姿势低头摸腰，干一会儿就会觉得腰酸脖颈子发硬。麦茬不时直腰喘气，被红柳落下了两节地。红柳抬头看着他笑了笑，把他的活揽过去了两垄。麦茬不好意思了，忙一憋气加快速度赶了上去，含笑说："谢谢红柳姐。"

红柳轻轻一笑，没吭声。两人并肩低头，比赛似的弯腰猛干了一会儿，把刨山药的落下老远，连说话声都听不见了。

庄稼主子把八月十五后的日头叫秋老虎，就是说这时的阳光虽不像七月流火那样烧烤，晒在身上仍是热辣辣的。麦茬觉得浑身冒汗，就把褂子脱下来扔在了山药蔓堆上。他下身穿一条军绿裤，上身只留下了在学校打球时穿的跨栏背心。背心火红火红，后面绣着个大大的金黄色"6"字。这一来，更显示出他作为男子汉的细腰和扇形的宽肩膀。他平时晒不着太阳，裸露的皮肤竟然像女人一样白嫩细腻，浮泛着光泽。

红柳看了他两眼，忽地一阵脸热心跳忙移开了目光。这时候，她最熟悉的、男人汗水的味道一阵阵扑过来，冲击得她头晕目眩，站立不稳……许是长时间没被男人碰过，她身体最深处的原始需求一下子迸发了出来。她觉得口干舌燥、焦渴难忍，觉得浑身滚烫酥软，恨不能一下子把衣服扒光躺在大地上……她深深地吸了几口气，努力让自己平静下来，并顺手解开了脖子下的纽扣，露出来一抹白晃晃的胸口。然后，她仍是笑微微地说："真想不到，洋学生还有一身这么好的疙瘩肉。"

"我在学校喜欢运动，"麦茬低头干活，"打篮球，玩双杠什么的。"

"怪不得呢。"红柳停顿片刻，又半开玩笑地说，"像你这四面见锯、一挺杠直的好小伙儿，在学校里一定有不少女孩子追吧？"

"干吗？追着打我呀？"麦茬笑着抬起头来，不经意看到她那一片袒露的胸口，忽然觉得脸红心跳忙移开了目光。他掩饰地拖动山药蔓，含混地说："学生嘛……不想那事。"

红柳"哈哈"笑："男大当婚，女大当嫁。学生也是人嘛。"

麦茬"嘿嘿"笑着没吭声。红柳四下瞅了瞅，低声问："大兄弟，就是说……你还不知道……这世界吗样哩，是不？”

麦茬没听明白，反问道：“什么世、世界？”

红柳仍笑着说：“真是书呆子，就是不知道女人……长得吗样呗！”

麦茬一听，忽地闹了个大红脸，一时不知道该怎么回答。红柳“嘻嘻”一笑，更加轻声地说道：“回头……姐让你开开眼。沾、沾不？”

这时，老东山在后边喊：“大伙儿吸锅子吧！”

人们纷纷扔下手中的工具，边擦摸着汗水聚集到大树凉里。老东山递给麦茬一张报纸：“洋学生，来，给大伙儿念一段儿。”

雪儿回娘家十多天，条子像丢了魂儿，成天介没有笑模样，有一天干脆赖着不起炕了。二婶儿做好了早饭，进屋喊他：“条子，快起来吃饭。”

条子用被子蒙着脑袋，不吭也不动。二婶儿不放心地拉开被子问：“这孩子，你怎么了？快起来呀！”

条子闭着眼不回答。二婶儿心里有点儿发慌，伸手摸着他的额头说：“说话呀！你怎么了？哪儿不得劲儿呀？”

条子仍然没回答。二婶儿又问：“是肚子疼还是脑袋疼？”

“哪儿也不疼。”条子堵丧地说了一声，反转身给了奶奶个后背。二婶儿愣了一下，心里想到什么，轻声问道：“这孩子，有吗话你说呀！是不是……想媳妇了？”

条子的眼泪都流了下来，撇着嘴说：“奶奶。你真是……俺才忘了你又提念起来了。”而后，他擦抹着眼睛嘟囔，“雪儿姐不在，俺一宿宿睡不着。”

二婶儿“喷儿”地笑了一声，抬巴掌打着他的屁股上：“男子汉大丈夫，要这么没出息，快起来！”

条子擦抹着眼泪不吭声。这时，院子里传来山堂的咳嗽声。还没等奶奶说话，条子一骨碌就起来了。这天后晌儿，雪儿回来了。二婶儿讲了条子的笑话，她心里咯噔一下，变得沉甸甸的就没吭声。二婶儿瞅着她问：“雪儿，怎么了？”

雪儿沉吟片刻，轻声说：“奶奶，条子……还没成人哩。”

二婶儿一愣神儿，心里意识到什么，忙说：“条子发育得晚，你是过来人，就……帮帮他呗。”稍停，她又补充一句，“两口子，吗话不能说呀。”

雪儿脸儿发热，好半天没开口，却陷入了深深的思索。他们结婚快俩月了，条子每晚都像小猫一样睡在旁边，从没动过她一手指头。她开头感到庆幸，随着日子一天天过去，心里渐渐萌生出一丝愧疚，觉得自己对不住条子，对不住这一家人。再往深处想，谁结了婚老人不急着抱孙子，像这样下去，自己猴年马月也给人家生不出孙子来，将来可怎么交代？

那会儿已是初冬季节，天凉了但还不到生煤火的时候。当天晚上睡下后，雪儿轻声说：“条子，俺有点儿冷哩。”

“那好办。”条子爬起来就要下炕，“我这就把煤火生着。”

“不用，”雪儿拉住他说，“多浪费呀。咱俩钻一个被窝就不冷了。”

条子扭头看着她，疑惑地问：“那、那样好么？男生女生……”

“两口子不讲这个，”雪儿忙说，“谁家都是钻一个被窝，快进来吧。”

条子犹豫片刻，小声说：“那……好吧。”他吹灭油灯，钻进雪儿撩开的被窝里。雪儿顺手把他揽进怀里。条子偎住她胸口待了一会儿，轻声说：“姐，这样真好！你怎么早不说呀？”

雪儿沉吟片刻：“这种事……应该是男人先说。”

“可我不知道哇。”条子意外地抬眼看着她问，“谁家两口子都这么着呀？”

“也不是。”雪儿说，“两口子应该是脱了衣裳睡在一起才对。”

“还要脱了衣裳？”条子更加意外，“呼”一下子坐起身说，“那、那多……不方便呀！”

“有吗不方便呀，谁家两口子都这样。”雪儿说着，在被窝里脱下了自己的紧身小衣。条子慌乱地连忙背转身闭上眼睛，说：“姐，我合着眼哩。”

“不用。”雪儿把他搬转身，“快着，把衣裳脱下来。”

条子摁住衣扣不让她解：“姐。我、我还是不、不脱吧。”

“听话，两口子就应该这样。”雪儿说着，半强迫地帮他脱掉了衣服。条子非常不习惯，手脚都没地儿放，使劲蹶着屁股往后躲。雪儿硬把他拽过来抱进怀里。条子浑身僵硬地待了一会儿，伸手轻轻地摸索着她光溜溜的身子，慢慢放松了下来。雪儿闭眼平躺着，任他那双软绵绵的不像男人的手上下游走。条子摸到她高挺的胸部，像是唤醒了小时候吃奶的记忆，轻声说：“姐，俺怎么想、想吃吃它？”

雪儿“嗯”了一声：“那你就吃吃吧。”

条子在黑暗中瞅了半天，叼住红樱桃般的奶头，轻轻地吮吸起来。雪儿毕竟已是女人成熟的身体，在他的刺激下唤起了原始的需求。她轻声呻吟着扭动躯体，一只手伸下去往他两腿间摸索、摸索……可是，她意外地愣住了。条子那东西小得可怜，充其量像个大枣子，而且软耷耷没一点儿想站起来的灵动气。她停了一会儿轻声问：“你这儿……怎么不硬？”

“不知道呀。”条子天真地看着她，“它就是这样的。”

雪儿意外地：“从来没起来过？”

“起来过呀，”条子说，“小时候睡醒了憋尿的时候。”

雪儿心里忽然有了种非常失落的感觉，她放开手，轻轻叹息一声背转身去。条子慌了神，呆怔片刻急声问：“姐，姐，你怎么了？俺惹你生气了？”

“没、没事。天不早了，快睡、睡吧。”雪儿没回身，背手拍了拍他的肩膀闭上了双眸。条子愣了一会儿，深深打了个哈欠，从后面搂住她的腰，很快就睡着了。雪儿却睁开了眼睛，直瞪瞪瞅着发白的窗口，心里不知在想什么……好久，好久，直到小鸡子叫了，才有两大滴清泪在她腮边悄悄滚落、滚落……

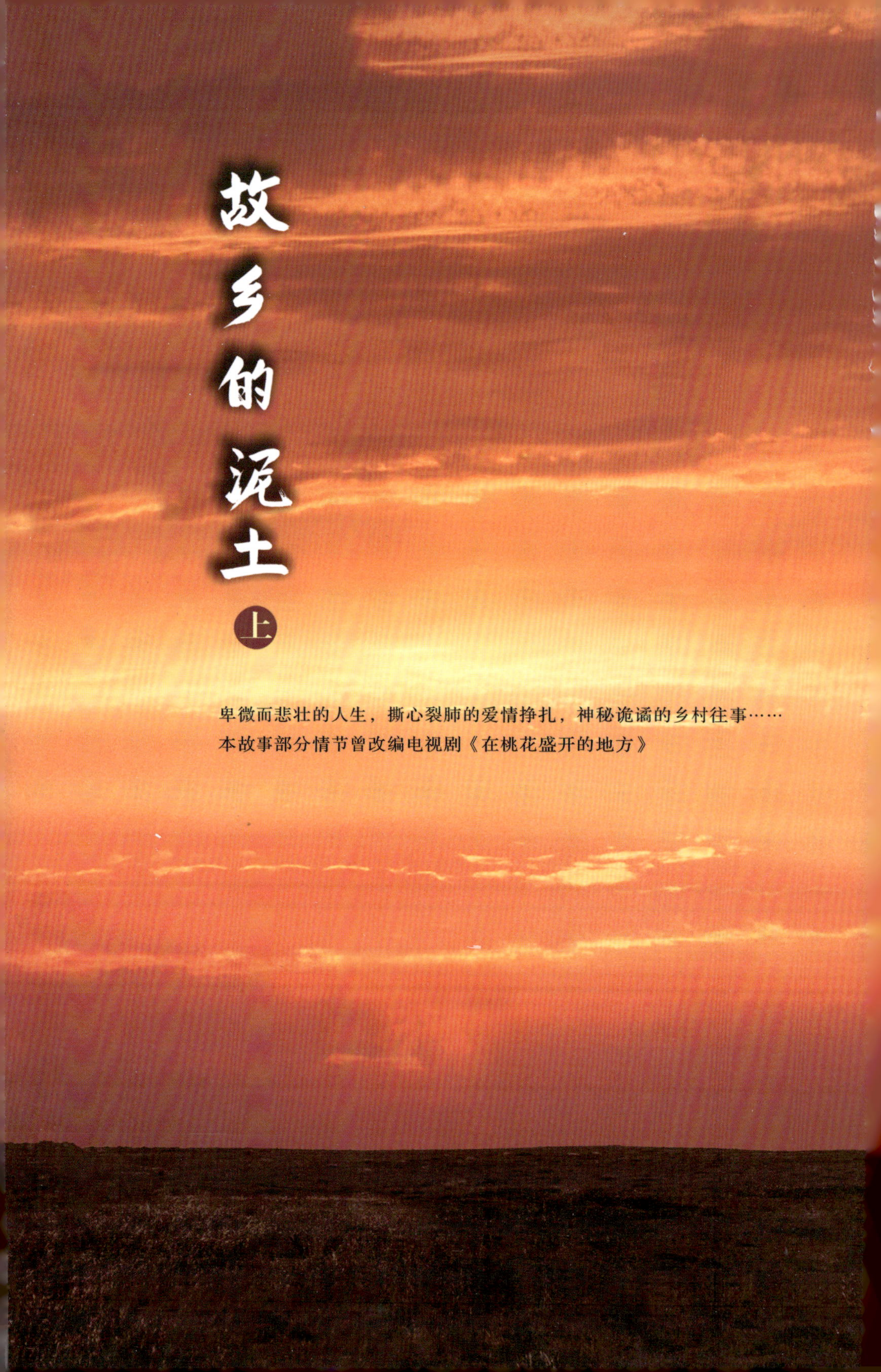

故乡的泥土

上

卑微而悲壮的人生，撕心裂肺的爱情挣扎，神秘诡谲的乡村往事……
本故事部分情节曾改编电视剧《在桃花盛开的地方》

故乡的泥土

下

章云天 著

作家出版社

第十一章

柳海莽莽　浪女裸身诱处子
长夜漫漫　金风玉露初相逢

那是个暴晴的大歇晌儿，麦茬看畦子换班回家吃饭。他仍然穿着那件跨栏背心，裸露的皮肤经过这些日子的风吹日晒，已不见当初的白嫩细腻，刚刚染上了庄稼主子的古铜色。他把褂子搭在肩头，边走边用草帽扇着风。

原野上静悄悄杳无人影。小河水无声无息地流淌着。河滩里，一眼望不到边的柳子林在微风中摇来摆去。翠红的柳条和深绿的叶片交相辉映，在太阳下浮泛着微光。林间的小路蜿蜒曲折，幽深阴凉中人走进去根本看不见头顶。

麦茬刚钻进去，就看见前面有个人背着牛腰粗的一捆青草，步履蹒跚地走着、走着……他好奇地紧走几步追了上去，看到背草人原来是红柳。他不无意外地愣了一下，含笑说："柳子姐，我当是个男的呢……你可真辛苦。"

"不是心、心苦是命苦。"红柳粉脸通红，边擦抹汗水边喘息着说，"晒点儿干草，也好换点儿油盐钱。不正长在医院里，把家里都榨干了。"

"真是……"麦茬不知该怎么安慰，顺手提过她那捆青草甩上自己肩头说，"姐，给我吧。"

红柳直起腰来，长舒了一口气，学着他的口气说："大兄弟，谢谢了！"

“甭卸（谢），一套拉下来吧。”麦茬同样模仿着她的口气说。两人同时放声大笑起来。而后，麦茬说：“姐，你可真沾……这草有百八十斤哩！”

“没事，从小这么干惯了。”她说着，抬手理了理有点儿散乱的头发，拽了拽胸前的碎花小褂。因为褂子汗湿透了，紧贴在她绷绷的胸口上。她摘下根沾在袖口的线草，问：“你这是看畦子换班吧？回家吃饭？”

“是啊。”麦茬把草捆换了换肩，大步往前走着。红柳四下看了看，笑着说：“这大歇晌儿可真安生，地里连个人芽芽儿都看不见。”

“要不说姐辛苦呀。”麦茬感慨着，“人家吃了饭都在家打个盹儿……你连饭都还没吃吧？”

“人比人，气死人。唉……认命吧。”红柳说着眼圈都红了。她低头走着，心里不知在想什么。过了一会儿，她再次抬头四下看了看，忽然说：“茬子，你等我一会儿。”她说罢，扭头钻进了柳林深处。

麦茬想她可能去解手了，正好草捆子坠得手腕发麻，便放下来想喘口气。过了没多大会儿，他就听见红柳惊恐的喊声：“长虫！长虫！”

麦茬以为她碰上蛇了，忙大步赶过去：“姐，别怕！别怕！”

这是一片林间空地，也不过一间屋子大小。只见白白的细沙地上长着几棵茂盛的蒺藜，尽管已是深秋，蔓上结满了带尖刺的三棱子果实，但还是开着几朵淡淡的小黄花。麦茬赶过来却不见人影，只看到柳棵子下散扔着一堆女人的衣裳。他意外地愣了片刻，轻声呼唤：“姐，姐，你在哪儿？”

一时间竟无人回答。麦茬惊讶地抬眼四下搜寻、搜寻……忽然，像是《聊斋》中传说的狐狸精，红柳一丝不挂，慢慢从柳子丛后闪出来，闪出来……麦茬猛然吃惊地张大了嘴巴，瞪圆了眼睛。他蒙了、傻了，脑袋里一片空白，眼前什么也看不到，只见一团明晃晃的白光冲自己飘过来、飘过来……实际上，这是红柳设计好了的场景。她想男人，想得吃不下睡不着，闭眼躺在炕上脑海里就会闪显着麦茬那壮硕的男儿身。她盯麦茬有些日子了，知道他这几天在看畦子，算准他这个点一定会回家吃饭，因此早就等在了半路上……她相信“是猫就偷腥”，只要自个儿舍下这张脸，他肯定会“英雄难过美女关”。她瞅着发愣的麦茬“扑哧”一笑说：“看你那傻样儿！”

麦茬像根木头橛子钉在了地上。红柳往前走了两步，目光流盼、粉脸含春冲他招手：“好兄弟，来，姐让你看看这世界吗样。”

麦茬不能吭也不能动，火烧火燎的嗓子里像塞了棉花套子，一个字都吐不出来。红柳移至他跟前，轻声细语地诉说：“茬子，你不知道，姐真的好好喜欢你……姐想你，想得成宿成宿睡不着。”她说着，伸出光溜溜的胳膊搂住麦茬，低头亲吻着他汗津津的肩胛、脖子……麦茬脑袋里“嗡嗡”直响，身子僵硬地绷成了一根棍子。直到红柳伸手下去解他腰带时，他才像猛醒过来，下意识地重重推她一把说：“不、不能……”

红柳倒退两步，差点儿跌倒在地上。她瞪圆好看的杏核眼，张开红润的小嘴想说什么时，麦茬脚步踉跄地跑走了。她久久地愣着、愣着……而后，双手捂住脸圪蹴在沙土地上，轻轻地泣啜起来。

起风了。红柳林像凶险的大海，波涛翻滚、不安地动荡起伏……

那天，二婶儿正做晌午饭时，春雪从地里回来了。她忙坐在灶火坑里，帮奶奶拉风箱烧火。二婶儿在盆子下面垫了块抹布，就着灶台和面准备烙饼。春雪看了看她，一副欲言又止的神情。二婶儿不由问：“雪儿，怎么了？”

春雪却移开了目光，含混地说：“也、也没吗事。”

“这闺女，有吗话你就说呗。”二婶儿嗔怪地瞪她一眼。春雪神色迟疑，好半天没开口。二婶儿意识到什么，突然开口问：“是条子……不沾吧？”

春雪意外而吃惊地抬眼看着她问：“奶奶，你怎么知道？”

“我也是……瞎猜乎。”二婶儿掩饰地低头和面，“条子从小身子骨不壮实，我早就担心……”她老人家说了瞎话。实际上，自从春雪说了条子还是个孩子那天起，她由于不放心，隔三岔五深更半夜去听窗根儿，却从来没听到过什么动静，所以，她的一颗心始终都在悬着。春雪没多想，低声说："奶奶，你猜得很对，条子是真不沾。"

二婶儿虽然有心理准备，听她这么一说仍吃惊不小。她抬起沾满白面的双手，急声说："老天爷，这可是要命的事！还真是这样呀？！"

春雪低着头没吭声。二婶儿低头揉了几下面，又说："雪儿，你听着，从今儿起，咱吗也不干了。你领他去看病吧，村里不沾去县里，县里不沾就去石家庄、去北京，再怎么着，咱老田家也不能落个绝户呀！"

正在这时，条子背着粪筐进了家门。他一听说看病就跳了起来，说下老天爷来也不肯去。也是，他自从记事那天起，三天两头咳嗽发烧，有时甚至憋得出不来气，所以就没断过吃药打针，直到十来岁后才好了许多。到现在，一提起看病他就吓得浑身哆嗦、手脚冰凉，就差背过气儿去了。奶奶和雪儿好话说了一街筒子，条子死活就是不去。直到山堂从地里回来，听说情况把眼一瞪，他才不吭声了。

第二天一大早，春雪骑自行车带着条子去了县医院。先看中医后看西医转了一圈，医生们检查半天，都说条子除了身体弱点儿没什么毛病，回家加强营养，尤其多吃鸡蛋和羊肉韭菜就行了。这一来条子逮住理了，回家就粗声大气地告诉了奶奶和爹。春雪对医生的话半信半疑，二婶儿可是当成了大事。她让山堂专门赶集卖回来一只羊，杀好了当天就包了两顿韭菜羊肉饺子，剩下的放进柴火筐里，用绳子吊着系进井里，贴着水皮儿冰了起来。条子每天早起吃上俩鸡蛋，中午一顿饺子，足足半个多月，吃得他闻见羊肉味儿就想吐，人倒是长胖了些，下面仍然没任何动静。

二婶儿自然是非常关注，每天问得雪儿都烦了。尤其是这风声不知怎么传了出去，全村人嘀嘀咕咕，都知道条子是个太监公公，弄得雪儿没脸出门子。条子却全然不当一回事，每天背着粪筐在村里串来串去，该干吗干吗。二婶儿那个愁啊，吃不下睡不着，牙床子肿起来老高。她和山堂商量，想让雪儿带条子去石家庄找大医院看看。

春雪有点儿为难，因石家庄是个大城市，她一次没去过，怕到那儿找不到东西南北。守根听说了，主动提出来带他们去。因为那些年他找部队常去石家庄，大街小巷说起来门儿清。条子听说又要去看病就撺了，又哭又闹赖在炕上不起来。奶奶说，守根劝，最后还是山堂揪着耳朵把他拽了起来。

三人一大早上了路，步行到县城坐汽车。那会儿还没有公路，一条土路坑坑洼洼非常难走，汽车颠颠晄晄多半天才到了正定，再坐火车到石家庄，天都快黑了。他们找了家小旅店想住下，可出门时忘了开介绍信人家不让住。守根对付这种情况有经验，便带他们去了火车站候车室，三人坐到半夜，还是被警察赶了出来。

第二天早晨他们去了省医科大学第二医院，挂号排队直到快晌午了才被护士叫进了诊室。一位中年女医生仔细询问了情况，让条子躺在诊床上，用一种闪着红灯绿灯的什么仪器检查了半天，最后说他的生殖系统确实有点儿问题。守根问是什么问题，她说太专业告诉你们也不懂。春雪不敢多问，只是说："那……这病能不能治呀？"

医生摇了摇头说："难说，吃一段时间的药看看吧。"

就这样，春雪花了二百多块钱，提溜着一大堆瓶瓶盒盒回到了家中。二婶儿关切地东问西问，她懒得多说，只告诉医生说能治好，老人这才放心地笑了。谁知道，就在第二天，却发生了天塌地陷的大事情。

去年冬天大搞农田水利基本建设，生产队里挖沙岗新造了十几亩地，因为离变压器忒远不能用电，只靠一眼老井浇灌。正是小麦压冻水的时候，井里却不出水了。掏井是累活，平常都是男人们来干。可当时村里大搞挖沙毁林造农田，壮劳力都在红旗飘飘的工地上。那天正好赶上全县大检查，少了那些大呼小叫的男子汉气势可就差多了。妇女队长黑嫂主动请缨，把这活包揽了下来。

那天阳光灿烂，万里无云。漫野出土不久的小麦浅绿嫩黄，顶着晶莹的露珠在微风中摇曳。老井口架上了辘轳，娘子军们嘻嘻哈哈说笑着干劲十足。井底不过碾盘那么大，人多下去也转不开。她们分成了三班，两人下去挖泥，两人拧辘轳把泥桶提上来，两人抬桶到井台旁把泥倒掉。上面的人没事，下井的圪蹴在冰冷的泥水中，时间太长容易落下毛病。所以她们干上吃顿饭的工夫就换一次班，上边的下去，下边的上来。

早年间，地下水脉浅，所有的井不过一丈多深。这几年天旱，又打了那么多机井，水脉急剧下降。“文化大革命”那年，守根表面是被红卫兵赶进社里的，根本原因是他觉得浇地一年比一年遭难，光靠歪歪偷着放水，时间长了终究不是个办法。

现在，村里的老井大多作废了，剩下的几眼挖来挖去，水位都在三丈左右。春雪和白翠蹲在幽暗的井底，挥动短柄铁锨往桶里装泥。老娘儿们们凑在一块，那嘴比男的们还脏。黑嫂她们说笑着，不知怎么提到了农村人流传的“四大”。有的说“四大红”：大红布，火烧云，大闺女的月经杀了人；有的说“四大黑”：锅底灰，老鸹背，母猪肚子黑李逵；有的说“四大支棱”：清晨枣，露水草，大闺女的妈妈小伙子的雀儿……黑嫂那张破嘴管不住，也不顾自家闺女在场，说的是“四大累”：拔麦子，打坯，上房泥……和两口子炕上那点儿事。

妇女们“哈哈”笑：“那事累是累，可谁都愿意干！”“就是，累着得劲儿！”“要谁都不累，这世界上还有人呀？”……正说笑间，负责倒泥的黑翠忽然指着她们脚下惊叫：“老天爷！你们快看，那是怎么了?！”

大家只低头看了一眼，就惊骇地差点儿背过气去，一个个张口结舌，脸色吓得煞黄。只见围着水井口四周，不知何时裂开了一圈凶险的缝隙，而且，辘轳腿压着的地方已开始下沉。黑嫂首先缓过气来，失口惊叫：“老天爷！这是要塌、塌方呀?！”

这一声喊叫，井上井下都慌了神、乱了套。上面的所有妇女全集中到井口旁，低着头大声喊：“不好了，快上来！”“要塌井了，快、快……”她们这样更增加了井口的重量，眼瞅着缝隙越来越宽。下面的两个人更是手忙脚乱，浑身哆嗦。春雪忙把桶里的泥倒掉，推着白翠抓住井绳催促："快！你先上！"

白翠心慌手软，井绳又湿又滑，抓了几次都出溜下来。春雪急了，抱起她放进桶里："祖奶奶，你快着点儿！"

白翠终于站稳抓住了绳子，上边的人们一齐用力浇园，总算把她拉了上去。这时，裂缝更宽，整个井口开始下沉。黑嫂这才返过味儿来，忙大声说："快散开！留下俩人拧辘轳就行了！"

众人这才意识到扎堆的危险，忙四散开来。黑嫂把井绳再往下放时，明显看到井口已缩小了许多。她急得大喊："雪儿，快着点儿，要不就晚了！"

春雪答应着，伸手抓住了井绳。可当她想抬腿蹬进桶里时，才发现自己的一只脚深陷在泥水中被烂砖夹住，怎么也拔不出来。黑嫂急得走腔变调："姑奶奶，你倒是快点儿呀！"

春雪急得快哭了，嗓子沙哑地说："不行，我拔不出腿、腿来。"

这时，井口越来越小，辘轳也开始下沉。黑嫂真哭了："雪儿，你……快、快呀！"

正在这节骨眼儿上，麦茬扛着铁锨从不远处的小路上经过。黑嫂大声喊："茬子，快过来，雪儿还在井里……"

麦茬稍愣神儿，大步流星赶过来："怎么回事？"

黑嫂："井要塌了，雪儿还在、在里头……"

麦茬看一眼现场，大惊失色地喊："雪儿，别怕、要慌，快想想办法！"

"哥，我拔不出腿来。"春雪哭着说。麦茬茫然四顾片刻，毫不犹豫地抓住井绳，"哧溜"一声便滑了下去。春雪心慌意乱，一下子扑进他怀里："哥、哥，怎么办呀？"

"别慌，让我看看。"麦茬弯腰低头，伸手摸索着她那条腿。他拔出两块半截砖，刨开烂泥，终于拽出了雪儿那只脚。他缓了口气，把浑身发软的春雪放进桶里："好了，你快上去！"

雪儿推辞着："哥，你先上吧。"

"什么时候了？快上！"麦茬推她一把，抬头冲上喊，"快浇园！"

黑嫂和白翠答应着，用力拧动辘轳。辘轳“吱咛吱咛”响，眼看快到井口时，只听“轰隆”一声巨响，霎时间天塌地陷，一团烟尘呼啸着腾空蹿起树尖子高。春雪被摔了回去，和麦茬一起埋在三丈多深的地下。黑嫂和白翠逃得快，连骨碌带爬跌倒在大坑的边沿上。

那一堆妇女谁见过这阵势？有的吓得把裤子都尿了。她们全都跌倒在地，一个个目瞪口呆，木雕泥塑般傻愣着。黑嫂擦抹着脸上的泥汗，“哈哧哈哧”喘粗气说：“黑、黑翠，快去找山堂……”

黑翠答应着爬起身，脚步踉跄地走了两步，腿一软又坐在地上。黑嫂急得开口骂：“小妮子，你倒是快着点儿呀！”

黑翠再次爬起身，一溜小跑回村去……过了做顿饭的工夫，高音喇叭里传来山堂的喊声：“父老乡亲们注意了！甭管男女老少，甭管你在干吗，带上铁锨抬筐小拉车，马上赶到村南老井上！越快越好，埋住人了……”

李保证出院回来了，刚到村口就听见了山堂的喊声。他连家都没进，直接让红柳拉到了事故现场。他瘦多了，整个人像脱了形，原来的西瓜脸变成了冬瓜，军便装穿在身上“咣荡荡”像挂在竹竿上。他赶到事故现场时，好多人第一眼都没有认出来。

现场一片混乱！父老乡亲们能动弹的都行动了起来。有的围着井台大呼小叫地挖土，有的正脚步匆忙地从四面八方赶过来。山堂赶来时，保证正好也到了。他着急地说：“这样不行。井有三丈多深，又是沙土，必须把坑挖大些。还有，人多挤在一起互相影响……咱歇人不歇马，分开两班轮流干。”

山堂顾不上多说什么，按他的意思指挥人们分成了两班，把坑挖大再挖大。真是救人如救火，危难聚人心。乡亲们甭管平时要滑偷懒的，牢骚满腹的，吵包子打架的……这时都是心往一处想，劲往一处使，汗往一处流。大家顾不上多说话，埋着头流水作业，挖土、抬筐、拉小车……把土送到远处。只见烟尘四起，锨镐叮当，一片井然有序的忙乱，一片挥汗如雨的紧张。

这时已近傍晚，天光越来越暗。不正没听红柳劝说回家，也没动手干活，一直坐在旁边抽烟。他看看暮色四合的原野，站起身说："天眼看就黑了……歪歪呢？快让他们拉个临时灯来。"

"我告诉他们了。"山堂在最底下挖土，边喘息着说，"你身体不好，快回家吧。我在这儿就沾了。"

"没事。"不正说，"毛主席教导我们，必须下定决心，不怕牺牲，排除万难，去争取胜利。"

正说着，歪歪和条子拉着电线扛着根大竹竿一溜小跑赶来了。他们狗喘气般地"呼哧"着，把一只三百瓦的灯泡挂在竹竿上，霎时将现场照得一片雪亮。条子本来心眼儿就少，又忙着干活，光知道埋住人了但不知是谁。他站在灯下擦汗，听到在最深处刨土的守根拖着哭腔呼唤："茬子，雪儿……听见没有？"

条子一愣神儿，忙问不正："谁、谁埋在井里了？"

不正想都没想地说："雪儿，你媳妇呗。"

条子一下子吓傻了。他怔愣片刻，一屁股坐在地上，"哇哇"大哭起来。随后，他爬起来想往下冲，由于心慌腿软，跟斗骨碌滚下去砸在了守根身上……

真是人不该死总有一救，麦茬和春雪在地下竟然毫发无损，原来是辘轳救了他们的命。井壁坍塌时一边先倒，辘轳歪下去正好卡在他们头顶上方。等井壁全部塌下来，砖块泥土被辘轳顶住，给他们留出来半间房那么大一块空间。雪儿在地陷前掉下去那一刻，正好被麦茬接住抱在怀里，两人同时跌倒在了泥水中。雪儿连吓带摔，一时昏迷了过去。麦茬在一片黑暗中吗都看不见，蒙头转向地呼唤："雪儿，雪儿，你没事吧？"

春雪没吭也没动。麦茬心里发慌，腾出只手来拍拍她的脸："雪儿。你说话呀？你没事吧？"

春雪仍没回答，只是轻轻扭动了一下身子。麦茬这才有点儿放心，他强迫自己冷静下来，努力思索着那个瞬间所发生的一切，思索着面对现实该怎么办？一股股土腥味儿扑来，呛得他连打了好几个喷嚏。春雪实际上已醒过来了，她意识到自己是在茬子怀里，竟有一种暖意涌上心头。她本来想就这样多躺会儿，却也止不住连连打着喷嚏。麦茬忙又问："雪儿，你……没事吧。"

春雪这才回答："哥，我没事，刚才只是吓着了。"

麦茬彻底放心了，当意识到自己还抱着雪儿，便挣扎着想把胳膊抽出来。春雪却更抱紧了他，轻声说："哥，覅动。我好累，想就这样多躺会儿。"

麦茬犹豫片刻，只得随着她。两人就这样一动不动躺着，好一会儿都没说话。静寂，死一般的静寂中似乎能听到他们的心跳；黑暗，无边无涯的黑暗中伸手不见五指。沉默、沉默……不知是过了一分钟还是一个世纪，麦茬终于忍不住问："雪儿，你说……咱们该怎么办？"

"哥，你说怎么办就怎么办。"雪儿轻声说，"有你在，我吗都不怕。"她停顿片刻，又补充一句，"就这样死了……也挺好。"

"净瞎说。"麦茬拍拍她的肩胛，"咱们还年轻，这辈子刚开了个头……"

春雪苦笑一下："可我怎么觉着这辈子这么长，早就过到头了？"

"又瞎说八道。"麦茬笑着，"咱们满打满算还不到二十二岁，怎么就到头了？剩下的日子就不过了？"

"不过了，就这样死了吧。"春雪说着，再往前挤了挤，把脸紧贴在他胸口上轻声说，"哥，俺好冷，你抱紧点儿行不？"

麦茬意识到什么，想躲又没地儿躲，只好把她紧抱在怀中。两人各想着心事，又是好半天没开口。麦茬脑袋里像过电影，回忆起从小到大和雪儿相处的一幕幕快乐时光：那数羊时的尴尬、藏猫时的好笑、被窝里的讲故事；少年时手脚相碰时的心跳；更想到听说她要嫁给青松时那种锥心的疼痛，雪儿要把自己的头一次交给他遭到拒绝时那绝望的眼神，自己多长时间后悔得心都碎了……当然，他更想到了目前的处境，知道乡亲们会想尽一切办法救他们，可埋得这么深，什么时候才能刨开？他们能不能坚持到那时候？他心里一点儿底都没有。他这样想着，不由得一阵恐慌袭上心头，冰凉的身体也控制不住地轻轻战栗起来。可不是，自己还这么年轻，用人们的话说，还不知道这世界吗样哩……忽然，他感觉到胸口热乎乎的，那是雪儿的眼泪。

“哥，亲哥，俺不想死，俺想你……”雪儿呢喃地说着，边流泪边亲吻着他沾着泥水的胸膛。二十二年的岁月说长不长说短不短，雪儿在这段时间似乎全想到了，又好像什么也没想。她心里明镜似的，知道他们两人生死难卜，而且生的概率很小。和麦茬哥在一块，她死而无憾，但不能就这么死，要死也得和他做一回夫妻。她这样想着，才一改往日的腼腆，突然像丧失了理智，丧失了自尊，换了个人似的变得疯狂了起来。

麦茬愣怔片刻，下意识地想把她推开。雪儿根本不容他挣扎，双手更紧地抱住又亲又吻。终于，麦茬停止了反抗，冰冷的身体从最深处涌上来一阵阵痉挛、一阵阵燥热。他的心脏像野马般狂跳，所有血管里的血一下子激情澎湃想喷涌而出。他呼吸急促地双手捧起雪儿的脸，疯狂地亲吻她那滚烫而绵软的嘴唇。雪儿软了、瘫了，任由他亲着，急不可待地脱光了自己的衣服……在无边无涯的黑暗中，在泥水如毯的井底上，他们用青春的身体写下了人类用语言不能准确表达的意思，因为它太深刻、太浓烈了！

二婶儿听说春雪被埋在了地下，叫了声“老天爷”，一时间腿都软了。她着急忙慌往外走，却脚步踉跄地跌坐在门槛上。她冷静片刻，却改变了主意，站起身直接去了守根家。花梅泪流满面，正哽咽着锁大门想去井上。二婶儿拦住她说：“梅子，咱覅去了，瞅着干着急又帮不上忙。”

花梅叫了声“娘”，一时没吭声。二婶儿接着说：“天这咱晚了，好多人还没吃黑介饭哩，咱忙着做一些给大伙儿送去吧。”

花梅想了想也是这么回事，擦抹着泪水点了点头。于是，两人便忙活起来，抱柴、和面……过了一会儿，红柳和另一位妇女也来帮忙。大家烙饼、熬绿豆汤，一直折腾到深更半夜。

事故现场的抢救行动井然有序地进行着，大坑已挖了有两丈多深。时间长了，人们都显得有些疲惫，但进度却没受半点儿影响。大家谁都没心情说话，一个个眼睛发红，汗水淋漓地闷头挖土、送筐、推车……守根一直在最深处，谁换班他都不肯上来喘口气，而且谁好心拉他上来他便冲人家发脾气。条子毕竟还是个大孩子，被人从坑里拽上来后，哭了一会儿就抱着灯杆睡着了。

山堂边干活边不时小声指挥大家。不正没干活却也一直没离开现场。天尽管很晚了，乡亲们没一人离去，干活的干活，换班下来的就坐在地上打个盹儿。直到二婶儿她们把饭送到，人们才像又活了过来。花梅和红柳各推着辆小拉车，一车装着三大草筐烙饼和萝卜咸菜；一车装着大桶绿豆汤和碗筷。大家互相谦让着分头吃饭。二婶儿和花梅瞅着像是深不见底的大坑，倒抽一口凉气谁都没说话。过了一会儿，花梅忍不住又哽咽着抹开了泪水。二婶儿眼睛发红，喃喃地念叨："老天爷！这俩孩子……不晓得吗样了。"

麦茬和春雪折腾了不知多长时间，终于像摊泥似的躺在了地上。两人"呼呼"喘息了一会儿，不约而同紧抱在一起。雪儿痛快的泪水"哗哗"流："哥，亲哥，俺知足了。咱就这样死了吧，死而无憾。呜……"

麦茬长出了一口气，无言地抚摸着她光溜溜的后背。两人相拥地躺着、躺着……在一片混沌初开般的静寂之中，最后竟然迷迷糊糊睡着了。

天蒙蒙亮时，挖掘的进度明显慢了下来。一是人们熬了一宿都没了精神；二是上面是沙土好挖，下面变成了胶泥土，湿漉漉的还挺硬，挖起来特费劲。人们干活时出一身汗，换班下来衣服变得冰凉。不少人回家穿来了小棉袄，也有的干脆披上了被子……只有守根一如既往，在最底下一刻不停地挥动着铁锹。后半夜，不正下来干了一会儿，觉得身体实在支持不住就回家睡了。红柳和花梅都没走，加入了挖掘队伍。二婶儿把迷迷糊糊的孙子拽上车，一路叫着“条子，咱回家”拉走了。

春雪醒了过来，一时不知自己身在何处。她睁大双眸茫然四顾，黑黢黢吗都看不见。她觉着自己光着身子，动了动胳膊才碰到旁边的麦茬。她这才忆起昨晚发生的一切，不由陷入了深深的思索……儿时的记忆像刻在石板上，不用费心去想也十分清晰。她和麦茬当然算是青梅竹马，四五岁时二婶儿就开玩笑，说等长大了让他们做夫妻；十来岁，小伙伴们就喊他俩是“小两口儿”，当时自己骂他们，心里却很高兴；要不是拿她跟哥换媳妇，和麦茬走到一起应该是顺理成章，谁能想到会在这种情况下做了真夫妻？要是就这样死在一起，或许是天意；要能活着出去，让人们知道了，吐沫星子还不把人淹死？可是，她不后悔，只是觉得自己身子不干净，对不住茬子哥。想到这里，她不由抱紧了麦茬，嘴贴在他耳旁小声说：“哥，亲哥，你干脆给俺……种上吧。”

麦茬其实已经醒了，只是不愿睁眼，听到她这句话，浑身的热血立刻沸腾起来。他一声没吭，翻身便爬上了雪儿的身子。春雪倒是吓了一跳，随即便含笑摊开了身心……这次比上次时间还长，两人都彻底放开了。直到雪儿呻吟着大声喊：“哥，你弄死俺吧！你给俺种上吧！种上吧！”

两人再次浑身瘫软地躺下来，喘气还不匀实的时候，就听到了“沙沙”的铲土声。春雪一激灵，坐起身，侧耳倾听片刻，急声说：“哥，快起来穿衣服！”

两人的衣服早不知弄哪儿去了，摸索半天才从泥水中抓出来，又分不清哪件是谁的，撕扯好一会儿总算穿上了。他们喘息着傻笑时，外边的铲土声更响，而且还能听到人们含糊的说话声。麦茬不由高兴地喊了一声：“我们在这儿！”

春雪却叹了口气说：“哥，俺真不想出去。”

“耍说傻话了，咱能在这儿待一辈子？”

“一辈子怎么了？一辈子有长有短，就这样死了才好哩。”

“行了。别让外边听见。”麦茬打断她，努力辨别着声音传来的方向。突然，一缕强烈的日光投射进来，晃得两人睁不开眼睛。守根边急切地用双手扒土边喊：“茬子！雪儿！你们没事吧？”

麦茬叫了声“爹”。春雪高兴地说：“舅舅，俺们没事！”

“没事就好！没事就好！”守根泪流满面，疯了似的拼命扒土。花梅跟在他身后，泣不成声地叫：“小儿！小儿……你急死娘了！”

山堂“嘿嘿”笑着，用力搬开了辘轳腿。春雪和麦茬先后钻了出来，两人浑身上下、连头脸上都沾满泥水没有了人模样。守根、花梅不管脏净把他们搂住，稀里哗啦哭在了一块。

全场顿时沸腾了！明媚的阳光下，乡亲们欢呼、喊叫，互相祝贺着乱作一团。不少人扔下手上的工具，累瘫了似的一屁股坐在地上。这时，一位小个子青年上前来捅麦茬一拳：“你小子大难不死，必有后福！”

麦茬定睛一看，意外而惊喜地大叫一声：“李长远！”

李长远“嘿嘿”笑。麦茬突然把他抱住，不光蹭了他一身泥，还把他摔倒，骨碌碌滚进了大坑最深处。全场人看着，哈哈大笑。

李长远是麦茬的高中同学，“文革”前曾是学校的学生会主席。麦茬是劳动委员，两人很说得来。那年高中毕业，他和麦茬一样回到了农村，因喜欢写文章，经常在地方报纸上发表一些“小评论”之类的作品，便被抽调到公社当上了通讯员。他虽说个头不高，但人长得很精神，说话做事能恰如其分地把握分寸，是人们常说的那种小精豆子，在同学中威信挺高，谁有事也爱和他商量。金沙窝出这么大的事故，自然动静不小，他和公社书记昨晚半夜就来了。书记工作忙，看看现场和山堂交代几句就走了。他听说老同学被埋在下面非常不放心，便留下来和乡亲们一块抢救，坚持干到了现在。

两人浑身泥土，不约而同大笑着冲进不远处的河湾里，穿着衣服便跳进冰凉的水中洗了个痛快。春雪看着眼热，对二婶儿说："奶奶，俺也想跳进去……"

"那可不沾。"二婶儿拉住她说，"闺女家娇贵，不能和生铁蛋一样的臭小子们比。咱回家，奶奶给你烧水。"

第十二章

一夜走红　魏麦茬平步青云
捉奸拿双　傻瓜蛋有家难回

长远跟麦茬回到家里，换了一身他的衣服，做饭吃饭的工夫，两人谈论了事故的全过程。他回到公社里，连夜奋笔疾书，写了一篇题为《舍己救人，新时代王杰式的好青年》的文章，半月后发表在当时石家庄地委主办的《建设日报》上。几天后，河北、山西、河南等多家省报进行了转载，连中央人民广播电台都有记者来进行了采访。一时间，魏麦茬名声大振，惊动了省地县各级领导。那阵子，守根家门庭若市，一级级领导来探望，一批批记者来采访……紧接着，县革命委员会下发文件，命名魏麦茬是“学毛著积极分子”，号召全县青年向他学习。

魏麦茬始料不及，一时间被搞得晕头转向，惶惶不可终日。他和守根虽不是亲父儿俩却性格相似，内向、低调，不善言谈，人多的场合总是坐在旮旯里一言不发。刚开始记者采访，他磕磕巴巴，连句囫囵话都说不上来。但习惯成自然，时间一长，他也会说出“我忽然想起伟大领袖毛主席的教导，下定决心，不怕牺牲，排除万难，去争取胜利，浑身增添了无穷的力量，奋不顾身跳了下去”之类的豪言壮语。

一个多月后，在各级领导关怀下，麦茬被发展成了共产党员。那几年入党取消了预备期，他填好表交到县里就算正式党员，在不正带领下举行了宣誓仪式。又过了一个月，吴一平亲自来了。他代表县革命委员会的意思，和公社领导到村里直接宣布，魏麦茬被任命为金沙窝村革命委员会第一副主任，名次还排在了山堂前面。对此，山堂倒没吗想法，长江后浪推前浪嘛，让年轻人接班是迟早的事。不正嘴里高兴地连连表示祝贺，心里却犯了嘀咕，担心他哪天会把自个儿这个主任顶下去。他养病期间吗都不干，那枚公章却每天揣在怀里，村里的大事小情，山堂总要来找他商量。他黑介睡不着，想起这事断不了和媳妇念叨几句。红柳开头没往心里去，紧接着发生的一件事却让她动开了心思。

红柳自从嫁给不正，就当上了村缝纫社的社长，尽管就那么十几个人，也算有头有脸让人们高看一眼。塌井事件过去没多久，在不正提议下，春雪把社长的职务接了过来。这事不正先和媳妇商量过，意思无非是想拉拢山堂为自个儿保驾。红柳退居为副社长，心里多少有点儿不得劲儿，但她却总是笑笑地逢人便说："雪儿在大厂待过，比我专业，让她当社长再合适不过了。"

乡亲们都很佩服，说她懂事、大度。春雪为人实在，又很喜欢服装这个行业，当上社长就全身心投入了工作。不到半个月，缝纫社从表面形象到工人的精神面貌都发生了很大变化。上班第一天，她就带领工人们清理了不知积压多久的烂布条子、线头子，拉到收购站卖了；用这些钱买回来白灰，把缝纫社屋里屋外、墙上地下粉刷得亮亮堂堂，用乡亲们的话说：像雪洞一样。她还改革了以前吃大锅饭的工作方法，实行个人负责制，提高工作效率还保证了质量。过去她们交到县服装厂的货，曾因质量问题多次被退回来。自从春雪接班后，每次交货都受到陈铁钢和质检师傅的表扬。这一方面是因她们的货质量确实提高了，另一方面也是陈厂长有意为之。对当年开除春雪的做法，他这几年心里多少有点儿愧歉。甭管怎么样，村里上上下下对春雪的工作都非常认可。在一片赞扬声中，红柳心里更不舒服了。那阵子，她一进厂就埋头干活，变得比从前话少多了。

常言说无事才生非。那些年庄稼主子一年到头没吗乐子看，两只狗咬架也能招来一街筒子人。春雪和麦茬被救出来，乡亲们欣喜之余，有人心里开始琢磨：一男一女正是火烧火燎的岁数，在地下埋了一天一宿，难道他们就没干点儿吗事？心里有了，茶余饭后闲磕牙的时候，保不住就有人把这种猜疑说出来。不知是谁第一个说出口，也不知是谁第一个传出来，反正那年的冬仨月，关于春雪和麦茬怎长么短的流言便随着寒风在村里暗中涌动。

这些闲话，春雪当然听不见，她心里有更着急的事。那天被救出来，她就有种感觉，仔细算算日子，正是自己最容易怀上那几天。那些日子，她每天在缝纫社忙忙活活，一颗心却总是吊在嗓子眼儿上，黑介躺在炕上睡不着，摸拉着自己的肚子半宿半宿胡思乱想。在地下埋着的时候，她不知道能不能出去，是真心想让麦茬给自己种上，心想就是死了，怀着他的孩子也算了结了一桩心愿。可现在她想，要是真怀上了，肚子一天天大起来，怎么面对条子？怎么面对奶奶和公公？怎么站在人前，面对全村那二百多张盛满吐沫星子的嘴？每想到此，她心头就会掠过一阵恐慌，怕担心的事成为事实。

一天晚上临睡前，她看着条子吃药，心里突然冒出个想法。等两人钻进被窝里，她对条子说：“条子，咱……商量个事吧。”

条子正爬起身要吹灯，忙回头问：“吗事呀？姐，你说。”

春雪有点儿不忍心，犹豫了一下才说：“赶明儿，你告诉奶奶，就说……你的病好了。”

“为吗呲？”条子眨巴着眼睛，“我不还是这样吗？”

“为了、为了不让奶奶和爹着急呗。”春雪没敢看他那双单纯的清水般的眸子，“咱们都是大人了，不能让他们老跟着着急。你说是不？”

条子想了想，问：“那我还天天吃药不？”

“先吃着吧。”春雪说，“那么贵的药，不吃就白瞎了。”

条子点点头：“沾，姐，我听你的。”

第二天早上起来，二婶儿正在茅子里蹲着。那时候庄稼主子都是连茅圈，人在上边拉，猪在下边吃；谁家也舍不得买手纸（没有卖的，有钱也没地儿买），都是在茅子墙根下放一堆坯头子、土坷垃用来擦屁股。条子起来后，去上房见屋里没人，便站在院里喊：“奶奶，奶奶，雪儿姐说，我的病好了！”

二婶儿忙用土坷垃擦了屁股，边抽腰边走出来：“真的呀？那忒好了！”

“是比以前强、强多了。”春雪梳理着头发从屋里出来忙接过了话头，她真怕条子再说下去会漏了嘴，心里直敲小鼓。二婶儿不放心地看着她追问了一句：“雪儿，是真的呀？就是说……我能当老奶奶了？”

“应该是、是吧。”春雪不敢看老人的眼睛，掩饰地去柴火垛上抱棒子秸准备做饭。二婶儿高兴地拍打着双手：“阿弥陀佛，谢天谢地！”

春雪的感觉没有错，一个多月后她开始害口，看见饭就想吐，还老想吃酸东西。条子关切地问她怎么了？二婶儿拍拍他的后脑勺，笑笑地说：“傻小子，你快当爹了！酸儿辣女，保不准是个大胖小子！”

从那天起，二婶儿就不让春雪再沾任何家务，就连拉风箱烧火，她也会把春雪拽起来说：“我一个人忙得过来，你去歇着吧。”

条子一高兴就管不住自个儿的嘴，走在街上逢人便讲：“知道不？我快当爹了。奶奶说酸儿辣女，说不准还是个大胖小子哩！”

听他这么说，多数人哈哈一笑就过去了。碰上那些好事的，比如歪歪之流，会不怀好意地问：“你当爹？凭吗呲？就你那烂面条样儿的小鸡鸡？”

条子听不出好歹话，仍会认真地解释：“真的，雪儿姐说了，俺的病好了。不信你去问问她。”

“我甭问她，问你就沾。”歪歪坏笑着说，“你说说，雪儿你俩黑介怎么睡觉？”

“就是、就是抱着一块睡呗。”条子说，“还能怎么睡？雪儿姐说了，男人女人在一个盆里尿泡就能怀上。”

歪歪哈哈笑："你呀，傻小子一个，一辈子也当不上爹，要真当上了也说不清是谁的种哩！"

条子眨巴着眼琢磨半天，冒出来一句："管他谁的种，反正得叫我爹。"

雪儿有了的消息和条子这句话比风刮得还快，不到吃顿饭的工夫就传遍了全村。老少爷们儿一般不拿这当回事，"嘿嘿"一笑就过去了。老娘儿们们一听却都来了精神，不管在地里干活还是收工后串门凑在一起，仨一群俩一伙地就嘀咕上了："听说雪儿怀上了，真的还是假的？""好像是真的，条子亲口对我说的。""条子沾不沾呀？他不是有病么？""人家不是去石家庄大医院里看了嘛。""嘿嘿，难说，不定是谁的种哩。""能是谁的？不是在地下待了一天一宿吗？"……

闲话终归是闲话，老娘儿们们过过嘴瘾也就算了，都有自家的日子，能过好就不容易了。真正往心里去的，估计全村就红柳一个人。她忘不了在柳子地里麦茬推开自个儿那尴尬的一瞬间，更忘不了春雪顶替自己当上了社长。

来早了不如赶巧了，麦茬这小子命不赖，刚当上副主任就赶上了个露脸的机会。那年，上级号召发展沼气，要求家家户户都挖沼气池。沼气是吗玩意，庄稼主子不知道。他们沿袭祖祖辈辈流传下来的生活习惯，庄稼的果实可以填饱肚子，秸秆能把饭做熟。秸秆不够烧，就去地里拾柴火，树叶子、烂干草，一筐一筐往家背。麦茬是高中生，自然知道沼气是吗东西。甭看这小子平常话不多，许是当过学生会干部，上台讲话一点也不打怵。在全村社员大会上，他也没写稿，却把办沼气这事讲得头头是道。他在台上讲，下边的老人们就意外地小声议论："嘿嘿，这小子还真有两下子！""抬头娘儿们低头汉。甭看这家伙平时像个闷葫芦，还挺能讲。""这孩子现在是个人才，说不定将来是个人物。""就是，这小子心里有数，肚里有牙。"……

庄稼主子有自个儿的主意，你讲得天花乱坠，搁不住他一把死攥。要想大家跟着走，当官的必须先带头。麦茬当了官，守根脸上有光，心里高兴。他平时就惯孩子，尤其是对茬子是有求必应，现在更是说一不二，积极响应。散会回到家，他抡镐挥锨，在猪圈旁挖了个大坑。麦茬回来拉了一小车东西，水泥、胶皮管、炉灶……这些都是县里配发的。接下来，父儿俩忙活了五六天，用水泥封池子、铺设管道，扔进去柴火末子牲口粪，多加一些水……半个多月后，全家人瞪眼瞅着，守根小心翼翼开炉灶点火，只听"噗"的一声，蓝汪汪的火苗子蹿起来尺多高。大家愣片刻，都拍着手笑了。麦茬忙把火关小，坐上了壶水，没多大会儿就上了汽。花梅笑得抿不上嘴："这可比烧柴火快多了！"

李保证养了足足有半年，上班第一天就带领全村社员来守根家参观沼气灶。他比刚养好伤那阵子胖了些，但精神面貌却发生了很大变化，看上去仍像换了个人。他不像以前那样整天没心没肺"嘿嘿"傻笑，见人就开玩笑，而是变得话少了，不会笑了，一天到晚拉着个脸，像谁都欠他二百吊大钱一样。山堂说他长大了，变得深沉了，他也就是似笑非笑地咧咧嘴。

庄稼主子最讲实惠，看到沼气灶这么好都动了心。于是，不到半月二十天，全村家家户户都挖好了沼气池，装上了冒蓝火苗的沼气灶，烧水、做饭，干净又快当。公社领导汇报到县里，吴一平带领全县三级干部千数来人到金沙窝召开了现场会。后来，地区和省里也一批批来人参观学习，无极县在这项工作中拿了个全省第一。这样一来，魏麦茬更是名声大振。吴一平带着他走遍了全县二十多个公社，大会小会介绍经验。随后就有风声传扬出来，说麦茬要升官了，要调公社当副主任或是去农业局担任副局长。那几年年轻干部讲"速提"，这种事不少见。

全村的父老乡亲为麦茬感到高兴，人们见了开始叫他"大干部"。不正心里却不是个滋味，成天气得肚子鼓鼓的，黑介睡不着就跟红柳念叨："真他娘人走时气马走膘；兔子走时气，鸟枪打不着。他一个娃娃凭吗吔？论资格讲贡献，他比我差老鼻子了！"

红柳"嘿嘿"一笑说："你光生气顶屁用呀？得想办法不能让他

上去。”

“想办法？想吗办法？”不正眨巴着眼睛问，“吴一平要提拔他，咱能挡得住？”

“想挡就能挡得住。”红柳说，“抓蛇打七寸，弄人找软肋呀。”

“软肋？吗软肋？”不正仍是不明白地眨巴眼睛，“麦茬的软肋在哪儿？”

“行了。”红柳不耐烦地躺下去说，“往后你就听我的，遇事多长个心眼儿。”

常言说得好：不怕贼偷，就怕贼琢磨。红柳这一琢磨，还真让麦茬名声扫地，甭说升官了，弄得他狼狈逃窜，有家不能回，在外流浪了好几年。当然，苍蝇不叮没缝的鸡蛋。也怪麦茬少不更事，头脑发热，生活不检点被人家抓住了把柄。

十月怀胎，春雪生下了个大胖小子。二婶儿心里那个高兴不必说，乐颠颠去大门口挂上了根红布条。可是，刚开始的喜庆劲儿一过去，二婶儿心里就犯开了嘀咕。她看那个胖嘟嘟的重孙子，虎头方脸，个头瓷实，怎么瞅都没有一星半点儿像条子。可这话又不能说出口，她只能闷在心里，不显汤不露水地伺候月子。巧云这当姥姥的当然责无旁贷，过来帮着伺候了十多天。孩子满月的时候，二婶儿请来本院当家，热热闹闹摆了十多桌。条子却吗都没想，刚出满月便扛着孩子满街筒子转悠。碰上有人说三道四，他还是那句话：“管他谁的种哩，反正得叫我爹！”

自从春雪生了小子，麦茬心里多了一份牵挂。因雪儿不止一次说过，他知道这孩子是自己的。真是见面亲，以前听雪儿说，他没觉着怎么样，等孩子落了地，他的心情可就不一样了，有事没事就愿意过去看看，几天不见还有点儿想哩。反正他这当“大舅”的也不是外人，什么时候过去也不犯忌讳。

孩子办满月酒那天，红柳不请自到，还带了一身小衣裳和两瓶好酒，这在当时就算厚礼了。二婶儿觉得意外却也没多想，因为她知道这些日子红柳和雪儿走得很近。不光是二婶儿，周围的人们都看出来了，言谈话语间都夸红柳懂事、大气。春雪刚当缝纫社长时，好多人担心她们搞不好关系，毕竟两人有着不忒愉快的过去。没想到红柳很会来事，工作上积极配合，生活上对春雪也是百般照顾。看她腆着大肚子不方便，红柳总劝她多歇会儿，自己把所有工作都揽了过来。碰上有人在背后说三道四，红柳还多次站出来替她说话。刚进缝纫社时，春雪确实对红柳有戒心，日子一长，还真被她感动了。雪儿为人实在，不会说那些花言巧语，可只要认准了一个人，她能以诚相待把心掏出来。到孩子快生那一个月，红柳陪条子拉着春雪去县医院做检查。一路上，她提着竹皮暖壶，一次次替春雪拽被子，不厌其烦地介绍生产前后的注意事项，感动得春雪一个劲叫姐。

也就在办满月酒那天，麦茬去看孩子。他一时冲动，趁屋里没人，连孩子带大人一块抱住了。春雪也难以自持，飞快地在他脸上亲了一口。两人都没想到，他们的小动作被一直在暗中观察的红柳从门缝儿里看了个正着。红柳是过来人，知道男女之间这种肌肤之亲，有了头一回不可能没有第二回、第三回……于是，她回家就命令不正："从今儿起你吗也不用干，一天到晚盯住麦茬就行了。"不正问为什么，她不解释，只是笑了笑地说，"只要你盯紧了，肯定有好戏看！"

人生在世，甭管什么情况下都不能欲令智昏、头脑发热，得意可以，但不能忘形，记不住这点儿，迟早有一天会摔得鼻青脸肿。魏麦茬跌跟斗了，跌得很重，跌得一辈子差点儿直不起腰、抬不起头来。普及沼气运动过后不久，在上上下下一片叫好声中，他有点儿像喝了酒一样飘飘然，走路脚下没根儿，好像只要自己两条胳膊一抬就能飞上天去。他经常去条子家看"外甥"；春雪也断不了抱着孩子来看他"大舅"，不管黑介还是白天，只要旁边没人，他们就会搂在一起又亲又啃。这样过了些日子，两人就都觉得不解气、不过瘾，浑身火烧火燎地难受。终于有一天，趁守根他们都下地了家里没人，两人没敢脱上衣，匆忙地扒下裤子就着炕沿败了败火。这是他们被救出来后的头一回，时间过去了整整一年。还真让红柳说对了，这种事不干便不干，越干越上瘾。麦茬和春雪偷偷摸摸干了几次，总觉得在那种没保证的环境下精神高度紧张，身心放不开，不敢喊不敢叫，心里那股子邪火一直没能彻底发泄出来。于是，两人经过反复商量，终于选了个好时间、好地点。

那是个秋头子上的大歇晌儿，野地里静悄悄不见人影。麦茬心里惦记着事，扒拉了两口饭就从家里出来了。他边走边四下张望，过河堤时还专门朝看青的窝棚里看了一眼，见里面没人便钻进了柳子地。这是他们头天约好了的，吃过晌午饭柳子地里见。真是该着出事老天爷都拦不住，麦茬万万没想到，他一出家门就被不正盯住了。

不正领了媳妇的命令，盯麦茬有些日子了。他这个村里的一把手从不下地干活，除了开会有的是时间。他家和守根家隔河相望，不用下什么功夫，坐在院子里就能看到对面的情况。他在大门筒里放了张躺椅，一天到晚歪在上面，也多次看见守根家没人时春雪抱着孩子进去了。他有几次想冲进去看个明白，过了小桥又觉得不妥，总不能去人家家里捉奸吧？时间一长，他都快失去耐烦心了。今儿格，他还真不是故意盯梢的，而是在几个看青点转了转，正想回家吃饭，就在准备迈门槛那一瞬间，瞅见麦茬从家里出来了。他心里"咯噔"一下收住脚，看到麦茬没走大道，而是从自家屋后的小路上钻进了棒子地。他迟疑片刻，悄悄跟了上去。

麦茬走得快，不正跟得急。他本来就身体发虚，加上心里紧张还要躲躲闪闪，不一会儿就累得"哈哧哈哧"喘粗气。等他追上河堤，麦茬早看不见影了。他猜到那小子肯定是进了柳趟子里，正发愁怎么去找时，就看见春雪从旁边的棒子地里闪身出来了。他忙躲到窝棚后面，眼看着春雪四下观望片刻，倏地钻进了柳棵子下。他快步赶过去，正想往里钻时却多了个心眼儿：常言说，一人为私，两人为公，万一自个儿捉住奸了他们不承认反咬一口怎么办？娘的，最好能有个见证人。可这大歇晌儿，地里连个人芽儿芽儿都看不见……正当他急得抓耳挠腮时，看到二旦擦抹着嘴来到河堤上的窝棚旁。他不敢喊叫，急忙冲二旦连连招手。二旦不明白怎么回事，大声问："主任，怎么了？"

不正胡乱摆摆手，竖起根指头挡在唇边。二旦还算机灵，没再问什么快步走过来。不正在他耳旁说了句小话，二旦却神色迟疑地愣住了。不正瞪他一眼，拽着他的手小心翼翼往柳子地深处走去……

虽然已是秋天，日头仍像团火一样炙烤着大地。天气闷热没一点儿风，密密麻麻的柳趟子像被孙悟空使了定身法，冻住了似的纹丝不动。一片静寂之中，只有数不清的知了没完没了、此起彼伏地噪叫不停。

柳林深处，还是那片开满黄色蒺藜花的沙地儿上，麦茬和春雪光溜溜搂抱在一起。高高的红柳条顶部绿叶交叉，为他们搭了个小小的凉棚。两人都确信这次万无一失，身心彻底放开，不像以前那样匆匆忙忙连上衣都不敢脱。他们慢慢吻着、亲着、互相抚摸着，长时间享受着爱的神奇给人带来这如梦如幻的感觉。呵、呵……直到女人浑身酥软，实在隐忍不住，滚烫的嘴唇贴在他耳朵上说："哥，俺想要……"

麦茬像听到命令的大将军，翻身爬上去，在她一只手引导下长驱直入……春雪"啊"地尖叫一声，浑身轻轻战栗着屏住呼吸闭上了双眸。麦茬伏在她身上停顿了一会儿，开始由缓到急、由轻到重地冲撞着她那美丽的胴体。春雪搂着他的腰，随着他的动作呻吟声由慢到快，由低到高，最后变成了声声尖叫："哥，亲哥！使劲！好、好死了！啊、啊……"

红柳丛后面，不正和二旦看呆了，看傻了，看得浑身冒火，一动不敢动。他们打死也想不到，平时那么腼腆、少言寡语的女人，在这时候怎么会变得这么疯、这么浪！二旦实在把持不住，在麦茬还不怎么样时，他先尿了。不正也非常冲动，可他两腿间没了那玩意儿，想尿也尿不出来。他羡慕嫉妒恨，就在那一刻起，开始仇恨天底下所有能干那事的男人。他暗下决心，一定把麦茬吊起来，揍他时装作不经意把他的老二废了！

终于，随着野狼般一声齐心合力的嚎叫，麦茬和春雪大汗淋漓，像烂泥一样双双瘫倒在地上。不正这才回过神来，想起他们到此的目的。他起身要上前时忽然又多了个心眼儿，趁麦茬和春雪“呼呼”喘息着神志还不清时，把他们扔在柳棵子下的衣服卷巴卷巴交给了二旦。而后，他分开柳丛站起身，平静地轻声说：“你俩……忙完了是吧？”

麦茬和春雪像听到一声炸雷，一骨碌爬起身来。他们惊愣片刻，下意识地想去抢衣服穿……看看柳棵子下空空如也，又慌忙蹲下身，抬手胡乱遮挡着要害部位。不正“嘿嘿”一笑说：“不用了，谁不知道谁长着吗呀。”

春雪像是刚回过神来，忙挪身躲到柳丛子后面。不正笑了笑，让二旦把春雪的衣服扔过去，又给了麦茬的大裤衩和鞋。他摆摆头，含笑说：“走、走吧。”

麦茬哆里哆嗦穿上裤衩，脸色煞白地问：“去、去哪儿？”

“你挑吧。”不正一脸平静地说，“去公社也沾，去县公安局也行。”

麦茬彻底怕了、傻了。他双臂抱膝圪蹴在地上，微微颤抖着好半天没吭声。不正干笑两声，说：“好汉做事好汉当，好汉出马一杆枪。怎么着，草鸡了？”

“保证哥。”春雪已穿好了衣服走出来。她看上去比麦茬镇静好多，只是面带羞涩地说：“这事都怨我，有话你冲我说吧。”

“没你吗事。”不正看看她，“这小子是强奸妇女，犯党规国法。”

“不、不是……”春雪说，“我心甘情愿，主动找的他。保证哥，你就饶了他吧。去公社去公安局，我跟你走。”

“行了，你的事回头再说。”不正扭头看着麦茬问，“要不先去大队吧，问问山堂这事该怎么办。”

麦茬听他们对话，春雪的态度令他很感动，心情不由平静了许多。他站起身说：“证哥，甭管去哪儿，你总得先让我穿上衣服呀。”

“那不沾。”不正把抱着衣服的二旦往后推一把，“这是证据，穿上衣服你跑了怎么办？”

“我跑……干吗？”麦茬迟疑一下，又说，“我能跑哪儿去？”实际上，他由于心慌意乱，还真没想到逃跑，倒是不正这句话点醒了他，心里开始琢磨着下一步怎么办。春雪忙说：“就是，跑了和尚跑不了庙，他不能跑。”

“那也不沾。”不正推他一把催促道，“快走吧，先去大队部再说。”

麦茬和春雪交流了一下目光，思索地往柳子地外走。不正和二旦跟在他身后。快到地边时，麦茬又站住央求道：“证哥，给我衣服吧，这怎么见人呀？”

“你这会儿怕见人了？”不正冷笑着，“干那事的时候，你怎么不怕？”

“行了吧，保证哥。”春雪也央求地说，“打人不打脸，揭人不揭短。都是俺们不好，你抬抬手，放他一马，往后俺们都听你的还不沾？”

“就是。”一直没开口的二旦说，“主任，叫我说也算了吧。损人不利己，咱图个吗呀？”二旦是个老好子，得罪人的事从来不干。开头他就不想干这事，要不是不正拽着，他早走了。不正一听就拉下脸来说：“你这叫什么话？这是原则问题、政治问题……”

就在这时，麦茬猝不及防地抬手把不正推了个跟斗，“哧溜”一下钻进了对面的棒子地。春雪和二旦都意外地愣住了。不正边挣扎起身大声喊：“王八蛋！我看你往哪儿跑？！”

春雪忙弯腰把他拉起来，冲棒子地里喊：“茬子哥，你跑吗吔？咱有事说事，谁能怎么着？”

不正气哼哼推二旦一把：“快追、追呀！”

二旦往后缩屁股：“算、算了。他光着身子，一毛钱没有，能跑哪儿去？”

不正想想也是这么个理儿，咬牙发狠地说：“兔崽子，跑了和尚跑不了庙，我看你能学孙猴子、能上天入地？”

后半晌儿忽然下起雨来，刚开始鸣雷闪电风狂雨猛，直到天擦黑儿仍是紧一阵慢一阵下个不停。不正从地里回来直接去了大队部，见屋里没人，坐在凳子上点了根烟，边抽边想着这事该怎么办。不正三十多，已不是当年那个跟在山堂屁股后面跑跑颠颠的愣头青了。用他自己的话说，知道拿脑袋当脑袋而不是当屁股用了。他首先想这事要不要告诉山堂，琢磨半天觉得现在还不能告诉，山堂那脾气，听说了还不气个半死？接下来他就想下一步怎么办，是把这事往大里闹还是压下来？要往大里闹，麦茬进不进去说不好，受处分免职是肯定的。这样一来，村里能掌权的就剩下自个儿和山堂。他心里明白，论威信和能力自个儿没法和山堂比，万一形势有点儿什么变化，这个一把手自个儿当不成。要是把这事压下来，那麦茬就会永远牢牢掌握在自己手里，当不当一把手也能说了算……看到天就要下雨时，他回到家里，本想和红柳商量商量，她上班去了。他坐在门洞里的躺椅上，瞪眼瞅着守根家的大门，心想麦茬怎么着也得回来，你小子和光着屁股差不多，下这么大雨，你能跑到哪儿去？

春雪也没回家，而是去缝纫社转了一圈，告诉红柳说孩子有点儿不得劲儿就出来了。她走走停停思忖着这事该怎么办，到家门口也拿不定主意。她听到二婶儿哄孩子的声音，忽然觉得心里发虚没脸见她老人家，就转身朝村外走去。她心里乱糟糟一时不知该去哪儿，却下意识地出村口过小桥来到守根家门口。这时不正还在大队部里瞎盘算，四周静悄悄不见人影。她从上门槛掏钥匙打开稍门，进去后反手关上，一个人坐在院子里久久发呆。

天快下雨的时候，红柳突然想到自家铁丝上还晒着衣服，就匆忙忙赶了回来。不正已把衣服收起来了，见到她就笑嘻嘻把捉奸的事讲了个大概。红柳一听就急了："那你还在家傻坐着干吗？"

"他跑不了。"不正不以为意地说，"就穿着条大裤衩，他怎么跑？"

"兔子急了还咬人哩，人急了吗事干不出来？"红柳说，"万一他跑了怎么办？你可真是脑袋里缺根弦儿！"

“那倒不是。”不正说，“我刚才还想……这事先不嚷出去，咱手里攥着这点儿豁，他往后还不乖乖听我的？”

“你傻了吧？”红柳拍拍他的脑袋，“一不做二不休，扳倒葫芦洒了油。把他送进去，最起码赶出大队班子不是更好？”

不正愣一下，问：“那怎么办？”

“快去打电话呀！”红柳着急地说，“给公社、给公安局打电话，让他们来人，越快越好。”

不正思索片刻，迟疑地：“那……事情可就闹大了。”

“你傻不傻呀？闹大了不更好吗？”红柳说，“闹得越大，你的江山不是坐得更稳？”

不正被媳妇点醒，抽身便往外走……

“你就说逮住强奸妇女的了！”红柳交代一句，坐在躺椅上仔细盘算这件事，越盘算心里越高兴：你麦茬不是假正经瞧不起人么？你怎么也干这种事？你春雪不是当社长美得够呛么？我看你这回怎么吆五喝六？怎么抬头见人？莫非你的脸皮比城墙还厚……

就在天上鸣雷闪电的时候，春雪心里拿定了主意，做好了最坏的思想准备。她想把这事暂时压住，在回来的路上她说了不少好话，二旦也一直帮腔，不正虽说没有明确答应，但态度平和了许多。她本想回头买两条好烟两瓶好酒，找机会送给他……过了一会儿，她又往深处想了想，觉得这事很难，关键是不正肯定会把这事告诉他媳妇，那样一来就麻烦了。春雪不傻，她太了解红柳了，也知道姐妹们背后都叫她“笑面虎”。尽管这些日子红柳表面上对她很好，她也一口一个姐地叫着，可心里的距离是近是远她还是非常清楚，凭感觉就知道红柳不会放过这个打击她的机会。因此上，她想观察两天，要不行就对条子和奶奶实话实说，他们要不能容忍，大不了自个儿离婚走人。她看着天要下雨，忙从柜子里翻出身衣服，打算给麦茬送去。她知道麦茬藏在哪儿，一定是在他们小时候砍草放筐的那个老井上。

春雪猜得没错，麦茬圪蹴在井台旁的大柳树下，心里一片茫然。

他觉着像做了场梦，从头到尾仔细回忆也想不明白事情怎么会成这样，更想不明白下一步该怎么办。可不是，出了这事，自己怎么面对条子和奶奶？怎么面对父母和全村的父老乡亲？甭说当不当这个副主任，怎么向那些关心自己的县社领导交代？他脑袋都想大了，腿都圪蹴疼了也想不明白。他站起身，打量着这个记载着自己和小伙伴们童年欢乐与苦涩的老井，想起来歪歪砍树枝垫筐回家挨揍的情节。他咧嘴笑了笑，想到自己已有十多年没来过这里了。自从村里打了机井，所有的老井基本上都荒废了。这眼井里早已没水，井台上荒草没膝，把井口遮挡得严严实实。只有那棵大柳树依然枝繁叶茂，好像又长粗了，估计三个人合抱也搂不过来。他想应该把井填平，能开出来好几分地呢……

麦茬自嘲地笑了笑，想起那句话：望乡台上打能能（踮脚的意思）——不知死的鬼。什么时候了还想这些破事？当雷声隐隐，西天际乌云翻滚的时候，他忽然想到三十六计走为上，自己应该逃跑才对。就是，走了走了，一走百了，过几年回不回来再说。想到此，这个念头便在他心头盘旋不去：走，怎么走？是自己一个人还是带雪儿一起走？孩子刚满月，让她走当然不现实；自己一个人又怎么走？走到哪儿去？要不要告诉爹娘？当然不能告诉……应该找谁商量商量？他想到了李长远，好哥们儿在一起，吗话都能说，事到如今别无选择，丢人就丢人吧。他下定了决心，等深更半夜，偷偷回家穿上衣服就开路……要不要给爹娘留封信？算了，雪儿肯定会告诉他们。想到这里，麦茬心里有点儿愧疚，自己都二十多了，应该到了尽孝的年龄，却落到这步田地，唉，唉……他心头掠过一阵苍凉，鼻子一酸，两滴热泪慢慢流下来。

春雪把衣服夹在胳肘窝里，打着把黄色的桐油伞出了家门。这时，风刮得天昏地暗，制钱大的雨点子“噼里啪啦”砸下来。她急着赶路，目光又被雨伞挡着，没注意不正和两名警察在他家的门筒里正说着什么。她没敢走大路，而是转到屋后，顺着棒子地里那条小路着急忙慌地走着、走着……

风渐渐小了，雨却越下越大，不多会儿天地间就成了白茫茫一片。急雨拍打着世间万物，发出撼天动地般的轰隆声，让人听上去胆战心惊。

春雪手里的雨伞被打得东倒西歪，衣服早就湿透了紧贴在身上。她过河堤穿柳趟子，快走到大柳树下那块棒子地边上时心里突然意识到什么，急忙收住了脚步。她撩开水淋淋的头发往后观望……可是已经晚了，不正和俩警察就在她身后几步远处。春雪骇然怔愣片刻，扯破了嗓子喊："茬子哥，快跑……"

麦茬正佝偻在大树下避雨，听到喊声一下子跳了起来。他惊愣间，年轻的警察小周已从棒子垄间蹿出，大喊着"不许动"伸手扑过来。他下意识地躲闪一下，抓住对方的胳膊，顺手牵羊拉了一把。小周站立不稳，往前踉跄几步，"扑通"一声跌进老井中。就在这一瞬间，麦茬像只受惊的兔子，"哧溜"一下子钻进了棒子地。当不正和另一个警察吆喝着冲出来时，他早不见人影了。

在这种情况下，谁也顾不上再追麦茬了。春雪赶到时，大家手忙脚乱地想把小周救出来。老井虽然没水了但还是很深，最后还是春雪用带来的麦茬的衣服拧成绳子，三人一齐努力才把小周拽上来。好在他只是吓了一跳没吗大事，跌下去时额头被井框擦了块皮，鲜血流了满脸。春雪又忙撕下片衣襟给他包扎好，让他坐在大树下喘口气。岁数较大的警察姓朱，是个科长。也许他是被春雪的行动感动，态度很和蔼地问了问情况就让她走了。看着春雪出了棒子地，朱科长对不正说："必须把这小子抓回来，他犯了两条罪，强奸妇女和袭警！"

"放心吧，他跑不了。"不正不以为意地笑着，"他光着个屁股，能跑哪儿去？咱们守株待兔，回家死等就沾。"

天擦黑儿，雨仍在淅淅沥沥下个不停。春雪边往回走边盘算，知道这事瞒不住，心想干脆不如占个主动为好。守根两口子正在做饭，看到她失魂落魄像只落汤鸡都吃惊地愣住了。春雪一屁股坐在门槛上，没开口泪水先流下来。守根慌了手脚，忙问："雪儿，你这是咋、咋了？"

春雪没回答，抽泣着哭出声来。花梅忙过来坐在她身旁："这闺女，你这是怎么了？有吗事你说呀！"

春雪哭了好一会儿，才断断续续讲说了事情的全过程，并告诉他们条子根本就不行，孩子也是麦茬的。这两口一听就蒙了、傻了，像遭了雷击一样半天回不过神儿来。春雪凄凄切切地擦抹着眼泪说："舅舅，妗子，我对不住你们，这事……都是我的错。"

灶里的火灭了，锅里的水凉了。守根像被人抽了筋，身子一软圪蹴在风箱旁，大手哆里哆嗦装烟、打火……花梅喃喃地："老天爷，怎么会是这样？怎么会是……"她忽然想起地站起身，盯着春雪提高了声音问，"麦茬哩？这小王八羔子去哪儿了？看我不扒了他的皮？！"

春雪摇了摇头："他就穿着条裤衩子，不知跑哪儿去了。"

"就穿着条大裤衩子？"花梅意外地问，"他的衣服呢？"

春雪闷头说："不是被不正抱走了。"

"算了，事到如今，说这些有吗用。"守根终于开了口，"咱就商量商量，这事怎么办吧。"

花梅不吭声了。春雪忙说："舅舅，事到如今，想瞒也瞒不住……我想好了，去那院实话实说，奶奶想骂就骂，想打就打，要实在不沾，就离、离吧。"

三人一时都没开口。沉默中，雨停了，瓦口里的滴水声格外清晰地传进来，啪嗒、啪嗒……过了好半天，守根就着鞋底子磕磕烟灰站起身来说："走吧，我跟你一块过去。"

孩子饿了，"哇哇"地一个劲哭。二婶儿嚼着干饼嘴对嘴喂了几口，小家伙仍闹个不停。她心烦意乱地抱起孩子，边拍打边走来走去，嘴里数念着当地不知流行多年的催眠曲："啊哦，啊哦，睡觉觉，猫来了，狗来了，吓得娃儿睡着了；猫走了，狗走了，吓得娃儿睡醒了。啊哦，啊哦，睡觉觉……"

走了一会儿，孩子果然安静了下来。二婶儿往外看一眼，唠唠叨叨地说：“这闺女跑哪儿去了？天这咱晚了还不回来？真是……不知道家里有孩子呵？”

这时，春雪跟在守根身后进了家门。二婶儿刚想埋怨几句，看到她那样子又停住了。守根闷声闷气地说：“娘，我领着雪儿给您赔、赔不是来了。”

二婶儿惊愕间，春雪已“扑通”一声跪在她面前，还没开口泪水先流了下来说：“奶奶，俺错、错了。俺对不住您，对不住条子！呜……”

二婶儿被吓了一跳，伸出一只手想拉她起来问：“这闺女，你这是干吗？有事起来说！”

“叫、叫她跪着吧。”守根说着忙把孩子接过去。小家伙认生，烫着了似的“哇哇”大哭，伸着手想让妈妈抱。春雪顾不上接孩子，哭得连话都说不出来了。二婶儿见此情况，心里意识到什么。她怔了片刻，神色迟疑地问：“雪儿，你是不是想说……这孩子不是条子的？”

二婶儿这么一问，春雪倒愣住了。她抬脸看奶奶一眼，边抽泣着擦泪边连连点头。二婶儿当时就一屁股坐在了门槛上，脸色焦黄地一句话说不出来。春雪泪水涟涟往前跪行几步，手把着她的膝头叫：“奶奶！奶奶……你骂我吧！你打我吧！是我、我不要脸！我该死！呜……”她说着，连连抬手打自己嘴巴。

“你要这样……看、看吓着孩子。”二婶儿说着推开她的手站起身了，脚步不稳地进屋去了。守根忙把孩子塞进春雪怀里，跟着进屋去了。春雪抹了把泪水，跪坐在地上解开怀把奶头塞进孩子嘴里。过了一会儿，守根搀着二婶儿出来了。她脸色平静，声音低沉，断断续续地说：“雪儿，你甭这样……对这个孩子，我心里早有个八八九九……是福不是祸，是祸躲不过。你先去守根家住几天，等我问问条子，问问你爹咱再说。”

春雪愣了一下点点头，站起身跟着守根走出去。二婶儿无力地坐在门槛上，久久地一动不动，心里不知在想什么。在泥泞的村街上，守根嘟囔了一句："麦茬……小兔崽子也不知跑哪儿去了。"

魏麦茬不敢走大道，在庄稼地里一路仓皇而逃。棉花地、谷子地、山药地……棒子叶划得他身上白一道红一道。天快半夜的时候，他浑身泥水来到绿城道公社院墙外。他没敢走大门，跳墙进去四下观望片刻，悄悄绕到广播室的后窗外。

窗口透出微弱的灯光，李长远好像还没睡。麦茬喘了口气，用手指轻轻弹了弹窗玻璃。长远正趴在被窝口上看书，听到动静不由愣了一下，边起身边问："谁、谁呀？"

"长远，是我，麦茬。"麦茬答应着，心虚地左顾右盼。长远打开窗子，吃惊地问："你小子……这是怎么了？"

麦茬浑身哆嗦，上牙打下牙地："快、快让我进、进去，再、再说。"

长远忙把两扇窗都打开，麦茬连滚带爬地翻进屋来。长远往外看了看，忙又关上了窗子。他回头看看麦茬，奇怪地问："半夜鸡没叫，你小子这是唱的哪一出呀？"

"甭问了，丢大人了。"麦茬拧了块湿毛巾，先擦脸后擦身子说，"我没脸在村里待了，只能远走他乡……"

"操！到底是怎么回事呀？"长远说着点了根烟，半玩笑地问，"找娘儿们被摁住了？"

麦茬一愣神儿："你怎么知道？"

"还真的呀?！"长远瞪圆了眼睛看着他。麦茬老实地点了点头，向他要了根烟点着了猛吸一大口，被呛得直咳嗽。长远愣片刻，说："看你这样，不像是翻墙头跑出来的。"

麦茬擦抹着被呛出来的眼泪，从他和春雪多年来的关系，讲到了事情的全过程，最后低头无奈地说："事情成了这样，你说我还怎么在村里待？"

长远听他讲完，感慨地一个劲叹息。他抽着烟思索好一会儿才问："那……事到如今，你想去哪儿？"

麦茬摇了摇头："不知道，先走出去再说呗。"

"要不这样吧。"长远把烟头摁在烟缸里说，"我有个初中同学在邯郸当兵，要不你先去他那儿躲躲？"

"是王军帅吧？我听你说过。"麦茬抬头看着他。

"对，就是他。"长远说，"那小子混得不赖，是团部参谋，听说是管后勤。"他停顿片刻，补充说，"说不定还能给你找点儿事干哩。"

"那可是忒好了。"麦茬连连表示感谢。长远取出自己的一套衣服让他穿上。麦茬左抻右拽还是短小了好多，不由苦笑着说："这怎么穿呀？"

"要饭吃的别挑饭茬儿了，你就凑合着吧。"长远说着掏出了自己身上所有的一百多块钱，"就这些了，买火车票足够了。"

麦茬千恩万谢，含泪告别好哥们儿，义无反顾地扑进茫茫黑夜中。这时，天已头明，村里的鸡叫声此起彼伏，好不热闹。长远没想到，连麦茬自己都没想到，他这一走就是七八年，再回来已是腰缠百万的土豪了！

第十三章

缘聚缘散　悲欢离合寻常事
花开花落　红杏出墙正当时

守根和春雪走后，二婶儿坐在门槛上久久发呆。她心里那个乱呀，真是一口吞下去二十五个老鼠——百爪挠心哩！她觉得自个儿六十多了，这辈子没生过这么大气，没着过这么大急。她一生刚强，主意贼正，二十八岁守寡，带着俩孩子苦死把拽、泥里水里走到今天，像是从没遭过这么大难。山堂爹被敌人抓走那年，村里的保长深更半夜跳墙进来想糟蹋她，许下了五亩地她都不干，愣把那家伙抓瞎了一只眼。她行得正走得直，在村里威望很高，谁家有个大事小情，村干部去了不一定能说下来，她一出面肯定烟消云散。眼前这事，她一时半会儿还真想不明白，让他们离了？不行。她知道自己的孙子不是正常人，根本不能顶门立户。不离？这口气实在咽不下去，乡亲们会怎么说？山堂这干部还怎么当？自个儿这张老脸往哪儿搁……天色越来越暗，几只鸡围在她脚旁，“咕咕”叫着要食吃。她心烦意乱，抡起手边的笤帚把它们赶得满院子乱飞。这时，山堂正好进门来，笤帚疙瘩差点儿砸在他头上。他看老太太脸色不对，忙赔着小心问：“娘，你……怎么了？”

“怎么了？”二婶儿忿忿地，“这不是骑着咱脖子拉屎吗？忒不是东西了！”

“谁呀？”山堂意外地问，“谁骑着咱脖子拉屎？到底是怎么回事呀？”

二婶儿“呼呼”喘粗气，好一会儿没回答。山堂心里发虚，轻声说：“娘，你这是怎么了？好几年没见你生这么大气，谁、谁惹你老人家了？”

“你这个当爹的，狗屁都不知道！”二婶儿瞪着眼训斥，“莫非那小子不是你亲生的？他的事，你吗时候上过心？！”

山堂被训得头蒙转向，赔着笑脸问：“条、条子怎、怎么了？惹你生气了？”

“条子怎么了，你问我我怎么知道？”二婶儿一脸怒气，“你那孙子不姓田，你知道不？！”

山堂一听这话，雷击般愣住了。他思索片刻仍摸不着头脑，小声问：“娘，你说吗吔？我怎么越听越糊涂呀？”

“你就是个糊涂爹！”二婶儿终于说，“雪儿和那个油瓶在柳子地里……瞎胡闹，被人家逮住了。是她亲口告诉我，说孩子不是条子的。真是……”

“油、油瓶？”山堂眨巴着眼睛，“你是说……麦茬？”

“不是他还有谁？”二婶儿说着就数落开了，“你说说，这么些年，咱是怎么对他一家的？当年要不是我收留，守根他早被野狗叼走了；不是我和巧云撺掇，花梅她能有今天？这个小兔崽子……他还不是恩将仇报？骑着咱脖子拉屎？！”

山堂火蹿脑瓜门儿，腾地站起身：“妈那巴子，我看他是不想活了！”他说着，扭头便往外走……二婶儿忙喝问：“你要干吗？”

山堂脚步没停：“我去找他小兔崽子！”

“你给我站住！”二婶儿说，“他早吓窜了。你去把事闹开，条子怎么办？他能跟雪儿离婚？离了又怎么办？”

山堂闻听此言，一只脚门里一只脚门外站住了。二婶儿放缓了口气说：“心急吃不了热豆腐。等条子回来，咱好好商量商量再说吧。”

山堂思索片刻，“呼呼”喘息着转回来。他捡了个高麦秸墩坐下，点上根烟闷头抽起来。娘儿俩沉默着，好一会儿谁都没吭声。条子背着粪筐，没进家门就喊：“奶奶，我饥了，饭做好了没？”

二婶儿刚想开口，山堂恶狠狠地说："你他娘属猪的呀？怎么光知道吃?!"

条子"嘿嘿"笑着往屋里转了一圈，出来就问："奶奶，雪儿姐哩？天明哩？"天明是他给孩子起的名。因为红柳的孩子是早起生的，原来叫杨天亮，嫁给不正后改成了李天亮。他觉着自家的孩子是天头明生的，就自作聪明起了个天明。

二婶儿瞪了小子一眼，尽量平和地对孙子说："条子，你先坐下，咱娘儿仨商量点事。"

"吗事呀？"条子没坐，转转悠悠地仍再问，"雪儿姐和天明呢？"

"她们去你守根大伯家了。"二婶儿说，"你先坐下……"

"我都饿坏了，"条子仍在转悠，"怎么还不做饭呀？"

山堂实在忍不住，瞪着眼又想训斥，二婶儿用目光制止了他。而后，她起身进了厨房，裹了个油饼子出来递给了条子。他咬了一大口，才问："奶奶，你说吗事呀？"

二婶儿迟疑片刻，轻声问："条子，天明……不是你的你知道不？"

"知道呀。"条子不以为意地，"大伙儿都这么说。"

山堂不由问："大伙儿？大伙儿是谁？"

"歪歪和麦穗他们……好多人哩。"条子还是那句话，"管他是谁的呢，反正叫我爹。"

山堂又忍不住训斥："你怎么这么……混蛋呀?!"

"他又不是一天两天了，你不知道呀?!"二婶儿呵斥小子一声，转脸问孙子，"条子，你对奶奶说实话，孩子要真不是你的……怎么办？"

"我怎么也不办，"条子嚼着饼子，含糊地说，"就这么过，挺好的。"

二婶儿和山堂交流一下目光，又问："雪儿说要离婚……你怎么办？"

条子一听就愣住了，张着满是饼子渣的嘴望着奶奶，好一会儿才问："离婚？她为吗吔？"没等二婶儿回答又说，"她爱跟谁离跟谁离，反正我不离。”

“你真是个傻小子。”二婶儿忍不住说，“人家就是要跟你离怎么办?”

条子思索片刻，眼圈都红了。他把吃了一半的饼子扔在地下，拖着哭腔说：“奶奶，你甭吓唬我。雪儿姐要离婚我就不活了！”他说罢一头冲进屋去，躺在炕上抹开了眼泪。

外边的娘儿俩谁都没心情去劝他。山堂一个劲嘬牙花子：“啧，啧，这小子……”

二婶儿长叹一口气，万般无奈地说：“山堂呀，事到如今，吗也甭说了，咱就……忍了吧！”

“娘！”山堂腾地站起身来说，“这、这又不是别的事，咱能忍呀?！”

“不能忍又怎么着?”二婶儿指指雪儿和条子的住室，瞪着他说，“万一逼出个好歹来，咱这日子还过不过?你说，还过不过?！”

山堂愣了好一会儿，一巴掌打在自己脸上：“我这是造的什么孽呀！”

二婶儿没理他，起身进屋去劝孙子：“行了。奶奶和你说着玩哩，雪儿不离婚……快起来，我这就做饭。你去大伯家把她娘儿俩叫过来吧。”

真是按下葫芦起来瓢。这院表面看是干戈止息，风平浪静了；那院却毫无来由，突然硝烟弥漫起来。

条子把雪儿娘儿俩接走后，花梅为自个儿小子着急，不由嘟囔几句：“真是画龙画虎难画骨，知人知面不知心。平常稳稳当当个闺女，怎的这么不要脸呀！”

这话守根当然听不顺耳，可他又不愿意和媳妇呛呛，便说：“话也不能这么说，雪儿是在咱眼皮子底下长大的，吗样咱还不知道呀?”

“你知道吗吔?”花梅说，“人大心大，性子就野了。以前听人讲她不正经，在工厂里怎长么短的，我还不相信，看来半点儿也不假。”

守根更不高兴，脸拉下来顶撞一句："你真是……怎么能瞎说八道？"

"我怎么瞎说八道了？"花梅急扯白脸地，"她自个儿都承认是先找的麦茬，硬往上贴……"

"她那是为麦茬担事，为他好。"守根争辩，"怎么着也不能怪一个人。"

"母狗不摇尾，儿狗不上身。"花梅在气头上，说话也不注意分寸。她似乎忘了自己所做过的一切，只想一吐为快。守根心里冷笑：你还有脸说这话？可他知道打人不打脸，慊人不慊短，只是堵搡一句："干吗把话说得那么难听？这种事……反正是一个巴掌拍不响。"

"我看你是胳膊肘子往外拐！"花梅不高兴了，说，"我就知道你忘不了'文革'那件事，心里记着茬子的仇哩！"

"你怎么……胡搅蛮缠？我是那种人么？！"守根气得脸都黄了。他不想再和她呛呛下去，扭头出了家门。他走到河边不知该去哪儿，圪蹴在大青石上装上锅子烟，大手哆嗦着怎么也打不着火，气得连烟袋带火镰全扔在了地上。他确实觉得很冤枉，对那年麦茬带红卫兵逼他入社的事，他真的没往心里去。当时，他确实只是就坡下驴，因为井里没水浇不了地才入社的。

正在这时候，麦穗一脸喜气，蹦蹦跳跳地从小桥上走过来。她已是十七八岁的大姑娘，虽说长相不算漂亮，但脸色红润、身材饱满，两条长辫配上一身浅蓝色工装，看上去倒也英姿飒爽。她来到守根面前，笑盈盈地问："爹，你怎么在这儿？吃过饭了没？"

"没、没哩。"守根含混地回答。麦穗正在兴头上，没注意爹的脸色，仍含笑问："那你在这儿干吗？俺娘哩？"

守根没吭声，捡起烟袋重新装烟。麦穗没再说什么，一甩长辫，小步颠儿颠儿进了家门。这时的花梅气已消了，正抱着捆棒子秸往厨房走。麦穗叫了声"娘"，快步上前把柴火接过来："我来吧。咱做吗饭呀？"

花梅看她那从心里往外冒的喜气，不由问："看你疯疯癫癫的……

跌了个跟斗拾到钱了？”

麦穗咯咯一笑，进厨房坐在灶坑里点火。花梅往锅里添水，放上锅圈馏饼子……麦穗含笑说：“娘，跟你商量点儿事呗。”

“吗事呀？”花梅盖上锅盖，半玩笑地逗她，“给自个儿找上婆家了？”

麦穗一愣神儿：“娘，你怎么知道？”

“我是你娘呀，吗事能不知道？”花梅说，“说吧，是不是咱对门那小子？”

“你真是诸葛亮转世，孙悟空再生，火眼金睛哩！”麦穗“呵呵”傻笑着。这就是她的性格，用当地人的话说多少有点儿“缺魂儿”。一般女孩儿说这种事，会羞答答不好意思，或是暗中托个相好的婶子大娘当媒人。麦穗可不管这些，她为人实在，没什么心眼子，有什么话直来直去。有人说她好说好笑，大大咧咧；也有人说她话多屁稠，缺魂儿少调。也是，她见生人说话头几句还行，说多了就有点儿招南不招北，所以有人背后叫她“大扯拉”“二百五”。“文革”第二年，她又多了个外号，叫“小圣儿”。

那是有一天初冬的后晌儿，社员们拉大车往地里送粪，正赶上公社组织大检查。男男女女十多个，一下河堤便跑开了，二里多地到了地头上，谁都是累得“哈哧哈哧”喘粗气。麦穗把绳子一扔，一屁股坐在地上，说了句：“我娘！累得我放不下圣儿来了！”

当地人把各种雄性动物的生殖器有不同叫法：驴圣、狗圣、牛鞭、猪屪子、鸡尖……她稀里糊涂弄不明白，听男人经常这么说，就随口吐噜了出来。放在平时，大家偷着笑笑也就过去了。那天偏偏黑嫂在场，马上就接了一句：“让你歇一百年也放不下圣儿来。”

人们一听便哄了堂，一个个笑得前仰后合，眼泪都出来了。从那往后，有人当面就叫她“小圣儿”。麦穗还有个特点就是马马虎虎，丢三落四，比方队长派她锄地她却拿着镰刀出了家门，等回去换锄头又把钥匙锁家里了。

对于儿女的终身大事，最关注的一般都是当娘的，当爹的看着差不多就行了。麦穗喜欢歪歪，守根和花梅早看出来了，因为她只要进家，说不了三句话准会提到歪歪，而且都是溢美之词。歪歪也是，拿工作当借口，一天到晚，说不清几趟来找她。要是正常夫妻，这个话题早就摆上了家庭的议事日程，可守根和花梅多少年话头就不长，两人从没在一起探讨过这件事。花梅的态度是乐见其成，她觉得不正是村里最大的官，歪歪当电工也被人高看一眼，家家都用得着。守根心里却有不同想法，他几次私下嘱咐闺女离歪歪远点儿，说他家人德性差，老辈子就传授不好。他的话麦穗没往心里去，因为她怕娘不怕爹。守根从小忒惯她宠她，她知道爹好脾气，反倒拿他不当回事。

守根圪蹴在大青石上抽了两锅烟，仍觉着心口堵得难受。他吐了口气，望着长长的流水，不知怎的耳边又响起军号声：嘀嘀哒——嘀嘀哒——那个缠绕多年的问号再次涌上他的心头：连长说好了的，那三声军号到底响了没有？要是响了，自己怎么没听见呀？这么多年了，自己的部队到底去哪儿了？怎么就找不到呀……麦穗站在门口喊他吃饭，叫了好几声他都没听见。

守根盛上碗山药轱辘菜饭，夹上一箸子咸菜，拿起个饼子往外走时被闺女叫住了。他顺势圪蹴在门口，“呼噜噜”喝了一大口稀饭。麦穗笑着说：“爹，刚对娘说了……歪歪要俺嫁给他哩。你看沾不？”

守根一听就火冒三丈，瞪圆了小眼珠子反问：“你说吗哩？”

“爹，你瞪吗眼呀？”麦穗半玩笑地说，“恋爱自由，婚姻自主……告你一声就够给面子了。嘻嘻……”

“放你娘的狗屁！”守根真急了，说话从没这样不管不顾过，“告诉你多少遍了，这事不沾，我不同意！”

麦穗从小到大，头一回见他发这么大火，不由愣住了。花梅却插了一杠子：“你骂谁呀？她娘招你惹你了？”

麦穗见娘这么说，不由来了犟脾气，也生硬地说：“这是俺自个儿的事，当老人的管不着！”她这句话还算在理，谁知后面又冒了一句，“天要下雨，娘要嫁人，谁也管不了！”

守根的脸色煞黄，腾地站起身来说：“今儿这事我还管定了，不沾就是不沾！”

花梅针锋相对：“这个主，我还做定了，你说了不算！”

守根怔片刻，骂了声娘，连饭碗带饼子一下摔在地上。只听“哗啦啦”一声响，山药菜饭泼开满地。花梅心疼地急扯白脸扑过来喝问：“你想干吗？！”

守根真疯了，一声不吭薅住她的头发，一把将她摁在了地下。花梅拼命挣扎着叫骂：“老王八蛋！你、你还敢……”

这一声王八，勾起守根多少年的屈辱和愤恨。他被气疯了，好像一时间理智全无，顺手扒下只鞋，抡圆了在她屁股上“啪啪”一阵狂揍……麦穗从没见过这种场面，吓得放声大哭。

瞧这一家子，黑介饭吃了半截就散了伙。麦穗拿了个饼子，捡了个咸菜轱辘便往外走：“我去机井上值班了。”

花梅挨了揍没哭也没闹，她头发散乱地爬起来，带着浑身灰土就出了门。她第一个念头是去找山堂，走到小桥上又犹豫了：找他干吗？诉委屈？有用吗？就是打离婚他说了也不算，眼下村里的公章在不正手里。想到这儿，她直接下桥去了对门。双河两口子正在收拾碗筷，见她这模样都惊讶地愣住了。不正娘忙问：“花梅，你这是咋、咋了？”

花梅也没解释：“不正哩？他没在家呀？”

“撂下饭碗就出去了。”双河说，“准是去大队了。你找他有事？”

花梅没回答，扭头便往外走……双河两口子满面狐疑地大眼瞪小眼。

再说守根，打了人出了气，人走了他也傻了。他一只手提着那只鞋，呆呆地愣着、愣着……他心问口口问心：娘的，我这是怎么了？长这么大也没有动手打过谁，今儿咋这么大火气？中邪了……花梅去哪儿了？找娘告状？不会，她这些年和娘走得不近；八成去找山堂了……管她呢，事到如今，爱咋的咋的吧。他圪蹴在墙根下抽了锅烟，拿来笤帚和簸箕，慢慢打扫着那满地狼藉。

花梅到了大队部，隔着窗玻璃看见山堂和不正都在。她迟疑一下，拍了拍身上的灰尘，整理着头发迈进屋门。山堂看她一眼，不无意外地站起身来。不正开玩笑："瞧你这颗小白菜，真成白菜帮子了！你怎么来了？"

花梅正眼没看山堂，苦笑着说："找你这大主任，给开封介绍信。"

"开介绍信？"不正奇怪地问，"你想干吗？"

"打离婚。"花梅干脆地说，"这日子没法过了。"

"离婚？你开玩笑吧？"不正含笑问，"老夫老妻的，为吗呀？"

"大兄弟，你就甭问了。"花梅口气坚定，"有一分奈何，我也不会走这条路。你就给开吧。"

不正没再说什么，他看山堂一眼，从怀里把公章掏了出来……

歪歪现在可是个大忙人，他这个机电队长管着二三十号人哩。近几年，村里添置了不少机械，在大队部旁新盖了一座院落，十多间屋子一字排开。两台小钢磨占了四间，一辆拖拉机占两间，一间库房，三间办公室。电工、机手、拖拉机驾驶员、钢磨工人……一天到晚从铁栅栏门里进进出出。用歪歪自个儿的话说，相当于一个大排长呢，可不是成天价忙得脚打后脑勺儿！

好在条子这时候顶上事了，他已由机手上升成电工，协助歪歪主要负责用电管理这一块。用歪歪的话说，他是裤衩改妈妈罩——不光升级位置还重要了。真是放屁崩坑，各有一功。条子肚里没多少墨水，人也半傻二不俏的，对电器却无师自通。甭管是电线电灯电闸有点儿小毛病，他鼓捣几下就能修好。尤其是电滚子坏了，原来都是拉到县城去修，一次花不少钱哩。他跟着去看了两次，买了本《电工手册》啃了一阵子，还真学会缠线包修电滚子了。时间一长，不光是本村，三里五乡的电滚子坏了都拉来请他修。乡亲们知道了都笑着说：真是，老天爷饿不死瞎眼的大老渣。

自从村里有了小钢磨，妇女们可乐坏了！她们和男人一样黑汗白流干一天活，用不着再打早起挂黑夜地去推磨占碾子了。村里的磨子都废了，碾子还留着，碾米砸盐什么的还用得着。实话实说，合作化这几年的日子是比前些年好多了，尽管得靠上级发粮票布票棉票，家家户户吃饭穿衣没多大问题。社员们吃喝不愁，愁的是手头紧巴，缺钱花。尤其是谁家小子大了要盖房子娶媳妇，那可就遭了大难。哪个闺女愿跳穷坑？你家没房子，连媒人都懒得登门。可要盖房子谈何容易？一家人裤腰带上挤、牙缝里刮，鸡蛋舍不得吃、养口猪过年杀了卖多半块……积攒上五六年，到要盖的时候还得东挪西借弄一屁股账。媳妇娶进门，一家人高兴两天又发了愁，唉……那些账，驴年马月能还完不?!

那年头又不讲计划生育，有的人家光秃秃的四五个大小伙子，干脆就绝了这念头。孩子要是长得歪瓜裂枣又没别的本事，就只能打一辈子光棍；孩子要是一挺杠直、四面见锯好小伙儿，就找那些只有女儿的绝户头人家倒沾门儿呗——小子无能，改名换姓，叫爹叫娘，任打任骂。这两年，双河老俩正为这事发愁哩。他们虽说只有俩小子，可不正两次娶媳妇弄的账还没还完，眼瞅着歪歪也到岁数了，这房子可拿吗盖呀?！歪歪不着急，还说他们真是怀里揣笊篱——捞不着的心。这小子真有两下子，敢拍打着胸脯子吹大话：咱这身份，找个媳妇还不是张飞吃豆芽——小菜儿一碟！

那天黑介小麦压冻水，公社组织大检查，村里六台浇地的电滚子都开着。歪歪在钢磨房里忙活，出来天就快半夜了。他来到野外，去每个机井上转了一圈，最后钻进了麦穗值班的那间机井房。

机井房里灯光昏黄，电滚子“嗡嗡”响着。后半夜天凉，麦穗披着件小棉袄，抱膝坐在二尺宽的土炕上，瞪着和守根一样的小眼睛发呆。她手边扔着白布撑子，上面的鞋垫儿已撴了多半。那几年女孩儿们流行干这活，先找来花样子比葫芦画瓢印在双折的白布上，撑好后用一种特制的、尖头带眼的钢针穿上各色鲜艳的丝线，一针针密匝匝撴下去……撴好后从中间割开，包上边儿就是一副漂亮的鞋垫儿。这活很吃功夫，也可以说带着姑娘一片难猜的心意，一般不会轻易送人。歪歪进来看她一眼问：“怎么了？发什么傻呀？”

麦穗抬起微红的双眸看看他，娇嗔地：“还不是因为你。”

“我怎么了？”歪歪大大咧咧坐在她身旁，“一天没见面就惹着你了？”

麦穗幽幽地长叹口气说：“俺爹和娘打架了……长这么大，头一回见俺爹发这么大脾气。”

“守根叔打你娘了？！”歪歪惊讶地瞪圆了眼睛说，“他一辈子老好子，踩只蚂蚁都心疼……为吗吔？”

“就为你。”麦穗撒娇地拍他一巴掌，“咱俩的事……俺娘同意，爹死活不干，你说怎么办？”她说着，眼里转出了泪花。

“没、没事。”歪歪趁机攥住她的手劝慰，“你爹看不上我，我早猜出来了……心急吃不了热豆腐，咱慢慢来。吗年头了，他还敢包办婚姻？”他说着顺势一拽，麦穗身不由己躺进他怀中。

他们俩搂搂抱抱，有这种亲密关系都半年多了。年轻人经常开他们的玩笑，只是老人们还傻乎乎蒙在鼓里。那是从麦穗学骑自行车开始的。歪歪买了辆“飞鸽”牌自行车，成天明晃晃骑着在村里村外窜来窜去。年轻人眼馋得流哈喇子，守根等老人却皱鼻子撇嘴：哼，扬风奓毛的，哪儿像个庄稼主子？！

前面说过，也许是念及有救命之恩，麦穗从小对歪歪就有种依恋。那天黑介，打麦场上月亮明光光，歪歪扶着后车架让她学骑自行车，并不时提醒：“覅瞅车把，眼往前看，身子放松……”

说着容易做着难。麦穗掌握不住车把，咯咯笑着一次次摔倒。歪歪眼疾手快，不失时机地一次次把她接住并顺势抱进怀里……男女之间有了这种松软的肉体接触，关系会急转直下。果然，麦穗自行车还没学会，嘴巴就被歪歪用热乎乎的双唇堵住了。麦穗自然是脸热心跳，但有了头一回，再往后就急不可待，巴不得多摔几次。

深夜静悄悄。歪歪抱着麦穗亲吻，一只手在她胸部摸来揉去。麦穗鼻子里发出“嗯嗯”的轻声呻吟，柔软的躯体轻轻扭动着。过了一会儿，歪歪觉着不解气，想把手从她衣襟下面伸进去。麦穗用胳膊挡了一下没挡住，只好随他去。这一来可坏事了！歪歪抚摸着她坚挺而柔软的咂咂，浑身的血液霎时沸腾起来。他的手从上面滑下，摸着了她那粗布腰带。麦穗鼻子里“哼”一声，忙攥住他的手，想阻止他的下一步行动。

“穗，想死你了！”歪歪梦呓般地说着，拉着她的手放在自己两腿间。麦穗只摸了一下，便像烫着了似的把手收回来。她心里咯噔一下：我娘！这么大个东西可往哪儿搁呀？！

歪歪急切地喘息着，在她耳边轻声说：“穗，你听我说……你爹不是不同意嘛，咱干脆把生米煮成熟饭吧。”

“煮……怎么煮？”麦穗反问。她和当时大部分闺女一样，对男女之事不甚了了，也属于认为男女只要在一个盆里撒尿就能生孩子那种。她只是凭着本能反对：“俺才十、十七……”

“没事。过了十五，敢和……男人打赌。”歪歪说。这小子二十出头了，十多岁就跟着大孩子们闹媳妇听房，对两口子那点儿事早就无师自通。他不顾麦穗反对，硬是把手从她的裤腰里面伸进去摸到了最下边……这一来，麦穗彻底不由自主了。她像被人抽了骨头一样，浑身酥软只剩下喘息的力气。当歪歪想动手解腰带时，她忽然意识到什么挡住他说：“在这儿不沾，万一看畦子的要过来转转……”

歪歪略思索，拉着她的手从机井房里走出来。这时已是后半夜，一弯纤细的下弦月挂在柳梢头，薄雾淡淡，大地一片朦胧。两人四顾片刻，手拉手来到不远处的小树林中。在似有似无的月光下，在夜露轻沾、黄叶扑簌的林间空地上，歪歪毛手毛脚，急不可待地把麦穗“煮成了熟饭”。

花梅拿着介绍信回到家，看到小屋里透出灯光才想起小子。她心里一喜，忙大声问：“茬子，你回来了？”

守根边穿褂子从屋里出来说：“我去野外找了一圈，棒子地里、柳趟子里……把衣服都露湿了。”

“他人哩？没找到呀？”花梅急切地问。守根没回答，反手关上小屋里的灯，径直往外走想去牲口棚。花梅愣片刻，冲他背影说：“赶明儿一早去公社……”

守根没吭声，显然明白了她话里的意思。花梅迟疑片刻，回身要关大门时，却看见李长远推着自行车来到门口外。她一愣神儿，惊讶地问：“这孩子，你怎么这咱晚来了？”

守根听到动静也回过身来。长远忙笑着说：“大伯大娘都着急了吧？我是来告诉你们麦茬的事……”

歪歪和麦穗的婚礼举办得很匆忙，大年三十在他家院里摆了四五桌。没办法，因为麦穗怀上了。双河气得直嘟囔：“娘的，我这是造的什么孽呀？俩小子都这么混账，真不跟老子长脸！”

歪歪娘倒很高兴：“正好！一就两事，大过年吗吗都不缺。呵呵……”

当时，全国山河一片红的革命委员会已取消，各级又恢复了原来的建制。不正是村支书，有头有脸有面子，弟弟办喜事自然请来了高朋满座。公社领导班子如数到齐，领头的是新调来的书记张明凯。大家嘻嘻哈哈猜拳行令，从头晌午一直喝到了日偏西，美中不足是守根没到场。双河派了几拨人去请，最后亲自出马，这老家伙就不给面子，死活不肯过来。

守根和花梅办离婚速战速决很保密，乡亲们好长时间都不知道。花梅离婚不离门，分到三间正房；守根留下了两间西屋。他觉着在一个屋檐下，低头不见抬头见很别扭，当天便找队长当上饲养员。他把自己的铺盖卷搬进了牲口圈里，人们谁都没多想。二婶儿知道这事已是俩月之后了。那天擦黑儿她有点儿事找守根，到牲口圈看见他正就着煮料的锅拌疙瘩。在她反复追问下，守根才无奈地说了实话。

二婶儿一听气得直迷糊，当时便找上门把花梅好一顿数落。说她脏心烂肺坏良心，忘恩负义，过河拆桥……花梅含着眼泪低着头，一肚子话没敢说。她心里非常明白，自个儿下一步的安排怎么着也绕不开这老太太，才忍气吞声像个受气的小媳妇。

一辈子的大事，麦穗觉着应该告诉爹。她找到牲口圈，话没说完就被守根堵回来：“事到如今，你吗也甭说了……活不孝顺死不赙受。

从今往后我没你这个闺女你也没我这个爹。你这辈子能平平安安，就算烧高香了。”

麦穗哭着跑回家。花梅拍打着她的后背劝说：“行了。他那还不是气话？等哪天他老得走不动了，咱娘儿俩伺候着，给他养老送终不就行了。”

人的命天注定，阎王爷的生死簿上可没老少。当时谁都不会想到，多少年后，竟然是麦穗走在了守根前头。还有，就在歪歪他们办婚礼那天还发生了点儿事，满院子人谁都没看出来。这事说大不大说小不小，却改变了好几个人后半生的命运轨迹。

张明凯四十岁，正是男人一朵花的年龄。他长得大高个，人很帅气，穿衣打扮也比较讲究，是那种招女人喜欢、男人眼气的类型。他来绿城道公社一个多月，早就知道了不正家那点儿破事，也听说不正媳妇长得漂亮，年轻时是三里五乡的“闺女尖儿”。他有时晚上躺在被窝里曾想这事：不正下面吗都没有，他媳妇怎么能跟他过这么多年？张明凯当时这么想并不带任何邪念，只是出于好奇，想见识见识这个叫红柳的女人。所以，当不正请大家去做客时，他哈哈笑着带头响应，特意带领公社领导班子成员都去参加。

那天，张明凯看到红柳第一眼就被震住了：操！真是名不虚传，这是个人类呀还是个妖仙?！怎么才能长成这样，五官身材一点儿挑都没有？也是，红柳平时就爱捯饬，这天知道人多还精心打扮了一番：碎花红袄水绿裤，一条黑油油的长辫打屁股……甭说别的女客，比新娘麦穗还显得光彩照人。她负责招待客人，浅笑温语，谈吐得体，扭腰甩辫地为各桌端菜上饭，脸上始终挂着迷人的微笑。张明凯看得直发愣，整场酒席间眼睛的余光都跟着红柳转来转去。他又是现场最高领导，大家众星捧月一样纷纷上前来敬酒，没等上饭就喝得差不多了。

红柳本是女人当中的精灵，一眼就能看透身边男人的心。她接待时头一次和明凯对眼神，就觉得这个人和别的男人不一样。随着酒席的进行，她本能地注意到，不，应该说是感觉到了对方那热辣辣的目光。她浑然不觉，端酒上菜有条不紊，内心深处却激荡着一阵阵的波澜……都说女人三十如狼四十如虎，红柳正是这岁数。她跟着个太监过日子，岁岁年年身心的焦渴如火如荼，要不是贪图不正的地位和生活的安逸，怕是一百次婚都离了。男人的这种目光红柳见多了，包括小叔子歪歪，可全村除了麦茬她一个也看不上，跟不正混了这几年，她其实是色中饿鬼。今天碰上张明凯，她不知是福是祸，但已暗下决心：只要机会合适，就是火坑也心甘情愿跳下去！

大家见书记喝高了，都劝他去屋里躺会儿。新房里干净但有麦穗坐炕，他只得在山堂搀扶下去了不正和红柳的房间。他闭眼躺在炕上，嘴里“噗噗”吹着长气，红柳的身影却仍在他脑海中旋来旋去。常言说，茶是情博士，酒是色媒人。张明凯酒喝多了，本能的那种欲望更是不断升腾、升腾……最后简直是不可遏制，恨不能马上把红柳叫进来剥光衣服压在身下。他是个“一头沉”干部，媳妇带着两个孩子在三十里外的老家。他刚到个新地方工作较忙，个把月二十天回不了家，身心的那种需求经常搅扰得他睡不成觉，今天尤其如此。

张明凯拧着大腿强迫自己平静下来，正当他迷迷糊糊想睡没睡着时，却听到一串轻盈的脚步声。他微睁双眸往门口瞥一眼，看到红柳正悄悄推开了房门。他那颗心一阵狂跳，忙闭上眼装睡着。红柳大辫一甩闪身进来，反手轻轻关上了屋门。她蹑手蹑脚来到炕前迟疑片刻，弯腰伸胳膊在炕角的被摞子上寻找什么东西……她离明凯是那么近，大腿根儿贴住了他放在炕沿上的手背，高高的胸脯子正好垂挂在他的脸上方，晃来蹭去差点儿碰到他的嘴唇。

张明凯紧闭双眼一动不敢动，清晰地听到了自己的心跳。红柳身上散发出一种说不清楚的幽香，一股股冲撞得他直犯迷糊。有那么瞬间的冲动，他差点儿把手翻过来捏住她的腿根。可他毕竟当了多年的领导，知道这事发展下去可能发生的后果。尤其是他曾驻纪检委工作几年，亲手处理过类似案件，知道档案中受过处分的干部，绝大部分都是花案。他想到这些脊梁沟子一阵发凉，强忍着一动也没动。红柳磨蹭了半天，抓起块围巾出去了。

张明凯回到公社像中了邪，整天无精打采连饭都吃得很少。尤其是晚上躺在床上，红柳的影子和身上的那股香味盘旋不去，折腾得他成宿成宿烙大饼。看他脸色不好，同志们以为他病了，纷纷劝他去看医生。他总是摇摇头，一声不吭地苦笑。真是英雄难过美女关，张明凯尽管心里百般挣扎，最后还是屈服了。星期六下午，同志们都回家了。他已有二十多天没回去，可想想老婆那菜帮子样怎么也打不起精神来。俗话说不怕贼偷就怕贼琢磨，张明凯那天晚上抽了一包烟，终于琢磨出个好办法。第二天一大早他饭都没吃，找人理发刮脸，自己站在镜子前端详半天，拔下来两根长出来的鼻毛，骑上车子便去了金沙窝。

领导来检查工作，不正和山堂陪着明凯在地里转了一上午。中午吃饭时他跟着不正回了家。红柳的眼睛会说话，亮闪闪冲他眨了两眨。她依然是温语浅笑，寒暄得体，而后便手脚麻利地忙活着做饭。趁此机会，明凯把不正叫到大门外的老槐树下……旁边的碾子还在，却比从前冷清了许多，再也看不见那些排列在一起、让人看着眼晕的推碾棍了。明凯围着碾子转了一圈，说出来一个让不正倍感意外的提议。

那几年计划生育抓得正紧，公社成立了计划生育办公室，主要负责怀孕妇女的流产和结扎手术。明凯递给不正根烟，笑着说："我看你媳妇挺能干的，把她调计划生育办公室怎么样？"

不正愣了一下，赔笑说："她吗也不会，调上去能干什么呀？"

"不会可以学嘛。"明凯说，"再说，计划生育办公室也有行政人员呀，值班接电话、串村搞宣传，不都得有人干。"

不正抽着烟，一时没回答。说心里话，他不想让媳妇去，自己这个样，在家守着还不放心哩，放出去不是更看不住？再说，黑介躺在被窝里虽说吗也干不成，就是抱着那光溜溜的身子心里也踏实呀……可是，书记后来的一番话让他动了心。明凯仍然笑着说："怎么？不放心呀？我的意思是说让她先去，过些日子把你也借调上去……干几年说不定能转商品粮呢。”

不正一听就咧着大嘴笑了：“要是那样沾，我同意！”

午饭很快就做好了：烙饼摊鸡蛋、小米绿豆粥、香油拌过的咸菜丝……明凯夸奖着红柳的手艺，几天来头一次吃了个肚儿圆。红柳也很开心，一次次给他夹菜。每当递碗送饼时，两人的手多次有意无意地碰在一块，那种心照不宣的愉悦，让这对男女容光焕发。他们都从对方的眼睛里看到了自己，多少次目光交织着久久不愿分开。

绿城道公社坐落在田野间，离开最近的村庄也有三里多地。高高的围墙圈起两排青砖红瓦的现代化房屋，后面的院子里除了猪圈还可以种些菜和杂粮。第一排房子里是重要机关，公社、计生办、农机站……一字排开；后排是机关食堂、宿舍和库房什么的。

大院后面是一片上千亩的果树，种着苹果、山楂、梨、桃、杏……各色水果应有尽有，号称百果园。这个无极县最大的果园是“大跃进”的产物。解放初期这里是一片荒地，沙岗土丘一眼望不到边，到处长满野树、荒草和荆丛，里面住着野兔、狐狸、獾和刺猬，甚至还有一群狼。一九五八年开荒造田，政府举全县之力开垦出这片果园。每到秋天，金黄酥红的累累果实挂满枝头，馋得周边村子里的社员们流哈喇子。生活困难那几年，各大队专门派老娘儿们来偷水果，因为她们有制胜的法宝。只要有人追，她们不慌不忙，褪裤子就撒尿，多“二百五”的小伙子也会望而却步。

公社院和计生委一墙之隔，中间有个单扇门从没关上过。红柳来上班四五天了，除了去吃饭从没出过屋。她因什么都不会，主任分派给她的任务是听电话和看书学习。她眼皮活，会来事儿，见吗人说吗话，和十多个同事的关系处得都很好。倒是张明凯沉不住气，有事没事每天过来转两圈嘘寒问暖。因屋里总有人，红柳表现得很淡然，态度尊重而有礼，说话温柔而得体。把个公社书记气得心里骂娘：这小娘儿们还真她娘能吊人胃口！

机会眷顾有心人，一天傍晚两人之间终于有了突破。那天下午，各村的妇女主任来计生委开会，散会后同事们有的下乡有的回家了。红柳正在搞卫生，张明凯过来了。她粲然一笑，继续弯腰扫地。他也笑了笑，点上根烟站在一旁打量着她。红柳一手拿笤帚一手拿簸箕，不知是扫地需要还是故意，她撅着浑圆的屁股老是在他眼前晃来晃去。一会儿，张明凯终于忍耐不住，往外看了一眼，扔掉香烟猛地从后面搂住了她的细腰。红柳稍愣神儿，粉脸酥红地反转身来抱住他。两人急不可待，没有任何语言交流，滚烫的嘴唇便紧粘在了一起。

当天黑介，张明凯下了死命令，全体公社干部下乡检查浇水，并明确指示计生委只留下红柳一人值班。半夜时分，他转了几个村便偷偷跑了回来，没进自己的宿舍，直接到计生委院里并插上了大门和角门。干柴焦渴，烈火急迫。在微弱的灯光下，在值班室的木床上，两人仍然没任何的语言交流，扒光衣服便搂抱在了一起。

啊，啊……那是怎样的一种疯狂呀！红柳似乎要把这几年的压抑全部宣泄出来，她毫无顾忌地大声叫着，前边、后边，上来、下去，一回、两回、三回……整个晚上两人大汗淋漓，谁都没闭眼。他像一只发狂的公猪，单刀直入，深深浅浅，横冲直撞！她像百年久旱的土地，像深不可测的水井，急迫地、贪婪地吮吸着、撮弄着，似乎想把这个男人榨光抽干，置之死地而后快！直到张明凯再怎么挣扎也无能为力，像摊烂泥一样从床上掉到了地下。她仍然觉得意犹未尽，感觉不过才刚刚解过渴来。

第十四章

祸不单行　碰谁摊上都有份
福无双至　砸谁头上天知道

出事那天黑介，魏麦茬怀揣李长远写给王军帅的信扑进茫茫夜色中。他怕有人堵截不敢走大路，深一脚浅一脚地在庄稼地里匆忙奔逃。刚下过雨，庄稼叶子湿淋淋，脚下一片泥泞。他走了没多会儿衣服就湿透了，双脚沾泥连鞋都挂不住。他摸索着找根线草蔓把鞋捆在脚上，甩打甩打继续赶路。天光大亮时，他走了三十多里，好不容易来到了无极县界西边的北苏村。

这时候，无极到正定的公路早已修通，一天有两三班公共汽车。麦茬身上的衣服暖干了，脚上的鞋却成了榔头似的泥蛋。他找了个存水的机井池子，连鞋带脚洗了个干净，才上了一辆路过的汽车。到正定火车站天已晌午，他在街边小店吃了口饭，登上了南下的火车。那时的火车特慢，见站就停，到邯郸时天已擦黑儿。好在军队驻地就在城边上，他左打听右问，到岗哨林立的大门口却傻了。传达室小兵打完电话告诉他，王参谋去北京国防大学受训了，一个月后才能回来。

原来，王军帅上午曾给长远打电话，说突然接到命令，去北京学习一个月。长远一听就傻了，可那时候又没手机，他没办法告诉麦茬呀。麦茬在部队大门外转了好几圈，万般无奈回到城里。他肚子饿得咕咕叫，找了个小饭店坐下来又不敢多花钱，一毛五买了碗大米饭，拿起桌上的小瓶倒上股子酱油，“呼噜噜”吃下去。旁边站着个漂亮的女服务员，一个劲撇着嘴冲他翻白眼。

麦茬从饭店出来，街上的路灯已经亮了。那时候还没有这么多广告灯、霓虹灯，昏暗的街头行人寥寥。他心里一片茫然，漫无目的地徘徊着，不知今晚怎么过夜，更想不明白这一个月该怎么挨过去。

秋头子上，天已有了凉意，晚风飕飕，吹得人直打哆嗦。麦茬抱着胛走来走去，想找家小旅店住一晚再说。可后来他又打消了这念头，一是自己没介绍信，人家不会让住；二是身上就一百多块钱，可不敢乱花。后来，他去了火车站候车室，看到长板凳上都坐满了人，只得找了个角落，不管脏净躺下来。这一天一宿，他像做了场噩梦，除了在火车上打了个盹，一直没能睡着。他眼皮直打架，心里却依然精神，想着发生的一切，万般思绪，像刮风跑马般涌上心头，是后悔？是沮丧？是懊恼？是埋怨……他头都大了也想不明白，工夫不大便沉沉睡着了。

不知过了多长时间，麦茬被人一脚踹醒了。他困难地睁开眼睛，看到一名警察站在面前。他不由一阵惊慌，忙抬手使劲揉着眼睛挡住自己的神色。警察大声问："干什么的？把介绍信拿出来！"

"介、介绍……"麦茬站起身，心虚地嘟囔一句。他下意识地把手伸进口袋，一下子脸都黄了。口袋里什么都没有，别说没有封信，仅有的一百多块钱也一毛不剩。原来是他睡着时招了贼，小偷下了手他竟然一点儿没察觉。警察见他神色不对，怀疑地问："怎么了？"

"小、小偷……钱、钱被偷、偷了。"麦茬结结巴巴地说，"信、信也被偷走了。"

"你是干什么的？被偷了多少钱？"警察沉着脸问。麦茬忙解释："我来三十八军找、找人没找到……就、就一百三十多块钱。"而后，他又补充，"我找的朋友叫王、王军帅，是军部参、参谋。"

警察打量着他那一身不合体的衣服，看着他惊慌的神色，不由疑心顿起。他冷冷一笑，命令道："跟我走吧。"

麦茬跟着他往里走了几步，忽然想起自己身上的"事"，不由惊骇地停住了脚步。他惶然四顾，想逃跑的冲动突地涌上心头。警察意识到什么，回头看着他警惕地问："怎么了？"

麦茬下意识地往后退一步，忙说："警察同志，我真、真是来找、找人的……"

警察不动声色，加重语气命令："跟我走！"

麦茬被带进派出所，人家也没问什么，直接把他塞进了一间小黑屋。他因祸得福，住进了单间，一颗心却七上八下慌乱地打哆嗦。屋子里灯光昏暗，除了一张光板床和一个马桶吗都没有。他第一个念头是想逃走，可打量着那拳头大的窗口和关得密不透风的铁门，一颗心彻底掉进了冰窟窿里。他绝望地躺在床上，开始胡思乱想：自己的事警察是不是知道了？坦白从宽，要是主动交代能判多少年？雪儿怎么样了？是不是也被带走了……他再也没了睡意，大睁着双眸看着小窗口从黑到灰，渐渐透进了曙光。

大早起铁门开了，一个小警察送进来碗米粥和一个馒头。他又一次因祸得福，钱被偷走了，要不只能饿肚子。过了一会儿，小警察取走碗筷送来一把簸箕大的铁锨，并将他带到车站货场上。那里有几个壮汉，手拿和他同样大小的铁锨正从车皮上往下卸煤。此时，麦茬抱着一种死猪不怕开水烫的心态，一声没吭地埋头干起来。

那天早上风很大，煤飞土扬，没多会儿他们几个就没了人模样。一个个浑身上下就甭说了，连耳朵和鼻子里都塞满了煤灰，只有牙齿还是白的。直到半晌午，那个抓他的警察走过来说："没事了，你走吧。"

麦茬本来抱着"坦白从宽"的心情，听他这么一说倒愣住了。警察接着说："我们和三十八军通了电话，确实有个王军帅参谋。"

麦茬脸都没洗，匆匆从一个小角门出来就是站前广场。他拍打着身上的煤灰，心里盘算该去哪儿时，就见几个人站在一面墙前正看什么。他有点儿好奇，走过去只看了一眼就吓傻了。那是一张通缉令，上面清晰地贴着他的照片。原来，不正抓麦茬并没想把事闹这么大，只想拿住他在自己面前乖乖听话就行。麦茬这一跑，他就想这事算了吧。可人家公安老朱和小周不干：奸污妇女且不说，这小子竟敢袭警，还把人弄伤了，咱吗时候吃过这亏呀？因此，县局上报省厅，才有了这张通缉令。

麦茬惶然四顾见没人注意，便撤脚匆匆溜开去。他心里闪过的第一个念头，就是觉得这个城市里一刻也不能再待，必须马上离开！对，说走就走！他跳下台阶，走在街头上又犯了大难：走？往哪儿走？回金沙窝肯定不行，那是自投罗网。要不去新疆吧？不是老唱“新疆是个好地方”吗？一分钱没有可以扒火车。对，就去新疆！可是……也不行，现在到处盘查这么紧张，走不多远准会被抓住送回去……他边走边想，几次差点儿撞在别人身上。他本来就是一身煤灰像个黑人，这一来更引来路人关注的目光。他心里更加害怕，忙拐进一条清静的小街。他想来想去，最后决定先回老家景县麦家岗。尽管离开了这么多年，毕竟那儿还有不少远当家，说不定能容自己混个把月二十天的。他不知道邯郸离景县有多远，不知路该怎么走，只知道应是在东北方向。他停住脚辨认片刻，快步出城钻进一眼望不到边的庄稼地里。

天到晌午，麦茬肚子咕咕叫，饿得快走不动了。他身上虽说一分钱没有，但填饱肚子不成问题。正是秋庄稼熟了的季节，棒子、山药、茄子……吃吗都能顶饥。他四顾没人，掰了两穗棒子边走边啃，心想要是有火柴就好了，烤熟了吃着更香。他这样想着，自然忆起小时候烧棒子、焐山药的诸多趣事，忆起了雪儿、歪歪，忆起了歪歪的哥哥不正。是他把自己逼上了这条绝路……

不正这些日子也闹心哩！红柳上班快俩月了，他调公社的事却毫无动静。他找过两次，张明凯却一直在推托，说是要等合适的时机。他不知道书记是怎么想的，也不知道时机吗时候合适，只知道一天到晚为媳妇揪心。可不是，红柳自打上了班就没有回过家。不正经常来公社开会，几次问她都说工作忒忙没时间。也是，红柳是个聪明要强的女人，她白天值班看文件了解政策，晚上跟着同行老师学习技术，深夜还要看相关书籍。虽然时间不长，计生政策她已讲得头头是道。在行家的指导下，她也试着做过几例手术，人流、上环、结扎，竟然做得干净利索，受到同事们的好评。

看到红柳这么争气，张明凯当然非常高兴。他没和任何人商量，便在全公社干部大会上宣布红柳为计划生育办公室副主任。他们两人的感情也突飞猛进，简直到了如胶似漆的分上。白天在人前，他们一本正经像是吗事没有；晚上在人后，只要逮着机会他们就要你死我活地大战一场。

要想人不知，除非己莫为。对他俩的微妙关系，不是没人琢磨过。尤其是红柳当上副主任，心里有想法的人更多。但想法归想法，没有证据，谁敢胡说八道？在一个县里，公社书记就是封疆大吏，就是土皇帝！说他的坏话，那还不是背着喇叭赶集——给自个儿找事?!

不正就是头一个有想法之人，可在明凯面前他屁都不敢放一个！他有一种没来由的惶恐，每想起媳妇一颗心就“突突”跳个不停。他吃不下睡不稳，没事总是瞎琢磨，老觉着说不定哪天她就跑了。虽说她在家时夫妻也只留下了个名分，黑介睡觉孩子在中间，二人在大炕上每人把着一头，可他心里是踏实的。尽管有心无力，他偶尔也冲动地想抱抱亲亲，可总被红柳冷冷地搡一把：“滚半搁儿去！过吗干巴瘾呀？没劲！”

就连双河老两口也觉得不正常，几次劝儿子把媳妇找回来。不正曾几次找到红柳，趁屋里没人，好说歹说磨叽她辞职回家，甚至眼泪巴擦说天亮想娘连饭都不吃了。不想这娘儿们从不为之所动，甭说辞职回家，每次都是头不抬眼不睁爱搭不理。有一回不正真急了，吹胡子瞪眼想发火。没想到红柳却比他还凶，柳眉倒竖、杏眼圆睁，拍着桌子呵斥：“你给我滚出去！”

不正立马傻了，怔磕磕半天说不出话来。他哪里能想到，这娘儿们早已是王八吃秤砣——铁了心了，恨不能天明不过夜就蹬开他这块废物点心！她每次和明凯亲热过后，总是梨花带雨地说起离婚的打算。明凯拍打着她光溜溜的屁股，一次次劝慰：“不急，不急。等合适的机会。”

什么机会合适呢？红柳没弄明白，明凯也没想清楚。就在俩人像孩子一样没完没了偷嘴吃的时候，他们也迎来了灭顶之灾！

秋日的大歇晌儿阳光灿烂，一望无际的原野上杳无人影。庄稼熟了还不到收割的时候，庄稼主子吃过晌午饭喜欢眯一小觉。麦茬像被晒蔫了的棒子一样，没精打采地看到了河里的粼粼波光。他心里一阵惊喜，快步跑过去，穿着衣服扑进水中。

四周静悄悄，只有湖边大柳树上成百上千的“知了”叫声此起彼伏、震耳欲聋地响成一片。麦茬洗净衣服，晾晒在草地上。他痛痛快快玩水洗澡，等待衣服干的工夫躺在树凉里睡着了。他几天几宿没睡好，再加上紧张劳累，竟然一觉睡到了日偏西。当他半睁双眼，懒散地打哈欠伸胳膊蹬腿时，却发现衣服不见了。这一惊可非同小可，他猛然坐起，瞪圆了眼睛茫然四顾——还好，小偷还算讲义气，给他留下了大裤衩和那双鞋。

唉……真是阎王不嫌鬼瘦，还有这么不开眼的小偷？麦茬愣怔好一会儿，气得差点儿哭出来。他看四周无人，穿上裤衩在草地上转悠了一圈没有任何发现，心里可真发了愁：还有好几百里地，这光着身子可怎么走哇？莫非我真是缺德造大孽了，老天爷惩罚我？唉……气没用，愁也没用，自个儿想办法呗。他圪蹴在草丛中，盘算着怎么办，到哪儿去弄身衣服呀？大白天肯定不行，只能等晚上到附近村里去碰碰运气。他中午就啃了两穗棒子，肚子早饿了，再次瞅瞅周围没人，便去不远处的地里挖了几块山药，在湖水里洗了洗，大嘴马牙地吃起来。

太阳落了山，蚊子翻了天，一团团一块块直碰人脸。麦茬被咬得浑身起疙瘩，痒得抓不过来，只得跳进水里躲避，好不容易挨到了天黑。他出来穿上鞋，顺着田间小路往灯光闪烁的村里走，心里想着现在时间还早，人们都没睡觉，到村边看看再说吧。走到半路，他发现不远处有个高高的看瓜窝棚，马灯照耀下，一位老人躺在被窝里。他收住脚犹豫了好一会儿，不能确定老人是不是睡着了，最后还是决定上前去看看。他躲躲闪闪往前走，一想到要偷人家的东西，那颗心就

"咚咚"想跳出来，可不是，长这么大，谁做过贼呀？唉——这算他娘吗事啊！

麦茬躲在黑影里，看到老人的衣服就堆着身边。他心里多少有点儿高兴，蹑手蹑脚钻到支起的门板下，侧耳倾听片刻，老人呼吸均匀像是睡着了。他紧张得浑身乱抖，深吸一口气抬胳膊抓住那堆衣服撒腿就跑……没想到，他跑了两步又被拽了回来，原来老人的衣服是用腰带拴在手腕上了。老人被惊醒，愣怔一下坐起身大喊："抓小偷！抓贼呀——"

麦茬慌乱中并没松手，急切间还想争取一下，出乎意料地却被老人用力拽了回来。他见实在没了希望，才松开手撒腿逃跑……秋天庄稼成熟时地里人最多，各村看青的都比平时增加了一倍。麦茬没跑多远就被逮住了，四五个愣头青把他摁在地上，拳打脚踢一阵狂揍。还是那个老人赶过来，连呵斥带推搡地制止了那几个小伙子。

麦茬鼻青脸肿，被强令跪在老人面前。他拖着哭腔讲述了事情的原委，说自己是过路的，洗澡时被偷了衣服，没法回家才出此下策。老人动了恻隐之心，当场脱下衣服扔给了他。麦茬千恩万谢，信誓旦旦保证今后加倍偿还。老人听说他一天没正经吃东西，还把他带到窝棚前，提溜出孩子们送来、他吃剩半罐的山药菜饭。麦茬感激得不知该说什么，流着眼泪把罐子端了起来……

一天，张明凯到各村检查完工作，回到公社已是后半夜。他太忙乱，太辛苦，两天两夜没合眼，躺在床上却怎么也睡不着。公社干部们分村包干都下去了，大院里静悄悄。

他想红柳了，想得很厉害，想得心疼。这些日子，他忙着串村检查秋收秋种，红柳她们忙下乡抓计划生育，他觉得有半个多月没见她了，掰着手指算了算，实际上不过七八天。他自嘲地笑了笑：我这是怎么了？四十岁的人，怎么像是初恋？真是一日不见，如隔三秋……他又想起来家里的老婆，自己已经有俩多月没回去了，心里多少有点儿愧歉。虽说她是父母包办的，可这么多年，人家给自己生儿育女伺候老人，在村里算是好媳妇。自己虽说没想离婚再娶，可这么做，不是有点儿缺德？唉……甭管怎么样，此时此刻，想红柳是真真切切的。他知道李长远在总机室值班，想去打个电话让红柳回来，可走到门口又站住了：这算吗事呀？深更半夜找一个女人，还不是不打自招吗？

许是心有灵犀一点通，老天爷可怜吧。正当明凯坐卧不安，抽着烟在屋里转圈时，红柳推开了他的房门。原来，她就在离公社最近的村里下乡，后半夜天凉了想回来取件衣服，从小角门里看到他屋里亮着灯光……

明凯大喜过望，不管不顾地扑过去抱住她。红柳忙用脚踢上屋门，不无担心地说："要让人撞见吧？"

"没事。"明凯边亲吻着她说。

红柳放心了，她拉灭电灯，飞快地脱光了衣服……有人说过，人类最早的搏斗是发生在男女之间，这话似乎有一定道理。他们两人滚倒在床上，从气喘吁吁到汗水淋漓，搏斗了足有一个来钟头，才烂泥一样沉沉睡去。

真是人在干，天在看，该出事写书的都拦不住。天头明，已是县委副书记的吴一平来检查情况，同行的还有组织部和宣传部两位部长。当吉普车开进院里时，李长远听到动静忙迎了出来。吴一平问："小李呀？你们张书记在家不？"

"好像没在。"长远说，"下乡检查工作……我没听见回来。"

"不对吧？"组织部长说，"我们串了俩村，听说他回来了。"

"是吗？"长远说着敲了敲明凯的屋门，里面毫无动静。宣传部长说："许是睡着了吧，这几天大家都累。"

"也说不定。"长远说着回屋取来明凯房间的钥匙。明凯有个习惯，不管在哪儿工作，总要把自己房间的钥匙交给信任的部下一把，有时他不在找份文件或是搞搞卫生什么的。长远顺利地打开了屋门，当电灯拉开那一瞬间，所有人都傻了——明凯和红柳赤条条搂作一团沉睡正香！

什么话也覂说了，明凯当场被带回县里，交县委调查处理；红柳留在公社里，被武装部长带人看管着交代问题。

李保证被警察老朱和小周强行带着去了景县，在麦家岗张开大网等麦茬回来。麦茬走了两天两夜，到村口已是傍晚时分。他正要往街上走时，却看见一面山墙上贴着那张通缉令，吓得他倒抽一口凉气，连忙缩进树影里。他仔细看了看，那张纸像是刚贴上去的，背后的糨糊还没干，心里就犯了嘀咕：这村能进吗？那东西是谁贴上去的？是不是无极县来人了？猜到他要回来，专门派人等着……他不敢贸然进去，可琢磨半天又觉得无路可走，最后决定先去找一位堂叔问问情况。

他听娘说过，堂叔叫麦子黄，是村里的治保委员，虽说已出了五服总算一个大院房，抓起把灰来总比土热吧。他所以能记住这个堂叔，是因为他无意间听娘和别人说闲话，讲到这个堂叔年轻时有点儿“二百五”。

说是有天黑介，一群儿马蛋子闲着没事，聚在一块吹牛抬闲杠。有个秃头小子说邻村一个大闺女被人弄大了肚子，没脸见人上吊死了。麦子黄说：“她那是真想死，要不想死吊上去也能自救。”

“那不可能。”秃头说，“这人只要吊上去，后悔也下不来，必死无疑。”

麦子黄直摇头：“没事。刚吊那会儿要后悔，胳膊抬上去抓住绳子就死不了。”

“你才是瞎说八道，”秃头讥笑他，“狗屁不懂！只要一吊，胳膊根本抬不上去，不信你试试？”

麦子黄其实心里并没底，迟疑着没吭声。旁边的小伙伴们瞎起哄：“就是啊，你敢不敢试试？”“不敢你就是草鸡毛。”……

麦子黄被激将，“二百五”劲上来了。他从地上跳起来，盯着秃头问：“我要能下来，你敢打赌不？”

“敢。”秃头不示弱，“你要赢了我输一席的吃喝！”

“沾。”麦子黄说着跳上炕，拿了根绳子扔过房梁挽了个套。他把脑袋往里钻时还对秃头说：“看好了，你就准备一席的吃喝吧。”

小伙伴们瞪眼瞅着，有人想劝已来不及。麦子黄套住自己的脖子，双脚一蹬就离开了炕沿儿。只见他的胳膊往上抬了不过两寸，随即便耷拉了下来，紧接着脚蹬了两下，舌头就吐了出来。大家一见都吓傻了，一个个小脸煞黄地急喊：“你快下来吧，算我们输、输了！”

麦子黄哪儿能自己下来？大家忙上前，七手八脚把他救了下来平放在炕上。他嗓子里“呼噜呼噜”，喘了有做顿饭的工夫才算醒了过来。

麦茬边想着没敢从街上走，而是爬树登上旁边的房顶，串房檐慢慢摸索着接近了堂叔家。正是做黑介饭的时候，家家户户的窑洞里都升腾起袅袅炊烟。村街上人来人往，挑水的、垫圈的……秋收时节，庄稼主子黑汗白流忙碌一整天，这时候总算轻松了下来。男男女女打招呼、开玩笑、说脏话，不时腾起的欢声笑语惊飞了栖身枝头的小鸟。一个老娘儿们许是丢了鸡，站在梯子尖上骂胡街：“……你吃了烂嘴、咽了烂心，养在家里克老人；养活闺女睁眼瞎，养活小子没屁眼儿！”

麦茬刚串到堂叔家房顶上，就听见院子里的说话声。他忙爬下身，偷偷往下观看——明亮的灯光下，四个人在喝酒。不正他当然认识，一老一少两名警察出事那天他见过，另一个庄稼汉应该就是堂叔了。

“这小子，小时候挺乖的，”堂叔说，“怎么长大了这么混账？！”

“这不是混不混账，是犯法。”老警察说，“他真的没回来过？”

“没有，绝对没有。”堂叔只摇头，“门挨门住着，他回来我能不知道？再说，他家早就没人了。玉虎在济南府开了个理发馆，前年把他娘接走了，家里的屋子院子一直荒着哩。”

“咱都是革命干部，”小警察一脸严肃地说，“应该知道包庇是犯罪……”

“你这叫什么话?”麦子黄不高兴了，“我当了半辈子干部，光治保委员就干了十来年，还不懂这个?”

“那就好，那就好。”不正忙打圆场，“不说了，咱喝酒，喝酒。”

麦茬悄悄退回树影中，蹑手蹑脚找到了自家的房顶。他伏身打量着满院子砖头瓦块、乱草枯叶的荒凉，心情更加沉重。他顺着半朽的梯子下来，左顾右盼地来到屋门口，借着街上的路灯光朝里面观望——屋里更是一片狼藉，炕塌了，柜散了，桌歪了，凳坏了，黑黢黢的灶台上，两只老鼠“叽叽”叫着跑来跑去。他没敢往里走，久久地站在门口发呆，随着心里的一片苍凉，两滴泪水顺着他的面颊悄悄滚落、滚落……

苏红柳什么也没隐瞒，把她和明凯的前前后后交代了个底儿掉。武装部长和几个小青年兴趣十足，一次次询问着他们勾搭、上床的每个细节。红柳不厌其烦，绘声绘色地讲述着他们在床上的每一场恶战。只讲得几个小伙子热血沸腾，武装部长简直有点儿把持不住，恨不能立刻扒光她的衣服。

天到头午，红柳说要去厕所。部长让手下盯着，回自己屋喝了杯茶，等他返回审讯室觉得有什么不对头，便大声叫着红柳的名字。厕所里毫无动静。他有点儿不放心，想找个女同志进去看看一时又找不到，便一头闯了进去……可是，他一下子傻眼了：厕所里空无一人，只有圈里的猪堵着屎道“哼哼”叫个不停。

这一惊非同小可，霎时间，部长头上的汗都出来了。他大声叫骂着带领手下急忙寻找，屋里屋外、计生委办公室、房后的菜地……他们把整个大院翻了个底朝天也不见人影。部长可吓坏了，头上脸上汗水直流。他不敢向上汇报，跑进电话室挨村打电话，命令全公社民兵围追堵截，下死命令说活要见人死要见尸。紧接着，他亲自带人直奔金沙窝……山堂可不敢怠慢，发动社员们到处寻找，村里村外、庄稼地里、河沟子树趟子……折腾了一后晌儿毫无所获。

当天晚上，整个绿城道公社乱了套！老人们说像当年闹日本鬼子一样，民兵们拿着棍棒打着灯笼，把每寸土地都篦了遍。真让部长说准了，红柳活不见人死不见尸，似乎从人间蒸发了。

第二天一大早，部长万般无奈，红肿着眼睛去县里向吴一平做了汇报。吴一平震惊、气愤，甩手给了他一巴掌，并把他关进小黑屋里做检查……这件案子的结果，是武装部长被免去了职务；张明凯被免职开除党籍；红柳音讯皆无，人们再见到她已是多少年之后。这事闹得整个无极县沸沸扬扬，直到现在人们还当故事讲。

不正知道媳妇没了是几天之后。他和老朱小周在麦家岗等了三天一无所获，辗转到石家庄再回到家已是第五天了。实际上，那天晚上他在麦子黄家见到麦茬了，只是因为他变化忒大没认出来。

麦茬在自己那个破家里坐了有吃顿饭的工夫，重新回到房顶上看到堂叔家院里已没人，堂婶儿正在关大门。他顺着梯子下来，把堂婶儿吓得直叫唤。麦子黄听到动静从屋里出来，看到他也吃惊不小。他一时没认出麦茬，只是被他的狼狈相吓了一跳。麦茬见状忙说："叔，我是麦茬呀。"

麦子黄愣怔片刻，才笑了笑说："你小子……怎么闯这么大祸？"

"唉……一句半句也说不清楚。"麦茬勉强笑了笑，看一眼旁边的女人问，"婶儿，还有剩饭不？我好几天没吃了。"

"有，有。"女人说着急忙回屋去。麦子黄走到大门口朝外看了看，随手关上了门子。转眼间，女人用盘子端着几块烙饼出来："菜吃没了，等等，我给你炒俩鸡蛋吧？"

"不用，有咸菜就沾。"麦茬说着，急不可待地抓起烙饼就往嘴里塞。女人忙从门口的咸菜缸里捞出两块鬼子姜，又进屋倒了碗开水，再回来烙饼已一块不剩。麦茬眼巴巴看着她："婶儿，还有不？"

女人愣一下："没、没了，还有剩饼子……"

"这小子，怎么饿成这样？"麦子黄说着递给他个麦秸墩。女人拿了两个棒子糁掺山药面饼子出来，麦茬又是一阵狼吞虎咽。正在这时，不正推门进来问道："伙计，我的烟嘴是不是丢这儿了？"

三人吃惊地一愣神儿，一时谁都没吭声。不正没在意，仍然笑着说："我那可是个好烟嘴，玉石的，用半布袋麦子换的。嘿嘿……"

麦茬张着嘴愣片刻，忙低头继续吃饼子。多亏他头发长长了，又被揍得鼻青脸肿，不正看了他一眼竟没认出来。麦子黄终于回过神来，忙笑着说："有，有，我还说这是谁的呀？正想给你们送去哩。"他说着，从窗台上拿起烟嘴递过去，并机灵地用身影挡住了麦茬假装接着训斥："……两口子打架，怎么下这么重手？你也忒没出息，一个大男人，能被媳妇揍成这样？"

不正不由打量着麦茬，麦子黄忙说："小两口打架哩，嘿嘿……媳妇揍了他一顿跑回娘家去了。"

"操！这媳妇可够厉害的。"他向麦子黄道了谢，转身往外走……女人暗暗松了口气，急忙送他出去并插上了门子。她被吓得腿都软了，顺势拍打着心口圪蹴在地上。麦子黄也被吓得够呛，他抬手擦抹着渗出汗水的额头问："茬子，他是不是没认出你来？"

"许是吧。"麦茬不敢肯定，"我现在这人不人鬼不鬼的……"

"甭管怎么着，我看你还是先躲一躲吧，等他们走了再回来。"女人说着回屋去取出几块钱递给他，"婶儿心里没底，就先不留你了。"

麦茬迟疑片刻，想了想也没什么好主意，便谢了婶子往外走……麦子黄忙拦住他，快步上前打开大门左右看了看，冲他招了招手。麦茬闪身来到大街上，警惕地顺着墙根下的暗影快步溜出了村口。他钻进棒子地终于松了口气，心里开始琢磨这一夜该怎么过。

天晚了，夜风呼啸，吹得他从外到里透心凉。他在大野地里转悠了一圈也没想出什么好办法，最后来到麦场上，从花秸垛中间掏了个洞钻了进去……就这样，麦茬白天东躲西藏，饿了啃个茄子、挖块山药，渴了就着浇地的垄沟喝一肚子，等人们吃过晚饭才偷偷回到堂叔家。婶子已把饭温在锅里，他狼吞虎咽吃个饱再回到麦场上，倒退着钻进麦秸垛里过夜。

几天后听说不正他们走了，他才回了堂叔家，像个坐家女一样大门不出二门不迈地躲了起来。婶子说："孩子啊，我看你就要走了。

再怎么说，你也是咱麦家的血脉，让你叔找人把家整治好，婶儿再给你说个媳妇，好好过日子吧。”

麦茬头一次听她这么说，心里动了一下没吭声。麦子黄想了想，说：“沾倒是沾，可现在不行。你不想想，他们这一来，全村都知道茬子……犯了事。万一有个捅小鬼屁股的，咱不是傻眼了？”

“我也不是说现在呀。”婶子说，“让他找地儿躲两年，等风声过去……”

“关键是这个地儿去哪儿找？”麦子黄打断她的话，“又不是一天两天。”

“要不让他去石家庄找根子吧。”婶子说。麦根是她家小子，比麦茬大一岁的堂哥，前几年师范毕业后留在石家庄当了老师。

“他一个穷教书匠能有吗办法呀？”麦子黄说，“再说了，甭管躲一年两年，你想安家总得落户口吧？没户口生产队也不分给你粮食呀，迁户口不还得回无极？不是照样被人家逮住？”

婶子一听这话，嘬着牙花子不吭声了。麦茬忙把想去部队的打算告诉了他们。麦子黄听着只点头：“这是个好办法，部队的事不归地方管，兴许能逃过这一难。咱往好处想吧，如果那个王军帅有权力，你说不定还能奔个前程哩。”

当天晚上，婶子烧了锅热水，让麦茬洗了个澡。他这十来天头一回钻进被窝里，一觉睡到大天亮，连个梦都没做。接下来的日子，他手脚勤快，帮婶子做这干那，还学会了蒸饼子炒菜，哄得她挺高兴。

李保证还没走到家就听说了媳妇的事，急得一下子就蒙了！自个儿一直担心的情况到底还是发生了。他怎么也想不明白，这乱七八糟的烂事该去找谁说理去？按说，头一个该找的应该是张明凯，他第二天去了县城，人家纪检委连面都没让他见。他又去找主管的副书记吴一平，吴一平早就看不上他，自然也没给他好脸色，几句不疼不痒的安慰话就把他打发了。

不正心里那个窝囊呵，说不清道不明，真是哑巴吃黄连——有苦说不出来。这算他娘的吗事呀？自己捉了奸去抓人，老婆却被人奸了不说，还找不到人了，这一还一报，可从何说起呀？这种事不是什么好名声，他想再多也没法找人商量。从那天起，他再也无心工作，写了一千多张寻人启事，骑着破自行车贴遍了全县一百多个村子。可甭管他怎么努力，红柳一直是毫无音讯。他连累带着急，人又瘦了一圈，又像刚出院回来时那样，一身衣服“咣咣荡荡”挂在打枣杆子上。他成天介耷拉着张驴脸，跟谁都不说话，只有见到小子亮亮才咧咧嘴，可那笑比哭还难看。

小天亮十来岁，已上小学二年级了。这孩子长得像他娘，白白净净、欢眉大眼，见人不笑不说话，一笑俩酒窝，挺讨人喜欢。真是物极必反，小天亮改变了他家的门风。他不光懂事，学习还特用功，每回考试都是“双百”，成绩年年排全学校第一名，给他爹挣回来了一沓子奖状。双河老两口那个喜欢啊，真是宝贝疙瘩银子扣，捧在手里怕摔了，噙在嘴里怕化了。惹得麦穗成天跟歪歪怄气，逢人便说“天亮是爷爷奶奶的眼珠子，天爽是他们的眼眶子”。歪歪也没办法，总不能为这种事和爹娘生气吧？天爽是麦穗养活的小闺女，也有三岁多了。爷爷不疼姥爷疼，守根把当初发的毒誓也忘了，天天把外孙女扛在肩上，连喂牲口筛草都舍不得放下来。

魏麦茬在麦子黄家住了半个多月，倒也太平无事。婶子很喜欢，说他像个乖乖女，把家务活都干了。实际上，家里就三口人，能有多少家务好做？麦茬便把堂哥上高中时的课本翻出来，一有闲空儿就抱着看。婶子看见更高兴，几次在丈夫面前夸他有出息，知道用功，说他将来定准能干大事。媳妇高兴，麦子黄更没话说，有空儿就哈哈笑着聊麦氏家族的光荣史，聊堂弟麦玉虎小时候的嘎杂子事。

这天是景县大集，麦茬跟婶子要了十块钱去了县城。华北一带各县的大集都差不多，无非是尘飞土扬的街道、灰头土脸的人群，再加上让人眼花缭乱的摊摊点点、小商小贩扯破喉咙的叫喊……麦茬没心思赶集，直接去邮电局给长远挂了个电话。长远十分惊喜，问他在哪儿，又让他把电话挂掉再打回来。因为长远就坐在公社的电话分机旁，打长途不用自己掏钱。听他说王军帅已回到部队了，麦茬在堂叔家再也待不下去，第二天一大早便告别婶子，蹽开双腿往邯郸奔去……

王军帅非常热情地接待了麦茬。他是个厚道人，听说麦茬来过一趟没找到自己，二十多天又受了不少磨难，尽管不是自己的过错也好像觉得心里有愧似的。麦茬的境况和来意长远在电话中已说清楚，他也没再多问，只是把他安排在招待所里，每天好吃好喝好招待。在一个星期天，他开上吉普带着麦茬，转遍了邯郸的每个角落，丛台、回车巷、黄粱梦……他们都去了。

四五天之后，麦茬坐不住了，问起留下来和找工作的事。王军帅哈哈一笑说："小事一桩，不急，你先玩，玩够了咱再说！"

麦茬心里没底，哪儿玩得下去呀！尽管每天有勤务兵伺候着，早上洗脸水、晚上洗脚水，一天三顿饭给端到房间里……但随着时间一长，他和王军帅交流多了，他这种担心就没有了。

王军帅喜欢吹嘘自己有女人缘，实际情况如何不知道。因为他的长相真不算帅，眼睛不大，左眼角因小时候打架还留下了个小疤拉；鼻子长嘴巴宽，厚厚的嘴唇倒挺能说。但他确实上上下下好人缘，尤其是讨领导喜欢却是真的。他是三十八军八十一炮兵团参谋，分管后勤和三产。俗话说，参谋不挂长，放屁都不响。王军帅却不一样，他利用手中的小权力，今天给团长送三只甲鱼，明天给参谋长送五只大闸蟹……而且，对待平级干部和下属也是一样，谁有事找到到头上，他都实心实意帮忙。所以，他在部队是个自由兵，甭说早起出操，成天不上班都没人管他。就这点儿本事，不是谁都能做到的。

玩了十多天，麦茬被安排在了部队的砖窑上。按军帅的意思，是想让他当个小头头，管管后勤什么的。但麦茬有自己的想法，强烈要求从最基层干起。因为他在家里当村长时，就想过把村东那座破砖窑整治整治，重新利用起来，但苦于找不到技术人员，一直没能实现。他没告诉军帅，实际上是想在窑上干几年，掌握全部技术，一招鲜吃遍天，说不定哪天回去能用得上。

王军帅尊重麦茬的意见，把他交给窑头，格外嘱咐几句就走了。窑头姓宋，大家都叫他“灰头”，是个干巴瘦枣、黑得像锅底灰似的小老头。他烧窑的技术在当地小有名气，最大的嗜好就是喝酒，二两的口杯，早起一睁眼就得来两杯，中午三杯，晚上看心情，一杯或两杯，就是说，一年三百六十五天，哪天没一斤酒也过不去。人们叫他“宋半仙”，一天到晚迷迷糊糊，说醉没醉，说醒也没醒着，但窑上的活从没拉溏出过错。甭说窑上的弟兄们，连团首长都佩服，见了他总是拍拍肩头，亲切地问：“怎么着？半仙，中午三杯还是四杯？”

窑上都是力气活，最基层就是拉车子供土。这座窑年头长了，近处的土早烧完了，取土的场地离砖窑足有一里多地。负责供土的是四个棒小伙儿，麦茬去后宋头调走一个去了扣坯子班，所以还是四个人。窑上人们都说供土累死牛，麦茬开头并没往心里去。不就是拉车吗？自己别的甭说，一身用不完的力气还是有的。可他一趟没拉下来，就累得浑身臭汗，腿肚子转筋连站都站不稳了。

取土的坑往下挖了一人多深，上坡路有五六十米。麦茬拉着上尖下流、足有一千多斤的土车，上了不到一半就气喘吁吁，汗水直流。他下意识地想停住喘口气，那根本不可能，上坡路不进则退，他差点儿又倒回坑底。没办法，只能咬紧牙关，拼尽全力，蹬直双腿，俯身下去，脑袋快贴住地皮了……一寸一寸往上挪，直到上了坡顶，才敢直腰擦把汗。一车土送到目的地，他浑身上下的衣服就像刚从水里捞出来的一样。他们的定额是每人每天二十车土，上午八车，下午十二车。麦茬坚持着一车没少拉，等到吃过黑介饭，浑身酸痛像散了架，肩膀被襻绳磨得又红又肿，连上床都费劲。

王军帅本来是想让麦茬回招待所住，但他拒绝了，坚持要和工人们一块住。二十多个人挤在硬邦邦的木板大通铺上，放屁咬牙说梦话声此起彼伏，再加上空气不流通，汗味、屁味、臭脚丫子味熏得人脑袋痛。麦茬不习惯，浑身难受睡不着，烙大饼一样折腾到鸡叫才迷迷糊糊打了个盹儿。

第二天一大早，麦茬一看见小拉车就倒抽了口凉气，腰酸腿疼不说，襻绳一挨肩头就像针扎。他的意志几乎动摇了，很想去找军帅换份工作，可犹豫再三不好意思张口，没办法，咬牙坚持吧，这都是脚上的泡——自己走的。一天、两天、三天……十多天干下来，嘿嘿，麦茬倒觉得浑身轻松了许多，腿不疼腰不酸了，肩头由红变肿，由肿磨成了厚厚一层老茧，再怎么用力也没事了。

窑头宋半仙一天说不了三句话，却把什么都看在眼中，记在心里。他很看好麦茬这小伙子，觉得他和自个儿差不多，一天没有多少话，却句句说在点子上。而且，他认为麦茬是个高中生，和另外三个拉车的愣头青不一样，光卖苦力忒可惜了。等麦茬干够了一个月，宋头找到军帅，说想把这小伙子提成副窑头，自己年岁大了，让他摔打个一年半载，好接替自己这份工作。军帅很高兴，找麦茬商量却再次被他拒绝。麦茬说土可以不拉了，但他想学点儿技术，要求去扣坯子班。实际上，他这个要求按窑行的规矩已是十分过分，一般的学徒工，起码要拉一年的土，才有资格去学扣坯子。

老宋头听了军帅的话更高兴，觉得自己没看错人：麦茬这小伙子肚里有牙，将来肯定能干成大事！这话还真让他说着了，麦茬去扣坯子班不到俩月，就创造出一项重大发明，震动了整个砖窑界不说，还为自己掘到了第一桶金！

魏麦茬的日子是芝麻开花——节节高；李保证的日子却越过越难，最后从梯子尖上一下子跌进了地底下。那年，毛主席去世，紧接着打倒“四人帮”，他先是被免去职务，从支部书记降成了支部委员，再后来清理“三种人”，干脆被开除了党籍。实际情况更严重，当时“清理办”有人提出，不正是全县参加武斗的农民第一人，建议把他判几年徒刑。那时候，吴一平正好负责这项工作。他知道不正肚里盛不了几两香油，说了句：“算了吧。他就是个‘二百五’，参加一次武斗还把命根子都弄丢了。”

李不正不吃不喝躺了三天三夜，心里的不服和委屈折腾得他就没合上眼：你们凭吗呀？我十二三岁就跟着山堂干区小队，打鬼子、拔炮楼，十六岁入党当民兵连长，二十多年了，一步一个脚印，哪一步不是兢兢业业跟着共产党干革命？就说“文化大革命”吧，“造反有理”是你毛主席说的，我不过是跟着瞎起哄，凭吗说我是“三种人”？不让当官还开除党籍，往后连翻身的机会都没有了……从此就当个傻社员？一年三百六十五天风里雨里黑汗白流？这怎么能行？先耍说累不累，这脸面值千金，自己还怎么站到人前？再说了，我媳妇都被你们弄没了，这好几年了，活不见人死不见尸，往后的日子该怎么过？我不服，打死也不服！现在不还是共产党的天下吗？我就不信找不到说理的地方！

李不正首先想到去找自己的表弟，那个把他带进造反队伍的小狗子。据说他后来进了县委常委，当上了宣传部长。他到姑姑家一打听，才知道狗子因带人多次参加武斗还打死过人，被判了十年徒刑，半年前就进去了。他愣怔了好半天，也没心情劝慰哭哭啼啼的姑姑，往外走时又琢磨着自己和狗子不一样，就参加一次武斗还被打丢了命根子，不是正南巴北的受害者？他从姑姑家出来没回家，直接去县委找到了吴一平。他痛哭流涕说了有吃顿饭的工夫，吴一平没给他好脸色，最后十分不耐烦地说了一句：“这是党的政策，大势所趋……回去吧，回去好好劳动。”

不正见说这些没什么希望，最后问了一句：“那我媳妇的事怎么办？”

没想到吴一平拍桌子瞪眼训斥：“你媳妇没脸见人自己跑了，莫非还让县委赔你一个？！给我滚出去！”

扣坯子是个技术活，魏麦茬学得很认真。实际上，他在拉车供土的一个月的时间里，有空就看师傅们干活，扣坯子的一套程序已暗记在心。所以，他一上手，站在旁边的宋头就说他一端坯模子就带样儿，断言他以前肯定干过。麦茬不置可否，专心致志地开始了他的第一扣。他把模子摆在一尺高的土台上，抓了把细沙迅速而均匀地甩在模底和四框上，然后拿起一种弯刀形的特殊工具，从旁边小工们和好的山一样的泥堆上刮下大小差不多的三坨，团巴几下摔进模子中……这一摔是扣坯子活中的关键技术，力度必须掌握好，用力忒大泥会溅出来，用力小底下会填不瓷实，烧出的砖缺边少角的。

宋头在旁边瞅着，麦茬三坨泥都摔得劲道不大不小正合适，他不由摸着稀疏的胡子笑了。麦茬头都没抬，抓过手边的铁丝弓子，贴着模框的上沿一划而过，把上面多出来的泥扔回大堆，然后平端坯模，“腾腾”几步走到铺着细沙的晒场，迅速倒扣，三个土坯便一字排开，平展展摊在日光下，等晒到半干再上架。扣坯子是力气活，尤其是没好腰板肯定不行。泥坯子一块十五斤，多一斤少一斤都算不合格，三块四十五斤，快手基本上两分钟端一趟，你算算一天多少趟？要端多少吨泥？腰里没劲能行么？

麦茬尽管有了供土时的锻炼，腰板已很硬实，可一天干下来，腰还是像折了一样直不起来。他晚上躺在铺上睡不着，心里就瞎琢磨，能不能发明两种机器？一种帮着扒坡，一种自动扣坯子。想到这些，他更是兴奋得睡不着，第二天一大早，便去找宋头商量。没想到老家伙嘿嘿笑说：“人活着四大累：拔麦子打坯，扣坯子操屄，祖祖辈辈都是这么过来的。你小子怕累就甭吃这碗饭！”

麦茬并没灰心，又找军帅商量。军帅一听就来了精神，肯定地说：“行，这想法我支持！这两种机器要能发明出来，你将是窑行的千古功臣。说吧，需要我怎么配合？”

麦茬笑了笑一时没吭声。实际上，他对扒坡器已有了十足的把握，很简单，一台不需多大的电机带上一组滑轮固定在坡顶，用绳子挂在车帮上就能解决问题。世界上的事情往往是这样，就怕没人想，想到了有时并没多复杂。军帅当时就批了一笔钱，卖来电机和滑轮……四个负责供土的小伙子可高兴坏了！趁有一天休息，他们把麦茬请进邯郸当时最好的饭店，美美地撮了一顿。

扒坡器容易，挤坯子机可就难了。好在麦茬还算有点儿基础，上学时就特别喜欢物理课，经常动手做些小试验，杠杆原理、飞机模型什么的，木工活、铁匠活他多少懂一些。上高二时，他和同学合作，还为学校食堂制作了一台和面机，获得过无极县创造发明一等奖。

一进腊月，窑上大部分人都放假了。天寒地冻，供土扣坯子的活早就停了，只是烧窑没停，因为当时农村人的日子比以前好了些，盖房娶媳妇的人家较多，红砖青砖都供不应求。军帅曾问麦茬是不是想回家看看，毕竟他已出来多半年了。麦茬也动过心思，说不想家是假的，他晚上睡不着时，几乎每天都想起雪儿和那个让他牵肠挂肚的小子。雪儿怎么样了？自己拍屁股走人，一跑就是半年多，她的日子是怎么过来的？条子一家能不能容她？离婚没有？她在金沙窝还是回杨家庄了？一想到这些，他恨不得马上回去看看。可转念想到自己跑出来的原因，想到村里人们鄙视的目光，他马上丧失了信心，迟疑着不知该不该回去。他心事重，但很少说出口，平时话就少，那几天几乎成了哑巴，连饭量都减少了许多。宋头看出来了，问他是不是想媳妇了。他苦苦一笑，没吭声。

王军帅多聪明，麦茬没说他也猜到了他的心思。一天晚上，他把麦茬叫进了办公室，让他和长远通了半天电话。原来，长远受军帅委托，专门去了趟金沙窝，看了看守根和花梅，又特意去山堂家吃了顿饭，见到了雪儿和天明……麦茬的一颗心彻底放下来，打消了回家的念头，决定趁放假期间好好琢磨琢磨挤坯子机。老宋头也没走，因为他无家可回。就因他喝酒打伤人曾被判过两年刑，把父母双亲都气死，媳妇也带着孩子跑了。他刑满释放回来，喝光了家中仅有的三间房，光屁股带着烧窑手艺远离了故土。

根据麦茬的要求，军帅派人买来了木料、角铁、铁板、齿轮什么的，乱七八糟堆满了工棚。锛凿斧锯等木匠工具窑上现成，锤钳砧剪的铁匠工具也有一些。麦茬搬进宋师傅的小单间，浓烈的酒气烟味冲得他差点儿出不来气，好几天后才慢慢习惯了。宋头对他的到来很高兴，睡不着的时候断不了跟他讲些黄段子、坏笑话。

甭看这老头干巴瘦枣、其貌不扬，但多年走南闯北，花花事还真不少。用他自己的话说，这辈子挣的钱，一小半买酒喝了，多半都拿来找娘儿们了。人家现场说法，还总结出一套套经验教训哩！他说这个世界上只有男和女这两种人，之间的关系真说不清楚，有时候来得很容易，你看她一眼，她看你一眼，该有的就都有了；有时候又特别难，你像唐僧取经一样，受尽了九九八十一难到头来也不一定有结果。他还总结出一套搞破鞋的经验：脸黄走，脸红粮，扭扭捏捏硬下手。意思是说，如果女人脸发黄，就是真生气了，你必须马上走，要不会惹出事来；女人脸发红，说明她也想干，只是不好意思，你就应该耐住性子，多说好话；如果女人扭扭捏捏，说明她非常想干，只是一时下不了决心，你上手就脱她裤子，保险没事。不光这些，这老小子还有一套歪歪理，说世界上所有动物都是一公配多母，比方狮子，一只公狮身边总有五六只母狮；一只公鹿霸占着一群母鹿……旧社会一个男人可以娶三妻四妾，这是最符合动物本性的。

老家伙讲得津津有味，麦茬有一搭没一搭听着，因为他的心思全在挤坯子机上，白天看书翻资料，晚上躺在床上就开始琢磨。宋头讲累了、讲乏了呼呼大睡。他忽然想起个什么细节，连忙爬起来写在纸上……终于有一天他心里觉着有了把握，天还没亮就起身去了工棚，拿米尺牵墨斗线，又是锛又是凿……整整忙活了半个多月，一台占半个屋子的挤坯子机终于成型。可他忽略了一个细节，工棚的门窄，那么大个家伙根本出不来。军帅当机立断，叫人把门子拆掉，费了九牛二虎之力才把机器弄出来了。

机器摆在扣坯子场地上，通上电就能转，可想试车又犯了难。十冬腊月，原来和好的坯子土都冻成了冰疙瘩，一镐头下去，只能锛出一道白印儿。没有土拿什么扣坯子？王军帅有办法，他派人去附近村庄买来十多车棒子秸，一层层盖在土堆上点燃，整烧了一天一夜，终于把土化开了。为保险起见，他们没通知部队领导，就三个人开始试车。宋头亲自把土装满了大漏斗，麦茬果断地合上电闸，一阵“轰隆隆”响声过后，一排排整齐的坯子源源不断地从传送带上流出来……

三人愣了片刻，不约而同拍手大笑。他们计算了一下，一排八块坯子，一分钟能出来十六块，十分钟一百六十块，一小时九百六十块，相当于二十个熟练工干一上午……好家伙，这要节省多少劳动力？

当天下午，军帅请来了军部和团部的所有领导，敲锣打鼓进行了试车。领导们很高兴，当场为麦茬颁发了嘉奖令，并奖励现金十万元。好家伙，这在当时可算得上是个天文数字！上世纪七十年代末，全国改革开放刚刚开了个头，农村更落后，连个“万元户”都还没有。这消息经新闻单位传出，全国数百家砖窑派人来取经学习。那会儿讲大公无私，军帅和麦茬没有商品经济意识，甭管谁来都毫无保留地教给人家。南方的一家机械厂派人来学习后，回去就向国家有关部门申请了专利，成批生产这种机器发了大财，数年后成为我们国家头一批上市的公司。

魏麦茬可算有了大钱，那会儿还不讲个人所得税，十万块净落！他想给军帅两万，人家差点儿和他翻脸，你这不是打我的脸吗?！他只得拿几百块钱请了请客。他在窑上吃住不花钱，衣服也是统一发的旧军装，所以每月的工资也是净落。这小子手紧死抠，从不瞎花一分钱，这几年攒了多少谁都不知道。宋半仙几次说给他介绍对象，问半天也套不出一句实话来。按说，麦茬近三十的人，早该考虑婚姻大事了。可不管谁想跟他介绍对象，他总是摇摇头，微笑着一声不吭。军帅知道病根儿在哪儿，从不和他提这件事。那年夏日的一天，宋头喝高了，跟斗骨碌从窑顶摔下来断了三根肋条，送到邯郸人民医院住了两个多月。军帅委托麦茬代理窑头，主持全面工作。宋半仙出院后，说吗也不想再当这窑头，麦茬推辞半天还是接了过来。半仙实心实意，把自己多半生积累的烧窑经验一点点传授给了他。麦茬倍加感激，以后的岁月中把他当老父亲一样敬重着。

魏麦茬算是走上了正路，李保证的道却越走越偏，差点儿命丧不归！

这天，吴一平正坐在办公室里看文件，突然听到外面传来一阵吵闹声。他站起身从窗口往外看，发现在县委大门口堵了百十号人，把整条街的交通都阻断了。他有点儿不放心，下楼走到大门口，看见人们围在中心的是他最不待见的那个家伙——李保证。

不正今天做了一番装扮，孝衣孝帽全身披挂，连鞋子都蒙上了层白布。他推着辆破自行车，除了铃铛不响哪儿都响，车后架上挑着一面白旗，上面用锅底灰写着一首打油诗：辛辛苦苦三十年，兢兢业业跟党干。毛主席挥手咱前进，上山下海敢登天。现在被开除党籍，一脚踹到门外边。媳妇被抢走多年，保证我比窦娥冤！

吴一平马上来了气，大声呵斥："李保证，你出什么洋相？快滚蛋！"

众人见他来了，纷纷后退闪开了条通道，有的干脆悄悄溜走了。吴一平看看大家，阴沉着脸训斥："看什么看？你们都没事干了？还不快走！"

围观的大部分是县委院里的干部，见此情况忙抽身想离去……忽然，不正"扑通"一声跪倒在地连连叩头，声泪俱下地："吴县长、吴书记，我的情况你最清楚……求求你得给我做主哇！"

这一来，准备离开的人们都停住了脚步，远远站着伸脖子观看。不少过路的百姓也聚拢过来兴趣十足地围观，整条街的情况更加混乱。吴一平愣怔片刻，生气变成了愤怒："像什么样子?！快滚起来！"

没想到，不正非但没滚起来，反而跪爬两步，抱住一平的腿哀求："书记，求求你……党籍不党籍就算了，还是把媳妇还给我吧！"

吴一平一时不知该说什么，脸色被气得煞黄。不正连连哭求，眼泪鼻涕抹了他一裤腿。吴一平怒火中烧，一脚把他踢开，冲那些干部吼叫："你们都是死人呀?！快给公安局打电话，把他给我关起来！"

按照公安条例，李保证被关了半个月。出来后，他骑着破自行车直接去了天安门广场，从此开始了他漫长而无希望的上访之路。

第十五章

一往情深　多年苦树终结果
二度春早　红花绿叶相争俏

魏麦茬想回家了，是因为老爹守根步行三百多里地来看他。

那是个阴沉的后晌儿，天空飘着小雪花。窑上大部分人放假回家了，只剩下几个负责送煤的力工、宋半仙和麦茬。晒场上，一排排上了垛的干坯子列队成阵像迷宫，麦茬正指挥手下把棒子秸苫在垛顶上，再用土压实，防止雪下大了往垛里灌水。他吆喝着走来走去，转眼间扫见有个人圪蹴在场边土坡上，正叼着烟袋锅闷头抽烟哩。他并没在意，正想把目光移开的一瞬间，忽然意识到这个人好面熟。他稍愣神儿，转过身来仔细辨认……一下子惊得目瞪口呆！

灰暗的天光下，魏守根正面带微笑看着他。麦茬惊喜而意外地大声问："爹！你……多咱来的呀？"

魏守根嘿嘿笑："我在这儿圪蹴着抽两锅烟了。"

"那你怎么也不吭声？"麦茬快步走过去，"我还当是谁哩。"

"我看你正忙着。"守根站起身，"没事。愿意多看你一会儿。嘿嘿……"

"真是的……"麦茬不太习惯地拉住他的手说，"走吧，咱们去部队招待所。"

"去那儿干吗？"守根说，"我又没事，看你挺好就行了。"

"走吧。"麦茬说，"那儿吃住还方便点儿。"

"不去不去。"守根脑袋摇得像拨浪鼓，"给人家添那麻烦干吗？

不去。我看看你就回去了。”他说着把手上的小包袱递给他，“这不，你娘给你做的两双鞋……我这就回去。”

“那怎么行？”麦茬着急地说，“这么大老远来了，怎么也得住几天！我早……想你们了。”他说着，眼圈都红了。

守根迟疑好一会儿，终于答应：“那就住一天。我刚才去工棚转了转，挺好的，咱就住这儿吧。”

麦茬知道守根的脾气，也没再坚持，拉着他的手往工棚走：“爹，你怎么知道这儿？坐火车来的呀？”

“不是，我走着来的。”守根说，“当年找部队时就来过这儿。”

“爹，你真是……”麦茬不知说什么好，“三百多里地……”

“没事，”守根笑着，“当年在部队，三百里地一天一宿就能走到。”

“可你现在吗岁数了？”麦茬不无埋怨地，“怎么能走着来？”

“可不是老了，嘿嘿……”守根感慨着，“这么点儿路，我走了三四天。”

宋半仙是个人来疯，晚上让厨师炒了几个菜，逼着守根喝了两缸子枣木杠。守根本来就不能喝酒，饭后晕晕乎乎和儿子躺在工棚的大通铺上，像老太太一样叙叙叨叨说了多半宿。无非是说：家里一切都好，你放心在这儿干吧；你娘这几年比年轻时还壮实，天天下地干活；雪儿也挺好，成天介在服装社里忙活；小天明长高了，能拉着风箱帮他老奶奶烧开一锅水……

麦茬一直静静地听着，心里却像烧开了的水，翻上滚下、百味杂陈。他让手下专门去军人服务社买了两包“大前门”，守根一根没抽，说那玩意没劲，叼着烟袋锅边说边咳边抽。说到最后，他爆出来一条新闻，让麦茬一口气吐出去，半天没喘上来。

那是半夜时分，附近村里的鸡啼声此起彼伏传来。守根抽完了最后一锅烟，咳嗽半天才含混地低声说：“看你娘的心思……是想嫁给你山堂叔呢，可她不好意思说出来。”

麦茬吃惊的不光是这话的内容，更吃惊是爹说这话的态度，看上去是那么平静，好像是在说别人的闲话。守根看小子一眼，像是猜到了他的心思，勉强笑了笑，说："这有吗吔？你娘我们离婚这么多年了……你桂枝婶子死了后，山堂一直没再张罗人，还不是在等着她？"

麦茬无言以对，只是傻傻地愣着、愣着……守根又笑了笑说："实际上，我心里早就清楚……当年要不是你奶奶拦着，你娘嫁给山堂才对，我只是歪打正着，捡了个便宜。嘿嘿……"

麦茬含混地说："过去的事……我不记得了。"

"那是，你那会才三四岁。"守根长出了一口气，又笑着说，"小子呵，我毕竟当过几年兵，不是傻农民，这些事能想得开。"

麦茬无话可说，只能陪着老爹叹息。第二天一大早，守根执意要走，麦茬取了两万块钱，他死活不肯要。麦茬久久地注视着他已经微驼的背影，心情一阵酸楚一阵愧疚：是啊，父母都不是小岁数了，自己也该回家尽尽孝了！

做女人真难呵！兰花梅离婚五六年了，想和山堂结婚过日子的念头盘算过一千回一万回，可就是没法说出口，也不知该对谁说。跟山堂说，他除了唉声叹气嘬牙花子，连句囫囵话都说不出来。按说，一个男光棍一个女光棍，都是自由身，走到一起再正常不过了，可就是中间隔着条天河，连搭桥的喜鹊都找不到。花梅跟山堂哭过也闹过，话再多就像扔进深井里，连点儿响声都听不见。

说来也怪，这些年花梅自个儿守着个大院子，条件多方便呀！小子不在家；闺女出嫁了，有时回来一下子也是在白日；守根成天介长在牲口圈，偶尔回来垫圈起粪搞卫生，一到黑介家里就她一个人，真是鸡不叫狗不咬，深更半夜谁来别人也不知道。可她和山堂好像都少了当年的那份激情，一两个月也见不了一次面，而且每次都会说到那条"天河"，结果闹得俩人心情不好，连亲热都没有了情绪，往往是不欢而散。说实话，这是花梅心里的一个死结，不想偷偷摸摸让人背后戳脊梁骨，就想正大光明和他生活在一起，好像不真正做几年夫妻，这辈子白来世上走一回。可是，难呵，难就难在二婶儿的态度上，这同样是她老人家心里的一个死结。

自打二婶儿知道花梅和守根离婚，找上门来大闹一顿后，两个人基本上断绝了来往。有时候在街上偶尔碰上，花梅堆起笑脸想打招呼，二婶儿正眼不瞅她，扭头就过去了。有那么两三回，院中小菜园里的茴香韭菜下来了，花梅犹豫再三，拿上一把去了山堂家。要是春雪在家，自然是高高兴兴接过去问这问那。二婶儿却装着没看见，该干吗干吗，等她前脚走，后脚就会把菜扔进猪圈里。有一回二婶儿一人在家，花梅走到门口，脸上的笑还没挤出来，老人家"咣"一声把门关上，差点儿碰了她的鼻子。花梅傻傻地愣在门口外，让过来过去的乡亲们看笑话。

老太太这条"天河"怎么填平？花梅半点儿招没有。山堂更指望不上，他是个出了名的大孝子，娘不同意的事，打死他都不敢干。花梅多少个夜晚睡不着，把村里的老辈子挨个捋一遍，除了死去的秋生叔，没第二个人敢跟二婶儿提这种事。她多少次思前想后，一天半夜忽然想起个人来，竟然激动得到天明没睡着，一大早便去服装社找到了雪儿。

杨春雪很意外，挑着好看的眉毛问："妗子，你怎么这咱来了？"

"没、没事。"花梅一时倒不知该怎么回答，迟疑片刻才问，"雪儿……你多少日子没回杨家庄了？"

"有……仨多月了，眼下活多，走不开。"春雪边想边说，"妗子，怎么了？你有事呀？"

"也没、没吗事。"花梅下意识地避开她的目光说，"就是有点儿想你娘……好几年没见她了。"

"是吗？"春雪半信半疑地眨巴着眼睛，"要不，我把手里的活安排一下，陪你去一趟？"

花梅笑了："那忒好呗！"

郑巧云这几年的日子过得还算平妥，春雪和麦茬的事让她着了股子急，吵巴嚷巴总算过去了，条子没提出离婚，人们的风言风语热闹一阵也就逐渐平息了；更重要的是儿子又结了婚，她心里那块最大的石头搬开了。

杨冬雪娶的媳妇是个小学老师，模样没有红柳俊还是个“活头”，带着个“油瓶”和天明同岁，结婚两年后又养活了个小闺女。庄稼主子过日子不就是过人嘛。巧云不管亲的后的都喜欢，每天下地回来不是抱这个就是扛那个。媳妇懂事孝顺，干家务是把好手；小孙子活泼乖巧，成天“奶奶奶奶”叫得巧云心花怒放，小院一天到晚荡漾着欢声笑语。

巧云听到守根离婚的消息也很生气。她虽说没像二婶儿那样找到花梅臭骂一顿，但从那以后她再也不想看到这个女人。可有时黑介睡不着，她想起这事心情又很复杂，甭管怎么样，花梅毕竟是自己外孙的亲奶奶。所以，那天春雪骑车带着花梅进门时，她非常意外地愣住，连招呼都忘了打。

花梅在来的路上想了很多，自然有心理准备。她满脸赔笑，亲热地叫了声“姐”。巧云没答应，抱着柴火往厨房走……春雪忙说：“娘，我妗子来看你了！”

“来就来吧。”巧云头都没回，“来了……就好。”

花梅没往心里去，扤着装满鸡蛋挂面的篮子跟进去，坐在灶火坑里就帮拉风箱问：“姐，有几年没见了，你……过得挺好吧？”

“瞎过呗。”巧云冷着脸不看她，尽顾忙自个儿的。春雪看不过，忙把花梅拉起来：“妗子，你歇会儿，我来吧。”

这时，小孙子叫着“奶奶”跑进来，巧云的脸上才有了笑模样。春雪一把搂住他问：“成子，你说，叫我吗呢？”

孩子好像对她不太熟悉，迟疑片刻才说：“叫……姑姑哩。”

“成子真乖！”春雪亲着他的小脸蛋，手指花梅问：“那你该叫她吗咃？”

成子打量花梅两眼又看看巧云，有点儿拿不准地问：“也是叫奶奶吧？”

“这孩子真懂事！”花梅笑着搂过成子，“准是你奶奶教出来的。”

巧云终于开心地笑了。孩子的到来打破了尴尬的气氛，紧接着，冬雪媳妇抱着小女儿也过来了，一家人这才高高兴兴地吃着晌午饭。巧云头一次正眼看看花梅问：“你来……是有吗事吧？”

“没事，想姐姐了，早该过来看看。”花梅说着从衣兜里掏出两块钱塞进成子手中，“这孩子真乖，拿去买糖吃吧。”

冬雪媳妇忙推辞着。巧云低头吃饭，心里盘算着花梅找自己会干吗？她并不知道花梅和山堂的事，想来想去认为她找自己只有一种可能，就是想和守根复婚不好意思说出口。因此上，她佯装随意地问：“守根……还好吧？”

花梅稍愣神儿，忙说：“守根哥挺好的，成天长在牲口圈。”

巧云一听这话头，就知道自己猜错了。她犹豫一下，又问：“那……他怎么着吃饭呀？”

“我说让他在家吃，人家不干。”花梅说，“他的脾气姐知道，犟起来像头驴，非要自个儿在牲口圈里做。”她笑了笑，接着说，“有时候做了差样儿的，我就给他送过去。”

巧云停下手中的箸子，轻轻地“哦”了一声。花梅忙又说：“麦穗儿也一样，这闺女孝顺，断不了给他送碗饺子吗的。”

“是啊。”巧云低头吃饭，“那他衣裳破了怎么办？谁给他缝缝补补、洗洗涮涮的？”

花梅“哧”地笑了：“姐，你还不知道守根哥？他活了大半辈子，做衣裳、洗衣裳吗时候不是自个儿动手？”

“可不是。”巧云也笑了，“守根看样子又傻又笨，手可是巧着哩！”

整个大后晌儿，花梅什么都没说，巧云拐着弯问了几次她有吗事，她总说没事没事。两个人要弄着俩孩子，有一搭没一搭地说着闲话，忙活着做黑介饭……杨冬雪这两天学校里有事，一直没回来。吃过涮完天已黢黑，春雪稀罕俩孩子，跟嫂子去睡了。花梅和巧云躺在炕上，终于开始了一场艰难的谈话。

是花梅开的头，刚躺下她就装作很随便地问：“姐，你自个儿带着雪儿和她哥……多少年了?”

巧云想了想，轻声回答：“你算吧，我今年五十七了，二十七上她爹走的。”

“好家伙!”花梅惊叹，“三十年了?!”

巧云苦笑着没吭声。花梅问：“那……姐夫还在世不?”

“谁知道哇。”巧云闷声说，“有人说他去了台湾，也有人说他早死在南边了……反正一点儿音讯没有。”

“你一个人拉扯俩孩子，屎一把尿一把，多不容易呀!”花梅说，“这么多年，你就没想过往前走一步?”

“哪儿那么容易呀?”巧云叹息着，“有些事你也许不懂……有的女人可以随便换男人，有的女人就不行，只要她心里装着个男人，别人根本挤不进来。”

“我懂，姐，我忒懂了。”花梅连连点头，“有人说这样的女人傻，可生成的骨头长就的肉，傻就傻吧，改不了。”

巧云歪头看看她，神色迟疑地：“你……?”

“是，姐，”花梅迎着她的目光说，“我和你一样，也是这样的傻女人!”

巧云明显不相信，挑动着眉毛反问：“是、是吗?”

“真的，姐，”花梅信誓旦旦，“咱们都是这种傻女人，傻得不透气儿!”

巧云没再说什么，她移开目光，扭脸望着窗口。这时，下弦月已升上了明净的夜空。如水的光华投进窗纸的破洞，斑斑点点洒落在两人身上，映照出她们同样明亮却又是泪光莹莹的双眸。两人沉默着，好一会儿都没开口。

外面，随着一声清脆的鸡啼，村里所有的公鸡此起彼伏，一递一声地叫成了一片。不知过了多久，花梅长叹了口气，神情幽幽地说：“姐，俺这回来……就是想让你帮帮俺，帮俺出出主意，帮俺搬开心里这块天一样大的石头。”

巧云歪头看看她，十分不解地：“我能帮你吗忙呀?”

“姐，这事我盘算好几年了，”花梅不无祈求地，“这个世界上，就你能帮俺，除了你没二人。”

“瞧你说得可怜的……”巧云勉强笑了笑，“我有那么大本事？到底是吗事呀？你说出来，看我能不能帮得上。”

“你准能帮得上，就你能帮上。”花梅含混地絮叨两声，陷入了久久的沉默。巧云也不催她，转脸望着窗口。不知过了多大工夫，花梅长长地叹了口气，喃喃地说：“姐，这事在俺心里头压了三十年……三十年啊！女人这辈子有几个三十年？好岁数都过去了呵！”

“三十年？”巧云思索地问，“那不是你们刚逃荒过来？”

“是，就是那时候种下的病根儿呵！”花梅感慨一声，又沉默了。巧云眨巴着眼睛：“莫非……是因为嫁给了守根？”

花梅没回答，眼望着窗外断断续续地说：“姐，你也许不知道，俺是穷人家的孩子，从小吃了数不清的苦……俺六岁那年，爹抢修河堤被淹死了。娘带着俺往前走了一步……后爹家俩闺女容不下俺。娘没办法，就把俺卖给茬子他爹当了童养媳……俺十三岁那年，茬子他爹二十。一天后晌，就在大野地里，他……掐巴了俺。”

巧云吃惊地问：“十三岁？他是个牲口哇！”

花梅没回答，顺着自己的思路继续讲：“那时候俺忒小，吗都不懂，对那个男人，是又恨又怕……十四岁那年，俺跟着个戏班子跑了，十五岁被抓回来，十六岁就生了麦茬……姐，你想想，对那个男人，俺除了恨还能有什么？”

巧云点了点头：“是够可恨的。后来呢？”

“后来的日子更难过。”花梅叹息着，“景县那一带就不是住人的地方，盐碱地，白花花，夏天旱，秋天涝，三年两头闹蝗虫……那年，是他家商量好了的，让我逃荒过来找个主，还不是为一家子活人？甭管怎么着，离开那个男人俺就高兴，心里惶惶的两天两宿睡不着觉。”

巧云问：“过来嫁给守根不就好了吗？”

花梅一时没回答，只是长长地叹了口气。巧云又说：“话说到这儿了……我一直没问过你，守根你俩到底为吗又离了？问守根，他吗都不说，问急了就一句话：脾气合不来。”

花梅还是没吭声，一口接一口地出着长气。巧云问：“是那么回事不？乡亲们谁不知道？守根就是个傻老实，没一丁点儿坏心眼。”

“守根哥是好人，天底下难找的大好人。”花梅扭脸看着她说，“姐，咱们都是那种傻女人……你说，心里要是装着个男人，别人还能挤进来吗？”

巧云一下子愣住了，半天才反应过来，而后一脸疑惑地问：“你是说……你心里有、有人？”

花梅毫不犹豫地点了点头：“姐，事到如今俺也不要脸了……这么多年，我心里是装着个人，一刻半会儿都没放下过。”

巧云不由倒抽了一口冷气，急声问：“他是谁？守根知道不？”

花梅移开了目光，幽幽地说：“这事，是俺对不住守根哥……是山堂，他知道。”

巧云一脸茫然，思索地久久不语。花梅一吐为快地：“姐，实话实说，是我不要脸，我不是好女人。我和山堂……被守根逮住过，他还砍了我一镰刀。”

“你说吗？”巧云吃惊地瞪圆了眼睛，“守根？拿镰刀砍、砍你？！”

花梅没回答，挽起衣袖让她看。月光下，她胳膊和手上的那条长长的伤疤浮泛着微光。巧云惊叫了一声“老天爷”，半天没回过神儿来。花梅轻轻地诉说：“姐，俺掏心窝子也说不明白……逃荒到金沙窝那天擦黑儿，就在村头上，山堂带着不正过来了……他看了我一眼，我看了他一眼，我俩好像就……心里都有了。”

巧云静静地看着她，静静地听着、听着……花梅像是自言自语：“后来，我们俩还真捅破了这层窗户纸……说好了他非我不娶，我非他不嫁。可谁知道，他是定了娃娃亲的……”

“是，”巧云点着头说，“我听守根说过，山堂爹和李木匠是父一辈子一辈，当时他们又都是地下党。山堂十二、桂枝十岁就订婚了。”

“他又是个大孝子，退亲的话根本不敢和娘说。”花梅说，“他找了秋生叔，谁知道老支书一句话没说完就被娘顶了回去……你想想，就娘那脾气，村里还有哪个敢跟她说？”

“是。”巧云说，“娘一辈子刚烈、硬铮、讲直理，村里老老少少都知道。”

“后来，你们撺掇我和守根哥……”花梅缓了口气，接着说，“麦茬他奶奶见他家日子富裕，不缺吃少穿；更主要是心里有愧歉……可不是，在人家连吃带住一个多月，看病吃药花了不少钱，还把他过事的日子给耽误了。”

“可不是，”巧云说，“我当时会儿也着急呀！我是媒人，跑女方家里想把日子往后推，人家差点儿没把我打出来。”

“这我知道。”花梅点着头说，“姐，你说，在那种情况下，山堂一句囫囵话都说不出来，俺该怎么办？俺能怎么办？当时会儿，俺只能认命了，心里就想，守根人挺好，结了婚就跟他瞎过吧……可实际上不是那么回事，过事当天黑介俺就后悔了。”她抬起泪汪汪的双眸，一字一顿地说：“姐，不沾，真的不沾……事到如今，我也不要脸了……和守根干那事的时候，我闭着眼，心里想的是山堂……”

巧云听她说出这种话，吃惊地抬起目光。花梅掩饰地抹了把泪水，避开了她的注视：“真有那么两回，我嘴不由己，把山堂的名字都叫了出来，气得守根打我一巴掌，事没干完就下来了……”

巧云张口结舌，半天说不出话来。花梅连连擦抹着眼睛：“姐，咱都是女人，你千万嫑笑话俺……这些话，除了你，俺能跟谁说去？”

“真是强扭的瓜不甜。可谁能想到会是这样？”巧云叹息着，“说就说吧，反正你俩也离了。”

“可是……姐，俺心里窝囊呀！”花梅抬起发红的双眸看着她，“这两年我老在想，人来这世界上走一遭不容易，莫非就这么着过去了？”

巧云一怔神：“那……你还想怎么着？”

“俺心不甘呀！”花梅的泪水又流下来，“俺还不到五十，在这个世界上怎么着也还有一二十年吧？要不能和山堂做几年真正的夫妻，俺死都闭不上眼！”

"这……"巧云看着她，不知该说什么。花梅擦干了泪水，目光闪闪地看着她说："姐，这事我反复掂量过……桂枝走十四五年了，给山堂说媒的没一百也有九十九个。他为吗一直不愿意？就是在等我；守根哥心眼儿好，我往前走他不会说什么；俩孩子都大了，各过个儿的日子……就是咱娘这道坎儿，我琢磨着怎么也过不去。"

巧云思索着她的话，迟疑地问："那你是吗意思呀？"

"我的意思，是想让姐你出面……"花梅还没说完，巧云便连连摇头："我可不沾，娘的脾气我忒了解了，不沾不沾。"

"姐，你听俺把话说完沾不？"花梅的目光中不无祈求，"我知道，娘看着守根哥你俩亲，现在雪儿又嫁给了条子，你们是亲上加亲。这件事，俺琢磨多少回了，除了姐你，换二人都办不了。"

"我也办不了。"巧云仍在推辞，"这其中还有守根那一层，我可咋说呀？"

"守根哥你甭管，我能跟他说明白。"花梅抓住她的手，泪水在眼里打转转，"姐，好姐，俺求、求你了！"

巧云一时没吭声，仍在迟疑着。花梅的眼泪流下来："姐，还让俺给你跪下呀？"她说着爬起身，双腿一曲真要跪下去。巧云一把拉住她："好了好了，死马当活马医，我只能试巴试巴。"

花梅破涕而笑，连连擦抹着眼泪……

郑巧云虽然答应了花梅，可心里并不情愿。正当她意意思思想抽空去找二婶儿时，无极县和金沙窝村来了两个人物，使各方面的形势都发生了很大变化。

县里来了个新书记，让五大班子成员瞠目结舌，因为他太年轻，才三十出头，用老干部们的话说：怎么上级给派来了个大孩子呀？他叫栗粟，小伙儿长得很排场，一米八几的身高看上去有点儿单薄，颀长脸上总是带着温和的笑容。他是从石家庄地委办公室下来的，老家和山西仅一山而隔，讲话时的"老西儿"口音让土鳖的无极人有些听不清楚。村里的那个人无须多说，魏麦茬回来了。

当时，十一届三中全会已开过几年，改革开放在全国已形成大气候。可无极是个老土县，人们祖祖辈辈都是只知道土里刨食、脸朝黄土背朝天地伺候那几亩地儿，跨黄河、过长江，在华北平原算是个产粮大县。对于改革开放、发展商品经济人们不理解、缺乏热情，连“大包干、搞承包”也只是个别村刚开了个头。尤其是多数村里的支部书记和田山堂一样，都是解放战争时期的老干部，跟着党搞合作化、大干社会主义这么多年，对“分田单干”十分抵触，宁可摔乌纱帽也要坚持集体所有制。

栗粟是庄稼孩子，对这些情况非常了解。他到无极后没多说什么，放下行李就和吴一平骑自行车下乡了。吴一平当时已是县长，他在无极工作半辈子，自然是轻车熟路。他们一个公社一个公社地挨村转，这天正好来到了金沙窝，刚到村头下车子擦汗，就见一辆挂军牌的吉普车卷着一路烟尘、腾云驾雾般驶至近前。那会儿到乡下来的汽车很少，县委和县政府才只有一辆破吉普，栗粟除了去石家庄开会从不坐，别人更不好意思坐。吉普刚停稳，麦茬便跳下来，略带不好意思地叫了一声：“吴书记……”

当年，是吴一平一手把麦茬提拔起来的，自然是很熟悉。他意外地愣了一下，不由半开玩笑地问：“你小子……这是刚回来呀？”

麦茬答应着，忙给军帅做介绍。吴一平指着栗粟说：“这是栗粟同志，咱们县刚来的县委书记。”

麦茬和军帅可能觉得他不像个县委书记，意外地愣住了。栗粟伸出手，热情地和他们寒暄着……二人这才反应过来，忙不好意思地笑着打招呼。大家说了一番客气话，两人便上车离去。栗粟问：“这小伙子是个什么人物？”

“他叫魏麦茬，当年是县里的学毛选积极分子。”吴一平说，“曾在村里当过一年多村长……”

栗粟想到什么，忙问：“那怎么后来不干了？”

“这可就说来话长了。”吴一平笑了笑。两人推车往村里走，他简单讲了讲麦茬出逃的前前后后。栗粟很认真地听着、思索着……他们到大队部见锁着门，便直接往山堂家走去。吴一平对这个村子忒熟悉了，可以说谁家吗屋子吗炕都知道，不用打听不用问，一路和乡亲们打着招呼便进了山堂家大门。

那是个头晌午，二婶儿和巧云正坐在大门筒里摇着蒲扇说话。

巧云是个实诚人，总觉着自己答应花梅了，不来说说良心上过不去。她磨蹭了几天，虽然明知道这事没什么把握，还是起了个大早赶来了。果不然，她磕磕巴巴话没说完，便被二婶儿劈头盖脸一顿训斥："你这闺女是不是脑袋有毛病？不知道哪头炕热呀？守根可是你兄弟，你这是帮谁说话呀？！"

巧云脸都红了："娘，你先覅急……我是觉着花梅也挺可怜的。"

"她活该！"二婶儿根本不让她多说，"她是脚上的泡——自个儿走的，忘恩负义丧良心，提起她来我就一肚子气！"

巧云不好意思地赔着笑脸。二婶儿越说越生气："她想嫁给山堂？怎么着，恶心我呀？你明告诉她，趁早死了这份妄肠心，门儿都没有！除非我蹬了腿，除非日头从西边出来！"

巧云那么好嘴儿，这会儿却一句话说不出来。正在这时，栗粟他们推车进门来。二婶儿稍怔神儿，立刻换上了笑脸："吴……区长，你怎么这么稀罕呀？快进家，屋里坐！"

"老嫂子，还叫吴区长呀？"吴一平"哈哈"笑，"那可是早年间的话了！几年不见，你还好哇？"

"好，好！"二婶儿笑着，"庄稼主子，吃得饱睡得着就是好呗！"

吴一平忙做介绍："这是咱县的栗书记，刚调来半个多月。"

"栗、栗书记？"二婶打量着栗粟，"比你官还还大呀？我怎么看着还是个大孩子呀？"

"您老说对了！在您老眼里，我们永远都是孩子。"栗粟笑着，"大娘，我们没地儿吃饭，是来找饭门儿的，给您老添麻烦了！"

"看看，这孩子见外了不是？"二婶儿不无嗔怪地笑着，"那麻烦吗呲？庄稼饭，点火就着，好吃不好吃管饱。哈哈……"

说话间，田山堂扛着铁锨进了家门，吴一平忙给栗粟做介绍。紧接着，吃饭的都回来了，春雪和条子在前边走，七八岁的田天明背着书包，蹦蹦跳跳地跟在后面。紧钳工、慢锻工，吊儿郎当是电工。条子这个电工时间比较自由，这些年养成了习惯，甭管刮风下雨，每天到点先接上孩子，再去服装社门口等媳妇。岁月沧桑，他已开始发福，小胡子也长出来，多少有了些男子汉的味道。栗粟满面含笑，热情地和每个人打招呼，拉着天明的手问长问短……一时间，小院里充满了欢声笑语。

前面说过，庄稼主子招待不速客，一般都是烙大饼、煮挂面，这样省事，来得快。有巧云娘儿俩帮忙，二婶儿没多会儿就把午饭做好了：黄澄澄的大烙饼；清水挂面漂着翠绿的葱花，点上香油倒上醋；一大盘腌肉丁炒鸡蛋、一盘茄子炒豆角、再配上一小碟切成挂面那么细条的香油拌小咸菜……让人看着就有食欲。

山堂拿出瓶酒，被栗粟摆手制止了；二婶儿想让几个男人去堂屋里单吃，他也不同意。最后，主人客人都围在饭桌旁，热热闹闹地吃了这顿饭。栗粟摸拉着肚子站起身说："大娘，您做的饭忒好吃了！这半个月吃食堂，我觉得就没吃饱过，今儿可算解馋了！"

"那还不容易呀？"二婶儿老脸笑成了一朵花，"你不嫌麻烦，就天天来吃呗，不就多添一瓢水么？哈哈……"

"那行，我入伙，只要有时间就来吃！"栗粟说着掏出一斤粮票一块钱，"吴县长我俩的……"

二婶儿一见就急了："干吗？你能来俺高兴……给我这老脸弄难看呀？！"

栗粟忙赔笑脸："大娘，这是规定……"

二婶儿推开他的手，说："规定是你们的事，俺不是党员，规定管不着！"

山堂自然也极力反对，条子和雪儿跟着嚷嚷。吴一平见状忙说："算了，算了，以后再说吧，要不咱们再来就没人管饭了！"

栗粟他们告辞出来，全家人送到门口外。按吃饭时商量的，下午开个座谈会，山堂去通知相关人员。栗粟忽然想到地对吴一平说：“等人到齐还有点儿时间，要不咱们去麦茬家看看？”

吴一平稍愣神儿，忙表示同意。目送他俩离去的背影，二婶儿说：“真是个小书记，怎么看也是个大孩子！”

“人挺好的！一点儿架子没有，感觉像自家人一样。”春雪说着扭头往回走，她忽然意识到什么，猛地停住了脚步：那人说去麦茬家看看，莫非他回来了？她心里不由“咯噔”一下，一脚门里一脚门外愣住了。二婶儿站得稍远点儿，没听清栗粟说的话，她看雪儿一眼，疑惑地问：“雪儿，咋了？”

“没、没事。”春雪支吾了一声，身子不稳似的扶一下门框迈进门，思思索索朝自己屋里走去……

守根家里也挺热闹，大方桌摆在了院子里的柳树下，主人和客人围坐一圈正在喝酒。守根被推坐上席，一边是军帅和麦茬，另一边是长远和三歪歪，司机师傅坐守根对面。李长远是接到军帅的电话一大早就赶来的，还顺路买了一堆熟食，用当地人的话说，无非是心尖儿肚把儿舌头根儿。

庄稼主子讲送行的饺子接风的面，这话是有道理的。送行时间从容，包饺子慢点儿可吃了顶时候，出门在外下顿不知在哪儿吃呢；接风就不一样了，客人一路风尘肚子早饿了，需要尽量快点儿，擀面条容易多了，下锅就熟。

小子坐着汽车风风光光回来了，花梅当然很高兴。可不是，要说金沙窝，无极县小人土鳖，那年头外出见过世面的没几个，甭说坐了，有几个见过这种小屋子一样的汽车？她小跑溜丢儿把闺女叫过来，娘儿俩在屋里忙活着炒菜擀面条。三歪歪去牲口圈找来了老丈人，一家人这么多年算吃了顿团圆饭。守根也很高兴，可心里有点儿埋怨麦茬：回就回来呗，还坐着小汽车，干吗这么扬风奓毛的？这话，他自然不会说出口，还特意去小卖铺里买了两瓶“老白干”。军帅说这酒不好喝，让司机去车上搬下来两箱“丛台”。

栗粟他们从村里出来时，看到一堆孩子大人，正围着那辆停在小桥头的吉普车瞧稀罕。李长远坐得正冲门口，他看见吴一平，意外地站起身往外迎："吴县长怎么来了？"

"不光是吴县长，旁边那个是新来的栗书记。"王军帅说着也站起身来。

"是吗？"长远说，"听说来了个书记，和咱们年龄差不多，还真年轻。"

说话间，大家忙起身迎出去。栗粟他们走到门口，含笑打招呼："大家好哇！"

麦茬他们答应着，忙不迭把两位领导让进门，一番客气后，大家纷纷落座。这时，麦穗正把热腾腾的打卤面端上桌。栗粟呵呵笑着说："来得早不如来得巧。吴县长，看来咱俩挺有口福呀！可惜刚吃饱了。"

大家都笑了。魏守根忙倒酒："栗、栗书记，吴县长，来，喝、喝两盅。"

栗粟把酒接过来，笑着说："是守根大叔吧？听吴县长说，你老当年挺有先见之明，坚持了多年不入社？"

守根愣一下，有点儿不好意思地说："瞎、瞎胡闹呗。也说不上先见之明，就是一时想、想不开……"

"可不是那么回事。"栗粟说，"当年要听你的，今天就不用费这么大劲搞大包干分田到户了。"

大家听着，笑得更欢。吴一平说："为他这事，当时还让我背了个处分呢。"

"可、可不是。"守根说，"这么多年，每想起来都觉着对不住吴县长。"

"形势所迫，现在不是都过去了？"栗粟说着转脸问麦茬，"你这次回来……有什么想法？还走不走？"

麦茬迟疑片刻，忙说："我……回来看看，还没想好。"

“我们是希望他跟我回去。”军帅说，“麦茬在我们那儿干得挺好，都当上窑长了，管着百十号人哩。”

“我和吴县长倒盼你留下来。”栗粟说，“咱们都是年轻人，摽在一起干点儿事多好！现在形势和过去不一样，机会难得呢。”

麦茬点点头，说：“我要不走，就想把村里的旧砖窑承包下来。”

“那好哇。”栗粟说，“我支持，有什么困难可直接去县委找我。”

“再、再说吧。”守根忙拿起筷子，“来来来，大家快吃吧，面都坨住了。”

栗粟和吴一平刚吃过饭，盛情难却地尝了两口菜便告辞着往外走……大家忙起身相送时，花梅也从屋里出来了。栗粟想到吴一平讲的山堂他们的事，特意多看了她两眼，发现这个娘儿们虽说快五十了，但模样端庄、眉眼俊俏，收拾得干净利索，还真不像那么大岁数。他心里就琢磨着等自己抽出时间来，是不是该管管这事？

三歪歪一直闷头听着，吃了顿饭也插不上句话。他跟着送客人走，回来问麦茬：“哥，你真想把破砖窑承包下来？”

麦茬点点头，边吃面边说：“一搞土地承包，庄稼主子的日子会很快好起来，娶媳妇盖房子，砖的需求量肯定非常大。”

“不光是这样。”长远说，“各行各业要发展，盖厂房、建高楼，哪儿不需要砖？到时候怕是供不应求呢。”

“也说不定。”守根说，“咱这块儿地下土质好，烧出的砖光溜又瓷实。听老辈人讲，当年朱棣建北京城，还专门派人来这一带调砖哩。”

“我就想把钢磨承包下来。”歪歪说，“不知道咱村吗时候开始搞。”

栗粟和吴一平直接去了大队部，下午的座谈会却开得很不成功。

金沙窝虽然是个小村，党员干部到齐了也有二十多人。刚开始汇报工作，在山堂带领下人们抢着发言，都说这几年生产队的日子比前些年好过多了，吃穿不愁，盖房子娶媳妇手头紧巴点儿，勒紧裤腰带几年也就过去了。还说这种日子过着踏实，穷点儿富点儿大家都一样，夜不闭户、路不拾遗，村里连个小偷小摸都没有……实际上，这都是山堂下通知时专门交代过的。等说到分田到户、集体摊点搞承包，人们大眼瞪小眼，好半天没人开口。

栗粟并不觉得意外，因为他和吴一平走了不少村庄，这种情况碰上过几回。他知道中国的老百姓有种惰性，一天仨饱俩倒就是幸福，对任何大的社会变革都持反对态度；尤其是像山堂一样的老支书们，对党绝对忠诚，多年来大干社会主义，对分田到户真的不理解。而且他们发号施令惯了，要分田单干，人们各过个儿的日子，还要他们干什么？因此，一个个内心深处会有种权力失落的无措和惶恐，本能地产生抵触情绪。他见冷了场，便含笑对山堂说："老支书，要不你先带个头？"

山堂闷头抽了两口烟，抬眼问："让说真话还是假话？"

"你这叫什么话？"吴一平训斥地，"这是党的会议，谁让你说假话了？！"

"要说真话我想不通。"山堂梗着脖子说，"打从互助组说起，初级社、高级社、人民公社……多少年了？咱黑汗白流大干社会主义，到今天莫非都错了？这分田单干算什么？算不算走回头路？算不算复辟倒退走资本主义道路？"

"对呀，我们想不明白。""就是，干得好好的，来回折腾干吗？""当初不是说了？共产主义是天堂，社会主义是桥梁！"……有几人鸡一嘴鸭一嘴纷纷附和。也有人说："算了。随大流，不挨揍，上级让咋着就咋着呗。""就是，咱是磨道里的驴——听吆喝就沾了，抬这杠干吗？""可不，胳膊还能拧过大腿？"

栗粟见说得差不多了，就摆摆手说："我理解大家的感情，也尊重历史事实……可是，谁说合作化就是社会主义，分田到户就是资本主义了？"

他这一问，山堂他们愣住了。是呵，这话好像谁都没明确说过，只是他们根据多年来经验的个人理解。栗粟接着说："咱大干社会主义，不就是为了国家富强，人民能过上好日子？实践是检验真理的唯一标准，这么多年，日子过得怎么样大家心里不清楚？我听说你们这一带，四十斤全国粮票就能换个媳妇，人怎么就这么贱？”

山堂他们大眼瞪小眼，一句话说不出来。栗粟又说：“一句话，富贵富贵，人穷了就不值钱！我承认，现在是比三年自然灾害时日子好过多了，可谁家娶媳妇盖房子不是牙花子上攒裤腰带上挤？前五年后五年都得吃糠咽菜？大家说，这能算过上了好日子吗？！”他说着说着动了感情，不由站起身来，“咱共产党带领全国人民闹革命，眼瞅着大家过这种日子，就那么心安理得？就那么泰然自若？良心上过得去吗？对得起咱闹革命的初衷吗？”

吴一平看山堂他们都低下了头，忙说：“栗书记的话大家好好想想……农村改革是中央政策，还是那句老话，理解的执行，暂时不理解的也要执行。你们先拿个方案，报县委批准后再执行。”

当天下午，栗粟和吴一平回到县里。栗粟满脸不高兴，见人懒得说话，迈开长腿，走路两脚生风，尤其是上楼总是一步俩台阶，一般人小跑溜丢儿才能跟得上。吴一平含笑目送他进了县委的铁栅栏门，才转身回到对面的政府大院。他一直在基层工作，和山堂他们一样，这么多年埋头大干“社会主义”，对分田到户也是有想法的，不过他不会信口开河，一时不理解自己慢慢消化呗。他知道几个副县长都下乡回来了，急着召集大家开会碰头交流情况，好制订下一步工作计划。

那时候条件不好，栗粟的办公室也是宿舍，里外两间，外间办公，里间睡觉。下乡十多天，他们听到太多太多的各种议论，什么“社会主义”“资本主义”，各说个儿的理，各强调个儿的观点，一时半会儿撕搅不清。天快半夜了栗粟还睡不着，心里翻腾着总觉得有话要说，想一吐为快。他起身来到外间屋，坐在桌旁略思索便开始伏案疾书，用了不到一小时，就给中央领导写了封信，题目叫做“还是《社会主义好》”，第二天一早便亲自送邮局寄了出去。在信中，他坚持“实事求是”的原则，剖析了多种模糊认识，批判了一些错误观点，提倡全民大唱《社会主义好》这首歌。确实，那时候这首歌已经多年没人唱了。

当时的中宣部副部长周扬很重视这封信，部委传阅后上报中央相关领导。那位领导当即作出批示，第二天就发表在《人民日报》的显眼位置。这之后好几年，《社会主义好》的歌声再次响彻了中华大地。

郑巧云在二婶儿面前碰了一鼻子灰，找了个机会简单告诉花梅几句就匆忙走了。花梅着急上火，当时牙就疼了起来，半边脸肿得老高。她一肚子话没法对人说，只能偷偷抹眼泪。当时家里也就她一个人，守根去牲口圈了，麦穗回了婆家院，麦茬跟着长远去了公社里。军帅他们小哥儿仨话没说够，到长远的办公室里接着聊，天快黑时又去了长远家。长远把老婆孩子赶回娘家，三人躺在一条炕上说到了鸡叫。这一次，长远和军帅才彻底知道了麦茬和春雪的前因后果，两人一直鼓动他应该把春雪争取过来。麦茬嘬着牙花子唉声叹气，说这事比登天还难，一是他自己就觉得从良心上过不去；二来所有老人和社会议论都不会支持他。小哥儿仨商量来商量去，最后一致同意：麦茬应该先立业再成家，塌下心干出一番事业来再说。

当天晚上，春雪借口去服装社值班，撂下饭碗就出来了。她直接去了守根家，却看见只有花梅一个人躺在炕上长吁短叹。花梅看到她，脸上露出了笑模样，因为在她心里，一直认为春雪就是自家的儿媳妇。她强挣扎着坐起身来，忙着让座、倒茶。春雪倒有点儿不好意思，扶她重新坐下来。在交谈中，春雪知道麦茬是真回来了，而且这次就不走了，她眼前一亮，心里踏实了好多。她确实要去值班，没坐多会儿就告辞出来了。

春雪并不急着见麦茬，知道他回来了就行，只要他不走，初一见不着还有十五哩！可是，初一过去了，十五过去了，连三十都过去了，她几次借口去看望舅舅和妗子，却一直见不到麦茬，心里不由七上八下犯开了嘀咕：这家伙是怎么回事？是不是在故意躲着自个儿？哼哼，肯定是在外面有了相好的女人……估计一定是，这么多年了，没有才不正常。想到此，她像被人兜头泼了瓢凉水，从头顶到脚后跟儿、连心里都拔凉拔凉的……有那么几天，她非常想找到麦茬问个明白，可转念一想，问明白又能咋着？莫非像人们说的，多年的被窝凉不了，自个儿真要和他重续旧情？还是和条子离婚嫁给他？一想到这些，她的一颗心便冷静了下来，好不容易过了几年清静日子，她真的不想再折腾了。条子不离不弃，对她始终如一，要离婚她不是舍不得，而是自己从良心上就过不去。再说，那种被人戳脊梁骨的日子，她至今想起来心里还哆嗦，真的不敢再折腾一回了。唉……一切顺其自然，随它去吧！

实际上，麦茬时时刻刻都想见雪儿，这么多年绕梦萦怀，能不想吗？可他不敢见，怕见到了管不住自个儿。他心里清楚自己这一回来，全村的父老乡亲都在瞪眼瞅着，不想让人再看笑话。他小心翼翼回避着，尽量躲开晚饭后的那段时间，因为他知道雪儿忙，白天不可能过来找他。他想把村东那个旧砖窑承包下来，扩建成生产能力更强的转盘窑。就在那个窑洞子里，他曾看到过人生最不该看到的一幕，让他多少年不叫花梅，直到这次回来，才勉强叫了声“娘”。按说，麦茬的这个想法很好，砖窑已废弃了多少年，要能盘活，对集体对个人都是好事，可真正做起来并不那么容易，首先山堂那一关就过不去。

那天，麦茬去了大队部，见山堂一个人坐在桌旁看一份什么文件。他忙上前赔着笑脸：“叔，我回来了。你还好、好吧？”

山堂头不抬眼不睁，只是鼻子里“哼”了一声。实际上，他早听说麦茬回来了，尽管知道他和儿媳妇的事，但从心里也并不怎么硌硬这个孩子。三岁看大，七岁看老。他知道自己的小子是个窝囊废，从小就看出麦茬是个有出息的孩子，再加上花梅那层关系，他想恨也恨不起来。他冷鼻子冷脸，不过是大人对孩子的矜持和职业习惯。麦茬没往心里去，走过去坐在他对面，掏出盒“大前门”递上去：“叔，人们说这种烟挺好吸，你尝尝呗。”

山堂也没客气，抽出来一根点着了。他深吸了一大口，随着一股浓烟的吐出说："回来了就老老实实下地干活，覅瞎跑跑了。"

"是是是。"麦茬连忙答应着说，"叔，我想把村东的废砖窑承包下来，你看沾不？"

山堂一听"承包"这俩字心里的气就不打一处来，强耐着性子问："怎么个承包法呀？你有那本事么？"

"我在部队的砖窑上干了几年，应该没、没问题。"麦茬忙说，"怎么承包……就按村里的规定，每年给大队交一笔钱……"

"村里没规定，"山堂打断他说，"也不会让任何人搞承包。"

麦茬愣住了，好一会儿才说："可是……砖窑闲了这么多年，眼看就废了，我把它盘活有吗不好？"

"好不好看谁说，它废了烂了也是集体的东西。"山堂借题发挥，"什么承包？纯粹是走回头路，复辟资本主义！"

麦茬没词了。他知道山堂的脾气，在村里多少年都是吐吐沫成钉，除了奶奶，没人能和他讲清道理。山堂见他不吭声，又说："你想干也沾，挣多挣少全部交集体，大队给你计社务工，一年三百六十五天，风雨不断。"

"可是……"麦茬有点儿着急地说，"要把砖窑整治好，还要修路、通电、打机井，花不少钱哩！"

"那我管不着，"山堂毫无商量的余地，"又不是大队找的你。"

麦茬张口结舌，不知该说什么。山堂缓和一下口气，语重心长地说："好了，谁都是从年轻时过来的，覅胡想八想了，想不对就会走邪路……回去跟你们队长报个到，赶明儿就下地干活吧。"

麦茬没吭声，站起身慢慢往外走，到门口又忽然想起地问："叔，还有件事……我的党员关系能接上不？"

山堂想了想一口回绝："那不可能！你多少年不交党费，不参加党的活动，按规定算自动退党。"

麦茬彻底傻了眼。他呆立片刻，想说什么张张嘴没说出来，而后垂头丧气地迈出了门槛……

前面说过，李长远是个小人精，当过学生会主席，是同学中的灵魂人物，毕业后仍和大家保持着联系，谁有难事第一个准会想到找他拿主意。

麦茬从大队部出来没回家，直接去了公社。长远听他把话说完，一时也没什么好主意，便把他带进了公社书记的办公室。张明凯被带走后，县里派来的书记也姓张，叫张德贵。张书记好脾气，人很和善，十分认真地听他把话说完，沉吟了好一会儿才慢慢说："山堂是多年的老书记了，吃的盐比你吃的小米都多……我可以和他谈谈。不过，你最好还是先听他的，老老实实下地干活吧。"

长远一看书记的态度，就知道这事没戏。实际上张德贵后来确实没找山堂谈过这事。因为他五十多岁了，也是干了大半辈子"社会主义"，对农村改革政策从心里并不赞成。麦茬他们回到机房，商量这事该怎么办。长远说："要不，咱们去县里找栗书记吧？"

麦茬有点儿迟疑："为自己的事去给人家添麻烦，这合适吗？"

"有吗不合适？我看栗书记人挺好的。"长远说，"再说了，这不光是你个人的事，而是关系到农村改革政策能不能推行下去。"

麦茬知道长远平时比自己更关心政治，对上级的方针政策理解得很深刻，自然点头同意。两人午饭都没吃，便匆忙忙骑车去了县城，没想到在县委门口，却看到让人震惊的一幕：李保证穿一身孝衣躺在地上撒泼打滚，招来满街筒子人看热闹；栗粟的吉普车被挡住，气得脸色焦黄，大声命令县委全体干部出来疏导交通；五六名警察拽胳膊抬腿，像拖死狗一样硬把不正塞进了"嗷嗷"叫的警车……

栗粟来县里已经两个多月了，各方面的工作倒还顺手。以吴一平为首的政府班子极力配合，抓工业、上项目，农业生产更不用操心，各级领导班子轻车熟路，种庄稼都很内行。让他头疼的有两件事，一是全县二百多个村班子普遍老龄化，尤其是支部书记，多是抗战时的老革命，没文化、素质低，不懂商品经济，对"包产到户"抵触情绪很严重；二是以李保证为代表的五六个"上访专业户"，三天两头跑北京去省城，有的就是胡搅蛮缠、死猪不怕开水烫，怎么做工作都没法解决问题。上边又没有相关政策，不讲原则地一味强调“安定团结”，下边怎么做都不对，那真是热粘糕掉进灰土里——吹吹不得，拍拍不得。

就说不正吧，因“三种人”被开除党籍谁敢给他恢复？媳妇找不到了谁又能赔他一个？这些都是死结，老天爷都解不开！年前他头一回去北京就引起了轰动——打白旗、穿孝衣，一头扑跪在金水桥上，声泪俱下地高喊：“毛主席，我冤枉啊！您老人家睁开眼，看看您的忠诚战士，人不人鬼不鬼，我活不下去了哇！呜呜……”

那天正是旅游旺季，天安门前人挨人都挤成了疙瘩，一看到不正这种怪异，多少人涌过来，里三层外三层围得水泄不通。旁边的武警战士想上前维持秩序，根本就挤不过来。不正见此情况更来了精神，眼成喷泉嘴成河，鼻涕眼泪哈喇子顺着金水桥往下流。武警战士百折不挠，挤出一身臭汗终于上前把他揪着带走了。就这前前后后折腾了半个多钟头，恰好被几名老外连拍照带录像，第二天便出现在境外多家大媒体上，引起西方世界一片哗然。你想想，这得丢咱国家多大人?!

当时的中央主管领导听到汇报十分震怒，抄起电话直接打给了河北的省委书记，口气自然是很不客气。省委书记打给地委书记，地委书记是栗粟前任牛书记的老领导，干脆在电话里把他臭骂了一顿。牛书记非常窝火，紧急召开常委会研究，因吴一平最了解情况，便派他连夜去了北京。

吴一平堂堂一个正处级大县长，在国家信访局被一个小科长训得像个三孙子，左一个“失职”右一个“破坏安定团结”，就差开口骂娘了。不正像是国家贵宾，在高级宾馆里好吃好喝待了三天。吴一平一肚子气没地儿出，真想见面给他俩耳光再臭骂一顿，可考虑到各级书记的态度和自己的处境，只好忍气吞声，耐心和他谈条件。不正狮子大张口，说自己上访吃喝糟嚼花了五千，误工补三千，加上精神损失费五千，一共一万三，看在县长是老熟人的面子上，自己吃点儿亏，给一万就算了。

吴一平气得差点儿背过气去："你他娘劫道呀?！一万块是多大个数？我一个月才挣一百挂零，全县还没有一个'万元户'，你小子凭吗吔？"

"凭吗？就凭我这几年受的委屈，凭你们把我媳妇弄丢了。"不正大言不惭，"一万块还是看你面子，少一分都不沾！"

吴一平半天说不出话来，真想扭头就走，可又想到省委书记一再强调这是"政治任务"，处理不好不知多少人受牵连，只好耐着性子和他讨价还价，最后八千元成交，总算把他带了回来。事后，县委还要一次次给省委和中央打报告说明情况，立下军令状确保不正不再上访。这一来牛书记和吴一平的压力就大了，人是活物有腿能跑能跳，又不是猪狗牲口，捆不得拴不住，怎么能确保他不上访呢？两人只得来到金沙窝，找田山堂商量办法。

对这件事，山堂开头并没往心里去。他自认为了解不正，两人从年轻时就在一块摸爬滚打，虽说"文化大革命"后心不那么近了，可自己的话他还是能听进去的。吴一平说要立军令状，山堂觉得有点儿小题大做，但还是写了一份保证书。牛书记这才稍稍放下心来，和吴一平不顾山堂的阻拦，饭都没吃就走了。

山堂回家吃了口饭，撂下碗就去了不正家。那时候双河已和俩小子分了家，院子一撇两半，中间垒了道墙，歪歪一家和老两口住东头，不正住西头。分家的直接缘由，也是因为不正下台后一直吊儿郎当不正经干，三天两头上访告状，人跑瘦了心跑野了，而且怎么劝他都听不进去。儿大不由爹，双河被气得连训带骂，几次差点儿动手揍他。没想到，不正一句话就把他堵得喘不上气来："你懂个屁呀？真是饱汉子不知道饿汉子饥！"

眼不见心不烦，双河当时就和他分了家，天明不过夜垒了栋墙，并当众声明："活不养死不葬，从今往后没他这个小子，有本事你一根棍骨碌去吧！"

不正分到两间北屋两间西屋，自己在院墙上掏了个洞，挡了块木板就是大门。不到半年工夫，他就把北屋拆着卖了，因为跑北京去省城，吃喝糟嚼不都得花钱？按说，北屋是上房，应该留下卖西屋才对，可西屋是秫秸顶茅草房，拆了也卖不上价，北屋好歹还有木料椽子……刚开始他还不懂得敲政府的竹杠，花一毛钱都得自己掏。后来，全国各地的"上访专业户"聚在一起，互相交流心得体会，介绍经验教训，他才知道上访也能挣钱，甚至能挣大钱，关键在于掌握好时机，比如在国家每年开"两会"期间，只要能去北京，敢狮子大张口，政府肯定能出大价钱。当然，这期间各级政府的神经都快绷断了，上京"接访"成了压倒一切的"政治任务"，别的工作都可放弃，派出主要领导带领信访、公安等相关人员，不惜血本布下天罗地网、组成千军万马进行"围追堵截"。不正他们要想此时进京，必须提前一个月做准备，绞尽脑汁费尽心机，琢磨着该走哪条路线，到时候不坐车不走大路，专走田间小道，甚至钻庄稼地绕行好几百里才能达到目的。也是，上访不易，想靠此挣个钱更难啊！

山堂去不正家时，他盘腿坐在炕桌旁，正美滋滋地喝小酒。桌上摆着一盘炒花生米和一包猪头肉，一瓶"老白干"已经见底。屋里乱七八糟像猪窝，地上散扔着破鞋臭袜子，炕上被褥没叠，只把放桌的地方刨了个干净。再看不正本人，两三年的工夫像老了十岁，头发花白，胡子拉碴，脸不知多少日子没洗了，脏乎乎像抹了一层泥；身上的衣服缺扣子少大襟，油脂麻花能划着火柴。毕竟是多年的老弟兄，山堂有日子没看到他了，见他这样心里还有点儿发酸，不由皱着眉头说："真是，看你这日子过的……"

"堂叔，快进来！"不正瞪着发红的眼珠子看看他，满脸不在乎地嬉笑，"怎么了？我过得挺好哇，你看看，有肉吃有酒喝，一人吃饱全家不饿。嘿嘿……"

山堂看着脚下，挑拣着下脚的地方走过去坐在炕沿上。不正看着他问："堂叔，你怎么这么稀罕？是不是吴一平找你了？"

山堂愣了一下，忙说："是呵，书记县长都来了……"

“我知道。我知道。”不正根本不让他往下说，“大家都是为我好……堂叔你甭多说，我赶明儿就下地干活，再也不胡跑跑了。你转告各级领导，让他们把心放肚里吧。咱虽说被开除了，毕竟当过多年党员，不给国家添麻烦，这点儿政治觉悟还是有的。”

见他这么痛快，山堂倒没话说了。不正非让他喝酒，他就喝了两盅，说了些安慰的话就告辞出来了。当天后晌儿，他骑车去了趟县城，专门向吴一平汇报了情况。吴一平思索片刻，半信半疑地看着他说：“这小子会那么痛快？他不会是糊弄你吧？”

山堂被提醒，一下子愣住了。吴一平又说：“甭管怎么样，你派几个人轮流值班，一定要死看死守，千万不能让他再跑北京！”

就在这时候，栗粟走马上任，来无极当上了县委书记。他是平山县人，老家叫南沟，是个坐落在大山深处、只有十来户人家的小村庄。像所有大山里的庄稼孩子一样，他从小拾柴砍草、喂猪放羊，七八岁开始上学念书，每天下学后放下书包就背柴火筐……“文化大革命”那年他正读初中，念了两年书打了两年架，一九六八年领了张毕业证就回家了。

像所有“老三届”学生一样，城里的上山下乡叫“知青”，村里的直接回老家叫“回青”，都要“接受贫下中农再教育”。少年不知愁滋味，大家都一样，回家种地也没什么丢人的。他回去第二天就扛起放羊鞭，当上了生产队里的羊倌，每天把羊赶到山坡上，羊吃草他看书，斜靠在野风徐徐的绿草红花间，饿了啃两嘴随身带的窝窝头，渴了喝几口清凌凌的山泉水，日子倒也过得逍遥自在。一个多月后他受了点儿刺激，心里变得不平衡，开始考虑自己的未来。

那是个大热天，太阳像火球一样炙烤着崇山峻岭，山野间没一丝儿凉风，闷热得让人透不过气来。栗粟没处躲没处藏，躺在没一点儿荫凉的山坡上，汗水淋漓连书都看不下去。正当他心烦意乱时，听见头顶上方有人喊他的名字。他抬头望去，看见是自己初中时的一位同学，正骑着辆邮递员的绿自行车从坡上路过。这位同学叫李志东，上学时调皮捣蛋，每次考试都是全年级倒数第一。栗粟一入学就当班长，为了班级名誉没少批评他，因此毕业后两人就断了来往。就在昨天，栗粟才听人说志东的一个远房舅舅是公社武装部长，把他调去当通讯员了。他当时并没太在意，现在看到人家，心里却不由“咯噔”了一下。

李志东靠在锃明瓦亮的自行车上，一副洋洋得意的样子。他的大白脸像发面卷子，小眼眯成了两条缝，长头发似乎被牛舔过油光发亮，苍蝇落上去也得劈了叉。他上身穿一件浅黄半袖府绸衬衣，下身是一条日本尿素口袋改成的“哆嗦”裤。说起这种裤子当时不知是谁编了几句顺口溜，百姓们到现在念叨起来还觉得好笑。

平山和无极同属石家庄地区，那年区供销社不知通过什么渠道进口了一批日本尿素，口袋的质地非常好，又薄又结实。也不知哪个头脑灵活的人突发奇想，用两只口袋做了条裤子，嘿嘿，穿在身上挺得劲儿，滑溜、轻松，走路带风还挺凉快，更主要是便宜，五毛一条，做条裤子只花一块钱！这么好的事，自然很快传扬开来。那一年，各级供销社的大门快被挤爆了，不管干部还是社员，都托人赖脸找关系走门子，想买几条尿素口袋。狼多肉少，没点儿头脸你还真买不到。这东西好是好，就是上边的字不知用的是吗材料，你就是洗上一百遍，也模模糊糊能看清楚。可好，那两年乡间就有了一首打油诗：大干部，小干部，走路穿着哆嗦裤。前面写着日本产，后面写着大尿素。

李志东哆嗦着裤子一脸讥笑：“大班长，当上羊倌了？好，好，哪天我有空儿写篇报道，让你这大班长再一展当年雄风。哈哈……”

栗粟被气得一句话说不出来，等他走后心里就极端不平衡：娘的，什么东西呀！自个儿吗时候也能骑辆新自行车，到处溜溜逛逛？想也是白想，他只能更加发愤读书，不到一年工夫，他就自修完了高中的全部课程。也许是天道酬勤吧，大队书记见他这么好学习，第二年便推荐他上了石家庄地区财贸学校。那几年不管上什么学校都不用考试，大队和公社推荐、县里批准就行。

逮住这么好的机会，粟粟自然十分珍惜。一入学，他就被同学们选为学生会主席兼他们班班长，除了管好班务和参加社会活动，更是刻苦学习，每次考试都是全校头一名……光阴荏苒，两年的时间很快就过去了。毕业前半年，同学们开始找关系走门子，千方百计想留在城市里。这事粟粟想都没想，明知自个儿没那份能力，费那劲干吗？他心里琢磨，能回乡进公社供销社当个售货员，干些年头混个主任什么的这辈子就算交代了。

那天是毕业典礼，粟粟一大早就把行李收拾好了，准备会后背着铺盖卷回南沟。几天前班主任就通知，说校长指名让他作为学生代表在毕业典礼上发言。他并没往心里去，因为不管是在初中还是在这儿，他一直是学生干部，大会小会发言多了。可他没想到这次还真不一样，典礼开始前就来了好多人，听校长介绍，知道有地区供销社主任、商业局长、人事局长……坐了一长溜。

粟粟坐在学生队伍中心里有点儿发慌，因他原来认为发言不过是例行程序，并没认真准备，只是昨晚临睡前打了个腹稿，没有形成文字。典礼开始后他是第三个发言，前面有教导主任讲话和老师代表发言。他们说的什么粟粟一句也没听进去，他努力稳住心神，把腹稿默念了两遍。轮到他发言一口气讲了十多分钟，倒也流畅自如，没出什么差错，还引来了两次掌声。他松了口气，散会后直接去了宿舍，背上铺盖卷就要出门，因天色已经不早，他想赶最后一班去平山的汽车。就在他迈出门槛那一瞬间，一位女同学进来挡住了去路。

这位女同学叫汪金玲，和他不是一个班，因都是学生会干部，两人倒也熟悉。粟粟只知道她就是市里人，父亲是工商银行的什么领导，家庭条件在同学中算最好的。金玲是个大高个儿，人长得很漂亮，是大家公认的“女生尖儿”。她为人随和，好说好笑，围在身边的男生不下四五个。说实话，粟粟也曾在她身上动过心思，转念一想自己毕业后要回到山沟里去，就彻底断了这非分之想。

汪金玲哈哈笑着问：“怎么着？你这是马上要走哇？”

“是、是呀，我想赶最后一班汽车。”栗粟说。对金玲的到来，他有点儿意外，因为两人平时接触并不多，从没单独说过话。金玲仍是笑容满面，一双美丽的大眼睛直视着他：“着什么急呀？好不容易毕业了，还不在市里玩两天？”

“不、不了。”栗粟说，“眼看要秋收了，回去帮家里干几天活。”

“那明天再走也行呀。”金玲说，“今晚我做东，去燕春饭店撮一顿。”

“谢谢！”栗粟意外地连连摇头往后退。金玲笑着上前想夺他的行李：“覅多想，不是请你一个，还有咱学生会好几个同学哩！”

就这样，两人拉扯着耽误了十几分钟。后来栗粟想，这可能就是天意，十几分钟彻底改变了他一生的命运。如果金玲不来，如果他出校门走了，班主任不一定会派人去找他，金玲他俩也不可能走到一块，他更不可能当上县委书记……正当两人说话间，班主任急匆匆进来了：“栗粟还没走呀？太好了！快去吧，校长让你去他办公室。”

栗粟急着赶汽车，不由问了一句：“李老师，怎、怎么了？”

“好事。”李老师含笑说，“你去了就知道。”

栗粟懵茬茬地跟着他去了校长办公室，看到那些官员都在。他一个都不认识，忙给校长敬了个礼。校长让他坐下来，指着一位四十多岁，满面红光，已开始发福的干部介绍：“这是商业局关局长。”

栗粟忙很有礼貌地问候了一声。关局长不苟言笑地问了问他的基本情况，最后说：“小伙子，你的发言很好哇！怎么样，想不想留在石家庄工作？”

栗粟没思想准备，愣了一下才回答：“想、想呀。”

“那好。”关局长起身拍拍他的肩头，“去取你的行李，跟我走吧。”

就这样，栗粟被留在地区商业局办公室做文秘工作，负责起草领导讲话，写工作总结、情况简报什么的。对他来说，这份工作压力不大，因他平时喜欢看书，文字基础比较扎实又肯下功夫，只要熟悉了专业术语，很快就进入了角色。那时候，他自然是住单身宿舍，下班后除了看书还是看书，但每到周六下午，汪金玲就会打电话过来，约他第二天参加同学聚会。

栗粟是庄稼孩子，总觉着和这些城市同学不怎么合群，开头还不愿参加。金玲却不依不饶，第二天一大早便会和同伴找上门来，刚开始是一大群，十来个同学呼呼哈哈吃饭聊天看电影，后来就剩下了两三个，再后来……不管人多人少，每次看电影都是金玲主动买票，而且她的票总是和栗粟挨在一起。栗粟开始非常不习惯，电影开演前只要一关灯，他就浑身紧张，大冬天头上都会冒汗，一次、两次、三次……不知是第多少次，也不知是谁主动的，两人看着看着手就握在了一起，所以后来再聚会就剩下了他俩。一切顺理成章，一切水到渠成，两年多后，栗粟因材料写得出色被调进地委办公室，他和金玲也就成了一家人。

不知是因为栗粟能干还是命好，反正是赶上了好时候。“文化大革命”伤了一大批人，干部队伍青黄不接，那几年入党没有预备期，青年干部讲“速提”，不像现在，有形无形的台阶你得一磴磴往上熬。他在地委办公室干了一年多，便从科员提成了资料科科长，又干了不到两年，就被任命到无极当上了县委书记，从正科直接提正处。

栗粟到县里的时候，那十来个“上访专业户”闹腾得正欢。实际上他们是商量好了的，今天你在县委门口折腾，明天我去省城，后天他跑北京……结果是今天北京打电话，明天省里派人下来，县社村涉及的干部疲于应付，连正常工作都受到了影响。北京每次打电话口气还非常强硬，命令必须去一把手接人。栗粟去过两次，也像吴一平一样，被小科员训得像三孙子，在上访人员面前还要忍气吞声，说好话赔大钱，比三孙子还孙子。

李保证当过多年干部，走南闯北见多识广，在上访人员中是个灵魂人物。全国各地的上访者汇聚北京，他开始还是个热心肠，帮人出主意想办法，好多人还都相信他。时间一长，他便动开了歪心思，到处吹嘘自己上层有关系，和哪个中央领导沾亲带故，和哪个部长的儿子是铁哥们儿，帮人找工作上个大学什么的都是张飞吃豆芽——小菜一碟，等等。真是有卖当的就有买当的，就像街头摆地摊算卦的“大仙”，你要是神机妙算有真本事，干吗不把自己的命算好点儿？挣大钱住豪宅，吃香喝辣，却非在街头风吹日晒受这份洋罪？不知那些信男信女是怎么想的，听他们胡说八道一番还要把钱留下。不正也一样，听他云山雾罩神吹多了，还真有不少人相信，男男女女求他办事的大有人在。办事当然不能白办，他趁机骗财骗色，钱是实实在在的，色他知道自己想干也干不成，无非搂搂抱抱、抠抠摸摸地过干巴瘾。

常言说兔子不吃窝边草，这话很有道理。不正从不骗本县的那些熟人，所以吴一平他们好长时间都不知道他干的那些破事。栗粟年轻气盛，到任没多久便两次去北京被狗血喷头，而且都是为这个李保证，心里非常憋气。他在常委会上提出应该采取措施，按《治安管理条例》进行处理，被吴一平拦下了。吴一平介绍了不正的情况，基于上次的教训说：“现在是非常时期，中央强调安定团结……像不正这些人，大错不犯，小错不断，难死公安，气死法院，咱就是关他十天半月，他出来会闹腾得更欢。我看咱还是稳妥些，死看死守，花点儿小钱买平安吧。”

吴一平说死看死守，田山堂却没当回事。他觉得不正还是听自己话的，既然答应不再上访了，应该还是算数的，所以就派几个民兵轮流值班，支应了十多天便撤了。县官不如现管，不正果然听山堂的，老老实实在家待了几个月。他也不下地干活，成天像个坐家女，大门不出二门不迈，偶尔赶集买些酒肉蔬菜什么的回来……但上访好比吸毒，干多了也有上瘾，等八千块钱花得差不多了，他又非常怀念在上访人员中那如鱼得水的日子，一颗心开始变得躁动不安。又是一年“两会”之前，在一个月黑风高的夜晚，他骑着破自行车绕道天津，然后钻庄稼地进了北京。

北京西城区三里河路，就在离钓鱼台不远的一条小街有个地下室，是全国上访人员的秘密集散地。他们在那儿介绍经验交流情报，非常准确地知道“两会”的召开时间。就在“人大”会第一天散会时，代表们说说笑笑往外走，不正突然从墙角后钻出来，高喊“冤枉”扑跪在了人民大会堂的东门口。他仍是一身肮脏的孝衣、头发胡子老长，人不人鬼不鬼的样子把代表们吓了一跳。他们愣怔片刻，有的下意识地躲闪，有的上前来想询问情况……几个中外记者趁机围上来，举着相机一阵“咔嚓”……尽管他很快被警卫人员拖走了，可造成的影响却惊动了全国甚至世界。中央主管领导非常震怒，把来开会的河北省委书记和省长叫进中南海，拍桌子撂板凳一顿臭训。省委书记当即把电话打到了无极县委办公室，气急败坏地命令栗粟连夜赶到北京。

当时栗粟正在下乡，坐在老百姓家的炕头上说“闲话”，办公室赵孟河主任打了半天电话才找到他。栗粟不敢怠慢，带上公安局长、信访科长和几名干警，开上县委刚买的面包车就出发了。那会儿的公路坑坑洼洼，等他们连夜赶到了北京已是天光大亮。他看到不正心里的气就不打一处来，二话没说就黑虎着脸命令警察给他戴上了手铐。旁边国家信访局的工作人员想阻拦，栗粟没理他们，把手一挥大声说：“带走！出了问题我负全部责任！”

不正愣住了，上访多年，每次来接他的人都是满脸赔笑说好话，甚至可怜巴巴求他回去。头一回享受这种“待遇”，他心里发了毛，扭头看着信访局的一位干部求救：“李、李处长，你看这……”

栗粟根本不容他多说，命令警察跟斗骨碌把他拖出门扔进了面包车。往回走的一路上，公安局长和信访科长轮流给不正做工作，他装死狗一声不吭，倒是几次赔着笑脸叫“栗书记”。

栗粟坐在前排座上装睡着，就是不搭理他。车开到县委门口已是后半晌儿，栗粟本想把不正带进办公室好好谈谈，没想这小子犯了驴脾气，一下车就躺倒在地撒泼打滚……赶来的麦茬和长远正好看到这一幕。栗粟把他们带进办公室，听了麦茬的汇报，他阴沉着脸好半天没说话。因为麦茬讲的，正是他工作中感到棘手的第二个问题。

栗粟到任后通过调查研究，没多久就发现农村改革的阻力来自基层班子，尤其是支部书记一把手。这部分人根正苗红，多数是当年的地下党员，对共产党忠心耿耿，从抗日战争到解放战争、从土地革命到合作化……都是一步一个脚印跟着党走过来的。应该说，他们是共产党的基本群众，对党的忠贞甚至迷信毋庸置疑。可他们普遍年龄老化，多数没文化，更缺乏商品经济意识，多年的政治宣传和传统习惯，让他们认为只有抓大农业才是正路，别的都是歪门邪道。什么“分田到户”“摊点承包”，他们从内心深处感到是“走回头路”，是“复辟资本主义”，本能地产生强烈的抵触情绪。

栗粟深感农村改革的艰难，经过深思熟虑提出来应该选拔一批年轻有文化、懂商品经济的干部上来替换这些老支书。可他的这个想法，在两次县委常委会上都没能形成决议，究其原因简单而又复杂。因为县里的好多老干部，是和这批村支书一块成长起来的，有的沾亲带故，有的是生死战友，有的拜过“干兄弟”……这种千丝万缕的关系，真是“剪不断，理还乱”，他们从感情上就过不了这道坎，咱中国讲究“人情大如天”，“卸磨杀驴”不应该是共产党干的事。可话又说回来，长江后浪推前浪是历史发展的必然规律，这批“驴”确实老了，占着磨道不拉磨大家怎么吃白面？栗粟在会上多次讲过这些道理，可多数常委就是闷着头不表态。因此上，这些“老革命”该怎么安置？当时国家没出台相关政策，就成了个大问题。

听了麦茬的汇报，栗粟觉得这个问题已迫在眉睫，到了非解决不可的地步。他决定深入下去“解剖麻雀”，找到解决问题的办法，当即便骑车驮上行李和长远他们一块去了金沙窝。可他没想到，到村里后解决的第一个问题却和工作无关，只是给山堂当了一把“媒人”。

三人到金沙窝时天已擦黑儿，小村庄笼罩在一片浓重的暮霭之中。鸡上架鸟回窝老牛进了圈；家家屋顶上的烟筒里都冒出了袅袅炊烟。村街上烟雾弥漫、饭香扑鼻，昏暗的路灯下到处晃动着挑水、垫圈、打扫门前地的人影。一群孩子山呼海叫，在街旁的大土堆上“轰隆隆”打闹着跑来跑去。

他们先去了大队部，见锁着门，便决定直接去山堂家。麦茬自觉没脸进山堂家门，找了个借口先回去了。栗粟和长远推着车子进大门时，正赶上二婶儿抠鼻子挖脸、用手厾点着连训带骂地数落花梅：“……常言说得好：人活一张脸，树活一张皮。你怎么就没羞没臊?！莫非真是没脸没皮，天下无敌？怪不得人们说嗑瓜子嗑出臭虫来——这世界上吗仁（人）也有……”

花梅除了掉眼泪一句话都说不出来。原来，她请巧云来了一趟连句活话都没有，心想反正这事也说开了，不如自个儿豁出来去求求二婶儿，死马当活马医吧，不是说人有见面之情吗？万一她老人家一时心软也说不准。这人一着急脑瓜子就犯迷糊，她可是没想到，硬着头皮进这个门不容易，要找个下台阶走出去更难。栗粟他们嘻嘻哈哈进门来，才算给她解了围。

对于山堂、守根和花梅之间的事，栗粟听说了不少。他一见院里的阵势，就猜到大概发生了什么事，但还是装作随意地说：“大娘，想你烙的葱花饼了！”

“好哇！好哇！”二婶儿稍愣了下神儿，立马换上了笑模样：“你们先坐会儿，我这就下手。”她并不清楚栗粟知道山堂他们的事，转身去抱柴火时瞪了花梅一眼。一直呆立在旁边发愣的花梅这才回过神了，忙含混地和大家打了个招呼，脚步匆忙地离去。栗粟注视着她的背影，明知故问地：“大娘，她……是叫花梅吧？当年从南边逃荒过来的？”

二婶儿意外地看他一眼：“是、是啊，这你都知道呀？谁的舌头那么长呀？”

栗粟呵呵笑着，心里忽然动了个想管管这件事的念头，便说：“我还听说，当年山堂想退婚娶她，惹你老生了不少气哩。”

二婶儿更加意外地看着他，往锅里添水的手停住了。栗粟没等她开口，又说：“那事你老做得对，从小定的娃娃亲，哪儿能说退就退呢！”

“就是。”二婶儿听这话心里很舒妥，又往锅里添了瓢水，“就是，做人得讲良心不是？”她说着坐在灶坑里，边往灶膛里点火边说，“才刚走的那个花梅就不讲良心，当年要不是俺守根收留，她娘儿们早不知死哪儿去了。”

“那是，那是。”栗粟随声附和地说。实际上，他这是欲擒故纵，先让老太太心里舒服，往下的话就相对好说了。他和长远不顾老人反对，一个坐在灶坑里烧火，一个拿东递西帮她搭下手……那时候，农村人家差不多都一样，堂屋一进门就是个烧柴火的大灶台，上面一前一后、一大一小两口铁锅；灶火洞里边有火道连着东头屋里的土炕，中间挡着块砖做闸板，夏天挡上，冬天抽开，满炕都热热乎乎。这顿饭的程序是这样：先要在头锅里把小米绿豆粥煮到八分熟，掏到后锅里慢慢熬着，这中间二婶儿已就着风箱把面和好醒了。她把头锅刷干净后开始烙饼，烙完饼再接着炒菜……

做饭中间，栗粟很随意地和老人说着闲话：“大娘，山堂家嫂子……走多少年了？”

二婶儿抬头想了想：“可是不少年了……你算吧，‘文化大革命’第二年，到如今还不十好几年了？”

“那这么多年，你老没想再给他张罗一个？”栗粟说，“当时，山堂也就……不到四十吧？”

“可不是。”二婶儿长叹了口气说，“儿大不由娘啊！这么些年，上门提亲的没一百也有九十九个，人家死活不同意。我这当娘的白法儿没有。”

“那你老也没问问，他为吗不同意呀？”栗粟笑着，“是一个也没看上，还是他心里有人？”

二婶儿警觉地看他一眼，问：“你这孩子……不是来为他们做媒的吧？”

“不是，不是，咱娘儿俩这不是说闲话嘛。”栗粟哈哈笑着又补充一句，“就是做媒也应该呀，我这县委书记，不是全指着他们干活拉套嘛！”

“那你说谁都沾，就是才刚走的那个不沾！”二婶儿拉下脸来烙饼，好一会儿不再开口。栗粟心里多少有点儿尴尬，尽管他极力掩饰着，一时却不知该怎么说。李长远忙接过了话茬：“奶奶，这你老就……我看花梅婶儿挺好的。他们一个光棍一个寡妇，怎么就不沾呀？再说了，山堂叔也上了点儿岁数，他身边没个人你老能放心呀？”

“就是啊。”栗粟说，“你老有七十多了吧？身板再硬朗，能伺候到他哪一天？春雪再孝顺，毕竟是儿媳妇。常言说得好：儿孙满堂比不过半路夫妻。不是我们多嘴，这事你老真的该好好想想。”

二婶儿长叹了一口气，把最后一张饼从锅里铲出来。她拍打着双手，神色忧郁地说：“我家山堂也五十多岁的人了，他这件大事我能不挂在心上？可往年介的事你们不知道……她这个人真的不行！”

“大娘，实话实说吧，他们以前的事我还真听说不少，这么说吧，吴一平县长知道多少我就知道多少。”栗粟说，“我认为，这个人行不行得让山堂说，什么年代了？你老可不能包办婚姻。咱都看过《小二黑结婚》，看过《刘巧儿》，谁不笑话巧儿她爹呀？你说是不？”

二婶儿忙活着炒菜，好半天没吭声。李长远半开玩笑地：“奶奶，栗书记可是咱县最大的官，这个面子你老得给，要不让我们怎么出你家门呀？”

二婶儿张了张嘴，仍然没说什么。栗粟有意改变话题：“长远，我怎么觉得这么别扭哇？我叫大娘，你叫奶奶，那我高你一辈儿呀？总不能让你叫我叔叔吧？要不我也跟着叫奶奶吧？”

“那可不沾！”二婶儿终于开口说，“你是父母官，叫大娘就是抬举我了，再叫奶奶，你是不想让我活大年纪了？”

三人哈哈笑着。长远说：“我和麦茬是同学，当然应该叫奶奶，也是先叫后不改。你叫大娘是老八路作风，咱各论个儿的吧。”

说话间，春雪和条子先后进了家门。条子用粪筐背着小天明，进门就告诉奶奶，说南头老潘家父儿俩打架哩，爹说过去看看，吃饭不用等他。

当天黑介召开了个支委扩大会，除七个支部委员外还通知了几个生产队长。会议按惯例由山堂主持，他还算明智，只字没提分田的事，也没发牢骚，不带任何观点地说了麦茬想承包砖窑的事。栗粟也没多说什么，他本来想借此机会讲讲当前形势，说说“分田到户”和发展商品经济的事，但又觉得这阵子大会讲小会说，喇叭上广播街头上宣传，大道理和中央的要求已是家喻户晓、妇孺皆知，再说也没什么意义，只会冲散今晚的主题，就没开口。

山堂三言两语，不到抽袋烟的工夫就把麦茬的想法说完了，接下来会场就是一片沉默。干部们或蹲或坐，都在闷头抽烟。那年头烟袋锅已不时兴了，有条件的买烟卷，“岗南”牌的，一毛六一盒；没条件的就自制旱烟，随便找张什么纸卷成大“喇叭筒”，一口接一口地紧抽。没多会儿，满屋子已是烟雾腾腾，连灯光都显得暗淡了许多。栗粟不抽烟，被呛得一个劲咳嗽，他强忍着心头的不快含笑催促：“说说，大家都说说……”

终于，老东山站起身来说：“我好破裤子先舒腿……”他看一眼黑虎着脸的山堂，接着说，“我觉着这是好事……那砖窑闲多少年了，废物利用呗。反正不用大队出钱，挣了村里沾点儿光；赔了算他个人的，不是挺好吗！”

山堂看他一眼，嘴里什么都没说，心里却只嘀咕：你小子真是记吃不记打，只要是走资本主义道路，你他娘比谁都积极！哼……

当年老东山带头反对入社，几个儿子被公安抓走关了半个月，他也被开除党籍。过了两年，山堂心里过意不去，毕竟是从小一块上树偷枣、下河摸鱼的玩伴，后来又一块参加区小队打过日本鬼子，就和吴一平共同找县领导给他恢复了党籍，几年后重新当上了支部委员。

庄稼主子是属羊的，有人带头人们就会跟着走。老东山说了自己的意见，大家就鸡一嘴鸭一嘴地发言：“沾，东山说得在理，真不是坏事。”“我同意。个人出力，集体得济，我看沾。”“这么好事，打着灯笼哪儿找去呀？”……

山堂恨得牙根痒痒，就因为栗粟和长远在场才没把心里话说出来。最后举手表决，他迟疑半天，才勉强把手举了一半。栗粟不由含笑问了一句："老书记，你这是同意一半不同意一半呗？"

"同、同意。"山堂这才把手高举起来，嘴里嘟囔着，"反正……这心里不踏实。"

原则上同意魏麦茬承包砖窑，接下来大家又讨论了具体细节，在山堂坚持下，最后的决议是：村里拿砖窑和附近的土地入股，从修复砖窑到投入生产，包括前期的修路、通电、供水等，所有资金由麦茬负担；大队派一会计掌握账目，砖窑一半的收入归集体；除技术人员外，所有力工必须由大队分派，这些人每人每天两块的工资窑上出，一块留给个人一块交集体，大队负责给他们开社务工，一年三百六十日风雨不误，一天十分到本人所在的生产队参加分配……

一件事反反复复吵吵了多半宿，等大家哈欠连天站起身，村里村外的小鸡子都叫了。栗粟跟长远去公社住。山堂进家时看见上房里还亮着灯，他不无意外地愣片刻，咳嗽两声推开了屋门："娘，天都这咱晚了，你还没睡呀？"

二婶儿正给山堂做过冬的棉裤，头不抬眼不睁地没搭理他。山堂心里发毛，不由又叫了一声："娘……"

"你长本事了是不？"二婶儿仍没抬头看他，"找县委书记来跟我说事？"

山堂一愣神儿，不知她指的是什么，蒙头转向地说，"没、没有哇！我找县委书记干、干吗？"

"没有？"二婶儿终于抬眼看了看他问："那人家是吃饱了撑的？专门跑家来说你那点儿破事？"

"他说吗事了？"山堂仍在发蒙，"没有，娘，真的没、没有。"

二婶儿又认真看了他一眼，低下头穿针走线，说："甭管有没有，从今往后，你的事我不管了，你爱跟谁就跟谁过去吧。"

山堂这才琢磨过味儿来，大体明白了娘是在说花梅他们的事。他心里不由一阵高兴，脸上却不显山不露水地傻愣着。二婶儿又说："咱丑话说在头里，那个娘儿们心眼不好，往后是好是歹你自个受着。"

山堂不知该说什么，一时没吭声。二婶儿看了看他，接着说："还有一条咱也说在头里……你们要真结了婚可不能在家住，得搬出去。"

山堂一听又傻眼了，怔了好半天才着急地问："不能在家住？那俺们搬哪儿去住哇？"

"那我管不着。"二婶儿口气很坚定，"你们爱搬哪儿搬哪儿，反正不能住家里。我眼不见心不烦，甭在我眼皮子底下晃荡就沾！"

魏麦茬承包砖窑的协议写了出来，一式两份，山堂心里腻歪就让双河去找他谈。麦茬看了协议觉得有点儿"霸王条款"，可转念一想自己本来就是回来"正名"的，挣钱多少还在其次，就没再说什么。他提出来的唯一条件，就是想发动乡亲们投资入股大家一块干。这事双河做不了主，去大队和山堂商量。山堂一听就撺了："他不是说花多少钱都是自个出吗，怎么又让乡亲们给凑？！"

"他不是这意思。"双河忙解释，"人家说是想帮乡亲们共同致富，还说赚了大家有份，赔了算他自个的……他跟每个投资人签字画押。"

山堂琢磨着他的话，一时没吭声。双河忙又说："我看这样也沾……反正咱不帮他做工作，谁爱投谁投，赔赚咱又没责任。"

山堂没再说什么，协议双方签字盖章生效。接下来的几天，每到吃黑介饭的工夫麦茬就会在大喇叭上广播一份协议，当然不是他和村里签的那份，而是他和投资人的协议，大体意思是：他要承包村里的砖窑，而且要改造成转盘窑；年生产能力是多少，估计能赚几百万……欢迎乡亲们投资，赚了大家分红，赔了算他自个儿的；五百块一个股，投一股不嫌少，百股不嫌多……

这么大的动静，可是把金沙窝小村搅翻了天！本来，麦茬这次一回来，已经把小村搅得像开了锅的水，"咕嘟咕嘟"直冒泡。乡亲们大眼小眼瞅着，在茶余饭后、抽地头烟的工夫，各种议论像长了翅膀："听说这小子发大财了，真的假的？""真真的！他回来那天我亲眼看见了，从小汽车上提溜下来俩大包袱，沉乎乎的一看就是钱。""好家伙！那得有多少？少说也得几十万吧？""不止，一百万往上，只多不少！”“嘿嘿，这回咱村有好戏看了！”……

尤其是那些吃饱了撑得没事干的老娘儿们，一个个咬着耳朵挤眉弄眼：“多年的被窝凉不了。瞅着吧，这回春雪准定会跟条子闹离婚！”“可不是，小子都那么大了，换谁瞅着不眼热？”“那条子干呀？”“他不干怎么着？听说婚姻法有规定，不能干那种事就让离婚。”“咯咯……瞎子放鹰——不见起。再怎么说山堂还是大书记，雪儿敢呀？”……更有一两个好事的，天一擦黑儿就吗也不干，专门盯住麦茬和春雪，看他们往一块凑不。她们盯了十多天就没劲了，因为一回也没看见俩人走动过。

甭管人们怎么猜测怎么说，有一条大家都承认：这小子沾，心眼实诚能干事，跟着他不会上当。因此上，麦茬在喇叭里喊了两天，不少人就动了心。有的去信用社把存钱取出来，有的投亲访友想办法凑，也有的粜粮食卖猪……山堂看在眼里只犯嘀咕：这小子还真有点儿号召力，可不能小看他。

初恋的感觉像刻在石板上的浪漫诗句，风雨再怎么冲刷也要持续几年、几十年，有的人甚至一辈子都忘不掉。杨春雪听到麦茬的声音一阵激动，浑身哆嗦差点儿把手上的剪刀掉到地上。这么多年，她可以说每时每刻都在想着麦茬，多少次深更半夜突然惊醒，看着旁边的条子睡得像只小死狗，那种强烈的思念会烧得她坐不住躺不下，瞪着眼睛听鸡叫，一直到天亮。她一千次一万次回忆着和麦茬在一起的每件小事、每个细节，儿时的两小无猜、青春期的第一次拉手、嫁给青松那天晚上想主动给他……呵，呵，深埋地下时的激情燃烧、柳子地里的惊心动魄！她不敢想却非想不可；她想忘掉却永远铭刻在心头！她听到麦茬的广播也动了心，非常想投资入股，挣不挣钱放在一旁，更主要想尽力支持他一把。可想也白想，她手里没钱，因这个家多年来一直是二婶儿当着。她想主动提出来又有点儿心虚，便在被窝头上跟条子念叨：“条子，你听见没有？麦茬要建转盘窑，你跟奶奶说，咱入点儿股吧。”

条子迷迷糊糊快睡着了，眼也不睁地问：“入、入那干吗？”

“挣钱呗。”春雪说，“你没看到，全村人都准备钱想入呢。”

“听他瞎吹，真能挣那么多钱呀？”条子含混地说着仍然没睁眼。他这些日子很累，因为歪歪走了，他当上了电工班长。歪歪有个外村的好朋友组建了个工程队，请他去当电工队长，开出的条件很优厚。山堂本来不同意他去，架不住歪歪软磨硬泡，最后答应每月给村里交一百块钱、大队给他记社务工才算达成协议。条子本来就手贱喜欢瞎鼓捣，是个“没事忙”，现在有了正经事，更是忙得焦头烂额，一天到晚不着家……春雪不让他睡，两眼放光地拍打着他的肩头说：“能挣，肯定能挣！分田单干，庄稼主子很快翻身，手里有了活钱，谁家不张罗着翻盖房子娶媳妇？那得需要多少砖？”

条子仍然打不起精神来，支应地说：“分田单干，这不还没分么。”

“我看是迟早的事，今儿不分明儿分。”春雪说，“上级下这么大决心，谁能顶得住！”

春雪的话条子从来都是当圣旨，第二天吃早饭时，他嘴里嚼着饼子对二婶儿说：“奶奶，麦茬哥要建转盘窑，咱家也入几个股呗。”

“入那个干吗？”二婶儿正忙活着拾掇饭菜，随口问。她知道自己的孙子从小有两条毛病，一是缺心眼儿二是“口急”，每回吃饭就像饿狼，不管饭菜上来没有，拿起个饼子就得先吃。条子捏了根咸菜放进嘴里说：“挣钱呗。人们都说，麦茬哥能干、实在，保准能挣大钱。”

“你听谁说的？”二婶儿问着看春雪一眼，心里自然明白是怎么回事。春雪正忙着给天明盛饭，假装没听见。条子从没弯弯肠子，老实交代：“村里人们都这么说，雪儿姐也说了……往后日子好过了，谁家不盖房娶媳妇？盖房子还不得用砖？”

二婶儿证实了自己的猜测，马上显得不高兴，说：“我看是瞎子放鹰——不见起，他挣不挣钱还两说。再说了，人家挣座金山，和咱没一毛钱的关系。”她停顿片刻，话里有话补充一句，“做人得知足，命里只有八格米，走遍天下不满升。”

条子看看春雪，还想争取："咱入了股，不就有关系了？我看还是入点儿吧。"

"行了，你就嫑瞎搅和了。"山堂咳嗽着从屋里出来，边扣着扣子接过话头，"甭看他眼下闹得欢，就怕以后拉清单。你狗屁不懂，甭跟着瞎呛呛。"

"就是，共产党的经像孩子的脸，猫一天狗一天的，"二婶儿说，"三眼炮打兔子——没准头的事。"

山堂一说话，条子立马变哑巴。春雪不由深深叹了口气，撂下饭碗出去了。

麦茬的想法和春雪一样，老想帮她做点儿什么。这天吃过晚饭，他取了五千块钱，用报纸包好就去了机电队。

前面说过，这是个大杂院，门口挂着金沙窝大队机电队的牌子，村里所有现代化的机电设备都存放在这儿。院里停放着两台拖拉机、一台播种机、一台收割机，角落里还摆着多年不用的锅驼机、柴油机，锈迹斑斑都快成废铁了。一溜十多间屋门口都钉着小木牌，上写：办公室、会计室、机耕班……现在，各屋都黑着影，电工班房间里透出的灯光就显得格外明亮。

麦茬推门进去，看见条子正伏在桌旁缠电机，边缠还边翻看一本砖头那么厚的《电工手册》。他在门口站了一会儿，条子全神贯注竟没察觉。他不由笑了笑，轻声问："条子，缠电机呀？"

条子一惊，抬眼看看他，很快高兴地笑了："茬子哥！早听说你回来了，我正说抽空儿去看你哩！人们都说你发大财了，是真的吧？"

"发吗大财呀，倒是挣了点儿钱。"麦茬随便坐在炕沿上，"听说歪歪走后你当电工班长了？还好吧？"

"挺好的。"条子孩子般笑着说，"就是忙了点儿，又赶上这两天电机坏了。"

"奶奶还好吧？"麦茬迟疑一下，又补充一句，"家里人都好吧？"

"都挺好的。"条子说罢，忽然想起地笑了，"天明都上小学一年级了！人们都说越长越像你……嘿嘿，我看也像。”

面对条子的天真无邪，麦茬真有点儿无地自容。他不敢看条子那双孩子般清澈的大眼睛，含混地说：“甭听人们瞎嚷嚷，没、没有的事。”

“有事又怎么了？”条子仍是一脸天真，“像你才好呢，像我跟黄豆芽子一样，多难看呀！”

麦茬不知该笑他傻还是该同情他的纯真，满脸发烧地忙改变话题：“条子，你听说没有？我要承包砖窑……”

“听说了，听说了。”条子打断他，“不是要建转盘窑么？人们都在嚷嚷。”

“是呀，”麦茬说，“转盘窑比旧窑烧砖多多了，往后几年砖肯定好卖。”

“是。”条子点着头，“雪儿姐说了，分田到户，人们日子好过了，谁家不张罗着盖房子娶媳妇？”

“这只是一方面。”麦茬说，“人们日子好过，国家也就富强了；国家富强了，那么多的党政机关和企事业单位不都要发展？盖大楼建厂房，又是宾馆又是商店，好家伙，需要的砖海了去了！甭说一座砖盘窑，一百座、一千座也供不过来！你想想是不？”

条子瞪眼听着，一时没吭声。麦茬接着说：“多好的机会呀，你们家就不想投资入几个股？”

“怎么没想呀。”条子一脸无奈地拉着脸，“可我和雪儿姐都是丫环带钥匙——当家不做主。奶奶不同意，爹瞪着眼反对，唉……我们有吗法呀。”

麦茬把一直藏在身后的报纸包拍在桌上说：“给，拿去吧。”

条子一愣神儿：“这是……吗吔？”

麦茬笑了笑：“你打开看看不就知道了。”

条子迟疑片刻，慢慢打开了纸包。他愣怔一下，眼睛猛地瞪圆了，吃惊地说：“好家伙，这么多钱呀？！”

“不多，五千，”麦茬说，“可以入十个股，你拿去做投资吧。”

条子眨巴着眼睛愣了好一会儿，脑袋摇得像拨浪鼓：“那可不沾，怎么能用你的钱呀？不沾不沾……甭说是爹，奶奶知道也得拿烧火棍子敲我。”

“你覅告诉他们不就沾了？”麦茬说，“也不要写你和雪儿的名，就写在天明名下，算给孩子准备将来上学的钱。”

“那也不、不好，”条子仍在摇头，“雪儿姐知道了也不会同意。”

“我不是说了？你谁也覅告诉，天知地知、你知我知就行了。”麦茬见他仍在摇头，忙一本正经地接着说，“咱俩是好弟兄是不？你的孩子和我的孩子有吗不一样？为天明长大后有出息，谁知道能不高兴？”

条子一时没吭声，瞪着大眼思索。麦茬拍拍他的肩膀：“好兄弟，就这么着吧，千万记住，天知地知、你知我知！”他说罢，起身出去了。条子站起身，张了张嘴没说出话来。他重新坐下来，再没心思缠电机，瞅着那堆钱瞎盘算，直到半夜三更鸡都叫了，也没想明白这事到底该不该做。

按着协议，村里要为麦茬派个会计。派谁呢？山堂一时想不好，就找来双河和老东山商量。他们把身边的人一个个摆列了半天，最后还是山堂提出来让不正去。开头老东山不同意，说这小子没准头，怕他到时候瞎胡来。山堂说没事，会计不动钱，就是记记账。不正身上毛病不少，可他账码清楚，记个流水没问题。再说了，不正毕竟是从小跟在他们身边，打鬼子斗地主、当民兵连长治保主任……虽说“文化大革命”犯了错，可功是功过是过，自打从看守所回来，他可是变得老实多了。另外，他眼下是光棍一根，一人吃饱全家不饿，可以吃住在窑上，冬天不烧窑还能值班看看场子什么的。

也是，不正现在像换了个人，身上完全没有了当年那股子扬风奓毛的劲头。用乡亲们的话说，他像个“骟了蛋的驴”，走路耷拉着脑袋，一天到晚没有半句话，放上碌碡也压不出个屁来。而且，他一改往日的懒散，风里来雨里去，一天到晚和社员们一块下地，干活再不耍滑偷懒。人们都笑着说：还是栗书记有办法，一下子把他身上的毛病全治好了！至于怎么治好的，人们并不知道，只有不正自个儿心里清楚。

那天，他被送进了看守所，没想到碰上了个自个儿不认识的对头冤家。那小子叫二愣，也确实是个愣头青，家是银沙窝的，长得人高马大像座黑铁塔，是因偷村里的树进了的。他十三岁那年拾山药，背着柴火筐转悠到金沙窝地里碰上了检查看青的不正。不正二话没说就踹烂了他的草筐，别了他的三齿镐还扇了他两巴掌。不正当干部时打过多少人他自个儿都记不清，这么多年过去他早忘了。打人的忘了，被打的却一辈子都忘不了。不正刚被送进小黑屋，眼睛不适应还什么也看不清时，就觉着有堵墙挡在了面前。他愣怔间，就听到一个粗声粗气的大嗓门问："你他娘认识我不？"

不正抬起头看看对方，忙说："不、不认识。"

"那好，今儿让你认识认识！"二愣说着，抡起大巴掌"啪啪"就是俩大嘴巴。不正被打得两眼冒金星，摸拉着脸问："你、你干、干吗？"

"我不干吗，就想揍你！"二愣说着，一拳杵过来，不正鼻子出血，门牙都被打掉了一颗……二愣被管教带走关了几天禁闭，不正始终不明白自个儿为吗挨打。那几天他牙疼腮帮子疼，连饭都吃不下去。同屋人告诉他二愣是银沙窝的，他才猜到大体是为吗挨揍。

几天后二愣回来了，不正还没张口说什么，便被对方摁在了地上。这回二愣改变了打法，他扯下条被子把不正裹了个严严实实，然后抡起尿桶不管脑袋屁股砸在他身上。这种打法更狠，被打者不青不肿却受内伤。半个月后不正被放出来，连走路都拉拉着一条腿，回家的十多里路，他走了一整天。

队委会做出决定后，山堂去找不正，让老东山去通知麦茬。麦茬听了心里"咯噔"一下，好一会儿没吭声。也是，毕竟他们俩以前有那么深的过节，换谁也得犯嘀咕。老东山讲了山堂的意思，着重介绍了不正这些年的经历和眼下的表现，麦茬也就转过弯来了：自己回来不就是为正名吗？要能让不正改变看法说个好，不是比任何人都有说服力？他这样想着，也就痛快地答应了。

山堂找到不正，话没说完他就点头同意了。是呵，当会计是多好的差事？风吹不着日晒不着，一天满分十个社务工记着，每月还有几个零花钱，换谁不高兴地拍屁股？

尽管有心理准备，真到两人见面时，多少还是有点儿尴尬。

那天，秋高气爽，艳阳高照，蓝蓝的天上飘着几朵白云。原野上，大片大片成熟了的棒子金灿灿；一块一块间种的棉田白花花；这里、那里……社员们三五成群，说说笑笑地掰棒子、摘棉花。窑场上更是人来车往，一派繁忙！

旧砖窑已经拆平，破砖烂瓦清理得干干净净。麦茬把师傅宋头请来了，两人拉着皮尺，正用白灰划线。平整的地上方块接圆圈、直线连曲线，已画出了转盘窑的轮廓。他们不用画图纸搞设计，两人都是行家，一个多月北上南下考察过多少座转盘窑，已把全部结构了然于胸。离开一箭之地，挤坯子机“轰隆隆”转动着，四五个小伙子光着膀子汗流浃背，正把源源不断的土坯整理上垛。麦茬早盘算好了，秋去冬来，上冻前要把窑建好，准备下一窑的坯子，明年开春就可上香点火，敲锣打鼓放鞭炮开张了！

李保证没想到麦茬动作会这么快，他背着粪筐晃晃荡荡沿河堤走过来，看到眼前的景象愣住了。麦茬直腰擦汗的工夫往这边扫了一眼，竟然没把他认出来。一是两人多年没见面了，二是不正确实变化忒大，整个人瘦得脱了形，不到五十岁便须发全白，看上去像个六七十岁的老汉。麦茬继续忙活着，当他一次弯腰拽皮尺时心里忽然意识到什么，不由再次抬起头来……不正下了河堤，穿过一片掩映着新建场房的小树林，已嘿嘿傻笑着来到近前。

麦茬脑袋里“轰”一声，多少陈年往事一下子涌上心头：那柳子地里被捉奸的尴尬，棒子地里躲藏的狼狈，无家可归的孤独，四处流窜的艰辛……呵呵，酸甜苦辣、五味杂陈，多少说不清楚的感觉憋得他浑身肿胀！可此时此刻，他能说什么？能做什么？他傻愣着一时没开口。不正走到近前也咧着嘴傻笑。

宋头看出了门道，因为他了解麦茬的过去，也多次听说过不正这个人。本来，麦茬的脾气秉性偏“肉”，不喝酒、话很少。可有一年大冬天在窑上值班，荒凉的窑场就剩他师徒二人。三十晚上，王军帅派人送来了酒菜，在老宋撺掇下，麦茬喝了不少酒。酒后吐真言，也许是憋闷太久需要发泄，麦茬把自己外逃的前前后后竹筒倒豆子吐了个干净，然后就是哇哇大哭着出酒。说完出完，他呼呼大睡，三天三夜没睁眼，可把宋头吓得够呛。宋头是个“老狐狸”，用庄稼主子的话说他是肚里有牙眼里有水，看人看到骨头里，看事能一眼看到底。他发现麦茬神情不对，又打量了不正几眼，就猜了个八九不离十，忙笑着问：“你是……李保证吧？茬子经常说到你。”

不正稍愣一下，忙点头哈腰，连连答应着。麦茬这才回过神儿来给他们做介绍：“这是……宋师傅。”他停顿片刻，勉强笑了笑又说，“你来了……就、就好。”

不正嘿嘿傻笑着，忙从宋头手上抢过皮尺……

条子很听话，五千块钱在电工班的抽屉里锁了两天他谁都没告诉。第三天擦黑儿，他把报纸包揣在怀里悄悄来到大队部，趁四下没人交给了双河，没想到还是差点儿出了事。

按大队的要求，社员们投资入股的时限是五天。这期间还真有不少人家把钱交上来，但多是一两千，上五千的也就那么几户。人多力量大，全村共凑了四十多万。麦茬当然没指望这笔钱，和村里签完协议当天他雇人雇车，边修路边把电线架了过去。第五天吃黑介饭的工夫，双河在喇叭上广播各家各户投资的钱数：“……田锁柱，一千，两个股；于根胖，两千，四个股；李双振，三千，六个股……”

条子没想到双河会在喇叭上广播这事，心情一下子变得十分紧张。他边支棱着耳朵听边“呼噜噜”喝粥，故意把声音弄得山响。二婶儿看看他：“你怎么了？弄那么大动静，喂猪呀？”

“没、没有哇。”条子“嘿嘿”笑着，“奶奶做的饭香呗！”

最后，双河广播了几个大户：“……田老蔫，五千，十个股；田天明，五千，十个股；李振强，五千……”

二婶儿听到这儿稍愣神儿，停下了箸子问：“条子，才刚念谁来着？田天明？咱村还有叫天明的？”

条子的手哆嗦一下，差点儿没把饭碗扔到地上。他装傻充愣，忙说：“没、没有哇。”稍停，忙又补充，“奶奶，你听错了，人家报的是……南头田连明。”

“是么？”二婶儿半信半疑，“我怎么听着是田天明呀？”

“那是你耳背呗。”条子说着，不由心虚地看了春雪一眼又忙把目光移开了。春雪本来边吃饭边琢磨事，对喇叭里的声音没着耳朵听，条子看这一眼却让她多了心。等饭后回到自己屋，她什么也没说，只是坐在炕沿上，一双眼睛直直地瞅着他。条子不敢和她对光，磨磨蹭蹭转一圈便嘟囔着往外走：“我去电工班、班……正修电机哩。”

“你给我站住。”春雪声音不高却很严厉。条子停在屋门口，手把着门框没敢回头。春雪仍是轻声问：“说吧，怎么回事？”

她的这种神态是条子最害怕的，他二话没敢说，关上屋门把事情的来龙去脉交代了个清楚。春雪听罢好一会儿没吭声，心里却是久久不能平静。她很感动，感动麦茬没忘记她，没忘记他自己还有个小子。可这事该怎么办？她一时想不明白：就这么不声不响接受了？不是她做人的原则；如果找双河要回来再还给麦茬？似乎也不妥当，那会弄得满城风雨，自己一百张嘴也说不清楚……想来想去，她决定先不吭声了，等自个儿挣了钱偷偷还给他就算了。

说到挣钱，春雪确实有自己的想法。自从知道麦茬承包砖窑，她就动了心思，老琢磨着要把缝纫社承包下来。而且，她这想法也和麦穗商量过，麦穗表示同意，还说承包费不管多少，她俩一人一半。麦穗养活的小闺女天爽已经两岁多，完全能离开手了。花梅成天介心不在焉，很少帮她带；守根却亲得了不得，每天扛在肩上去牲口圈，连清圈扫地的工夫都舍不得放下来。

这么多年，春雪当着社长，对缝纫社的情况自然是了如指掌。她非常清楚，这二十多台设备三十多个人，县服装厂一直供着活，要好好干一年挣个十几万块没什么问题。关键是这么多年一直吃大锅饭，干与不干一个样，干好干坏一个样；这些大闺女小媳妇，都是有根儿有把儿进来的，最次也是生产队长家的外甥女、大队支委家的小姨子……一个个都是祖奶奶，甭管有错没错，你说谁都会跟你噘嘴摔脸子；再就是干私活，只要有人在这儿上班，她全家人，包括亲戚朋友的衣服都会拿来加工，这是不记时间不记成本的……因此，这么多年缝纫社实际上是在维持，有时添置设备还要写申请向大队要钱。

过了两天，春雪实在忍耐不住，就在被窝头上和条子商量，条子是磨道里的驴——听吆喝，立刻摩拳擦掌表示支持，两口子深更半夜敲开了奶奶的屋门。二婶儿听春雪把话说完，沉吟着好一会儿没发表意见。她这几年忙着料理家务照顾孙子，对政策方面的事不怎么留意，便隔着窗户把从外面回来刚躺下的小子喊了起来。

山堂听春雪把话讲完，也是吧嗒着抽烟好半天没吭声。实际上，这一年多他因政策改变心气不顺，知道是自个儿跟自个儿叫劲，心里明镜似的清楚搞承包和分田到户是大势所趋，谁都阻挡不住。想到此，他闷着头说："你想承包也沾，但不能我说了算。大队要开会商量，公开招标，公平公正，谁出价高谁干。"

"对，就该这么做。"二婶儿说，"你爹当了一辈子干部，不能为这事落下话把儿，让人说三道四。"

春雪表示同意，她信心满满，势在必得。实际上也是这么回事，要说经营服装厂，她在村里是"大拿"，没人敢和她竞争。接下来的两天，事情进展顺利，大队召开社员大会公开招标，把米面加工厂、缝纫组、果园等所有副业摊子都承包了下去。别的摊子竞争激烈，三头五十、一百二百往上抬价。缝纫社的招标毫无悬念，春雪轻易便拿到手，承包条件是一年向村里交三万块钱，上打足一次交清。她很高兴，摩拳擦掌想大干一场，可等到交承包费时却遭了难。

按照她和麦穗商量的，每家要凑一万五千块钱。麦穗拿出来没有问题，歪歪这两年跟人打工，零打碎敲挣了大几千，她又向哥哥借了些就凑够了。春雪自己手里没钱，二婶儿拿出来家中的全部存款也不足五千。按说，她家的五口人三个劳力，在村里应算是富裕户，可因这么多年工分值太低，一个工才几毛钱；山堂虽说当了半辈子村支书，可他不贪不占，从没占过公家一分钱便宜。

春雪急得像火上房，连夜赶回到了娘家。巧云倒没说什么，去信用社把自家的六千块钱全部取了出来。六千加五千一万一，还差四千块怎么办？春雪着急上火，天明不过夜又赶回来。第二天是无极大集，她把自己出嫁时娘陪送的自行车、缝纫机、衣柜衣箱全部拉到集上卖掉了还是凑不够，急得她偷偷抹眼泪，起了满嘴燎泡。后来，守根听麦穗说了，把自己存的一千多拿出来，又跟小子借了两千才算凑够了。春雪十分感激，执意要跟他打张欠条。守根一听就急了：“这闺女，你当我是外人呀?！当年要不是你娘把我从井里捞出来，我这小命儿早没了！”

春雪总算长出了一口气，她暗自思量，甭管是自己的人生还是缝纫社，必须重打家伙另开张，拼了命也要大干一场！

第十六章

命运多舛　田山堂喜忧参半
欲速不达　杨春雪进退维谷

人随世界草随风，一辈子怎么过，会碰上哪些沟沟坎坎谁都说不清楚。所有的算命先生都是见风使舵、胡扯八卦，油嘴滑舌坑你俩钱儿花花。

田山堂和兰花梅终于结婚了！他们没有大操大办，只是把大队部全体成员叫到一起吃了顿饭。事是办了，可两人还是各住各家，新房落在哪儿一直得不到解决。山堂几次求娘甚至磕头下跪都不行，二婶儿说来说去就一句话：你们爱住哪儿住哪儿，只要甭让我看见她就沾！

花梅含着眼泪，想让山堂搬来和她一块住。山堂死活不愿意，他觉得和守根住一个院，低头不见抬头见的，怎么着心里也别扭。过了一个多月，老东山给他们出了个主意：大队部这么多房子，你们收拾一间住不就沾了？你吃住都在这儿，守着电话值着班，对工作还有好处哩。

一句话点醒梦中人。山堂很高兴，和队委们通了个气挑了最里头的一间大屋。老东山是个热心肠，亲自带人把里面的杂物收拾出来，用旧报纸糊裱了一遍，又盘了个不大的煤火炕……花梅把自家的锅碗瓢盆、桌椅板凳搬了过来。

两人住进去的头一天，山堂专门去县城赶了个集，买回来下酒菜，又让花梅包了猪肉韭菜饺子。他把几个主要干部请来，大家说古道今，高高兴兴喝了点儿小酒。夜深人静、鸡不叫狗不咬时，两口子趁着酒劲急吼吼地脱光了衣服……没想到，这回亲热的感觉让他们大出意外，像是达到了从来没有到过的顶尖尖上！

山堂五十拐弯儿，早就觉得自己这方面不行了，二三十岁时，每天睡醒后都是一柱擎天，穿上裤子顶起来帐篷，走路都怕被人看见，这会儿，一两个月不干那事，下边一点儿动静没有。前些年他虽说断不了和花梅在一块，可由于总是偷偷摸摸，心里有压力，甭管在什么环境下都是匆匆忙忙，不到抽锅烟的工夫就完事了。现在好了，合理合法、正大光明，两人身心彻底放开，意外地找到了从未体验过的感觉。

山堂想要伸手关灯，被花梅拦住了。她许是喝了酒，像小姑娘一样面色桃红，微微含笑拿了张报纸围住电灯，只留下个光圈投射在炕上。而后，她放开了身子，四脚拉叉躺下去，一双水蒙蒙的眼睛看着山堂微笑。说实话，尽管两人好了半辈子，由于心里紧张，山堂从没有仔细打量过花梅的身子。现在不一样了，他在扑上去的一瞬间又收住了脚步，站在炕边从头看到脚……也许这就是人们说的天生丽质吧，花梅尽管快五十了，仍然保持着大姑娘般的身材，仔细看去，真是要哪儿有哪儿，该凸的地方凸、该凹的地方凹，尤其是一对乳房一点儿都没走样，挺挺地冲天翘着；她浑身的皮肤白嫩细腻，紧绷绷的，在灯光下莹莹闪亮……山堂像欣赏艺术品，看呆了、看傻了，一时间竟然忘了自己该干什么。

花梅目光流盼，不无羞涩地轻轻招了招手："哥，来呀！"

山堂这才想起自己该干的事，他急不可待，饿狼般扑了上去……花梅这回可真是放开了，她剧烈地扭动着身体，"啊啊"叫的声音让山堂担心大街上都能听见。他一次次伸手捂她的嘴并轻声提醒："你小声点儿，小声……"

"我干吗小声？俺就想让全村人都听见！"花梅说着更提高了声音。是啊，她要把憋了这么多年的委屈叫出来、喊出来。她要示威，向极力反对他们走到一起的人示威，向全村人示威。

山堂累得四蹄流汗，受到她的感染，也不由自主地大叫起来……终于，两人像野狼般长啸着同时到达了顶尖儿上。然后，花梅像一摊泥，整个人扑倒在山堂身上。她浑身剧烈抽搐着喘息片刻，忽然放开嗓门儿，哇哇大哭起来。山堂吓一大跳，忙问："你怎么了？哪不得劲儿？"

花梅说不出话来，摇了摇头仍然哭个不停。山堂思索一下忽然明白了过来，她这是在哭自己，哭年轻时的悲惨遭遇，哭这些年的酸甜苦辣，哭说不清倒不完的憋屈……想到这儿，山堂也不再劝说，轻抚着花梅光溜溜的后背，任凭她哭、哭……直哭得浑身哆嗦，气哽声噎。

好日子和忙碌的日子总是过得飞快，转眼又是一年的春天。

桃李芳菲、草长莺飞的一天，魏麦茬的转盘窑在鞭炮声声中出砖了。正如他预料的那样，砖还热得烫手时，来买砖的大车小辆便排起了长队。甭说是麦茬和宋头，连不正每天都是笑呵呵忙个不停。他跑来跑去，大声吆喝着点数、记账，指挥几个小青年按先来后到装车。

这半年多，大家都看在眼里，不正确实干得不错。他一天到晚长在窑上，从没回过家。他除了干好自己分内的工作，还是个救火队员，哪儿人手不够就顶上去，清理卫生、搭手做饭……他什么都干过。而且，他还自作主张，在小树林里围了个大栅栏，喂了两口猪一群鸡，食堂里的泔水不再浪费，还为菜园里提供了肥料。眼下，猪已长成半架子，鸡也开始下蛋，园里的各种蔬菜可供三四十人吃了。还有，不正生猛却不傻，能看出眉眼高低分清大小辈，每见了麦茬总是点头哈腰恭恭敬敬，一口一个"魏总"叫得麦茬都不好意思。

人心换人心，八两换半斤。时间久了，麦茬对不正也改变了看法，实心实意把他当作领导班子成员，大事小情都和他商量。有一点儿不正是非常认真，每次一窑砖卖完，他便及时把账算清楚，该交大队的，一分不差地拨过去。因此上，山堂也很放心，用这些钱翻盖了大队部，自己也就住上了新房。

春雪也是成天介忙得脚打后脑勺儿。她把“缝纫社”的牌子摘掉换成了“服装加工厂”；房子破旧无力翻盖，就用白灰重新里里外外粉刷了一遍，亮亮堂堂也算有了新气象；人员调整后制定了各种规章及奖罚制度，一切纳入正轨，生产的质量和数量自然提高了很多。按着过去的约定俗成，县服装厂每月给她们单子做，半年过去也挣了些钱。她没用这些钱还账，而是添置了打眼、钉扣、锁边等机器设备，准备除了做县服装厂的活还要想办法接外单。

总而言之，这一年，金沙窝除了把几个副业摊子承包下去，其他一切都是外甥打灯笼——照舅（旧）。社员们早起打钟下地，天黑收工回家，喝上两碗山药轱辘菜饭，老婆孩子热炕头挺滋润。当然，这是表面现象，实际上早已是人心浮动。人们背地里议论两件事，一是咱村吗时候分地呀？二是二婶儿这人真有股子别扭劲，硬是把小子赶出家门。对于这些议论，山堂装作没听见，尤其是在哪儿住，他更没往心里去：只要媳妇在，哪儿不是家嘛！他心情舒畅，明显开始发福，肚子腆起来，脸上也像染了红颜色。

一天擦黑儿，三歪歪回来看家，在村里引起的轰动比麦茬还大。他早就跟着工程队由农村打进了城市，快一年没回来了。这小子脑瓜灵活，眼观六路耳听八方，进城没多久就脱离了原来的老板，自己组建了个小工程队，干一些掏地下水道、修马路牙子的小活。活小利润并不低，一年他就挣了几十万……只见这小子像换了个人，以前的寸头变成了大波浪长发，穿了一身大裤脚的花格子衣服，戴一副“蛤蟆镜”，骑一辆锃明瓦亮的大摩托车，边放着震耳欲聋的音乐，边“轰隆隆”穿过了整条村街。乡亲们都看傻了，甭说别人，麦穗头一眼都没认出他来。

到吃黑介饭的工夫，你听吧，所有人谈论的话题都是三歪歪。前面说过，那年头，汉们儿们吃饭不喜欢和家人围在桌旁，即便是寒冬腊月，一个个都是端着大海碗山药菜饭、夹上筷子咸菜、拿上俩大饼子走出来。他们圪蹴在家门口老槐树下的土堆旁、碾盘上、猪圈墙边……边吃边说闲话：“看样子，这小子真发大财了。”“狗屁！瞧他扬风奓毛的，哪儿像个正南巴北的庄稼主子？”“就是，男不男女不女的，整个一‘破荒子’！”“嘿嘿，这种人，兔子的尾巴——长不了！”

好事的顺昌爷和几个老辈子甚至找到双河，吹胡子瞪眼地说：“看你那小子成吗样了，你这当爹的也不管管？！”

双河只能苦笑，他不是不想管，而是管不了。他年轻时倒也有脾气，不知怎的老了老了变成了棉花套子，甭说那么大的小子，就连五六岁的天爽他都管不了。只见他连连摇头叹气：“儿大不由爹，是好是歹随他去吧。”

庄稼主子常说：随大流，不挨揍。山堂仗凭自己老资格，这回真没随大流，一年拖一年，到底还是挨了“揍”。

那年开春的时候，县委书记粟粟为开拓人们的商品意识搞活经济，通过省里的大领导联系，他专门跑了几趟长春一汽和人家谈好了条件。在一个艳阳高照的日子，二百辆崭新的大卡车围着县城转了一圈，一字长蛇停在了县政府招待所门口，几乎把全城人招来看热闹。只见布告上白纸黑字写得清楚：这些车人人可以买，有能力交全款最好；能力不够可交一半，剩下的一半政府帮助贷款；没能力政府也可帮助贷款，只要办好手续，一分不掏就可把车开走，等挣了钱再还账……这么大的举措全县轰动，人们像赶“流水集”，来了一拨又一拨。男男女女议论纷纷，都说这是大好事，可真有胆量把车开走的却寥寥无几。说实话，那会儿老百姓是真穷，能拿全款买车的几乎一个没有；交一半贷一半的也没有几人；一分不交把车开走倒有人想，可回去和家人商量又不敢了：万一挣不到钱，这账怎么还？

就这样，三天下来，二百台车一辆没开走。这情况可真有点儿出乎粟粟意料：嘿嘿，都说无极人土鳖，可也不能鳖到这种程度哇！送上门的挣钱机会都没人要？！不行，这要传扬出去，人可就丢姥姥家了，自己决策失败不说，原封不动开回去，跟人家汽车厂怎么交代……他思虑再三，决定召开紧急会议，加大宣传和推销力度。当时已是下午五点，他找到办公室主任赵孟河，命令办公室以县委的名义下通知：七点召开三级干部会，县直机关一把手、公社书记、大队书记必须参加。

那天是老东山值班，接到通知便去告诉山堂。当时正是腊月天快过年了，外面刮大风还飘着小雪花，腊七腊八冻死狗，阴冷阴冷连手都伸不出来。山堂和花梅围在火炉旁包饺子，小屋里暖烘烘的很是温馨。他一听要立马去开会就皱起了眉头，好半天没吭声。本来，他对县委推销汽车就有看法：一个庄稼主子，种好地多打粮食才是本分，搞那些歪门邪道干吗？

要说山堂怕冷不去开会那是冤枉他，当年端鬼子炮楼，再大的风雪他也没草鸡过，主要是心里不痛快。他"啧啧"嘬着牙花子对东山说："这个会……你替我去吧。"

"那……"老东山迟疑着，"栗书记要问我怎么说？"

"就说我……腰疼，"山堂回答，"正拔罐子哩。"

三干会准时召开，确实有几个大队书记自己没到派人来了。栗粟到任时间不长，二百多个大队书记他认不全，要换成别人，也许打着马虎眼就过去了。偏偏他去过金沙窝两趟，山堂又是个名声很大的老书记，自然印象深刻。他不由问东山："你们老书记怎么没来？"

东山是个老实人，随口回答："他说腰疼，正拔罐子哩。"

栗粟心里动了一下，倒也没说什么。会议开得时间很短，就为这一件事，前后不过半个钟头。栗粟没讲多少大道理，实话实说求大家帮忙，千方百计想办法，可不能把这件大好事办砸了。最后，吴一平又强调了几句，散会时还不到八点。栗粟叫上办公室主任赵孟河，蹬着自行车直奔金沙窝，下雪路滑，一路戗风，尽管不过十七八里，两人到村口已是满头大汗。栗粟笑着摘下栽绒帽子呼扇两下说："嘿嘿，看来冷的真是闲人。"他说着忽然想到，这是去看病人，总不能空着手吧？于是，两人又返回几里去了公社，找上李长远敲开供销社的大门，买了二斤点心和一瓶酒。

山堂家的饺子非常好吃，主要是里面的馅很稀罕，再富裕的人家，一年到头也不过能吃一两回。原来是窑上杀猪了，麦茬让不正给他们送来了一刀肉和二斤肋板油。花梅把肋板油切成小块熬了，剩下的油嗦子配上事先泡好的萝卜皮，再剁上几瓣蒜（如果能放上几根韭菜更好），点上几滴香油……嘿嘿，那个好吃，让人想想就流口水！麦茬让不正去送肉和油时，不正笑着随口说："行，看来你这个大小子还真孝顺！"

麦茬弄不清他的笑是吗意思，绷着脸没吭声。前面说过，他十三四岁砍草追小兔，无意间撞见花梅和山堂在窑洞里干那事后，就再没开口叫过娘。如今快二十年了，随着年龄的增长，尽管他对这些事有了更多的理解，而且这次回来花梅茶是茶饭是饭地伺候着，他也是很少叫"娘"。更让人窝火的是，他弄不明白自己见了山堂该叫什么。倒是条子少心没肺，乐得嘴都合不上说："真好，这回你成我亲哥了！哈哈……"

亲哥不亲哥的，麦茬没往心里去，反正就是一个"哥"，条子从小这么叫大的。但当他一想到雪儿这回成自己弟妹了，感情上这个别扭呵，恨不得甩手抽他俩嘴巴子。

再说，山堂一口气吃了两大碗饺子，额头上的汗都出来了。他美美地抽了根烟觉得浑身通泰，等铁壶里的水烧开了，泡了杯浓茶，边慢慢吸溜边听收音机里播放样板戏《智取威虎山》中少剑波的唱段：

> 朔风吹，林涛吼，峡谷震荡，
> 望飞雪，满天舞，巍巍丛山披银装。
> ……

花梅洗净了碗筷，出门倒刷锅水时，栗粟和赵孟河推着车子进了院。她愣怔片刻，忙回头叫山堂："你快看谁来了？"

"谁呀？"山堂问着，撩起门帘，当他看清来人时，不由张口结舌愣住了。栗粟一看到他那挺直的腰板，心里就全明白了。他强忍不快，仍然满面含笑地说："老书记，听说你腰不好，我们来看看。"

“没、没事。”山堂磕磕巴巴地说着，堵着屋门竟忘了让客人进来。赵孟河心里也明白是怎么回事，故意说：“栗书记说了，要不行，就派车把你送县医院去。”

“没、没事。拔了拔罐子就好、好了。”山堂说着让开门口，又忙补充一句，“老、老毛病，一闹天儿就、就犯。”他返身进屋时，装模作样地用一只手撑住了自己的后腰，而且非常缓慢地往回走，然后直挺挺坐在炕沿上。花梅看他的样子忍不住想笑，她掩饰地别转脸，忙不迭地倒水沏茶……

等大家落了座，一时竟找不到话题，气氛就显得有点儿尴尬。正好，东山揭门帘进来了。他开会回来进家吃了口饭，是来向山堂汇报情况的，当看见栗粟和赵孟河不由意外地一愣：“栗书记、赵主任，你们怎么比我还快?!”

“你来得正好，快向老书记汇报一下咱们开会的情况吧。”栗粟含笑说。

老东山脾气暴躁、性情耿直，和守根差不多的厚嘴唇说话打嘟噜，再加上当着县委书记的面心里紧张，就一份“汽车销售办法”啰唆了有做顿饭的工夫。老东山还没讲完山堂早听明白了，他本来对县委的这个举措并不赞同，可今天由于编瞎话没去开会心里有愧，又对栗粟来看自己受点儿感动，因此上他一拍大腿说：“这是大好事呀，我马上广播出去!”

山堂说罢起身去了隔壁的办公室，熟练地打开了扩音机。他毕竟当了多半辈子干部，讲话还是很有水平。东山说了做顿饭的工夫，他只用了抽袋烟的时间就讲完了，而且讲得清清楚楚，还非常有煽动性。栗粟听着，时不时点头。

这天晚上，麦茬出门刚回到窑上，他边吃饭边听山堂的讲话，心里高兴得乐开了花。用他自己的话说，是刚想睡觉就有人送来了枕头。原来，转盘窑生意兴隆，运输工作压力很大，光靠马车牛车远远不够，他正琢磨着买辆大卡车又担心资金周转不开，听到这消息能不高兴!

第二天一扑明儿，麦茬和不正便带钱去了县城。在销售现场，他们一下子买了两辆汽车，一辆全款、一辆半贷款。这在“全民贫穷”的当时绝对是重大新闻，县委和政府有关部门借机大力宣传，很快就形成了轰动效应。麦茬再次成了“名人”，转盘窑也闻名周边的藁城、新乐、深泽等县，生意更加火爆。

前面说过，庄稼主子都是属羊的，只要有人带头，就会有很多人呼啦啦跟着走。麦茬的举动加上宣传，确实起到了很好的作用，不到三天时间，二百辆汽车便销售一空。栗粟十分高兴，对麦茬这个青年人更多了几分关注。

到来年的开春，山堂的任性行为再次惹恼了县委书记栗粟。

为改变各级干部的思想观念，开拓眼界提高认识，县委组织了一次外出参观学习活动。栗粟、吴一平共同带队，北上大邱庄，南下花溪村，要求各公社大队党政一把手必须参加。为提高重视程度，这次一改过去的电话通知，栗粟亲自起草了通知内容，用文字形式下发到各村。通知的最后强调：如果有谁不参加，不能打电话，不能捎假条，必须亲自到县委向栗书记当面请假。

山堂看着通知书琢磨了半天，最后还是决定不参加。他皱着眉头对老东山说：“你一个人去吧，就说我病了。”

“这样不好吧？”东山神色迟疑，“你看这通知……”

“有什么不好？”山堂说，“他一个三十岁的娃娃懂个屁呀？！搞这些花里胡哨的东西劳民伤财，除了给上级看能起吗作用？我不去！”

“我看栗书记还是想干事的。”老东山小声说，“再说，咱出去走走看看，说不定能学点儿……”

“学什么学？”山堂打断他，“娘儿俩守寡，各知道个儿。各村的实际情况不一样，该怎么干自个儿不清楚？”

老东山无奈地往外走，到门口又问：“那……我说你怎么了？”

“说什么都沾。”山堂不耐烦地挥挥手，“腰疼腿疼、感冒发烧……你随便。”

庄稼主子常说：不打勤的不打懒的，光打不长眼的。这回山堂可真成不长眼的了。当老东山天不明赶到集合地点时已过了出发时间，栗粟正阴沉着脸站在签到处。原来，不光是山堂，还有两个村的书记没到，也都和他一样是抗日时的老干部。栗粟问道：“怎么，你们村的老书记又腰疼了？”

“没、没有。”老东山这回说了实话，“他不愿意来，说这是劳民伤财。”

栗粟什么也没说，挥了挥手让车队出发了。他心情沉重，坐在驾驶楼里一路无话，心里却翻江倒海，想了很多很多。他知道这些老干部除了对农村改革有成见外，还多少有点儿瞧不起自己这三十岁的县委书记；也清楚这种局面如果不改变，对自己今后的工作非常不利。怎么办？一路参观下来他始终在考虑这个问题，到车队驶上回程，他终于拿定了主意。车队停在县委门口，大家纷纷往下走时，他告诉随行的纪检委石书记，对没按县委要求出去参观的所有干部拿个处理意见，一个小时后交上来。

纪检书记也是位本地干部，多少也有点儿“护短”，上楼后马上召开了办公会。经大家研究，提议由县委主要领导出面，对这些人逐个进行谈话，让他们做深刻检查并交书面材料，然后通报全县严厉批评。当天晚上，县委常委会一直开到了深夜。栗粟一改平日的好脾气，黑虎着脸上来就否定了纪检委的意见，并提出：为保证农村改革顺利进行，必须痛下决心，挥泪斩马谡！

常委们面面相觑，好半天没人发表意见，栗粟不得不挨个征询意见……最后，在他力排众议的坚持下形成决议：给予这几位老支书党内严重警告处分，全部就地免职！

接到县委的处分决定，山堂傻眼了。他倒不全是留恋这份职务，可革命半辈子落这么个结局面子上当然不好看；更让他为难的是这个“家”怎么办？以前是书记，住在大队部可以说是工作需要，现在成了平头百姓，再赖在这儿别人不说什么自个儿都觉得别扭。想搬家，往哪儿搬？自己的家回不去，花梅家实在不愿去……他着急上火，两天两宿睡不着，牙床子肿起来老高，痛得连饭都不能吃。花梅怎么劝他都听不进去，只得暗中求双河给二婶儿捎话，没想到老太太还是那句话：他爱搬哪儿搬哪儿，我眼不见心不烦！

双河去二婶儿家时，正好守根提溜着两包槽子糕来看娘。他听到这事，心里七上八下很不是个滋味。这么多年，他和山堂虽然感情上结怨很深，但随着岁月的流逝，结疤的伤口早已不再流血，弟兄俩毕竟是从小一块长大，现在都是一把岁数也算活明白了，亲情倒比年轻时浓烈了许多。他在牲口圈里有时睡不着，经常想起爹死娘嫁人那天，二婶儿拉着小胳膊把他领回家，山堂盛了碗面带子递到他手上说："哥，你先吃。"

当时，就这一句话，让三天没吃饭的他泪水哗哗往下流。还有，他十四岁那年，村北河沟里发大水，一群孩子吃过晌午饭，偷偷跑到河里"打噗嗵"。他不会水，只能趴在浅水里玩儿，不知怎的被冲进大流中。他连蹬带挠，喝了好几口水，还是山堂踩水抻着胳膊把他拽到河岸上……

那天晚上，守根坐在牲口圈的炕头上，叼着烟袋锅吧嗒吧嗒抽了好久。等到夜深人静时，他套上毛驴车，躲躲闪闪来到大队部对山堂说："回家吧，要在这儿让人看笑话了。"

山堂怎么也想不到守根会来接他回去，眼泪差点儿掉下来，他叫了声"哥"，吗话也说不出来。花梅擦抹着眼睛，更是无话可说。三人忙活了好一阵子，把衣服被褥、家三伙四搬上车，趁着夜色拉回了花梅的家。守根平时住牲口圈很少回来，现在他怕山堂心里别扭，干脆就不再回来。麦茬长年住在窑上，麦穗住婆家，实际上院子里就花梅两口子。山堂过了好几天心情才平静下来，他常常坐在大柳树下，仔细回忆着自己这前半辈子，不由发出一声声的感慨。不是吗？十四五岁参加革命，打鬼子、斗地主、搞合作化、成大食堂、刮共产风、三年大饥荒……自己哪一步不是跟着毛主席、跟着共产党走过来的？老了老了落这么个下场，嘿嘿……找谁说理去？他心里明镜似的，受这处分，表面是两次没参加县里的活动，实际上是因自己对当前的政策不满。可分田单干，不是走回头路、搞资本主义又是什么？毛主席要是还活着，谁敢这么干？忠臣不怕死，掉了脑袋碗大个疤，处分免职算什么呀？最起码让毛主席的在天之灵看看，他老人家培养出来的干部不都是软骨头！唉，唉……算了吧，不干就不干了，清静几年再说吧。可清静了没几天，他又开始想，虽说自己五十多了，但身子骨壮实，脑瓜子还算清楚，就这么闲下去，还不成废人了？可该干点儿什么呀？

几个村书记被撤职，确实在全县引起了震动。他们都是老资格，算革命的功臣，被处理的情况解放后从没发生过。按当地不成文的规定，这些人应该是干到老死的，即使有人因身体病病歪歪干不动了，好多村都是小子接班。不是村里没别的能人，而是小子在老子身边长大，天长日久、耳熏目染，只要不傻不呆，多少都沾点儿“干部气”。

条子肯定是不行了，山堂撤职后让谁当金沙窝的支部书记？县委专门开会对那几个村进行了研究。栗粟提出来让麦茬一步到位接书记，却遭到吴一平和多数常委的反对。大家一致认为麦茬年轻缺乏锻炼，把控全盘的能力让人不放心。栗粟不好再坚持，因为撤职几个老书记时也是这种局面，已经有人背后说他刚愎自用了。商量的结果，是决定让老东山暂代书记，他尽管能力差点儿，毕竟当了半辈子干部，经验丰富，人缘也还可以；麦茬先安排当大队长，观察一段时间再说。

村里召开党员大会宣布县委的决定时，山堂早早就到了。当着组织部领导和公社书记的面，他表示支持县委的决定，并提出自己想当护林员，保护好集体的树木。这是他盘算多日的结果，理由是这两年人心散了，偷盗集体树木的案件时有发生。村里虽然有看青小分队，但如今的青年人责任心不强，前半夜转转，后半夜就回家睡大觉去了，而毛贼作案大都在天头明。他的这个想法无可非议，得到全场人的支持，公社书记拍板就这么定了。

麦茬被通知来开会，一点儿心理准备都没有，听说让他当大队长，竟愣了半天没表态。说实话，他真的不想当什么干部，窑上那一摊子就忙得他成天介提不上裤子，连拉屎撒尿都带小跑儿。可当着这么多人又不好推辞，领导这是瞧得起自个儿，总不能给脸不要，一把一把往下撕吧？在公社书记一再催促下，他站起身表态：感谢各级领导的信任，我一定尽全力干好！

一听说让老东山接替自己当书记，山堂心里就明白：金沙窝村这资本主义道路算是走定了！这老小子单干有瘾，当年就因不入社受过处分，这一年多来为分地的事把自己的耳朵都吵吵麻了……唉——不在其位不谋其政，随他去吧。社员们听说老东山要当书记都笑了：哈哈，这回咱村的地分下去就快了！

果不然，老东山接任第三天，便和麦茬带着一队人马开始丈量土地、清理各生产队的牲口农具，不到半个月的工夫，这些东西就分到了各家各户。人们甭管是咧着嘴笑还是噘着嘴骂街，老东山只当听不见，几天几宿下来，熬得他眼肿得像烂桃。麦茬还得抽空儿关照窑上的事，更是成天介忙得像陀螺。

山堂这护林员当得尽职尽责，他每天前半夜迷迷糊糊打个盹，鸡一叫准起来，背上粪筐拿上镰刀，在村子四周和大野地里转来转去。渐渐地，他发现村里起了变化，以前在生产队，后半夜原野上连个鬼影都没有，自从分田到户之后，地里显得热闹了许多，天不明好多人就下地了，送粪的、浇水的、拉土垫圈的……守根起得最早，生产队解散，牲口都分到各家各户，牲口圈没有了，饲养员自然当不成，他又恢复了大早起拾粪的习惯。山堂暗暗感慨：看来这资本主义也有好处，最起码让有些人变勤快了。同时，他也有一份担心，照这样下去，用不了多久村里肯定会产生两极分化，穷的穷富的富，新的地主老财就会产生，到时候社会还能这么稳定吗？想多了，他断不了跟花梅唠叨几句，花梅说他是怀里揣笊篱——捞不着的心。花梅现在也成了大忙人，春雪把她请到服装厂里管库，她同样是一天到晚不着家，有时候，山堂还得自己做饭吃。

过来几个月，山堂终于忍耐不住，就把自己的担心写成了书面材料，分别寄给了省委和县委，但寄出去便泥牛入海无消息。他曾想找栗粟当面谈谈，去了县委两趟没找到人，不免有点儿心灰意冷：算了，操那么多心干吗，睁一只眼闭一只眼瞎过吧。没想到，有一天很晚了栗粟却骑着自行车找上门来，两人喝着茶水唠了半天。对他提出的问题，栗粟一时也回答不清楚，只是说：不是讲摸着石头过河吗？咱只能走一步看一步……但有一点儿咱们都坚信，不管到什么时候，不管遇到什么情况，办法总比困难多，我们的国家在党的领导下，一定能千锤百炼、越来越富裕，越来越强大！听他这么讲，山堂想想也是这个理儿，心里不由踏实了好多。

斗转星移，日月如梭，一年的时间很快过去了。转盘窑的生意一直红红火火，到年底分红的时候却出了岔子，闹得全村流言四起，有关麦茬和春雪的话题再次摆上了各家的饭桌。

这一年窑上赚了多少钱，乡亲们谁都不清楚，清楚的是那些投资的人家，当时入的一股五百变成了一千。就是说，条子入的五千块钱十个股，现在能拿回来整整一万。可当条子接到去窑上领钱的通知却遭了难，领回来放在哪儿？按说该交给一直当家的奶奶，可她老人家一辈子叫真，肯定要问这是吗钱呀？自己该怎么回答？条子想得脑袋都疼了也没想明白，因此就迟迟没去领取。

这事也怨麦茬，他成天忙得晕头转向，早忘了这茬儿，实际上他就是没忘也没法对不正说清楚。不正偏偏现在变成了热心肠，那天后半晌儿他回家时顺便把钱捎了回来。二婶儿正忙着给天明洗衣服，不正胳膊窝里夹着个大报纸包进了门：“奶奶，这是你家的分红款，回头让条子去窑上签个字就沾了。”

二婶儿没听明白，随手接过纸包打开看了看，一下子吃惊地愣住了：“老天爷，这么多钱呀？！你说这是吗钱？”

“窑上分的红。”不正说，“你家不是入了十个股吗？每股一千，正好一万。”

“不对呀，你弄差了吧？”二婶儿忙说，“俺家没入股呀！”

“没差，当时是条子交的钱，”不正笑着，“我爹收的，写的是天明的名字。”

“是吗？这我得问问，”二婶儿说着把纸包递过去，“等问明白再去领。”

“这老太太，给钱都不要哇？”不正没接，边嬉笑着快步出门去。

“你站住！你回来……”二婶儿紧叫着不正早没影儿了。她愣在大门口，久久地琢磨这件事，越琢磨越觉得和雪儿有关。她回身锁上大门，想去服装厂找春雪。正在这时，条子背着一粪筐猪草回来了，离老远就喊：“奶奶，我肚里饥，家里有吃的不？”

“你属猪的呀？就知道吃。”二婶儿说着忙掏钥匙开门，“正好，进家我问你个事。”

“怎么了？吗事呀？”条子问着来到跟前。当他看见奶奶手里的纸包那么眼熟，心里一下子明白了事不好，忙收住了脚步。二婶儿回头看看他：“快走哇！”

条子小心眼儿里盘算着对策，迟迟不肯迈步。二婶儿过来拽他：“你磨蹭吗吔？家里安着杀猪锅呀？”

条子忙挣开她的手，像是忽然想起地说：“看看，我差点儿忘了……我还不能回家，村东的电机出了毛病，我得去看看。”他说着扔下粪筐，一溜烟跑走了。

“小王八羔儿，你给我回来！”二婶儿喊了一嗓子也白搭，不由愣在了门口。她看到孙子的神情更觉着这里头有事，本想立马去找春雪问个明白，又一想厂里那么多人说话不方便，就决定等他们回来：哼！跟我玩这哩哏愣，你们还嫩了点儿！

天擦黑儿，二婶儿刚做好了晚饭，春雪带着天明回来了。天明已上了小学，她是顺路把儿子接回来的。二婶儿先盛了碗饭把重孙子安置好，然后拉着脸问春雪：“雪儿，你们两口儿……可是不该有事瞒着我。”

“瞒着你？”春雪一脸茫然，“奶奶，怎么了？我们没吗事瞒你呀。”

二婶儿又追问一句：“真的没有？”

见奶奶这么严肃，春雪心里倒没底了。她迟疑地摇了摇头，反问道：“奶奶，你说什么事呀？”

二婶儿从里屋把纸包取出来说：“你看看，这是怎么回事？”

春雪愣片刻，慢慢打开纸包，惊讶地问：“这是……哪儿来的？”

“不正送来的，”二婶儿说，“说是窑上的分红钱。”

春雪一下子明白了，她想起条子说的事，不由一阵脸热心跳。她急剧思索片刻，觉得这事自己不能承认，要承认了更说不清楚。她连连摇着头：“奶奶，这事我真不、不知道……咱家不是没入股吗，人家干吗跟咱分、分红？”

“你问我，我问谁去？”二婶儿把钱包起来，“不正说是条子交的五千块钱，写着天明的名儿。”她停顿一下又问，“这么大事，条子没跟你说？”

“没、没有哇。”春雪忙否认，又说，“你没问问他？”

“我准定要问。这不明不白的钱咱不能收。”二婶儿说着把纸包放进里屋。春雪忽然想起地说：“这事……我爹应该知道吧？”

二婶儿没吭声，她边盛饭边思索地说：“不一定，你爹要是知道，最起码得告诉我一声。”

春雪没心思吃饭，胡乱扒拉了两口便站起身来：“奶奶，我去厂里值班，等条子回来你问问他呗。”

二婶儿忙着照顾天明吃饭，没搭腔儿。春雪从家里出来没直接去服装厂，而是拐过街口，慢慢往花梅家走去……她走着走着，忽然觉得有什么不对头，停住脚思索片刻才明白——自从分田单干后，好像人们的生活习惯也发生了变化，男人们不再端着碗来街上吃饭，而是和家人凑在一起。可为什么会有这种变化呢？她再往深处想，自己总结了三条：一是现在各顾个儿过日子少了共同的话题；二是都忙着种地、想办法挣钱，吃饭没有了准点儿；三是时间紧了、工夫缺了、人心远了……她想不明白这是好事还是坏事，走到花梅家门口时，突然又一个想了多少回的念头冒出来：虽说从麦茬回来还没见过面，可眼下他们成一家子了！不是吗？同一个爹同一个娘；麦茬是条子的哥哥，自己算是他的兄弟媳妇……想到这儿她不知道该笑还是该哭，心头沉甸甸地堆满了酸甜苦辣。

山堂和花梅正在吃饭，春雪进来把事情的来龙去脉说了个一清二楚。两人一时都没表态，边吃边各自思索着。最后，花梅对山堂说："这事我看不难说清楚，就告诉老人，说钱是你给条子的不就沾了？"

"这怎么行呀？"山堂说，"我哪儿来那么多钱？"

"就说是你攒的私房钱。"花梅看着他，"当了那么多年干部，还攒不了五千块钱？"

"不是那么回事。"山堂说，"老太太心眼儿多着哩，她知道我没那习惯，手里有十块钱也得交给她。"

"那怎么着哇？"花梅有点儿着急，"要不，就说是我给的。"

"那更不沾，"山堂瞪她一眼，"她保准不要。"他思索地吃了两口饭，又说，"要说是守根给的或许有门儿。"

"我去找舅舅。"春雪说着，起身往外走……

"算了，估计这样也不行。"山堂又叫住了她，"老太太认死理儿，这种便宜她不会占。"

三人坐下来重新商量，说来说去也没好办法。最后，山堂无奈地说："这算吗事呀？真是……还是我回去吧，就说钱是我给的，信不信在她。"

花梅提醒："那得事先跟条子说好了。"

"我出来时他还没进家，我这就去找他。"春雪说完，急匆匆出去了。

山堂撂下饭碗出了门，一路编着瞎话进了自己家。二婶儿正忙着刷锅洗碗，他没等老太太张口便问："娘，窑上的分红款咱领了没有？"

二婶儿一愣神儿："咱家不是没入股吗？"

"入了，入了，"山堂忙说："是我让条子入的……那天县里来人我走不开，正好条子去大队有事，就把钱给他了。”他喘了口气，又说，“本来想告诉你一声，忙忙乱乱也就忘了。”

“是吗？”老太太果然不相信，“那又不是小钱，五千块，你哪儿来的？”

“这么多年集攒下来的呗。”山堂像是不好意思地嘿嘿笑着，“有的是县里发的奖金，有的是开会发补贴……大队不是有保险柜么，就存下了。”

“你可真沾……”二婶儿冷笑两声，挖苦地说，“留着娶媳妇用是吧？”

山堂不好意思地嘿嘿笑着，一句也没敢多说就告辞出来了。二婶儿心里并不相信，她一辈子精明过人，看山堂和春雪的眼神，对钱的来路已猜个八九不离十。等条子进了家，她黑虎着脸劈头就问：“条子，人家不正说得明明白白，就是你拿钱去入的股。你实话实说，这五千块到底是谁给的？”

条子是和春雪分手后，在街上又和山堂碰了个头才进的家。他原本是听媳妇的话拿定了主意，可一看奶奶的脸色心里就发虚。他心慌意乱，躲躲闪闪往自己屋里走，含混地说：“是……我爹给、给的。”

“胡说八道！”二婶儿连蒙带诈地大声呵斥，“你爹刚走，他说根本就没有这回事！”

条子愣怔片刻，泄气地一屁股坐在门槛上。他擦抹着眼睛，拖着哭腔儿说：“这是吗臭爹呀？！说好了的事，他先把我卖了！”接下来，他竹筒倒豆子，把这事从根到梢交代了个底儿掉。二婶儿证实了自己的猜测，一句话没多说，拿上纸包便去了窑上。

麦茬和宋师傅正坐在桌旁商量什么事，见二婶儿进来忙站起身：“奶奶……你怎么来了？”

“谁是你奶奶！”老太太鼻子不是鼻子脸不是脸，“啪”一声把钱摔在他面前，“你行善积德，少办点儿砢碜人的事沾不？！”

二婶儿说罢，怒冲冲扭头出去了。麦茬张了张嘴没说出话来，傻子一样呆立。宋头嘟囔一句：“这老太太，脾气挺大。”

麦茬没想到事情弄成这样，真是好心没好报，屎壳郎过门槛——又蹭屁股又戗脸。第二天他把这笔钱交给了花梅，更没想到半年以后却用它救了春雪的服装厂。事情传扬出去，村里流言四起，吐沫星子差点儿没把他淹死：“我早就说嘛，他俩断不了。”“那能断吗？孩子都上小学了。”“条子这王八算当到底了。”“迟早有一天，俩人还得睡进一个被窝里。”“什么迟早呀？说不定现在就睡了。”……

服装厂的生意兴盛了一年多，眼瞅着就开始走下坡路，直到濒临倒闭。 原因很简单，随着形势的发展，县直属企业纷纷改制承包，有的干脆倒闭、停产关门。服装厂本来就是靠加工各企业的工装维持生存，现在不行了，停产的甭说，承包出去的有了主动权，不再把工装给他们做。因为原先给他们做是政府有关部门下的硬性指标，做出来的工装质量没保证，价格也不怎么合理。

大河无水小河干。春雪她们的厂子主要靠从县服装厂拿活，眼下县服装厂都吃不饱，不可能再把口粮分给她们。厂子里没活就无法生存，春雪那个着急呀，一宿睡不着觉嘴上的燎泡就起来了。她给工人们放了几天假，一个人跑出去四处找活。好在她干服装这么多年，在这个行业也认识几个人，出去几天还真带回来两个单子，一个是二百套校服，另一个是五百套童装加工，但这都是小单，维持不了多久。工厂重新开工，春雪再次出去找活，可跑了十多天却一无所获。正当她像磨扇子压手似的一筹莫展时，天上掉下来个大救星。

几年前，一个偶然的机会，她认识了晋县服装厂的一名业务员叫杨春雨。这个女人不但长得俊气还非常能干，说话快人快语，做事一溜旋风，就是大大咧咧，让上岁数的人说有点儿“扯拉”。两人一见面聊起来就很投缘，姓名又只差一个字，论年龄比她大三岁，一时高兴还拜了干姐妹。春雪承包服装厂后忙得一塌糊涂，她们基本上就没了来往。

这天好闷热，阳光似火，白云像烟，空气中一点儿风没有，树枝树叶纹丝儿不动。春雪和花梅正脸对脸坐在办公室里发愁，杨春雨骑着辆大摩托风风火火冲进院来。春雪从窗玻璃上看见起身往外迎时，春雨已嘻嘻哈哈推开了屋门：“妹子，忙吗哩？在屋里捂小白脸儿呀？”

“姐，你怎么这会儿来了？”春雪拉住她的手，“连个电话都不打？”

“有件大好事，我一高兴骑上摩托就来了。”春雨高呼噜大嗓门儿地说，“原来我想，晋县到无极不就三十多里嘛，谁知道滹沱河里水挺大，桥都冲塌了……我顺着公路，从深泽绕过来的。闹半天你们村在县北边儿边儿上呵！看我这一路打听，哈哈……”她边说边掏出挼做一团的小手绢扇风。因两人离得近，春雪明显闻到一股汗酸气。她忙让花梅打了盆水，春雨连脸带手绢洗了个痛快。

两人坐下后，春雨讲了事情的来龙去脉。原来，她两年前承包了晋县服装厂，命运和春雪她们差不多，开始红红火火，随着改制也走上了穷途末路。好在她干这行快二十年了，认识业内人较多，靠做外单也还不错。就在前天，省外贸局一位姓乔的老业务员找上门来，给了她们一个特大的单子，说是国外一家大型企业急需三万套工装，利润相当可观，只是就给了一个月的工期，而且对面料要求很严格。她们一个厂肯定干不过来，就想拉春雪一块干。

真是想睡觉有人送来了枕头，春雪那个高兴呀，拍着巴掌差点儿跳起来。两人都是老服装，拨拉着算盘算了算，如果是来料加工，这个单子能挣六十万，两家各做一半，就是三十万；要是包工包料，能挣到一百万，每家就是五十万。两人都很兴奋，商量来商量去，决定做包工包料，这样做就是前期资金压力较大，买面料和辅料，每家要准备五十多万。

花梅坐在旁边，一直听她们说话，这时不由开口道：“对方不给定金呀？”她在厂里待了两年，知道按惯例买方是要付百分之三十的定金的。

“这是外单，对方开过来信用证，是不付定金的。”春雨说，“雪儿知道这行规吧？”

春雪点了点头，她们虽没做过外单，这规矩还是听说过。春雨进一步解释：“信用证开过来，就说明对方的购货款已存在银行里，只要货到，银行会负责把款打到咱的账户上。”

“这我听说过。”春雪说，“有了信用证，咱们就可以拿着去银行贷款是吧？”

春雨点点头：“对，是这么回事。”

“那就做呗。”花梅说，“舍不得孩子套不住狼，钱不够大家想办法，凑不够就去银行贷款呗。”

她这么一说，春雪和春雨不再犹豫，当即决定做包工包料。春雨家都没回，春雪把她送到县城，从无极直接去石家庄找省外贸姓乔的签单。

当天晚上，春雪和花梅算了笔细账，资金缺口是五十万，光靠自己想办法肯定凑不够，必须贷一部分款。可这款能不能贷，怎么个贷法，两人都不清楚，于是又找山堂商量。以前村里为买拖拉机曾贷过款，手续上的事山堂能说清楚，但他说贷款的利息挺高，尽量少贷为好。花梅想了想，说去窑上找麦茬问问，看能不能从他们那儿借点儿。春雪本不愿意求人，但考虑到目前厂里的情况，好像也没别的办法，只得点了点头。

花梅也是个急脾气，当下抬腿便往窑上走，路上，猛然回忆起当年和山堂在窑洞子里偷情的情景，恍若隔世显得那么不真实，可有些细节却记得清清楚楚：那朦胧的月色，那爽爽的夜风，那大海般摇曳的棒子地……她想着想着，不由摇摇头自嘲地笑了。

花梅这么晚来窑上，麦茬很感意外，他叫了声“娘”，忙问她有吗事。花梅喘息着叙述了事情的来龙去脉，麦茬听了表示非常支持，可窑上的账他十分清楚，把能动的现金全部拿出来，顶多不过十万左右。还差四十多万怎么办？麦茬也建议想办法贷款。花梅思思索索地回到家里，山堂和春雪还在等着。听她说完情况，山堂却有点儿为难。因为跑贷款的事，只能他出面，就他当了多年的干部，上上下下都有熟人。可考虑到自己当前的处境，他拿不准那些老关系还能不能买自己的账。他迟疑了半天才说：“一次贷四十万怕忒多不好办，要不还像窑上那样，发动乡亲们集资，最后看差多少再说？”

“沾。”春雪充满信心地说，“反正顶多用……仨俩月吧，钱回来就还给大家，再付一定的利息。”

“不给利息也沾。”花梅说，“像窑上一样，年底分红呗。”

“那就这样吧。”山堂站起身，“明儿我和老东山商量商量。”

第二天一大早，山堂就敲开了老东山家的大门。东山觉得这是正经事应该支持，当即就去大队部打开了扩音机……没想到，听了他的广播人们的积极性还挺高，尤其是那些没在转盘窑入股的人家，看到别人大把大把分红眼里冒血、肠子都悔青了，可是不能错过这次机会，所以不到半天工夫，就集了二十多万。这样算下来差不多还有十多万的缺口，东山和山堂商量，决定以村委的名义向上级申请贷款。两人当即便去了公社，张书记也说这事该管，可又说这么大额度必须去县农业银行，农业银行不归他管怎么办？两人合计了一下，决定去找吴一平，他在这一带工作多年，和每个人都熟悉。他们没顾上吃午饭，骑着自行车马不停蹄赶到了县政府。

在小会议室里，吴一平和粟粟正在商量什么事。粟粟见到山堂格外热情，一口一个“老书记”地忙着让座、倒茶……山堂心里开头还真有点儿别扭，倒被他招待得不好意思。听完他们的情况介绍，粟粟当即表示：支持，必须支持！这是代表全县商品经济发展的首批个体企业，县委政府有责任有义务全力扶持！他话音刚落便拿起电话拨通了农行，直接找到了行长……

前期资金有了着落，春雪甭提多高兴了！那会儿村里的电话还不能打长途，她专门去县邮电局和春雨通了话。两人商量好分头去石家庄见面，按乔业务员提供的样品去找面料，没想到却碰到了更大的难题。

姓乔的说这是一批特殊行业的工装，对面料要求十分严格。他提供的是一块海蓝色的府绸呢，又轻又抖特滑溜。这种面料几年前确实很时兴，这两年不知为什么市面上看不到了。春雪她们找了五六天，跑遍了北京和石家庄所有的布匹市场都没看到。两人实在没办法，只得又和乔业务员商量。姓乔的看样子也替她们着急，在邮电局打了一天电话才告诉他们，说上海一家丝织厂前些年生产这种面料，不知现在还有没有存货，建议她们去看一看。

工期紧张，一刻不能等，两人连夜登上了去上海的火车。春雪是大闺女上轿——头一回，第一次坐火车，不由新奇地东瞅西看。当踏进车厢的一瞬间，她忽然想到村里流传的一个笑话，不由“哧哧”偷笑起来。春雨问她笑什么，她看看四周没人注意，小声说：俺守根舅和老蔫头一块出门办事，头一回看到火车，一个说，好家伙，跑得真他娘快！另一个说，爬着还跑这么快，要立起来，还不飞上天去！

“哈哈哈……”春雨一阵大笑吸引了全车厢人的目光，春雪忙拽了拽她的衣襟。车厢里的人挤成了疙瘩，走道里横躺竖卧，有的干脆钻到座位下面睡大觉。好在她们买的是对号票，试探地伸脚迈过人脑袋、跨过行李山……挤了一身汗才找到座位。这几天两人东跑西颠累得精疲力竭，坐下没多会儿便随着车身的晃动打开了瞌睡。春雪迷迷糊糊要睡着时，忽然想到件事惊醒过来。她用胳膊肘碰了碰春雨，小声问：“你说那个姓乔的是省外贸的？”

“是、是啊。”春雨含混地说，“老业务员，好多年了。”

“那咱们谈事应该在办公室呀？”春雪说，“怎么每次都把他约出来，不是去饭店就是去旅馆？打电话还得去邮电局？”

“这是我俩事先说好了的。”春雨打着哈欠说，“眼下这年头，谁还给公家干活呀？哪个不是上班喝茶挣工资，下班回家干私活？老乔还不是一样，这个单子是他的私活。”

春雪不放心地：“这里边……不会有事吧？”

“能有吗事呀？”春雨摇着头说，“我和老乔打交道多少年了，从没出过任何差错，你就把心放肚里吧。”

听她这样讲，春雪才放下心来。她本想踏踏实实睡会儿，可车厢里又闷又热，而且弥漫着浓烈的汗酸味儿、屁味儿、臭脚丫子味儿……熏得她头痛恶心，根本睡不着。她扭头看看春雨，人家许是这么多年跑来跑去习惯了，早已趴在小桌上扯起了轻轻的鼾声。

外面的夜色越来越浓，车厢里亮起了昏黄的灯光。春雪打量着四周那一张张东倒西歪、或老或嫩、睡相都很丑陋的黄脸，实在忍耐不住站起身来。她迈开腿，试探地在人行道上寻找着落脚的地方，一点点来到了车门口，从缝隙中透进来的凉风，终于让她深吸了一口气。

车到上海已是第二天的头晌午。两人在车站附近随便找了个小饭店吃了口东西，按照老乔提供的路线图坐上了公共汽车，三路倒七路，再倒十二路……没费多大劲就找到了那家丝织厂。厂子规模不大，从房屋的老旧程度看已经有年头了，门口的牌子上写着：上海徐汇区红光丝织厂。春雨向收发室的一位老大爷说明来意，老人打了个电话，很热情地为她们沏茶倒水……工夫不大，一位胖乎乎、保养很好的中年人从里面走出来。一番介绍后，春雪记住了他姓孙，是这个厂的厂长。

孙厂长也很热情，看到春雨带来的面料样品连连点头说有货，然后便带着她们往里走。春雪很留意地四下打量，看到厂里到处收拾得干干净净，却静悄悄不见人影。听孙厂长介绍才知道，厂里正在改制，这几天放假了。他叫人送来钥匙，亲自打开了库房大门。在最里面的角落里，春雪她们终于看到了寻找已久的那种海蓝色府绸呢面料。两人自然很高兴，和孙厂长一起一匹匹点数丈量。她们做了多年服装，干这活也有窍门，量一下布匹的长度，再数数多少层就大体差不多。一套工装用两米多点，三万套就六万多米，她们量了六万一千米，剩下的也不过几十米。孙厂长很大方，干脆把这几十米送给了她们。

三人来到会计室，很快就办完了相关手续。春雪她们把随身带来的现金支票交给对方，又和孙厂长商量怎么往回运。孙厂长帮她们算了笔账，说火车托运最便宜，但要时间长点儿。两人咬了咬牙，在他的帮助下雇了辆带拖斗的卡车。孙厂长叫来几个年轻人，七手八脚装上车天已黑了。她们谢绝了厂长的挽留，当即押着卡车驰进茫茫夜色之中。

那会儿没有高速公路，一般的公路也是时好时坏。从上海跑回来不过一千三百多公里，两个司机换着班，歇人不歇马整整开了四天四夜。庄稼主子常说：在家千日好，出门日日难。瞧这一路的颠簸，可把两个如花的女人累得够呛，都瘦了一圈儿不说，还被晒得黑不溜秋脱了层皮。因为司机楼里只能坐三个人，她们姐俩在车顶上的布匹间刨了个坑，换着班猫在上面被风吹日晒，就是白面卷子也变成黑煤球了。好在一路顺利，再受罪她们也念阿弥陀佛！

从春雨和老乔签协议到现在已过去了九天，就是说交货期只剩下了二十一天。姐儿俩算了笔账，就是全体工人每天不吃不睡也没法按期完成。春雨和老乔多次交涉，终于把交货期往后延了十天。嘿嘿，这一个月，她们可真是……庄稼主子讲话：老鼠跟猫抢饭吃——豁着命干了！

为赶工期，春雪又招了三十多个工人。那年代招工人不难，因为缝纫机已普及，家里有女人的差不多都会蹬几下。无非是把这些人安排在最简单的流水线上，技术较高的活像锁眼、钉扣什么的，自然由老工人干。花梅找来泥瓦匠，在院子角落里垒了锅灶，晌午饭一律不准回家吃。她和春雪、麦穗三班倒，吃住都在厂里……就这样歇人不歇马、黑介白日连轴转，一刻不停地干了二十多天。就在一万五千套工装干得只剩一千多套，春雪她们稍稍松一口气时，一天半夜忽然接到了春雨的电话。她嗓子沙哑都快说不出话来了，少气无力地说："雪儿，你们先……要干了。我这就过、过去。"

"怎么了？你过来干吗？"春雪急忙问，可春雨已挂了，电话里传来"嘟嘟"的忙音。她再打过去，对方已经没人接了。她呆呆地坐了一会儿，猜不出发生什么事了，便把花梅和麦穗叫了起来。三人分析半天也没什么结果，花梅说："是福不是祸，是祸躲不过。就剩一千多套了，咱边干边等她吧。"

她们谁也没心情再睡觉，坐卧不安地在车间里转来转去。等到一扑明儿时，春雨骑着摩托车赶来了。她又瘦了一圈儿，整个人都脱了形，而且头发散乱，双眸红肿，嘴上的燎泡挤成了疙瘩。她没等春雪开口问，便一屁股坐在床上，含着泪花说："出事了，出大事了！"

"姐，不急，你慢慢说。"春雪说着给她倒了杯水。花梅和麦穗不安地站在门口，眼巴巴地瞅着春雨。春雨喝了口水，喘息着讲述了事情的经过。

原来，前二十多天忙着赶工期她没顾上和姓乔的联系，这两天做差不多了，她想说说交货的事，却怎么也找不到人了。按事先商量好了的，她先打老乔家的电话，可两天两夜都没人接。她心里十分着急，没办法才把电话打到了省外贸办公室，没想到接电话的人告诉她，说老乔三个月前就辞职下海了，人在哪儿他们也不知道。她当时就蒙了，立刻坐车去了石家庄，外贸局长告诉她的结果一样：老乔辞职下海了，已和单位没了任何关系。她想直接去老乔家里找，可城里人和庄稼主子不一样，住家都是保密的，问遍了外贸的每个人，都摇头说不知道。

春雨说完把杯里的水一口喝下去，然后便像个泥菩萨，失魂落魄地呆坐着一动不动。春雪她们都蒙了、傻了：老天爷！这不是要命吗？找不到姓乔的，一万五千套工装交给谁？交不了货，钱怎么回来？那可不是小钱，五十万啊，她们连身家性命都搭上也还不起呀！麦穗毕竟年轻，遇事沉不住气，随口说："这算吗事呀？钱回不来俺们怎么办？想哭都找不到坟头……"

春雨看着她，张了张嘴说不出话来。春雪瞪麦穗一眼，忙劝道："姐，你先覅着急，咱再想想办法。"

"就是，着急也没用。"花梅说，"那么大个人，怎么说没就没了？他是不是碰上吗事，一时不方便？"

春雪忽然想起地说："对了，我见他腰带上挂着个……那叫什么机？你传呼他呀。"

"BB 机。"麦穗说，"歪歪腰里也挂着一个。"

"我传他一百回了，"春雨无奈地摇着头，"他一直没回电话。"

"那就再想办法找他的家。"花梅说，"单位没人知道，找他的亲戚朋友。石家庄就那么大个地方，再不沾就找派出所。”

“就是呀。”麦穗说，“找他老家去，他爹娘能不知道儿子在哪儿？”

春雪被提醒，忙问：“他老家是哪儿，你知道不？”

春雨这才想起，忙从口袋里掏出张纸条：“这是局长让人从他的档案里抄下来的……石家庄那个家我找到了，可等了两天也没人，问邻居才知道，说他家房子是租的，好像搬走了，有好多天没人住了。”

春雪接过纸条看着，上面写着两个地址和老乔的姓名。她这才知道那个人叫乔万金，家庭住址是石家庄桥西区工农路 101 号，籍贯是上海徐汇区中山路桃花弄 303 号。她思索片刻，说：“姐，这地址写得清清楚楚，要不咱俩去上海吧，找不到他就去那家丝织厂，跑了和尚跑不了庙。”

大家同意她的想法，一致认为这事先不能声张，就是对家里人也不能说；厂子里正常生产，把剩下的一千多套顺利做完。

春雪和春雨不敢耽误，当时骑摩托去县城，把车存在服装厂便登上了汽车。她们心急火燎到上海时，看到的情况差点让两人背过气去！

那家丝织厂已被夷为平地，破砖烂瓦堆中，两台推土机正“轰隆隆”开来开去。姐儿俩开始还以为她们找错了地方，仔细辨认半天，又问了问路边的工作人员，才知道一点儿没错。两人呆愣好一会儿，急忙再询问丝织厂的情况，什么孙厂长、什么看门的老大爷，工作人员一概不知，只告诉她们这块地方开发了，要建一座大型商厦，他们是被雇来施工的，以前的情况不知道。

姐儿俩再怎么问，那人只是摇头。她们商量片刻，决定去找乔万金的家，好在都是徐汇区，按着纸条上写的中山路桃花弄，没费多大劲便找到了 303 号。这是个贫民区的大杂院，住着几十户人家，房屋大都破旧不堪，泥泞的小路两个人走对面侧着身子才能通过，在这里走着，好像出气都憋得慌。她们左打听右问，终于在最里边的角落找到了乔万金的家，但结果却更让人失望——鸽子窝似的两间破房子，住着个满头白发、又聋又怔，听不懂普通话的老太太。春雪和春雨像吵架一样喊了半天，老人才算弄明白了她们的来意。接下来，她就用上海话自言自语般嘟囔开了，姐儿俩支棱着耳朵半听半猜，费了好大劲明白了个大体意思：万金不孝顺，好几年没回来看她了，如今人死哪儿去了不知道。

接下来该怎么办？春雪和春雨可遭了难。她们从大杂院出来，长长地吐了好几口气，心里仍觉着憋得难受。她们边走边商量，决定去当地工商局问问，丝织厂肯定有注册登记，最起码看看法人是谁。两人找到工商局没费多大劲，走进人家的大门也很容易，就是差一点儿没能走出来。工作人员翻着登记册告诉她们，丝织厂已于半年前注销，法人代表是乔万金。

姐儿俩当时如雷轰顶，张口结舌半天说不出话来。她们心里非常清楚，什么三万订单，什么奇缺的布料……从头到尾就是个骗局！工作人员不明白是怎么回事，抬起奇怪的目光打量她们。两人脑袋里一片茫然，喝醉了酒似的脚下没根，自己都不知怎么着摸摸索索走出工商局大门。当她们丢了魂儿一样坐在台阶上时，并不知道家里早乱成了一锅糨糊，起因是由于麦穗的嘴不严实。

那天一扑明儿，春雨骑着摩托进厂门时被黑嫂看见了。黑嫂还和她打了个招呼，她由于心不在焉没听见。黑嫂一直在厂里上班，平时负责搞卫生、值夜班什么的。为赶时间工人们集体吃饭，开头是晌午一顿，后来改成了一天三顿，她就当上了大师傅。那天她早起做饭，正收拾锅灶春雨来了。她当时心里就犯嘀咕：这娘儿们怎么一大早就赶来了？好像神色也不对，不会有吗事吧？

等春雪和春雨急匆匆走后，花梅去库房忙活自己的事，麦穗一个人坐在办公室里瞎琢磨时，黑嫂悄悄进来小声问："那娘儿们这么早赶来，是有吗事吧？"

"没、没有哇。"麦穗假装镇静，"是……商量交货的事。"

"穗儿，你可要蒙我。"黑嫂一脸严肃地说，"虽说你是副厂长，我入了两千多块也算股东，有吗事你可不能瞒我。”

“没、没有，真的没事。”麦穗不会说瞎话，自己脸先红了。黑嫂看她那样儿更不放心，肯定地说：“哼。没事才怪，看她俩出门时着急忙慌的，摩托车差点儿撞到门框上……穗儿，你就实话实说吧。”

麦穗本来就没主意，见她逼得那么急，迟疑片刻犹豫地说：“嫂子。咱俩是没二话……我告诉你，你可要往外说。”

黑嫂是谁？有名的闲话篓子大扇车嘴，想让她保密简直就像让狗要吃屎一样难。所以，到吃早饭时，工人们全都知道了这件事，有几个人直接就去问花梅：“是不是这批货交不了了？我们的工资怎么办？”

花梅开头不承认，后来见实在瞒不住才说了实话。她不用追根儿，猜也能猜到事出在麦穗嘴里。她气愤至极，不管女儿承不承认，当众扇了她一巴掌。这一巴掌把麦穗扇跑了，而且从此再没登过服装厂的门边子。

原来，歪歪靠着脑瓜灵活、嘴皮子好使，这两年从小工头干起逐渐干成了大工头。他的工程队从修马路牙子、掏下水道不断发展壮大，到现在已开始盖高楼大厦了。这小子还算有正事，有钱了先给媳妇买了辆摩托车，又考虑到女儿天爽到了上学的年龄，农村的教育总不如城里，就在无极县城买了栋小楼，置办好电视冰箱一应家具。所以，要不是这段时间赶工期，麦穗一般都在城里住。尽管服装厂有她家一半的投资，她并没当一回事，知道娘和春雪不会坑她。现在听说这批货要砸在手里，厂子能不能办下去还两说，她完全没有了信心。

麦穗一走，厂子里更加人心浮动。工人谁还有心干活？仨一群俩一伙凑在一起说三道四。花梅再怎么劝也不顶事，急切间，她回家拿来窑上那一万块分红款，一下子支付了全体工人两个月的工资，总算哄得大伙开始干活。她还一再嘱咐：这事还没有结果，大家千万要往外说。她嘱咐是嘱咐，可并不能堵住个别人的嘴。女人都一样，大多数肚里装不下二两香油。

按下葫芦起来瓢，厂子里算是暂时稳定了，村子里却又乱了套。工人当中有些人家是在服装厂里投了资的，遇上这种情况，她们不可能不跟家里说。一传十十传百，不到半天工夫，村里人差不多都知道了。春雪身边的亲人们知道最早的是条子，他是电工，成天背着粪筐村里村外转来转去接触人最多。分田单干后，机电队仍由村里统一管理，老东山几次动员条子搞承包，他死活不干，说不愿费那份脑筋。实际上，条子对钱确实没什么概念，只要有活干有饭吃，一天到晚能看到雪儿姐和小子天明，就乐乐呵呵吗都不想。

这天，条子按自己的工作守则检查电机运转情况，挨个串遍每个机井房。在他当年救下春雪的南沙岗机井旁，电机手李天亮说："条子叔，雪儿婶子她们的厂子办砸了你知道不？"

"净胡说八道！"条子以长辈的口气训斥，"怎么就砸了？"

"真的，"天亮说，"这种事我敢胡说？村里人们都在嚷嚷，我是听黑嫂大娘说的。她在厂里做饭，吗不知道呀。"这小子刚满十五岁，个头蹿起来了像个大人，模样还是个孩子。这孩子生性内向，学习不错，但小学没毕业就不念了。因为他正是身心发育那几年，红柳失踪、不正忙着上访，他只能跟着大舅青松。你想想，青松一个光棍汉，被剧团下放后春雪又和他离了婚，在村里根本抬不起头来，自己的日子都过得有一搭没一搭，没把天亮饿死已是功德无量，还能指望他怎么着？山堂也是可怜这孩子，不到十四岁便让他当上了电机手。

条子听天亮这么说当然不放心，本想去厂里问问，走到村口又觉着肚里饥便先回了家。这时，二婶儿也听说了厂里的事，想过去看看又不愿意见到花梅，正犹豫间听到孙子在门外喊："奶奶，我肚里饥了。"

二婶儿叹了口气，唠唠叨叨地说："三十多的汉子了，你怎么就知道吃？"

条子嘻嘻笑："哪天我不知道吃了，你不是更着急？"

"这孩子……你听没听说厂里的事？还不过去看看？"二婶儿说着，拿了个大饼子用菜刀片成两半，抹上香油撒了点儿盐递给他。

“我这就去。”条子说着咬了一大口油饼子，唔囔唔囔嚼着出了家门。他走进厂子大门，正看到花梅跟两个来问情况的老娘儿们解释：“老姐姐呀，你们可嫑听风就是雨的……雪儿她们去找了，结果还不知道吗样哩，咱再怎么也要等她们回来不是？”她扭头看到条子，忙问：“条子，你来干吗？”

“没事……我听明白了。”条子说着转身出来了。他回家对奶奶说了声“没事”，背着粪筐又去了野外……二婶儿信不准这个孙子，还在盘算自己该不该去厂里看看，腻歪了半天还是没去。她想去问问山堂，走到花梅家见大门上着锁，也就把这事放下了，回家忙着给上学的天明准备黑介饭。

家里人好说，外人却难交代。当天晚上，村里的流言不知怎么就传开了，而且越传越邪乎：有的说服装厂被骗了好几百万，眼瞅着就关门了；有的说根本不是被骗，是雪儿逃跑了，卷包走厂里所有的钱；甚至有人说她是和麦茬一块跑的，亲眼看到两人背着一大包袱钱出了村口……到半夜时分，村里的驴叫声此起彼伏，狗叫声响成了一片。也不知是谁带的头，几十号人围住了服装厂，大呼小叫着要求还钱，不还就要动手抢设备、搬机器。花梅再怎么解释也没人听，急得她差点儿磕头下跪。这时黑嫂却冲了出来，抡着切菜刀堵住了门口……真是横的怕愣的，愣的怕不要命的。她这么一折腾，倒把那些人镇住了。

双方僵持不下的当口，山堂和麦茬闻讯赶来了。毕竟涉及自家人，他们除了赔笑脸、做解释不好多说什么。老东山到了现场却一概不论，劈头盖脸把那些人臭骂了一顿。闹到天头明，山堂和麦茬把这事揽了下来。麦茬当场给每个投资人打了欠条，保证到年底连本带利一次还清，事情才渐渐平息。正当这些人拿着欠条四散回家时，春雨骑着摩托把春雪送了回来。春雪看到眼前的情景急火攻心，随着一口鲜血喷出，她平身落地摔倒在厂门口……

第十七章

意乱情迷　三歪歪醉卧温柔地
否极泰来　杨春雪衣锦耀故里

杨春雪醒来时已躺在自家的炕上，她迷迷糊糊间感觉到一双眼睛的注视。这是谁的眼睛呀？怎么这么熟悉而又陌生？好像多少年没看到过这双眼睛了，又好像它们一直深藏在自己心底，从没一时半会儿离开过；呵，呵……这是麦茬的眼睛，对了，是自己亲亲的茬子哥！她胡思乱想着，久久不愿睁开双眸。

一屋子人都在关切地注视着春雪，麦茬和花梅坐在炕沿上离得最近。对他俩的到来，二婶儿极不情愿，但当着老东山等外人，她不可能发飙撒泼，只能阴沉着脸远远地站在屋门口。麦茬眼眶发红，声音发涩地握着春雪的手轻唤："雪儿，你醒醒，快醒醒！"

春雪终于忍不住，叫了声"茬子哥"便哇哇大哭了起来。大家这才松了口气，纷纷俯身劝说着。麦茬仍在握着春雪的手，眼里噙着泪花说："好了，雪儿，咱不哭……有乡亲们在有我在，咱没有过不去的火焰山。"

春雪把持不住，干脆拉过他的手枕在脸下，更加伤心地哭个不停。二婶儿实在看不下去，上前来大声说："大伙儿都忙去吧，让雪儿安生会儿。"

这时，就听见条子在院里喊："姐，姐，先生来了，先生来了！"

大家趁机退了出来。麦茬往外走时叫了声"奶奶"，二婶儿装作没听见。春雪哪儿能躺得住呀，等医生走后便挣扎着起来了。她拒绝了条子的陪伴，一个人去了厂里。工人们谁还有心干活啊，仨一群俩一伙都在为厂子揪心。可不是，她们每月能挣个百八十，这在那年代已算高工资了，没有了工厂，她们到哪儿挣去？春雪把大家召集到一起，实话实说讲述了去上海寻找的全过程。工人们有的骂有的叹有的抹眼泪，一切都无济于事。最后，春雪挑选了几个人留下值班，宣布工厂无限期放假，什么时候开工再通知大家。工人们收拾了自己的东西，一个个恋恋不舍地离开了这块让她们付出辛苦，也曾给她们带来欢乐的伤心地。

厂子里一片寂静，春雪心里一片茫然，不知接下来的路该怎么走。她没着没落地在车间里转来转去，一股股的酸楚袭上心头，不争气的泪水一次次流下来。天头午，山堂、麦茬和老东山来了，他们一致认为这是一件典型的信用证诈骗案，鼓励春雪她们去公安局报案。

春雪和春雨通了电话，两人分头去了石家庄，在省外贸所在地的派出所报了案。值班的小警察留下了她们的电话，让二人回去等消息。两人分头回到家中，一等二等、三等四等也没消息，不由都已心灰意冷。也是，那时候公安没现在的先进设备，杀人放火的通缉犯十年二十年找不到都不稀罕，甭说像这种经济案件，根本没人当回事。

一天吃过早饭，春雪在厂里转了一圈，忽然想到该去看看麦穗，把这些日子的情况沟通一下，毕竟厂子有人家一半的投资。她跟花梅和黑嫂交代一下，骑上自行车便去了县城。

麦穗家的两层小楼坐落在县城边上，楼后就是大片的庄稼地，往北不过一里多地蜿蜒着木道沟的南河堤。这是改革开放后新建的小区，住的都是全县当时的“万元户”，几十座红砖红瓦的小楼纵横成排、鳞次栉比，有些人家的门口已停上了几万元的面包车。

刚买这房子时麦穗还不满意，说离木道沟忒近，担心什么时候发大水给冲了。她还记得一九六三年这一带沥水成灾，大雨紧一阵慢一阵整下了七天七宿，庄稼全被淹了，井里的水平了槽，“咕嘟嘟”往外冒；混黄的河水漫过河堤“呼呼”往外泼；男人们都光着屁股上堤抢险，到底还是把整个村子都泡了，塌了多少家房子啊！我的娘，这会儿想起来心里都哆嗦！歪歪说是她吃饱了撑的，自从上游修了水库，河里早干滩了；现在你去看看，河道里除了人们盖房子挖沙留下的大坑小窝，能找到一滴水珠算你有能耐！

乡亲们都说麦穗有福，嫁了个好男人。只有守根不表态，听人这么说总是不冷不热地鼻子里哼一声。人家问他是吗意思他也不说，人们都说这老家伙得了便宜卖乖，“烧包”哩。按说，麦穗眼下的日子过得应该算很舒妥，闺女都上初中了，不用她背不用她抱，每天吃口饭就去学校了，中午在学校里吃，后晌儿放学回来吃点儿东西又去上晚自习……麦穗一天到晚没吗事，除了搞搞家务、收拾一下院里种的几畦小菜，便是喂好歪歪带回来的那条“黑背”。她好说好笑，脾气随和，住进来没几天就认识了几个牌友，后晌儿没事还能打打小麻将……尽管这样，麦穗并不觉着舒心，因为她心里有块病，有块没法说出口的病。

这块病是因为两口子之间的那点儿事引起的。麦穗非常清楚地记得，自从歪歪的生意做大后，他俩在炕上（应该说是床上，搬过来后歪歪坚持没让她盘炕）就冷清了好多。以前可不是这样，那时候歪歪出去一两个月，回家来一天没有两三回根本就过不去。现在可差多了，一回都勉勉强强，数着一二三就完事了。歪歪老说他忒忙忒累，生意压力大，没心情干这事。麦穗嘴里不好说什么心里却结了疙瘩，老怀疑他在外头“有事儿”。因为她知道歪歪老想要个小子，可这也不能怨她呀，自个儿又不是不能养活，还不是因为上级号召“一孩化”，她和成千上万的妇女一样，被人摁在床上，像劁猪一样做了结扎。

说实话，麦穗当时这样想还真是冤枉了歪歪，那时他在外头还真“没事儿”。你想想，一个肚里没多少墨水的庄稼孩子，带那么大的一支工程队容易吗？更何况人家盖高楼、修马路的工程轻易就能给他？还不是削尖了脑袋挖门子盗洞、陪人喝酒醉得像死狗，三天三宿睁不开眼才能拿到手？他心理压力那么大，真没有闲情去瞅身边的女孩哪个长得漂亮。他“有事儿”是在身家上百万后、为拿下几栋大楼搞公关才发生的，而且一发不可收拾，直到把自己送上了西天。

时至初秋，天气已没那么闷热了。杨春雪骑着自行车在河堤上慢慢行驶，放眼浏览着阳光流溢、五彩斑斓的原野，耳边震响着此起彼伏、悠远绵长的蝉鸣，心情渐渐开朗了起来。她回顾着自己这几年走过的路，认认真真做人、兢兢业业做事，怎么也想不明白为什么走到了今天。她连声叹息着，又想到麦茬一次次的出手相助，不知道自己该怎样还这份人情。

是啊，都说一家人不说两家话，可他们能算一家人吗？山堂和花梅结婚已好几年了，麦茬和条子应该算是弟兄，但全家人从没坐在一块吃过团圆饭。自己和茬子哥顶多见过两三回面，唉……这乱七八糟算什么事呀！她自嘲地笑着摇了摇头，试着往深处想：茬子哥对自己有情有义是肯定的，要不这些年人们给他介绍的对象没十个也有八个，他死活不开口，一个不见。只要有见面的机会，他眼睛说的话自个儿心里完全明白，可明白又能怎么样？要不就下决心和条子离婚……一想到此，她的一颗心立马哆嗦起来：要不是条子救了自己一条命，要不是奶奶全家人的收留，自己是死是活都说不清楚，如今要和条子离婚，自己还算人么？不能，万万不能！她一路胡思乱想，到麦穗家天已半晌午。

麦穗刚从床上爬起来，脸都没洗坐在门槛上发呆。“黑背”饿得呜呜叫，两只鸡找不到吃食，转到屋里拉了好几摊屎她都没察觉。原来，她昨晚打麻将输了一百多块心情不好，躺下又想起那块心病，烙饼一样折腾到天头明才睡着。女儿天爽没惊动她，起来煮了碗方便面就上学去了。她起来后觉得浑身没劲，干吗都打不起精神，一屁股坐在门槛上就没动弹。春雪推着车子进门来，她勉强笑了笑叫了声“姐”。

“你怎么了？”春雪边支车子边问，“没精打采丢了魂儿似的？”

“没、没事。”麦穗伸着懒腰站起身来，“夜里黑介打麻将睡晚了……手臭，输了一百多块哩！”

春雪哈哈笑："亏你家还是大款，输一百多就心疼成这样？"

麦穗嘿嘿一笑，拧开屋门前的水龙头哗啦啦洗脸。春雪往前走了几步，朝她家屋里扫一眼又嚷起来："看看你，老毛病改不了，好好的一个家，怎么就糟蹋得像猪窝？！"

也是，在这点儿上，麦穗不知怎的没继承花梅爱干净的生活习惯，而是像守根一样，不知道东西该怎么摆放，家该怎么收拾，什么物件放在哪儿没一点儿章法。比方说，袜子脱下来应放在床头，早上起来穿也方便，可她不是，一只扔在沙发上，另一只可能飞到了电视机上；再比方说，女人的裤衩乳罩算是最要紧的东西，穿脏了应该及时洗好收藏起来，她可好，能把脏裤衩挂在院里的树枝上，乳罩扔在茶几上……春雪实在看不下去，趁麦穗洗脸梳头的工夫帮她整理起来。她干活非常利索，一阵旋风似的把屋里屋外收拾得干干净净。麦穗插不上手，站在一旁目光转来转去地跟着她嘿嘿笑着说："姐，你搬来和我一块住吧。"

"废话！"春雪洗着手说，"一个女人家，怎么就这么邋遢？我搬来住，歪歪回来咋办？"

麦穗长叹一口气："这个王八蛋，快俩月没回来了。"

"他准是忙呗。"春雪坐在她对面说，"一个人弄那么大摊子，容易吗？"稍停，她又问道，"听说大乱跟他去了？"

"是，他俩从小胳膊不离腿的，恨不能穿一条裤子。"麦穗说着又一声长叹，低声说，"姐，咱俩从小不隔心……有个事，我一直犯嘀咕。"

"吗事呀？"春雪抬眼看着她。麦穗却低着头，好一会儿没开口。她不由追问一句："出吗事了？"

麦穗这才抬起头来，目光幽幽地说："姐，你说……歪歪在外头能老实不？"

春雪不由愣了一下："你怎么问这个？歪歪怎么了？"

"他倒是没怎么，"麦穗说，"可一走两三个月……真让人不放心。再说，他一门心思想要个小子。"

“你真是……”春雪不由笑了，“背着喇叭赶集——没事找事。你们结婚十多年了，他是个吗人你不知道？”

“可人是会变的呀！”麦穗说，“以前不是穷嘛，这会儿他手里有钱了……不是说男人有钱就变坏么？”

“行了行了，你就嫑胡想八想了。”春雪笑着说，“要不放心，你跟他去不就沾了？”

“我巴不得跟他去哩。”麦穗说，“可孩子上学怎么办？在那儿连个家都没有，吃住都不方便。”

“这不就结了？”春雪说，“你就嫑吃饱了撑的没事找事了，乡亲们谁不说你现在的日子好过？咱村谁能比得上你？”

“娘儿俩守寡——各知道个儿。”麦穗嘟囔一句，没再说什么。

“行了，行了，”春雪说，“我还不知道你？刀子嘴豆腐心，对谁都实在，就是嘴不饶人，更不会哄人高兴。”

“我干吗要哄他高兴呀？”麦穗嘟着嘴说，“他比俺大好几岁，你又不是不知道，当初爹死活不同意，俺是吃了秤砣铁了心。”

“孩子都上中学了，现在说这个干吗呀？”春雪说罢见她没再吭声，便长长地叹了口气。她的脸色阴沉下来，把厂里的情况以及去上海的过程向她简单说了说。麦穗根本没着心听，最后说了一句：“姐，你就看着办吧，怎么着都沾。”

春雪走后，麦穗喂了喂“黑背”和几只鸡，强打精神准备做饭时发现灶头没火柴了。她上楼开抽屉翻找，无意间看到歪歪留在家里的一沓子什么单据。她有一搭没一搭地随手翻看着、翻看着……忽然，她的目光盯住那上面的大红签章不动了，一个突发奇想的念头强烈地噱住了她的心，把她自己都震得愣住了。她伸出一根手指轻轻触摸着签章，久久地思忖、思忖……最后终于下定了什么决心。她猛地关上抽屉跑下楼，锁上大门出去了。

服装厂停工已经半个多月了，春雪每天都是心急如焚、吃不香睡不稳。老天爷，一万五千套哇！瞅着那顶梁堵门、三间房垛得满满的工装，用她自己的话说：真是百爪挠心，恨不得放把火烧个干净！她和春雨去过石家庄两趟，派出所的民警说已发了通缉令，让她们耐心等待。

这天，春雪、花梅和黑嫂又坐在一起商量这事。花梅说：“事到如今，咱也不能傻等着呀，能不能想想办法，把这些工装卖出去？”

春雪愣一下，又叹了口气说：“一万五千套，怎么卖呀？”

“想办法呗，能卖多少卖多少。”花梅说，“哪怕卖个成本价，总比这样搁着放瞎了强吧？”

春雪和黑嫂思索着她的话，一时没吭声。花梅又说：“你那个舅姥爷叫吗来着？就是县服装厂那个厂长？”

“陈铁钢，奶奶的弟弟。”春雪说，“你怎么想起他来了？”

“他不是搞了一辈子工装吗？肯定认识不少这方面的人。”花梅说，“让你奶奶找找他，帮咱想想办法呗。”

春雪沉吟地思索着她的话。黑嫂忽然想起地说：“对了，我有个表姐在县针织厂当厂长，要不去问问她们要不要？”

“是吗？这倒可以试试。”春雪心头燃起了希望，双眸闪闪放光说，“要不咱俩去跑一趟？”

“沾呀，咱说走就走。”黑嫂起身便往外走。花梅忙说：“要不你们带上奶奶，一块去找找他兄弟？”

“奶奶那么大岁数了，”春雪犹豫着，“她怎么去呀？”

“找你舅舅，”花梅说，“让他套上毛驴车。”

就这样，春雪去找舅舅守根，没想到人家还挺忙。自从分田单干后，这老家伙像是焕发了青春，浑身有使不完的劲，两亩地根本不够他种。去年开春，他买了五十只小鸡，从小就开始训练，边喂它们边拿棍子敲打小拉车辕条。结果可好，鸡长到半大，只要他一闹动静，鸡们就像听到命令，“呼啦啦”往他身边跑。再往后，他干脆不喂了，每天一大早就把群鸡撒到河滩上散养，自个儿该干吗干吗。天一擦黑儿，他推着车子就去了，边敲打车辕边喊：“回家喽！我的鸡，回家喽……”

嘿嘿，河滩上立马就沸腾开了！那些鸡从庄稼地里、草棵子下、红柳丛中钻出来，像士兵冲锋一样“咯咯”叫，扇动着翅膀又飞又跑围过来，争先恐后跳上车。守根数数差不多了，拉上车子就走。有些落在后面的鸡挤不上车，便排成一行跟在后头跑……这在小村里已成了一景，每到天色傍晚，便有好多人赶来看稀罕，七嘴八舌地瞎嚷嚷：“这老家伙，不愧是当过兵！”“就是，净出些幺蛾子事。”“他当过逃兵吧，哈哈哈……”

庄稼孩子从小跟在娘屁股后头看养鸡，这方面的经验多少知道一些。比方说，哪只鸡冠子和脸比平时更红，有事没事“咯咯”叫，就说明快下蛋了。守根不傻，这些他都懂。秋末冬初，那些鸡已长大成熟，他前晌儿下地干活，后晌儿便推车守到河滩里，听到鸡“咯哒咯哒”叫，就去草窝子里寻找……头一篮子鸡蛋个个带血，他舍不得卖更舍不得吃，全都送到了二婶儿家。二婶儿也舍不得吃，还不是都便宜了条子和重孙儿天明。

入冬之后，几十只鸡全部开始下蛋，守根每天能收两大篮子。这些鸡饿了逮蚂蚱吃草籽，渴了啄草叶喝露水，下的蛋特别香。那会儿人们不讲什么绿色不绿色，反正知道他家的鸡蛋好吃，有事都来买。集攒多了，守根便推着两大筐去县城赶集，每回都是不到抽锅烟的工夫就会被人们抢购一空。服装厂出事后，他曾拿着五千块钱过去，春雪眼圈发红，打架似的不肯接。他大喊一声：“我是你舅！”把钱摔在桌子上就气呼呼扭头走了。

春雪去河滩里找到守根，他吗话没说就答应了。第二天一大早，他套车拉上老太太，一行四人去了县城。春雪和黑嫂拿着样品找到针织厂，那位大表姐非常痛快，厂里总共百十号女工，人家一下子留了二百套，只是价格压得很便宜。春雪心里算账，不过收个成本钱。她叹了口气，成本就成本吧，总比放在库房里瞎了强。算是见到了回头钱，给她心里多少投进来一缕希望的阳光，谁知等去了县服装厂，这缕阳光又显得那么暗淡。

服装厂破产倒闭，正在清理财产。陈铁钢忙得焦头烂额，根本没心情管她们这事，而且还说了一句："这么娇嫩的工作服，哪个瞎了眼的厂长敢收呀！"

接下来几天，春雪和黑嫂带着样品接连跑了好多家工厂，却一套也没销出去。她们浑身疲惫，垂头丧气回到家。花梅打开一套工装抚摸着说："这么好的面料和颜色，咱们拿到集上试试怎么样？"

"这是工装，庄稼主子谁穿呀？"黑嫂泄气地说着直摇头。春雪想了想，觉得也是个没办法的办法，唉……死马当活马医吧，万一能碰上个好兽医哩。等到无极过集那天，春雪和黑嫂拉了一车工装便去了。她们找了个人群挤疙瘩的地方支好摊子，把不同型号的工装挂起来几套。黑嫂没丑没俊，还真能拉下脸来吆喝："东瞅瞅西看看，咱这服装最抢眼！走过路过不能错过……出口转内销，减价大甩卖，一件六十五，两件卖一百……"

春雪哪儿干过这活？有人过来看看她就脸红。人家黑嫂的吆喝还真顶事，大姑娘小媳妇们仨一群俩一伙地挤过来。她们拉拽着衣服，夸面料、赞颜色、挑剔样式和做工……也对，褒贬的是买主，春雪不会说瞎话，只能赔着笑脸解释。黑嫂却说："姐妹们覅不懂眼了，这是出口南朝鲜的服装，国际流行样式……那个老板出车祸了，我们实在联系不上……要不，三百一套都不卖给你。"

接下来就是没完没了的砍价，一块两块地往下砍。甭管怎么样，最后总算有人把包在小手绢里、挼得皱巴巴的钱掏出来……就这样，春雪她们午饭顾不上吃，连口水都没喝，一天下来总算卖出去了二十多套。黑嫂高兴地哈哈笑，春雪却怎么也笑不出来：一万五千套呵，照这样卖法，猴年马月才能卖完呀？银行的贷款眼看要到期，十万块啊，拿什么还？莫非还让麦茬垫上？听说窑上的生意也不如前两年，他能拿得出来吗？就算能拿出来，自己好意思再用人家的钱？她一路胡思乱想着，天黑透了两人才回到家。

第二天是星期日，麦穗带着女儿回来了。她给守根买了双老北京布鞋，到家见锁着门便转到了厂里。春雪正跟花梅说昨天赶集的情况，麦穗插言到："能卖二十多套就不赖了。庄稼主子都是老土鳖，不知道好歹……你们干吗不去石家庄试巴试巴？我跟着歪歪去过，城里人吗都敢穿，又有钱，咱这服装说不定能卖个好价钱。”

花梅也觉着她说的在理。其实，春雪也有过这想法，她多次去石家庄，自然知道城里人穿戴和乡下人不一样，可一想到又得找麦茬借车借司机，就觉着实在不好意思张口。现在花梅和麦穗都这么说，她终于下了决心，拉几百套去城里闯一闯。她当时只想去碰碰运气，并没意识到这个决定有多么正确，更没想到会遇上“贵人”，让自己彻底打了翻身仗，改变了一生的命运！

再说，那天麦穗匆忙忙从家里出来，无极三十多万人谁都不会猜到她动了什么念头、想要干吗。她自认为找到了很有意思的天下奇招，一路嬉笑着跑到刻章门市部，为自己刻了枚小方章，四个字是：麦穗专用。

她觉得自己好聪明，终于找到治疗困扰日久的心病的好办法，真是高兴得没法说！她晌午包了顿韭菜鸡蛋饺子犒劳自个儿，后晌打麻将一路手顺，赢了三百多块！等天爽放学回来，她也不做饭了，娘儿俩去城里名噪一时的饭馆子——彦刚饭店撮了一顿：每人一碗水氽肉丸，两个油酥烧饼。吃得天爽一头大汗，满脸笑容，小嘴乐得合不上。第二天，她又去商店卖了盒印泥，一连多天眼巴巴盼望着丈夫回来。

这天后晌儿，麦穗和三位老牌友激战正酣，门外传来熟悉的摩托车声，紧接着是“黑背”一阵欢叫。她刚和了一把，没等大家算账便把牌一推起身说：“不玩了，不玩了，钱也不要了，当家的回来了！”

这可不是她平时的作风。常言说：打麻将的不可交，慢待亲朋憋大泡。她数于那种坐塌炕、熬干灯，只要有人玩就不起来的主儿。以前，甭管谁来，她肯定坐着不动，为这歪歪没少跟她闹气。今天她一反常态，三位牌友不理解，正嘟嘟囔囔说什么，歪歪一撩门帘进来了。麦穗满脸是笑地迎过去：“当家的回来了？累了吧？快坐下喘口气！”

歪歪倒意外地愣住了，因以前他回来麦穗总是装作没看见，膀不摇身不动地该洗牌洗牌，该发牌发牌。他怔了片刻，忙笑着说："没事。你们玩吧。"

"不玩了，不玩了。"麦穗说着，又忙不迭地给他倒水沏茶。

"不玩了。""你们小两口亲热吧。""就是。覅耽误你们的正经事。嘻嘻……"牌友们说笑着告辞出去了。麦穗打来盆水放在歪歪面前："快洗把脸。饿了吧？想吃吗饭？我这就跟你做。"

歪歪可真是不习惯了，伸手摸摸她的额头："你……没发烧吧？"

麦穗趁机抓住他的手贴在自己脸上小声说："歪歪呵，以前是我不对……我改邪归正，往后只要你在家，我再也不打麻将了。"

歪歪刚想说什么，天爽背着书包蹦蹦跳跳冲进门。小姑娘欢快地叫着"爹"，一头扑进他怀中。麦穗看着这爷儿俩开心地笑，边挽袖子边说："送行的饺子接风的面。冰箱里现成有肉，咱吃打卤面吧。"

接下来的一段时光，小院里充满了欢声笑语，连"黑背"也高兴地蹦跳个不停。麦穗擀好了面条先打卤，鲜蘑肉丁加豆嘴儿，炝锅的香味儿满屋子弥漫。一家三口高高兴兴吃过饭，天爽上楼上写作业去了。麦穗烧了锅水，帮歪歪洗头洗背，然后躲进卫生间，用香皂仔仔细细清洗着自己的身子。等女儿睡下后，他们迫不及待地滚倒在床上……两口子这点儿事，干好干不好是互相影响，一个没情绪，另一个也不会有劲。以前歪歪在外工作压力大，骑摩托一百多里，进家已是身心疲惫，麦穗再不给个好脸儿，他能有情绪？这回麦穗首先调整了心态，浅笑低语、脸热体香，他自然是激情高涨。两人前头后头、上来下去；孙猴爬杆、老汉推车……折腾了一个来钟头，终于大汗淋漓地瘫在床上只剩下了喘气的份儿。麦穗激动得嘤嘤轻泣，觉得这是丈夫离家进城以来最尽兴的一回。歪歪揽过她光溜溜的身子轻轻拍打着，实际上，他这次回来是带着一份愧疚之情，也想从各方面哄老婆高兴点儿。不是说他已经"有事"，而是他心里"有事"，没做贼先发虚了。

第二天早晨阳光灿烂，麦穗的心情和蓝天白云一样宁静而平和。她上街买回来油条、茶蛋和豆腐脑，歪歪还在呼呼大睡。她从外屋抽屉里取出自己的方章沾满印泥，蹑手蹑脚走进了卧室。她上前掀起床单，在丈夫小肚子和那条大虫子根部摁了两下。歪歪被惊醒，眼都没睁翻了个身嘟囔着："干吗呀？我再睡、睡会儿。"

"没事，睡吧，睡吧。"麦穗含笑在他脑门儿上亲了一口，轻轻退了出来。她上楼把女儿喊起来，催着她洗脸梳头。天爽吃着油条问："俺爹呢？"

"你爹还在睡。"麦穗说，"快吃了去上学吧，覂把他吵醒了。"

"让爹等俺回来，我还跟他学摩托车哩。"天爽吃完饭，背上书包小跑溜丢儿出门去。麦穗把豆腐脑温在炉子上，动手打扫着院落。过了一会儿，就听见歪歪在屋里喊："操！你快进来一下！"

麦穗扔下笤帚进屋去，手把门框笑盈盈问："怎么了？"

"你这是干吗？"歪歪光身子指着两枚鲜红的手章印喝问。麦穗笑出声来："没事，闹着玩儿呗，省得你在外不老实。"她边说边上前帮他穿衣服。

"你真他娘瞎胡闹，我怎么洗澡呀？"歪歪不高兴地甩开她的手。麦穗硬把上衣给他穿上："得了吧！当你多么干净呀？在家时还不是一冬天不洗？"

"你他娘真是……"歪歪嘟囔着没再说什么。麦穗说的是实情，那时候条件不好，不光是歪歪，村里的汉们儿们一冬天不洗澡的大有人在。更有懒汉肚皮上能长一层皴，用手一搓扑棱棱往下掉。

人们常说：头等人看看就会，二等人学学就会，三等人学也不会。杨春雪是头等人，一路上竟学会了开汽车。

那天，花梅出面从窑上借了辆卡车，装了五百套工装直奔石家庄。在司机大壮的鼓励和指点下，车一上公路春雪就接过来方向盘。她小心翼翼，从慢到快，竟然一口气开到了市里的批发市场"南三条"。花梅和黑嫂坐在后排座上，不住拍着巴掌为她叫好加油。

那时候的"南三条"刚刚开发出来，条件不成熟管理不规范，实际上就是一个乱七八糟的商品集散地。卡车停在路边，春雪她们放眼望去，只见形形色色的摊点列队成阵，土土洋洋的人群熙来攘去，叫买叫卖声混成一片，听不清谁在喊什么。再仔细看，人群中有戴羊肚子手巾、叼烟袋的庄稼汉；有勾背搭肩、衣着鲜亮的红男绿女；也有穿蓝制服、拿小本本的工作人员串来串去。黑嫂不由大声惊叫："我娘！这个集可真大，一眼看不到边！"

"覅瞎喊叫。"大壮忙制止她，"人家这叫批发市场。"

"还不是一样？"黑嫂说，"人成疙瘩货成堆，不是买东就是卖西。"

"行了，你俩就覅吵吵了。"花梅说，"天都这咱晚了，咱找地儿吃口饭吧。"

春雪抬头看了看，可不是，天早过午，日头都偏西了。她从车上拎下个面口袋，里面装着几十张烙饼，是花梅夜里黑介熬了多半宿烙出来的。她们找个地摊，买了四大海碗羊杂汤，大嘴马牙吃了个痛快。

饭后，在工作人员帮助下，她们去市场办公室做了登记，被安排了个还算不赖的位置。当大壮七拐八弯把车开过去，大家一齐动手把摊子支腾上时，天色已晚，大市场上客走人稀冷清了许多。春雪和花梅商量，决定明儿一早再正式开张。黑介睡觉怎么办？春雪觉着大家跟她出来不容易，尤其是花梅已是五十多岁的人了，主张就近找家小旅店却遭到反对。花梅说："行了，咱这趟出来不知道能不能挣钱，就覅先糟蹋了。"

"就是，庄稼主子没那么娇气，谁没在庄稼地里睡过？"黑嫂打着哈欠，"反正天还不冷，就在车上凑合吧。"

"要找旅店你们去，我睡司机楼看车。"大壮说着登上驾驶室。就这样，三个女人商量着把两块苫布扯下来，一块耷拉在车厢上做遮挡，一块铺在了车底下，然后每人拿了捆工装当枕头便钻了进去。

真是，在家千日好，出门日日难，这一宿谁都没睡好。秋头子上，正是蚊子发飙的时候，她们的脸、脖子、脚腕子……浑身上下凡是露肉的地方都被咬得乱七八糟，每人拍了两手血。早上起来一个个都是膀鼻子肿眼的，你看我我看你笑个不停。她们去不远处的水管子旁洗脸漱口，喝着凉水啃块烙饼算吃了早饭。黑嫂没心没肺是个乐天派，边吃边数念："苦不苦，想想长征两万五；累不累，想想革命老前辈；难不难，想想穷人解放前；穷不穷，想想当年老贫农……"

日头升到一树尖子高时，市场上开始热闹起来。一排排的门市开门营业，像春雪她们一样的地摊也支腾了起来，各色人等从四面八方络绎不绝地蜂拥而至。黑嫂来了精神，放开破锣般的嗓子吆喝她那一套："走过路过不要错过……出口转内销、吐血大甩卖喽！"

在春雪她们眼巴巴的期望中，发现这儿的情况和县城差不多。男男女女被黑嫂的喊叫声吸引过来，看货的多，问价的不少，掏钱的却寥寥无几，大半天过去，也就卖了十多套。春雪由期盼变失望，转转悠悠想去厕所，在一排门市小楼的拐角处，被一群围观什么的人群吸引住了。她有一搭没一搭地走过去……突然被人们围在中间的一个人惊呆了！

那人和她年龄不相上下，一头披肩发，满脸书卷气，正坐着小马扎为人现场设计服装。十多个年轻女人排成队，边等待边小声议论："这人真像传说的那么神呀？""真的。我们单位有好几个人找他做过衣服，个个都是合体又漂亮。""他只要看你一眼，绝对不差分毫，连米尺都不用。"……

再看那个人，对每一个站到他面前的女人只扫一眼，便低下头在画板纸上边划拉边说："你的身材偏胖，尽量少穿浅色衣服，最忌横条面料。""你过分苗条，少穿深色，忌竖条衣服。""你脖子短点儿，少穿立领。"……

春雪看了足有吃顿饭的工夫，终于忍不住大叫一声："杨雪川！"

杨雪川愣怔片刻，抬头看她一眼，惊喜地扔下画板便扑了上来："杨春雪！怎么是你呀?！"他喊叫着，不管不顾一下子把她抱了个满怀。春雪稍愣神儿，情不自禁抽出双手把他也紧紧抱住了。杨雪川拍打着她的肩胛，一迭声问："你怎么在这儿？来干什么？"

众目睽睽之下，春雪终于感到不好意思，红着脸挣开了他的怀抱……

三歪歪好纠结，近些日子一直心神不定，拿不准自己是不是该往前迈一步。

这是一个美丽的诱惑，源于两个月前他一次请客。石家庄市政府要盖几栋宿舍楼，主管是一位姓黄的秘书长。人们都说歪歪运气好，这消息是他的一位酒友告诉他的。酒友叫刘立功，是黄秘书长的小舅子，定县人，也和歪歪差不多大字不识几个，几年前他们在一个盖房班干过，两人还挺投脾气。这小子当过汽车兵，开车技术一流，姐夫升任秘书长后便把他调到政府车队。歪歪来市里后，两人走动得挺勤，断不了凑在一起喝一壶。尤其是歪歪干大之后，刘立功差不多天天过来，因为他媳妇和孩子都在老家，下班后一个人住单身宿舍忒没劲了。

黄秘书长从心里压根看不上这个小舅子，架不住他老婆成天介叨叨，一天下班后终于被歪歪请进了燕春饭店。菜是山珍海味，酒是“茅台”，烟是“大前门”，一通大喝后秘书长已有了七分醉意。当时各地的夜总会刚开始兴起，生意非常火爆。在歪歪盛情相邀下，一行人去了全市最大的歌厅——月光俱乐部，这才碰上了那位让他神魂颠倒、寝食不安的美丽“小冤家”。

梁佩玉是月光俱乐部里的当家歌手，歌唱得好，人长得也漂亮。在光怪陆离的灯光下，她一张口便是个“满堂彩”，全场掌声叫好声响成了一片。歪歪记得非常清楚，她神情迷惘，小嘴微张，唱的第一首歌是《祈祷》：

> 不知道为了什么，
> 忧愁总缠绕着我。
> 我每天都在祈祷，
> 快赶走爱的寂寞。
> ……

她在台上走来走去，那楚楚动人、哀婉凄凉的小样儿，让所有女人的眼里都转上来泪花，所有男人的心都融化了。歪歪虽然是个“土鳖”，头一回听到这么好听的歌，头一回见到这么漂亮的人儿，也是听得如痴如醉，看得两眼发直，心疼得恨不能冲上台去把她紧紧抱在怀中。

当时歌厅里人满为患，歪歪他们自然坐的是贵宾席。在他们旁边还有一桌五六个人，看样子都是“土豪”级别，而且都喝得差不多了。梁佩玉唱完《祈祷》，歪歪见黄秘书长很高兴，便掏出一百块钱让他点歌。没想到，一位大胖子“土豪”也要点歌，喊叫着把二百块扔到了台上。歪歪哪儿能栽这个面子？一把掏出来了五百。大胖子也不示弱，扔上去了一千。看热闹的不怕事大，全场叫好起哄声此起彼伏，弄得两帮人都下不来台。歪歪掏三千，对方扔四千……就这样，歪歪最后掏出来一整捆“大团结”，对方才没有了动静。

梁佩玉千恩万谢，一口气唱了五首《邓丽君》的歌。当另一位歌手上台后她没回后台，而是娉娉婷婷走下来……全场人的目光不由都离开了舞台，一步一步紧追随着她。一股香风扑鼻，歪歪马上就晕菜了，忙诚惶诚恐站起身来。梁佩玉微微一笑，轻声说：“李先生，您坐。”

歪歪竟然忘了回答，“嘿嘿”笑的模样比哭还难看。梁佩玉坐在他身旁，又说：“李先生，谢谢您的捧场！”

“没、没事。”歪歪勉强挤出几个字，下意识地把身子移开点儿坐下来。全场人不再听歌，都歪头探脑往这边张望，有几个小混混还吹起了口哨。歪歪毕竟是个“土包子”，哪儿经过这阵势？他一时间浑身不自在，手脚没地儿放，额头上的汗水都渗出来了。梁佩玉非常善解人意，她本想和歪歪多聊几句，见此情况浅笑着再次道了声谢便飘然离去。歪歪可就惨了，接下来几个歌手上台唱了多少首歌他全然不知，心里乱糟糟像塞了一团麻，直到黄秘书长要走，他才迷迷糊糊腾云驾雾般站起身来。

接下来的两天，歪歪像丢了魂儿，白天无心干事，吃饭没有滋味，晚上坐在被窝口上，能把一整盒“荷花”烟抽完。大乱成天和他在一起，几次问他是不是哪儿不得劲儿，要不要去医院？他显得很不耐烦，动不动就呲嗒人家两句。就在这时，因需补办一份什么手续，他回了一趟无极。那天晚上他和麦穗在一块，眼前晃动着的是梁佩玉的明眸皓齿，心里想着的是人家的细腰丰胸，所以才有那么高的激情。

从老家回来那天，歪歪更是坐卧不宁，吃过晚饭就开上刚买的“奥迪”出去了。他不知道自己想干什么，也不知道要去哪里，开车胡走乱串围着市区转了两圈，却鬼使神差般停在了月光俱乐部门口。他看到那七彩缤纷的霓虹灯，才猛然明白自己想干什么，这一闪念间，他把自己都惊呆了：我这是想干吗？四十岁的人了，这样做合适不？有老婆有孩子，看被人笑话……他胡思乱想着还是把车开进了停车场。他默默地呆坐着抽了两根烟，终于下车走进了那两扇敞开的红粉大门。

歌厅里像煮饺子一样人挤人。乌烟瘴气的舞台上，一个神经病歌手正唱着一首发疯的歌：

让我一次爱个够，
给你我所有。
让我一次爱个够，
……

歪歪在服务生的引领下，找了个光线最暗淡的角落坐下来。他让服务生送来两瓶啤酒，边喝边等待着梁佩玉登场，可眼巴巴等来等去，换了好几个歌手仍不是他想见的人。实际上他并不喜欢这种场合，贼亮的灯光晃来晃去，强烈的音乐震耳欲聋，小混混们的喊叫声、口号声鬼哭狼嚎……他有点儿坐不住，想找服务生问问又张不开口，可不是，四十岁的汉子打听人家大闺女干吗？

直到演出结束，梁佩玉始终没上场。歪歪好不失落，站起身往外走时终于忍不住问了问服务生，人家告诉他说梁佩玉请假了，好像是她娘有病住院，什么时候能上班不知道。歪歪愣片刻重新坐下来，点了根烟边抽边看着男男女女像羊出圈一样从门口往外涌，直到人空场净，工作人员开始搞卫生，他才没精打采地站起身来……

停车场上灯光明亮，仅剩下他的那辆“奥迪”显得没落而孤单。歪歪低着头，边掏钥匙边往车旁走，一个身影的突然出现惊得他心跳骤停、目瞪口呆，手中的钥匙“啪”一声掉在地上。

许是老天可怜，也许是他俩真有缘分。匆匆走来的正是白衣白裙、亭亭玉立的下凡仙女梁佩玉！歪歪傻了、呆了，像被使了定身法一样大瞪着双眼一动不能动。梁佩玉的脚步声清脆而急促，高跟鞋“笃笃”地敲击着地面走过来、走过来……歪歪的心脏一阵狂跳，嘴唇翕动着却发不出声音。梁佩玉从旁飘然而至，漫不经心地扫他一眼走了过去……突然，她像意识到什么，迟疑地收住了脚步。歪歪的心脏再次停跳，木雕泥塑般大张着嘴巴却喘不上气来……世界消失了，时间没有了，不知过了多久，梁佩玉终于慢慢转回身来。她认真地打量歪歪一眼，脸上露出了惊喜的笑容：“李先生？真的是您呀？！”

歪歪仍是干张嘴出不来声，脸上挤出的笑容比哭还难看。梁佩玉上前两步，笑容更加灿烂地问：“李先生您怎么在这儿？来看演出呀？”

“没、没事，我这就走。”歪歪心慌意乱、前言不搭后语地说着，边往车旁走手伸进裤兜里掏钥匙，掏了半天没摸着，不由惊讶地自语，“操！我的钥匙哩？”

“您的钥匙……”梁佩玉说着低头寻找，发现钥匙就在她脚下，忙弯腰捡起来问，“这是不是？”

“真是……吗时候掉地上了？”歪歪不是在装蒜，看到佩玉那一瞬间他精神忒集中，确实没察觉把钥匙掉地上了。他吐脏字佩玉并不觉着别扭，她也是农村出来的，从小在庄稼地里听惯了。她上前两步把钥匙交给歪歪，两人的手碰触在了一起……老祖宗说男女授受不亲，这话真有道理，因为肌肤接触会让人的心理发生很大变化，尤其是在特殊情况下。

像触电！歪歪当了多年电工，对这种感觉太熟悉了！在那一瞬间，他心灵惊悸，热血冲顶，却分明感受到那只小手的细腻、滑溜和温暖，一股强烈的欲望想把它抓在手上、放在唇间，并把它的主人拉进怀中！佩玉却浑然不觉，甜甜地笑着说："这是您的车呀？太漂亮了！刚买的吧？"

"是，是。"歪歪胡乱答应着打开车门。佩玉忙说："李先生您慢点儿开，我还有点儿事先走了。"她说罢，莞尔一笑向月光俱乐部的后门走去……

歪歪手扶车门停住了，瞪眼瞅着她长发飘飘的美丽身影发呆。佩玉走到门口又回转头来，笑笑地冲他摆了摆小手。歪歪好像刚回过神儿来，忙大声问："你娘……没事吧？"

梁佩玉闻听愣住了，片刻，眨巴着杏核眼说："俺娘住院了。可是……您怎么知道呀？"

"我傻乎乎地等了半宿，"歪歪答非所问，"专门来看你……"

梁佩玉似乎有点儿感动，忙说："李先生，对不起了！要不这样吧，我把呼机号告诉你，再来前你呼我一下。"她说着，小跑溜丢儿返了回来。

歪歪又问了一句："你娘怎么样了？"

"俺娘……不忒好。"佩玉神色黯然，语速很快地低声说，"她血压高，心脏不好，住院十多天了……这不，住院费不够了，我想找老板预支点儿工资。"

歪歪此时已完全冷静下来，呵呵笑着说："找你们老板干吗？我给你不就沾了？需要多少？"

"这怎么行啊，上次你就给了那么多。"梁佩玉连连摇头，"我怎么能用您的钱？不行，不行。"

"天下农民是一家，这不算吗事。"歪歪的嘴皮子溜了许多，"算我借给你，以后有了再还，没有你就用着，不就是几张纸么？"

梁佩玉神色迟疑："这样……不忒好、好吧？"

"有吗不好哇？你就甭磨叽了。"歪歪说着拉开车后门，"快上车，咱这就去取，然后我送你去医院。”

梁佩玉认真看了他一眼，轻声说：“那我先谢谢您了！”她说着，主动拉开前门坐到了副驾驶位置上……在这种情况下，女人坐在哪儿很有讲究的。如果坐前排副驾驶位置，说明她相信你，愿意和你接触、交谈；如果她心里有防范，肯定会坐后排。

杨雪川和春雪坐在南三条旁一家饭店里，要了壶花茶足足聊了一下午。

春雪讲了这些年的遭遇，尤其是承包服装厂以来的酸甜苦辣以及目前的困境，对自己的婚姻状况却只字没提。杨雪川是个很好的听众，一直默默地听着，不时点上支烟慢慢抽。春雪讲到后来已是泪水涟涟，他也只是轻声劝说：“没事，办法总比困难多，回头我看看你们的工装。”

终于，春雪擦干了眼泪问：“那年，你离开服装厂去哪儿了？后来我去过你家，你妈只说你出门了，说她也不知道你去了哪里。”

“唉……一言难尽！”雪川感慨地长叹口气，低声说，“我这个人你也知道，从小有个拧脾气，为这没少挨爸爸的巴掌……那年被厂里开除，回家就被我爸揍了一顿。我一气之下，偷了妈妈三百块钱就离开了家……”

杨雪川这些年过来得也挺不容易，苦辣酸甜都尝过也学了一身本事。他离开家走了一天一宿才到了石家庄，心想着广州是全国的服装发源和集散地，坐上火车便直接南下了。那时候全国对人口控制严格，想找份工作必须有户口所在地各级政府的介绍信。好在广州活泛些，他辗转多日，晚上住候车室，白天帮饭店刷盘洗碗蹭饭，眼看手里的钱就要花完，他急得像猴跳圈时才终于进了一家服装厂。他白天在工厂上班，晚上和星期天到一家服装学校学习，一年三百六十日忙得像陀螺团团转。他这方面的天分极高，加上聪颖好学，两年后便成了厂里的顶尖技术人才，曾在小范围内举办过自己设计的服装展。

杨雪川侃侃而谈，说到个人生活时却变得神色黯然。男大当婚女大当嫁，他小伙儿长得帅，又是厂里的技术大拿，自然不愁个媳妇。可因他全心全意扑在工作和学习上，直到二十八岁才娶了个本地姑娘。嘿嘿……恋爱是浪漫而甜蜜的，婚后的生活却是平实而烦琐的，柴米油盐、锅碗瓢盆……时间一长，勺子碰锅沿儿、筷子敲碗边儿的情况谁家都难免。他们两口子一南一北，因为生活习惯、饮食口味、语言风格等诸多方面的不和谐，可以说是从结婚那天开始就三天一小架、五天一大架，一直吵到女儿出生、吵到两年后分手才算完事。

俗话说一方水土养一方人，实际上也不是光和媳妇，雪川从小在北方养成的生活习性根本不可能和当地人完全融合。他的脾气本来就不怎么随和，所以时时处处都觉得别扭，可为了生存又万般无奈。改革开放后，他辞掉工作，把女儿留给前妻，毅然决然回到了北方。那年，他本想承包县服装厂，可由于已不适应县城的生活环境，加上父母急着抱孙子叨叨得让人心烦，他一气之下来到了省城。雪川讲到此，幽幽地长叹一口气，苦笑着继续说下去。

他本想在城区找地方办个小型服装厂，没想到却到处碰壁，为办相关手续跑了十多天他头都大了。石家庄这个城市很让人无奈，怎么说呢？说它人情味太浓？好像也不是那么回事，反正不管你想干什么，大到投资几千万开工厂，小到投资几百块办个冰棍摊儿，那一道道手续让人头疼，二十几个章你就跑吧，嘿嘿……每个部门没有十趟八趟肯定不行，今天缺这个，明天少那个，最后还得找个熟人，少则送个三五百，多则摔上七八千，再去就万事齐备，一路绿灯。他天生就是智商高情商低，办这类事最没办法，实在没辙只得转移阵地，把厂子设在了隶属正定的白佛村。因为他听说正定县来了个姓习的小书记，年龄和咱县的栗书记差不多，到任后严厉整治吃拿卡要，把负责办理相关手续的所有部门集中到一个大厅办公，顶多两天就能全部办完。

杨雪川长舒了一口气，说他的厂子开办一年多了，规模很小，三五台机器十来个人。他没那本事也接不来外单，就靠现场给人设计加工，虽说挣不来大钱，倒也自由自在，小日子混得不错。

说到这里，春雪关切地问："现在……你还是一个人过？"

"是呵。一个人多好，吃饱了全家不饿。"雪川"嘀嘀"笑着，"没人说没人管，睡到几点算几点。"

"不是那么回事。"春雪摇着头，"都四十的人了，总该有个家嘛。"

"有合适的再说吧。"雪川说着站起身，"走。去看看你们的服装。"

两人来到春雪她们的摊子前，大家客气地做了介绍。春雪只说雪川是她当年的同事，麦茬的同学和朋友。说到麦茬，雪川忙问他现在怎么样？黑嫂见问可来了精神，破裤子先舒腿地说："人家这会儿可牛了！当着大村长，身价少说也趁上百万！还是个……宝石王老五！"

春雪咯咯笑："你滚半搁儿去吧，那叫钻石王老五！"

"甭管吗石，"黑嫂也笑着，"反正很值钱不是？"

"这小子从小肚里有牙，是个人才。"雪川笑着说，"一定回去看看他，好好撮一顿。"

"没事。"一直在旁含笑的花梅说，"撮十顿都沾，管吃管住，这事我做主了！说吧，你哪天去？"

雪川这才知道花梅是麦茬娘，忙含笑叫了声"大姨"。说笑间，他打开一套工装仔细查看："这面料挺好的呀，颜色也不错……这样吧，我带回去琢磨琢磨，两天后给你们答复，放心，一定有办法。"

那天晚上，歪歪回住处取了一万块钱，又开着"奥迪"把梁佩玉送到医院里。梁佩玉自然是千恩万谢，留下了自己的呼机号，分开时主动伸出了小手。

歪歪痴了，醉了，握着人家的手久久不想撒开。甭说当天晚上，第二天早上他都舍不得洗手洗脸，放在鼻子下闻闻，一股淡淡的香味沁心入脾，让他一整天晕晕乎乎像喝了二两！

后来的那段时间，两个人接触十分频繁。歪歪基本上每天晚上去月光俱乐部，如梦如幻般听完梁佩玉演唱，然后便把她接出来去国际大厦吃夜宵。一回生二回熟，三回好像老住户。过了没多久，两人便少了客气多了随意，变得无话不谈。歪歪这才知道，梁佩玉也是无极县人，家住东北套套底的彭汪庄，今年二十五岁了。歪歪好长时间都半信半疑，庄稼地里能养出这么俊的闺女来？后来想到自己村失踪多年的苏红柳，好像和佩玉的模样差不多，就是没有她这么洋气，也就相信了。既是老乡，两人自然更多了几分亲热，歪歪再见她时就心不慌气不短，手心里也不再冒汗了。

梁佩玉也是穷人家的孩子，从小喜欢唱歌跳舞，用她自己的话说：还不会说话就能哼哼几句样板戏了。她说“文化大革命”那些年村里开大会，每次等人时都把才五六岁的她抱上台唱一段。她记得很清楚，唱得最多的是李铁梅那段《都有一颗红亮的心》。她爹是个“荣军”，缺一条腿干不了重活，一直享受着村里的照顾。他在部队当过连长，脾气非常暴躁，乡亲们背后都叫他“活阎王”，几个孩子看见他都绕着走，从小像老鼠见了猫。娘比爹小十来岁，当闺女时身子骨就不壮实，结婚生孩子后就变成了“药篓子”，一年到头离不开药罐子。佩玉是老大，下边的弟弟妹妹像小猪子一样四五个，一个比一个大一岁。都说会生的头胎养活闺女，这话半点儿不假。她七八岁就学会了做饭，擀面条蒸卷子贴饼子吗都会，由于个儿小，每次刷锅都蹬着板凳床，有多少回差点儿栽进锅里去。她小学毕业那年正赶上宣传“白卷先生”，爹说“上学念书不如下地放猪”就没让她考中学……梁佩玉讲到这儿眼圈一红，泪水差点儿掉下来。歪歪瞅着好心疼，恨不能把她抱进怀里拍打着哄哄，忙劝说道：“咱俩一样，我也是小学没毕业……没事，事在人为嘛，猪往前拱鸡往后刨——各有个儿找食的道，你看我这不是混得挺好吗？”

“我哪儿能跟你比呀？你是大老板。”梁佩玉破涕为笑，“咱俩是老天爷的拐棍——从天上插（差）到地底下！”

“也不能这么说，小鸡不尿尿——各有个儿的道呗。”歪歪笑着点了根烟又问，“那你怎么跑城里唱歌来了？”

“这个……李奶奶讲话——说来话长呵！”梁佩玉感叹一声，忽然意识到两人讲的都是农村人的俚语调侃儿，自己进城后好长时间没说过了，不由笑起来。

“怎么了？”歪歪忙问，“你笑吗吔？”

梁佩玉摇了摇头没做解释。她沉吟了好一会儿，低声细语继续讲述着自己的故事。她在生产队里干了几年活，风里来雨里去、吃苦受累不必说。一年三百六十五天，她每天的时间表差不多没什么变化：一扑明儿起身，打水、扫院清理门前地，随着队里的钟声下地；收工往回走时她脚步最快，进家门一阵风似的抱柴做饭，做好了喊弟弟妹妹们从被窝里爬起来，忙着洗脸吃饭，然后打发他们快去上学，自己紧忙扒拉两口，气还没喘、锅碗顾不上刷上工钟声又响了；晌午回来又忙着做饭、边烧火边刷洗早上的碗筷，饭做好后伺候全家人吃完，她才有工夫洗把脸；大歇晌儿，天热得像下火，社员们一般都小睡一会儿，她背着草筐又去大野外砍草，庄稼地里密不透风像蒸笼，进去就是一身汗，好不容易砍满筐背回来晾晒，刚喝下几口凉水又该下地了；就是后晌儿回来时间还宽裕些，可以慢悠悠做饭，娘身子好时能帮她拉风箱烧火，等全家人吃完饭睡下，她还得给弟弟妹妹们洗洗涮涮、缝缝补补，赶做过年的新衣服，一直忙到小鸡子叫……她为人实在，干活不偷懒，十五岁时队里评工分她就挣满工十分，一般妇女们都挣八分。

歪歪听着她的讲述，心疼地一个劲“啧啧”嘬牙花子。佩玉却苦笑着说这不算吗事，庄稼闺女从小干惯了，并不觉得苦累。让她实在无法忍受、最后下决心离开家的原因是十八岁以后那几年的遭遇。

世界上所有动物的本性是怎么形成的？怕是谁都说不清楚。比如小狗小猪，生下来还不会走，公的就学着往母的身上爬。人还不是一样？甭管男女，到什么岁数想什么事，只要有人类那天就是如此。梁佩玉十八岁那年，公社组织青年男女参加县里的歌咏比赛，集中训练时她认识了邻村的小伙儿李玉强。两人很对眼，一见面就自来熟，在一起有说不完的话。演唱《十送红军》，他俩是男女领唱，自然在一块练习时间最长，最后拿了个全县第一名。回到村里后，他们利用歇晌去野外砍草的工夫，在庄稼地里偷偷见了几回面，不知被哪个好事的看见了，不到吃顿饭的工夫，谣言便像发大水一样在村里漫开来。

这种事，历来都是男人女人最关注的兴奋点，饭桌旁、地头上、被窝里……一传十十传百，越传越邪乎，到后来竟有人说看见他俩在庄稼地里脱光了干那事来。

这类事，歪歪从小听多了。在农村里，但凡闺女长得漂亮点儿，不知怎的屁股后面都拖着一车闲话。恋爱自由是对城里人说的，庄稼闺女自己找婆家，到什么时候都是丢人现眼，为这种事跳井上吊都不稀罕。另外，这种事自家人往往知道得最晚，但老“荣军”还是听说了。他没动声色，趁天擦黑儿人最多时拄着拐杖在邻村溜达了一趟，回来黑虎着脸对佩玉说：“那个小子家穷得叮当响，你趁早死了这份心，要不，咱这父儿俩算是当到头了！”

梁佩玉吓傻了、惊呆了，瞅着爹的拐杖半天说不出话来，因为从小到大，这根枣木棍子没少在她身上留下伤疤。她浑身哆嗦，手脚冰冷，只剩下点头的份。真是女大不可留，留来留去结冤仇。老“荣军”气哼哼地想着，没过多久便给她找了个婆家，收了人家两万块钱，硬做主把佩玉嫁了过去。

家里的大事小情，佩玉娘不敢多嘴，从来都是爹一个人说了算。佩玉哭过闹过，磕头下跪求过，可爹的心肠比石头还硬，挂在嘴边的话就是：“我不能做赔钱的买卖，不能白养活你这么多年。”

强扭的瓜不甜，更何况还是个坏瓜。佩玉的婆家条件挺好，爹是公社书记，家里做着生意，应该说是百里挑一。就是男人比她大十岁，还是个三婚，前两个媳妇都被他打跑了。新婚之夜佩玉眼睛哭得像烂桃，把布腰带打了有十个结死活不脱衣服。男人毫无怜香惜玉之心，像杀猪一样捆住她的手脚，用剪刀铰断了她的腰带……当时，佩玉杀人的心都有！

三天回门，佩玉趁爹和男人喝酒的工夫偷偷跑了出来。她在棒子地里一直躲到天黑，鸡不叫狗不咬时把李玉强从家里喊了出来。二人连跑带颠累了个半死，天头明赶到了长寿，坐上火车南下，两天后到了广州。佩玉出来时偷了爹藏在炕洞里的一千块钱，两人租了间便宜房安顿下来。那几天，她像出笼的小鸟，干什么都是连蹦带跳嘻嘻哈哈，有时还和李玉强唱上一段。她跑了几天，找了个在饭店刷盘洗碗的活心里才踏实下来。也是，庄稼闺女进城，文化不高又没什么专长，一般都在饭店当服务员。李玉强跑了几天没找到活，说热得头晕便闲在家里。

梁佩玉从小吗苦活累活都干过，刷盘洗碗对她来说太轻松了。她每天一大早起床，做好饭把玉强喊起来，两人吃完刷净，她再把玉强的午饭做好温在锅里才去上班。她高高兴兴来到饭店，一阵风似的干活还忘不了哼几句歌词，下班时再把玉强的晚饭带回来，瞅着他吃完才去洗他换下来的衣服……一个多月的时间过去了，佩玉的高兴劲还没过去。她干活挣钱伺候自己的男人，无怨无悔还觉得很满足，很幸福，小嘴儿总是笑得合不上闭不拢。

家家有本难念经，穷人家也有娇惯郎。李玉强是老小，上边有四个姐姐，从小饭来张口衣来伸手，爹娘吗活都不让他干。这次跟着跑出来，是他长这么大头一回离开家，当时是出于义愤一时冲动，到广州没几天就有点儿后悔，再加上天热，吃饭不对口味，找工作到处碰壁，更让他心灰意冷。所以，当两人的热乎劲儿过去后，他开始想家，想爹娘，想姐姐，甭管佩玉怎么伺候，他除了在床上那会儿，总是唉声叹气高兴不上来。当有一天佩玉再催他出去找工作时，他一肚子牢骚终于发泄出来，先是骂鬼天气，又骂这里的破饭总是吃不饱。佩玉干了一天活，刚回来也没好气，不由数落了他几句。李玉强更来劲，干脆说自己亏大发了，埋怨佩玉不是黄花闺女……常言说得好：打人嫑打脸，慊人嫑慊短。佩玉忍无可忍，和他大吵了一顿。当天晚上，二人头一回背对背睡了一宿，谁都没理谁。

第二天，佩玉做好了早饭，叫了半天玉强就不起床。她也没心情吃，就空着肚子去上班了，等下午回来发现家里没人。她开头没往心里去，以为他出去转着玩儿了，等冲了个澡热好了带回来的晚饭，仍不见人回来心里才有点儿发慌。她穿好衣服下楼，围着小区转了一圈看不到人影儿，心里意识到什么又匆忙返回家中。她打开简易橱柜看了看，发现自己给玉强买的衣服一件也没有了，一下子便傻眼了。她脑袋里“嗡嗡”响着愣了好半天，浑身瘫软地一屁股坐在地上。李玉强走了，这个王八蛋把自己一个人孤零零扔在这儿逃跑了……梁佩玉心里念念叨叨，翻来覆去一夜都没合眼。

接下来的几天，梁佩玉像丢了魂儿，干什么都打不起精神来，上班时连打了两只碗。紧接着，她起了满身小红疙瘩，一抓流黄水，痒得钻心，找了个医生看了看，人家说她这是水土不服。她两天没上班，躺在家里也懒得吃饭，泪水把枕头都流湿了。这也是她长这么大头一回离开家，孤独的滋味折磨得她彻夜难眠。她想回去了，想回到那个让她伤透了心仍然牵肠挂肚的穷家，想亲亲那个浑身散发着草药味的病娘，想抱抱那几个幼小的弟弟妹妹，甚至想摸摸爹那根光溜溜的枣木拐棍……

两天后，梁佩玉登上了北上的火车。她一路走一路想，到石家庄下了火车还拿不定主意该不该回家。正好天也晚了，她找了家小旅馆住下来。或许是心事太重，她一闭上眼就开始做噩梦，不是被狗咬就是被水淹，吓得她出了好几身冷汗。第二天起来她仔细想了想，那个大她十岁的男人可不就是属狗的，说不定正在疯了似的找她，这才决定不回家了。她的决定是对的，离开广州更是正确，因为就在她离开的第三天，李玉强在那个男人和自己父母的逼迫下，曾带人去广州的出租屋找过她。

梁佩玉在石家庄找了家饭店，仍然干她的刷盘洗碗。因为工资比广州低了很多，她一个人没舍得租房，晚上就在饭店里把六只凳子对脸一摆当床睡。也许是离家近了，她觉着心里踏实了好多，最起码吃饭顺口，不会再水土不服了。饭店的老板是个女强人，也姓梁，叫梁山珊，三十多岁好说好笑挺招人喜欢。她说和佩玉五百年前是一家，因此对她很好，两天后在库房里为她支了张床。生活安定下来，佩玉的心情好了许多，边干活时不时哼唱几句流行曲。没过多久，后厨的同事们都知道她会唱歌，没事就逗她唱两首。终于有一天，饭店一切准备就绪等待上客时，梁山珊把她叫到大厅，让她正儿八经给大家唱两首。

梁佩玉天生是个“人来疯”，在什么场合下都不会扭扭捏捏。她又是个“邓迷”，邓丽君的歌她全都会唱。没等大家坐好，她拿起话筒就开了口，一首接一首，直到第一批客人进来，她觉得还没过够瘾。从此这便成了饭店的惯例，每到等客时间，她都要给大家唱几首。有客人知道了这规律，特意提前到来听她唱，一传十十传百，倒为饭店招来了生意。梁山珊当然高兴，特意为她换了一套进口的高级音响。

作家柳青老师说过：人生是漫长的，但关键的时候只有几步，一步赶不上，可能耽误你几年；两步赶不上，可能耽误你几十年；三步赶不上，可能耽误你一辈子。他讲的这几步，就是指的机遇。梁佩玉命还算不错，第一次机遇她就抓住了。一天下着小雨，客人上得晚，佩玉正唱在兴头上，一个四十来岁、个头不高、胖乎乎的男人进来了。唱的和听的精力太集中，谁都没注意到他。那个男人也一声没吭，坐到人后角落里专注地听起来。佩玉连唱了三首歌，他情不自禁热烈鼓掌，连声叫好。梁山珊扭头一看，原来是个熟人，忙过去打招呼。来人叫刘文晨，是月光俱乐部的老板，他是听到传闻，专门来听佩玉唱歌的。因为当时月光俱乐部开业不久，他正到处打听着找歌手，听了佩玉唱歌，当即提出想请她去当专业歌手。

梁山珊知道了他的来意有点儿犹豫，说心里话是舍不得佩玉走。但她是个热心肠，觉得佩玉是个好闺女，又确实有这方面的天分，老刷盘子洗碗忒可惜了。佩玉唱完歌就去后厨干活了，山珊忙派人把她叫出来介绍给了刘文晨，并说：“刘老板想请你去他们歌厅当专业歌手，你觉得怎么样？”

梁佩玉不懂，眨巴着眼睛问：“专业歌手是干吗的？”

“专业歌手就是吗也不干，”山珊笑着说，“就是吃饱了天天唱歌。”

梁佩玉愣了片刻，忙又问：“天天唱歌？那怎么挣钱吃饭？”

刘文晨看她这淳朴样儿，心里更多了几分喜欢，不由哈哈大笑着说：“唱歌也能挣钱呀，而且肯定比你刷盘子洗碗挣钱多！”

“是呀？”佩玉惊喜地睁大了眼睛，“那俺愿去！”

刘文晨也是个实在人，当时答应她的条件是管吃管住，一天三十块钱。佩玉心里算账：一天三十十天三百，三三见九……我娘，一个月九百块钱？！那一年不就是一万多？自个儿在村里干活时，一天十个工，平均不到五毛钱，一年挣不到二百块；就是在饭店干活，一个月才挣一百多……老天爷！一个月九百，那一年不就是个“万元户”？！而且还是唱歌唱出来的，世界上还有这么好的事？打着灯笼哪儿找去？！

两人就这样达成了协议，刘文晨就要带佩玉走。山珊舍不得，佩玉也舍不得，二人抱在一起还掉了几滴眼泪。刘文晨和佩玉要出门时，山珊又喊住了他们。她把饭店的事交代给大堂经理，陪佩玉去解放路商场为她买了身演出服，才送她去了月光俱乐部。

梁佩玉讲到这里，歪歪很替她高兴，连连夸她碰上了好人，并说：“哪天把梁山珊请出来，咱们请人家吃顿饭。”

“那忒容易了。”佩玉说，“现在我把饭店当娘家，断不了回去看看，有时还为客人们唱几支歌哩。”

歪歪忙说：“咱可不能要人家的钱。”

“还用你说？”佩玉笑着，“我能那么没良心？”

就这样，梁佩玉去了月光俱乐部，而且一炮走红，两个月后工资涨到了每天五十。手头宽裕多了，她便从单位集体宿舍搬了出来，在附近租了套一室一厅的单元房。她晚上演出，白天没什么事，便在山珊帮助下找了河北艺校一位老师，从头学习声乐。她的名声越来越大，后来又有别的歌厅出高价来挖她，她念及知遇之恩，从没动过心。

岁月如歌，欢乐的日子像流水，转眼一年多过去了。一天晚上，佩玉演出结束从歌厅后门出来，意外看到妹妹佩虹和娘坐在台阶上。她吓了一大跳，以为自己想家看花眼了，直到佩虹叫了声“姐”，娘抱住她掉眼泪才回过神儿来。

原来，就在半月前，李玉强他们村一位生意人来歌厅认出了她。真是山不转水转，人怕出名猪怕壮。梁佩玉在家乡一带早成“名人”了，不是因为她歌唱得好，而是由于逃婚和私奔……嘿嘿，这种事在农村“成名”最快。那个生意人并不认识她，只是知道她的姓名，听说过她的传闻，回村后讲笑话一样告诉了玉强。好在李玉强还算有点儿良心，夜深人静时偷偷去了佩玉家……佩虹和娘没敢告诉老“荣军”，等天亮编了个瞎话就出来了。她们娘儿俩都没出过远门，顶多去无极和新乐县城赶过集，坐汽车到石家庄，一下车就找不到东西南北了。两人在市区转悠了四五天，左打听右问终于找到月光俱乐部，到门口又不敢进去，在门口守了一天一夜没见佩玉出来。佩虹鼓足勇气上前问了问门卫，才知道里面的人都从后门出来……过来这五六天，娘儿俩白日到处乱转，黑介舍不得花钱住旅馆，不是候车室就是桥洞子，囫囵着身子滚一宿。看着要饭花子一样的娘和妹妹，佩玉百感交集，不由抱住娘哇哇大哭。

娘儿仨回到佩玉的住处，哭一会儿笑一会儿，说一会儿唠一会儿，直到天亮没合眼。娘担心老“荣军”多心，执意要当天赶回去。佩玉见实在留不住，就让她们洗澡换衣服，又去饭店好好吃了一顿，给了娘五千块钱送到了汽车站。佩虹和娘在路上就商量好了，回家也没说实话，只告诉爹去姥姥家了，正赶上舅舅生病住院就多待了几天。老“荣军”没多想，因为这么长时间，他一直感到愧疚对不住佩玉她女婿，所有心思全在帮公社书记找闺女这件事上。

暑去寒来，又过去了半年。一天佩虹笑嘻嘻跑来告诉她，说那个男人终于等不及，公社书记出面让爹把两万块钱退掉，找法院缺席判决佩玉他们离婚了。到此，佩玉心里的一块大石头才算落了地。她又哭又笑，想跟妹妹回家看看，佩虹不同意，说怕男方知道了找麻烦。佩虹回去后，才和娘一五一十把姐姐的情况告诉了爹。没想到老“荣军”余怒未消，用拐棍敲打着门框说：“谁叫梁佩玉？我不认识！从今往后，她走她的阳光道，我走我的独木桥，生不孝顺死不葬埋，天王老子管不着！”

这老爷子说到做到，一是觉得大闺女在婚事上打了他的脸；二是嫌她唱歌当“戏子”给老梁家祖宗丢人现眼。几年后梁佩玉参加全国青年歌手大赛获奖成了真正的明星，有一次开着刚买的红色跑车回去，他硬是用枣木拐杖把挡风玻璃砸了个稀巴烂。当然，这是后话。

几天后，佩虹再次陪娘来找姐姐，主要是想给娘检查身体，佩玉便没让她们走。姐儿俩带娘去医院检查身体拿了些药，住了有一个多月。佩玉把妹妹介绍到梁山珊的饭店当服务员，没想到由于受她的影响，佩虹也开始唱歌，而且音色音准不在她之下。佩玉非常高兴，找自己的老师让她从头学习。一段时间后，佩虹顶替了她的角色，经常在等客人时给同事们唱上几首，没过多久，也被另一家歌厅请去当了驻场歌手。娘却待不住，说在这儿憋得慌，非闹着要回去。实际上，娘是惦记那个“老东西”，尽管两口子一辈子哭哭笑笑打打闹闹，她跟着他吃苦受气没得过吗好，念叨起来咬牙发狠掉眼泪，可真要分开，那种骨子里的牵挂是谁也替代不了的。这次是因为病得厉害，县医院治不好才来石家庄住院的。

就这样，歪歪听完佩玉断断续续的讲述，好一会儿没开口。他看着佩玉那亮闪闪的大眼睛，心里的喜欢又多了几分爱怜，还有一种说不清的、自愧不如的感觉。因此上，有几天他没在歌厅露面，也没再传呼约她出来。倒是佩玉放心不下，几次打电话问他怎么了。歪歪没看过《三十六计》，不知道什么叫欲擒故纵，只是凭着自己的感觉想见她又怕见她。佩玉主动打来电话，他自然是求之不得，当天两人便出来一块吃饭聊天，而且说话比以前更加随便。

知道佩玉二十五了，歪歪不由关切地问起她的终身大事。佩玉实话实说，告诉他这几年追求她的真不少，有年貌相当的小伙子，也有岁数较大的“钻石王老五”，可由于接连受过两个男人的伤害，她心有余悸，一个都没深入接触。歪歪不由开玩笑地问：“可我也是个男人呀？”

“你和他们不一样。”佩玉正在吃饭，头也不抬地说，“咱们是乡亲，我拿你当哥哥。”

歪歪呵呵笑着，心里多少有点儿失望。佩玉把他的角色定位为哥哥，是不是在告诉他要胡思乱想？可是，哥哥也有好多种呀，大哥哥、小哥哥、亲哥哥……这些哥哥当然不能有邪念，可不是还有情哥哥吗？佩玉抬头看看他，含笑问："想吗哩？"

歪歪有点儿不好意思地笑了笑，没吭声。

娘出院后住了些日子，佩玉伺候她没时间出来。歪歪十分想念，又不能老打传呼让人家跑出来找电话，于是，他自作主张，掏钱为她家申请了一部电话。那会儿装电话可不像现在，初装费就四五千块钱，而且，那时候的钱可比这会儿实着多了，一千顶一万不止。当装线工敲开家门时，佩玉都蒙了，等弄明白事情真相，她非常感激，电话刚接通便给歪歪打了过去。她千恩万谢，表示等手头宽裕了，连同娘住院时借的钱一块还给他。听声音歪歪很不高兴，只说了句"我是你哥"就把电话挂了。

世上的男人都犯贱，碰上自己喜欢的女人，为她花多少钱也不心疼。也不光是男人，好像宇宙间所有有灵性的雄性都如此，公鸡为吸引母鸡，好不容易从柴垛上刨个麦穗出来，自己不吃也得"咕咕"叫着把母鸡叫过来……当然，它的目的很直接，就是为踩蛋传递自己的基因。歪歪的目的好像没这么直接，就是愿意为佩玉花钱，今儿一副翠玉手镯，明儿一条白金项链……佩玉开始不好意思老推辞，歪歪总是显得不高兴，硬邦邦扔出那句话："我是你哥！"

青酒红人面，财帛动人心。久而久之，佩玉的心态发生了变化，对歪歪的称呼由李先生、李老板改成了李大哥、李哥，最后就剩一个字：哥。

男人都喜欢女人有"女人味儿"，可什么叫"女人味儿"好像只是一种感觉，具体表现怕谁都说不清楚。是柔笑？是媚态？是……庄稼主子把有种女人叫"哄汉子精"。她们确实很会讨男人喜欢，不用说多少好听话，几个小动作就能让人晕菜：帮你抻抻衣襟、拍拍肩上的头皮屑、擦干净吃饭时溅上的油点子……佩玉就属于这种女人。每当这时候，歪歪总会想到麦穗，她结婚前叫"歪歪哥"，结婚后就改了，直呼“三歪歪”“歪歪”；而且，哪怕他身上沾泡狗屎她都看不出来。因此上，他更加喜欢梁佩玉这种类型。

男人和女人发展到这种状况下已是心照不宣，就差一层窗户纸等机会捅开。怨男旷女都有心，这种机会并不难找。

那天，歪歪和佩玉开车把老太太送回了家，返回市里天已黑透。佩玉行前请了假，就没去上班。两人又来到国际大厦，点了几个菜还要了瓶“老白干”，这是他们一块吃饭头一回要酒。佩玉说歪歪累了，让他解解乏。歪歪有酒量，能喝五六两，那天因为高兴，喝了足有七八两，剩下的二三两佩玉陪着喝了。她从没喝过酒，几杯下肚已是满面酥红，一双水汪汪的眸子更加晶莹透亮。

酒是色媒人，这话半点儿不假。歪歪和佩玉喝到这份上已是眉目传情，热血沸腾了。他们点了饭也没等上来，开着车（那会儿还不查酒驾）便回到了佩玉家。两人一路上谁都没开口，上楼、开门，没等关好便急不可待地撕搂在一起，接下来是疯狂的亲吻。佩玉鼻子里发出“唔唔”的呻吟，用脚踢上门的一瞬间，她明显感觉到歪歪两腿间那个硬邦邦的东西。她毕竟是熟透了的女人，不管情愿不情愿也经历过两个男人，所以身体最深处那种需求非常强烈。她顾不上开灯，拥着歪歪一路亲吻来到里间床边。就在两人急吼吼互相撕扯着对方衣服的当口，歪歪忽然想到什么，大叫一声“不沾”推开了佩玉。

梁佩玉被吓了一大跳，愣怔片刻喘息着问：“怎、怎么了？”

“不、不沾。”歪歪喃喃地说着，一屁股坐在床上，大口大口地喘粗气。佩玉一头雾水，随手打开了床头小灯。她看着一脸沮丧的歪歪，轻声问：“哥，怎么了？你是不是不喜欢我？”

歪歪连连摇头，把她拉过来坐在自己腿上说：“不、不是。我哪儿能不喜欢你？喜欢得要命！只是……我老婆留了记、记号。”

“怎么？你老婆留了记号？”佩玉听不明白，眨巴着眼睛问，“在哪儿留了什么记号？”

“在这儿，这儿。”歪歪拉过她的手，放在自己小肚子和腿裆里。佩玉的好奇心一下子被调动起来，连声问：“做了什么记号？怎么做的？快让我看看。”

歪歪迟疑着放开她：“还、还是算了吧。”

“怕吗呀？咱俩都这样了。”佩玉说着动手解他的腰带，“快让我看看。”

歪歪推开她的手，自己解开腰带把裤子褪到腿根处。他小肚子上的那个麦穗的方章印清晰可见。他指了指两腿间，又说：“这儿还有一、一个。”

佩玉伏下身仔细瞅了瞅，忽然爆发出一阵大笑：“你老婆……可真逗！”

歪歪无可奈何，一脸苦笑。“咯咯咯……”佩玉一笑不可收，前仰后合眼泪都出来了：“她、她可真能想得出、出来。”

歪歪长吁短叹，一句话说不出来。就这样，两人情绪全无，什么事也没干成。歪歪要了口水喝下楼走了，佩玉躺在床上仍笑个不停。歪歪回到住处，躺在床上翻来覆去烙大饼，到天亮时突然想出个招儿来。

常言说得好，难者不会，会者不难。杨雪川不愧为高手，在自己工厂里憋了两天，终于把春雪她们的那套工装研究透了，经过改头换面，竟然变成了当时的流行样式。

春雪她们在南三条市场上守了两天，倒也卖出去一百多套，主要是她们把价格压得很低，也就收个成本钱。风餐露宿的不习惯，三人都上了火，嘴上起燎泡、鼻子里长小疮……当雪川骑摩托赶来，高兴地打开那套衣服时，她们眼睛一亮，都愣住了：这是咱的工装么？上身蝙蝠衫，胸前开朵玫瑰花；下身喇叭裤，后兜上卧只小熊猫，这、这……这也忒洋气了，谁敢穿呀？有人买不？

“怎么样？”雪川抖动着衣服不无得意，“这样式，在城市里刚刚开始流行，接下来两三年，肯定火遍全中国！”

春雪她们瞪眼听着，一时间谁都没表态。雪川看着她们，问：“怎么样？说说你们的看法。”

黑嫂总是破裤子先舒腿："我看够呛，城里咱不敢说，在村里肯定没人敢穿。"

"就是。"花梅说，"这也忒洋气了，穿不破也得被人戋破，我看不沾。"

杨雪川哈哈笑："请相信我的眼光……咱们首先面对城市，一两年后，农村也肯定能火起来！"

春雪仔细审视着衣服，一直没开口。雪川对她说："来，你穿上试试。"

"对，你试巴试巴。"黑嫂说着，和花梅举起苫布围了个圆筒。春雪迟疑片刻，四下看了看钻进去……真是人配衣服马配鞍，等她再出来时，黑嫂和花梅都傻眼了。春雪虽说三十好几了，可当闺女时的身材一点儿没变，该大的地方大，该小的地方小；该低的地方低，该高的地方高……她转动身子，低头打量着自己。

"真棒！"雪川说着，又从摩托车斗里取出一双高跟鞋让她换上了。这一来，春雪整个人的气质都变了，显得那么高雅、飘逸，真是亭亭玉立。黑嫂大声叫好："我娘！怎么像变了个人？仙女下凡了！"

正在这时，几个穿着不俗的城里姑娘围过来。她们观望片刻，互相交换着惊喜的眼神儿。其中一个高个儿问："你们这身衣服卖不卖？多少钱？"

雪川看她一眼，随口说："卖呀，一百八。"

其中一个细高挑姑娘价都没还，随手便把钱掏了出来……黑嫂和花梅都惊呆了，瞪眼伸脖子瞅着人家离去。可不是，她们的工装，顶多卖到六十多，一百八，整整打了两个滚儿！老天爷，照这样算下去，剩下的一万多套衣服得挣多少钱?！就在她俩发傻时，那几个姑娘七嘴八舌问雪川："你们还有没有？""我们定做行不？""我们姐妹好多人呢！"……雪川一一答应着把她们送走了。

黑嫂和花梅这才缓过气来，你一言我一语地议论："真是，有爱孙猴儿的就有爱猪八戒的。""可不是，萝卜白菜，各有心爱。世界上人这么多，一人一个样儿。""行呀，咱也算开眼了！"……

春雪没插言，心里盘算着自己的事。过了一会儿，她问雪川："这样……改起来挺费劲吧？"

雪川点点头："是要下点儿功夫，得把工装拆开重做。"

春雪思索着说："好像也没别的办法，咱只能下大功夫了。"

"没事。"花梅接过话头，"村里有的是劳力，不值钱，咱拉回去，拆的拆改的改，价钱打俩滚儿，值！"

"这样吧。"雪川说，"我的工厂人太少……我跟你们一块回去，咱抓紧时间改出来。到时候不光在这儿卖，我在广州有不少朋友，发过去这套衣服估计能卖到两百大几。"

三歪歪这几天忙得像个陀螺，黑介白日连轴转。因为市政府那几栋宿舍楼他已拿到手，规划、议价、协议……所有程序他这个法人代表都得参加，等把这一切理顺当，已经是一个月之后了。人的心理很微妙，说不清为什么，自从那天晚上没弄成事后，他多次想过佩玉，也迟疑过几次，却始终没给她打过一个电话，佩玉也没打过。等盖楼的一切手续办完后，他长出了一口气，是那么强烈地想她，想看到她，想抱抱她。那天晚上，他仍然没给佩玉打电话，估计时间差不多，直接开车去了月光俱乐部。

没过多会儿，佩玉脚步匆忙地从后门出来了。她站在台阶上，下意识地抬起目光在停车场上巡视……她每晚都是这样，只要看不见歪歪的车，总是长长地舒一口气，自己都弄不明白是失望还是庆幸。因为这些日子她想了很多，每想到那天晚上就有点儿后怕，如果当时生米煮成熟饭，她不知自己会不会后悔。当酒劲下去后，她冷静下来反复问自己：这一步能往前迈吗？迈出去结果又会怎样？会不会像歌词中唱的那样，只是个无言的结局？如果是这样，为什么要这么做？图钱？自己现在不缺，等哪天攒够还给他不就沾了……可是，过一会儿她又觉得歪歪是真心实意对自己好，那些追求她的男人都不知道自己的过去，要是知道了，很难说一个个不后悔；再说，自己毕竟是个"活头"，想找个年貌相当条件好的结婚恐怕也没那么容易。每当这时候，她又在问自己：嫁给他沾不？好像也没什么不可以，不就是大一轮吗？可人家算是成功人士，条件没挑……可是，他能为自己离婚吗？他倒是几次说过对媳妇不满意的话，但在农村，这可是丢人现眼、众叛亲离的事，他敢吗？

佩玉胡思乱想着，每晚出来还是习惯性地扫视停车场，只要看不到歪歪的车，总是不明不白地长叹口气。歪歪看到她，心脏还是抑制不住一阵狂跳，忙放下窗玻璃轻唤："小玉……"

佩玉稍愣片刻，快步走过来开门轻轻叫了声"哥"，然后坐在后排座位上。歪歪看她一眼，本想让她坐前边来，见她没平时那样兴高采烈，话到嘴边又改了口："去……吃点儿夜宵？"

"回家吧。"佩玉说，"我这几天有点儿……不得劲儿。"

"怎么了？"歪歪边发动车问，"看你没精打采的。"

"没、没事。"佩玉说罢，懒懒地不再吭声。歪歪开车往她家走，两人一路上竟没说话。等上楼开门后，歪歪急不可待地抱住她："玉儿，想死我了！"

佩玉没吭声，非常被动地抱住歪歪任他亲吻。过了好一会儿，她移开嘴巴随手拉亮了电灯，轻声说："哥，你坐下，我有话说。"

歪歪不无失望地愣了一下，放开她想往里走，佩玉拉住他指了指门旁的一双新拖鞋。他不好意思地笑了笑，换好了走到沙发旁点上了根烟。佩玉一声没吭，进里屋换了身睡衣，出来又忙着烧水沏茶……歪歪心里觉得挺别扭，无聊地抬眼打量着屋里的一切。

这是个典型的女孩儿闺房，小巧、干净，到处收拾得整整齐齐，除了卫生间，一套沙发几乎占满了整个客厅，连门旁的几双女式拖鞋都挤在一起。阳台上垂挂着晾干了的女人内衣，那些零七八碎的小花裤衩、粉色的乳罩……让每个看到的男人都会想入非非。歪歪看着看着，下面那个不争气的东西就有点儿不老实。他忙移开目光，却被一股香味儿熏得有点儿犯迷糊，不由使劲吸了吸鼻子。这香味儿不浓，淡淡的似有似无，像玫瑰花香？像薰衣草香？歪歪说不清楚，反正觉得很好闻，还有点儿……暧昧，会让男人身体最深处产生那种莫名的渴望。当佩玉忙活完坐到旁边，他才明白香味儿是从她身上散发出来的，不由问道："你用的是什么香水？"

"没有哇，"佩玉边倒茶边说，"我从来不用香水。"

实际上，这香味儿是她用的化妆品和女孩儿性成熟自身产生的特殊味道混合成的，本人闻不到，却会让男人一会儿兴奋一会儿迷糊。

佩玉递给歪歪一杯茶，却低着头久久不语。歪歪看着她那有点儿散乱的秀发、细瓷般白皙的脖子又开始走神儿，忙问："玉儿，你想说什么呀？"

佩玉抬头看他一眼，勉强笑了笑说："哥，我知道你对我好，从心里不把你当外人，可是……有些话说出来你可嫑不高兴。"

歪歪呵呵一笑："没事，你说吧。"

佩玉看着他的眼睛问："哥，你说……咱俩要是迈出这一步往后走下去，结果会是怎样？"

"这……"歪歪被问住了，这事他还真没想过。佩玉又问："会不会像歌中唱的那样，是个无言的结局？"

歪歪实话实说："这事……我真没往深处想、想过。"

"你不想可以，我不得不想。"佩玉移开目光，幽幽地说，"我二十五六了，要不是跑出来，小孩儿都该上学了……一年、两年，我总不能老这么混，迟早还要嫁人是不是？"

歪歪明白了她的意思，随口说："那就嫁给我呗。"

佩玉想听的就是这句话。她一时没吭声，只是扭转头，一双眸子定定地瞅着他。歪歪毕竟是个庄稼孩子，传统观念还是比较深。他尽管对麦穗不满意，怪她没生个男孩儿，可真要离婚他还真下不了决心。他被佩玉瞅得心里发虚，忙移开目光嘿嘿笑着："我可是比你大一轮。"

"我不在乎这个。"佩玉摇了摇头，"大多少不要紧，只要两人好比吗都强。"

歪歪连连点头："那是，那是。"

佩玉仍盯着他的眼睛问："哥，你不是哄我高兴吧？是……心里话？”

歪歪把话说出去已无法回头，不由回避着她的目光，含糊地说：“在村里……离婚可是没、没那么容易，闹不好还得打、打官司。”

“这我知道。”佩玉说，“我可以等你，一年？两年？”

“这我可说不准。”歪歪摇着头，“咱吐吐沫成钉，当然是……越快越好。”

“好！咱一言为定！”佩玉高兴地跳起来，一头扑进他的怀里。歪歪抱住她微香酥软的身子，低下头急切地亲吻那两片红唇。佩玉轻咬住他的舌头，“唔唔”地扭动着身体。过了一会儿，歪歪试探地把手伸进她的睡衣里面，轻揉着那对丰满、挺拔的乳房……佩玉的反应更加强烈，努力把热热的身子往他胸前贴过来。歪歪的下面早已支起来“帐篷”，抱起她便往里屋走……佩玉忽然想起地说：“哥，行吗？你的记号……”

“没、没事。”歪歪喘息着把她放到床上，“我有招儿了。”说着，他从衬衣小口袋里掏出来一枚方章。佩玉接过去，打开床头灯仔细观看，方章就是歪歪肚皮上的几个字：麦穗专用。她不由“扑哧”地笑了：“哥，你们两口儿可真逗！”

歪歪苦笑着关上床头灯，猛地把她扑倒在床……在农村，有种现象让人很难理解。凡是由父母之命、媒妁之言，明媒正娶结成的夫妻，往往做什么事都是中规中矩，就是在炕上也是闷着头傻干，再怎么兴奋也一声不吭。倒是偷情的男女能放得开，激情所至，大呼小叫者不在少数。历朝历代的风流家们说得好：妻不如妾，妾不如嫖，嫖不如偷。看来，偷情应该是性爱的最高境界了。歪歪不知道这些也想不明白，反正和麦穗算是明媒正娶，一块过了十多年都是闷头傻干，怎么一沾佩玉的身子，就管不住自己想叫、想喊？他叫着“心肝儿宝贝儿”、喊着“啊啊”的无字歌……直到累得像死狗一样，“哈哧哈哧”喘着粗气瘫在床上。

服装厂里热火朝天，一片繁忙景象！

春雪她们又招了几十名工人，少男少女们会蹬机子的上流水线，歇人不歇马，黑介白日连轴转；不会蹬机子的也是三班倒，负责拆片整理；还有几个心灵手巧的姑娘，专门在一间屋里绣制玫瑰花、小熊猫、小精灵……

杨雪川自然是最忙的一个，他吃住在厂里，制版、监工、检查质量……一天睡不了仨钟头。春雪心里过意不去，几次提出来让他回自己家睡一大觉，他总是笑着摇头。花梅和黑嫂她们也是成天不离厂，实在困了就找个旮旯眯瞪会儿，一个个熬得红眼黑圈，走着路都能睡着。就这样加班加点十多天，终于赶制出一千多套。雪川马上发给了广州的朋友，消息很快便反馈回来：一套能卖三百多块！

春雪她们眉开眼笑，干劲更足，一个个心里默默计算着“秋后的收成”。没想到几天后发生的一件事让她措手不及，差点儿把整个村子搅个底儿朝天！

当时，人民公社早已取消，改成了乡政府；生产大队也就改了村委会。县里召开表彰大会，魏麦茬作为“搞活商品经济”的先进典型，被县委栗书记亲自奖给了一台彩色大电视。这在那会儿可是个稀罕玩意儿，有钱买不到，庄稼主子八辈祖宗都没见过。不正想留在窑上，麦茬没同意，直接拉到了村委会。

这一来可热闹了！你看吧，每天后半晌儿，孩子们放学顾不上吃饭，回家拿个油饼子，扛着小板凳就来占地儿。等到天黑，全村的男女老少都来了，里三层外三层把电视机围了个水泄不通。为了大伙儿都能看到，条子摞起两张桌子，把电视放到最上面。孩子们为一块地皮儿经常开抓挠，他还得负责维持秩序。

这天，条子来到服装厂找春雪：“姐，你们干了这么多天，还不该放天假呀？”

春雪不解地问：“你干吗管这事？”

条子笑着说：“今儿黑介有我师傅写的电视剧，你们去看看呗。”

“你师傅写的？吗电视剧呀？”春雪知道他说的师傅叫田运章，县电业局的，多少年前在这一带下乡管电，曾多次来她家吃过饭。她还记得那个人长得不赖，只是鼻子比一般人大了点儿，好说好笑但不会喝酒，一两杯下去了就满脸紫红像死猪肝花。

“电视报上登着哩，剧名叫《山林，那淡淡的晨雾》。”条子不无自豪地说，“我师傅能写，前年就调县委办公室了。我去城里办事还找过他，人挺好，还管了我顿饭呢！”

这时，旁边的杨雪川插话：“好，今天放假，都去看！”

这一来，整个车间炸了窝，大闺女小媳妇们嗷嗷叫着拍巴掌。她们早听说村里有了电视机，憋着劲想去看又因厂里赶工没时间。春雪见此情况，只得同意放一天假，回头又小声埋怨条子多管闲事。

没想到，雪川接着又说：“想去看，必须要有个条件。”

春雪觉得意外，忙问：“条件？什么条件？”

雪川笑着，一时没回答。

几个丫头叽叽喳喳问：“就是，什么条件呀？”“杨师傅，你说嘛！”……

雪川这才说：“大家想去看，必须穿咱们改出来的服装。”

女工们一听，大眼瞪小眼，一时都没吭声。原来，第一批服装改出来后，春雪心里有了底，在雪川建议下，给每位女工发了两套服装，一套是原来的工装，一套是改制后的休闲装——大家叫它“洋装”。工装大家只要上班都穿，“洋装”人人爱不释手，可谁都不敢带头穿，顶多是关上大门，穿上在院子里嘚瑟两圈，没一个敢出大门，怕穿不破被人舌烂了。所以，雪川的建议让她们面面相觑，最后都把目光集中在了春雪身上。

春雪当然明白大家的心思，也知道在庄稼主子眼里穿衣戴帽有多重要，只要不和群，肯定有人说三道四，甚至能和“破鞋”联系在一起。她迟疑着没表态，雪川急了：“咱这服装厂还开不？自己做的服装都不敢穿，还卖给谁去？你们这种观念，怎么能把厂子做强做大?！”

“那就穿呗！”花梅忙说，“你们大伙儿一起穿，谁爱笑话随他便，怕吗吔？”

“就是，身正不怕影子斜。”黑嫂附和着，“反正厂里差不多谁家的妇女都有，一窝狐狸不嫌骚，管它三七二十一！”

春雪这才笑着说：“好好好，咱一起穿！从今往后，只要一下班，甭管谁都得穿休闲装！”

大闺女小媳妇们高兴地嗷嗷叫，手忙脚乱开始换衣服。花梅忙说：“我和黑嫂就算了吧，穿上不成老妖怪了？”

“那可不沾！”黑嫂正倒腾着休闲装说，“你爱穿不穿，我得过过瘾！”

村委会院子里灯光明亮，男女老少挤成了疙瘩，有些孩子来晚了没找到地方，干脆像猴子一样爬到了树上。卖零食的也来凑热闹，花生瓜子水果糖、连卖牛肉包子的都有。

电视屏幕上，《新闻联播》的音乐刚刚响起，服装厂的队伍开进了大门。突然间，电灯光像是一亮，全场人扭头转脸，把目光齐刷刷投了过来。春雪她们早有心理准备，旁若无人地转悠着找地方，那飘逸的蝙蝠衫、掐腰包臀的宽角裤，把老人们晃得晕头转向，老眼发花。一时间，全场鸦雀无声，满院子的空气像是冻住了让人出不来气。不知过了多久，顺昌爷拄着拐棍颤悠悠站起身，撅着白胡子呵问：“那是谁家不要脸个闺女呀？当老人的眼都瞎了吗？！”

“就是，那穿的是吗呀？”“露脊梁包屁股，像个庄稼主子不？”“真是，给娘老子丢人现眼！”……有不少人纷纷附和着。女工们你看我我看你，一时不知该怎么办。春雪忙大声说：“爷爷奶奶婶子大娘们，这是我们厂生产的服装，在城市里都抢疯了……”

“咱是农村，是庄稼主子！”“就是，山倒水流，各有个儿的规矩，城里人还在街上抱着啃哩。”“一个个要不要脸了！”……那些人喊声更高。

“怎么了？俺们招谁惹谁了？”“自个儿的身子自个儿打扮，你们管得着吗？”……终于有胆大的小媳妇开始抗议。黑嫂出言更狠：“狗拿耗子——多管闲事！爱看看，不爱看闭上你们老不死的眼！”

这下惹了众怒，几个“老不死的”腾地站起来不依不饶。顺昌爷大叫：“九毛！王九毛！你他娘死了吗？还不出来管管这个不要脸的娘儿们？！”

王九毛就在人后躲着，这时只得起身上前来。他佯装恼怒地呵斥黑嫂：“还不给我滚回去！丢人现眼，看我怎么收拾你！”

人们知道王九毛平时怕媳妇，见他这虚张声势的样子都笑起来，有人瞎起哄：“揍她！”“就是。还反天了！”“谁不知道王九毛是条汉子？”……

王九毛下不了台，硬着头皮上前拽黑嫂：“走！给我滚回去！”

“滚一边子去！”黑嫂胳膊一抡，九毛“噔噔”后退几步撞在支电视机的桌子腿上。只听“哗啦啦”一阵声响，两张桌子摔倒在地，电视机屏幕碎成了片片。一时间，全场人像受到惊吓的鹅，一个个伸脖子瞪眼往这儿瞅着。条子那个心疼呵，嘴一撇抹开了眼泪。

电视没看成还受了一肚子窝囊气，女工们垂头丧气回到厂里。杨雪川没去，正憋在屋里设计什么新花样。春雪推门进来埋怨道：“看看，都是你出的馊主意……这回惹下事了，那几个‘老辈子’肯定没完。”

雪川问明情况，不由直眨巴眼：“村里人怎么会这样？”

“稀罕呀？”春雪反问，“想想当年你为什么远走他乡的？”

雪川抓挠着脑瓜皮：“可现在都什么年代了？”

“农村就是农村，什么年代都一样。”春雪说，“出头的椽子先烂，不随大流就挨揍，历朝历代如此。”

杨雪川天生不是个省油的灯，轻易怎肯服输？他思索片刻，建议道：“电视看不成，咱们自娱自乐，开个晚会吧？”

春雪一时没听明白：“开什么晚会？”

雪川笑了笑：“这一个来月，大家又忙又累，反正今晚放假了，让大伙儿放松放松呗。”

春雪想了想，觉得也没什么不行，厂子本来就在村头上，把大门一关吵不到谁。她笑着说："沾，让大家放松放松。"

工人们多是年轻人，听说开晚会可高兴坏了！大家齐动手，搬凳子、关大门，把车间里的收音机放到窗台上……雪川拉了个临时灯出来，把院子里照得亮堂堂。他自告奋勇打头炮，唱了首《甜蜜蜜》：

> 甜蜜蜜，你笑得甜蜜蜜，
> 好像花儿开在春风里。
> ……

雪川很有音乐天赋，声情并茂唱得挺像那么回事，引起了姑娘们的阵阵掌声。他接着又唱了两首，大家都听得入迷。可这是晚会，总不能看他一个人表演呀。接下来该谁唱？黑嫂把花梅推到了场子里，姑娘们当然听说过花梅的过去，知道她年轻时在小戏班待过。大家一听，嘻嘻哈哈，热烈鼓掌。

花梅显得有点儿不好意思，红着脸连连推辞。她并不怯场，只是多年不唱又不会当下的流行歌曲，一时不知唱什么。黑嫂提示："就唱《送情郎》吧，当年你在扫盲班唱过。"

姑娘们鼓掌、起哄，气氛好不热烈。花梅见实在推辞不过，理理头发清清嗓子开口唱道：

> 送情郎送到大门以东，
> 不睁眼的老天爷刮起了大黄风。
> 让俺说刮风不如下雨好，
> 留住俺情郎哥晚起程。
> ……

花梅本是性情中人，唱得又十分投入，不由得眼泪都快流出来了。姑娘们听得如痴如醉，等她唱完竟忘了鼓掌。雪川大叫了声：

“好！”她们才回过神儿来，“嗷嗷”喊着把手都拍红了。接下来，又有两个姑娘上去唱了几首当时的流行曲，好不好吧瞎热闹，大家高兴就行。等笑声掌声平息下来，雪川说：“现在，城市里流行一种舞蹈叫‘迪斯科’，锻炼身体又好玩儿，我先做示范，大家一块学学。”

女工们大都头一回听说这三个字，弄不明白是“迪斯科”还是“迪科斯”，一个个好奇地瞪眼瞅着。雪川轻盈地伸臂、扭腰、摆臀……跳了支当时流行的“十三步”，全场人都看傻眼了。在他的号召下，有几个胆大的姑娘下到场子里，亦步亦趋地跟着学。就在场上场下都全神贯注时，几大把沙土“唰唰”地从墙外飞进来。姑娘们吓得哇哇叫，惊慌地四处躲藏。雪川愣片刻，冲过去拉开大门……几个人的背影拐过墙角不见了，只传回来“噔噔”的脚步声。

这件事，春雪她们并没往心里去，第二天该干活干活，该加班加班。没想到村子里却流言四起，而且来势凶猛，吐沫星子差点儿把服装厂淹没。

“扭屁股舞？丑死了！”“准是那个姓杨的带的头，那小子一看就不是个正经东西！”“吗服装厂呀，我看是流氓破鞋学习班！”“咱村的闺女们都得被带坏了。”……接下来，有人翻开了老账，说姓杨的和春雪是老相好，她当闺女时两人就钻过一个被窝。话越说越难听，说他俩还养活过个孩子，现在就在广州。有几个不明真相的家长，当天晚上就找到厂子里，拉着自家的闺女不让干了。闺女不想走，个别家长还动了手，弄得厂里乌烟瘴气，差点儿停工。

谎话说一千遍就是真理，春雪她们怎么解释也是越抹越黑。第二天一大早，老东山拉着山堂来了，说夜里黑介几个“老大长”找他们闹腾了半宿，逼着他们管管这“伤风败俗”的事，要不就带人来砸厂子。春雪含着眼泪解释半天，老东山一声没吭。山堂倒也没说难听话，只是提醒她们注意影响，指着黑嫂穿的休闲服说：“你看看，这是吗衣服呀？怎么看都不顺眼。”

黑嫂不服气：“你们覅光听那几个老不死的胡说八道，我这衣服在城市里能卖三百多块哩！”

“你卖一千卖一万那是两码事。”山堂拉下脸来，“咱是正南巴北的庄稼主子，有毒的不吃犯法的不做，穿衣打扮总得冲趟儿吧？！”

“行了，行了。”花梅把他们往外推，“俺们注意就是了。”

天头午，二婶儿来了，因为花梅在这儿，这是多年来她老人家头一回来厂里。春雪这回真坐不住了，忙放下手里的活，领着老人在厂里转了一圈，并简单介绍了目前的生产情况。最后，二婶儿把她拉到厂门外，语重心长地说：“闺女呀，做女人……一辈子是不容易。奶奶不是老封建，心里明镜一样，知道你不是那种人。可舌头底下压死人，有些话好说不好听，奶奶不愿别人背后嚼舌头……要是厂里能离开，就让那个姓杨的走吧。”

春雪眼里噙着泪花，迟疑地点了点头。实际上，二婶儿给她出了个大难题，就厂里目前情况看，雪川走了也没事，只是他为厂子起死回生出了这么大力，怎么开口让人家走？她思思索索进了院，把花梅叫到办公室。两人商量了半天，终于想出个还算能说出口的办法。吃晌午饭时，春雪端着碗把雪川请进了办公室，满脸是笑地说：“川哥，你帮这么大忙，我怎么谢谢你呀？”

雪川稍愣神儿，看着她的眼睛说：“少来这一套，你就说有吗事吧？”

“你可真是……鬼精！”春雪只得说，“俺娘也是蒙情不尽，总觉得没办法报答你的大恩大德……可不是，要不是碰到你，估计我早该上吊了！”

“得得得，”雪川连连摆手，“咱俩早就是一根绳上的蚂蚱，谁跟谁呀？有什么话你就直说吧。”

春雪哈哈一笑：“俺娘说厂里基本稳定，生产没什么问题了，眼下关键是销路……她的意思想让你去广州，专门为俺们销货，一套给你提五块钱，你看怎么样？”

雪川是何等聪明之人？他听到过一些流言蜚语，从人们看他时眼神的变化和背后的嘀嘀咕咕，早明白了是怎么回事。他阴沉片刻，哈哈一笑说：“好，我明白了！”

就这样，杨雪川走了，春雪百般不舍，开着厂里刚买的面包车亲自把他送到了县城。分手时，她情不自禁主动上前紧紧抱住了他，泪水在眼里打转转。雪川拍打着她的肩头呵呵笑："没、没事，咱们还是最佳搭档。"

春雪眼瞅着公交车冲出街头，消失在尘飞土扬的柏油路上，不由长长叹了一口气。她开车往回走，一路胡思乱想：从一定意义上说，当年是雪川害了自己，现在，又是他出手相救，老天爷可真会开玩笑；这算什么缘分？当然是好朋友。看来，男女之间只要把握好分寸，友谊真能地久天长……她回到厂里，从此埋头工作，心无旁骛。几个月下来一切顺利，她们改完了全部工装，发货、回款，杨雪川一丝不苟。当最后一批货发出后，春雪意犹未尽，还想继续做这种服装，可想到当初找面料时的艰难只得作罢。花梅忽然想起地说："问问春雨呗，看她们的这批工装处理完没有？"

春雪被提醒，连忙给春雨打了个电话，知道她们还剩一万来套，不由大喜过望。花梅想按成本价全部收购过来，她于心不忍，每套加了五块钱……就这样，春雪她们干了一年多，送走了两万六千多套"洋装"，最后算账净赚五百来万。她们还清了所有外债，拿出一百多万扩建厂房、添置设备，把服装厂做成了全省最大。有了梧桐树，招得凤凰来。接下来的几年，她们专门做外单，日本、韩国、中东……几乎做遍了全世界。生意顺风顺水，春雪和麦茬一样，也被评为省级劳模。栗粟调石家庄地区行署当专员前，提议彻底调整金沙窝的领导班子：麦茬当书记，老东山任副书记兼村长，春雪为副村长……有好事者暗中揣测：等着吧，咱村又有好戏看了！

第十八章

机缘巧合　夕阳烈烈红胜火
阴差阳错　天机泄露终有时

庄稼主子，一年到头没吗稀罕玩意儿好看，电视机摔坏后，全村人骂王九毛。条子用架子车推着，去无极、新乐、定县，转了几天也没修好。麦茬本想另买一台，因找不到供应票只得作罢。村里又恢复了从前那样，除了谁家老了人唱吹打班，人们最大的盼望就是县里的放映队来演电影。

那天黑介演的是《解放石家庄》，魏守根和王九毛、顺昌爷坐在一棵大树下。头开演前，守根叼着烟袋说："当年，主要我们军区参加了解放石家庄战役，那仗打得……嘿嘿。"

"又提你的长坂坡，怎么不提你的砸砂锅呀？"王九毛挖苦地说。

守根不高兴："我怎么砸砂锅了？"

"可不是吗，"九毛嘿嘿笑，"不提你开小差、当逃兵的茬儿了？"

"胡说八道！"守根真恼了，"我可不是逃兵，是打散了找不到部队。"

"谁信呀！"顺昌爷插话说，"中国就这么块地方，只要想找，没个找不到的。"

守根说了句什么，电影开演了，强烈的音乐淹没了他的声音。实际上，事情过去这么多年了，九毛和顺昌爷并没什么恶意，就是闲磕牙。守根却吃在了心里，连抽了两袋烟也定不下神来看电影，那些陈年往事一直在脑袋里翻腾着。当看到部队冲进城，一位战士在城墙上挥动红旗时，他情不自禁站起身来，大声说："看看！那就是我！旁边的是我们班的战士！"

不少人扭回头，瞧稀罕一样看着他。王九毛忙拉他坐下："要丢人现眼了，快坐下吧。"

守根挣扎着："真的，那就是我！"

"行了，"顺昌爷说，"那要真是你，你能坐在这儿看电影？早在大城市里吃香喝辣去了！"

守根又被堵了个大窝脖，一时间，恨不得马上去找自己的部队。这时，电影演完了，一行行的字幕在银屏上滚动着。他忽然看到一行字：山东军区协助拍摄。他心里不由一动，莫非自己的部队现在归山东军区，要不怎么他们协助拍摄？这个念头一直在他心里翻腾，怎么走回家的自己都不知道，躺在炕上睡不着，鸡叫时终于下定决心：明儿一早去山东军区看看！

天蒙蒙亮，王九毛就被砸门子声吵醒了。他哈欠连天地穿衣出来，拉开门看见守根站在门外。他一脸的不高兴："干吗？这么早把人砸起来。"

"我要出几天门，你把鸡场看紧点儿。"守根说着，掏出串钥匙交给他。原来，九毛见守根养鸡挣了不少钱，几次要求想参股。春天时，守根让他买了几十只小鸡放在自家的群里。两人在河滩里圈了块荒地，盖鸡舍、拉铁丝网，正式成立了无极县"魏毛"养鸡场。

守根往回走，一路盘算着去山东济南该怎么走。他们的部队当年就活动在华北平原上，道路他熟悉，知道从自己家到济南也就三百来里地。可那时交通没现在方便，要去济南必须先去石家庄，再转乘长途汽车。他觉着那样忒不上算，多花一百多里地的冤枉钱，于是决定像当年一样——走着去。他回到家就忙活开了，和面、烙饼、摊鸡蛋……等吃饱后那十多张饼也晾凉了。他卷上了根老咸菜，打成包袱背在肩头便上了路。

正是深秋时节，场光地净没吗农活，野外静悄悄不见人影。只有一片片刚出土的麦苗，鹅黄嫩绿顶着晶莹的露珠在微风中摇曳。道路两旁的树木光秃秃，掉落的树叶在地上铺了一层也没人捡拾。守根瞅着好心疼，小时候的一些镜头历历在目。庄稼孩子长到十来岁，一年到头主要活计就是拾柴砍草，那时要有这么多树叶早抢疯了，大片的用线串，小个的用耙子搂，背回家留着冬天炕炕最好了。看来，如今人们的日子是好过了，多好的东西也没人心疼……

守根一路瞎想着走到县城，拐了个弯去了麦穗家。他想告诉闺女一声，怕她这几天回家找不到自个儿。麦穗听说他要走着去山东，一下子就急眼了，非要给钱让他坐车去。守根后悔自己说了实话，只得答应着把钱收下来。临出门，他随口问了一句："歪歪……还好吧？"

麦穗叹了口气："这王八蛋有俩多月没回来过了！"

"那准是忙呗。"守根说罢往汽车站走，等拐了个弯估计麦穗看不见了，折转身踏上了去山东的庄稼道。

守根说对了，歪歪是真忙，工地上忙是次要的，因那儿有大乱盯着。大乱十多岁就跟着大人盖房建屋，算是个土专家，工地上的事根本不用歪歪操心。这半年多，歪歪主要忙活佩玉娘儿俩，佩玉生了个大胖小子，他高兴得拍屁股！高兴过后就是忙，忙得晕头转向，洗尿布、洗衣服、喂奶、给佩玉做饭……他都得亲手干，谁也指望不上。

事情明摆着，两头的家人，他们都不敢告诉，最能帮得上忙的就是佩虹了。可这闺女脾气倔，刚开始知道他们的关系就极力反对，听说佩玉怀孕后干脆就没露过面。她不告诉父母，就已经够给面子了，指望她帮忙就甭想。直到后来歪歪在人市上找了个保姆，他才喘过口气来。佩玉一点儿不娇气，三天过后就下地收拾家务，除了歪歪不让沾水，她吗都干。这中间，她还几次催促歪歪回家看看，嘱咐他多给麦穗娘儿俩留点儿钱，离婚的事却只字没提过。

佩玉越不提，歪歪心里越过意不去。他当初答应离婚娶她不完全是心里话，多数成分是急着和她上床，直到佩玉生下儿子，他才坚定了离婚的念头。他每次开车往无极走的时候都信心满满，可一见到麦穗和女儿天爽，“离婚”俩字怎么也说不出口。还有，他没忘回家前去一趟卫生间，取出私刻的麦穗方章，在肚皮和那个地方盖两下，再用湿毛巾轻轻擦拭，让人看上去不那么鲜亮。好在麦穗也不是个细心人儿，只要看到有那么两块红就放心了，至于位置对不对，是不是新盖上去的，这傻娘儿们从没留过意，两三年愣没看出毛病来。

常言说得好：马失前蹄，老虎也有打盹儿的时候。那次歪歪急着回无极办点儿什么事，行前习惯性匆忙地进了卫生间。平时他刻的麦穗那枚方章和印泥盒就放在洗手盆下面，他拿出来要盖时忽然想后晌儿就回来了，不经意间随手把章放在了上衣口袋里……也许是老天爷看不过该出事，那天他办完事开车从县政府出来，迎面碰上了两个多日不见的好朋友。如果他不停车也就过去了，偏偏他想显摆自己的好车，不但停了车，还下来臭吹了半天。两位朋友知道他发了大财岂能放过？死乞白赖把他拉进了彦刚饭店……歪歪平时就好喝，酒盅一端把什么都忘了。那天他不光喝高还吐了一身，俩朋友像抬死狗一样把他送回了家。

麦穗一见慌了神儿，叫着“老天爷”忙不迭把他弄到床上。等俩朋友走后，她扒下歪歪的衣服扔进洗衣机，放水要洗时忽然想到看看口袋里有没有东西……她先掏裤子口袋没发现什么，从上衣口袋里摸出那枚方章时也没多想，随手要放旁边时忽然停住了：咦，我的手章怎么跑他口袋里去了？她呆愣片刻，意识到有什么不对头，忙进屋开抽屉拿出来自己的手章。她把两枚方章摆在手心里把划半天，心里突然明白了什么，一下子惊得目瞪口呆。她心跳腿发软，眼前一黑差点儿跌坐在地上。她呆愣片刻，强挣扎着冲进屋，抡圆了巴掌打在歪歪屁股上：“王八蛋！快给我滚起来！”

歪歪被惊醒，一骨碌坐起身，瞪着发红的眼珠子呵斥：“你她娘干吗？发神经病呀？！”

“我干吗？”麦穗把两枚章送到他眼皮子底下，“你说说，这是咋回事？”

歪歪还没反应过来：“怎么了？这不是你的手章吗？”

麦穗更火了："装什么洋蒜？我问你为吗是两个？"

"两、两个？"歪歪这才明白过来，不由心里一阵发慌，结结巴巴地支吾，"我、我怎么知、知道……"

"放屁！"麦穗又给了他一巴掌，"这个是我的，这个是从你口袋里掏出来的……你说说，这是咋回事？！"

歪歪没词了，张着大嘴巴说不出话来。麦穗咄咄逼人："你怎么哑巴了？你说话呀？"

歪歪灵机一动，冲口说："还不都是你逼、逼的。"

麦穗稍愣了一下，眨巴着眼睛问："净胡搅蛮缠，我怎么逼你了？"

"可不是你逼的。"歪歪像是逮住了理，大声说，"你这臭娘儿们狗屁不懂！现在什么社会？你想拿活必须搞公关不是？公关怎么搞？不就是请那些当官的吃饭、洗澡、听唱歌？你她娘给我盖上这破玩意儿，我怎么着陪人家洗澡？"

麦穗倒被他说住了，半天没吭声。歪歪得理不饶人，跳起身来喝问："你说说，是不是你这臭娘儿们逼的？"

麦穗恼羞成怒，不顾一切地把话捅开了："你这是猪八戒倒打一耙，耍瞎蒙我。你肯定是在外头搞破鞋了！"

歪歪愣了一下，干脆破罐子破摔地冷笑着说："我就是搞破鞋了，就是外头有了相好的……你想咋的吧！"

"你……"麦穗气急，扑上前想动手抓挠他。歪歪一把推她个趔趄，穿着大裤衩子冲出屋门。他从洗衣机里掏出自己的衣服，胡乱穿上便往外走……麦穗追到屋门口，惊慌失措地喊："你、你干吗？"

歪歪没理她，大步流星冲出去，"呯"一声关上了大门。麦穗蒙了，呆了，傻了，她脑袋里"嗡嗡"响着愣片刻，一屁股坐在门口台阶上抹开了眼泪……

人该服老时就得服老，守根算是服了。想当年他们急行军，一天一宿走二百里地像玩儿一样，现在可不行，三百来里他走了四五天，而且还累得够呛。

守根白天赶路，饿了就着咸菜啃张烙饼，渴了趴在压冻水的垄沟上喝一肚子凉水；黑介有时前不着村后不着店，还像过去一样找个花秸垛掏窟窿钻进去骨碌一宿。每经过县城时，他也会进饭店要碗羊杂汤，找家便宜旅店睡一宿。人呵，从小养成的习惯改不了，钱只要进了他的手，能省一毛算一毛，花出去一分像割肉，等凑够十块，以前是缝进裤腰带，现在是存到了信用社里。

守根吃完了一包袱烙饼，终于来到济南。他左打听右问，好不容易找到了山东军区的大门。门口岗哨林立，戒备森严，谁到跟前都得肃然起敬。守根拍打拍打身上的一路风尘，壮着胆子往里走……哨兵威严而自然地伸出胳膊挡路："站住！你干什么？"

守根忙赔着笑脸回答："我……找人。"

哨兵指指旁边的一排小平房："去登记。"

"唉，唉。"守根连连点头，退回来转身走进挂着"登记处"的小门。

屋里静悄悄，只有一位小战士伏在水泥台子后低头看书。守根走到台前，含笑招呼："同、同志，我登记。"

小战士这才抬起头来问："你有什么事？"

"我想……找人。"守根谦卑地笑着。小战士却一脸严肃："你找谁？"

找谁呀？这个问题倒把守根问住了，就是，应该找谁呀？他想了想，忙回答："我找你们……最大的官，找司令吧。"

小战士认真看他一眼，更加严肃地："你认识我们司令吗？"

"不、不认识。"守根忙说，"可我有重要的事，必须见他。"

小战士一时没吭声，站起身打量着他。守根走了好几天，花白胡子老长，头脸和衣服都是脏乎乎的。小战士可能怀疑他神经有问题，冷着脸伸出手："把你的介绍信给我。"

守根一愣："介绍信？"

"是呀，介绍信，村乡县三级的介绍信。"小战士说着又坐下身，头埋在书上不再理他。守根为难了，他来时匆忙，根本没想到这事。

小战士也不是故意刁难，那时候是有这规定。守根愣了好半天，忙解释说：“小、小同志，我是从河北大老远来、来的，忘了开……”

“那不行。”小战士头也不抬，懒得再理他。守根还想说什么，小战士摆摆手：“去去去，回去开信……”

正在这时，一位六十来岁、军官模样的壮年汉子推开里面的门进来了：“小李子，我定的《摄影报》来了没有？”

小战士忙起身敬礼：“报告高司令，您定的《摄影报》还没到！”

高司令摆摆手：“没事，你坐，等到了别忘了给我送办公室。”

“是，到了给您送办公室。”小战士重复一句，仍毕恭毕敬地站立。高司令回头要走时，守根抓住机会喊了一声：“报告司、司令员，我、我有事找你！”

高司令这才发现守根，意外地打量着他问：“你有什么事？”

守根连忙立正、敬礼，一口气说：“报告司令员，我是晋察冀军区三十团三营三连二排机枪班代理班长魏守根，是来找部队的……”

高司令稍愣神儿，不动声色地说：“河北无极县金沙窝村人。”

守根一下子愣住了，眨巴着小眼打量着对方不知所措。高司令哈哈一笑，隔着水泥台子伸过手来：“老班长！你还活着呀？！”

守根是丈二和尚摸不着头脑，傻乎乎地任凭他握着手摇个不停。高司令兴奋地大声说：“你忘了吗？高芒种，全班最小的那个……”

高芒种？守根这才想起来，那个入伍时不满十五岁、有时还尿炕的小个子；最后那场阻击战吓得老想撒尿，自己就派他去山那边听三声长号……可他怎么变成这样了？又高又胖，一点儿没有当年的模样……高司令见他愣神儿，再次大声说：“老班长，我就是高芒种呀，你忘了吗？”

“高芒种！真的是你呀？！”守根大喜过望，紧紧抓住他的手急切地问，“那三声长号……连长到底吹了没有？”

“吹了，吹了。”高芒种说，“我跑回去找你们，看见战场上全是敌人，咱的人一个不见。我当你们都牺牲了，就扔了两个手榴弹，炸死了几个敌人，跳下悬崖挂在了树枝上，才算捡了条命！”

魏守根这老小子命还真不赖，做梦也不敢想能碰上自己多年的老部下，而且还是个这么大的官。高芒种也是喜出望外，以部队最高规格的礼遇招待他。守根被请进招待所，在高芒种指挥下，有小兵伺候着刮胡子洗澡，还换上了一身没领章的新军装，恢复了一名老兵的本来面目，看上去精神多了。

当天，高芒种给部下下了死命令，不管有多大事，不管谁找都不许打扰他！晚上，部队小餐厅里摆了一桌子菜，还上了“茅台酒”“恒大烟”，老弟兄俩边吃喝边聊天。守根平时不怎么喝酒，那天竟然喝了有半瓶，好在这酒不上头，他手脚又涨又痒，脸色红里套黑像死猪肝花，脑瓜子还算清楚。那么好的烟，他说抽不上口、没劲，还是一直叼着自己的烟袋锅。也是，他的旱烟乡亲们都知道是特制的，好抽，谁去他家都要吸锅子。因为守根这辈子除了抽口烟没别的嗜好，日子好过后，他便在旱烟的炮制上下了功夫。他先把烟叶上锅蒸，蒸熟后晾干，切成细丝儿再放锅里炒成焦黄，加上少许烟柴末，滴上点儿酒和香油，挼成芝麻大小的颗粒，抽起来绵软有后劲，吐出来一口满屋子飘香。乡亲们都说，他要开个旱烟厂准能挣大钱……酒足饭饱，高芒种没回家，陪他回到了招待所。一个房间两张床，老哥儿俩躺会儿坐会儿，一直聊到大天亮。

原来，高芒种和守根的遭遇差不多，那场阻击战被打散后，他也没找能到自己的部队。好在他没受伤也没回家，而是跟上了别的部队，一路打仗一路走，一直到了东三省。他参加了辽沈战役，因作战勇敢不怕死，只身炸碉堡打开血路立特等功被任命为排长。一九五〇年，他们的部队去了朝鲜，就是爬冰卧雪坚守上甘岭那支部队。他多次受伤，有一次被打得身上的零件都散了架，就剩一口气了。这小子命硬，被运回国内养了半年多竟然没落下残疾。他再次申请，重新回到了朝鲜，两年后战争结束，回国时已升迁为旅长。随着全国调动大整编，他们的部队回到关内驻扎在胶东半岛。他因为年轻有文化，几年后就由旅长到副师长、师长、军区参谋长……去年才被任命为山东军区司令员。

天到半夜，他们再次回忆起那场阻击战，边叹息边感慨边数念着那牺牲的十位战友。因年代久远，他们的名字倒还能想起，籍贯守根在一张纸上记着哩，只是没带在身上。这时，高芒种才想起来问他："老班长，你怎么想到来我们军区了？"

他猛地一问，倒把守根问住了：是呵，自个儿干吗来了？他愣了半天竟然想不起来，不由叹了口气，唉……真是老了！他六十过五，经常是身边的事想不起来，熟悉的人叫不上名字，有时候还闹笑话。高芒种又问了一句："你找部队，怎么就找到我这儿了？是听谁说什么了？"

守根这才想起看电影的事，不由自嘲地笑着："我们村里演电影，片子是《解放石家庄》。我看后面的字幕上写着山东军区协助拍摄，就想莫非当年的部队归了山东军区？就找来了。"

高芒种一听，不由哈哈大笑，笑够了才说："老班长，你可真逗……那是因为拍电影时剧组用了我们好多战士！"

守根哪儿懂这些，也跟着笑了。而后，他讲述了自己这么多年、尤其是解放初期找部队的艰难，最后叹息着说："多半辈子了，这是我最大的心病……你想想，那些战友就那么牺牲了，至今没名没分，咱活着的，不该为他们讨个说法？不为钱吧，总该有个名不是？"

高芒种沉默了好一会儿，劝说道："那么大的一场战争，死多少人呀？像这种情况，怕是有很多，咱们国家确实该发动群众统计一下，给这些烈士个说法。"

守根点点头："我只要活着，心里就装着这点儿事，要弄不明白，到死都闭不上眼！"

"那是，那是。"高芒种想了想，说，"老班长，要不这样……你在我这儿住几天，我明天就去北京找军委有关部门，当年部队大整编，他们那儿肯定有底子。咱打破砂锅——问到底，从根儿里刨吧。"

守根连连摇头："我先回去，等有了结果，你派人告诉我一声就行了。"

接下来的一段日子，魏守根这老家伙是红得发紫，比当年麦茬跳井救人还名声远播！

高芒种带着军用吉普和一名参谋亲自把他送回金沙窝，这事本身就在村里引起了不小震动。紧接着，高芒种去了河北军区，向他的战友军区赵司令说明了情况。赵司令马上报河北省委，省委领导亲自把电话打给了县委书记栗粟。

当时，栗粟已接到任命去石家庄行署当专员。他正交接工作准备去上任，听到这件事心里马上有了个想法，便向省委请假多逗留了几天。因为近些日子他正在考虑一个问题，就是改革开放后，人们的思想观念发生了很大变化，多数人把人生的第一目标盯在了钱上，有不少年轻人观念模糊、信仰缺失。这个问题很让人担心，尤其是还没有引起各级领导的足够重视。他原来就听说过守根当年坚持单干、困难时期献粮食救乡亲的传闻，这次又知道了他多年找部队的事，马上意识到这是个机会，决心树个典型，对全县青年进行一次人生观和信仰教育。因此上，他这个卸任的县委书记，破例组织了一次县委常委会。

高芒种当了一辈子兵，作风自然是雷厉风行。他从石家庄直接去了北京，到军委没费多大劲，便查出守根他们的部队现在属沈阳军区，驻防在本溪。他当天便返回无极金沙窝，拉上守根直接往东北奔去。

军委领导听说守根的事也很感动，当时把电话打到了沈阳军区，军区司令员又把电话打到了本溪……这一通电话震动了北半个中国，守根的事迹还为军委领导提了个醒。他们经请示党中央，以军委和民政部的名义发文，在全国范围内发动群众查找无名烈士。当然，这是后话。

再说，在本溪，守根他们原部队的领导对这件事非常重视，知道两位老战士要来，早早做好了准备。吉普车一路风尘赶到部队门口，已是第二天傍晚。只听“咣啷啷”一声响铁门大开，在团长政委带领下，众多战士分列两旁，春雷般的掌声响处，惊散了满天彩霞。高芒种见状，忙退后一步，让守根走在最前面。守根早已是热泪盈眶，过来的一天一宿，他兴奋、激动，高芒种他们有时还打个盹儿，他连眼都没合。你还甭说，这老家伙平时看上去窝囊、邋遢，到关键时刻还真不含糊。只见他稍愣片刻，冲团长和政委“啪”地行了个标准军礼：“老战士魏守根前来报到！”

团长和政委连忙还礼，战士们齐声高呼：“向老英雄学习！向老英雄致敬！”

魏守根眼泪哗啦，再次举手向全体战士敬礼。他那只手一直没放下，迈着正步进大门往军营深处走去……高芒种像他一样，连忙向战士们敬礼。他当领导多年，平时敬礼比较随便，现在看上去还没有守根标准。

晚风猎猎。军旗飘飘。整座军营沸腾了！掌声、口号声此起彼伏，欢呼声一浪高过一浪。团长和政委受了感动，也举手敬礼，跟在守根、高芒种身后，踏着正步往里走……接下来的接待自然是最高规格，吃饭、喝酒，晚上全体官兵集合在大礼堂里，听守根和高芒种讲述当年的战斗经历。守根平时沉默寡言，说话口齿不清，讲起过去的战斗故事却滔滔不绝，连在那场战役中谁在什么位置都记得清清楚楚，说得头头是道。他的讲述比高芒种还受欢迎，一次次被战士们的掌声打断。他自己也非常感动，讲到战友壮烈牺牲时，多少次老泪纵横。

第二天，在军史展览馆里，守根和高芒种看到了当年所有战友的姓名、籍贯和相关事迹记录。他自己用机枪打飞机荣立特等功、聂荣臻司令在表彰大会上的讲话都记录得一清二楚。这时的魏守根却显得没出息了，抱着那堆东西哭得像一摊烂泥，和孩子撒赖一样坐在地上谁拉都不起来。团长和政委经请示军区领导，当天为守根补发了立功证书和荣军证。后来的一段时间，他们派人出去，找到那场阻击战中牺牲的战士原籍，送去了烈士证和抚恤金；还和河北军区商定，计划在战场原地立一块纪念碑。

魏守根满载而归，吉普车往回开时他睡得像死狗。一路上，高芒种担心他出什么毛病了，几次连叫带拍打他都没醒。车眼看要进无极县城时，他终于被强烈的洋鼓洋号声惊醒了过来。他这半辈子，对洋号声格外敏感，自己知道是那场阻击战作下的病。

栗粟带领县委政府五大班子成员，分列街头两旁鼓掌迎接。无极中学的全体师生，敲锣打鼓喊口号："欢迎老英雄胜利归来！""向英雄学习！向英雄致敬！"

魏守根没有心理准备，迷迷瞪瞪在车里发愣，高芒种连忙催促，他才慌乱地下车来。他叫了声"栗书记"，举手要敬礼……栗粟连忙拉住他的手："咱是一家人，不必客气。你为咱无极争了光，我们应该向你致敬才是。"

栗粟说罢，一手拉他一手拉高芒种，在军乐队的欢送下来到了政府招待所。接下来的半个月，他们吃住都在这里。在县委安排下，他们先是为中学的师生和县直单位的全体干部做了场报告，讲过去的战斗岁月，说多年找部队的酸甜苦辣……而后，在栗粟亲自陪同下，他们走遍了全县十多个乡镇。

尽管每天好吃好喝好招待，守根心里却时时刻刻像猫抓。他想家，惦记他的养鸡场，担心九毛发懒，伺候不好那些鸡奶奶们。所以，当接到地委发来邀请他们去各县宣讲的函件时，守根由于说瞎话脸红脖子粗地请了病假。他回到了金沙窝，连家门都没进便去了离开足有一个多月的养鸡场。

啊！那是多么美丽而恬静的一幅图画呵！金灿灿的阳光，静悄悄的小河，轻轻的野风戏弄着绵绵的柳枝，茵茵的树叶拍打着痴痴的知了。花红草绿的河滩上，五颜六色的鸡群跑来飞去，逮蚂蚱、啄草籽、吃绿叶……钻进草丛"咯嗒咯嗒"下蛋。守根的心醉了！他凝望着这一切，像被粘住一样久久不愿离开。

人生如梦，命运无常。正当守根在村里扬眉吐气，小日子越过越滋润时，他的闺女却成天闹心，吃不下睡不着，掉头发、起燎泡，度日如年。

魏麦穗三十好几了，从来没遭过这么大难。凭着女人在这方面的敏感，她意识到歪歪在外面肯定“有事”，但自己应该怎么做？她一时真的拿不出主意来。她想过去石家庄找歪歪又不敢，因为不认识路，以前虽然去过，都是歪歪带着，要是自己去，下了汽车肯定晕头转向，找不到东西南北。再说，自己要是走好几天，女儿怎么办？谁给她做饭洗衣？早上谁叫她起床……麦穗有时拿出两枚方章反复比较，也想过歪歪说的保不定是实话，就是为着洗澡方便，要不就算了？睁只眼闭只眼瞎过吧……可转眼间她又改变了主意：不沾！自己也活得忒窝囊了！这是夫妻间最大的忌讳，必须弄清楚搞明白，要不后半辈子都会过得憋气！这天，她终于拿定了主意，打发天爽上学后，骑着摩托车回了老家。

前面说过，早在两个月前，栗粟力排众议把金沙窝的领导班子进行了大调整，麦茬当上了支部书记，老东山担任副书记兼村长，春雪为副村长。春雪主要负责妇女和计划生育工作。乡党委组织委员已找她谈过话，让她写了申请，正积极培养她入党哩。对于入党当干部，她从来没想过，以前是由于出身不好，这几年忙着做生意，加上她也不是那种喜欢出头露面的性格，所以根本没有在这方面动过心思。自从当上先进典型后，她到处开会，参加县里组织的报告团，活动的范围大见的人多了，眼界自然开阔了许多，心里才有些活动。她想入党，想当干部，不说境界多高为人民服务吧，起码能让人们认识自己的价值，为前半生的委屈、窝囊和无奈做个了断，对自己这辈子也算有个交代。

对于春雪当干部，守根和山堂全力支持，人往高处走，要求进步是应该的。二婶儿却有点儿想法，不是说老人家落后，她主要顾虑春雪和麦茬在一个班子里，开会工作成天在一块混，时间长了怕再出吗事。但这话又没法说出口，她只能趁家里没人时话里有话地敲打：

“雪儿啊，这些年咱过来得不容易，条子对你可是一百一……天明眼瞅着十六七，到了该说媳妇的岁数……咱甭管做吗事也得多想想，你说是不？千万不能让乡亲们落下话把儿！”

奶奶说的这些话，春雪当然明白是什么意思，听着心里不怎么舒服：你家条子对我好，我对他也不错呀！这么多年辛辛苦苦，我还不是为了这个家吗？不是为了天明吗？她这样想着，就没有吭声。至于怎么把握和麦茬的关系，她也想过不少。实话说，麦茬回来都十来年了，他们见面有数的几次，还都是在人多的场合。她有时确实很想他，想看到他，尤其是看他快四十的人了，还让娘洗衣做饭伺候着，她心里就痛，像针扎一样痛。她没想过更多，只想能有机会给他做顿饭，给他洗洗衣服……这回能和他一块工作，能经常看到他，她就心满意足了。如果能给他说上个媳妇，自己心里就更踏实了。可是，不对呀！怎么一想到这点儿，自己心里就发疼、发紧？春雪心里很茫然，但有一点儿她清楚，就是甭管怎么样，不能再让乡亲们看笑话。但她可是万万没想到，有时候，心是做不了身子的主的。

麦茬当上书记，一时半会儿还顾不上考虑村里的事，因为转盘窑越来越不景气，是停工转产还是继续撑下去？他一时拿不定主意。咱中国人干吗事都喜欢“大呼隆”，见他们烧砖挣了大钱，不到一年的工夫，附近好几个村子都建起了转盘窑，而随着市场逐渐饱和，需求量越来越少，这种生意自然便走到了末路。但是，要停产他还真有点儿舍不得，毕竟这些年风风雨雨，转盘窑为他、为村里做出来很大贡献。看着没卖出去、山似的砖堆和一排排坯子，他突然有了个想法，决定最后再烧几窑。宋头和不正他们都不理解：剩那么多卖不出去你还要烧？干吗，留着熬菜吃呀？麦茬笑了笑没吭声，这是他的一贯作风，任何事不到临头，绝不透露半点儿风声。宋师傅说他，屎不堵屁股门儿保证不进茅子！

麦穗回来那天，春雪在车间里正向花梅和黑嫂交代工作。实际上也没什么好交代的，厂里眼下顺风顺水，外单一个接着一个，只是愁做不过来。再说，她毕竟还兼着厂长，又不离开村子，小事花梅她们看着办，大事她随时可以回来处理。工人们不用多管，因厂里执行计件工资，谁跟钱也没仇，只要把住货物质量就行了。

麦穗把春雪叫进办公室关上了屋门，还没开口泪水先流了下来：“姐，俺知道家丑不可外扬……可这事，你得给俺做主呀！”

“怎么了？看你这没出息样儿！”春雪说着，拉凳子让她坐下，“出吗事了？”

麦穗擦抹着眼睛：“姐，你得跟俺去趟石家庄。”

春雪不无意外地看看她：“去石家庄干吗？歪歪你俩生气了？”

“比生气还大得多。”麦穗说，“歪歪……在外头有人了。”

春雪不由愣一下：“这种事可不能瞎说，你抓住什么把物了？”

“俺没瞎说。姐，你看看……”麦穗说着，把两枚手章摆在手上，“他要是外头没人，刻这个干吗？”

春雪看着手章，不解地问：“这是怎么回事？”

麦穗擦了擦眼睛，把事情的来龙去脉一五一十说了个清楚。春雪没听完就笑了，而且一笑不可收，直笑得前仰后合，眼泪都出来了。麦穗哭丧着脸说：“姐，俺都快愁死了，你还笑。”

“我笑你们两口子吃饱了撑的……”春雪仍忍不住笑，“这算吗事呀？亏你还能说出来！让谁知道了不笑话你们？”

“俺不是笨，想不出别的办法嘛！”麦穗嘟着嘴，“姐，你一定要跟俺去一趟，俺求你了！”

春雪这才不笑了。她认真思索片刻，抬眼问：“让我跟你去干吗？找歪歪打架？他能承认不？”

麦穗摇了摇头：“咱们去了也不见他，就是跟他几天，我就不信逮不住他。”

春雪一时没吭声，过了好一会儿才试探地问：“穗儿，你想过没有？咱们打个比方，要是万一逮住了……你怎么办？我是说万一。”

麦穗毫不迟疑：“我早想好了，逮住了我就杀了他们！”

“又瞎说八道。”春雪说，“你想杀就能杀得了？再说了，要真杀了他们，你能好到哪儿去？杀人偿命，你不知道？”

“我不管。”麦穗说着站起身来，“要死大伙儿一块死，我豁出去了！”

“废话！”春雪训斥地，“你死了，天爽怎么办？你爹怎么办？你想过没有？”

麦穗被她问住了，好半天没吭声。春雪拍打着她的肩头：“行了，覅瞎想了。说不定歪歪说的是实话，就是为着洗澡方便。”

麦穗：“鬼才信他！我就觉着他在外头有事。”

“那我也不跟你去，要真出了事，我还得负责任。”春雪半玩笑地说罢又劝道，“行了，覅胡思乱想没事找事了。两口子过日子，最重要的是互相信任，小心眼儿往往能引出大毛病来，咱可不能做这种傻事。”

麦穗愣片刻，赌气地：“你不帮忙俺自个去！”她说罢，扭头便往外走……

“穗儿！麦穗！”春雪紧叫着追到门口，麦穗已骑上摩托，气呼呼冲出了大门，她不由愣住了。这时，花梅从车间里出来问：“麦穗怎么了？”

“没、没怎么。”春雪忙说。花梅又问：“那她来干吗？”

“没、没事。”春雪装作很随意，“她来问了问厂里的事。”

“你俩抬杠了？”花梅不放心地，“我看她一脸不高兴。”

“没有，抬什么杠呀。”春雪说着扭头回了办公室。她坐在沙发上，久久思索着这事该怎么办。她和麦穗从小一块长大，自然知道她的脾气，在某些方面有点儿像舅舅：一根筋，认死理，一条道走到黑，撞了南墙也不回头。用奶奶的话说：生成的骨头长就的肉，就知道凿四方窟窿，真是死棉花桃里抠出来的。

春雪琢磨着这事对谁说都不合适，尤其不能让舅舅知道。她想来想去，决定去找麦苲，因为她知道麦苲跟麦穗最亲，从小到大，她就听麦苲的话。

麦苲这些日子琢磨转产的事，突然对守根的养鸡场有了兴趣，没事就来找老爹说闲话。实际上，他心里已有了想法：庄稼主子祖祖辈辈养牛养猪养鸡，为吗不办个养殖场？这几年人们日子好过了，盖房子娶媳妇已不算吗大事，生活水平逐渐提高，对肉类和奶蛋类食品的需求肯定会大量增加；尤其是鲜牛奶，现在市场上根本没有，谁家生了小孩奶不够吃都是买奶粉，又贵又保证不了质量，办个养殖场，这些不就都有了？

麦茬的想法，守根全力支持，觉得这才是庄稼主子应该办的“正经事”。从一定意义上说，这也和他的喜好有关，他从小就喜欢养鸡养猪，看见牛了更走不动。他们父儿俩说得正带劲，春雪找来了。守根哈哈笑：“雪儿，你怎么这会儿来了？”

春雪叫了声“舅舅”，说：“我找茬子哥，想说说……村里的事。”

守根笑得更响：“可不是，你俩现在都成公家的人了！”

春雪使了个眼色，麦茬跟她来到不远处的大树下。他还有点儿不习惯，下意识地四处看了看。春雪“哧”地笑了：“你心虚什么呀？往后成天在一块工作，你能躲过谁的眼睛？”

麦茬嘿嘿一笑，没吭声。春雪叹了口气，把麦穗的事一五一十说了个清楚。麦茬吃惊地瞪圆了眼睛：“歪歪真有这事？”

春雪：“他当然不承认，我劝了麦穗半天。可说心里话，我也觉着这事……说不准，两口子仨月俩月不在一块……”她说这话时，一双会说话的眼睛满含深意地注视着麦茬。麦茬不由回避着她的目光，咬牙发狠地说：“这他娘王八蛋，看我怎么收拾他！”

“行了，你还是先劝劝麦穗吧，”春雪说，“千万要让她去找歪歪，这事要真闹开了，丢人现眼不说，最后怎么收场？”

麦茬点了点头，说：“快晌午了，我吃过饭就去找她。”

就在这时，麦穗骑摩托带着天爽进了鸡场的栅栏门。春雪和麦茬看见都吓得够呛：这傻闺女，不是来找爹诉委屈的吧？要真是那样可就坏大事了！

守根哈哈笑着迎上去：“今儿这是怎么了？一家人全来到！”

小天爽叫着“姥爷”，花蝴蝶般扑了上去。守根一下子把她举过头顶，笑得更开心："又长高了！好！好！咱吃面带子，鸡蛋洋柿子打卤，我这就去和面！"

麦穗看春雪一眼，目光中不无埋怨。春雪忙说："我和茬子哥正说……厂里的事。你怎么又回来了？"

麦穗答非所问："我是说，好多年没看到姐和哥在一块说话了。"

春雪笑着："这不是因为工作嘛，往后天天在一块……嘿嘿，茬子哥还不习惯哩！"

麦茬无声地笑了笑。守根牵着天爽的手往小屋里走："爽儿，你怎么今儿回来了？今儿是星期天呀？"

"今儿是星期四。"天爽说，"娘给我请了几天假，她说有事，要去石家庄。"

"去石家庄？"守根回头问麦穗，"你去石家庄干吗？歪歪有事呀？"

麦穗刚想开口说什么，春雪忙打岔："歪歪忒忙，俩月没回来了……舅舅，你快去和面吧！"

守根答应着和天爽进屋去。麦茬阴沉着脸问麦穗："你……真要去石家庄？"

麦穗一时没回答。麦茬："那点儿事雪儿对我说了……你千万覅胡思乱想，没影子的事，你捅开反倒更麻烦。"

麦穗小声嘟囔："我没说捅开，去看看还不沾呀？"

"你连路都不认识，还不如我去一趟。"麦茬说，"你也知道，歪歪从小听我的话，有事没事，我一去就能看出来。"

"就是。"春雪说，"你还想去逮他，这是三天两天的事呀？再说了，你走了，天爽怎么办？为这没影子的事耽误孩子学习，值不值呀？"

"净胡想八想！"麦茬不无训斥地，"你千万不能脑瓜子一热做傻事，应该多往后想一想……歪歪咱们从小一块长大，他鬼点子是多一些，可人并不坏。你跟他这么多年，是好是坏你心里不清楚？"

麦穗说："哥，你要这么说，歪歪现在吗样，我心里还真不清楚……"

“我看都是你逼的。”麦茬不让她多说，“没事找事，你刻那破章干吗？一个大男人在外面，你得给他留点儿面子不是？”

说到这里，春雪不由又笑了：“现在又不是咱们小时候，谁仨月俩月不洗澡呀？亏你想得出来。”

麦穗不吭声了。麦茬忙说：“就这样吧，我明天去一趟。还有，这事千万不能让爹知道，他快七十的人了，还能让他跟咱着这份急？”

“行了，你们吃饭吧。”春雪说着走到屋门口，对守根说，“舅舅，我先走了。”

守根挓挲着沾满面粉的双手说：“这闺女，很快就做熟了，在这儿吃呗。”

“不了。厂子里正在交接，还有好多事哩。”春雪说着往外走去。实际上，她是想起来二婶儿那一番话，心里毕竟有点儿发虚。她走出养鸡场的铁丝网围墙，进村也没去厂里，而是直接回了家帮奶奶做饭。

说来说去，麦穗这闺女心眼儿还真不多，知道麦茬要去找歪歪，一颗心踏实了好多。这顿饭，一家人吃得很高兴。麦茬常年在窑上，早馋爹抻的面带子了。守根边吃边讲起麦茬小时候数羊腿，还有和春雪藏猫猫，在扇车里睡着了的事，逗得小天爽咯咯笑个不停，差点儿把嘴里面带子喷出来。

第二天，麦茬去了趟石家庄。歪歪自然是死不认账，连喊冤枉。麦茬离开时放了狠话：“你小子给我听清楚了，我的脾气你也知道……要真办了对不住穗子的事，掐不死我也得剥你层皮！”

歪歪连连点头表决心，他和麦茬一块长大，小时候是被收拾怕了的。这么多年，他佩服麦茬的为人，长多么大见他心里都发怵。他只是心中暗想，和佩玉的事一定要更加小心谨慎，包得越严实越好，千万不能走漏半点儿风声。但是，他忘了老祖宗说的话：人算不如天算，世界上没有不透风的墙。

麦茬上任没多久就来了个“碰头彩”，做了两件事让各级领导和乡亲们心服口服。第一件事就是建设了全县头一个新农村，省、地和县领导多次带人来金沙窝召开现场会，大张旗鼓宣传推广他们的经验。

说心里话，麦茬真的觉着这不算什么，盖房子主要原料不就是砖吗？自家窑上烧的，用多少有多少；水泥木料村里统一买回来，按着统一尺寸加工成预制板和门窗；至于盖房建屋的技术人才，村里有的是，大工、小工、水泥工……很快组织了两支工程队。歪歪听说了这事，主动从自己工地上撤回来一帮人，义务组成了第三支队伍，受到全村父老的夸奖。

趁开春农闲时节，三支队伍从不同方向下手，前头拆后头盖，用了一个多月的时间，每家每户都搬进了两层小洋楼。麦茬又从水利局请来工程队，打深井、铺管道、盖水塔，家家都通上了自来水；从交通局请来施工队，把每条街道都铺成了柏油路……这一切费用，全部由集体负担，而集体的钱，基本上都来自转盘窑，也就是说，差不多全是麦茬他们挣来的。庄稼主子最讲实惠，有这样的好书记，谁不念阿弥陀佛？感动得那么多老头老太太，快把守根家的门槛子踢烂了，轮番去给麦茬说媳妇。那些日子，弄得春雪既高兴又紧张，她自己也说不明白，是让麦茬早日成个家好还是再等等……等什么呢？她说不清楚。当然，甭管好坏丑俊，麦茬一个都没见。急得守根一个劲骂他：臭小子，不知道自个儿有多粗多长、吃了几碗干饭？！

麦茬做的第二件事，就是在守根他们的养鸡场基础上，发动乡亲们再次集资建起了个大型养殖场，除鸡鸭猪外，一次性买回来二百多头奶牛。养殖场由守根和不正负责，组织起了饲养队、挤奶队、销售队，还高薪从畜牧局聘请了一位技术员。不知道是因为这小子时气好还是眼光高，养殖场成立时，正赶上人们日子好过、生活水平提高，对鲜奶的需求量处于鼎盛时期。你看吧，每天一扑明儿，养殖场连同整个村子便热闹了起来！

热闹是从村里开始的，微光朦胧之中，挤奶队的妇女们就起床了（新农村建成后，每家的土炕都换成了床。熏得黢黑的炕坯砸碎了上在地里是很好的肥料）。她们披着满天星星，“嫂子”“大妮”地互相招呼着往养殖场走，惊起了孩子哭、大人哄，狗叫声此起彼伏。她们一路说说笑笑，到养殖场已是满身晨露。

养殖场里灯火辉煌，守根带领饲养员们早起来了。他们把舍里的牛拴到固定位置，妇女们提桶拿凳，钻到牛肚子下“哗啦啦”挤奶。紧接着，送奶队的小伙子们开着小拖拉机，“突突”地冲进栅栏门。他们提溜起装满鲜奶的大桶，“咣当当”放进车斗里。这其中李天亮是个主力，他十六七岁，模样像红柳，一身的疙瘩肉却随老李家人们。前面说过，他小学毕业后当上了电机手，养殖场成立后，麦茬又把他调过来，主要负责运输工作。麦茬挺喜欢这小子，因为他不惜力气，一天到晚闷头干活，从不耍滑偷懒。而且，他和爹一样，也是个气死牛，一身的好力气，这不，上百斤的奶桶，他一手拎一个，轻轻松松便装到了车上。

五六台拖拉机装满后，天才蒙蒙亮。小伙子们分头出发，赶到无极、藁城、深泽、定州等周边县城时，正好是吃早饭的时间。只要他们的口哨一响，人们便端盆提桶，络绎不绝地从家里出来。这时，大桶里的奶还冒着热气，也不过抽两袋烟的工夫，几大桶鲜奶便全都卖完。而且，还有后来的买不到，第二天会更早来端盆排队……麦茬知道这情况后，决定成立养牛合作社，发动本村和邻村的人们自家养牛，他们负责进行技术指导和收奶。一时间，周边十多个村子里几乎家家都养起了一两头奶牛，天天能看见现钱，你说谁不高兴？因此上，麦茬在无极北半个县名声大振，不少老奶奶捯动着三寸小脚，步行十多里，就为来看看他长得吗样。

外村的老太太尚且如此，本村的老人们更是以此为荣。顺昌爷快九十了，耳不聋眼不花，头脑还特别清楚。这天，他召集村里的几个老大长，在三岔口的大槐树下开小会，再次为麦茬的媳妇发愁。老人家抖动着垂到胸口的白胡子，不无激动地说：“你们都说说，麦茬多好个孩子啊，不就是当代的‘活菩萨’？可他快四十了还打着光棍儿，外人会不会笑话咱们这些个老辈子不懂事？”

“那有吗法呀？”一个瘦老太太说，“咱又不是不管，说了没一百个也有九十九个，人家一个都不见。”

“就是。”另一个胖老太太说，“人家高高在上，骑着马嫌街窄呗。”

“不是那么回事，”顺昌爷摇着头，“麦茬不是那种人。咱甭揣着明白装糊涂，他为吗不同意咱们给介绍，谁心里不是明镜一样？”

“就是，树从根上刨，话得从头说。”一个花白胡子老汉说，“麦茬这小子心里有谁？恐怕是满世界都知道。”

大家笑了笑，都不吭声了。这种事，背后嚼舌头行，要挑明了说，谁心里也有顾虑。尤其是麦茬眼下如日中天，谁愿意找这不自在？顺昌爷不得不把话捅开：“我找大伙儿来，就是想商量商量，咱们能不能跟老二家的说说？让条子他们打离婚算了。”而后，他又补充一句，“反正条子又有病。”

他这么一说，几位老人你看我我瞅你，一时谁都没吭声。顺昌爷追问一句：“大伙说沾不沾？”

“这事……我看够呛。”花白胡子说，“常言说得好，宁拆十座庙，不破一桩婚。这缺德事……咱最好躲远点儿。”

“就是。咱又没病，干吗背着喇叭赶集——没事找事？”“昌叔呵，这事咱管不了。”……老人们说着，纷纷起身离去。顺昌爷从小有个拧脾气，土改时当过村里的农会主席，也是个说一不二的人物，别人越说不能干的事，他越要试巴试巴。这天吃过早饭，他真去二婶儿家。这里有一点儿要说明白，建成新农村后，老东山找来乡党委书记李九元跟二婶儿做工作，想让山堂和花梅搬回来住。老太太一句话就堵死了：“你们都那么忙，管管正经事吧，就甭操这闲心了！”

顺昌爷进家门时，二婶儿正忙着喂猪。她把刷锅水里掺上俩大饼子，倒进猪槽里抓上两把糠，用棍子搅拌着，并没看到老人家进院。顺昌爷干咳两声，说：“老二家的，忙吗吔？”

二婶儿抬眼看了看，满脸是笑地：“哟！昌叔呀，你怎么这咱过来了？”

顺昌爷：“来找你商量点儿事。”

“快坐吧。”二婶儿说着，忙递给他一只高麦秸墩，“叔，有吗事让孩子们捎个信儿不就沾了，你老还跑一趟干吗。真是的……”

“这事……不小。”顺昌爷说，“别人来我不放心。”

二婶儿搬墩坐在他对面：“叔，吗事你说吧。”

“这个……”顺昌爷路上没想好，一时倒不知怎么开头说。他干咳两声，忙装上锅子烟，掏出火镰火石“嚓嚓”敲打，却半天打不着。他像是全力以赴对付火镰火石，心里在盘算着这事该怎么说。二婶儿忙去厨房拿来火柴帮他点着了。老人猛吸两大口，又招来一串咳嗽，等嗓子里清干净了才说：“老二家的，我是代表村里的老辈子们来、来的……这事说出来你同意也好不同意也罢，千万要不高兴。”

“瞧你老说的……”二婶儿笑着，“吗事呀？还这么……唬人？”

顺昌爷终于理清了思绪，断续地说：“大伙儿都知道……你对麦茬这孩子心里有疙瘩。可咱活到这把年纪，为人做事得凭良心不是？”

“昌叔，你吗意思呀？”二婶儿摸不着头脑地问，“做人什么时候不该讲良心？老人年轻人不都一样？”

顺昌爷不高兴：“你听我把话讲完嘛。”他咳嗽两声，继续说，“人人心里有杆秤。麦茬这孩子这几年干得吗样，乡亲们都看在眼里。”

“你老说这个我信。”二婶儿诚心诚意地说，“自从他当上书记，咱村是变化很大，大伙儿的光景比以前好多了。”这老太太不糊涂，她从小就看好麦茬这孩子，要不是那件让大家丢人的事，她恨不能麦茬天天追着叫“奶奶”哩，有这么好个孙子，脸上多光彩呀！偏偏那种事，是庄稼主子最忌讳的。

顺昌爷点点头：“不光是咱村，十里八乡都说他是‘活菩萨’哩！”

二婶儿没吭声，自打顺昌爷一进门，她心里一直猜乎着这老东西的来意：莫非是和老东山他们一样，来做“说和”工作？也不对呀，虽说这些年自个儿不搭理麦茬，可各过个儿的日子，咱也没背后说过他坏话呀！

顺昌爷接着说：“这么好个孩子，快四十了还打着光棍，外村人都笑话咱哩！”

二婶儿不解地："笑话咱？谁笑话咱干吗？"

"笑话咱们这几个老辈子不长眼呗！"顺昌爷说，"这么好个孩子，怎么就不想法给他张罗个媳妇？"

老汉说到这儿，二婶儿心里警觉起来。她不由阴沉着脸问："叔，你来到底想说吗吔？他有没有媳妇，我管得着哇？"

"怎么就管不着？"顺昌爷半玩笑地，"他不是你孙子呀？"

"……"二婶儿动了动嘴唇，没出声。顺昌爷收起笑模样，态度诚恳地说："老二家的，咱还是把丑话说在前头，我说出来你高兴不高兴不能甩脸子。"

二婶儿轻轻点头："沾，你说吧。"

顺昌爷沉吟片刻，清了清嗓子说："我来，是受大伙儿的委托……几个老大长看得明明白白，麦茬不娶媳妇，还不是因为雪、雪儿？"

二婶儿一听这话，立马开口想说什么……

顺昌爷忙摆摆手："你听我把话说完。"

二婶儿强忍着没说什么。顺昌爷接着说："大伙儿的意思，想让你劝劝条子……反正他也有毛病，干脆和雪儿离了算了！"

二婶儿腾地站起身，大声问："叔，你们想吗呀?!"

"我们想为大家好呗。"顺昌爷也站起身，"条子离了，让麦茬和雪儿把他养起来，不是挺好吗？"

二婶儿愣一下，突然冷笑两声："你们……让我说吗好哇？几个老不死的吃饱了撑的没事干……这办法，亏你们也能琢磨出来？"她喘了口气，又说，"事怕颠倒理怕翻，这事要落在你头上，你愿意这么做?!"

这回轮到老顺昌发愣了，他白胡子一撅一撅，半天说不出话来。二婶儿一字一顿地："我尊你，叫你一声叔；不尊，叫你一声老顺昌……入土半截的人了，你就省着吐沫暖暖心吧！"她说罢，甩手进屋，"砰"地摔上了门子。

顺昌爷被晾在了院子里，走也不是不走也不是地发傻……

真是天有不测风云，人有旦夕祸福。有时一些突然事件的发生，往往打得人蒙头转向，不知所措。双河老两口活了多半辈子，头一回碰上了这腻歪事。

本来，这老俩吗事都没有，清清静静安度晚年。村里调整班子时，双河因岁数大退了下来。他一辈子身子骨弱巴但很结实，是那种吃多少也不长肉的没良心肚子。他每月拿着村里补助的一百多块钱，没事干经常转悠到养殖场，边帮着守根给牛洗澡边聊天。这老亲家俩年轻时说不到一块，老了老了却有说不完的话，还断不了抬个闲杠。比方守根说："这世界上，有很多事说不出道理来。"

双河便说："那怎么会呀？吗事也有自己的道理，只要讲理就能说清楚。"

"抬杠是不？"守根瞪眼看着他，"那你说说，为吗有用的东西不值钱，没用的倒卖成千上万？"

双河问："什么有用没用呀？"

守根也问："你说这土和水有用不？"

"有用呀，忒有用了。"双河说，"甭管是当官的还是平民百姓，谁都一天也离不开。"

守根又问："值钱不？"

双河老实地点点头："是不值钱。"

守根："你说那金子银子有吗用，凭什么那么值钱？"

"这……"双河还真被问住了。

每到天头午，不管守根怎么留他都要回家吃饭，说老伴做的饭好吃。他老伴也是，一辈子病病歪歪像个药篓子，老了老了身子骨却结实了，一年到头很少吃药。人老了还求遣什么？身子骨壮实是最大的福气。俩儿子也不用他们惦记，不正带着孙子天亮在养殖场上班挣钱；歪歪名声在外，断不了给家里寄钱，更是他们的骄傲。非要鸡蛋里挑骨头的话，唯一让老俩挂牵的是不正的媳妇。有时黑介睡不着，俩人断不了念叨：你说红柳这娘儿们去哪儿了？是死了还是活着？怎么连点儿信儿都没有？念叨也白念叨，这个话题永远也没结果。

那天，菜畦里的头茬韭菜刚下来，嫩绿嫩绿地散发着清香。老伴头天就泡好了萝卜皮，从盐罐子里掏出过年时埋下的咸肉，计划包顿饺子吃。两个人的饭好做，天一擦黑儿饺子就下了锅。双河念叨着："饺子就酒，越吃越有；吃饺子不喝酒好比吃糠。"

老伴用勺子搅着锅，不时吹开热气看饺子漂起来没有。双河给自己倒上了一小壶枣木杠，舀水冲洗着酒盅……就在这时，一个人的突然到来破坏了所有的情绪，酒洒了、火灭了，一锅饺子煮成了白粥！

进来的人是李大乱，他怀里抱着个一岁多的孩子，身后背着个牛腰粗的大包袱，汗水淋漓地迈进了门槛。双河正提着壶往盅里倒酒，吃惊地一下子愣住了："大乱！你这是……"

大乱看样子身心疲惫至极，扔下包袱，一屁股坐在门槛上，闷声闷气地说："叔，出事了，出大事、事了，歪歪被派出所抓、抓走了！"

"咣"一声，双河手里的酒壶掉到灶坑里。老伴愣怔片刻，身子一软，"哧溜"一下坐到地上。这时，大乱怀里的孩子也醒了过来，小家伙瞪着滴溜圆的眼睛看看四周，放开嗓子哇哇大哭。大乱怎么哄也不管用，急得汗水泪水一块流。他抬起一只手，擦着汗水、泪水、鼻涕，一把把往鞋上抹。双河着急忙慌地把老伴扶起来，听大乱讲述了事情的全过程。

原来，歪歪他们为市政府盖第三栋楼时出了事故。盖到两层时，不知什么原因，墙塌了，脚手架子倒了，有多名工人被砸伤。市政府负责工程的官员报了案，歪歪被警察带走了。说到这里，歪歪娘才稍稍定下神来，指着哭得上气不接下气的孩子问："这孩子是咋回事？"

事到如今，大乱不可能再隐瞒什么。他竹筒倒豆子，讲述了歪歪和佩玉相识、相恋、同居的全过程，并说："听民警说，今儿一大早，佩玉带着孩子去派出所交申诉材料，因为着急走得快，不知怎的和一辆汽车撞上了。有过路人看见，汽车撞上自行车那会儿，佩玉用力把孩子扔到路边的草地上……你看，孩子一点儿事没有，佩玉被送去了医院，伤得吗样还不大清楚……民警经过多方调查，把孩子送到了工地上。”

听他这么说，老两口子都傻眼了，半天说不出话来。大乱又说：“大伯，我实在是没办法，只得把孩子抱回来。”

这是个男孩儿，长得不像歪歪像佩玉，欢眉大眼，白白静静挺讨人待见。歪歪娘仔细打量着，心里早有了几分喜欢，便伸手把孩子接了过去。许是血缘关系吧，孩子一到她怀里就安静了下来，瞪着黑白格外分明的眼睛看着她。歪歪娘这才想起锅里的饺子，忙说：“快捞几个饺子给孩子吃！”

双河揭开锅盖，饺子早烂成了一锅粥。歪歪娘只得舀出来半碗，边搅拌边吹气，一点点喂孩子。大乱这才想起地说：“对了，这孩子叫李天成。”

“李天成？”双河重复一句，又说，“大乱，谢谢你了。这事……还不知怎样，尤其是这孩子，可千万甭往外说。”

“我知道，我知道。”大乱站起身，指着包袱说，“这是孩子用的东西，着急忙慌出来，也不知道拿全没有。”

“没事，没事。”歪歪娘忙说，“缺吗我再买吧。可是辛苦你了！”

大乱客气着告辞出门去。双河低着头沉默良久，连抽了好几锅子烟，最后长叹一声：“王八蛋！这算你娘吗事呀？死在外头才好哩！”

歪歪娘抱着又睡着了的孩子，一声接一声地叹息着说：“甭管吗样吧，你瞅瞅，这孩子还是挺好的！”

双河当了一辈子干部，在村里也算有头有脸，可是头一回遭这么大难。他一宿没合眼，心里琢磨着这事该怎么办。小子再不争气，丢人现眼先放一边，总要弄清情况，想办法把他捞出来吧？要是在县城，怎么也能找到个熟人，可人在石家庄关着，自个儿一个人都不认识，找谁去呀？真他娘的……天还没亮，他便敲开了山堂家的门子。他只说了歪歪的事，那个孩子一个字没提。

山堂听他讲完，抽着烟只嘬牙花子：“我这么多年不当干部了……石家庄可是半个熟人没有，你说吧，咱找谁去呀？”

“要能想到熟人，我就不来找你了。”双河赔着笑脸，“可咱总得想办法问问吧？事小，能管就管管；事大，管不了他个兔崽子就认命呗。”

山堂思索着没吭声。正收拾屋子的花梅说：“要不，你们去找麦茬商量商量？听说他这几年一直和咱县走了的那个栗书记有联系，人家现在可是个大官了。”

一句话点醒梦中人。山堂和双河觉着她说的有道理，当即便去了窑上。麦茬还在窑上陪宋头一块住，他不想让老人孤苦伶仃，这几天正琢磨着把师傅送回老家，帮他盖两间房安顿下来。可这老家伙不愿走，磨磨唧唧想留在他身边。听双河把事情讲清楚，麦茬思索片刻说：“倒可以去试试，栗书记现在是团省委书记，说不定能帮上忙。”

双河很高兴，连忙说：“谢谢大侄子！咱去试试，死马当活马医吧。”

吃过早饭，麦茬开车拉上两位老人，经正定到石家庄已是后半晌儿。他轻车熟路，直接把车开到了团省委门口，因为他是青联委员，来这儿开过几次会。门卫把电话打到栗粟办公室，他们很快便被请了上去。

几年过去，栗粟也快四十了，可仍是那么年轻、平和，朝气勃勃。他看上去胖了点儿，衣裳比过去穿得讲究多了，因此略显丰满而更有派头。他非常热情地把三人请进小会议室，又递烟又倒茶忙个不停，麦茬想替他干都不让：“你们是客人……坐着，坐着！”

大家客气了一会儿，麦茬说：“书记，村里出了点儿事，还得麻烦您。”

“麻烦什么呀，一家人不说两家话，有吗事你们说吧。”栗粟呵呵笑着。也许因为无极是他发迹的地方，他对这里的乡亲们感情比较深，以后多少年，不管当多大官，无极人有事找他都非常热情。听双河把情况说清，他立刻去了办公室打电话，没多会儿便返回来说：“好像没多大事……派出所正在调查，说墙体倒塌是由于水泥标号不对，可这次的水泥供货商是甲方指定的。”

三人听了这才松了口气，互相交流着目光笑了笑。栗粟又说：“要不你们等两天？我派人带你们到处转一转，去看看正定大佛寺，看看赵州桥？”

“不了，不了。”麦茬忙说，“这就够麻烦您了，我们过几天再来吧。”

双河更是千恩万谢，老泪差点儿流下来。大家告辞着下楼出来了。到汽车旁，麦茬说：“要不我先回去，你们二老等几天？”

“这……”山堂有点儿犹豫地看着双河。双河忙说：“沾，我们等两天，怎么也得看那个兔崽子一眼呀！”

就这样，麦茬为他们找了家宾馆，又留下了两千块钱，自己开车回去了。两位老汉去了趟派出所，情况和栗粟说的差不多，就更加放心了。他们又没别的事，找饭店吃了口饭，就在市里瞎转悠。谁都没想到，天色傍晚的时候，两人却帮守根打了场架。

那天正好是阴历的七月十五，庄稼主子讲的“鬼节”。这么多年，每到这天守根板上钉钉要来市里，去烈士陵园为连长赵先才磕个头、烧纸点香倒上杯酒。这天他从陵园出来，正碰上十多个红男绿女在门口开着电视机又唱又跳，而且走腔跑调儿像鬼哭狼嚎。他实在看不下去，喊了两嗓子也没人理，便上前关掉了电视机。小青年们不干了，纷纷呵斥：“你干什么？”“老家伙，找死呀？！”

守根本来心里就有气，也不客气地说：“我想让你们挪挪地儿……你们看这是吗地方？烈士陵园！他们为国家流血牺牲，你们不能让他们清静点儿？！”

“你管得着吗？”“就是，别理他。”两个女孩子说着，过来打开了电视机，继续她们的狂欢。守根再次上前关上了电视机。青年们不干了，冲上来对他拳打脚踢，很快引来不少人围过来看热闹。也就在这节骨眼儿上，山堂和双河正好转转悠悠走过来。他们刚开始并没看出被打的是守根，愣了一会儿才看清楚。两人交流一下目光，不约而同冲了过去：“干吗？你们干什么？！”

那伙人见来了挡横的，还是俩老家伙，仗凭人多并没当回事，围住三人一块收拾。可他们完全想错了，这仨人虽说上了几岁年纪，但毕竟都是干庄稼活出身，浑身力气还是有的。所以，几个回合过来，小青年们就被收拾得屁滚尿流，连连赔礼道歉，抬着电视机灰溜溜走了。

守根怎么也没想到在这儿能碰上他们俩，擦抹着嘴角的鲜血嘿嘿笑："你们……怎么这么巧？"

山堂本想说明白来市里的原因，被双河用目光止住了。他可不想让守根知道歪歪的事，忙说："在家待着没事，俺俩出来玩两天。"

山堂说："哥，你也跟我们待两天吧？去看看正定大佛寺、赵县大石桥。"

"那可不沾，家里离不开，我能赶上最后一班车。"守根说罢，急匆匆离去。实际上，他确实急着回去伺候那些牛奶奶、鸡婆婆。还有一点，尽管和花梅的事过去这么多年，他心里仍多少觉得有点儿别扭，不想和山堂在一块多待。山堂望着他的背影冷笑："嘿嘿，他倒成大忙人了！"

当天晚上因为喝了点儿酒，双河终于忍不住把孩子的事告诉了山堂。山堂听罢好久没吭声，抽了根烟才皱着眉头说："这事……怕是麻烦可就大了！"

第十九章

扑朔迷离　仙姑千转回故里
烈火金钢　英雄悲壮冲九天

黑嫂突然病了，病得离奇古怪毫无道理，病得龇牙咧嘴十分瘆人！

那是夏末秋初的一天，因地里农活忒忙服装厂放了几天假。黑嫂下地耪棒子，为赶活多干了会儿，往回走时天已透黑，原野上静悄悄没了人影。她在离秋生弟兄俩跳井不远处的大水壕里涮了涮锄头，就觉得眼前一黑差点儿摔倒。她没当回事，以为是饿的，没想到进家就非常馋肉，立眉瞪眼闹腾着九毛给她做肉吃。九毛从没见过她这样，便说："这不年不节，到哪儿找肉去？"

黑嫂一听就火了，抄起一摞碗"哗啦啦"摔在地上碎成了片片。九毛没办法，串了好几家借来了几块盐罐子里的咸肉，没等煮熟黑嫂便急不可待地捞出来，也不嫌烫囫囵半块地吞了下去。九毛看着她那鼻子不是鼻子脸不是脸的样子，心里一阵阵发怵。好在黑嫂吃完一声没吭，摸黑倒在床上就打开了呼噜。九毛饭都没心思吃，胡乱刷了刷锅也就躺下了。

天到半夜，王九毛被声声驴叫惊醒，摸摸身边早没人了。他心里一惊预感到什么，忙爬起来边喊叫边找，结果发现媳妇倒在了茅子里，而且浑身一丝不挂。九毛傻眼了，惊愣片刻上前摸摸她身子还热乎，鼻子里也还有气才稍稍放下心来。可他人瘦力单，费了吃奶的劲也没能把她抱起来。他只得回屋拿来衣服，胡乱给媳妇穿上，然后敲开了邻居的家门……接下来的几天，黑嫂总是迷迷糊糊，叫她也应，给饭也吃，就是不睁眼。九毛请来了个老中医，号脉看舌苔也说不出个长短，开了几服药吃也不顶事。老中医说她这是“癔症”，怕是撞上什么脏东西了，想治好除非去请张天师下凡。九毛可是遭了大难，请张天师下凡，自个儿怎么上天呀？很快，乡亲们都知道黑嫂得了“脏病”，人人心里犯嘀咕，胆小的到她家门口都绕着走。

九毛家的几个闺女黑翠和白翠她们早已出嫁，成家立业都有自己的一大摊子事，有时轮流回来帮着照顾几天也帮不上什么大忙。到后来更不行，黑嫂完全成了个傻子，也吃也喝就是不醒事，拉尿都在床上。好在春雪派花梅带领厂里的女工轮流过来值班，九毛才能喘口气，黑嫂每天被收拾得干干净净，也没受多大罪。只是她一天天不见好，让人看着揪心。

再说，山堂和双河等到第五天，歪歪被放了出来。他真的没多大事，主要是墙塌了没死人，被砸住的几个也都是轻伤，无非是花了点儿救治费。至于水泥标号的问题，责任全在甲方，谁该受处分是另一码事。

山堂他们去派出所把歪歪接出来，直接带到了宾馆里。双河黑虎着脸问：“说吧。你小子到底是怎么回事？”

歪歪眨巴着眼睛：“怎么了？不就是墙塌了……”

“墙不墙我不管，”双河打断他，“我说的是孩子的事！”

“孩、孩子？”歪歪一愣神儿，装傻地问，“什么孩、孩子？”

双河抬手就是一巴掌：“你说他娘的什么孩子？！”

歪歪被扇了个趔趄，摸着脸小声说：“你们……都知道了？”

“能不知道吗？”山堂说，“大乱都把孩子抱回去了。”

歪歪怔片刻，嘟囔着：“这他娘大乱，真是净添乱！”

“怪人家干吗？”双河说，“那女的被汽车撞伤去了医院，大乱能把孩子弄哪儿去？”

歪歪又是一愣：“怎么，佩玉受伤了？”

双河没听明白，忙问："谁？你说谁？"

"不行，我得去医院看看。"歪歪说着，拔腿想走……双河箭步上前堵住了屋门："兔崽子！你把事说清楚再走！"

"爹，这不是一句两句能说清楚的。"歪歪乞求着，"回头，我再告诉你沾不？"

"不沾！"双河死死地堵着门，"说不清楚哪儿也不许去！"

"人在医院里，我不放心。"歪歪说着，上去想把爹拉开……双河又是一巴掌重重扇在他脸上："一个不要脸的臭婊子……你爹死了你放心不？"

这时，山堂也上来挡住屋门："歪歪，这是要命的事，你必须说清楚再走。"

歪歪急得跺脚："你们真是……有吗说不清楚？麦穗不能生小子，我找人给生了个小子！就这么回事，怎么了？"

山堂意外地问："就这么简单？"

歪歪："没错，就这么简单。"

山堂："那……这会儿不是生完了，下一步你怎么办？"

"下一步……"歪歪被问住了，支吾半天才说，"下一步再说呗，这会儿人在医院里，我不该去看看？"

山堂思索片刻，拉开双河说："先让他去吧，咱们回头再说。你看他像火燎屁股，能坐住？"

实际上，双河心里已有点儿活动，毕竟添了个孙子他并不反对，只是当着山堂的面不能表现出来。他厉声说："还有狗屁下一步？给她点儿钱，一刀两断！"

"好好好……"歪歪连忙答应着，匆忙地抽身而去。

两位老汉坐下来，呼呼喘息着好一会儿没开口。而后，双河长出一口气："妈那巴子，气死我了！"

山堂劝解道："这事……硬逼也不好，容易出别的毛病。要真像他说的那样，把孩子留下，跟那女的一刀两断，也好像没什么不可以。"

双河连连摇头："麦穗那脾气你还不知道？非拿刀和他拼命不行！"

"慢慢做工作呗。"山堂说，"生米已经煮成熟饭了，能怎么办？赶上谁也得面对现实不是？"

双河闷头抽烟，久久不语。

在医院的病房里，梁佩玉刚刚醒过来，佩虹正一点点给她喂水。她伤得并不算重，身上多处都是皮外出血，左胳膊轻微骨裂，主要是脑袋摔在水泥地上造成了中度震荡，所以才昏迷了几天。她朦朦胧胧中，第一意识到的便是孩子，睁眼看到佩虹，急忙问："孩子呢？天成呢？"

梁佩虹今天刚过来，还是月光俱乐部的工作人员找的她。并没人给她介绍详细情况，所以她不知道孩子在哪儿，便说："孩子？孩子怎么了？"

佩玉一听更急了，挣扎着想坐起来，一阵剧烈的头痛，使她再次昏了过去。前面说过，佩虹看不上歪歪，更不同意姐姐的做法，所以姐儿俩好长时间没什么来往。但毕竟是一母同胞，她看到姐姐的样子还是挺难受。她以为佩玉只是难受闭上了眼睛，嘴里还在抱怨："看看，早就不让你做这种事……报应吧？"

这时，歪歪脚步匆忙进来了："佩玉……"

佩玉没吭声。歪歪扑到床前抓住她的手，急切地问："佩玉。你……怎么样？不要紧吧？"他听不到回答，扭头问佩虹，"你姐……一直没睁眼？"

"刚闭上。"佩虹冷冷地说了一句，把水杯重重放在床头柜上，扭身出去了。歪歪又呼唤了几声，佩玉才又睁开了双眸，她还是那句话："孩子呢？天成呢？"

"孩子没事，天成好好的！"歪歪轻抚着她的胳膊忙说，"天成被大乱送回老家了，他浑身上下一点儿伤没有，活蹦乱跳的，你放心吧。"

佩玉这才松了口气，眼里噙着泪花微微一笑，轻声问："是……

爷爷奶奶带着他呀?”

“对,他奶奶,我娘。”歪歪逗她,“老太太结实着哩,很会伺候孩子。你看我,被老太太拉扯得多壮实!”

佩玉笑了,忽然又意识到地问:“那……姐不就知道了?”

“那不正好?我巴不得让她知道哩。”歪歪说,“事到如今,咱还怕吗吔?”

佩玉摇了摇头:“那多不好?姐该多伤心呀?”

“没事。”歪歪说,“咱又不坑她,想过,就这么过;不想过,就离婚。”

佩玉再次摇了摇头:“我这会儿不那么想了,做人得讲良心……要不,把孩子留给你,我退出来吧?”她说的不完全是心里话,肯定有试探的成分。

“想吗呀?”歪歪拍拍她的脑门儿,“你想退就退呀?没门儿!”

佩玉没吭声。歪歪低声说:“想让天成缺爹少娘,你忍心呀?再说,你明明知道,我能离得开你呀?”歪歪说的是真心话,他实心实意爱着这个女人,尤其是这次佩玉为救他受伤,更让他感动,在宾馆里说“一刀两断”,只因为急着脱身,被两位老汉逼得没办法。

佩玉沉默好一会儿,轻声说:“甭管怎样,咱不能把事做绝……要和姐好好商量,她要愿意,尽量给她娘儿俩多留些钱。”

“这不成问题,”歪歪说,“可把我名下的财产分给她一多半……这事,到时候再说吧。”

这天,守根扤着一篮子鸡蛋去了九毛家,看到黑嫂那人不人鬼不鬼的样子心里很不是个滋味。他坐了一会儿告辞出来,一个人沿着河堤往养殖场走。

夏末秋初,正是各种植物生长盛期,放眼望去,原野上郁郁葱葱一片翠绿。河堤两旁的红柳伸枝展叶,丛丛交接,在半空中搭起来凉棚,再热的天走在底下也会觉得浑身冷飕飕。守根边走边想着黑嫂那龇牙咧嘴、狗一声猫一声的样子,一阵阵心里打怵汗毛倒竖,不由加快了脚步。正在这时，对面走来个人让他更得觉是青天白日真撞上鬼，不由惊骇地愣住了。

只见来人分不清男女，戴方巾穿长袍一身道士打扮，肩头背着只大佛袋，鼓囊囊不知里面装满了什么法器。守根像被谁使了定身法，一动不敢动地瞪眼瞅着。来人飘飘洒洒脚步轻盈，转眼间便到了他面前，只见朱唇微启，一个莺歌燕语般的声音传来："守根叔，你在这儿干吗？"

守根被吓得差点儿三魂儿出窍：我那老天爷！她怎么还知道我的名字？这是谁呀？他这样想着，大张嘴巴说不出话来。来人莞尔一笑，说："叔，你认不出来呀？我是红柳，苏红柳，青松的妹子呀。"

守根这才缓过一口气来，喔呀，这就是那个二十来年活不见人死不见尸的柳子呀！他惊魂未定，忙挤出来点儿笑模样结巴着说："是……柳子呀？真没看出来。嘿嘿，怪我老眼昏花……这么多年，你、你去哪儿了？"

"出家之人，云游四方，吃无定食，居无定所。"红柳微微笑，"北有五台，南有佛陀，仙山神谷，没本道姑不到之处。"

守根被她说得晕头转向，只得陪着嘿嘿傻笑。红柳说着摘下帽子轻沾着额上的细汗，一头如水的秀发瞬间披散下来。守根这才看清楚，她真是红柳，而且这么多年模样好像一点儿没变，四十多岁的人了，仍然是细皮嫩肉，唇红齿白，不笑不说话，一笑俩酒窝。他彻底放了心，笑着问："你这是回来看家呀？"

"看家事小，除妖事大。"红柳说着，抬手指了指村子，"咱村东北角，一股黑气冲天，必有妖孽作祟。"她停顿片刻，又补充道，"如果我没记错，那个位置应当是九毛叔家。"

守根被她说得脊梁沟子飕飕冒凉风，忙连连点头："是，是。九毛媳妇快被折腾死了，中医西医治了个遍都不顶事。"

"鬼怪成精，不是医生能拿得住的。"红柳说，"叔，我专为此事而来，你要是有胆量，今晚且看本道姑如何除妖。"

守根："可是……你不在家，怎么知道这事呀？"

"能掐会算呀。"红柳笑嘻嘻，"叔，不瞒你说，我是开了天眼的。"

"吗、吗眼？"守根从没听说过这个词，"那是吗玩意呀？"

"一时半会儿跟你说不清楚。"红柳说，"就像千里眼、顺风耳，只要想知道，这世界上的大事小情，睁开天眼就能看清楚。"

守根："好家伙！那不成神仙了？"

"差不多吧。"红柳不无自豪，"叔，我现在就是半仙之体。"

守根认真打量她两眼，半信半疑地告辞一声回了养殖场，对正在喂牛的不正说："你媳妇回来了。"

不正苦笑："根叔，嫑拿你老侄子开涮了。"

"真的。"守根说，"不过，她变得让人认不出来了。"

"真的呀？"不正瞪圆了眼睛，"她去哪儿了？我去找她。"

"嫑去了。"守根说，"她今晚要为黑嫂除妖，到时咱们一块去看吧。"

"你说吗？她还能除妖？"不正眼珠子都快瞪出来了，"根叔，是你蒙人还是她蒙人呀？"

守根："到时候你不就知道了。"

当天晚上，王九毛家早早便来了不少人。守根、不正、山堂……床上坐、地下蹲，挤得满满当当（笔者也在场，当时自然还很年轻，因半路不敢去茅子里，憋到最后尿了裤子，再后来才知道，那晚尿裤子的不止我一个）。

昏黄的灯光下，黑嫂平躺在床。她披头散发，双眸紧闭，随着嘴唇的翕动牙齿打得"嘎嘎"响，而且长时间不停歇，让人看着一阵阵肉皮子发紧。当红柳走进九毛家大门时，她呼地坐起身，一双散发着幽幽寒光的眼睛瞪得滴溜圆，并且冷笑着说："来吧！来吧！天王老子咱都不怕！"她说着，舞胳膊蹬腿要下床……王九毛一个人摁不住她，大家忙上去帮忙，没想到，四五个大汉也不行，她竟然硬挺挺站起身来。这时，红柳已进了屋门，她杏眼圆睁、柳眉倒竖呵一声："孽障，还不给我躺下！"

黑嫂愣怔片刻，鬼叫般号了一声，平身落地摔倒了下去。那么多大汉，一个个惊骇地连连后退。黑嫂双眼紧闭，死尸般直挺挺躺在地上，好像连气儿都不喘了。九毛为省钱，用的灯泡不到五度，屋里的光线本来就十分暗淡，加上好多人叼着烟袋，满屋子烟缭雾绕，简直像到了森森的阴曹地府，事后多年，在场的人们议论起来还心有余悸。

只有红柳见多不怪，非常淡定，轻移步慢蹲身，伸手拭拭黑嫂的鼻息，冷笑着说："不就是闭气吗？这一套姑奶奶见多了！"她回头招呼大家，"来，把她抬床上去。"

人们这才上前去，四五个壮汉喊着"一二三"使齐了劲，折腾半天愣是没办法把黑嫂抬起来。红柳摆手让他们闪开后，冲黑嫂轻轻吹了口气，然后双手平举，像托婴孩一样、没怎么用力便把她送到了床上。男人们大眼瞪小眼瞅着，吃惊得静气屏息，一个个的心跳声都能听得见。红柳摸索着黑嫂的胸腹部，抬眼问："谁去房檐下摘片烟叶下来？"

"我去吧。"不正答应着。红柳看看他，目光中像是多了一丝儿温柔；不正嘿嘿一笑，算是打了招呼；这是他们两口子多年来第一次交流信息。不正走到门口又迟疑地回过头来："根叔，咱俩去吧？"

守根答应一声，随他往外走……红柳交代一句："要最长的。"

庄稼主子都有这习惯，把烟叶辣椒什么的用铁丝串起来挂在房檐下，日光能晒着下雨淋不着，等晾干了再收起来。不正和守根蹬着梯子摘下片最大的烟叶，相跟着返回屋里。红柳接过去，把烟叶捋得只剩下了烟梗，然后，慢慢地、一点点地捅进了黑嫂的鼻孔里。人们瞪眼瞅着，一个个惊讶地目瞪口呆。可不是，一拃多长的烟梗全部捅进去，黑嫂竟然没任何反应。

红柳轻轻一笑："好孽障，还真有点儿道行！"

黑嫂眼不睁气不喘，一直像死尸般挺着。红柳收回烟梗，顺着她的身子往下摸索，等摸到大腿根部，大拇指猛地一摁，说："你跑不了！"而后，她用另一只手从自己身后的佛袋里掏出根锥子那么粗的钢针，一下子扎在拇指摁处。只听黑嫂像被烫着似的怪叫一声，紧接着连连求饶："仙姑奶奶饶命！仙姑奶奶饶命！我服、我服了！"

人们一个个惊骇得眼珠子都快瞪出来了，那么粗的钢针，全部扎进去竟然没流一点儿血！只听红柳厉声问："说吧，你到底是谁？"

黑嫂用男人的声音说："我是秋海，秋生的弟弟。"

所以在场人不由一阵毛骨悚然，因为大家都知道多年前秋海是跳井死的。而且，后来老秋生跳的也是那眼井。红柳问："你是自个儿跳井死的，为吗来这儿捣乱？"

"我饿了，馋了。"黑嫂说，"我想吃肉了。"

红柳："你吃了没有？"

黑嫂："吃了。"

红柳："吃了为吗还不走？"

"出家人不爱财。"黑嫂说，"我吐了就走。"

"那你吐吧。"红柳说着放开了她。只见黑嫂反转身趴在床头，张开大嘴"哏喽嘎啦"折腾半天也没吐出什么来。她再次平躺过来，紧闭双眸嘿嘿冷笑着说："我还是不走。"接着，她又像原来那样把牙齿打得"嘎嘎"山响。

红柳并没生气，含笑说："秋海叔，这就是你的不对了……要不这样，咱父儿俩好商量，我先敬一敬你。"她说着，从佛袋里取出几张黄表纸递给九毛，"去街上十字路口送一送吧。"

王九毛接过黄纸，神情迟疑地看看守根。守根明白他的意思，忙说："走，我陪你去。"

红柳嘱咐："纸点着了多念叨念叨。"

正值半夜时分，天阴着，还有雾，世界像扣在锅底下，黢黑黢黑伸手不见五指。九毛和守根出了大门，提心吊胆往街上走……突然，就在他们头顶上方的老槐树枝头，有只夜猫子"哇哇哇"一阵怪叫，惊得两人差点儿往回跑，头发根子都立起来了。他们停顿片刻，交流着目光稳了稳神，硬着头皮壮着胆，肩挨着肩来到当街十字路口。他们心虚地四下看了看，圪蹴着点燃了黄表纸。不知是因有雾还是什么原因，火的光亮根本投射不远，看上去就那么怪异的一小团，要是这会儿有人撞见肯定吓个半死，以为碰上鬼火了。

王九毛嘴里念叨着：“秋海哥，咱俩往日无怨近日无仇，你折腾我个吗劲儿呀？兄弟求求你，快走吧！”

守根也说：“就是，乡里乡亲的，多多关照吧，多少年之后，咱们在你那儿还要见面不是？千万覅伤了和气……”

王九毛忘了害怕，被他说得差点儿笑出来。就在他们二人念叨的工夫，躺在床上的黑嫂打了个哈气，长长地吐了一口气。红柳忙问：“怎么着？海叔，该走了吧？”

黑嫂：“我还是不想走，愿和乡亲们多待会儿。”

“你算了吧！”山堂壮着胆子说，“你快把乡亲们吓死了！”

黑嫂嘿嘿笑着，又开始“嘎嘎”打牙。红柳拉下脸来：“怎么着？海叔，敬酒不吃吃罚酒呀？”她说着取出张黄表纸点燃，嘴里念念有词，把大针往火上烤了烤，猛地扎在黑嫂另一条大腿根部。黑嫂再次号叫一声，连连求饶：“姑奶奶姑奶奶！出家人不爱财，我吐了立马就走。”

红柳厉声呵斥：“快吐快走！”

黑嫂翻转身，张开了大嘴，这次真吐了，“呜哩哇啦”吐、吐……直到把苦胆水都吐出来了。一时间满地狼藉，臭气冲天，熏得屋里的每个人都恶心想吐。

这时，随着守根和九毛推开屋门，外面传来一声清晰的鸡叫。众目睽睽之下，一股小旋风平地而起，在屋里踅一圈转了出去。紧接着，黑嫂呼地坐起来，睁开双眼大口喘息着说：“老天爷！累死我了，累死我了！”

众人惊魂稍定，把目光转移到她身上。黑嫂歪着脑袋四下看了看，眨巴着眼睛换成了自个儿的声音问：“怎么这么多人呀？你们……干吗？”

“没事，没事。”九毛弯腰打扫着满地的脏东西，忙说，“大伙儿是来……玩、玩的。”

大家都知道，金沙窝是个小村，一只苍蝇从街上飞过人人都能看得见，甭说是个白白胖胖、欢蹦乱跳的大小子了！

李天成回来没两天，乡亲们就都知道了。人们，尤其是娘儿们们怀着好奇、猜忌、惊讶……各种各样的心情，挖空心思找理由来双河家看孩子。她们先是把孩子夸赞一番：“这孩子真俊！”“就是，欢眉大眼、白白净净的，多好看！”……接下来便会试探地问起天成的来历。

双河老俩早商量好了，会异口同声回答：“是歪歪抱回来的。”“一个没名的孩子，从医院要的。”

对这种解释，多数人都会相信：“可不是，歪歪该有个小子，要不那么大家业往后留给谁呀?”“就是，这小子有的是钱，又不怕罚款。”……也有人会心地冷笑，背后嘀咕：“哼，肯定是个野种，大闺女养活的。”“八成是歪歪在外头有相好的。”“就是，男人有钱就变坏嘛！”“看吧，好戏还在后头哩！”……

不管人们有什么想法，真实情况谁都不清楚。大乱嘴严，而且第二天一早就回石家庄了。山堂讲义气，为哥儿们保密，对花梅都没说实话。守根听到这事心里犯嘀咕：这么大事，怎么没听穗子说过？他也去看了孩子，而且把这话说了出来。双河老俩支吾着：“这不……正想去告诉她哩。”

守根本想后晌儿去城里问问闺女，没料到头午就被省军区派来的吉普车接走了。原来，沈阳军区领导已带着钱来到河北，计划落实承诺，在那场阻击战的战场上建一座纪念塔。守根和高芒种是当事人，自然都被请到现场。守根抠唆了一辈子，至今还保持着见地上有块砖也要捡回家的习惯，这回却出手很大方，半路上买了两条大前门、一箱茅台酒。

当年那场战役后，附近的百姓把烈士们的尸骨收集起来，修起了一座山那么高的坟冢，还立了块高高的墓碑。守根把烟全部打开，一根根插满了坟头；又把一箱酒打开，上上下下洒在坟堆上。他和高芒种点着了黄纸，嘴里不停念叨着："小山、平等、双庆、保成……你们使劲吸、敞开了喝！""往后，每年清明我们都来看你们。"……

就在那天后晌儿，麦穗正和几个牌友打麻将，双河老俩带着孩子推开了大门。麦穗惊异地打发走了三位牌友，忙让老两口坐了下来。双河和老伴你一言我一语，把对乡亲们说的那番话告诉了她。麦穗吃惊地瞪圆了眼睛："有这事?！歪歪怎么没说过呀?！"

双河忙解释："工地上出了点儿事，他被派出所关了十多天，要不，早回来告诉你了。"

麦穗又是一惊："怎么？他还被抓走了?！"

"没事，放出来了。"双河说，"警察调查了，不是他们的责任。可因为有后事要处理，他一时回不来，让大乱把孩子送回来了。"

麦穗瞅着孩子，天成也瞪着小眼看着她。她马上想到了那两枚手章，想到萦绕在自己心头的那片阴云，可当着两位老人的面，她又能说什么？她从心理上排斥这个孩子，迟疑半天才说："这事……等歪歪回来再说吧。"

双河和老伴本想把天成留下，看着麦穗的脸色就没敢开口。他们带着孩子往回走时，在河堤上碰见去"出诊"的红柳。她瞟了天成一眼，稍愣神儿，低声对身边人说："这是个招灾惹祸的祖宗，日子长不了准出事，你们等着看吧。"

苏红柳这次回来，给村里带来的震动不亚于一九七六年的唐山大地震。你想想，她多少年前突然消失，踪影全无；现在又悠然而归，从容淡定，这其中有多少神秘？有多少让人胡猜乱想的空间？尤其是她驱鬼降魔治好了黑嫂的"癔病"，见证者添油加醋说得神乎其神，更让听者惊惧间心服口服。于是，一传十十传百，没过多久，"苏仙姑"的大名便威震无极北半块县，找她来消灾治病、驱鬼除魔的人像赶集上庙，一天到晚络绎不绝。而且，她看上去又那么随和亲热，见谁都是不笑不说话，不管男女老少、贫贱富贵，找上门来都是随叫随到。对她消失的那段岁月，乡亲们讳莫如深，一般没人问起，即便有不知深浅的二百五问一句半句，她也是轻描淡写地回答："我自个儿都说不清楚……出事那天，我去公社厕所里解手，'忽悠'一下子就什么也不记得了，只听到耳朵旁'呼呼'风响，不知道过了多久，等感觉脚落地，睁开眼已到了五台山……"

每当红柳讲到此，听者都会傻瞪着眼睛，像听天书一样不敢多问。她接着说："我拜师学艺五年，离开五台，云游四海，走遍南北名山大川，访遍各地名师高人……就在前些日子，师傅告诉我说老家有鬼怪作祟，我才回来了。"

红柳讲的这些，不久乡亲们就都听说了。人们半信半疑，又没哪个敢去深究，所以，她那些年到底怎么过来的便成了个永久的谜团。而且，她给人消灾治病从不收钱，因此上名声越来越大，不少相信者慕名而来想拜师学艺，她一个男的不收，挑拣着留下了五六个和自己岁数差不多的妇女。这几个女徒都是家庭不幸或是离婚的单身，不离左右跟随了她好几年，直到出事后风流云散不知去了哪里。当然，这是后话。

过了没多久，红柳觉得身边没个男人有时总是不方便，就想让哥哥苏青松跟自己一块干。青松前些年带着天亮种着几亩地，日子倒也过得去。现在天亮在养殖场上班，吃住都不回家。他到现在仍是光棍一根，快五十岁的人也没了再娶的念头。对妹妹的提议，他没同意，嘴上虽然没说，心里总觉得她干的不是庄稼主子该干的事，早晚一天会有闪失。

实际上，自从红柳回来后不正就一直缠着想跟她一块住，她坚决不同意，说自己是仙体不能和凡人一样。不正死皮赖脸，说自己也和凡人不一样，在一个被窝里也不就是亲亲抱抱？见红柳仍不同意他便拉下脸来说："你是我媳妇，就应该让我抱着睡！"

红柳鄙弃地冷冷一笑，手指稍微动了动不正便平身落地摔了个大跟斗，从此再也不敢提那话茬儿。不过，红柳还是把他留在了身边，无非是跑跑颠颠干些力气活。在红柳指挥下，他把自家的两层楼进行了改造，一层靠近后房山打了个隔断，隔断后是个夹道，有梯子可上二层；夹道尽头上挖了个地洞直通街口，外面的洞口用棒子秸遮盖起来。红柳毕竟在政府机关混过几年，熟知共产党的政策。她知道现在讲改革开放，自己干的这些事没人管了，但政策多变，万一有个风吹草动，好有逃生之路。她认为自己做的这些没错，也承认其中有些手脚和障眼法，但治病救人总算善事吧？何况自己还不收钱。不收钱就是为了不让人抓住把柄，治好了是你的造化，治不好你也说不出什么来。

隔断墙上有扇小单门，用一张从上到下的彩色观音像挡住，不知者根本看不出来。这些活都是不正深更半夜干的，除了红柳的四个贴身徒弟，外人谁都不知道。观音像前让木匠做了个彩色莲花台，那是红柳发功时的座位。莲花台下摆着大条案，上面放香炉、长明灯、黄表纸和一些供品。条案两边有四把木墩椅，那是红柳徒弟坐的地方。屋子的窗口用砖封住了，门口挂着棉门帘，一年四季只有长明灯散发着微光。室内香烟缭绕、光线幽暗，让人一进来就觉得神秘而阴森，敬畏之情油然而生。

随着红柳的声名远播，慕名而来者越来越多。先是方圆数十里的百姓，再到附近县城的干部，后来连保定、石家庄等市的大小官员也坐着轿车来往不绝。发展到后来她不光消灾治病，求神问卦者也不在少数，甭管求官求财、求子求婚，她都是来者不拒，从容应对。那段时间，小小的金沙窝可是出了大名，大车小辆一天到晚川流不息。乡亲们也都习惯了，只要有轿车开进村，不用问就有人告诉你：“去苏仙姑家吧？往前走，第三排，大槐树过去右拐，最里头一家就是。”

说是不收钱，不管治病还是求神，谁来能空着手？百姓提溜着鸡蛋挂面、糕点罐头；官员们带来的可是高档烟酒，有的甚至送来金条银锭、钻石名画。红柳便让哥哥在无极城里开了家门市部，每天用“三马子”把这些东西拉去出售，那票子还不是“哗啦啦”往回流。过了些日子，她又从信徒中挑了个寡妇，想让人家给自己当嫂子。寡妇见了青松并不满意，可仙姑的话又不能不听，磨叽了几天终于点了头。青松可真是后福不浅，做梦也没想到沾妹妹的大光，老了老了日子过得越来越滋润！

生活就是这样，有滋润的就有不滋润的。魏麦穗这些日子可是真闹心啊！

自从见到那个孩子，麦穗吃不下睡不着，成天琢磨这事该怎么办。说孩子是歪歪抱养的，她压根就不相信，认定是歪歪和别的臭老婆养活的，可自己手里并没有把物。她多少次想去石家庄找丈夫，可闺女眼看就该考高中了，又实在放心不下。而且，她心里这些话又不能跟外人说，想告诉爹又怕他瞎着急，这天她终于忍耐不住，趁天爽晌午不回来吃饭，回金沙窝找到了春雪。

对于天成这孩子，春雪心里不可能没想法，但麦穗找上门来，她除了劝解又能说什么？麦穗哭哭啼啼，非闹着让她跟着去石家庄。她被逼得没办法，便问："那天爽怎么办？"

麦穗说："让我爹去照顾她几天。"

"舅舅能离得开？"春雪问，"那么大个养殖场，不正又走了，他成天介忙得脚打后脑勺儿，怎么离开呀？"

麦穗迟疑一下，又说："那就让娘去吧。"

"妗子更离不开。"春雪说，"黑嫂病了你不知道？我还没让她上班，担心小闺女们害怕。厂里全靠妗子一个人撑着，忙得去茅子都带小跑儿！"

麦穗急了，哭着说："这个不沾，那个不行，你们想逼死我呀？！"

春雪哭笑不得："谁逼你干吗？是你自个儿想不开。"

"人家把野王八羔子都养活出来了，你让我怎么想开？"麦穗不讲理地说，"反正你得跟我去一趟！"

"真拿你没办法。"春雪耐心说，"我跟你去干吗？人家不是说孩子是要的……咱退一步说，就算是和别人生的，能让你抓住把柄？再退一步，就是抓住了，你想怎么办？"

“怎么办？”麦穗咬牙发狠，“大家一块死！”

“又来了。”春雪苦笑着，“让我跟你一块去杀人呀？那我更不去了，你不想活，我可不想死。”

麦穗抹着眼泪不吭声。春雪劝说道：“穗儿呀，你要这么见风就是雨的……是福不是祸，是祸躲不过。你先静下心来，等歪歪回来好好谈谈……真的假不了，假的真不了，看他怎么解释再说。”见她仍不吭声，又说，“穗儿，听姐的话，这种事，着急不是办法，一定要沉住气，世界上没有不透风的墙，迟早会露馅儿的。”

麦穗等了几天，终于有了机会，天爽放秋假，歪歪也回来了。歪歪没直接回家，而是先回村看了看孩子。麦穗知道了心里更不高兴，可她没表现出来，只是说想带着女儿一块去石家庄玩几天。歪歪开头不同意，架不住天爽一个劲撒腻歪：“爸，你就让我们去呗！长这么大，我哪儿都没去过……我们的同学，有的都去过北京了！你不让我们去你就甭想走！”

麦穗更是话里有话：“怎么着，不敢让俺娘儿俩去呀？”

歪歪没办法，只得开车把她们拉上了。一路上，小天爽又说又笑特高兴，东瞧老鸹西瞅燕儿的眼都不够使。歪歪解释了孩子的来路：“咱俩早说过，要不是计划生育管得紧，怎么着咱也得再养活个小子……我有个朋友是平山人，老家是山沟沟里特别穷。他有个堂兄头胎是个小子，本想再生个闺女，结果生下来还是个男孩，家里穷养不起就想送人，朋友找到了我……”

麦穗嘟着嘴：“那不也该告诉我一声呀？”

“我是想来着，”歪歪说，“可一见到孩子就喜欢上了……就想抱回来，让你看看一定高兴，给你个惊喜呗。”

要是没有那个手章，对他这番话麦穗肯定是百分之百相信，但这是她心里的一个死结，不可能轻易就能解开，所以，她一路上很少说话。

村子里成天热热闹闹像赶集，魏麦茬当然看得见。对红柳所做的一切，他这个村支书一时拿不定主意该不该管。放在前些年，她这是典型的搞封建迷信，共产党必须要管，可现在讲改革开放，男女住宾馆都不要结婚证了，她做的这些还算事吗？带着这疑问，他找到了乡党委书记李久元。

李久元第一意识觉得这事该管，可毕竟影响太大，就决定去请示县委书记。这天，李久元骑着自行车去了县委，书记没在，办公室主任接待了他。还没等他开口，主任便说："昨天，书记我们去你们那儿了。"

李久元意外地："去我们那儿了？我怎么不知道呀？"

"书记没让通知你们。"主任笑着说，"我们是微服私访，直接去的金沙窝。"

李久元："来时麦茬就在我办公室，他怎么也没说？"

"他也不知道。"主任说，"书记我们悄悄去的那个什么仙姑家里。"

李久元这才明白，不由"哦"了一声。主任又说："也真神了，我们去的时候，正赶上一个老头看病，去时拄着双拐，仙姑帮他摸了摸、拍打两下，老头扔下拐杖就走了！"

"是、是吗？"李久元惊讶地瞪圆了双眸。主任笑着："我和书记亲眼所见，那还能假？回来的路上，书记还说：我看应该在县城建座特殊医院，专门请苏仙姑来坐诊，人家看病又不收钱，县里还应当给发份工资呢。"

"是呀？那我回去得亲眼去看看。"李久元说罢，也不再等请示自己来时的问题，告辞一声便回去了。他毕竟是个老干部，往回走着就琢磨这事有点儿……荒唐，又想现在讲改革开放，或许是自己思想跟不上形势了。他直接去了金沙窝，把情况告知了麦茬，本想去苏红柳家看看，走到门口碰上不正，说仙姑出诊了……要在县里建座特殊医院？还要给红柳发工资？麦茬越想越觉得这事有点儿……匪夷所思，很想去县里找书记探讨探讨。眼看已到中午时分，他便把李久元留下来吃饭。

自从红柳的事业火爆之后，她家附近的村民看到了商机，接二连三开了好几家小饭店、小商店。麦茬他们随便找了一家坐下来，他试探地问："李书记，你觉得这事……合适吗？"

李久元稍愣神，明知故问地："什么事呀？"

麦茬："要建特殊医院？还要给红柳发工资？这……"

李久元哈哈笑，一时没回答。麦茬又说："我很想找时间去一趟县里，专门和咱们书记谈谈。"

"你先打住吧。"李久元摆摆手，"你还没看出来？咱们现在这位书记的工作思路和别人不一样，就说前阵子炒得沸沸扬扬，县委书记亲自带人去监狱里招聘人才，把小偷请出来抓小偷，这做法谁能想得出来？"

麦茬："还有这事？"

"可不是。"李久元笑了笑，又说，"听说就为去了监狱讲话怎么开头，四大班子研究了多半宿。你想想，该怎么称呼那些犯人？叫同志们，不行；叫狱友们？也不合适。快半夜十二点了也没商量出个结果。"

麦茬笑了："那到底怎么称呼的呀？"

李九元："那你只能去问问咱们书记了。"

麦茬思索着没吭声。李久元拍打着他的肩膀笑着说："年轻人，还是走走看吧。哈哈……"

当然，人家县委书记也可能就是那么随便一说，后来特殊医院并没建起来，也没请红柳去领工资。不过，麦茬通过这件事却打开了思路，给村里和乡亲们找到了一条挣钱的途径。

麦穗在石家庄住了十来天，除了和歪歪生了场大气一无所获。

歪歪他们的公司租赁了燕春饭店一层楼，顶头一间套房是他的宿舍。自从和佩玉在外租房后，他很少在这儿住，媳妇和闺女来了，他当然只能搬回来。

头一天，歪歪开车陪她娘儿俩逛公园、动物园，去商场买衣服。天爽那个高兴啊，又说又笑、又蹦又跳，一整天没闭上嘴。受她的感染，麦穗也暂时忘掉心里的烦恼，和孩子一块玩、一块疯，在商场咬牙发狠，一下子买了两套衣服三双鞋。歪歪再不耐烦也赔着笑脸，只是没怎么说话。等他们逛够了、逛累了，吃过晚饭回到宾馆天已黑了。麦穗心里有想法，低声对歪歪说："去给天爽开个房间吧。"

歪歪看她一眼没吭声，迟疑片刻出去了。过了一会儿，他返回来说："人多，都住满了，没有空房间。"

麦穗半信半疑，不高兴地说："真的假的呀？"

"我糊弄你干吗。"歪歪说，"要不你自己去问问。"

麦穗根本不知道该找谁问，便说："那怎么睡呀？"

"你俩睡里屋大床，"歪歪说，"我在外屋沙发上凑合吧。"

麦穗没办法，闷闷不乐躺下去，许是累了，没多会儿也就睡着了。

第二天，歪歪说有事，派了个小司机拉她娘儿俩去参观赵州大石桥。麦穗倒很感兴趣，因为上学时她就和同学表演过《小放牛》：

赵州桥什么人修？
玉石栏杆什么人留？
什么人骑驴桥上走？
什么人推车轧了一趟沟？

赵州桥鲁班爷爷修，
玉石栏杆圣人留。
张果老骑驴桥上走，
柴王爷推车轧了一趟沟。
……

一路上，麦穗心里有事，不断拐弯抹角打听歪歪平时的生活情况。小司机很机灵，手勤脚快把她娘儿俩伺候得舒舒服服，多余的话却一句不说。麦穗拿人家没办法，等看到大石桥就把什么都忘了。她兴趣十足，和闺女桥上桥下跑了好几个来回：老天爷！真像传说中讲的，桥上有张国老的驴蹄子、柴王爷的车沟印儿；桥下有鲁班爷爷的手印儿……据说是柴王爷和鲁班打赌：我的车上去，你这桥肯定撑不住！鲁班当然不服气：肯定没事，你上吧！柴王爷笑了笑，推车往上走，眼看桥开始晃动，鲁班急了，忙跳进河里举双手托住了桥底，这才留下来那两千多年了仍然清晰的大手印儿。哈哈，太神奇了！

歪歪处理了一下公司的事务，便开车去了佩玉家。佩玉的伤好多了，生活已基本能够自理，只是胳膊上还缠着绷带，但歪歪还是请了位女工照顾她。两人已多日没见面，亲热之余，首先谈到的自然是孩子。佩玉听说孩子一切都好，尽管放心仍掉了两眼泪，当知道麦穗娘儿俩来了市里，便说："那你这几天就别过来了，好好陪陪她们娘儿俩吧。"

"没事，"歪歪说，"我哪有那么多工夫陪她们呀？已经派人带她们出去玩了，今儿去赵州桥，明儿去正定大佛寺。"

佩玉点点头，忽然想起地说："你告诉佩虹一声，这几天别让她往公司打电话，更不要去找你。"

"没事，佩虹从没去过公司。"歪歪不以为意地说。自从佩玉生下孩子，尤其是这次受伤，佩虹见歪歪对姐姐实心实意，对他的态度比过去好了许多，偶尔有事也往公司里打过电话。真是百密一疏，歪歪再也没想到，最后事情还是坏在了这个"小姨子"身上。

从赵州桥回来得较早，天爽一个人跑出去玩儿了。麦穗见歪歪没在，忙锁上门子，把屋里闹天宫一样翻了个遍，床上床下、被褥枕头、卫生间洗澡盆……结果是大失所望，累了一身汗连根长头发都没找到。她呆呆地喘息了半天，等歪歪回来便提出说想见一见那位送孩子的朋友。歪歪很痛快，当晚吃饭便把那位平山的朋友请了过来。由于事先做了交代，平山人操着满口"老西儿"口音，和歪歪说的情况一模一样。麦穗虽然没完全听懂，大意思倒也明白了，一颗心不由又往下放了一层。

两天后，麦穗惦记自家院里的几畦菜该浇了，就准备回去。傍晚，她正在屋里收拾东西，梁佩虹冒冒失失闯了进来。而且，她没进门就喊：“姐夫，后天让我用用你的车呗！”

原来，佩虹的一个朋友后天结婚，女方提出来接亲的车辆一律要用“奥迪”。当她看到屋里只有一个女人，一下子傻在了门口。麦穗听得清清楚楚，脑袋里“嗡”的一声，愣怔片刻忙问：“你找谁？”

佩虹张口结舌一时没吭声。麦穗又问：“姐夫？谁是你姐夫？”

“对、对不起！我走错门了。”佩虹支吾一声，扭头就走……麦穗追出去，“你要走，把话说清楚！”

佩虹哪敢停留，“噔噔噔”一路跑到了楼梯口……真是无巧不成书，正在这节骨眼上，歪歪带着女儿走上来。他稍愣神儿，下意识地问了一句：“佩虹，你怎么来了？”

佩虹给他丢了个眼神，侧身擦过，一口气跑下楼梯没影了。歪歪正发愣时，麦穗已冲到他面前。她脸色焦黄、气喘吁吁，劈头盖脸问：“那个女的是谁？”

歪歪蒙了，一时回答不上。麦穗更加生气，一巴掌打在他脸上：“你说呀！那女的是谁？”

歪歪摸着脸，磕磕巴巴地：“我、我不认、认识。”

麦穗跳着脚：“放屁！不认识你叫她……什么红？”

歪歪忙说：“我、我认错人、人了。”

麦穗稍愣神儿，嘿嘿冷笑一声：“她走错门了，你认错人了，你们糊弄鬼呀？！”她说着，扑上去对丈夫又抓又挠。

天爽早被吓蒙了，一直站在旁边发傻，这时忙上前阻拦：“娘，娘，你干吗呀？看让人笑话！娘……”

麦穗不听，蹦跳着几下便把歪歪抓了个满脸花。歪歪开始用胳膊招架着往后退，最后终于恼羞成怒，一脚把她踹倒在地：“操你姥姥！还盛放不下你了？！”

这次轮到麦穗发蒙了，她坐在地上瞪着充血的双眸瞅着他。天爽“哇”一声哭了，忙上前想扶她起来。

歪歪大声说：“想过就过，不想过就离！”他说罢扭转身，气冲冲下楼扬长而去。麦穗愣着、愣着……突然抱住女儿哇哇大哭起来。

苏红柳的名声越来越大，信徒越来越多，已成了无极、新乐、定州三县交界方圆百里最大的“香头”。在徒弟们的提议下，她挑选了五百善男五百信女组建了“苏仙会”，并规定每月初一、十五两天是“过会”的日子。

十五这天一扑明儿，麦茬便召集领导班子成员来到了村头上，微光朦胧之中，眼瞅着善男信女们从四面八方汇聚而来。毛驴车、拖拉机、小汽车等络绎不绝，村街上根本放不下，多数都停在了村外大路旁。而且，有些路远者头一天就来了，分散住在红柳家左右临时开办的几个小旅馆里。每到吃饭的时间，那几家小饭店根本忙不过来，客人一拨接一拨，能从早起吃到晌午、从晌午吃到天黑。红柳的徒弟们会把这些人分开，轮流进去听她讲课授艺。说实话，这娘儿们二十来年没白混，还真学了不少东西，能从天文讲到地理、从阴阳讲到八卦、从风水讲到流年、从女娲补天讲到刘邦斩白蛇……下面的信徒多数不懂装懂，你一言我一语跟着瞎起哄。每到这天，也是苏青松最忙的时候，善男信女们带来的礼品堆满屋子压塌炕，他开着“三马子”，一趟趟往城里拉。

麦茬领着大家转了一圈，回到村委会说出来自己的想法：“现在讲解放思想、搞活经济，咱们何不趁水和泥，在村里立个大集？”

真是一句话点醒梦中人，大家一听就觉得很有道理。前面说过，金沙窝地处三县交界，离最近的无极大集也有二十多里地，村里有不会骑自行车的老人，一辈子也没去过几趟。要能在家门口立起大集来，不光本村的乡亲们，就连附近几十个村里的百姓也方便了许多。那么多人来赶集，吃喝买卖不都得把钱留下？拉撒的东西不都是上好的肥料？这样一来，还不是富了咱村的乡亲们？这些道理忒简单了，不用多说大家便一致举手通过。于是，干部们做好分工，紧锣密鼓行动起来。

麦茬负责办理各种手续，天明不过夜便开车去了县里。他现在是省人大代表、县委委员，当干部多年，县直机关各部门都很熟悉。而且，他们想做的事正好符合当前形势，因此不到两天工夫，工商局、税务局、公安局……各种手续已办理齐全。春雪带领一帮子能工巧匠，几天时间便在村头竖起来一座雕龙画凤、金碧辉煌的木牌楼，上面刻着五个大字：金沙窝大集。

老东山负责群众工作，带领几个人挨门挨户做动员，尤其是那些临街的人家，能开饭店的开饭店、能做门市做门市……不用多费口舌，人们一听就知道这是要帮自个儿挣钱，谁不高兴得拍巴掌？当天，全村的乡亲们便热热闹闹、兴高采烈地行动起来！

一切准备就绪，凑了个红柳她们“过会”的日子，金沙窝大集开张利市！

那天好不热闹！锣鼓喧天、鞭炮齐鸣，乡亲们像过年一样穿上新衣，笑容可掬地迎接着四面八方赶来的亲朋好友。麦茬请来各级领导、县直机关一把手、周边几十个村的支书和主任，在主街上摆了十多桌酒席。那么多人推杯换盏、猜拳行令，从早晨一直闹腾到天落黑，不少人是立着进村横着出去，多少年后人们还记忆犹新。

一哭二饿三上吊，这是庄稼娘儿们拿捏自己男人的三大法宝。麦穗不吃不喝在床上躺了两天两宿，光流泪不睁眼，谁劝都不起来。歪歪低声下气，一次次央告，又赔不是又道歉，吐沫都说干了都白搭。公司里上上下下都知道了，员工们像看耍猴一样，一帮帮围过来瞧热闹。再加上天爽守在床边哭哭啼啼，娘不吃她也不吃，娘不睡她也不睡。歪歪急得拍着屁股里走外转，两只手搓烂了也想不出办法来，只能冲员工们拍桌子撂板凳地发脾气骂娘。就在这时，哥哥打来的一个长途电话虽然给他解了围，却让他更加着急上火。只听不正气喘吁吁地说：“你快回来！家里出大事了，孩子不见了，还死了两口子……”

孩子不见了还死了两口子？！麦穗一骨碌坐起身，急切地问旁边的大乱：“谁死了？怎么回事？”

大乱摇摇头：“我也不知道哇。”

孩子没了就没了吧，还死了俩人，这可是塌天大事，太吓人了！

就算歪歪找了个破鞋，现在也顾不了那么多。麦穗收拾好这几天买的东西，催着歪歪开车往家奔……

事情出在那个小崽子李天成身上。这个一岁半的孩子想娘，回来俩多月还经常在睡梦中喊着“妈妈”哭醒。这天头晌午，歪歪娘在树凉里的地灶旁忙活着做饭，天成推着个车子圈满院子跑来跑去。新农村建设时，本来给各家都盖了厨房，但人们为图凉快，夏秋两季还是愿在院子里挖个地灶，做饭更方便也凉快。

就在这时，一个和佩玉年龄差不多的妇女骑着车子从大门外闪过。天成看了一眼，大声哭喊着“妈妈”追出去。歪歪娘听到动静扭过头来，小家伙已“噔噔噔”冲下高台阶，转眼看不见了。老太太这可着了急，边叫喊边捯动着小脚往外追，许是心慌意乱，她在门槛上绊了一跤，“骨碌碌”滚下高台阶不动了。

正是晌午时分，四周静悄悄杳无人影。过来好一会儿，田山堂背着粪筐从野外护林回来正好路过。他愣怔片刻，急步上前圪蹴下身子呼唤：“嫂子！嫂子！你怎么了？”

歪歪娘嘴角流出来一丝鲜血，不吭也不动。山堂意识到事不好，站起身冲院里大声喊：“双河！双河哥！”

院子里静悄悄没人回答。可是，山堂抬眼间突然看到的情景更让他大惊失色——烈烈的日光下，院子里有团大火正熊熊燃烧！原来是地灶口的火由于没人管烧出来，引着了旁边用来做饭的棒子秸；这还不要紧，重要的是棒子秸又引燃了靠墙堆放的柴火垛；更要命的是柴垛顶紧挨着墙外排放的棒子秸垛。这是庄稼主子祖辈流传下来的习惯，棒子可以碾成糁蒸饼子，棒子秸可以当柴烧，作为多半年的烧柴，棒子秸从地里拉回来都放在自家房前屋后晾干。现在虽然改成了新农村，这习惯却仍然如此，而且，每家每户都这么摆放，棒子秸站队几乎连在了一起。就是说，如果柴火垛引着了墙外的棒子秸，后果相当可怕，那必定是火烧连营，整个村子将是一片火海！要真是那样，什么新农村、什么金沙窝大集……家家户户的财产甭说，乡亲们、尤其老人孩子能不能全逃出去都是个问题。

山堂骇然地呆愣片刻，大声惊呼："着火了！快来人呀——"

这时候，人们有的在地里还没回来，有的在家忙活着做饭，山堂喊了半天，竟然看不见一个人过来。眼瞅着柴火垛已着起来，凶险的火舌越来越高，开始像蛇一样跳跃着舔向墙外……他焦急万分，随手扔下粪筐便扑进了院子里。他脑袋里还算清醒，知道必须把火控制在院子里，就绕到柴火垛尚未燃着的一面，拼尽全力想把它推倒。可那些麦秸和树枝烂叶垛得很瓷实，他折腾半天也没能如愿。急切间，他想从底部把柴火垛掏空，便弯下腰，一把把抽出那些树枝麦秸……真是刻不容缓，火越烧越旺，顶部的火舌已舔向墙外的棒子秸尖儿！

山堂毕竟上了几岁年纪，体力没法和年轻时相比。他气喘吁吁、汗流浃背，挣扎着又掏又拽，树枝子把他的手都扎得鲜血直流。就在火已开始燎屁股时，他觉得差不多了，便再次使出吃奶的力气，撼动那要命的柴火垛，一次、两次……终于，柴火垛晃动几下，"轰隆"一声倒下来。可他没有想到，因为掏空的是自己那边，躲闪不及，柴火垛倒在院子里时正好把他埋在了底下。柴火散开更容易燃烧，只见"腾"一声火光冲天而起，把老槐树冠都烧焦了半边。

当人们赶来救火时，双河也从养殖场回来了。他看见躺地上的老伴，惊叫着想把她扶起来，摸了摸身子早凉了。他顾不上多想，揉了揉昏花的老眼冲进院子里……现场一片混乱，救火的队伍杂乱无章！在麦茬喊破了喉咙指挥下，人们用水浇、用土埋、用杈把扫帚拍……差不多有一顿饭的工夫，大火终于被扑灭了。人们一个个灰头土脸像灶王爷，当喘息着看到院里的整个情势，不由都倒抽了口凉气——老天爷！柴火垛顶部墙外靠的棒子秸尖儿大都烤成了焦黄色，再晚一两分钟，肯定会燃烧起来。真是千钧一发，如果再拖延吸袋烟的工夫，全村必定是火烧连营！

人们喘了口气，动手清理还在冒烟的柴堆灰烬……忽然，不正觉得有什么不对头，他用杈子猛地一挑，灰下露出一个烧焦的人体。人们惊恐万状地围拢过来，胆小的根本不敢往前凑。灰下的人已被烧得面目全非，再熟悉也辨认不出是哪个。大家胆战心惊地议论着、猜测着……直到有人看到扔在大门外的粪筐和草帽，才明白死者是他们的老支书田山堂。人们被感动、被震撼，不管生前对他有意见还是没意见，一个个不由都是悲从中来地呆立、呆立……

就在这时，一股小旋风突然平地而起，霎时间，满院子扑荡的灰蝴蝶铺天盖地、盘旋纷飞，像是为牺牲者悲壮起舞，为保住了村庄而庆幸！在全场人惊骇愕然间，小旋风扑出大门，瞬间消失得无影无踪。事后大家猜测，那是老支书山堂依依不舍，在和父老乡亲们做最后的诀别。

“山堂——”老双河第一个扑过去，抱住仍在烫手的尸体号啕大哭。此时的哭声会传染，在场者人人抽泣个个掉泪。大家呼唤着“老支书”，七手八脚把山堂抬到一辆小拉车上，找来条床单盖住了。直到这时候，双河猛然间想起来那个孩子。他茫然四顾片刻，惊慌地大声说：“孩子！那个孩子哩？”

人们这才被提醒，呆怔片刻忙四处寻找……在离猪圈不远的地方，麦茬发现个黑乎乎的东西，忙说：“在这儿！这是吧？”

大家围过去仔细打量，才看清那是个烧焦了的半架子猪。原来，因为大火烧着了猪圈棚，里面的猪想跳出来逃生，却没躲过这一劫。人们屋里屋外、床上床下找了个遍，也没发现小天成，不由都觉得奇怪：才一岁半的孩子，走路都不稳当，能跑到哪儿去？麦茬忙把大家分成几班，连吆喝带喊地四处寻找，没想到，天都黑了还没找见。人再小命也是关天呐！没办法，乡亲们饭都顾不上吃，打灯笼拿电棒，河沟子里、树趟子里、大壕坑里……甭说村里，连野地里都差不多翻了个过，仍没有孩子的下落。就在这时候，歪歪开车拉着麦穗娘儿俩回来了。

整个家已是面目全非，厨房和猪圈棚烧塌了，门楼子和老槐树烧了半块，二层小楼虽安然无恙，但烟熏火燎像座砖窑。院子里虽然清理过仍是一片黢黑，只有娘盖着白床单静静地躺在灵床上。老双河叼着烟袋锅，一个人孤零零圪蹴在灵床前的小桌旁，时不时续上根香、剪剪烛花。因老太太走得突然，家里什么也没准备，不正去城里买蒙头、妆裹衣服和丧葬用品，这样的商店一天二十四小时都有人值班。歪歪见此惨状悲从中来，跪在灵床前拉着娘冰凉的手鬼哭狼嚎了一番。天爽叫着“奶奶”，咧着大嘴哭。麦穗不会“哭灵”，只能默默陪着抹眼泪。

在农村里，老娘儿们“哭灵”简直就是一门艺术，据说现在有专门干这一行的了。谁家老了人娘儿们们不会哭，讲好价钱就能把人请来。干这行的都是女人，她会事先了解情况，问清死人的一生经历和对家里的贡献，等有人来“吊纸”，她就会和家里人跪在一起，边哭边高一声低一声把老人的贡献数念出来。听说刚开始实行火葬那年，一位“哭灵”人数念完死者的贡献，接着哭道：

亲爹老子你命不好，
赶上火葬不得了。
铁门里进，烟洞里出，
一股青烟百事无。
紧走慢走上天去，
刮风下雨找个屋。
要走你就快点儿走，
千万覅等炼了炉。
……

一阵悲伤过后，歪歪问起了失火的情况。双河一问三不知，说到山堂舍命救火保住了全村父老的身家性命，不由又掉了几滴老泪。歪歪和麦穗深受感动，起身想去二婶儿家看看时，寻找孩子的人们回来了。后半夜露水忒重，他们一个个浑身泥水，像刚从河里爬出来的一样。歪歪忙向大家表示谢意，听说孩子没找到，他什么也没说，蹲下身子抱着脑袋抹开了眼泪。麦穗虽说不喜欢那个孩子，看到丈夫的样子就把什么都忘了，忙心疼地过去搂住他。就在大家商量着回家眯瞪会儿，等天亮再继续寻找时，突然听到从外面传来孩子微弱的哭声。人们一时间都愣住了，个个怀疑是不是自个儿的耳朵出来问题，大眼瞪小眼呆立片刻，乱纷纷从破门楼里挤出去。

歪歪第一个冲到街上，四周黢黑一片，什么也看不见。等人们打着灯笼出来，哭声又听不见了。大家忙收住脚步，一个个大气不敢出，支棱着耳朵仔细倾听、倾听……时间好像是凝固住了，世界也好像不存在了，静得一根针掉在地上都能听见。等待、等待……不知过了多长时间，孩子的哭声终于又响起来。人们惊喜地交流着目光，小心翼翼循着声音向前，半天才弄明白声音来自小石桥下。

前面说过，双河家和守根家是隔河相望，小石桥是唯一通路。新农村建成后，双河家仍坐落在老宅基地上。守根说挪了地儿睡不着觉，死活不愿搬到新家里去住。麦茬拿他没办法，好在他的旧家是独门独户，倒也不影响大局，只好随他去。所以，守根至今还住在他那几间老屋里。自从上游修建了水库，这条河多少年就不流水了，只有从县城造纸厂、棉油厂等排出的废水沿河道流下来，储存在大坑小洼里，每到夏天，臭气熏得人们路过都捂着鼻子。

听到桥下传出的孩子哭声，麦茬笑了："好，我知道在哪儿了！"

人们当然不知道，桥下有个多年流水冲刷成的洞口，麦茬小时候和春雪藏猫猫，经常钻进去躲避。这么多年过去，他早忘了，听到孩子的哭声才突然想起来。他钻到桥下，轻声呼唤着把小天成拽了出来。大家松了口气，高兴地直拍巴掌。歪歪伸手想把孩子接过去，没想到小家伙挣扎着扑进麦穗怀里，哭喊着一个劲叫"妈妈"！

就在这一瞬间，麦穗的一颗心被彻底融化了！什么恩怨情仇？什么破鞋烂袜子？全被伟大的母性所替代！她顾不上脏净，紧紧地把天成抱在了怀中，轻轻拍打着安抚："好孩子，不怕，不怕……妈妈在这儿。"

原来，小天成晌午时追那个骑车的妇女，到村头就看不见了。他哭着跑回来，却看到院子里着了大火。他惊慌失措，想到桥下躲藏，看到那个洞口便钻了进去，哭着哭着就睡着了。

再说，大火扑灭后，麦茬他们拉着山堂焦黑的尸体，走到村街上就犯了嘀咕：该送到哪儿去？这么多年，因为二婶儿不让进家，山堂和花梅先是住在村委会里，后来他被撤职，被守根硬接回了家，现在人死了，是进家呀还是拉到哪儿去？顺昌爷发话了："进家！人死了还不让进家，莫非她老二家的心是石头蛋子？！"

实际上，二婶儿也去着火现场了，眼瞅着火被扑灭，因惦记着给孙子做饭便回去了。她万万没想到，自己的小子就埋在灰烬底下。人们推着小拉车进门时，她刚把饭做好，正等着条子和春雪回来。也真难为这老太太，八十多的人了，还得伺候着孙子两口和重孙儿。春雪何尝不知道？为尽量多分担些家务，她每天都是一扑明儿就起来，像个陀螺一样，扫院、打水、垫圈……把一天做饭用的材料准备出来。因此上，奶奶并不觉得辛苦。

当人们拉着小车进门时，二婶儿不知道发生了吗事。她瞅着床上蒙着的白被单，满脸疑惑地问："你们这是……"

"奶奶，我叔他……"麦茬一句话没说完，便"咚"一声跪在了地上。众人见状，乌泱泱跪满了一院子，一个个叫着"奶奶""大娘""婶子"……泪流满面。只有顺昌爷没跪，同样是哽咽着说："老二、二家的，大伙把山堂送回、回来了！这小子是个好样的，没给你丢人！"

在人们你一言我一语的叙述中，老太太明白了一切。她一声没吭，上前掀开床单看了儿子一眼，后退半步，浑身无力地一屁股坐在地上。人们忙过去想扶她起来，她却推开所有伸过来的手，硬挺挺站了起来，轻声说了一句："那就……打发吧。"

人们一下子忙乱起来，安灵床、搭席棚、摆供桌……麦茬开车拉上黑嫂和春雪，进城去买香纸、炮仗和妆裹衣裳。到天头黑时，一切准备就绪，三声"二踢脚"响过，全村的父老乡亲都来了，而且不管辈分大小，一拨拨跪在了灵床前。村干部们怎么做工作也没人离开，都要为老支书守灵。

二婶儿一直低着头坐在门槛上，不知心里在想什么。守根陪坐在旁，眼睛红红一后晌儿都没开口。而且，从那天之后的几年间，他每天黑介一定过来，有话没话守着老太太坐半宿。花梅去广州开订货会第二天才回来，她跪在灵床前哭了没几声就抽了过去。大家七手八脚，掐“人中”、揪“脖颈”、按“虎口”……折腾半天才把她弄醒。老太太看在眼里，轻声说了一句：“你……搬回家来住吧。”

麦茬为山堂办了个风风光光的葬礼。那天，“咚——嘎”“咚——嘎”的“二踢脚”声从天头明一直响到午后，人们估摸着放了有一大卡车。出殡的时候，全村男女老少都成了孝子，穿麻戴孝举丧棒，从村里到村外，到处白花花一片。双河扔下老伴的尸体不管，带领全家走在孝子队伍最前头。事后，麦茬连夜书写了汇报材料，在县乡领导协助下，上跑三级为田山堂争取来了“模范共产党员”和“革命烈士”的光荣称号。

第二十章

匪夷所思　敌我原本一家亲
祸从天降　夫妻双双赴黄泉

村里出了这么大事，红柳却稳坐钓鱼台，生意一直红红火火。在不正娘的葬礼上，她只是过去磕了个头，一句话没说就离开了。人家是“仙体”，自然和凡人不一样，乡亲们怀着敬畏，没人敢说三道四。

麦穗却反悔了。处理完婆婆的丧事，她把天成带回城里住了半个多月，一想到两枚手章和那个喊歪歪姐夫的女孩儿，心里就特别扭。那天，孩子发疯撕烂了天爽的课本，她一气之下把他送回村交给了公公。这一来，老双河可遭了大难，七十多岁的人了带个孩子，吃喝拉撒睡，那样都比大人麻烦。他盘算了半天也想不出好办法，看着家里那一片狼藉心里又觉得格外凄惶，于是灵机一动把孩子放在车上，又装上了被褥，一口气拉到了养殖场，说要和守根一块住。守根问明缘由，生气地骂了自己闺女几句，便把这爷儿俩收留了下来。小家伙看到满院子的鸡鸭猪牛很兴奋，跑来跑去疯玩了一整天，到天黑却不干了，撒泼打滚哭闹着找妈妈。两个老家伙怎么着也哄不下来，手忙脚乱急得满头大汗，双河还由不得掉了几滴眼泪。他们实在想不出办法，便把孩子和小被褥、小衣服、尿褯子一起装上车，连夜送回了麦穗家。

实际上，麦穗把孩子送走回去就后悔了，一天心神不定，老想着他那咧着嘴哭的小样儿，后晌儿找人打了四圈麻将，还输了一百多。当两位老人把天成送回来时，她吗也没说便把他抱在了怀里。说来也怪，小家伙咧着小嘴叫了几声“妈妈”，话音没落就睡着了。守根和双河这才放心地离去。

这天头午，麦茬从县里开完会回来，骑车沿河堤来到了养殖场。看着满院子鸡跳鸭叫牛倒嚼，他心里高兴，便走来走去和工人们说着什么。

突然，李天亮开着“三马子”疯了似的冲进了栅栏门。他浑身泥土，满脸挂花，跳下车“呼呼”生闷气。麦茬忙上前问：“怎么了？和人打架了？”

天亮不说话，却呜呜地大放悲声。在麦茬追问下，他断断续续讲出来事情的经过。

原来，这天一早他去无极城里送奶，就发现街上多了好几辆拉奶桶的“三马子”，而且，人家每斤奶比他们便宜两分钱，抢走了好多老客户。他气愤不过和他们发生了争执，被几个愣头青狠揍了一顿，一斤奶没卖就回来了。麦茬正惊异间，去新乐、定州的奶车也回来了，而且情况差不多，有的卖掉了一部分，有的原封拉回，他这才意识到问题的严重性。实际上，他近些日子已发现了问题，只是一时找不到解决的办法。

情况和当年的转盘窑差不多，见他们养奶牛挣了钱，周边村子一哄而上，纷纷办起了养殖场，供大于求，恶性竞争迟早会发生。麦茬早就看清了这步棋，只是想不好应该怎么解决。因为这和转盘窑不一样，想转产马上就可以不干。当年你动员那么多户人家养奶牛，现在说不干就不干，他们怎么办？没错，这几年你是帮他们挣了些钱，可庄稼主子最讲眼前实惠，办十件好事没人说，办一件坏事，肯定有人找上门来。你如果跟他提念以前那好事，他会眨巴着眼当面说瞎话：有这事？我怎么不记得了？麦茬心里更清楚，要是因这事造成集体上访，这责任谁能担得起？他是人大代表，当然明白这是政治问题。他曾经想过搞奶品深加工，把鲜奶生产成奶粉、奶片、奶酪什么的，也去内蒙、东北考察过。可他越了解情况心里越没底，投资一个像样的奶品加工厂，光那一套进口设备就下不了四五千万块，还甭说厂房、宿舍等基本建设。村子里这些年的积蓄加上群众集资，他估摸着能凑一千多万，剩下的三四千万怎么办？他绞尽脑汁也想不出办法来。

麦茬和麦穗虽然不是一个爹，但脾气性格在某些方面却有点儿相似，比方说遇事爱钻死牛牴角，撞了南墙也不回头，非把墙撞个窟窿不可。麦茬刚回村时开办转盘窑，很大程度上是憋着口气，想为自己正名，但随着时间的推移，这点儿似乎已不再重要。他当上村支书后，千方百计想把村子搞好，想让乡亲们的日子越来越富裕已形成一种习惯行为，很少考虑自己能得到什么。也不能说他觉悟有多高，实际上就是挣钱有瘾，喜欢享受那种收获的成就感。为筹备资金，他想到当年栗粟帮服装厂贷款的事，便去乡里和李久元商量。

李书记非常赞同他的想法，因为这个乡里村村都有不少养牛户，真要闹起事来，他这党委书记还不是吃不了兜着走？但当麦茬提出想让县委书记帮忙贷款时，他却连连摇头，说："你不了解情况……这会儿的书记和栗粟不一样，他这阵子正忙着帮一个卖老鼠药的打官司，哪儿顾得上你这事？"

麦茬不解地眨巴着眼睛："帮卖老鼠药的打官司？这是怎么回事？"

李久元点了根烟，慢慢从头道来。无极县出了个卖老鼠药的名噪一时，他生产的鼠药有种特殊功能，就是想药母鼠药母鼠、想药公鼠药公鼠，放在树杈上、房顶上，再高它们也能闻着味儿找过去。县里专门为他建了个鼠药厂，县委书记拿他当宝贝，转商品粮、挣工资，还提拔成了县人大副主任……这消息经报纸、电视等媒体传播出去，马上轰动了全国，相关专家一拨拨来参观考察。其中有一位提出了质疑，说鼠药中有种对人体有害的化学药品，是国家明令禁止不能用的。卖鼠药的不承认，两边便对簿公堂，现在官司正打在节骨眼儿上，一审、二审……如果卖鼠药的赢了，无极将出大名挣大钱，县委书记的官位肯定是芝麻开花——节节高；如果输了，一切无从谈起。李久元最后说："你想想，眼下正是关键时刻，咱们书记能不全力以赴？哪儿有心思管你这事？"

麦茬想了想觉得有道理，只得垂头丧气打道回府。他万万没想到，回到家却碰上了大救星，投资款瞬间得到了解决，个人的终身大事也就此拉开了序幕。

麦穗两口子的关系有了转机，主要是歪歪这些日子回家的次数比过去多多了，而且每次回来都住上两三天。这其中有两方面的原因，一是他实在喜欢这个宝贝小子，几天不见就会想他；二是佩玉身体养好后去北京进修，每月才回石家庄一两天。麦穗当然不知道后一条原因，只要歪歪回来她就高兴，只要能为他做饭洗衣、能看着他在身边晃来晃去、黑介睡觉能摸拉到他就觉得心满意足！在这方面，男人和女人好像真有点儿不一样。女人如果爱一个男人，一般会非常投入，非常依恋，甭管在家在外，除了老公绝对心无旁骛；男人就不一样，在家和老婆好得恨不能穿一条裤子，出门时间一长，多少都会有点儿花心，至于有没有行动，就看个人素质了。

那是个秋日的星期天，风清气柔，艳阳高照，漫野的庄稼成熟了，放眼望去，一片灿烂的金黄。一大早，歪歪便拉着一家四口回了金沙窝。今天是他娘“五七”的日子，整个家族要大上坟。在农村，老了人出殡那天最隆重，接着就是“三七”和“五七”，再往后就是忌日和春节了。“三七”歪歪有事没回来，“五七”要再不回来，族里的老辈子们就该找他说事了。他头一天买好了两布袋“二踢脚”、一布袋冥币和电光纸做的金元宝什么的，直接开车去了坟上。在“二踢脚”惊天的爆炸声中，数十名族人点纸烧香上供品，男人们磕个头就起来了，女人们却哭成了一片。这时候，当闺女的都是真哭；当媳妇的大都是假哭，即便真掉泪也不一定是哭老人，而是想起来自己陈芝麻烂谷子的伤心事。

这天也是山堂的“五七”，麦茬垂头丧气从乡里回来，便直接去了坟上。守根、花梅、春雪和条子都在；小天明也从学校回来为爷爷烧纸。烧纸不过抽袋烟的工夫，等他们从坟上回来，远远就看到门口站着两个人，旁边还放着一堆大包小包的礼品。大家走近一看，女的是郑巧云，男的却不认识。巧云忙做介绍，他们才知道那是她失散四十来年的丈夫杨岐山。

大家惊喜地把客人让进家，忙不迭地摆桌递座、烧水沏茶。一番客气之后，花梅和春雪烧火做饭；守根陪杨岐山说话；麦茬出门去买酒菜。面对麦茬和春雪，要是换成别的男人肯定觉得别扭早抽身走了，条子却不管三七二十一，大模大样坐下来等着吃饭。

自从村里立集后，买东西可方便多了，别说小商店，光肉铺就开了好几家。麦茬转了一圈儿，买了一堆熟食，还买了两瓶“老白干”。

在无极一带的北方农村，招待客人女的是不上桌的。她们忙着做饭时，男人们便开始陪客人喝酒聊天，一般也没什么主题，天南地北、海阔天空信口开河。在交谈中，杨岐山简单讲述了这些年的遭遇。

全国解放那年，他随蒋介石的部队去了台湾，原本想很快就能打回来，和多数官兵一样，只带了一袋牙膏两双鞋和随身穿的衣裳，万万没想到，这一走就是四十来年。开头的两年最难熬，他们想家想亲人想老婆孩子，想村头的大杨树，想树上的老鸹窝，想女人招呼孩子吃饭的吆喝声……多数人晚上躺在被窝里偷偷掉眼泪。第四年头上，他离开部队下海经商，深感回去无望，娶了个当地媳妇算安了家。好在他命不错，烟酒生意做得顺风顺水，几年后又改做汽车销售，成了当地有名的“大亨”。老婆为他生了一儿一女，按说小日子应该算是很滋润了，可那种刻骨铭心的乡愁怎么着也化解不开。每当夜深人静，他总会突然惊醒，一根接一根抽着烟……恍惚间，像是能听到老家村头那小河的流水声，能看到乡路上那两条伸延到远方的车辙，能闻到春天里老榆树上那一串串浅绿的榆钱味道……而在所有影像当中，总浮移着一岁多的小女儿蹒跚学步的身影。就这样，他经常是一直坐到天光大亮。一九六〇年，蒋介石叫嚷要“反攻大陆”，还把他们召唤回部队集训了半年，结果却没了下文。那些年，他明知道不可能还是抱着侥幸给家里写了多少封信，当然都是石沉大海。现在，两岸关系有了点儿松动，他是头一批报名回大陆探亲的人员。

杨岐山断断续续讲的这些，守根能理解；麦茬上学时间长读书较多，自然也听得懂；条子却像听天书，除了大口吃菜就是瞪着双眸发傻。等饭菜上桌时，守根已喝得差不多了。他平时金口难开，这会儿却打开了话匣子，尤其是说到战争年代，他开始吹嘘自己最为辉煌的“长坂坡”：“那家伙，你们的部队像发大水一样，漫山遍野漫过来了；天上的飞机像老鸹群，转着圈扔炸弹……我们根本抬不起头来。眼瞅着弟兄们一个个倒下去，我是急红了眼，不管不顾抱着机枪冲天上扫射……嘿嘿，真没想到，一架飞机竟让我打中了！”

杨岐山心里一动，忙问：“那是哪一年？”

守根不假思索地：“四八年阴历八月十六。”

杨岐山又问：“在什么地方？”

“在阜平西的太行山一带，山坡上、庄稼地里都是死人。”守根说，“眼瞅着那架飞机像喝多了，摇摇晃晃往下掉……飞行员跳伞了，那降落伞像朵云彩，飘飘悠悠好一会儿才看不见了。”

杨岐山停住了手中的筷子，自言自语地说：“不可能吧？难道天底下有这么巧的事？！”

大家都停止了吃饭，不解地抬眼看着他。巧云忙问：“怎么了？”

杨岐山喃喃自语：“四八年阴历八月十六，在阜平西山一带……”他突然抬眼看着守根，说，“你打下来的飞机就是我驾驶的呀！”

他这一句话令全场惊愕，一个个半信半疑地看着他。杨岐山忙说：“真的，当时我还直纳闷，这是用什么武器打的呀？怎么飞机没爆炸也没起火？”

“这……”守根愕然间，杨岐山忽然起身抓住他的手，激动地说，“兄弟，真是缘分呀！”

守根仍在迟疑：“这、这算吗、吗事……”

“真是无巧不成书，”花梅笑着说，“一家人不认一家人。”

“就是。”麦茬说，“哪怕在战争年代，这种事也非常少见。”

巧云高兴地开玩笑：“要知道这样，我就不该把你从井旁背回家，冻死得了。”

守根嘿嘿笑："冻死了我今儿怎么见姐夫呀？"

大家开心地笑着，共同举起了酒杯……

巧云两口子没走，在守根的老屋里住了好几天。二婶儿亲自过来把他们和守根请回家，好酒好菜招待吃了顿饭。

守根黑介在养殖场住，白天没事时回来陪他们说闲话，带他们到处走走看看。杨岐山不了解过去没有发言权，巧云却不停地惊讶和赞叹金沙窝这几年的变化。三人说来说去，话题自然就落在了麦茬身上。杨岐山听说麦茬一直没结婚，非常不理解地一遍遍问："这么好的小伙子，怎么就没成个家呀？"

巧云和守根四目相对，一时不知该怎么回答。杨岐山进自家门的那一刻，巧云一点儿没觉着陌生，尽管他苍老、头发白了，可那双眼睛，几乎天天黑介在她的梦里闪现。当时是晌午，冬雪一家三口都在，她除了激动地掉眼泪什么都不能说。到晚上，两人躺在被窝里抱头痛哭了一场，心里才不那么憋得慌。巧云不时擦抹着泪水，断断续续讲述了自己这些年的遭遇、社会的变迁、冬雪一家的情况；关于闺女雪儿，她只说了句"过得还凑合吧"，别的一句没多说。因为她知道丈夫从小疼闺女，要是告诉他雪儿这些年是怎么过来的，真怕他受不了，眼下要想说明白麦茬为吗四十了还是光棍一根，必须牵扯到雪儿的遭遇。

当天又是八月十六，刚吃过晚饭，圆圆的月亮便高挂在干净的夜空。明晃晃的光华如银似水，像给大地铺上了一层霜雪，世间万物，清晰中透着冰冷，朦胧中平添了几分神秘。

守根沏茶倒水，把小饭桌摆在月光下，又给巧云两口每人递上了把芭蕉扇。三人坐着高麦秸墩，边喝茶边晃动扇子驱赶蚊虫，伴随着从丝瓜架上传来的阵阵蝈蝈叫声进行了一次长谈。巧云和守根你一言我一语，讲述了春雪这么多年经历的风风雨雨：从她和麦茬的青梅竹马，讲到为换亲嫁给麻子青松；从她被工厂开除寻死，讲到被救嫁给条子；从挖井塌方，讲到麦茬冒死相救；从条子无能，讲到天明的来历……杨岐山听得百感交集，时而长吁短叹，泪水涟涟；时而万箭穿心，咬牙切齿……到最后，他万般不解，一遍又一遍地问："这、这算怎么回事呀?!"

是呀，这算怎么回事，谁能说得清楚？人随世界草随风，反正都是随着社会形势发展，一年年、一步步走过来的，风也罢雨也罢、沟也罢坎也罢，哪个家庭能幸免？哪个人又能躲得过？

杨岐山知道自家闺女一直在"守活寡"，尤其愤愤不平地说："干脆，让雪儿和那个什么条子离婚，成全她和麦茬不就行了！"

是，这样是干脆，可说着容易做着难，甭说条子死活不肯离，就是二婶儿那一关怎么过？几年前顺昌爷碰一鼻子灰尽人皆知，全村男女老少，哪个不怕死的敢跟她老人家再提这话茬儿？见巧云和守根面面相觑，岐山急了："那怎么办？我闺女至少还有三四十年道路要走，莫非就这样过去了?!"

巧云万般无奈地说："老太太的脾气你是不知道……"

杨岐山打断她："知道又怎么样？你们不说我说，做人，总不能太自私!"

"也不能说自私……"守根忙说，"娘八十多了，还能活几年？她不就是担心将来条子没人管?"

"这好办。"杨岐山说，"大不了让雪儿和麦茬把他养起来。"

听他这么一说，巧云和守根像被提了个醒儿，一时都没吭声。

人活在世每一天，各有个儿的心思各想个儿的事。

这天，麦茬坐在村委会办公室，随手翻看着当天的报纸，无意间看到一篇报道，介绍的是福建一位华侨回乡投资帮助乡亲们致富的事迹。他灵机一动，突然想：为什么不可以让雪儿爹帮忙建奶品加工厂？共同投资也行呵，他算大股东，占百分之五十一……想到此他坐不住了，连忙去服装厂找春雪。

春雪听完他的想法，神色迟疑着好半天没吭声。对于这个突然"冒出来的爹"，她实在是没半点儿印象。也是，杨岐山走时她才一岁多，当然不会有任何记忆。所以，她好像有点儿不适应，几天过去了，一个“爹”字从没叫出口，每次也就支吾着点头笑一笑，现在让她张嘴要钱，实在是不好意思。麦茬求功心切，忙说：“要不，你去跟大姨商量商量？”

趁回家吃晚饭的工夫，春雪把娘叫到了大门外。她说了麦茬的想法，巧云思索着一时没吭声。春雪忙又说：“要在这儿投了资，不就把爹拴住了？他肯定会经常回来看看不是？”

巧云听这话觉着有道理，当晚便和丈夫说了。没想到杨岐山很痛快：“行啊，我可以投三千万，算送给雪儿的，让她在厂里占个大股东。”

实际上，杨岐山这次回来心里是有准备的，他觉得这么多年愧对妻子儿女，想尽量帮他们做点儿什么，看到女儿事业有成，他很是欣慰，更想多帮帮她。巧云十分高兴，当时便去服装厂，把这好消息告诉了女儿。春雪意外得差点儿跳起来，立马就去村委会去找麦茬。巧云本想跟她一块去，却被花梅叫住了。老姐儿俩坐在办公室里，没完没了地拉开了家常。当年巧云敢去找二婶儿为山堂他们提亲，尽管没成花梅也一直心存感念，总想为她做点儿什么又找不到机会。这些年两人虽然交往不多，但从心里觉得很近，到一块儿有说不完的话。

人生在世，机会决定成败。巧云万万没想到，由于她没跟女儿一块儿去，却给了春雪和麦茬一个机会，导致两人的关系急转直下。

麦茬等消息心神不定，一个人在办公室里转来转去。春雪“噔噔噔”一溜小跑，蝴蝶一样扑进屋来：“哥，成了！我爹同意投三千万！”

麦茬大喜过望地惊愣片刻，情不自禁地上前去，当胸抱起春雪在屋里转圈圈。这是典型的年轻人的冲动行为，中年人很少这么做，老年人从不这么做。冲动啊，冲动！有人说是魔鬼，也有人说是天使，没有冲动，人世间哪有这么多色彩斑斓的悲欢离合？哪有那么多缠绵悱恻的爱恨情仇？大到波澜壮阔的倾国倾城，小到离奇古怪的爱情悲剧，再到步步惊心的杀人案件……有多少不是由于冲动引起的？男人用力的线、女人用情的丝，才冲动地交织成了这光怪陆离的世界。麦茬要没有这一时的冲动，也许就没有了后面的故事。

两人抱在一块哈哈笑着，忘情地转啊转，可是……怎么回事？也不知是谁主动的，他们的嘴忽然粘在了一起。麦茬心有余悸，边亲吻边偷眼往门口看。春雪却非常投入，眯缝着双眸扭动身子亲呀亲，鼻子里不由发出“唔唔”的呻吟声，直到喘不上气来。

春雪当干部两年多，在私下场合基本没和麦茬接触过，在公开场合和工作时间，也尽量不往一块凑，能经常看到他，已心满意足了。实际上，随着岁月的流逝，对他们过去的是是非非，人们已看得很淡漠，甚至有人像顺昌爷一样，盼着他们能走在一起。但他们总是心有余悸，开会时尽量坐得远一些，也很少有目光交流。这几天因为杨岐山的到来，吃饭聊天经常凑在一起，递碗接水间，两人的手呀胳膊的断不了碰在一起。就这无意间的短暂碰触，别人看不出来，竟让他们脸热心跳，思绪难平。尤其是春雪，一整天会非常兴奋，晚上睡不着，情不自禁会回忆那些美妙的瞬间。这种日积月累的思恋和情感，今天她娘巧云给了个尽情发泄的空间。

两人不知亲吻了多久，终于恋恋不舍地放开了对方。他们热血沸腾，呼吸急促，一时都有点儿尴尬地发愣。他们你看我我看你，好像不知刚才发生了什么，又是怎么发生的。但两个人心里又都清楚，毕竟不是年轻时的荒唐岁月，如果关系没有实质性的改变，不可能再突破男女之间的最后底线。终于，麦茬冷静下来，大声说：“这消息太好了！咱们马上召开村委会研究！”

春雪没吭声，趁麦茬去隔壁开广播喇叭召集人时，她转出来去了趟服装厂。厂里并没吗事，她还是心虚避嫌疑，好像刚才做了什么见不得人的事，等干部们快到齐时才又返回来。

这么好的事，打着灯笼哪儿找去？没什么好研究的，麦茬还没把话讲完，干部们就炸了窝！大家哈哈笑着，有的说这真是想睡觉有人送枕头；有的说想不到雪儿还有这么个大款爹……最后一致通过：奶品厂筹建立马启动；春雪当上了法人代表！

这天，守根陪着杨岐山去二婶儿家，到大门口就觉着心里发慌腿肚子转筋，想转身就走又感到不仗义，只得壮着胆子强挣扎着跟进去。因为他心里很清楚，今天这场谈话肯定会非常艰难，后果很难预料。

二婶儿坐在房凉里，正就着大笸箩拟棒子。她先用改锥把棒子粒杵下几排，然后拿起两穗用力搓，金黄的颗粒便“哗啦啦”掉进笸箩里。杨岐山迈进门槛，满脸是笑地打招呼：“大娘，您老……忙着呀？”

二婶儿是何等聪明之人？抬眼看到他们的神色和手里提溜着大包小包的礼品，心里便有了几分警觉。她不动声色，笑笑地站起身来：“稀客呀！你们怎么来了？快坐，坐吧。”说着，忙不迭递上两个麦秸墩。

“没、没事，”杨岐山忙说，“来看看您老人家。”

守根叫了声“娘”，坐下来不再吭声。二婶儿说：“根儿，暖壶里有水，你给亲家倒一碗。”

“谢谢大娘！”杨岐山忙说，“不用，刚吃过饭，不渴。”

守根还是进厨房倒了碗水出来，递给杨岐山后掏出烟袋锅，坐下来低头捏弄着装烟。二婶儿偏偏不放过他，问：“根儿，你们……这是有事吧？”

守根不敢抬眼，唔唔哝哝地说：“也没、没吗事。”

“没事，真的没事。”杨岐山忙说，“就是来看看您。”

“那好哇！”二婶儿笑着，“我吃得饱睡得着，挺好的。”她说罢，低下头继续拟棒子。

守根忙凑过去，帮着一块拟。杨岐山点上根烟，一时也不知怎么开头说闺女的事。三人都不说话，气氛一时显得有点儿尴尬。寂静中，棒子粒落地的“哗啦”声格外刺耳。过了一会儿，还是二婶儿找到了话题：“亲家，你可是帮村里做了件大好事，乡亲们都夸你哩！”

“应该的，应该的。”杨岐山忙说，“我这个当爹的不称职，这么多年不在家……雪儿和巧云他们过来得不容易，也算一点儿心意吧。”

“那可真好！”二婶儿夸赞一句，又感慨道，“是呵，人这一辈子风风雨雨，哪个过来得都不容易！”

“尤其是雪儿，”杨岐山说，“我都听她娘说了，又是离婚又是被工厂开除，死的心都有了……”

“可不是。”二婶儿忙接过话头，“要不是俺条子救下来，她能活到如今？”

“那是，那是，条子对她挺好的。”杨岐山说着就有点儿后悔，这不是把自己心里想说的话堵死了？他犹豫片刻，终于硬着头皮说：“大娘，咱们当老人的都是为孩子好……有些话我说出来您老可别不高兴。”

二婶儿抬头看着他：“亲家，咱是一家人，有吗话你就直说吧。”

“那好。我就实话实说。”杨岐山斟酌着词句，“乡亲们都说您老人家是个明白人，一辈子最讲直理……大家都说咱们条子有、有病，您老可知道？”

“这是哪个说的？”二婶儿抬起不悦的目光，“是雪儿告诉你的？”

“不是，不是，”杨岐山忙说：“雪儿什么都没说，您老别误会。”

“我谅她雪儿也不会这么说。”二婶儿目光灼灼，一脸不高兴，“都是胡说八道！俺条子好好的，谁敢说有病？！”

“就是，就是，”一直没开口的守根这时却附和着说，“都是胡说八道，胡说八道！条子挺好的。”

杨岐山本来是让他帮腔的，没想到他却帮倒忙，心里当然不高兴。他迟疑片刻，阴沉着脸说：“咱都别揣着明白装糊涂，条子有没有病，全村人谁不知道？”

“那你是吗意思？”二婶儿扔下手上的棒子怒视着他，“盼我家条子早死是不？”

“瞧您老说的，我可没那意思。”杨岐山勉强笑着，“每个老人都盼望自己儿女们好……我是说雪儿当牛做马这么多年，不该像正常女人过后半辈子？”

“她当牛做马？她给谁当牛做马了？”二婶儿站起身来，“做人得讲良心，条子救了她不说，这么多年，全家人捧着敬着，当神仙供奉着，到头来她倒当牛做马了?!”

“是我说得不合适，对不起！”杨岐山忙赔礼道歉，“大娘您老别生气……”

“我能不生气?”二婶儿反问，“你是吗意思？想让你家雪儿和条子离婚?”

杨岐山已经方寸全乱，硬着头皮说：“是、是呵，离了婚对谁都、都好。”

“放屁！”二婶儿勃然大怒，“人人都知道宁拆十座庙不破一桩婚，没见过你这样当爹的……甭觉着你财大气粗，我还真没拿你当回事！”她说着转脸问守根，“你也是这么想的?”

守根支吾着回答不上来，额头上渗出细碎的汗珠。二婶儿不依不饶：“你说呀！你是不是这么想的?”

“不是，不是，”杨岐山忙为他开脱，“我们只是为雪儿好……”

“一群白眼狼！”二婶儿狠狠地说，“甭管哪个想的，我有句话撂在这儿，想让你家雪儿离婚，除非日头打从西边出来！”

杨岐山和守根傻愣着，一句话说不出来。这时，一只鸡趁机过来偷啄笸箩里的棒子粒儿。二婶儿借题发挥，拿起根棍子砸过去：“没良心的东西，滚半搁去！你也这么不要脸，这么不知道好歹?!”她说罢，气冲冲进屋去，“砰”一声关上了门子。

守根和杨岐山面面相觑，片刻，灰溜溜往外走去……

真是世事难料，命运无常。魏麦穗过了一段还算平静的日子，突然祸从天降，把她一下子推进苦难的深渊，几经挣扎最后走上了不归路。

打麻将这营生经常不玩也就不想了，一旦玩起来就上瘾，每天到了那时间段，要玩不上心里会像猫抓一样难受。麦穗有半年多不玩了，每天照顾着小天成，忙忙乱乱也顾不上想。这孩子也挺懂事，小嘴甜甜“妈妈妈妈”叫个不停，叫得麦穗心里痒酥酥更多了一份责任感。有时她看着天成会瞎琢磨：这孩子一点儿都不像歪歪，应该不是他亲生的……不过听人说女孩大都像爹男孩像娘，要真是这样就又说不清了。她心里嘀咕归嘀咕，该干吗还干吗，一天到晚伺候他吃喝，给他洗衣服做鞋袜，收拾得干干净净。歪歪每次回来看着高兴；守根和双河两个老家伙也很放心；乡亲们都夸麦穗通情达理，是个好闺女。

小天成上了幼儿园，麦穗闲下来又开始想打麻将。她收拾起旧部，每天吃过晌午饭便开始战斗，打到天擦黑儿散摊儿去接孩子。幼儿园离天爽她们学校不远，有时候她也顺路去接，麦穗她们就多玩会儿。

这天，娘儿俩没说好谁去接，麦穗手气很顺，五块十块一后晌儿赢了三百多。都说打麻将的不可交，慢待朋友憋大泡，这话半点不假。她憋得快尿裤子了也硬挺着不去方便，眼看天色不早还不见孩子们回来，心里发慌才宣布散了局。她最后一把和了也没收钱，哈哈笑着打发走牌友，进厕所蹲了足有抽袋烟的工夫，才匆忙忙骑上摩托车出门去接孩子。

正是孩子们放学大人们下班时间，街上乌泱泱到处是人，大车小辆来往像穿梭。麦穗驾摩托车前行，心里还想着下午的战况，脸上不由洋溢着抑制不住的笑意。她一路和熟人打着招呼，不紧不慢来到幼儿园，却发现孩子们早走光了。一位老师告诉她，说是天爽把天成接走了。她道了谢，掉转车头往回走，半路还顺便去了菜市场，买了一斤茴香，割了半斤肋板肉，准备回家包饺子。她东瞅西看，快到家门口也没见到一双儿女，不由两脚着地停住车，目光在人群中搜寻……这时，一个孩子清脆的叫声从街对面传来："妈！妈——"

麦穗循声望去——只见天成挣脱了天爽的手，大声喊叫着从马路对面跑过来。她急忙大声嘱咐："嫑跑！看车！"

可是，已经晚了！她眼瞅着天成刚跑到马路中间，一辆"三马子"吼叫着直冲过来，先是把孩子撞出去几米远，然后又从他身上轧了过去。在周围人们一片惊呼之中，天成躺在地上，小嘴里的鲜血喷涌而出。这是一瞬间发生的意外，可把麦穗吓傻了！她骇然惊愣片刻，扔下摩托，疯了般扑过去："天成！孩子！天成……"

"弟弟！成成！"天爽喊叫着从街对面跑过来，娘儿俩差不多同时扑倒在孩子身上，惊叫着把他抱了起来。周围的人们迅速围过来，把整条街都堵死了。

再说，那辆"三马子"冲出老远才停下来。一个十七八岁的愣头青跳下车，脸色煞白往后看了看，迟疑着往回走几步又退了回去……片刻，他重新跳上车，开足马力，一溜烟冲出街口不见影了。后面有几个人喊叫着追了一段，见没希望便收住了脚步。他们边往回走边议论："这王八蛋，一看就是个小痞子！""就是。连他娘车都不停！""吓跑了呗，嗨，看清车牌号没有？""根本就没牌照，肯定是黑车！"……那时候没有手机也没有 120、110，碰上这种事只能去派出所报案，也确实有人去了派出所。

小天成身子软了，脑袋耷拉下来，嘴里的鲜血还在往下滴答。麦穗脸色像白纸，抱着孩子除了声声呼唤不知该怎么办。天爽则咧着嘴哇哇大哭，不住用手擦抹着弟弟嘴角的血水。旁边有人喊："还愣什么？快送医院呀！""就是，谁有车呀？快开过来！"

"闪开！快闪开！"有人喊叫着开过来辆小拖拉机。麦穗和天爽心慌脚软，在人们的帮助下才爬了上去……人们看着拖拉机远去才四散离开，边往家走边议论纷纷："去医院也是白去，眼瞅着孩子已经不行了。""就是，流了那么多血，就是大人也够呛。""多可惜了呀！欢蹦乱跳个孩子，说没就没了，还不把大人急死呀！""老天爷，吓死人了！"……

都说人有第六感应也许是真的。这天下午三歪歪不知怎么觉着浑身不得劲，心神不定吗也干不下去，就像戏词中唱的：左眼不跳右眼跳，左耳不鸣右耳鸣。他坐在办公室里，仔细琢磨也想不出有什么事。按说，他不应该这样，工程上一切顺利，为市政府盖的最后一栋宿舍楼已封顶，该拿的款都已汇到公司账户上；佩玉在北京进修了半年多，正准备参加全国青年歌手大奖赛。前几天他去了一趟，花了十来万为她准备好了服装、道具什么的。佩玉很高兴，在租住的房间里和他亲热了一回。尽管如此，歪歪有种感觉，总觉得两人长不了。

实际上也是，这两年，随着环境的改变和佩玉自身素质的提高，两人之间的差距越拉越大，相处中的矛盾也越来越多。佩玉嫌他说话粗鲁，成天介“他娘的”不离嘴；嫌他不讲卫生，去了厕所不洗手，睡前不洗脚不洗屁股……歪歪尽管装得嬉皮笑脸，心里并不舒服。尤其是佩玉进修期间，他去过北京两趟，佩玉都说忒忙，陪着吃顿饭就打发他回来了。即便这样，他仍然要死要活地喜欢着这个女人，为她付出再多也心甘情愿。佩玉也很纠结，分手的话很难说出口，毕竟他这些年为自己付出太多，两人又有个孩子，这些都让她一时难割舍。

歪歪呆坐良久，往家里打了个电话也没人接。他并没多想，因为这天是星期六，他知道每到这天麦穗会发懒，经常带着俩孩子去下馆子。他可是万万没想到，娘儿仨这时候正在医院里。

麦穗抱着死孩子不撒手，医生护士连说带劝、硬是把天成夺过去放进了冰柜里。麦穗的眼泪早哭干了，双眸又红又肿像烂桃，她头发散乱，浑身泥土好似个傻子，呆坐在太平间门口不肯离去。直到天快半夜了，天爽才哭着把她扶回家。半大小子吃死老子，天爽不是小子也正是吃死老子的岁数。她饿极了，自己煮了碗方便面打上俩荷包蛋，端给娘见她不吃，便“呼噜噜”一口气吃了个精光。麦穗哪能吃得下去呀？她心里那个悔呵，肠子都青了！都怪自个儿多打了一圈麻将，要是早点儿去把孩子接回来，不就吗事也不会发生？她想着想着，抬手狠狠抽自个儿嘴巴，一个、两个……天爽被吓着了，哇哇大哭着抱住了她的手。娘儿俩情不自禁，又一次抱头痛哭，只哭得气哽身软，只哭得旁边的“黑背”也趴在地上“呜呜”哀嚎！

麦穗遭难呵，遭了天大的难！天成不是自个儿亲生的，她不知道该怎么向丈夫交代，不知道歪歪会怎么想，这可是他的心尖子啊，万一他就这个茬口闹离婚，自个儿该怎么办？她想呵想，直到头疼欲裂、双眼发黑也想不出好办法。当鸡叫头遍时，她终于拨通了金沙窝村委会的电话，欲语泪先流地说："哥，你来、来一趟吧。"

麦茬还没睡，因为奶品加工厂的土建工程已接近尾声，杨岐山支持的款项已到账，他正边筹划下一步的工作，边盘算着该让谁去上海采购机器设备。这么大事，他亲自去是必须的，可总不能一个人吧？按说，雪儿是法人，占百分之五十一的股份，应该让她去才对。但他们俩一块出门，会不会又让人说三道四？电话响起时，他心里"咯噔"一下，多少有点儿不祥的感觉：天都这咱晚了，谁会打电话？他听到麦穗微弱的声音，忙问："你是说……现在去？"

"是，就现在。"麦穗说，"出大事了，你快来一趟吧。"

当麦茬想问吗事时，对方已挂了电话。他迟疑片刻，收拾起桌上的图纸、账单什么的，骑上摩托便往城里驰去……夜半时分，原野上自然是静悄悄杳无人影。镰刀刃似的月牙斜挂在柳树梢头，惨淡的光亮把世间的一切笼罩得朦胧而神秘。他一路猜测着麦穗出吗事了，没多会儿便到了她家门口。麦穗听到摩托车声，早把门打开了。总算是见到亲人了，她叫了声"哥"，泪水便像洪水决堤般流下来。麦茬支好摩托，一迭声问："怎么了？怎么了？看你这样儿……"

麦穗哭倒在哥哥怀里，气哽声噎说不出话来。这种动作，在庄稼主子的兄妹间很少出现，小时候不算，长到成年，男女间一般不会再有。麦茬劝说了好一会儿，麦穗才断断续续讲述了事情的经过，他一听也立马傻眼了：这、这可是从何说起呵？好好的个孩子说没就没了？真是飞来横祸，这可怎么向歪歪交代……他好说歹劝，麦穗总算止住了哭声。兄妹俩商量了半天，决定不在电话里说这事，麦茬亲自去一趟石家庄，和歪歪当面说。说话间天已放亮，他们先去城关派出所报了案，又坐在街边地摊上吃了油条豆腐脑儿，麦茬驾驶着摩托车一路往西奔去……

歪歪这一宿也没睡好，他前半夜心神不定，躺在床上胡思乱想，后半夜刚迷迷糊糊睡着便被急促的电话铃声惊醒了。电话是佩玉打来的，她兴奋地告诉歪歪，昨晚第六届青年歌手大奖赛她获得了民族唱法第二名，已被海政歌舞团聘为专业歌手。歪歪这才想起，几天前佩玉曾打电话告诉他自己将参加青歌赛决赛，因为是抽签决定，具体是哪天不好定。歪歪是个音盲，五音不全，唱歌能把调儿跑到姥姥家去。他平时就喜欢看武打片，“哼哼哈哈”、上天入地多带劲！对唱歌跳舞什么的没半点儿兴趣。不过，这次因有佩玉参加他确实看了好几场，昨晚是因为心神不定给忘了。

佩玉听说自己这么大事他竟然连看都没看，非常扫兴地把电话挂了。歪歪连忙打过去，又赔礼又道歉央告了半天，她才懒懒地告诉他今天回石家庄，晚上一块吃饭。歪歪这才高兴起来，他和佩玉有一个多月没在一起了，想着她的明眸皓齿、白皙而绵软的身子，不由一阵阵心猿意马。他告诉大乱不许任何人打扰，躺下去想着佩玉，抱着个枕头不一会儿就睡着了。天头午，他被剧烈的敲门声惊醒，刚想发脾气骂娘却看到麦茬已进了门。大乱满脸歉意地尾随在后。

“你这是怎么了？”麦茬问，“大晌午还在睡觉？”

“我……这两天有点儿不得劲。”歪歪连连打着哈欠，眯缝着眼穿衣下床，“你怎么这会儿来了？出差呀还是路过？”

“都不是。”麦茬坐在沙发中，“我是专门来找你的。”

“找我？”歪歪心里“咯噔”一下，不无意外地反问了一句。

麦茬擦抹着头上的汗水，鼻子里“唔”了一声。

歪歪点上根烟，深吸了两口问：“怎么了？村里不是要办奶品加工厂吗，需要我干吗？”

“跟那事没关系。”麦茬目光游移地说，“是……家里出了点儿事。”

“家里？”歪歪警惕地瞪大了双眸，“家里出吗事了？”

麦茬迟疑片刻，拉他坐在自己身边，一脸沉重地说：“歪歪，咱弟兄俩从小不隔心……这事我说出来你千万覅忒着急。”

“怎么了？”歪歪意识到他说的事肯定不同寻常，不由急声问，“出吗事了？是我爹……不好？”

麦茬摇摇头：“你覅瞎猜了，是……那个孩子被车撞了。”

“孩子？哪个孩子？”歪歪更着急，“天爽还是天成？”

麦茬迟疑了一下，才说：“就是你抱回去的那个……昨天放学时被一辆‘三马子’撞、撞了。”

“天成?！”歪歪惊得站起身来，“撞得怎么样？重不重？”

“挺重、重的，”麦茬的声音越来越低，“怕是……不行了。”

歪歪脑袋里“嗡”一声，半天说不出话来。麦茬忙拉他坐下，自己都毫无信心地劝慰：“这是谁也想不到的……你千万要忒着急。”

歪歪呆愣好一会儿，才又想起地问：“他……人在哪儿？”

“在医院的太平间里……穗儿急得不吃不喝，一宿没睡，估计这会儿还在家里发傻。”麦茬说着，简单讲述了事情的经过。歪歪似听非听，傻愣着一直没吭声，只是脸上的汗珠子一个劲往下滴答。麦茬起身给他倒上杯水，低声劝说：“意外发生的事，谁都没想到……已经这样了，着急也不顶事，咱都得想开点儿。你说是不？”

歪歪突然站起身，大声说：“她这是成心的！”

麦茬一愣神儿，不由也站起身提高了声音问：“你怎么能这么想？天灾人祸，哪个能是成心的？”

歪歪重复一句：“她就是成心的！”

“净胡说八道！”麦茬也急了，一迭声问，“穗儿咱们从小一块长大，谁不知道谁吗样？她有时是粗心大意，可再怎么着能有那么歹毒？你怎么能这样想？”

歪歪没吭声，双手哆嗦着取出根烟放在唇间，连划了几根火柴都没点着，麦茬忙接过火柴帮他点着了。歪歪浑身发软两腿无力，一屁股埋进沙发中闷头抽起来。麦茬忙说：“事儿已经这样了……咱早点儿回去吧，等着你料理后事哩。”

歪歪气哼哼：“人都死了，还有吗事？”

麦茬：“你急糊涂了？人死了才料理后事哩，总不能老在医院里放着。”

歪歪想了想站起身来，麻木地跟着他往外走。麦茬忙提醒他：“这儿的事……不需要跟谁交代一下？”

歪歪这才把大乱叫进来，简单交代了一下工作。他跟着麦茬走到楼梯口，才想起佩玉回来的事，不由停下脚步说："要不，你先回去吧。"

麦茬忙问："怎么了？"

歪歪说："我还有件……大事，赶明儿再回去。"

麦茬迟疑片刻，说："那你早点儿回去。"

歪歪目送他下楼去，折转身慢慢往回走……他心里一直在琢磨，这事该怎么跟佩玉说。他回到办公室，坐在沙发中连抽了半包"荷花"烟，脑袋里乱七八糟像团糨糊，一会儿是佩玉美丽的笑脸，一会儿是天成奔跑的身影，一会儿又是麦穗哭泣的泪水……天到晌午，大乱送进来碗面条他也没心思吃，迷迷糊糊竟然又睡着了。不知过了多久，他忽然看见儿子飞进屋来，伸着两只白白的小胖手连声叫："爸爸——爸爸！"

歪歪一激灵惊醒过来，慌忙地张目四望，一颗心仍"咚咚"跳个不停，过了好一会儿才平静下来。他点了根烟，信步走到窗口，看着西沉的红日，一个念头突然袭上心头：离婚！就着这个茬口离婚！

佩玉下车已是晚上七点多，歪歪接上她，直接去了饭店。一路上，佩玉或许是因太高兴，竟然没注意到歪歪的神色，一直在兴奋地讲述着青歌赛的紧张博弈。歪歪"哼哼哈哈"支应着。直到吃完了饭，佩玉才发现他有点儿不对头，不由抬起明亮的眸子问："你怎么了？好像对我说的这些不感兴趣？"

"没有，没有，"歪歪忙说，"我看了好几场哩。"

"不对，你肯定有事瞒着我。"佩玉盯着他不放，"说吧。到底有吗事？"

歪歪见事已至此，只得低下头来小声说："是……有件事，我说了你千万嫑着急。"

"怎么了？你说吧。"佩玉说，"是不是孩子病了？"

"不是病了，是……没、没了。"歪歪说，"就在昨天后晌儿出了车祸……”

“怎么了？怎么了？”佩玉像是不相信自己的耳朵，一迭声问，“你是说天成吗？他怎么了？”

“是。”歪歪的声音更低，“咱们的孩子出车祸被撞死了。”他说到此，好像从麦茬告诉他到现在才意识到孩子死了的真正含义，不由掉下来两滴眼泪。

佩玉惊愣片刻，再次追问：“你说的……是真的？”

歪歪说不出话来，只是点了点头。佩玉的眼圈红了，猛地站起身再次急声问：“你说说，到底是怎么回事？”

歪歪擦抹着眼睛，把麦茬告诉他的事情经过叙述了一遍。佩玉终于把持不住，身子一软坐下去，伏在饭桌上急剧抽泣起来。歪歪顾不上旁边吃饭人惊讶的目光，走过去把她抱住了。佩玉泣不成声地问：“孩子……现在哪儿？”

“在县医院里。”歪歪说，“我就等你回来一块回去哩。”

麦茬骑着摩托一路急驰，回到无极时天已黑透了。麦穗还是他离开时的样子，披头散发呆坐在沙发中，两眼直勾勾盯着地面不知在想什么。她脸色灰白，嘴角起燎泡，一天一夜汤水没进，红肿的眼睛一刻都没闭。从早到晚三顿饭她倒是做了，打发闺女吃喝上学自己却一口都咽不下去。她平时就不是个利索人，现在更没心情收拾，屋里乱得像猪圈，锅没刷碗没洗，堆在水池子里招来一群苍蝇嗡嗡飞。

麦茬进屋一见就跟她急了：“你这是干吗？莫非也不想活了？！”

麦穗顾不上这些，着急地问：“你见歪歪没有？他说吗吔？”

“他当然不高兴，能说什么？”麦茬说，“他吗也没说。”

“那他吗时候回来？”麦穗紧张地追问，“这事可怎么办呀？”

“他说有点儿事，应该是赶明儿回来。”麦茬说罢又劝慰，“事已经这样了，你那么着急管吗用？该吃该喝还是要想开点儿。”

麦穗不吭声，好一会儿才说：“哥，这事先要告诉咱爹和孩子他爷了。”

“告诉他们干吗？”麦茬说，“他们只会跟着瞎着急，什么忙也帮不上。”

“要不告诉雪儿姐吧。”麦穗说着又伤心想掉泪，“让她来帮帮……哥，我真不知道该怎么办了！”

“可你，说着说着又来了……”麦茬忙说，“沾沾沾。我这就去接她来。”

麦茬回村直接去了服装厂，春雪已经回家了。他本想去家里找她，想了想又觉着不合适，可不是，半夜三更找她，老太太不多想才怪哩！他把花梅叫出来，悄悄告诉了她这事。花梅一听非常吃惊：“老天爷！这、这可怎么说？真是祸从天降，还让人活不？”

麦茬忙嘱咐她不要对别人讲，并说明了来意。花梅连连点头，慌里慌张上了摩托车。麦茬骑摩托把娘带到条子家门口，她忙进去把春雪叫了出来。春雪一听也很意外，二话没说便跨上了摩托车。麦茬驾车往村外行驶，把事情的经过简单说了一遍。春雪连连叹息：“真是……这可是从何说起呀？穗儿这是招谁惹谁了？怎么惹这么大麻烦？”

“天灾人祸，谁能说清楚？”麦茬叹了口气，说，“是福不是祸，是祸躲不过，老辈人讲话，该着呗。”

过了一会儿，春雪轻声问：“哥，你说……出了这事，歪歪他们能过到头不？”

麦茬思索着没吭声。春雪又说：“这几年，他们夫妻关系一直不忒好，你知道不？”

“我多少也听穗儿叨叨过几句……”麦茬闷声说，“不过，我总觉着穗儿有点儿多心，歪歪咱们一块长大，他不至于坏良心吧？”

“也难说。”春雪叹息着，“这年头，人变化快，不是说了？男人有钱就变坏，女人变坏就有钱。”

“那也在自个儿，”麦茬说，“变不变人和人不一样。”

春雪“哧”地笑了：“像你，一辈子都不会变！”

说话间，摩托车已冲出来村头，驰上了柏油路。夜色宁静，繁星满天。晚风阵阵掠过，路两旁的大杨树叶“哗啦啦”响个不停。摩托车的大灯明晃晃像把长剑，把夜幕劈出来一道胡同，摇曳着一直向前、向前……风吹来阵阵凉爽，春雪有意无意从后面紧紧抱住了麦茬的腰。麦茬浑然不觉，全神贯注地驾车飞驰。过了一会儿，春雪轻声说：“哥，就这样……好幸福！”

麦茬不由笑了笑：“你可真是……十八岁少女呀？”

“就是。”春雪把他搂得更紧，发嗲似的说，“和你在一起，俺觉着自个儿永远都是十八岁！”

“那就好！那就好！”麦茬说着，不由把车放慢了速度。两人暂时忘记了麦穗的闹心事，心头荡漾着同样的温馨，一路无语来到歪歪家。

麦穗正有点儿犯迷糊，见到春雪不由又一阵伤心泪流。春雪拍打着她的后背：“好了，好了，哥都告诉我了……事已至此，着急也没用，咱都想开点儿吧。”

两人连说带劝，好半天麦穗才平静了下来。春雪忙做了碗鸡蛋挂面，麦穗吃下去终于睡着了。她刷锅洗碗，手脚麻利地清理着屋里屋外的卫生……麦茬坐在门槛上眼睛都快睁不开了，迷离的目光仍跟着她转来转去总也看不够。春雪冲莞尔一笑说：“好了。你就嫑在那儿傻坐着了，快回去睡会儿吧。”

麦茬笑着伸懒腰打了个哈欠，站起身推着摩托出门去……

歪歪跟着佩玉回家取衣服，两人商量了半天。儿子死了，佩玉当然应该回去看他最后一眼，关键是怎么对别人介绍她的身份。其实，歪歪早想好了，他已决定和麦穗离婚，那就一锤子买卖，干脆实话实说！佩玉却一直在犹豫。

歪歪说：“事到如今，你就听我的吧，那个臭娘儿们是成心这么干的。”

佩玉不相信：“她也是当妈的，怎么能那么狠心？”

“她就是成心的。”歪歪说，“因为她老怀疑孩子是我和别的女人养活的，怎么看也不顺眼，恨不得他早死！”

佩玉仍然不十分相信，不愿暴露自己的身份。歪歪急了，干脆把话挑明了说：“这婚我是离定了！你到底是怎么想的？不愿意和我再好下去？”

佩玉被逼到这份上，实在不忍心把心里话说出来。毕竟，她知道歪歪是真心爱她，娘病得要死要活时是他帮了大忙，而且这几年一直对她实心实意，现在，儿子没了，他正难受，自己怎么能在他伤口上再撒上把盐？

歪歪见她犹豫不决，最后说：“我知道你现在是大明星，能挣大钱了……强扭的瓜不甜，我也不希望别的，只求你配合着我把婚离了就沾。”

佩玉没有退路，只得答应按他的意思办。她收拾了几件衣服，带上简单的生活用品和化妆包便跟他下楼上了路。

夜半时分，公路上寂无人影，偶尔有汽车或拖拉机掠过，巨大的声响让人听上去心惊胆战。歪歪把“奥迪”的油门踩到底，车轮胎像离开了地皮，飞一样向前急驰。汽车贼亮的远光灯急剧晃动着划开夜幕，把路面上的一切照得清清楚楚……突然，一只野兔从斜刺里冲上了路面，这小东西见亮光就发蒙不知道躲闪，一直顺着灯光往前跑。歪歪车速太快根本收不住，直接便碾了上去……只听兔子一声惨叫，鲜血迸溅像急雨一样甩在了车窗上。佩玉被吓得尖叫一声，下意识地急忙躲闪，心惊肉跳好半天平静不下来。她内心深处忽然有一种不祥的预感，颤声说：“咱们……还是等天亮再去吧。”

歪歪不以为意地笑了笑，说：“亏你还是在庄稼地里长大的，见只兔子就吓坏了？”

佩玉沉默着，过了一会儿，她忽然想起地问：“见到嫂子，我该说什么？”

“跟她有吗好说的？”歪歪说，“你不用理她！”

佩玉没再吭声，一路胡思乱想，总觉得此行非常别扭又不知该怎么说。

五十公里的路程很快，鸡叫第二遍时，“奥迪”已停在了家门口。麦穗睡得很不踏实，噩梦一个接着一个，直到被汽车声惊醒。她侧耳倾听片刻，忙胡乱穿上外衣，起身打开了大门。歪歪和佩玉相跟着进来了，她非常意外地看了佩玉一眼，低声对丈夫说：“你……回来了？”

歪歪阴沉着脸没回答，径直带着佩玉往里走。大狗“黑背”好像也知道家里出了事，看到歪歪一改往日的欢蹦乱跳，只是低低嘶叫了一声。佩玉倒觉得过意不去，轻声问：“是……嫂子吧？”

麦穗勉强笑了笑，忙答应着抬手往屋里请。三人一时无语，相跟着进了屋。春雪早就去了二楼，和天爽挤在一张床上睡了。麦穗猜测着佩玉的身份，心里直犯嘀咕，她忙活着想倒水沏茶。歪歪闷声说：“你先坐下，咱把这事好好说说。”

麦穗答应着，眼里的泪水转出来，忙低下头坐在床沿上。歪歪点上根烟，深吸了一大口，拧着眉头问：“你说吧，这到底是怎么回事？”

“有吗好说的呀？”麦穗擦抹着眼睛，“都怪我一时粗心……”

“一时粗心？就这么简单？”歪歪冷笑着，“你是粗心呀还是成心?！”

麦穗吃惊地抬起红肿的眼睛看着他：“你……怎么能这么想？”

“我怎么想？我能怎么想？”歪歪眼睛发红，逼视着她说，“我早就知道你看着这孩子不顺眼，他就是你的眼中钉肉中刺！”

麦穗被噎得说不出话来：“你、你……”

“我怎么了？我说得不对？”歪歪句句紧逼，“你就是恨他不死，故意的是不？成心的是不？”

“不是！不是！”麦穗急得泪水流下来，“根本不是你说的那样！”

“我看就是这么回事，”歪歪咬牙发狠，“要不你怎么不去死?！”

“你……”麦穗急得站起身，大声说，“老天爷看着哩，天地良心呀！”

“良心？”歪歪冷笑着，“谁知道你的良心是红的还是黑的？”

“……”麦穗被气得说不出话来。歪歪把手一挥：“算了，不说这个了，你说这事怎么办吧？”

麦穗愣怔片刻，问：“怎么办？你说怎、怎么办？”

“我说就俩字，离婚！”歪歪大声说，“马上离婚！今儿就离婚！”

麦穗傻了，像没听明白一样，迟疑地瞪着眼睛大声问：“离婚？你是说离、离婚？！”

“没错。”歪歪重复一句，“没别的话说，就是离婚！”

“你……”麦穗急扯白脸地，“你凭吗、吗吔？我一没偷汉子，二没虐待老、老人……”

“凭你心不好，凭你害死了我儿子！”歪歪说，“这婚非离不可！”

“我不离，我就是不离！”麦穗跳着脚喊，“我死都不离！”

“这事由不得你！”歪歪寸步不让，“我起诉到法院，你不离也得离！”

麦穗彻底崩溃了，一屁股坐在地上，哭泣着说：“歪歪，坏良心呀，你会遭报应的，你不得好死！”

“那你就甭操心了。”歪歪把烟屁股扔在地上，用脚拧动着碾灭说，“好不好死先离婚再说。”他停顿一下，又说，“你要是顺顺当当，我可以多出些钱；你要一定不离，那咱就法院见！”

佩玉眼瞅着两人争吵，心里直哆嗦，面有不忍之色。她刚想上去开口说什么，被歪歪一把拉到身后并瞪了一眼。麦穗再次哭着哀求：“歪歪，是俺错了，俺求求你……覅这样沾、沾不？”

“你省着吐沫暖暖心吧，废话少说！”歪歪口气坚定，“你说下老天爷来，这婚我也离定了！”

“不离！俺不离！”麦穗放声大哭，“俺死都不离！”

歪歪愣片刻，干脆把佩玉拉到面前，破釜沉舟地说：“事到如今，我把话挑明了说……她就是天成的亲娘，我就是他亲爹，我们在一个被窝里睡好几年了。”

麦穗惊愣着，好像没听明白似的看看他又看看佩玉，一时没吭声。歪歪补充一句：“天成就是我俩亲生的，你听明白没有？”

麦穗当然听明白了，只是脑袋里一时转不过弯来。她愣着、愣着……突然大骂一声：“歪歪，你个大贼肏哩！”然后，她像一只发疯的母豹，眨眼间跳起身，扑上去对歪歪又抓又挠。歪歪没防备，连连后退间已被抓了个满脸花。佩玉见状，忙上前想把麦穗拉住，没想到也被她把手挠出了血。这还不算，麦穗骂着“臭逼老婆、脏逼老婆”，一次次出手抓她。佩玉抬胳膊阻挡着连忙后退，差点儿绊倒在门槛上。歪歪扶她一把，猛然抬脚重重踹在麦穗心窝处。麦穗惨叫一声，捂着心口蜷缩着身子摔倒在地，脑袋正好磕在门墩上昏迷了过去。

“嫂子！嫂子……”佩玉愣怔片刻，惊叫着上前想把她扶起来却被歪歪拉住了。歪歪圪蹴下身，抓着麦穗的头发把她的脸拉起来，恶狠狠地说：“你给我听好了，这婚你离也得离，不离也得离！”

麦穗紧闭双眼，毫无反应。歪歪放开她，拉着佩玉的手低声说：“走！”

佩玉身不由己走到大门口，轻声问：“她……不会有事吧？”

“你甭管，她死了正好。”歪歪说着拉她上了汽车。两人来到医院，叫醒了值班的老大爷看儿子。歪歪拍打着天成冰冷的小脸蛋泪水长流：“小子，爹妈看你来了！小子，你睁开眼啊……”

佩玉放声大哭，把带来的玩具小衣服什么的塞进冰柜中，才恋恋不舍地离去。两人没再停留，直接开车回了石家庄。

天蒙蒙亮时，麦穗醒了过来。她吃力地睁开双眸，左瞧右看一时想不起自个儿为吗会躺在屋门口。她努力回忆着，突然觉得一阵恶心，张开嘴“噗噗”喷出来两大口鲜血，这才感到脑瓜子清醒了一些。她一点儿点儿想起昨晚发生的事情，竟怀疑自个儿是不是做了场噩梦，直到觉着心口阵阵发疼，才明白这一切都是真的。她挣扎着坐起身靠在门框上，大口大口喘息着发呆、发呆……脑袋里一片空白，不知道自个儿该干什么，能干什么。

春雪从楼上下来，看到麦穗的样子大吃一惊："你怎么坐在这儿？"

麦穗木然地看她一眼，没吭声。春雪忙伏身拉她："你怎么了？不得劲儿？"

"没、没事。"麦穗说着，吃力地挣扎起身，在她搀扶下坐到沙发上。春雪忙给她倒了杯水，抬手帮她梳理着乱发问："你到底怎么了？"

麦穗这才低声说："歪歪回来了。"

"歪歪回来了？"春雪意外地一愣神儿，惊讶地问，"他吗时候回来了？我怎么一点儿也没听见？"

"是回来了，还带着个女的。"麦穗不看春雪，像是自言自语地嘟囔着，"他说那是天成的亲娘，还说孩子就是他俩生的……"

"你说吗？"春雪更加吃惊，"还带着个女的？那孩子……他想干吗？！"

"他说要和我离婚，"麦穗仍面无表情，"还说不离不沾，要告到法院。"

"……"春雪像是被吓着了，大张着双眸好一会儿说不出话来。麦穗嘟囔着："俺不离，死也不离……他踹了俺一脚。"

"这个混蛋……真是胡说八道！"春雪说罢又问，"他人呢？"

麦穗摇了摇头："后来俺就不记事、事了。"

春雪思索片刻，忙劝慰道："甭听他瞎说，他肯定是着急生气，气头子上能说出什么好话来？"

"不是，我看他这回像铁了心了。"麦穗说，"我估摸着他们是去看孩子了。"

"走，咱们去找他。"春雪说着把她扶起来。两人往外走，到门口麦穗便扶住门框弯下了腰，一只手摸拉着前胸直喘息："姐，俺不行……一个劲儿心慌。"

"那……你在家歇会儿吧。"春雪把她扶回沙发上，一个人出门去。她骑着摩托往医院走，心里想着这事真是个大麻烦，以前说歪歪外边有人看来像是真的了，他要借这个理由闹离婚还真不好弄。她来到医院太平间，值班的老人告诉她，后半夜有一男一女确实来过，放下一堆东西就走了。她忙问："大爷。你知道他们去哪儿了吗？"

老人摇了摇头，说："我看着汽车出了大门往西拐，应该是去石家庄了。"

春雪道了谢，往回走顺路买了油条和豆腐脑，到家打发天爽吃了快去上学。麦穗拿起油条咬一口又放下了，说是心口堵得慌。春雪连说带劝，眼瞅着她就着豆腐脑吃了根油条，才说："你躺会儿吧，我回去和茬子哥商量商量。"

往回走的路上，歪歪和佩玉心里都像塞了一团乱麻，谁也没心情开口讲话。

歪歪虽说是王八吃秤砣——铁了心，但事情会落个什么结果他心里没底。他毕竟是个庄稼孩子，虽说进城这么多年，骨子里仍是个农民，胆小怕事，表面瞎咋呼，心里却发虚。他非常明白，要真和麦穗离了婚，就相当于和老家一刀两断，家人、亲戚和朋友，谁都会骂他是"陈世美"，自己也没脸再回金沙窝。每想到这里，他的一颗心就会怦怦直跳，隐隐发痛。尽管如此，他一路思前想后还是想离了这个婚，因为他太喜欢旁边的这个女人了！你看她就那么紧绷小脸儿坐着，不说不笑、没举手没投足，浑身上下仍散发出一股股说不清楚的"女人味"，这是麦穗半点儿也没有的。这种强烈的诱惑，让男人喜欢，让男人着迷，让男人到死也不愿意松手！他尽管感觉到佩玉对他没以前那么热情，但心里却不以为意，觉着只要自己实心实意，舍得在她身上花钱她就不会离开。

歪歪想错了，此时的佩玉心里非常纠结，只是一时拿不定主意。

孩子死了，佩玉这个当娘的当然很难过，但却也有一种隐隐的解脱感。前面说过，她心灵深处并不那么喜欢歪歪，看到他今天在麦穗面前的表现更反感，竟然想到有一天自己年老色衰，他会不会也这样对待？以前说不出"分手"两个字，是因为孩子像根锁链，把他俩拴在了一块；现在孩子没了，锁链断了，分手应该容易了许多，可她仍说不出这俩字。她毕竟是庄稼闺女，表面再时尚骨子里的朴实依然存在。她深感歪歪对自己有恩，不忍心在他的伤口上再撒把盐，因此上一路思前想后地沉默着。但不说不等于不做，拿不定主意就先拖一拖吧。回到石家庄，她借口招聘单位要求她必须今天报到，连家都没回便匆忙忙直奔火车站……

眼瞅着佩玉头也不回地上了火车，歪歪整个人像被掏空了。火车“轰隆隆”驰去，他站住月台上久久发呆，恍惚间竟不知自己人在哪里，不知道自己该干什么，该去什么地方……正值深秋时节，眼前黄叶飘零，突然而起的狂风挟裹着它们满世界扑荡，更让人心中平添了多少凄凉。歪歪丢了魂儿似的转来转去不知过了多久，铁路工作人员才把他送了出去。他在站前广场上游荡了半天找到自己的车，坐上去又不知该去哪里了。

当时，歪歪工程公司的业务正处在淡季，市政府的几栋宿舍楼交工结了账，下一项工程还没进场，工作人员大都放假回家了，只留下了大乱和几名骨干值班。歪歪刚花了三万多买了两部半截砖似的移动电话，一部佩玉带走了，一部留在自己身边。他不想回公司，知道麦茬他们肯定会来找麻烦，便给大乱打了个电话，说自己出门了，谁找也不见。他回到家中，把手机关闭，座机拔了线，不吃不喝连躺了好几天。

歪歪猜得没错，他回来的第二天，麦茬和春雪便风风火火找到了公司。

那天春雪回到村里，把麦茬叫到个没人的地方，告诉了他麦穗的情况。麦茬听罢，心里的火“腾”一下子便顶到了脑门儿上：“妈那巴子！这个王八蛋还想不想活?！”

麦茬开上自己的“桑塔纳”，拉着春雪一溜烟儿直奔石家庄……大乱按着歪歪的交代，只说他出门了，别的一问三不知，除了摇头就是赔笑脸。麦茬没辙儿了，火气再大，你揭了楼顶找不到人有吗办法？麦茬和春雪等到天黑也不见人影，只得打道回府，到县城去安慰自己的妹妹。

接下来的一段日子，歪歪像个孤魂野鬼，白天躺在家睡大觉，晚上出来四处游荡，饭店、歌厅、洗浴中心、洗头房成了他过夜的地方。说到此还有一点儿需要交代清楚，歪歪不喜欢麦穗重要的一条是特讨厌她打麻将。人说好夫妻有四条标准，要能吃在一起、说在一起、玩在一起和睡在一起。歪歪和麦穗除了吃在一起还算凑合，其他三条都相差甚远。他俩说不到一起，歪歪回家就没话说；玩在一起最差劲，她是愿意天天守在麻将桌旁，他是看到有人打麻将恨不得拿刀一个个宰了；睡在一起年轻时还行，后来这些年出于无奈，不得不回家“交公粮”。歪歪吃喝嫖但不赌，什么打麻将打扑克下象棋他都不会，所以空闲时就觉得没意思。开头那几天他一个人到处游荡，后来就叫上一群狐朋狗友，“呼呼哈哈”前呼后拥，吃饭喝酒洗澡……喝多了就在洗头房找个模样俊点儿的“小妹儿”带回家去出火，有时竟然一次带回去两三个，在一个有经验的“小妹儿”指挥下，什么“燕儿双飞”“温柔漫游”“冰火两重天”……变着花样颠三倒四、七出八进，直到累得像条死狗倒头便睡。

歪歪在市里待了这么多年，自然认识了一帮子狐朋狗友，三教九流、黑白两道什么人都沾点儿边。一次他喝多了，和几个最贴心的哥们儿闲聊吹牛，说到伤心处还掉了几滴眼泪。其中一个“小白脸”听了“哈哈”笑：“歪哥，你真是聪明一世糊涂一时，想离婚又怕回去见你媳妇，找个律师不就行了？”

“律师？”歪歪眨巴着充满血丝的双眸，“律师是干吗吃、吃的？”

当时，律师这个行业在城市里刚刚开始时兴，多数人还不知道甚至没听说过，歪歪的疑问也算正常。“小白脸”解释道：“律师就是专门帮人打官司平事的，就是杀人放火他都能帮你摆平，离婚案对他们来说是张飞吃豆芽——小菜一碟，无非就是花俩钱。”

“还有干这个的？”歪歪喜出望外地说，“钱不是问题，快，把他叫过来！”

“小白脸”借他的手机出去打了个电话，又在外面等了一会儿，一个胖乎乎、方脸大背头，看上去很有风度的律师便骑着摩托赶来了。两人在黑影里“嘀咕”片刻，一前一后进了房间。一番客气、介绍、吹捧，落座之后，“大背头”说：“李老板，刚才小白兄弟说了你的情况，这个忙我愿意帮，你是他的大哥就是我的大哥。”

“谢谢！谢谢！”歪歪忙说，“在家靠兄弟，出门靠朋友，全拜托你们了。”

“好弟兄不客气。”律师说，“不过，有些话咱得说在前头，办这种事，是要有一定花费的。”

“这我知道，刚才小白说了。”歪歪问，“大估摸要用多少？”

“离婚官司我经常帮忙，官价，得这个数。”律师伸出一只手，张开五指又翻了一下说：“十个。”

“十、十万呀？要这么多?!”歪歪毕竟是个农民，尽管身家上千万，但花一分钱仍像抽他的筋，除了用在佩玉身上和找“小妹儿”。他觉得作为一个男人，这种“风流钱”花多少都值。人们不是常说“千山打柴一日烧，千日攒钱一日嫖”嘛。“大背头”笑了笑，掰着手指跟他算账：“大哥，咱是好朋友，律师费我就不提了……可为你这事我不知要跑无极多少趟，这来往车费吃喝糟嚼你得出吧？再说，要想把事办得干净利索，这人情费是不能少的，院长、庭长、具体办事人员两三个，没多有少，哪个你不都得打点一下？你算算，十万多吗？”

“不多不多。”小白忙说，“歪哥，咱不懂行情，按人情也不算多，你身家上亿，还在乎这一星半点儿？”

“沾，沾，就这样吧，明儿我把钱交给小白。”歪歪摆了摆手，第二天便把整捆的人民币交给了小白。他哪里知道，整个花费下来不到一万，剩下的“小白脸”和“大背头”就私分了，而且背后还得笑话他：大傻逼一个，不坑他良心上都过不去！

歪歪交了钱心里就踏实了。过了几天他很想佩玉，把电话打到他为佩玉在北京租住的房子里没人接，他哪里知道佩玉已退房搬到单位去住；打他为佩玉买的手机关机。没办法，他开车去了趟北京，人家“海政歌舞团”连门都没让他进。歪歪郁闷了，每天又去喝酒泡澡找

“小妹儿”，心情好不好，日子过得却像皇帝佬儿。

庄稼主子常说：吃得饱睡得着，家里没病人，城里没官司，这是最舒心的日子。可见他们把打官司看得很重，认为那是生活中的大不幸。

麦穗这些日子一直处于半迷糊状态，除了一天三顿饭要给天爽做，她什么也干不下去，连麻将都没心情打了。她的心口处一直疼，找医生开了几服中药，吃下去也不顶事。她成天介吃不下睡不着，心里翻江倒海，想前想后总觉着那天黑介发生的事像做了场噩梦，不会是真的，不应该是真的。歪歪从小捧着她宠着她，怎么说翻脸就翻脸？人心都是肉长的，他肯定是因孩子没了着急生气，一时犯糊涂；那个女的也可能是他找来故意气自个儿的，等过些日子他消了气，说不定还会像以前那样高高兴兴回家来……她颠三倒四、日思夜想，一下子瘦了十多斤，看上去人倒变得比以前顺溜了好多。

麦茬和春雪三天两头来看她，安慰开导她，可劝了皮劝不了瓤，劝了人劝不了心，她总是闷头不语要不就一把把抹眼泪。直到有一天县法院的一个小伙子把传票送到家里来，她才一下子清醒了，知道歪歪真是王八吃秤砣——铁了心了。她拿着那张盖有大红戳子的传票，浑身哆嗦好半天说不出话来。小伙子让她签字她死活不肯签。小伙子无奈，乱点着开庭日期嘱咐两句，掉转摩托出门去了。她身子一软，顺着门框跌坐在地上，泪水像发河一样哗哗往下流。她把传票撕巴撕巴扔掉，挣扎着站起身推起摩托便往外走，到大门口又迟疑地收住了脚步……她原本是想回家去找麦茬，转念间又觉得找他又能怎么样？见不到歪歪，谁说都不顶事，无非是让他们跟着瞎着急。她放下摩托擦干泪水，坐在门槛上呆坐、呆坐……直到天擦黑儿闺女放学回来了。天爽看到一地碎纸惊讶地问：“妈，你把什么撕了？”

“没用，一张烂纸。”麦穗说着挣扎着站起身想给她做饭，脚下没根摇晃几下扶住了门框。天爽忙上前扶住她：“妈，你是不是不得劲儿？看你这些天都瘦了，要不要去医院看医生？”

“没、没事，妈减肥哩。”麦穗说着，忙打开铁炉子坐上了锅水。天爽拿来笤帚簸箕清扫干净地上的烂纸，上楼去写作业了。麦穗边做着饭心里拿定了主意，到开庭那天要当面问问歪歪，我是偷汉子还是不孝顺老人，你凭吗要和我离婚？传票这件事她始终没告诉任何人，到开庭那天她一个人去了。这种地方她从没来过，难免心里直敲小鼓。她在工作人员指点下坐下来，张目四望不见歪歪的人影。过来一会儿，才看到一个胖子“大背头”坐在了对面。她急切地问：“歪歪哩？歪歪在哪儿？”

工作人员告诉说对面是歪歪的代理律师，她猛然站起身：“我不知道什么绿屎红屎，反正歪歪不露面这婚离不了！”

麦穗说罢转身就走，工作人员忙拦住她，解释说律师代理离婚是法律允许的。她一下子发了飙，抡着胳膊大喊大叫：“什么法律？你们枪崩了我吧！歪歪脏心烂肺当‘陈世美’法律管不管？他搞破鞋养活孩子你们管不管？！”

在场的工作人员被她震住了，大眼瞪小眼一时都没开口。她推开身边的两位女警员，怒冲冲往外走，到门口又大喊一声：“你们听好了，歪歪不回来，想离婚门儿都没有！”

麦穗大闹了法庭，心里倒觉着好受了些。她回到家中浑身发软，坐在门槛上又抹开了眼泪，不知怎的很想立马回老家，当着爹的面大哭一场。但她并没动身，一是觉得对爹说了不顶事还让他跟着着急上火；二是她想起多少年前的一件事，感到没脸对他说。那时候她还小，麦茬和歪歪也就七八岁时的一天，爹在街上用麦子换了几根“牛角密”甜瓜，她拿起一根正啃得香甜，俩半大小子背着柴火筐回来了。歪歪先进门爹给了他一根，他大嘴马牙几口就咬了半截麦茬才进了门。那时候家家都穷，庄稼孩子能吃根甜瓜就算最大的享受。麦茬看她和歪歪都在吃，柴火筐没顾上放下就冲爹喊：“我也吃！我也吃！”

歪歪忙把自己手里的半截递过去：“给，给。”

麦茬接过来高兴地啃着，歪歪却又拿了根整的吃起来。当时娘正在屋里做饭，笑着对拉风箱的爹说：“你瞅瞅，歪歪这孩子心眼真多！”

爹鼻子里“哼”了一声，说：“吗心眼多呀？一岁看大，三岁看老，这小子心术不正，长大也不是块好料！”

当时自己小不完全明白爹说的是吗意思，但也知道不是好话，直到她开始和歪歪谈对象时，爹是极力反对：“这小子家里传授不好，心眼儿不好，跟了他早晚有一天你会受罪！”

自己坚持要谈，爹竟然说了句一辈子没说过的狠话：“你真要嫁给他，往后就甭叫我爹！出了吗事也甭告诉我！”

以后这么多年，直到歪歪挣了大钱，爹从没说过他一句好话。乡亲们都说爹一根筋，说他得了便宜卖乖，他总是嘿嘿冷笑。如今落到这一步，自个儿有什么脸向爹说去？她接着往深处想：歪歪铁了心要离婚，要真离了自个儿怎么办？树活一层皮，人活一张脸，那么多平时眼气自己的娘儿们们还不拍着手看笑话？另外，死孩子还在医院里躺着不知该怎么发送，自己心里的好多委屈还没法对人说……麦穗想呵想，心口里疼脑瓜子发蒙也想不明白该怎么办。

文化人常说：进一步山穷水尽，退一步海阔天空。人这辈子，好过也罢难过也罢，遇事就怕钻死牛牴角。麦穗就是一根筋认死理，左思右想排解不开心里的疙瘩，就觉得活着没意思，想一死了之。她刚有这念头，就听见墙旮旯里好像有个声音低声说：“死了好，死了好，死了上天堂，死了没烦恼！”

麦穗一惊，浑身起鸡皮疙瘩。她下意识地朝黑旮旯里看一眼，好像真有个人影靠在那里，是谁一时看不清，是……山堂叔？不像，更像多年前跳井死的秋海。她炸着胆子问了一声：“你是谁？”

没听到回答，那个人影也不见了。麦穗被惊出了一身冷汗，恍惚间竟不知道自己身在何处，转动着脑袋四下看了看才明白了过来。

人生在世，万事好过，就怕一时糊涂，麦穗正处在这个糊涂点儿上，庄稼主子讲是“背住扣”了。她呆坐半天，起身去了储藏间。她记得里面有半瓶用来为院里小菜园除虫的农药，翻腾了半天没找到，却发现门后放着半袋硝酸铵。她呆愣片刻，才想起这是去年跟爹要来、为蔬菜追肥用剩下的。她瞅着瞅着，一下子记起听人说过这东西可以当炸药用……就在这一瞬间，有个不可遏止的念头突然涌上了她的心头：自己又没吗不好，凭什么一个人死？要死大家一块死，到那边也好有个做伴的……对，就这么办！

麦穗拿定了主意，继续在屋里翻腾，最后又找出来一挂“山东鞭”，这是歪歪过年放剩下的。歪歪从小喜欢放鞭炮，那时候家里穷买不起，他就去无极大集炮市上捡卖炮的燃放时没开花的。当时捡剩炮的不是他一个，为抢到手不知多少回和别的孩子打得头破血流。他想找帮手几次拉麦茬，麦茬死活就是不去，为这小哥儿俩一年多不说话。记得有一年头年里她跟着歪歪去了，炮市上的阵势吓得她根本不敢往前凑。只见炮车子和木床在街两旁摆开长蛇阵，大人孩子像煮饺子一样在中间挤来挤去；卖炮的站在床上，边声嘶力竭地吆喝着边用大竹竿挑着鞭炮一挂挂燃放；“噼里啪啦”的爆炸声震得人耳朵疼，碎纸烂屑满天飞，浓烈的硝烟呛得人出不上气来。歪歪好不容易抢到一个像是没炸的鞭炮，可好，刚攥到手心里却突然炸开了。他的手被炸得血里呼啦，自个儿被吓得“哇哇”大哭。他却龇牙咧嘴，强笑着说“没事”，把手在灰土里擦了擦，继续争抢。

麦穗回忆着这些，忽然忘了自己想干什么。这时，听到天爽在院里大声叫：“妈，妈，你在哪儿？”

麦穗稍愣神儿，忙拍了拍手从储藏间出来了。天爽奇怪地问：“妈，你在小黑屋里干吗？”

“没、没事，我找点儿东西。”麦穗说着，忙进厨房开蜂窝煤炉子做饭。这炉子她刚买回来不久，当时市场上还没有成品蜂窝煤供应，只能是把煤买回来，加上一定分量的黏土和上水，用一种特制的工具自己扣。这活一般家庭都是男人干，歪歪经常不回来，麦穗又舍不得花钱雇人，只能自己做。牌友们笑话她是“老西儿”过河——要钱不要命，这使她觉得自己像“守活寡”，每想起来心里更不平衡。

吃饭中间，天爽说：“妈，学校要放秋假了，我想回老家跟姥爷住几天。”

“好哇。”麦穗随口问，“哪天放？”

“后天。”天爽说，“不用你送，我自己骑车子回去。”

麦穗没吭声，心里却翻江倒海，不知道该高兴还是该难过。在储藏间下决心那一刻她就想到了闺女，自己想干的事，闺女是万万不能在家的，唯一的办法是把她打发回老家。现在听她说要放假回去，不用再编理由哄她，倒省了自己的事，可再想到今后把她一个人孤零零留在这个世界上，不由得悲从中来，两滴泪水滚落到饭碗里。天爽见状，吃惊地问：“妈，你怎么了？”

“没、没事。”麦穗低头吸了吸鼻子，说，“刚才，在小黑屋里……蜘蛛网迷了眼，一会儿就没事了。”

“不对，”天爽说，“妈，你肯定心里有事！是不是又想弟弟了？”

“可不是。”麦穗顺水推舟，“那孩子挺让人心疼，真是……”

“妈，我也想他……”天爽说着放下饭碗抹开了泪水。麦穗忙说：“算了，咱不说这个了……都怪娘不好。”她停顿片刻，话外有音地嘱咐，“天爽呀，你十五六岁，也算大闺女了，回去一定听姥爷的话，把作业好好完成……再往后，甭管碰上什么事，你一定要坚强，学会照顾自己，好好学习，将来考个好大学。”

可惜，麦穗的话外之音天爽并没听出来，她只是吃着饭不住点头。等女儿上楼写完作业睡下后，麦穗又进了储藏间。她把那些“山东鞭”一个个全剥开，把里面的炸药倒进一个废弃的喷雾器筒里。她借着微弱的灯光看了看，觉得分量不够，又把剩下的硝酸铵全部倒了进去，然后用一根根“炮捻儿”搓了条长长的“引信”放进去，再拿根棍子杵实了，终于做成了个大大的铁筒“炮仗”。等麦穗做完这一切，小鸡子都叫了，她浑身瘫软地坐在地上，想象着大“炮仗”爆炸的那一瞬间，不由得一阵阵不寒而栗。

后半夜，麦穗回到房间里，躺在床上却怎么也睡不着，再次思前想后、翻江倒海，左想右想总觉着往后的日子没法过，世上道路千万条，留给自己却只有这一条了。天一扑明儿，她迷迷糊糊刚睡着，就看见天成进了家门，而且长大了、长高了，笑哈哈地喊着“妈”。她高兴地迎上去……忽然，天上响了个炸雷，孩子被击着了，满脸是血地倒在地上。她吓坏了，大声喊着“天成”醒了过来。她茫然地看看已发白的窗口，一颗心像打夯一样“嘣嘣”跳个不停。

那天，麦穗打发天爽上学走后，骑着摩托去了两家银行，把存折上的钱全部取了出来。她流着眼泪写了张纸条，把钱用旧报纸包起来，捆了个结结实实装进一条编织袋里，又把女儿常穿的衣服、鞋袜塞进去。她坐着发了半天呆，打开立柜，翻腾出天爽冬天穿的衣服，打了个大包袱放进厨房里。天头午，她也没心情做饭，忽然记起最后一次打麻将因没零钱，自己还欠一个牌友四十块钱。她骑着摩托去了那位牌友家，专门把钱送了过去。往回走的路上，她想到天爽爱吃羊肉，便拐到菜市场割了一斤羊肉，回家剁上大葱，包了一盖帘纯“肉丸儿”饺子等闺女回来。

傍晚时分，西天上堆砌起的一团团“疙瘩”云，慢慢舒卷变化着形状，一会儿像马，一会儿像牛，一会儿像骆驼……落日的余晖把它们染成一片通红，边沿上还闪烁着耀眼的金黄。麦穗忽然想起小时候爹说过的一句话：老云接驾，不阴就下。她知道赶明儿肯定会变天，等天爽放学回来，便催她早点儿回老家。天爽比她还急，大嘴马牙吃了一肚子“肉丸儿”饺子，推上自行车就要出门。麦穗忙拉住她，把那个大编织袋捆到车后架子上。天爽奇怪地问：“妈，这是什么呀？”

“你的衣服。”麦穗说，“记住了，一定把里面那个报纸包交给你姥爷！”

天爽笑着：“妈，你不想让我回来了？”

“放假了，你就在家多待几天呗。”麦穗说，“一定要听姥爷的话，甭管碰上吗事，一定要学会坚强，学会照顾自个儿。”

天爽答应着，推车出了大门，从前边掏腿上车快速驰去……麦穗眼瞅着闺女拐过街角看不见了，抹了把泪水回身关上了大门。她死的心已定，头脑倒冷静下来了，思路也变得格外清晰，一个人坐下来把整个设计重新捋了一遍，毅然拿起了电话……

歪歪和小白脸在长安街“天豪”洗浴中心泡了一下午，穿着浴衣坐到餐厅里准备点菜，他忽然想起地问：“嗨，你那个什么律师朋友行不行呀？怎么这么多天了也没个回音？”

“没问题。”小白脸说，“你当办点儿事那么容易呀？他不知要去几趟无极，找法院院长，找庭长，找具体办案人员，难了。”

歪歪看着菜单没吭声。小白脸又说：“这种事，最好是协商解决。现在这方面的政策宽松多了，只要两人同意，到民政局就能办。”

“协商？没门儿！”歪歪说，“我媳妇是老脑筋，喝药上吊都不肯离。”

正在这时，大乱把电话打了过来。歪歪拿起那“半截砖”，没好气地问：“有吗事？快说！”

“麦穗打电话了，”大乱说，“说让你回去一趟。”

歪歪稍愣神儿，问：“你怎么说的？”

“我说你出门了，联系不上。”大乱回答，“她问你吗时候回来，我说没准儿。”

“这就对了。”歪歪说，“她又说什么了？”

“她说同意离婚，只要你回去就办。”大乱说，“让我尽快和你联系。”

“什么？什么？”歪歪当自己听错了，连声问，“她同意离婚？她是这么说的？她还说吗了？”

“是，她同意离婚，”大乱说，“还是好离好散，打官司上法院的让人笑话。”

“知道了。”歪歪挂断电话，瞪着眼睛半天没开口。小白脸问：“你媳妇同意离婚了？”

歪歪点点头，满面疑惑地说：“真没、没想到，她怎么会同意？”

小白脸不由笑了：“她同意还不好哇？肯定是我那位朋友找她谈话了。一个庄稼娘儿们知道啥？一见律师就害怕了呗。”

歪歪思索着，好一会儿没吭声。小白脸连声说："好事，好事。歪哥，我劝你尽快回去一趟，早点儿弄清心里就干净了！"

歪歪草草扒拉了几口饭，回到家中又在电话里和大乱核实了一下情况，然后坐在沙发上一根接一根地抽烟。凭他这么多年对麦穗的了解，觉得她不会轻易同意离婚，总感到这里面有吗事一样。他琢磨半天，想起小白脸说的话，也许真是律师找她害怕了，于是决定明天回去一趟。想明白了心里踏实，他拨打着佩玉的手机，这些日子他经常拨打，对方一直处于关机状态，没想到这次一打就通了。他连忙问："宝贝，你怎么老关机呀？"

佩玉迟疑一下，说："每天不是开会就是学习，领导不让开手机。"

"我老婆同意离婚了。"歪歪不无高兴地说，"你能不能回来一趟，咱们好好商量商量？"

"回不去。"佩玉想也没想地说，"刚上班事多，领导管得很紧，根本不允许请假。离婚的事你自己看着办，千万给她娘儿俩多留些钱，都不容易。"她说着便挂了电话。歪歪觉得话还没说完，再打过去对方就关机了。他长叹了口气，躺到床上又瞎琢磨了半天，回忆着这几年和佩玉交往的前前后后，觉着自己没白活，能抱着那么漂亮的大闺女睡几年，最后走不到一块也值；想着她白嫩光滑的身子心里不由阵阵骚动，最后抱着个枕头迷迷糊糊睡着了。

早上天阴得很霉，八点多了才有了些亮光。歪歪起来煮了碗方便面打上个荷包鸡蛋，吃完后碗都没刷便开车去了公司。大乱带着两个人正在打扫卫生，见他上楼来便跟着进了办公室。歪歪再次询问了他和麦穗通电话的情况，两人又商量了半天公司里的事，当他起身要走时，外面已淅沥沥下起了小雨。大乱看着他下楼的背影心里动了一下，想说什么话到嘴边又改了口："今儿天不好，你明儿再回去呗。"

"没事，早回去处理清楚心里干净。"歪歪说着，径直下楼而去。他可是万万没想到，进城这么多年上百次回家，只有这次是肉包子打狗——一去再没能回头！

人活在这个世界上，一辈子会碰上千千万万件事，成也罢败也罢，生也罢死也罢，有时就差那么一点儿点儿，人们常说是“该着”，或许这就叫天意吧。

那天擦黑儿，天爽回到姥爷家见大门上着锁，便踮着脚尖从上门框上掏出钥匙，打开门把车子推进门筒里又返身出来，重新锁好门就往养殖场跑去……她从小跟姥爷亲，回来很少去爷爷家。

牛舍里已亮起了灯光。一头黑白花母牛躺在干草上，肚子一鼓一鼓地喘着粗气，看样子是要生产了。守根和双河圪蹴在一旁叼着烟袋锅，眼巴巴地瞅着它。天爽叫着“姥爷”，花蝴蝶般冲进来。她见双河也在场，忙笑着问：“爷爷，你也在这儿呀？”

“是呵。”双河拔下烟袋锅，笑着问，“这闺女，你怎么回来了？”

“学校放秋假了。”天爽高兴地说，“妈说让我多住些日子！”

“那好哇！”双河哈哈笑着，又问，“你弟弟好么？”

“我弟……”天爽磕巴一下，忙说，“他挺好、好的。”她说着，脸色突然变了，好在俩老家伙眼神都不忒好，谁都没注意。守根关切地问：“你爹……最近回来过没有？”

“我爹有日子没回来了。”天爽幽幽地说，“我都想他了。”

“你爹在外头挣钱不容易，他准是忙呗。”双河说。守根嘴严，从没把歪歪和麦穗闹气的事告诉他，所以双河一点儿都不知道。他嘟嘟囔囔地说：“回来你得教训教训你那小子，再忙也得回家呀！莫非那国家主席就不要家了？”

双河嘿嘿笑着，不无自嘲地说：“那个兔崽子人大心大，管不了了。”

天爽不爱听：“俺爹可不是兔崽子，俺妈说他不是省油的灯。”

两个老家伙不由哈哈大笑起来。这时，母牛开始使劲，产道里有少量的羊水流出。守根觉着不该让一个半大闺女看这个，忙说：“还早哩，亲家，你在这儿守着，我去做饭。”

双河答应着，守根便带着天爽从牛舍出来了。养殖场新盖了一排房子，办公室、宿舍、会议室和食堂一应俱全；前晌儿吃饭几十号人，有大师傅做；后晌儿收工只留下几个值班人员，一般都是守根做饭。天爽帮姥爷拉着风箱，心里想到什么，小脸变得越来越阴沉。守根忙活着淘米、加水、贴饼子，见她那样忙问：“爽儿，怎么了？看你那一脸官司。”

天爽迟疑好一会儿，低声说：“姥爷，有件事……我妈和舅舅他们不让告诉你。”

守根没在意，边拍打着和好的棒子糁问：“吗事呀？还要保密？”

“我弟弟没、没了。”天爽说着，泪水流下来。守根一惊，不知是没听明白还是不相信自己的耳朵问：“你说吗？你弟弟没了？怎么就没了？”

天爽的声音更低：“他被一辆‘三马子’撞、撞死了。”

守根猛一下子愣住了，呆怔半天才急声问：“这是吗时候的事？我怎么一点儿不知道？”

“有……十多天了。”天爽说，“妈和舅舅怕你和爷爷着急，不让说。”

守根思索片刻，又问：“你爹知道不？”

“爹回来了一趟，听娘说还带着个女的，说是弟弟的亲妈。”天爽说，“他们吵了顿架，爹没在家住就走了。”这话不是麦穗亲口对她说的，而是麦穗和春雪说话时，她在楼梯上听到的。

“这、这算怎么一回事？”守根的思路一时捋不清楚，忙问，“那……你娘该着急了，她这几天怎么样？”

“不高兴呗。”天爽说，“她成天耷拉着个脸，人都瘦了，吓得我连话都不敢多说。”

守根思索着，好半天没吭声。他把最后一团棒子糁贴在锅边上，刚盖上锅就听到双河喊：“亲家，快来！”

守根嘱咐天爽烧大火，忙拍打着双手出去了。他一进牛舍，就看到母牛鼓着肚子一次次使劲，大量的羊水从产道里往外流。双河挓挲着双手站在旁边，一时不知该怎么办。守根忙圪蹴下来，抚摸着牛肚子安慰：“没事，没事，老伙计，使劲儿！”

母牛痛苦地“哞——哞——”直叫，挣扎半天却又没了动静。双河担心地问：“怎么回事？不会是横生吧？”

“不急，让它喘口气。”守根说着，抓了把青草放在牛嘴边。他松了口气，蹲下身点了锅子烟，抽着抽着又想起外孙女说的那件事，正掂量要不要告诉双河时，天爽的喊声传来：“姥爷，饼子熟了吧？”

守根答应着忙出去了。他进了厨房，掀锅把饼子戗出来，又从墙角小瓮里掏出个咸鸡蛋，对天爽说：“丫头，你盛碗米汤先吃，甭管我们了。”

天爽答应着，边吹着凉气拿起个焦黄的大饼子香香地咬了一口。守根回到牛舍，看见母牛又在努力挣扎，羊水哗哗往外流，就是不见小牛出来。他不由有点儿着急，说：“够呛！估计真是横生。”

双河焦急地：“那怎么办？”

守根没吭声，圪蹴下身子把袖子挽到胳膊窝里，然后把整条胳膊伸进牛产道中摸索着。双河忙过来拍打着牛屁股，抚摸着牛肚子。母牛好像明白人是在帮它，喘息着一动不动。守根摸索了一会儿，说：“坏事，还真是屁股在外边哩！”

双河一愣神儿，忙问：“能不能正过来？”

“我试巴试巴。”守根说着，掉转身子在牛肚子里掏来掏去，不多会儿就弄得浑身上下都是羊水。天爽吃了饭，过来看了一眼便回屋去写作业了。两个老家伙一直折腾到鸡叫，小牛终于生了出来。他们松了口气，才想到还没吃黑介饭，俩人换着班吃完也不敢去睡觉，因为难产，小牛显得十分虚弱。守根点上锅子烟，边抽边琢磨要不要把孩子和歪歪闹离婚的事告诉双河，见他坐在干草上，脑袋一栽一栽眼都睁不开了，话到嘴边又改了口：“你去睡会儿吧，我一个人就沾了，有事再叫你。”

双河的身体本来就不如守根，自从老伴没了以后，更是一天不如一天。他站起身放了两个响屁，哈欠连天地回屋去睡了。守根坐在干草堆上一锅接一锅地抽烟，心里老翻腾着天爽说的话，觉着该去看看自家闺女了。他掰着手指头算了算，后天正好是无极大集，就决定后天进城买点儿烟叶顺便去麦穗家看看。这时，母牛已缓过劲来，挣扎起身舔着小牛身上的羊水。小牛仍在虚弱地躺着，几次抬头拼尽全力也没能站起身。守根眼瞅着，干着急帮不上忙，不免有点儿担心，怕它不能成活。直到天光大亮，小牛终于挣扎了起来，跌跌撞撞钻到母牛身下找奶吃，守根才放下心来。他给母牛添加了草料，回屋眯瞪了一会儿，工人们就来上班了。接下来的大半天，他忙忙乱乱，安排挤奶送奶、带人打扫牛舍猪栏……有喘口气的工夫也得跑去看看小牛，等稍稍消停下来已是午后。他正想带天爽回家，天上鸣雷闪电下开了瓢泼大雨，而且紧一阵慢一阵，一直下到了傍晚时分。

守根和天爽浑身泥水跑到家，打开门才看到自行车后驮的编织袋。他不由奇怪地问："丫头，你带这么多东西干吗？"

"是我的衣裳，"天爽甩跶着头上的雨水说，"妈说让我多待几天。"

守根打开编织袋，掏出底下的报纸包问："这是吗东西？"

天爽摇了摇头，说不知道。守根一层层打开报纸，看到里面的钱不由一愣："真是……你妈给我这么多钱干吗？我又不缺……"

天爽笑着："谁知道呀，给你就花呗。"

守根看到钱中间夹的那张白纸，心里预感到什么，忙打开看着……上面写着一行歪歪扭扭的大字：爹，女儿不孝……天爽就交给我哥了！

天爽凑过来看着："姥爷。这是什么？"

守根顾不上回答，黑脸一下子变得煞白。他大手哆嗦着一把拉住天爽："走！快去找你舅舅！"

可是……已经晚了，该发生的一切正无法遏止地一步步向前推进！要是天爽昨天回来直接骑车去养殖场……要是母牛没生产守根能早点儿回家……要是天不下雨他们能午后回来……总之，要是守根早点儿看到钱和这张纸，后面的一切或许就不会发生了。唉，事到如今，说什么都晚了，一切"要是"都错过去了！这就是差的第一点儿，还有第二点儿，就差在了歪歪身上。

歪歪开着“奥迪”往回走，刚到正定就下开了大雨。他找路边的小店吃了口饭，抽着“荷花”烟想等雨小点儿再走，一等两等也不见小，只得冒雨上了路。那时候正无公路路况不怎么好，大坑小窝、急雨如瓢泼根本看不清路，他到无极时天色已经暗下来。眼看要进城了他脑袋里灵光一闪，忽然想到麦穗是不是设了个套？两个老爹和麦茬正在家等着，自己这一回去岂不是羊如虎口，干赌着挨收拾？想到此他决定先打电话试探一下，最好把麦穗约出来找个地儿谈。他把车停在路旁大树下，拿起“半截砖”拨通了家里的电话，就听到麦穗很平静的声音：“谁呀？”

歪歪稍迟疑，忙问：“就你一个人在家吗？”

麦穗似乎停顿了一下，仍很平静地问：“是啊，你能回来不？”

歪歪没回答，又问：“天爽哩？”

“学校放秋假，她回老家了。”麦穗说，“你吗时候回来？”

歪歪支棱着耳朵仔细听，好像一切正常，旁边没别人说话。他没回答便挂了电话，决定直接回家，心里想是福不是祸，是祸躲不过，要是真被收拾一顿自己也认了，鱼死网破，反正就这一下子了！但他决定不在家过夜，谈完了出来找个宾馆住。就差这一点儿点儿，如果他把麦穗约出来谈，后面的一切都不会发生，他便躲过了杀身之祸。当他停好车推开家门时，看到麦穗坐在正房的沙发中呆坐。当时天光暗淡，他们互相都看不清对方的神色。实际上，麦穗接到他的电话心脏就一直怦怦狂跳，眼瞅着他迈进门槛，脑袋里“嗡”一声，全身的血液像一下子涌到脸上，恨不得冲过去打他、撕他、咬他……当然，她什么也没做，只是站起身拉亮了电灯，甚至脸上还挤出来点笑容问：“你……回来了？”

歪歪没回答，左顾右盼走到屋门口，一屁股坐在了门槛上。麦穗迟疑片刻，收起笑容重新坐回沙发中。两人一时都没开口，沉寂中，只有屋檐“啪啪”的滴水声格外响亮。歪歪抬头扫她一眼又低下脑袋，闷声问：“你……打电话了？”

“是啊。”麦穗的目光一直盯着他说，“大乱说你出门了。”

“是，我夜里黑介才回来。”歪歪说罢又问，“听大乱说……你同意离婚？”

麦穗没回答，却问：“咱这婚……非离不可？”

“事到如今，离、离吧。”歪歪始终低着头说，“说不定离了对谁都好。”

麦穗不易觉察地冷笑一声，说：“离就离吧，咱好说好散，干吗非要打官司闹法院的？不怕人笑话？”

歪歪翕动着嘴唇，想说什么又忍住了。麦穗站起身，轻声说：“这样吧……你跑了一天肯定累了，上楼躺会儿吧；我这就做饭，吃了饭咱好好谈谈，明儿一早去民政局办手续。你看沾不？”

歪歪忙说：“我还……有事，不在家住。”

麦穗稍愣神儿，笑着说：“沾。咱谈完了，你爱去哪儿去哪儿。”

歪歪放下心来，顺着砖砌的外梯上了二楼。麦穗进厨房打开炉子，故意弄出很大动静。片刻，她返身出来看看楼上的门已经关上了，便像小兔一样迅速冲进储藏间抱起了那个“大炮仗”。她本来是想深更半夜采取行动，听歪歪说不在家住，便决定立马动手。她抱着炮仗进了楼下正对歪歪去的那间屋，毫不犹豫地点燃了炮捻……硝烟“嘶嘶”、红光闪闪，迸溅的火花映照出她带着狞笑、完全扭曲了的面容。

随着一阵惊天动地的炸雷和豪雨倾盆，二层小楼在一声巨响中飞上了半天空。就在此时，麦茬开车拉着守根和天爽来到现场。守根哭、天爽号、麦茬掉眼泪……全都无济于事。公安干警来了，消防队员来了，吊车铲车忙活到第二天，终于挖出来夫妻俩的尸体。麦穗挤在沙发旁，老天爷给留了个全尸；歪歪被炸成了好多块，到入殓时还差一只手没找到。

第二十一章

好景不长　红柳仓皇逃异地
欲壑难填　青松自绝坑乡亲

人生三大灾难，少丧父中失妻老伤子，飞来横祸，彻底击倒了两位老人。

守根身子骨壮实，多少又有点儿心理准备，躺了两天也就起来了；双河可就惨了，躺在床上仨月起不来，成天迷迷糊糊除了吃就是睡，睁开眼不是擦泪就是抹鼻涕。好在天亮是个孝顺孩子，每天伺候爷爷吃、伺候爷爷喝，还开着“三马子”，一趟一趟拉他去医院。不正天天在红柳的“香堂”里忙活，有空儿就过来守着老爹坐会儿。到过年春暖花开时，双河终于下了床，摇摇晃晃来到养殖场。俩老汉相对无言，看着那只疯跑乱蹿的牛犊子一锅接一锅地抽烟。到天晌午，双河泪眼婆娑开了口：“亲家，你说……这到底是为吗呀？”

没想到，魏守根语出惊人，说：“为吗？这些日子我琢磨多少回了……还不是因为这些年人们的日子‘富’了，思想‘穷’了呗！”守根这句话，不知怎么传了出去，顺昌和二婶儿那些老家伙连连点头称是。后来，为全村人带来灭顶之灾的那场大灾难，也好像印证了他这句话的正确性。

改革开放这些年，小小的金沙窝和全国一样，应该说发展是非常迅速的。大集繁荣、商贾云集，外来人口不断增加，使村庄扩大了两三倍；奶品加工厂投产成功，又新建了农副产品深加工和家具、屠宰等企业；村里成立了合作社，个人意愿加组织分配，该种地的只管种地，该上班的只管上班，剩余劳动力统一输送到城市里打工学技术；村里还建起来幼儿园、小学校、医院……县里的有关部门，像工商、税务、公安等都在这儿设了派出机构……这个小村几年间发展成无极、新乐、定州三县交界处最大的商品集散地。

村里富了，乡亲们的日子自然好过，家家买了“三马子”或是拖拉机，摩托车一家不止一辆，有胆大者甚至买了“皮卡”和轿车。守根他们一些老家伙聚在一块常发感慨：真是……咱们年轻时，黑汗白流苦干巧干，日子却越过越穷；你看如今的小青年，成天游游逛逛可谁家日子过得也不赖。年轻人听到都发笑：一个和尚担水吃，两个和尚抬水吃，三个和尚没水吃。你们那会儿是大锅饭，出工不出力，怪谁呀？说一百条子是现在政策好！这话，大家听了都服气。守根也跟着点头，有时却又冒一句：“嘿嘿……甘蔗没有两头甜，有好就有不好的地方。”

随着事业的发展，麦茬头上的“光环”越来越多，“优秀党员”“模范基层干部”“‘五一’劳动奖章获得者”……还再次当选了全国人大代表。他应当说是活得志得意满、春风得意，唯一的遗憾就是快五十了仍然光棍一根。他和春雪早就摆脱了往日的阴影，外出开会或办事经常出双入对、形影不离。习惯成自然，乡亲们看在眼里倒觉得天经地义，早该如此。个别老娘儿们吃饱了撑的，嚼几句“明铺暗盖”的舌头也掀不起什么风浪。

实际上，他们两人之间只能说有点儿……暧昧，男女底线是清白的。比方说，出门在外趁没人，二人搂搂抱抱亲亲嘴是有的，但每当麦茬把手往下伸时，春雪总是坚决地挡开，从不让他碰到腰带。麦茬不高兴，她更不高兴，说：“除非等我和条子离了婚，要不那事你甭想！”

“离婚？咱们都快五十了，等到猴年马月呀？”麦茬只要一嘟囔，春雪准是唉声叹气抹眼泪。她何尝不想早离呵，在被窝头上和条子说过没一百次也有九十九回，许诺他给和奶奶养老送终，答应三人一块过，把他伺候到老……甭管她说得天花乱坠，条子就是一把死攥，说急了扔出一句话："不离！要离我就死！"

唉……碰上这么个半傻二不俏的主儿，老天爷也没办法！

正当全村人轰轰烈烈干事业、红红火火过日子的时候，接连发生了两件事让大家惊恐万状、一片茫然，有的家庭甚至跌入了苦难深渊，经受了灭顶之灾！

第一件事是红柳被警察抓走了，在看守所待了半宿又逃出来不知去向。

人们常说：人无千日好，花无百日红。物极必反，世界上万事万物发展到一定程度肯定会出现逆转，甚至由火变成水。说文言，老祖宗早就说过"木秀于林，风必摧之"；说庄稼话"枪打出头鸟""出头的椽子先烂"，是祖辈流传下来的至理名言。

红柳被抓由于两个原因引起的，一个是不正心理不平衡吃老醋。这个原因虽说不是主要的，但在关键时刻还是起了一定作用。前面说过，不正一天到晚在红柳的"香堂"里忙活，可红柳根本不拿他当人，不高兴时连训带骂经常事，尤其是信徒们送来的礼品，多么贵重也交给哥哥青松，不正一毛钱的便宜都甭想沾。有一回不正把一根金条偷偷装进自己的口袋，被红柳发现臭骂一顿差点儿赶出家门，直到他磕头下跪才算留了下来。关于他吃老醋的事，咱还得从头说起。

三十如狼四十如虎、五十赛过金钱豹，这是人们对女人那方面能力的比喻，准不准确谁也没考证过。据相关专业人士介绍，不管男人女人，在这件事上个体差异很大。男人有五十出头就"松筋"的，也有七十多的还能生孩子；女人有四十多就"干腰"了，也有"五十出头，生个孙猴儿"的。在这方面，红柳应该说是女人能力最强中的王者，她年轻时的事大家都知道了，失踪回来后正是如虎赛豹的年龄段。"香堂"建立初期，她为了生意极力忍耐，等到了徒弟满堂、信徒过千时便彻底放开了。她是所谓的"道教居士"，道教是不禁欲的，吃肉喝酒搞"破鞋"都不违规。她一个接一个地在信徒中发现目标，看到身强力壮比较顺眼的，就通过暗道带到楼上进行“点化”，等滚倒在大床上，谁“点化”谁就不知道了。她身边的几个铁杆徒弟心照不宣，开始非常错愕，慢慢习惯后就“自然”了。上梁不正下梁歪，甚至有胆大的徒弟跟她学，经常带信徒到厢房或庄稼地里进行“点化”。

不正说是在“香堂”伺候着，实际上根本进不了里院。二门口日夜有红柳的徒弟把持，他只能在早起搞卫生时进去，其他时间段就在外院忙活和送往迎来。所以，对里面的这些风流内幕他一点儿都不知道，这次被他发现，完全出于偶然，或者说是“天意”。

有一段时间，红柳迷上了一个慕名而来找她算命的信徒叫关破城。他是无极看守所的副所长，和红柳一样属虎但比她小一轮，模样长得周正不说，由于当过特种兵和经常锻炼，快四十了体型没变，看上去非常强壮。红柳一眼就看上了他那身“疙瘩肉”，拿起他的手“看相”时便有点儿心猿意马、浑身燥热。破城是来“求财”的，他家做的生意老赔钱，想找“大师”来破解破解。红柳装模作样胡诌了一番，站起身说：“走吧，上楼去我跟你点化点化。”

关破城一头雾水跟在她身后，早有徒弟拉开了挂有“观音像”的暗门。红柳带他顺着光线幽暗的楼梯往上走，徒弟们心有灵犀相视而笑，分头出去把守住了屋门和二门。楼上是个大房间，门窗紧锁常年挂着棉门帘，熏香缭绕中只有一盏台灯散发出柔和的光芒，使人进来就觉得温馨，还有一种说不清楚的暧昧。

关破城如临仙境般头晕转向，惊愕间红柳已脱光了自己的衣服。啊……那是怎样的一种诱惑？香烟袅袅、灯光绵绵，美丽的人儿一丝不挂，胴体妙曼、肌肤白皙；朱唇微翕间燕歌莺唱，满面的春意充盈了水汪汪的双眸。即便如此，关破城仍不敢轻举妄动，他下意识地移开目光，哆里哆嗦地问：“仙、仙姑，怎么点、点化？”

红柳已侧卧床上，粉脸酥红地莞尔一笑，轻声说：“你把衣服脱掉，上床来不就知道了？”

到此，关破城才彻底明白过来。他大喜过望，三把两把扒光衣服，扑上去和红柳纠缠成了一团。他老婆几个月前车祸去世，至今一直没碰过女人，浑身积攒的激情顷刻间像山洪迸发……这一公一母两只老虎怎么搏击嘶吼不再多说，反正过来人都明白。

莫非这就叫“金风玉露一相逢，便胜却人间无数”？只有这一次，他们二人便痴迷上了对方的身体。关破城三天两头往这儿跑，每次都不会空过。红柳阅历男人无数，留下印象的却寥寥无几。不正算一个，并不是由于他多能干，而只是因他是自个儿的第一个。女人在这点儿上是一样的，不管好坏，自己的第一个都会记一辈子。后来的一年多，红柳和关破城像初恋的小情人，三天不见就想得慌。有时关破城因公务来不了，红柳便派人去找他。不正也和他混熟了，有时心里犯嘀咕：这小子怎么老往这儿跑哇？可他没凭没据，再怎么胡思乱想也不敢说什么。

智者千虑，必有一失。时间长了，红柳便没有了顾忌，更拿丈夫不当回事。那是个麦收时节，红柳的两个徒弟请假回家帮忙去了。农忙时候生意清淡，剩下的俩徒弟守在二门口，有一搭没一搭地数落着各自的婆婆和小姑子。关破城来后，一个进里面伺候，一个因跑肚去了茅子里。不正从外面办事回来，远远看见关破城进了院，心里的醋意陡然而起。他大步流星进了家，见二门没人，便直接冲入了“香堂”。那个负责值班的徒弟见状，一下子惊得目瞪口呆，刚想上前阻拦便被不正推了个趔趄。屋里的暗道机关都是不正修的，自然知道应该去哪里找人。他猛地撩开“观音门”，一步俩台阶登上了二楼……

天气闷热加上农忙停电，屋里有风扇也白搭。微弱的烛光下，床上的两个人大汗淋漓激战正酣。不正冲上来，凶神恶煞般愣在了楼梯口。关破城正在上面拼力冲撞，看到他不由惊愕地停下来。红柳刚好处在浪尖上，扯开着嗓子嘶叫：“快点儿！使劲！快……”

关破城被吓傻了，哪里还敢动？红柳歪头看不正一眼，全然不顾地说：“甭管他，快、快点儿！”

“操你们姥姥！”不正大骂一声，抄起桌上的香炉便要砸过去……红柳嘘一声，抬手只轻轻一指——说来也怪，不正举起的手就是砸不下去，香炉反转过来，里面的香灰和沙子倒扣了他一头一脸。红柳嘿嘿一笑，拍打着因冲动而高耸的大奶子，说："废物，有本事你上来呀！"

此情此景，不正能说什么？能做什么？从那以后，红柳更不把他当人看，稍不高兴便会讥笑："你不就是靠我养着的一条癞皮狗？！"

不正心里那个气呀，像火苗子般一股股往脑门儿上蹿。他毕竟是个男人，虽说下面吗都没了，但那方面的心理和常人没什么不一样。他只能忍气吞声、敢怒不敢言，没得了"气鼓"能将就活着就算是万幸了。

红柳被抓的第二个原因是主要的，怪她得罪了一个不该得罪的人。

此人姓李，是省公安厅刚退下来的一位副厅长。李厅长有个儿子，也在公安线上，快四十了还是个副处。李厅长也曾多方面为他活动过，可阴差阳错，副处九年了还没提上去。他就这么一个儿子，心里当然十分着急，退下来了才听说了"苏仙姑"的大名，于是，深夜驱车百里赶来请她指点迷津。

红柳是个"官盲"，什么正处副处她心里并没什么概念。李厅长报上了儿子的生辰八字，她净手焚香，坐在"莲花台"上煞有介事地掐指计算，半天才睁开眼念念有词："东方有雨西方晴，贵人自有天地撑。阴阳八卦轮流转，龙马相交大梦成……"

李厅长没听明白，急忙问："请仙姑再说一遍。"

"这还不明白？"红柳的大徒弟解释说，"你儿子的事很快就成了。现在不是蛇年吗？还有三个多月就是马年，蛇也叫小龙，龙马相交就是到年底你儿子的事就成了。"

李厅长大喜过望，连连表示感谢，留下带来的礼物高兴而去。贵人贵物，他的礼品非同一般，两瓶"茅台"三条"大中华"，底下还有两根金条。红柳一一看过，自然非常高兴，这是她多年收到的最贵重的礼物。谁知道这次老天爷没给她面子，李厅长的儿子一个多月后因醉驾出车祸撞成了一堆烂肉。李厅长悲痛之余想起“仙姑”那一卦，不由恨得咬牙切齿。他当领导多年，在公安线上人脉很广，当时无极的公安局长正好是他以前的秘书。他深夜去无极算卦时自知欠妥并没告诉对方，现在理直气壮，一个电话打了过去。

公安局长哪敢怠慢？连夜驱车去了老领导家。李厅长劈头盖脸一顿训斥：“你这个公安局长是怎么当的？无极金沙窝那么大个‘香头’你知道不？搞封建迷信诈骗钱财，多少年了你们也不管？像话吗？！”

公安局长屁也不敢放，连连点头称是。实际上，近几年他们也多次收到群众举报，说苏红柳搞迷信诈骗钱财，这两天还收到一封匿名信。他当然不知道，这封信是不正写的。要说这小子也挺操蛋，多少年吃香喝辣不都靠人家红柳？你没本事人家找个野汉子算吗吔？你吃老醋还把人家告了，算什么东西？

公安局长一直迟疑着没动手，还是源于县委书记要给红柳建“专科医院”的传言。现在老领导发话了，他便放开了手脚，也没请示书记县长，亲自带领一百多名公安干警，深更半夜悄悄包围了金沙窝。

麦茬在村委会值班，刚躺下便被叫了起来。他和局长是老朋友，两人都是县委委员，有时开会坐在一起，也探讨过红柳的事。从麦茬心里来说，他并不愿意打掉这个“迷信窝子”，当年“立集”不说，就是现在，它也为村里带来相当大的“人气”。公安局长连说带劝，还把老领导摆了出来。麦茬毕竟是党员干部，再无奈也只有配合。

那天晚上，红柳像是有点儿预感，心神不定什么都干不下去。她想派人去找关破城，意了意觉着没情绪就罢了。等到夜深人静，徒弟们都睡了，她一个人在“莲花台”上打坐，一颗心仍然定不下来。她的思绪像奔腾的马群，咆哮着、翻滚着，不可遏止地回忆起这些年的苦辣酸甜。

当年她和张明凯被捉奸在床，趁去厕所的机会跳墙逃进了庄稼地，猫在一个沤粪的大坑里躲过了人们的追捕。她又冷又怕浑身哆嗦，思前想后觉得无路可走，便决定去五台山出家。她并不知道五台山的具体位置，只好趁着夜色在庄稼地里一路向西。深秋夜冷，凉风飕飕，她一路连跑带颠直到香汗淋漓，天亮时到了正定。她感到又饿又渴，摸摸兜里一毛钱没有，这可怎么办？

一分钱难死英雄汉，却难不住大美人。红柳经常说：一个女人没钱花肯定是因为长得丑，再就是没本事。她一张笑脸、几声嗲里嗲气的“大哥”便迷住了一家小饭店的老板。她白吃白住两天，陪那个中年汉子睡了一觉还挣了五十块钱。就靠这点儿钱她走了两天两夜，第三天头午终于到了五台山……掌门的师父本不想留她，架不住红柳哭天抹泪，说在家被男人打得活不了，要不留就碰死在庙门口。

接下来的几年红柳守身养性，扎扎实实跟着师傅修《易经》学“八卦”，还记下了许多治疗常见病的偏方邪术。再后来，她终究耐不住寺庙的清淡和寂寞，不辞而别离开了五台山。女人漂亮的脸蛋就是“通行证”，她云游四海，走遍全国各地，访名山、拜“大仙”，还学过气功和魔术……老家人们常说：一等人看看就会；二等人学学就会；三等人学也不会。红柳绝对属于一等人，她天资聪颖，耳听六路、眼观八方，再复杂的骗术，她看两眼就学个差不多。当然，这一路走来，其中的忍辱含垢和酸甜苦辣只有她个人知道。到最后，连她自己都犯迷糊，有时觉得自己真成了“半仙之体”，有时又觉得都是他娘的骗人之术！甭管怎么样，这个小女人总算不简单，靠察言观色、见吗人说吗话和一点点真才实学养活了自己，还积攒下一些钱财。

年深日久，红柳想家了。她毕竟还是个凡人，有时做梦都惦记着那个丑哥哥和自己的小子，丈夫不正却一次都没到她梦中来过。时过境迁，她知道改革开放后，自己和张明凯那点儿“破事”已不算吗了，便毅然决然回到了家乡……红柳浮想联翩，不知天已到了什么时刻，迷迷糊糊间听到房顶上好像有什么动静。她一激灵，侧耳细听不像猫走路的声音，情知不妙便迅速返身下了“莲花台”，小兔儿般闪进“观音门”后的暗道不见了。

不正一直睡在门房里，被人从睡梦中提溜起来时，院子里已到处站满了公安干警。他毕竟是经过大阵势的人，立刻想到自己写的那封匿名信，便带他们直奔后院……红柳的那四个徒弟可就惨了，被喊起来时一个个吓得浑身哆嗦，有两个都尿了裤子。

干警们冲进香堂却不见人，不正指了指观音像，他们马上意识到这是个暗门，有机灵者迅速闪身进去了。他们楼上楼下寻找好一会儿，仍不见红柳人影。在公安局长追问下，不正突然想起自己多年前挖的那个通往房后的地下暗道……红柳从地道里钻出来，飞快地跑进不远处那片棒子地。她喘息着侧耳倾听片刻，慌忙往棒子地深处钻去。她可是没想到，现在不是她当年逃跑的时候，公安战线的装备和技术不知先进了多少倍。在一片嘈杂的追捕声中，她刚跑到棒子地边上，便被两条警犬围住了。

“苏仙姑”被抓走了！这消息天不亮便传遍了全村。乡亲们大眼瞪小眼惊恐万状，一时间各种流言和猜测像发大水一样四处漫延。多数人都认为公安局是狗拿耗子——多管闲事：“人家红柳多好哇！给乡亲们消灾看病从不收钱，这不是当代‘活观音’嘛！”“就是，眼下这样的好人哪儿找去？”“放心，红柳有真‘道行’，公安整治不了她。”……

果不其然，两天后传来爆炸性消息：红柳从看守所逃跑了！乡亲们又有了话说：“怎么样？我早说过，红柳有真本事，公安奈何不了她。”“人家会飞檐走壁、腾云驾雾，天罗地网都不怕！”“等着吧，敢和‘仙姑’叫劲，快有人倒霉背兴了。”……不管人们说什么，几天后不正回来证实了这消息，不是红柳会飞檐走壁，而是她那个当看守所副所长的“靠家”把她救出去一块私奔了。

关破城和红柳远走高飞去了哪儿一直是个谜，公安部门发“通缉令”全国追逃好几年都没结果。多少年之后，有人说在南方一个小城市见过他们，人家的“生意”仍然红红火火，门前车水马龙、信徒成千上万……当然，这是后话，真假没人调查过。

这是村里发生的第一件事，乡亲们惊恐猜测、说好也罢说坏也罢，瞎嚷嚷一阵子也就过去了。第二件事可就没那么容易了，说是全村人的灭顶之灾也不为过，那一年，寻死觅活、上吊喝药的就有好几个！

前面说过，苏青松靠卖妹妹的礼品发了大财。他先是在县城开了个小门市部，后来发展成全县第一家大超市还有三个连锁店，几年过去个人资产已达上千万。这小子从小穷怕了，挣再多也是把钱串在肋条上。他不喝酒不抽烟，不赌不嫖，唯一的高消费，就是咬牙发狠、三千多块钱买了一把二胡和一把京胡。他计划花的大钱，就是为外甥天亮盖房子娶媳妇。因为他知道不正这个当爹的没正事，靠他这孩子肯定打一辈子光棍。他沾妹妹这么大光，这点儿忙是必须要帮的，要不自个儿从良心上都过不去。但是，随着天亮从部队上复原回来，他觉得好像这点儿忙都不用他这个舅舅帮了。

天亮在养殖场干了两年，没少被麦茬收拾，那年征兵时麦茬不管保证同不同意，硬做主把他送到了部队上。嘿嘿，部队真是个大熔炉，没想到这小子还干得不赖，学了一身开车修车的本领还入了党！连脾气秉性也彻底改变了！复员回来后就张罗要在城里租门市，想开一家汽车修理厂。说来也怪，走前的两年麦茬那么修理他他却跟麦茬挺亲，有事不找爹偏找他这个八竿子打不着的叔叔。麦茬没同意他去城里开修理厂，而是让他顶替条子当上了机电队长。因为条子过了四十岁身体更差，喝噜巴喘更是连电杆都上不去了。实际上，麦茬让天亮当机电队长并不是最终目的，他是想把这小子好好摔打摔打，等将来接自己的班。

这话扯得有点儿远了，咱再回来说苏青松。他经商几年长了不少见识，头脑灵活思路开阔，没事就琢磨怎样挣钱更快。随着改革开放人们的日子越来越富裕，他看到了个大商机，那就是房地产开发。人要想干成大事必须具备三个条件，天时地利人和。地利他占住了，县城本身就是块好地方；人和也没问题，多少人日子好过了想改变住宿条件买新房；这天时……最后也被他找到了，那就是当年他在剧团时的好哥们儿李政，现在正好是主管城建的副县长。

青松进城时李政还是城关镇的党委书记，巧的是他的小商店就开在镇委和政府的大门口，两人来往频繁经常在一块吃吃喝喝，成了无话不谈的挚友。一天晚上，他提着两瓶“茅台”两条“大中华”去了李政家，二人边喝茶边聊天，他说出了自己的想法。李政思索片刻，一拍桌子说：“这想法正是时候，忒好了！”

他们进一步深谈，反复斟酌，最后决定由青松出资出面、李政暗中操作、风险共担利益均沾，合作搞房地产开发。那时候，土地还没现在这么紧张，不讲什么“指标”不“指标”，没几天李政便运作出了一块不大的地皮。这是他俩商量好了的，先干块小的、开两三个楼盘试巴试巴，看水深浅再说。

有了地皮，其他就好说了，什么土地变性、挂牌拍卖、规划容积率……在李政的指点下，一切按程序顺利进行，不到半个月就全跑下来了。那会儿做事还算规规矩矩，不像现在，只要凭关系拿下土地就可以贷款、就可以卖图纸，前期根本不用自己投多少钱。青松办事很认真，坚持要做到“五证齐全”才动工、楼盘封顶才出售，这样前期资金压力就较大，他个人手里的钱根本不够，李政又联系农业银行帮他贷了一千万。

苏青松干这么大事还是头一回，他年轻时在村里没少帮乡亲们盖房建屋，可那和盖高楼是两码事。正当他有点儿抓瞎时，大乱带着工程队从石家庄回来了。去年歪歪两口子出事后，在麦茬主持下清理了他们公司的遗产，账上的现金四百多万，按着法律继承，双河和守根各分了二百多万。双河是养老钱，守根是为天爽保管的养育费。那些机械设备，低价处理给了大乱，他交了一部分钱，剩下的讲好分期分批、三年内还清。大乱是钻研技术的，干工程是把好手，搞关系可就蒙灯了。他硬撑了一年多，实在拿不到工程，只得转移阵地，把队伍带回了县城。

真是想睡觉有人送枕头，可把青松乐坏了！他把整个工程交给了大乱，自己像个小工头，每天带领工人们干活……真是老天爷成全，一切顺风顺水，半年多的时间，三栋带电梯的小高层就封顶了。这是无极县城第一批带电梯的住宅楼，人们像不掏钱一样疯抢，不到一个月就卖完了！

苏青松和李政坐下来清账，纯利润四千六百万，还银行贷款一千万，每人净到手一千八百万。李政有点儿不好意思，只要了一千五百万。青松客气半天，把两千一百万存入了自己的账户。有了这次的大获成功，他信心倍增，没过多久，便又找到李政，想开一个更大的楼盘。李政沉吟好一会儿摇了摇头，说："不急，不急。先缓口气，沉沉再说吧。"

青松自然是言听计从，知道他是想听听社会上有什么反应，对自己的名声有没有负面影响。青松现在是大老板了，走到哪儿人们都是毕恭毕敬地称呼他"苏总"。他把超市交给媳妇打理，自己潇潇洒洒过起来神仙般的日子。

当时，县里的河北梆子剧团因发不了工资吃不上饭，正准备解散。他为了圆自己的梦，主动把剧团接管过来，买大卡车、添置服装道具，还新招收了十多个男女学员。他又是团长又是乐手，每天带领剧团下乡义务演出。一天两"开箱"，每当大幕拉开，他微眯双眼、摇头晃脑拉着二胡，那种陶醉、那种享受……嘿嘿，真是大小姐开窑子——不为挣钱只图过瘾！

就这样过了一年多，李政找上门来，说有个外地投资商想在县城搞开发，问他还想不想干。青松一拍大腿："干呀！为什么不干？有钱自己赚，干吗便宜了外人？！"

青松把剧团交给一个哥们儿管理，又给了他一笔不少的经费，自己再次全身心投入房地产开发。有了上次的经验，这次是轻车熟路，在李政配合下，他很快在县城中心区域拿到块不小的地皮，计划盖十栋高层商品楼。他上次挣的两千一百万为剧团花去不少，剩下的不足一千五百万，这作为大盘的启动资金是远远不够的。于是，他找到李政，想让他把上次的一千五百万拿出来。没想到李政笑着直摇头说："算了，这回我白帮忙吧，有事只管找我就行了。"

青松傻眼了，想说什么又觉得人家有自己的考虑，就把到嘴边的话收了回去。在李政帮助下，他从农业银行贷了两千万，并说好只要需要随时支持，又和大乱讲好楼盖到封顶再付工程款。十栋楼分两期开发，一期五栋，预计时间是三年全部完成。李政挺够哥们儿，这次不占股份仍积极帮忙，土地挂牌、变性、规划容积率……一切像行云流水，很快就拿到了“五证”。等大乱带领工程队入场开槽时，青松就放心了。他去剧团待了几天，见一切正常，便又回到工地当起了小工头。

天有不测风云，世事更难预料。青松可是万万没想到，第一期五栋楼盖到九层时发生了意外事故，脚手架子倒了摔死了仨人。当时他就在旁边，眼看着一个个头破血流、肠子肚子迸溅散了一地，吓得差点儿一头栽倒。干工程开煤矿死人是常事，无非是多花点儿钱，青松心肠又软，三个人赔了一百五十万。但此事传扬出去的影响却是没办法估计的，整个县城都嚷嚷开了，说这儿风水不好，盖多么高级也是“凶宅”。工程停了几天，青松却腻歪了好一阵子，但他别无选择，毫无退路，只能继续往前推进。过了两个月，当这五栋楼快要封顶时，资金又发生了短缺。

青松找到李政，想再跟银行贷一千万。李政却没了先前那么痛快，犹豫了好半天让他回家等信儿。真是福无双至昨日至，祸不单行今日行啊！青松刚进家坐下来吃饭，剧团的那个哥们儿又气急败坏地找上门来，说演出半路出了车祸，砸死了一个伤了仨。青松一听差点儿背过气去，张口结舌愣了半天才站起身来……他匆忙忙开着自家的“奥拓”去了现场，女演员们围上来哇哇大哭，惹得他也跟着掉眼泪。他又花了一百多万平息事故，万分不忍地宣布剧团暂时放假，才和大家依依惜别。

青松焦头烂额等李政的回信儿，一等不来，两等不来……第四天头上，他只得去了县政府。李政的办公室锁着屋门，他问值班的小秘书，人家告诉他李县长去省里开会，要半个多月才能回来。真是磨扇子压手呵，青松心里那个着急呀，火上房也不过如此！他转身下楼，灵机一动想直接去找农行行长，毕竟开发第一个楼盘时一块吃过几次饭，也算混了个脸儿熟。

行长非常热情，一见面就呵呵笑，忙不迭地给他沏茶倒水。青松一时高兴，心想这事有门儿。但当他打着李县长的旗号说明来意时，行长的脸色变了，说："没有，没有哇。李县长没给我说过，我有一个多月没见他了。再说，就算县长打了招呼也不行，现在紧缩银根，上级三令五申，不允许给土地开发商贷款，谁来也不行！"

青松彻底傻眼了，张口结舌半天说不出话了。行长一声声道着歉，仍是很热情地把他送出了屋门。青松脑袋里一片空白，不知道自己怎么下了楼，怎么开车回到家中。这可咋办？开发到了关键时刻，资金断链可是最要命的，没钱简直寸步难行！他思来想去，绞尽脑汁想到了借钱。当时还没有"小贷公司""典当行"什么的，但在民间高利贷已非常盛行。他琢磨半天，决定回村去找麦茬想想办法。

上山擒虎易，开口求人难呵。青松为人本分，有毒的不吃犯法的不做，一辈子没开口求过人。他见到麦茬抹不开面子，闲聊了好一会儿才脸红脖子粗地说明了来意，并一再声明不管借多少，都按乡间高利贷付利息。麦茬倒很痛快，说集体的钱不能动，自己的钱没多少，七凑八敛可以借给他一百万，利息一分不要。按说一百万是个大数，可对青松来说只是杯水车薪，顶不了大事。他不好意思再张口多借，从麦茬家出来盘算着还找谁去借时，正好碰上双河路过。

人生就是如此，点儿兴时土坷垃变白银，点儿背时黄金都失色。双河从养殖场回家本不走这条路，他因一时高兴去机电队看孙子天亮，才绕到这儿来。青松忙叫着"叔叔"把他拉到路旁，磕磕巴巴说出来自己的意思。双河一听说借钱立马提高了警觉，下意识地想一口回绝，当听说高利息时话到嘴边又改口问："高、高利是多少？"

"我也是头一回做这种事，"青松忙说，"来时也打听了打听……按眼下时兴做法，我最高能给到你两个点儿。"

双河不明白："两个点儿是多少？"

"这么说吧。"青松掰着手指告诉他，"比方说我借你一百万，每月给你两万的利息，也许半年也许一年，到时间再把一百万毛钱不少地还给你。"

双河一听就动了心，可不是，一百万存在银行，一年的利息不过一万多，那和月息两万怎么比呀？一个月两万，一年不就二十四万么？青松又说："这样，一百万我给你打借条，交给我时先扣出俩月的利息，就是四万，你直接给我九十六万也沾；往后上打足，每月两万。"

双河越盘算这事越上算，当即答应借给他一百万。第二天，麦茬把一百万打到了青松的账号上；双河不会转账，而是跑了几家银行把钱取出来，用麻袋背着送到青松家。青松打了借条，当即付给他四万还搭上了两瓶好酒。双河可是觉着占了大便宜，回到村里逢人便讲，说得好多人心里痒痒。到晚上，他向守根显摆这事，动员他把钱取出来借给青松。没想到守根嘿嘿只笑，说："瞧你那样儿，天上掉馅饼砸了个大跟头不是？小心上当受骗！"

双河不由愣了一下，其实，他心里不是没犯过嘀咕，要不存折上的钱他只取了一半。可他转念一想又笑了："你这老家伙就是属曹操的——疑心过重。你不想想，青松算是在咱们眼皮子底下长大的，他吗脾气秉性咱还不清楚？你忘了玉石烟嘴那事？"

守根稍愣神儿，不由点了点头。那是在成立合作社的头一年，青松刚十四五岁就跟着壮劳力下地干活了。当时双河用的烟袋锅配着个玉石烟嘴，翠绿翠绿差不多有一拃长，据说是祖上留传下来的。那会儿的人们都傻，一点儿都不懂玉的好坏，就知道反正是玉就非常值钱，所以双河一直拿着当宝贝。

记得那是个大热天，日头像火盆一样炙烤着大地，空气中还没有一丝丝风，满地的秋庄稼蔫头耷拉脑没一点儿精神。双河跟着社员们耪了一晌午棒子，回到家发现烟袋不见了。他风急火燎回去找，看见青松晌午饭都没回家吃，顶着大太阳站在地头上，手里拿着那杆玉石嘴烟袋等人回来找。他也知道这烟嘴很值钱但不知道是谁的，只能傻乎乎在原地等着。这事传扬出来后，乡亲们都知道这小子实诚。

守根也承认苏青松人不错，但借钱的事他总觉着不托底，就没再说什么。过了两天，青松却找上门来，因为他知道守根手里有歪歪留下的二百多万。守根借口说他是丫鬟带钥匙——当家不做主，“哈哈”笑着拒绝了他。这老小子留了个心眼儿，人们谁都不知道，实际上这些年他养鸡挣了不少钱，平时又没什么花销，牙缝里挤裤腰带上攒，手里至少有大几十万。过去他都是把钱掖在腰带里，大几十万当然掖不下，他在银行里存了点儿，留出来平时零花，大部分装在一口小瓮里埋在了柴火垛底下。

守根不借不等于别人不借，人们听说那么高的利息，纷纷找到苏青松想把钱放在他那儿。可村里除了双河和守根，谁家也没多少，三万五万的较多，能拿出十万八万就算是富裕户了。不少人为挣“利差”，就找亲戚朋友凑钱，一般都是答应给人家一分利，自己留下一分。那几天，村里干活的人都明显见少，好多人东跑西颠到处凑钱。麦茬觉得这是个人行为也没吗不妥，就没出面干涉。

这人啊，就怕财迷心窍一时冲动，为此付出代价甚至身败名裂的历朝历代都不在少数。在全村人凑钱热潮影响下，双河脑瓜子一热，不光把剩下的一百多万也拿了出来，还求亲告友凑了三百多万。就是说，他在青松那儿一共放了五百万，自己应得利息加上“利差”，头一个月他就挣了五六万。老家伙那个高兴呵，一天到晚脸像灿灿的菊花，眼像弯弯的月牙，走路脚发飘、睡觉能笑醒！

就这样，苏青松七凑八敛了一千多万，又以自家最大的那个超市做抵押贷了六百万，工程才顺利进行了下去。半年之后，第一期五栋楼封顶，但销售情况却不怎么好，来看的人不少，真正掏钱买的人不多。分析其原因，一是受当初“凶宅”传言的影响；二是在李政帮助下，楼盘规划时争取了较高的“容积率”，造成楼间距太密互相影响挡光。对于这些，青松并不怎么清楚，他认为是因为快过春节了，人们忙着花钱准备年货，忙着走亲访友顾不上买房子。

这个年苏青松过得窝囊透了，真是吃肉不香吃饺子像嚼泥，心里堵着块大石头，不知道春节过后开工需要的钱从哪儿来。第一期卖了几套单元房，收回的钱刚刚够还借款利息，第二期的工程用钱还没有着落呢；媳妇成天介叨唠，怪他铺摊子忒大，更埋怨他不该拿超市抵押贷款。青松烦不胜烦，结婚这么多年头一回动手扇了她两巴掌。一气之下，他召集起放假几个月的演职人员，再次带领剧团钻进太行山，挨村串乡进行演出。只有坐在乐池拉响二胡时，他才能把一切闹心事抛到九霄云外。

真是歪打正着，人不该死总有一救。女演员小响知道了青松的烦心事，主动提出说要帮他渡过难关。原来，这位小响说他的哥哥改革开放后承包了临县一家药厂，这几年挣了不少钱，她答应回去找哥哥想想办法。青松喜出望外，从此每天把她像姑奶奶一样供奉着……演出合同完成之后，青松急不可待，开上自己的“奥拓”想拉那位救星去找她哥哥。小响笑了笑，说她自己先去找哥哥商量商量再说。

青松无奈，开车往家走，到半路又停了下来，想想媳妇那拉得像驴一样长的黄脸，实在不想再看见。他拐了个弯，直接去售楼部找了间办公室住了下来。大冬天又没取暖设备，冻得他盖三层被窝还浑身筛糠。好不容易挨了几天，小响终于姗姗而至，笑着告诉他说哥哥同意借给他两千万，条件是月利三个点，还必须要有个担保单位。

青松听罢半天没吭声，心里却恨得直咬牙：操你奶奶，这不是劫道吗？三个点？两千万一个月的利息就是六十万！要真用上一年，光利息就是七百多万呀！他哪里想得到，实际上小响是个独生女，她说的哥哥前面还得加上个“情”字。她和情哥哥谈的是两个点，另外一个点是自己加上去的，意思是说，两千万每月的利息是六十万，她给情人四十，自己落二十，如果青松用上一年，她从中净落二百四十万。见青松迟迟不表态，小响仍是满面笑容地说：“苏团长，这事本来就是周瑜打黄盖，不行就算了，你犯不着为难。”

青松眼下是磨扇子压着手哩，小响知道条件再苛刻他不答应也得答应。果然，青松一咬牙一跺脚，连连摆着手说：“沾沾沾，就这么定了吧！”

“好！我马上去告诉哥哥！”小响高高兴兴走了。青松却又遭了难：定是定了，可这担保单位去哪儿找？他虽说在县城混了好多年，可并没结交几个高层次的朋友，没办法，只得又去找李政。听他介绍完情况，李政不无担心：“你这么干行不行呀？借款五六千万，又都是高利，这楼盘还能挣钱呀？”

“没、没事。”青松忙说，“大乱我们计算过，这个楼盘能挣一个多亿……再说，事到如今，也没有回头路哇。”

李政思索片刻，说：“这个忙我怕帮不上，县里的所有企业都承包给个人了，不沾亲带故，谁愿意担这风险？”

青松心里着急，开口便说：“给人家好处呗！”

李政摇了摇头：“这不是给不给好处的问题……再说，我和这些人也不熟呀，怎么找人家说这种事？”

青松苦苦哀求：“再怎么着你也得帮这个忙，要不我就死定了！”

李政迟疑好一会儿，突然想起地说：“你为什么不去找麦茬？你们村那么多企业，随便找一家不就行了？”

“这事我想过，”青松说，“人家麦茬已借给我一百万，怎么好意思再去找人家？”

李政笑了笑说：“要是这样，我可就帮不上忙了。”

青松迟疑片刻，又说：“要不，麻烦你跑一趟，一块去找找麦茬？”

李政想了想就答应了，因为开发这个楼盘是他提出来的，真干时他又不肯投钱，心里觉得多少有点儿对不住老朋友。至于当时他为什么没投，并不是事后人们说的有先见之明，而是因他当官时间长了，知道做人不能太贪，贪多必留后患。

两天后，李政陪着苏青松回了趟金沙窝。麦茬当时并没有多么强烈的法律意识，只是觉着这不是小事，想召开村委会商量一下。李政忙说：“用不着，担保只是个程序问题，青松真还不上这钱也追不到你们头上。”

青松也信誓旦旦，说保证不会有事。麦茬没多想就答应了，一是给李县长面子，更是由于相信青松的为人，愿意帮他渡过难关。青松长出了一口气，当时便回县城把小响拉来了，这女人很有心计，早已把合同条款都拟好了。麦茬也没详细看，直接带他们去了奶品加工厂，签字、盖章……小响拿走了厂里的营业执照、土地证等所有手续。

麦茬可是万万没想到，他认为很小的这件事，却给他和村里带来了灭顶之灾。也不能全怪他，当时在我们中国，人们的法律意识普遍不强，人情永远高高在上！

春暖花开时节，暖风给青松带来了喜讯，他的第一期楼盘又卖出去了好几套！他的心情也由冬变春，主动回家跟媳妇赔礼道歉，信心满满来到工地上，再次当起了勤勤恳恳的小工头。

日月如梭，光阴似箭，转眼已是“仲秋”。这半年多，青松被钱折腾得焦头烂额，可不是，每月光付出的利息就是百十来万！一个庄稼孩子、平时把钱串在肋条上的主儿，能不心疼？心疼也没办法，他拆东墙补西墙，又七凑八敛借了不少。他成天烧香拜佛，望着早一天把楼盖好，尽快出手回款还账。可是，事与愿违，人生有多少无奈，老天爷不成全也白搭。

阴历八月十六那天，第二期楼盘全部封顶。青松听从大乱的劝告，为图个吉利，买了一百多块的炮仗，整整放了吃顿饭的工夫；还请来了战鼓队，走大街串小巷，围着县城转悠了大半天，招来满街筒子大人孩子跟着看热闹。从那之后，青松家也不回，每天泡在售楼部，眼巴巴观察售楼情况。你还甭说，头几天人来的还真不少，一拨拨像赶集上庙，半个月就卖出去了二十多套。只要有钱进来，青松马上拣小响那笔高利还账，陆续还了四百多万。

可谁也说不清为什么，半个月过去人来得就少了，一天来三五个还不一定掏钱买，再往后更不行，有时一整天看不见人影进来。这时，青松在售楼部可就坐不住了，因为经常有债主找来逼账。再往后他连家都待不下去了……好事不出门，坏事传千里，一传十十传百，债主们都听说他的楼卖不动，担心自己的钱收不回，便三五成群来家里找，开始还好说好商量，后来可就不行了，甭管青松怎么赔笑脸说好话，见不到钱也白扯，有的骂骂咧咧；有的推推搡搡；甚至有的赖在他家不走，还得管吃管喝，像大爷一样伺候着。

青松可是遭大难了，吃不好睡不好，满嘴起燎泡牙床子肿老高！他媳妇也跟着添腻歪，一天到晚叨叨他这不该那不该，拉着脸摔摔打打。青松忍气吞声，屁都不敢放一个。两口子实在没法在家待，把门一锁去了超市，腾了间小屋躲了起来。可无极县城屁股大的地方，谁家吗屋子吗炕大家都知道，你能躲得住？一天两口子刚端起饭碗，一群人便拿棍抄棒打了进来。青松刚赔上笑脸好话还没有说出口便被人砸翻了饭锅，紧接着就有人动手哄抢超市里的东西……等民警赶来整个超市已是狼藉满地。两口子欲哭无泪，傻子一样呆坐，直到小子放学回来愣在门口，媳妇才扑上去抱住他哇哇大哭。

夫妻本是同林鸟，大难临头各自飞。无极待不下去，青松只得躲到新乐一个亲戚家。那个亲戚也曾借给他两万块钱，好在人家大度，心里高兴不高兴还是把他留了下来。但是，一天两天还行，三天五天也凑合，日子长了，亲戚一家人的脸便拉了下来，有事没事断不了拿话敲打他。青松不傻，是个要面子的人，在人家住着吃喝拉撒自己都觉得别扭，于是住了十来天便不辞而别偷偷回到了无极。让他更寒心的是媳妇不见了，这娘儿们趁他不在低价处理掉另外两家小型超市，带着孩子远走高飞了。

苏青松陷入了绝境，县城的家不能回，老家更回不去，因为欠那么多家钱，乡亲们正满世界找他哩。天下这么大，自己该去哪里？世上的路千万条，留给自己的是哪一条？青松百思不得其解、走投无路，不吃不喝在大野外一座废弃的机井房里藏了两天。他时而清楚时而糊涂，断断续续回忆了自己这一辈子，好像留在记忆中的只有辛酸和苦涩。他因为是“富农羔子”，一落地就被打上了阶级烙印，从小挨打受欺负是经常事；七八岁上了几年学人家就不让上了，十二三就像牛一样在生产队里干活，小心翼翼不敢多说一句话，不敢走错一步路；二十五六还是光棍一根，陪伴自己只有那把自制的破胡琴……要说开心的日子就是去了剧团娶了雪儿，那两年虽说夫妻俩聚少离多，可自己心里是充实和快乐的。尽管他知道雪儿不爱自己，可他爱她，爱得骨酥、爱得心疼，直到现在他仍然就爱这一个女人。多少年后娶了眼下这个媳妇，两口子亲热时他还经常忘情地叫出雪儿的名字，为此多少次被人家从身上推下来，几天都不理他。

青松想到春雪，不由掉下来两大滴眼泪。他突然有股子强烈的冲动，想她、想看到她！就是死也要见她一面！他被自己的这个想法吓了一跳，人却多少有了些精神，才感到肚子饿得直“咕噜”。他挣扎着爬起身，小心地伸头往外看了看，正是大歇晌儿，原野上连个人影都没有。他这才走出来，四下观望了一会儿，左顾右盼来到不远处的菜地，摘了两个小孩儿脑袋那么大、紫油油的圆茄子，拔了棵大葱，一颗心怦怦跳着跑回来。他狼吞虎咽吃了下去，总算把肚子糊弄住了。他本想立马回村去找春雪，又担心大白天被熟人撞见，只得重新躺在小土炕上，迷迷糊糊回想着自己的后半辈子。

人们都说青松有后福，五十岁上沾妹妹的光挣了大钱还娶了个媳妇，总算人模狗样在乡亲们面前抬起头来了。他在人前风风光光，人后心里的苦谁能知道？他从小穷怕了，省吃俭用在自己身上舍不得多花一分，钱再多也只是个数字。苦就苦在没有了春雪，他觉得活着没劲，顶多也就是个行尸走肉，至于后来这个女人，他从不认为那是他媳妇，不过是男女搭帮过日子而已。他从没对这个女人付出过真心，所以危难时刻人家一走了之也算情有可原。他不恨她，也不想她，就好像这个女人从没在自己生命中出现过。再后来……他怎么也想不明白，自个儿这辈子从没坑害过谁，没坏过良心，为什么就走到了今天这一步？莫非真像共产党说的，祖上缺了大德，自个儿来这个世界上就是还债的？可也没听爷爷说过什么呀？

青松胡思乱想着不知过了多久，突然听到外面有人声，不由一激灵站起身来。他从破窗口往外看了看，不远处的菜地里果然有人走动。他一阵慌乱惊愣片刻，倏地钻进门外那无边无涯的棒子地。

这时天色已经向晚，西天际滚动着的乌云被落日染成了血一样红，投射在大地上的一片血色让人感到阵阵心惊肉跳。一群鸽子在血光中惊慌地上下盘旋，像是和青松一样找不到自己的家了。

青松决定去见雪儿，他不敢走大道，就在庄稼地里一路向北，过了木道沟、穿越沙土岗……到金沙窝村头天已黑透。他当然不敢进村，更不敢直接去雪儿家，好在服装厂就坐落在村头上，他便在不远处的棒子地里窝藏了下来。他透过棒子叶的间隙，大傻子般等呵、等呵……他浑身紧绷，忘了饥也忘了渴，血红的双眸一刻也不敢离开灯光明亮的服装厂大门口。鸡上架了他在等，牛进圈了他在等，村里传来刷锅洗碗声他在等，一片沉寂村子睡着了他在等；直到鸡叫头遍，他知道这个点雪儿万万不会来，突然想回家看看。黑黢黢的街上杳无人影，他仍不敢走进去，而是绕道村外，翻墙进了自己的家。他站在院子里睁大了双眸四处巡视……老天爷，这是自己的家吗？该不是走错门了吧？

当年第二次结婚时，青松手里已有了些钱，屋里屋外装修得虽不算豪华但在村里也是数一数二，冰箱、电视等电器都买了，大立柜、高低桌等现代化的家具一应俱全，可眼下你看看，甭说冰箱电视，连睡觉的床都被人抢走了，大门屋门都被拆走了，只剩下摔坏的凳子和满地的碎砖烂瓦。他呆立良久，浑身发软一屁股坐在门槛上，随着一阵心酸，泪水像发河一样流下了。他不敢出声，只是抽泣着大把大把抹眼泪。鸡叫第二遍时，他又翻墙出去，绕到那片棒子地里像泥胎一样蜷缩着身子坐下来……秋夜风凉，冻得浑身哆嗦，他便掰了一大堆干黄的棒子叶把自己埋了起来，只留下一双干涩的眼睛紧盯住服装厂大门口。

也许是天可怜见，鸡叫三遍夜色渐退时，春雪骑着自行车从街里驰来。她因为忙村里的事，已经好几天没来厂里了，今天有批货要发，她不放心过来看看。青松一见，浑身每根汗毛都绷紧了，他抖落棒子叶，站起身来却觉得一阵头晕目眩，忙伸手抓住几棵棒子秸才算立稳了。

春雪拐出村头，来到厂门口跳下自行车。青松紧着往前走几步到地边上，声音涩涩地轻唤：“雪、雪儿！”

春雪一只脚已迈进了门槛，隐约听见好像有人叫自己，便又退了回来转着脑袋四下观望。青松忙走出棒子地，低声说：“雪儿，是、是我。”

春雪看到他大吃一惊，以为自己大清早撞见鬼了。可不是，眼前的青松和鬼差不多，他又黄又瘦浑身没肉，眼睛没神像两个黑窟窿，花白的头发和胡子老长老长搅成了一片；身上的衣服多少天没洗没涮，又破又烂好像挂在竹竿子上……他往前走了几步又说：“雪儿，我是青、青松。”

春雪这才冷静下来，意外地瞅着他，好一会儿没吭声。对于这个男人，她确实恨过，但随着岁月的流逝和年龄的增长，她对他多了些理解。她终于懂得这个男人是真爱她，在一起生活两年中的关爱呵护她记忆犹新，至于炕上那些过激动作也属于夫妻间的正常行为。她虽然不爱他，但人家也没强迫霸占，还不是娘为给哥哥换媳妇才有了那段日子？她这样想着脸色缓和了下来，本想问“你怎么成这样了”又觉不妥，人家成吗样和自个儿没一毛钱关系，话到嘴边改为：“你怎么……在这儿？”

“我、我回来看、看看……”青松想说“看看你”又不敢，到嘴边把那个“你”字咽下去了。但春雪已经听到了那个“你”字，心里动了一下忙说：“有什么好看的？你快走吧，人们正满世界找你！”

“我知道，我知道，”青松连连点头，“我看看就走，看看就走。”

“走得越远越好。”春雪说罢，扭头往厂里走去。青松目送她的背影，忽然说了一句：“雪儿，你真好看！”而后，飞身钻进了棒子地。春雪的脚步迟疑了一下，回头看一眼没吭声。

青松像个疯子，拼尽身上最后一点儿力气跑呵跑。他磕磕绊绊，棒子叶划破了他的脸，棒子秸挂扯了他的衣服，他不管不顾，一口气跑到离村老远的一个井台上。他扑倒在地，冲着已经干涸的井筒子张开大嘴，放挺了声音哇哇大哭起来。他的哭声惊醒了旁边大柳树上一只正在打盹的夜猫子，它像小孩儿哭一样怪叫两声，扑啦扑啦翅膀飞走了。青松哭呵哭，只哭得浑身哆嗦手脚抽筋，只哭得口干舌燥没有了泪水，到最后腿一挺昏迷了过去……

“苏青松失踪了！”小响一个电话打到了麦茬的手机上。农村比城市，任何时兴玩意都要晚一两年。麦茬刚买了手机，还被守根唠叨了半天：“家里厂里办公室都有电话，你拿着那‘半截砖’不嫌使里慌呀？”

麦茬并没把小响的电话当回事。他知道青松躲好多天了，认为他可能是去哪儿张罗钱了，相信他会回来把事情弄清楚，把乡亲们的钱还上。人家小响的情人可不那么想，他让小响出面，很快就去公安和法院报了案；紧接着银行也起诉了青松。他们都知道，像这类经济案件，最后的赔付和报案先后是有直接关系的，先报的有可能拿到部分甚至全部赔偿；后报的就可能一分拿不到。庄稼主子哪儿懂这些？他们只会像没头的苍蝇，惊慌地东打听西问、凑在一起说些没用的话，再不就是抢东西，能拿回来一分算一分。

金沙窝多数人家都把钱借给了青松，这些日子就像炸了窝，一家家惶惶不可终日，除了三五成群凑在一块瞎嚷嚷，什么都干不下去。那些借钱的闹心，那些当二道贩子挣“利差”的不光闹心还“闹身”。像老双河，他搜罗亲戚朋友三百多万借给了青松，事到如今人家能不找他？刚开始那些人还算客气，越往后说话越难听，甚至有人推推搡搡动了手。双河可不是既闹心又“闹身”，一天天不敢在家待，黑介睡觉都“串房檐”，一天挪个地方。

公安局接到报案不敢怠慢，按“诈骗”嫌疑开始寻找苏青松。他们出动百八十号公安干警，在全县范围内像过“篦子”一样梳理了一遍，青松却像从人间蒸发了，活不见人死不见尸。随着日子一天天过去，那些债主越来越沉不住气，有的成天泡在公安局或是法院；有的结帮拉伙，打着“还我血汗钱”标语聚集到县政府门前闹事。县委书记沉不住气了，连夜召开常委会组建了专案小组，责令李政为组长处理此事并限定了时日。

李政召集公安、法院等部门领导和办案人员进行了综合梳理，结果让他出了一身冷汗：青松借钱金额已高达上亿，涉及全县二十多个村庄三百多号人！冤有头债有主，大家一致认为当务之急就是先找到青松，只有他能把事情说清楚，破产也好、还债也罢，没有当事人都无法进行。

公安加大力度增派了人员，把搜索范围扩大到附近几个县。那时候的办案难度比现在大多了，公安局本身技术条件差，城乡间还没安装“天网”“天眼”什么的，公安干警没明没夜又忙活了十来天，仍没有青松的下落。债主们更沉不住气，开始成群搭伙去市里省里上访，这可是“维稳”最不能容忍之事，闹不好书记县长的乌纱帽都戴不结实。省里的一位大领导在电话里发了火，命令书记县长亲自去“接访”，好吃好喝好招待把那些人“请”回来。书记像急火上了房，把李政和公安局长叫过去，足足训了有吃顿饭的工夫。公安局长没好气，回去把主管局长、刑侦队长和各派出所长训了个遍。可训也白训，大家又不是不尽力，找不到人谁有吗办法？

最后，还是一个拾破烂的老汉来报案，说是在大野外一座废机井房里发现了个死尸。刑侦队长马上带人去看，现场的惨状让他这个老公安都汗毛直竖。天热日久，尸体已高度腐烂，脑袋肿得像“柳灌斗”，肚子里流出来的红汤绿水恶臭熏天，像是全世界的苍蝇都赶来吃大席了，乌云般一团团一块块赶都赶不散；而且，死者的半张脸和一条腿不知是被老鼠还是别的小动物啃吃了，露出的森森白骨谁瞅一眼都会心惊胆战，晚上做噩梦、一辈子忘不了！队长本来是认识青松的，可找了半天也没发现尸体脸上有麻子坑。他不敢认定，派人请来麦茬和几个乡亲，一个个捂着鼻子辨认好半天，才确定这就是苏青松。干警在现场仔细勘察，发现屋角乱草中扔着个“百草枯”空瓶，初步认定他是自杀。

消息一经传出，无极县城一片哗然，小金沙窝更是不亚于一场地震！那些债主惶惶不可终日：说是人死账不烂，可钱冲谁要？青松死了，媳妇跑了，妹子失踪了，要说近亲，就是外甥天亮，可这么多钱，总不能冲一个孩子要吧？有人沉不住气便走了极端，像东头老曹家，媳妇常年有病，老曹在外打工有了外心，一年年不回家，回来就又打又骂逼她离婚。媳妇好不容易攥了七八万块钱，准备给大儿子娶媳妇用。而且，她还是最后借给青松的，只拿了一个月的利息，听到青松死了的消息彻底绝望。那天趁老曹又回来逼离婚，这娘儿们把三包老鼠药下在了饭锅里，一家四口同时腾云驾雾过了忘川，登上了望乡台。

当然，多数人还是抱有希望的。比如老双河心里就想：青松那么大的家业，总不能一分不剩吧？等等看，说不定政府会有办法，没多有少把大家的钱还一还，能拿回来一半也沾呀。他自己和找人凑的五百多万，青松已用了十个多月，老家伙拿到了几十万的利息，想到这点儿心里多少有些安慰。可那些亲朋不这么想，他们和青松扯不上关系，只能冲双河又一轮开始登门闹事。他东躲西藏，有一天终于被堵住，拳头巴掌被揍了个“乌眼青”，十多天不好意思出门。

守根看老亲家实在难过，咬牙发狠提出来把自己的几十万借给他挡挡账，为天爽保存的二百万多他是一分也不肯动的。双河想了想没接受，他说事到如今，亲朋们的钱除非全部还清，要不还多少也是落个得罪，干脆都不还，看政府怎么处理再说吧。

这么大一场事，涉及二十多个村庄三百多号人，政府当然也很着急。县委书记主持召开了常委扩大会，专门研讨解决办法。有人却提出来说这是狗拿耗子——多管闲事，纯粹是乡间借贷，周瑜打黄盖——打的愿打挨的愿挨，跟政府扯不上一毛钱的关系。书记一听就急了：“事件本身是和政府没关系，可咱是人民政府，在这类事上就得背黑锅！要不三百多人上访告状，咱们哪个能安生？！”

见书记发了脾气，那些人才不吭声了。最后统一意见：彻底清理青松的财产，执行法律程序平均下来，该还谁多少还多少。这事自然又落在了李政头上，他带领专案组没日没夜调查清理，最后结果又让所有人大吃一惊：青松的财产已所剩无几，大超市抵押贷了款；两家小超市被他媳妇卖了；村里的那栋小楼属于集体财产；剩下的就是城里的一套单元房和那辆“奥拓”，再就是没卖出去的几栋楼盘。按说，这楼盘是值钱的，但卖不出去等于死物，更何况，已有两家通过法院做了财产保全，一家是当初青松贷款的农业银行；另一家是小响的大款情人。事情发展到现在，按照法律只有法院有权力处理这些财产，县委可不管这个，书记下了命令：县五大班子领导成员、县直单位两个一把手、乡里的党委书记和乡长每人买一套，凑钱还债！而且，书记县长率先垂范，尽管他们都不是本地人，每人买一套做出了榜样。

这可苦了那些中层干部，虽说房子卖得不贵，一千块一平，买一套下来也就十多万，加上装修费用和买家具不过二十万，可他们都是靠工资吃饭，一个月也就几百块，二十万可不就是个天文数字？当然，一些好单位，比如财政、人事、交通等管钱管人管物的领导虽说手头活泛得多，但拿出这笔钱也要翻库底子。书记说了：谁不买就挪挪摊儿！为保官位，再苦再难也得想办法呀！这些人开始求亲靠友凑钱，可友是靠不住的，因为他们的友多是这个层面的干部，也面临着同一个难题，所以，只能回家坑自己啃地皮的老爹老娘。

在一片怨声载道的叫喊声中，楼房卖出去了一多半，收回来的钱也就五千来万，这和青松外欠近一个亿相差甚远。没办法，有总比没强，书记说按比例往下分吧。还不行，因为国家有规定，银行的钱一毛不能少，连本带利必须收回！青松当时在农行贷款两千万，加上利息二百多万，法院一次性划拨到农行的账户上，剩下的还有两千八百万。再一个大户就是小响的情人，青松借人家两千万，陆陆续续还了五百万，还剩一千五百万。法院院长得了好处，便对书记说他们是第一家起诉并做了财产保全，按照法律应如数归还。书记一听就火了：什么法律不法律？所有债权人一律对待，按比例该多少就是多少！他可是没想到，人家手眼通天，当晚便有省里的一个大领导把电话打到他的办公室。书记没辙儿了，只得同意先归还人家一千万，剩下的五百万看情况再说。人家懂法律什么也没说，当天便起诉了担保单位——金沙窝奶品加工厂。

这样算下来，五千万扣除三千二百万还剩一千八百万，青松外欠一个亿，刨去农行和小响他们的三千二百万还剩一千八百万，就是说，要拿这一千八百万当六千八百万归还债权人。比方说，双河共借给青松五百多万，能分到手的不过一百三十多万，甭说自己的二百多万一分收不回，借亲戚的也只能还人家一小半。他那个堵心呀，还没法对人说，自己当了一辈子干部，在村里也算有头有脸，这办的叫什么事呀?！而且，他活了七十多，从没欠过别人钱，如今却欠了一屁股账，人家不说自己都觉着没脸见人；更何况那些人三天两头堵进家来大吵大闹，弄得鸡飞狗跳，四邻八舍都不安宁。老家伙一时想不开，三更半夜一根麻绳吊在了自家院里那棵烧了半边的老槐树上。他走前没忘留了张纸，把那一百三十万给亲戚们分了分，一分也没跟保证留。

面对村里的一片凄惶，麦茬非常无奈。他不是不想管而是管不了，涉及这么多户人家这么多的钱，村委会是心有余而力不足。因为这两年村里投资太多，奶品加工厂的账还没还清，又筹建了农副产品深加工厂和一座大型面粉厂，为此还向银行贷了不少款。那天，麦茬正帮不正料理双河的后事，接到了法院的传票，他这才知道有人把他告了。他虽说当了多年干部，打官司还是头一回，这才想到为青松担保之事，拿着传票不免有点儿发蒙。这时，穿着一身重孝的天亮凑上前来，看了看那张纸说：“叔，这法律上的事咱都不清楚，应该请个律师。”

这小子没白在部队干几年，眼界宽知道事也多了。麦茬还不知道律师是“卖吗吃的”，听他解释半天才明白，打官司根本不用自己出面，律师完全可以代理。麦茬本来觉得打官司跑法院是丢人的事，听天亮一说心里轻松了不少，便委托他去办这件事。天亮通过自己的战友在石家庄请了位律师，扯来扯去两个多月官司还是打输了，村里必须负责归还为青松担保的两千万中剩余的五百万。麦茬觉得很窝囊，自己的一百万收不回，还给村里带来这么大损失，真是肠子都悔青了！他想不明白，小响她们借钱给青松是为了挣高利，自己吗好处都没有却背这么大的个“黑锅”，找谁说理去？天亮无奈地笑着说：“叔，说吗都没用，法律有时就是不讲情理，打输了咱就想办法凑吧。”

凑？说着容易做着难，要放在“转盘窑时代”，村里拿这五百万不成问题，眼下不也是罗锅子上山——钱（前）紧吗？好在麦茬自己手里还有百八十万，天亮把自己几万元的复员金也拿了出来。麦茬又去找守根，想把他为天爽保管的二百多万借出来，并许诺等村里有了钱按银行存款付息归还。老家伙头摇得像拨浪鼓，死活不同意，却把自己埋在柴火垛底下的小瓮子挖出来，掏出里面用塑料布包裹着的大几十万交给了儿子。麦茬万万想不到爹会把钱藏在这儿，笑得腰都直不起来。这才有了二百多万，还差三百来万怎么办？麦茬一时没了主意。

消息传出去惊动了全村的父老乡亲，大家念及麦茬这些年为村里做的一切，纷纷行动起来，想方设法帮他渡过难关。首先是春雪做通了奶奶的工作，把家里存的十多万送了过来。紧接着来送钱的人就在村委会门口排起了长队，七千八千的、三万五万的，更有人把刚刚拿到手、借给青松返还回来少得可怜的钱也送了过来。麦茬那个感动啊，在村民大会上眼泪都流了下来，信誓旦旦许诺等村里有了钱要加倍偿还！

第二十二章

情谊绵绵　久旱禾苗逢甘霖
落叶萧萧　病树前头万木春

一件突然发生的事情，让春雪终于下定了决心要和条子离婚嫁给麦茬。

实际上，这么多年来春雪一直关注着麦茬的饮食起居，隔三岔五过来帮他洗洗衣服做顿饭什么的。说来也怪，以前两人躲躲闪闪，村里的闲话不断，不少人嘀嘀咕咕等着看笑话；现在他们大大方方、正常来往，也许是时间长了见怪不怪，村里倒没闲话了。乡亲们好像都变得通情达理，默认了他俩的这种关系。就连二婶儿也睁一只眼闭一只眼，再也没拿话敲打过春雪。老人家八十五了，身子骨又不怎么结实，脾气秉性比年轻时随和了许多。她血压高，心脏不怎么好，除了关注条子的健康状况，很少再操别的心。条子的态度更加豁达，有时春雪忙起来吗都顾不上，他还断不了提醒她去看看“茬子哥”，甚至自己也跟过去帮着干这干那地瞎忙活。乡亲们以前背后叫他“傻条子”，现在当面就叫他“傻条儿”，他从不往心里去：傻就傻吧，只要能吃饱喝足，天天黑介抱着“雪儿姐”睡，天塌下来、地陷下去都和他没一毛钱关系。

就在一户户清理五百万冤枉钱的那天擦黑儿，麦茬突然晕倒在办公室里，跌下去时额头磕在桌子角上，鲜血马上流了出来。当时可把春雪吓得够呛，她就在现场，两人正在核对各户交上来的款额。她惊慌地又喊又叫，弯腰想把他扶起来却怎么也弄不动。她的喊声惊动了在隔壁屋里的天亮，他放下正在修理的收音机，跑过来也吓了一大跳。这小子在部队上学过急救知识，见状忙喊：“姑姑，先覅动他！”

春雪被吓得脸色煞黄，泪水都流出来：“亮子，这可怎么办？”

“没事，我看看。”天亮说着蹲下身，熟练地听了听麦茬的心跳、拭了拭他的鼻息，说：“姑姑，麦茬叔应该没事……你等着，我去找医生！”他说罢便往外跑，到门口又嘱咐，“姑姑，你千万覅动他！”

春雪连忙答应，眼瞅着他跨上院里的摩托车，边发动边冲出了大门。她重新圪蹴下去，摸着麦茬的脸轻声呼唤。麦茬没有任何反应，额头的鲜血越流越多。春雪惊慌失措，急切间抓张报纸摁住了伤口。这时的麦茬鼻子里却“哼”了一声，长长地呼了口气。春雪忙急声唤：“麦茬！茬子哥！”

麦茬仍然没反应，紧闭双眼一动不动。春雪束手无策，急得坐在一旁哭出声来。好在村里就有小医院，没多大会儿天亮用摩托驮着位医生回来了。医生为麦茬做了检查，给他打了一支强心针。麦茬这才醒了过来，他茫然呆愣片刻，边挣扎着想坐起身边问：“怎么了？你们这是干、干吗？”

“还干吗？”春雪擦抹着泪水说，“老天爷，你差点儿把人吓死！”

麦茬四下看了看，这才明白发生了什么事。他勉强笑了笑，说：“没、没事，刚才没站稳……”

“没那么简单，”医生说，“还是去县医院检查检查吧。”

“不去！”麦茬在春雪和天亮搀扶下站起身来说，“庄稼主子没那么娇气。”

“你必须去！”春雪拉下脸来说，“刚才差点儿把人吓死，有事没事查查也让人放心呀！”

“就是，”天亮帮腔说，“叔，你也快五十的人了，没事也应该经常检查检查身体，自己放心也让大家放心呀。”

说话间，医生为麦茬额头的伤口进行了简单处理，也劝他去一趟县医院。在大家坚持下，麦茬没再说什么。当下，天亮便开车拉麦茬和春雪去了县医院。照相、拍片、做CT……一番检查下来天已半夜。

医生最后告诉他们，麦茬是因为年轻时出力太大，心脏多少有点儿受损，加上现在劳累过度造成的昏厥。医生还告诉他说，有些人年轻时不注意，拿身体不当一回事，超过极限地出大力、忍受超冷超热，实际上都会在无形中落下毛病，身强体壮时没事，到老来肯定是要还账的。这让麦茬想起了当年仓皇出逃、在部队窑上强挣扎拉土的场景，不由心中一阵阵五味杂陈。车往回开的路上，他和春雪坐在后排，情不自禁紧紧握住了她的手。春雪看他一眼，越想心里越后怕：这事好在发生在白天，自己就在旁边，要是发生在深更半夜，谁都不知道，后果会怎么样就难说了……就在此时此刻，她下定决心要和条子离婚，从今往后再不让“茬子哥”离开自己的视线！

赵小山的老娘死了，主事的派人来给守根报丧，因为他逢年过节都要带上东西去看望老人，这么多年从没间断过，人家把他当成了亲戚。他去参加了老人的葬礼，心里多少有了些安慰。因自从他当年找回军籍后，在栗粟书记帮助下，政府把他的战友们追认为烈士，都按政策给予了适当安排。小山娘被送入乡里的养老院，衣食无忧过了这些年，现在又风风光光办了个葬礼，他觉得自己总算给牺牲的战友们做了点儿事。

那一带农村出殡都在午饭后，守根披麻戴孝从墓地回来看天色还早，谢绝了管事人的挽留出门来。他往回走时再次想到那场阻击战，想着每个战友的音容笑貌，一个多年的愿望涌上了心头。他曾多次想过去每个战友家都看看，这么多年一直没能成行，主要原因是前些年日子过得紧巴，那都是自己的亲人，总不能两手空空去看吧？后来这些年忙着养鸡，目的也是为了挣钱好完成自己的心愿，谁知道被儿子推上了养殖场场长的位置，一年到头忙忙乱乱就把这事撂下了。现在想着自个儿快七十了，强烈意识到这事不能再往后拖，因为他虽说从表面看来身子骨还算壮实，自己心里清楚实际上是一年不如一年，胳膊腿已没前些年那么有劲儿了。还有，先甭说自己拖不起，那些战友的老爹老娘估计都八十往上，不是更拖不起吗？想到这里，他恨不能一步到家找儿子辞掉场长职务，天明不过夜就出发。可是，走了几步他的脚下又慢了下来，自己攒的那些钱就是准备干这事用的，现在都捐给了村里，拿吗去看望那些老人呀？

守根一路走一路盘算，快到家时终于拿定了主意：先从给天爽保管的钱里借几十万出来，等村里还了钱再补充进去……沾，就这么办！他进家连气都没喘，习惯性地刨出柴火垛底下埋的那个小瓮子，一看里面吗都没有了。他大吃一惊，脑袋"嗡嗡"响着呆怔半天，才想起自己听儿子劝说，把钱存信用社里去了。嘿嘿，真是老糊涂了！他打了自个儿脑袋一巴掌，自嘲地笑了笑，忽然心里又一阵紧张，意识到自己想找的不只是那些钱，而是比钱更重要的东西——一张纸。那是他归队那年从部队花名册上抄下来、写着牺牲了的战友们家庭住址的一张纸，他一直和那些钱一块保存，现在弄哪儿去了？

守根呆立在原地，努力回想着存钱那天的情况，却怎么也想不起那张纸放在什么地方了。他急出来满头大汗，慌手忙脚翻遍了家里的每个犄角旮旯，抽屉里、柜槽中、炕席下……像孙悟空一样把天宫闹了个乱七八糟仍是一无所获。他傻了、累了，沮丧得差点儿掉眼泪，一屁股坐在了门槛上。

天擦黑儿，麦茬想看看爹回来没有，进门就见守根泥胎般坐着发呆，忙笑着问："爹，你回来了？累坏了吧？"

"那天，你见过一张纸没有？"守根站起身，没天没脑地问，"那上面写着十多个人名？"

麦茬被问愣了："什、什么纸？"

"就是存钱那天，"守根有点儿着急，"一张写着人名和家庭住址的纸。"

麦茬："我没、没注意呀？"

"那是我战友们的花名册，"守根说，"当年从部队上抄下来的。"他停顿片刻，又补充，"我就和钱一块放在小瓮子里，怎么现在找不着了？"

"我真的没注意，怎么会找不着？"麦茬说，"有用呀？"

“可不是。”守根说罢，没好气地埋怨他，“我的钱这么多年都好好放在小瓮子里……非让我存上存上，看怎么样，没事找事吧？真是的。”

“你肯定是放别处了。”麦茬赔着笑，“我帮你找找。”他说着想进屋……守根挡着门不让他往里走：“算了吧，我都把家翻了个底朝天，哪儿都没有！”

麦茬无奈地问：“那张纸有吗用呀？”

守根叹了口气，才说出自己想去这些战友家去看看的打算，并提出要辞去养殖场场长和暂借天爽那笔钱的想法。麦茬听罢连连点头，表示全力支持。说来说去又回到那张纸上，守根说：“现在可好，名单都找不着了，想去都去不成，就怪你非逼我把钱存、存上！”

麦茬笑了：“实在找不到，就再去一趟部队呗！”

一句话点醒梦中人，守根咧着大嘴笑了：“也是，光顾着忙，有两年没去过部队了。真是……”

接下来，父儿俩讨论了怎么去部队，麦茬想派车送他，守根死活不同意，说他可不想那么扬风奓毛让人笑话。麦茬心疼老爹，坚持说：“现在条件好了，怎么叫扬风奓毛呀？你坐车倒来倒去，累不说还耽误工夫；现在路又好走，开车去本溪四五天打个来回，还省得让人担心。”

说到最后，守根终于同意了儿子的想法，而且他还是个急茬儿，说走就要走。麦茬拿他没办法，答应明天一大早让天亮开车陪他去。守根这才笑了，他还是老一套，当天晚上烙了十多张大饼，准备了三根萝卜咸菜。第二天一早天蒙蒙亮时，天亮把车开到了守根家门口……这回去本溪很顺利，天亮不愧是部队培养出来的司机，开车又快又稳。守根睡了一路大觉，到了军营更没耽误时间，因为他这些年来过多次，上上下下都熟，很快便拿到了花名册。首长几次问他找这个干什么，他本欲说出自己的想法，转念间又觉得那样忒张狂，便随口说“要留个念想”。首长想留他们多住几天，他连忙拒绝说家里事多，当天便和天亮开车往回返，第四天傍晚就到家了。

守根仔细研究着那张花名册，上边是他们机枪班的十二个人。他自己不算；小山家不用去；山东军区司令员高芒种家不用去；周兴是他表哥，这些年他断不了去看姑姑也不算，剩下的只有八个人。他接着往下看，好在这八个人家都不太远，大都是河北山西山东一带。他心里默默计算着行程路线，迷迷糊糊就睡着了。可好，梦中出现的除了几张年深日久仍铭刻在心的面孔，就是那场腥风血雨的阻击战，再就是那永远也听不到的三声长号……

关于怎么去的问题，父子俩又发生了争执。麦茬的意思，是派辆车跟着他，东南西北转一圈就行了。守根想了想却说那样做不妥当，自己从心里就觉着对不住战友，更怕刺激他们的老父老母：哼，我家小子牺牲了，你倒活得好好的，还坐着车到处显摆！麦茬觉得他的想法有点儿可笑，便说："不是时代不同了吗？现在日子好过了，咱有这条件……"

"不好不好，那样不好。"守根直摇头，"我还是走着去心里踏实。"

麦茬见实在拗不过，只得苦笑着随他去了。当天晚上，守根烙好了大饼，又重新研究了行动路线，踏踏实实睡了一宿，第二天一扑明儿就起来了。老家伙从柜槽里取出保存多年的全部家当，穿上军装，戴上军帽，斜挎上行军壶，俨然一副当年急行军的模样，不同的是他手里的机枪换成了装烙饼的小包袱，背包里多了一捆沉甸甸的人民币。

朝霞似火，晨露如霜，初春的早晨空气格外清新。守根真是不减当年勇，他腰杆笔挺，满脸严肃，雄赳赳气昂昂，大踏步走在村街上。早起垫圈打扫门前地的乡亲们头一眼都没认出来，等他过去后不由一阵哈哈大笑："这老家伙干吗？神经了？""就是，他又出什么'幺蛾子'呀？"……

不管过去还是现在，庄稼主子闹离婚都是件重千斤的大事，全家人丢人现眼不说，自己后半辈子的生活都会受到严重影响，为此轻生者也不是一个两个！

春雪虽说下定了决心，但思前想后、几夜睡不着也拿不准这头一步该怎么迈出去。按说这是她和条子两人的事，但要想和和气气好说好散根本没有可能，因为甭管她怎么解释条子都弄不明白，他就一句话：“不离！要离我就死！”

春雪心里清楚，要想离必须先做通奶奶的工作，她要是同意了，这事才有点儿希望。可她老人家的工作谁去做？这些年多少人都被碰得灰头土脸，谁还敢找这不自在？解铃还是系铃人吧，春雪知道这话只能自个儿亲自去说，可她思虑再三总觉得没法张口。那十多天她心烦意乱不想看到条子，就尽量躲着不回家，服装厂里睡、村委会里值班……一天两天还行，第三天条子准会找上门来，不管当着多少人他总是磨磨叽叽嘟嘟囔囔，让你下不了台就只好跟他回家。

可事情总要解决，老这么拖也不是办法呀！这天，春雪终于下定了决心，尽管知道这是一场非常艰难而且后果难料的谈话，但她别无选择，只能暗中咬牙攥拳、硬着头皮推开了二婶儿的屋门。

人谁都甭不服老，等上了年纪都一样：现在的事记不住，过去的事忘不了；坐着打瞌睡，躺倒了睡不着。这不，刚吃过黑介饭没多会儿，二婶儿盘腿坐在床头上，眼睛眯缝着、脑袋一栽一栽地正在打盹儿哩。春雪叫了声“奶奶”，端着壶花茶进了门。

屋里光线很暗，为省电二婶儿只让安了个三瓦的小灯泡，再加上她用的都是旧家具，那还是土改时分的财主家的浮财，多少年过去了，紫幽幽的大漆仍泛着寒光，所以，整个房间让人一进去就感到有点儿阴森。春雪虽然进这个家已有三十年了，可她始终对奶奶存有几分敬畏，虽然该说说该笑笑该孝顺孝顺，没事却很少进这个屋。她也曾多次提议换成现代家具，可老人家就是不同意，电视机也不让在这儿放，一直摆在条子他们住的二楼上。山堂去世后，二婶儿是让花梅搬回来住了，可她和老人家话头也不长，甭管怎么努力总觉着心里隔着一层。她一个人住在小西屋里，服装厂成立后就搬了出去，没事没情很少回这个家。

二婶儿见春雪进来，心里感到多少有点儿意外。她没动声色，眨巴着昏花的老眼轻声问：“雪儿，这咱晚了你还没睡？”

“不晚，”春雪笑着把茶壶放在炕桌上说，“奶奶，才八点多，刚开始演电视剧……您喝杯茶吧。”她边说边给老人倒了一小汤碗茶水。二婶儿“嗯”一声，端起来轻轻抿了一口，说：“哦，这花茶真香！多咱买的呀？我还头一回喝。”

“前天我去石家庄办事买回来的。”春雪说着又给她倒上一碗。她知道二婶儿和北方大多数老人一样，一辈子就喜欢喝花茶，年轻时喝的都是最不值钱的茶末子，现在市场上的茶琳琅满目不下上百种，他们还是情有独钟。所以，她每次出门只要有时间就去逛茶城，尽量挑些好花茶买回来，还不敢告诉真实价格，怕老人家心疼又该叨唠个没完。果然，老太太问了：“这么好喝的茶，保准很贵吧？”

“不贵，一斤还不到一百块钱。”春雪忙说（实际上是两千多一斤）。二婶儿连连点头：“值，几十块钱不贵。”

“那奶奶您就多喝点儿。”春雪笑着又给她倒了一碗。老太太瘪着没牙的嘴笑了：“雪儿，你干吗老让我喝茶？你是……心里有事吧？”

春雪当然心里有事，有大事，可她一直犹豫着不知该怎么开口，现在见老人家问，便就坡下驴地开了口：“奶奶。是……有点儿事，我想和您老商量商量。”

“那你就说吧，”二婶儿痛快地笑着，“咱娘儿俩又不隔心。”

“可是……”春雪迟疑片刻，终于抬头看着老人的眼睛说，“奶奶，这事挺大的，我说了您千万甭不高兴。”

二婶儿稍愣一下，仍是满面笑容：“吗大事呀？你想兴屋还是盖房？说吧，奶奶夯得住。”

春雪沉吟片刻，总算艰难地开了口：“奶奶，我进这个家满三十年了……当初，要不是条子相救，我肯定活不到如今。这些年，甭管穷富，您老人家总是把我当亲孙女……这大恩大德，我到老死也不会忘记！”她说这番话时，一直低头搓弄着自己的手，不敢抬头看老人的眼睛。

二婶儿老了可并不糊涂，察言观色心里就差不多能猜到她要说什么，联想到杨岐山等人一次次来说的事，脸色不由阴沉了下来。但她仍不动声色，轻声说："一家人不说两家话。雪儿，奶奶知道你这些年过来得不容易……可人这辈子，谁又能过得容易？我也好，条子也罢，有吗对不对的你多担待就是了。"

"不是，不是，"春雪连连摇头，"奶奶和条子都对我挺好的，可是……"

二婶儿打断她说："那我就明白了，知道好就沾，人呵，就怕不知道好歹。"

奶奶这一句话就堵住了春雪的嘴，她后面的一肚子话再也没法说出口。老太太趁机说："雪儿，奶奶累了，想打个盹儿，你也回去睡吧。"她说着打了个长长的哈欠，顺势躺了下去。春雪傻眼了，一时间走也不是留也不是，忙叫了一声："奶奶……"

二婶儿闭着双眼没回答。春雪愣了好一会儿只得站起身来，她拉过被子给老人盖上，随手关上电灯悄悄退了出去。她往楼上走，心里那份憋屈差点儿爆炸，回到自己屋里，坐在灯下抹开了眼泪。没多会儿，条子挽裤腿扛铁锨、哼着小曲儿进了家门。正是春灌时候，他去各机井上检查浇水情况，在野外转了一大圈，弄得浑身都是露水。春雪听到他的声音，心里更没好气，忙擦干眼泪，起身下楼来。条子看见她忙问："姐，这咱晚儿了你去哪儿？"

"去厂里，有事。"春雪生硬地说了一句，快步走出了家门。条子呆立了好半天，无奈地把铁锨靠在猪圈墙上，闷闷地上楼去。

再说，二婶儿哪能睡得着？她躺在黑暗中，闪电般回想着这么多年的风风雨雨，心里一直在跟自己做斗争。孙子无能、重孙儿不是老田家的种，这些她心里明镜似的；春雪和麦茬都在她眼皮子底下长大，俩孩子的感情谁都看在眼里，从小乡亲们就说他们是天生的一对、地设的一双，要不是担心孙子娶不上媳妇，她不会千方百计把雪儿弄进家门；这么多年山也过去了水也过去了，怎么两人的这份心思就过不去？麦茬这么多年打光棍为吗？莫非还在等春雪？说实在话，老太太想到这儿心里就觉着多少有点儿对不住麦茬，毕竟他也是个好孩子。可真要成全了他俩，自个儿孙子怎么办？条子从小身子骨弱巴，眼瞅着现在一年不如一年，自个儿活一天能照顾他一天，可自个儿这把年纪，说不定多咱就爬不起来了，到那天他怎么办？一个老绝户头子谁能管他？再说了，春雪要铁了心想打离婚谁能拦得住？听说眼下政策放宽了，离婚没过去那么难，就算自个儿和条子都不同意，人家去法院告又有吗办法？

二婶儿想着想着，杨岐山那年的一句话突然闪过她的心头：要是……要是让他们仨人一块过沾不沾？想到此，老人家有点儿兴奋，再往深处想，她相信春雪和麦茬的为人，他们一定会把条子伺候到老死，这样自个儿在不在不就放心了？老太太越想越觉得有门儿，坐起身打开灯，扯着喉咙喊孙子……

春雪往厂里走，路上恨不得打自己一巴掌：真没出息，下那么大的决心，想了好几天的满肚子话，怎么被老太太一句便堵了回去?！真是没用，这事可怎么办？茬子哥还等着有人伺候……春雪想着想着，不由又掉下了眼泪，进厂门时，正碰上花梅从里面出来，她紧擦慢擦，还是被她看见了。花梅惊讶地问："雪儿！你怎么……这咱晚儿来了？出吗事了？"

她不问还好，这一问春雪更忍不住，竟"哇"地哭出声来，而且身子摇晃着像站立不稳，侧歪着靠在门框上。花梅被吓了一跳，忙伸手扶住她连声问："怎么了？雪儿，出吗事了？你快说呀！"

黑嫂也凑了过来，一惊一乍地大声喊叫："老天爷！三更半夜，这是受了多大委屈呀？可是从没见你这样过！"

春雪怕车间里的工人们听见，忙忍住哭声跟她们进了办公室。这仨人虽然年龄差距不小，但由于多年在一块摸爬滚打，早已成了忘年交。春雪和麦茬之间的来往花梅都清楚，她当然向自己的小子，恨不能让他们早一天到一块。黑嫂本来就是个热心肠好管闲事，这些年没少帮着出主意。进屋后，春雪忍住伤心，对她们讲述了自己这些日子的想法和今晚的遭遇，说着说着泪水又止不住往下流。黑嫂本来就喜欢抢话头，一句出口差点儿把春雪说笑了："这老太太真够呛！老法海、死脑筋、茅子里的石头——又臭又硬……也是，她二十多岁就守寡，知道吗叫汉们呀？！"

"行了，甭说这些少盐没醋的话了，"花梅皱着眉头打断她说，"快想想这事怎么办吧！"

怎么办？三人一时都想不出什么好办法，因为她们在一起多少次议论过这个话题，面对二婶儿这个在村里德高望重、吐吐沫成钉的老太太，谁也拿不住什么高招儿来。花梅虽说多半辈子对二婶儿又气又恨，可如今上了几岁年纪，脾气秉性变得柔和多了。她这时却表现出来一份理解，摇头叹息着说："老太太这辈子着实不容易，这会儿老了老了留下这么个傻孙子，她可不是不放心。"

黑嫂不以为然，拍打着双手说："咱不是出了主意，让他们三人一块过呗。"

"你出主意老太太不知道呀！"花梅说，"再说，这主意谁敢去和她商量呵？"

黑嫂想想是这么回事，也就不吭声了。其实，这主意不用她们出，二婶儿不是也想到了？这不，老人家正和孙子谈话哩。

春雪不在家，条子没好气，正在自己屋里摔枕头扔被子耍小性儿，听到奶奶的叫声忙跑了下去。奶奶拍拍炕沿儿让他坐下，问："我听着上边有动静，你干吗哩？"

条子嘟噜着脸说："雪儿姐走了，我睡不着！"

二婶儿叹了口气，低声说："你这个孩子，真是……你听着，奶奶跟你商量个事儿。"

条子忙问："奶奶，吗事儿呀？"

二婶儿想了想，说："条子，你说雪儿好不好？"

"奶奶，这还用问呀？"条子忙说，"雪儿姐天底下地上头最好了！"

二婶儿又问："那你说，麦茬好不好？"

"好哇，茬子哥也好呀！"条子说，"我们一块长大，他从小护着我，谁都不敢欺负我。对了，奶奶，你知道不？咱村里歪歪、铁蛋，他们好多人都怕茬子哥……可是，奶奶，你问这干吗？"

"你听我说呀。"二婶儿拍拍孙子的手，"要是让你们仨一块过……你愿意不？"

"我愿意呀！"条子想也不想地说，"仨人一块过，那多热闹哇！可是……怎么一块过呀？又不是一家子。"

"到一块不就是一家子了？"二婶儿说，"你说好不好吧？"

"好当然是好，可是……"条子迟疑片刻，问，"是不是要我和雪儿姐离婚？"

二婶儿稍愣神儿，问："你怎么知道？"

条子思索着什么，说："雪儿姐和我说过……"

二婶儿意外地问："雪儿跟你说过？吗时候呀？"

"她说过好几回了。"条子说罢又问，"我一直在想……要是和她离了婚。茬子哥我们一块过……那黑介怎么睡觉呀？"稍停，他又问，"雪儿姐在当中，我和茬子哥一边一个？"

"那样不沾。"二婶儿忙说，"离了婚你就不能和雪儿一块睡了，只能睡楼下别的屋。"

"那我可不愿意。"条子嘟囔着直摇头，"我自个儿睡不着。"

"你这孩子，四十好几了，怎么就长不大呀！"二婶儿叹息着说，"要是雪儿非跟你离婚咋办？"

"不会，"条子有把握地说，"雪儿姐心眼儿好，不会跟我离婚。"

二婶儿："我是说……万一她非离不可怎么办？"

条子："那我也不愿意。"

"你不愿意人家就告到法院。"二婶儿说，"人家法院判离怎么办？"

"那我就不活了！"条子扔下这句话，甩手出门去。二婶儿没辙儿了，久久地呆坐着思前想后，慢慢地，两滴浑浊的老泪顺着她脸上的皱纹拐着弯往下流、往下流……

鸡都叫了，服装厂办公室里的三个人还在商量办法。黑嫂说：“总是长痛不如短痛，像这样钝刀子割肉，哪年哪月才算个头？要我说，砂锅子捣蒜——一锤子买卖，从今往后，你就甭再回那个家了。”

“那不是个办法。”花梅说，“条子这傻孩子一根筋，还不天天来找？”

“他找就找呗。”黑嫂不以为意，“你不回去，他能捆你还是绑你？”

春雪一脸无奈，呆坐着一直没吭声。花梅轻声说：“这孩子虽说脑袋里缺根弦，可他人不坏，心眼儿挺好的。”

黑嫂：“你要这么想还离婚干吗？凑合着瞎过呗。”

花梅：“眼下不是琢磨着麦茬没人照顾嘛。”

“那就没办法了。”黑嫂不无揶揄地拍打着双手说，“手心手背都是肉，咬谁谁疼。”

三人沉默着，好半天都没开口。

守根这一路可是出尽了洋相，他那一身装束，走到哪儿人们都是乱乱点点，一群孩子像看耍猴，“呼啦啦”跟在他屁股后头。守根心情好，嘻嘻哈哈不气也不恼，心想给大家添点儿乐子也不是吗坏事。他现在已不像当年那么穷酸了，背包里的十几万不算，口袋里也装了一大把，哪儿饿哪儿吃哪儿黑哪儿宿，吃的是路边小店、住的是最便宜的家庭旅馆。他的心情也没有找部队时那么急迫，一路上东瞅老鸹西瞧燕儿，游山玩水一样潇潇洒洒。

守根给自己定的路线是先远后近，第一站去的是山西大同附近农村的三来来家。他走了四天，在路上住了三宿，找到三来来家所在的村子并不难，难的是打听不到这个人。可不是，这么多年过去了，那一代人受苦受难，活下来的已没几个，再加上三来来离家时还是个孩子，人们一般不怎么注意。守根在村街上转悠了一圈，问了十多个老头老太太，最后被人领到了他进来时路过的村头上，弄得他哭笑不得，真是绕远不少走道瞎耽误工夫。他向带路人道了谢并没直接进去，而是返回村里的一家小商店，买了些罐头糕点什么的，也是，看望老人哪能空着手进门呀！

三来来家看上去还不错，高门楼大院落，上门框上钉着块红底黄字的“光荣烈属”牌。正是傍晚时分，全家十多口子围在院子里的大方桌旁吃饭，见守根进来都愣住了。等守根介绍过自己并说明了来意，全家人非常意外和激动。尤其是三来来娘，像见到亲儿子一样抱住他放声大哭，眼泪鼻涕抹了他一身。守根心酸难受，情不自禁还陪着掉了两眼泪。待大家的情绪稍稍平静下来，三来来的哥哥二货热情地把守根请上了饭桌。他肚子正饿也没客气，坐在老太太身边一通狼吞虎咽。饭后谈论间，守根讲述了三来来在部队时的生活点滴，尤其详细地介绍了那场惨烈的阻击战，全家人不由又一阵黯然神伤。守根也了解到这是个大家庭，三来来上边有一个姐姐和一个哥，姐大琳自然是早已出嫁，哥二货原来是国营煤矿的领导，已退休多年。他的两个小子趁改革开放承包了一座煤矿，虽说没大富大贵全家人倒也衣食无忧。

在老太太和二货的强烈挽留下，守根留下来住了两天，主要是陪老人聊天，听她讲述三来来小时候的点点滴滴。老人家九十了身体还算硬朗，耳不聋眼不花，只是腿脚不怎么利索，走路需拄根拐棍。许是天性吧，母亲对儿女的记忆永远是铭刻在心的，就算长到一百岁，对孩子们小时候的一些调皮捣蛋的事她也能讲出来，甚至年月日都记得一清二楚。

守根被奉为上宾，水来张口饭来伸手他心里实在过意不去，第三天便执意要走。老太太拄着拐杖歪歪扭扭，硬是把他送出了二里多地。等他下了山坡再回头，看到老人还站在大树下目送。

日光明媚，山风劲吹。守根一次次回头看着老人飘拂的白发，突然非常强烈地想起了自己的老娘——二婶儿。他五六岁时亲娘就改嫁了，这么多年过去已完全没有了记忆，所以在心目中二婶儿就是自己的亲娘。他想到出来时忘了告诉老人一声，心里倍觉不安，当即决定不往前走了，先回去看看老娘再出来。他可万万没想到，这次见到的娘却是魂已驾鹤西游、人已躺在了灵床上！

春雪好几天不回家，条子天天来厂里撒腻歪，见到她就哭哭啼啼求她回家；见不到就大喊大叫，各屋窜来窜去寻找，闹得女工们无法干活，跟在他屁股后头嘻嘻哈哈看热闹。他本来体质就差，等闹到喝喽喘息没有了力气，就圪蹴在车间门口抹眼泪，深更半夜还不肯离去，那可怜巴巴的样子让谁看着都心疼。人们都同情弱者，他这么一闹，有关春雪和麦茬的流言蜚语再次在村里漫延开来。

春雪烦透了，惹不起又躲不起，真是热黏糕掉进灰土里——吹吹不得拍拍不得。她多少次丧失了信心，想跟他回去凑合着瞎过算了，多亏了花梅，尤其是黑嫂暗中打气，更想麦茬需要人照顾，才咬着牙硬挺了过来。她和条子一块生活这么多年，知道哪怕有一千条一万条道理也没法跟他说明白，只能咬住一句话：离婚，不离就去法院起诉！

条子折腾了半个多月，终于不再来闹了。他这些日子无心吃饭又睡不着觉，本来像豆芽儿一样的身子已瘦得只剩下骨头架子，躺在床上再也没力气爬起来。二婶儿看在眼里痛在心上，那么大岁数了还得给孙子煎药熬汤。她劝过说过也骂过，可嘴皮子磨出泡条子就是听不进去，他只有一个心眼儿就是找“雪儿姐”。老太太一辈子守寡都没遭过这么大难，她想去找春雪却拉不下这张老脸，也明白找也白找，春雪这回是吃了秤砣铁了心，八匹马都拉不回来。她抱着最后一点儿希望去找守根，想让他去劝劝春雪，到养殖场才知道他已辞去场长职务出门了，去哪儿了谁都说不清，多咱回来也不知道。老太太往回走，心想干脆在饭里下包老鼠药，她和孙子一块吃下去算了，可老鼠药也得去买呀？她已没了进城赶集的力气。老人家硬气了一辈子，想不到今天落到这种地步，就觉得好像全村人都在看她的笑话，心里的苦没法对人说，只能绕道去了小子山堂的坟上，坐在那块烈士墓碑前连说带诉、又训又骂地痛哭了一场，心里才觉着好受了点儿。她浑身无力，一直坐到天擦黑儿，才站起身慢慢往家走。老人家可是没想到，家里等待她的是一场更大的灾难。

条子无论如何也想不明白，雪儿姐这是怎么了？自己救过她的命不说，这么多年，自己一直把她暖在心里、捧在手上，那么好脾气的姐，怎么变得翻脸不认人了？他吃了几服药，觉得身上有了些力气，那天后晌儿便又去了服装厂。春雪不在，他这回学乖了，不吵也不闹，坐在厂门口傻等。天近傍晚，到了交班的时候，女工们出出进进，不时有人和他开玩笑。也有的丫头早烦了他，说话不知道深浅："你怎么又来了？我们厂长早烦透你了！""就是，人活一口气，树活一层皮，你怎么这么不要脸？""一个大男人……哼，要换成我，早找个旮旯上吊了！"

光挖苦还不算，几个疯丫头把他抬起来，喊着号子扔到了路旁的水坑里才嘻嘻哈哈离去。条子心里拔凉拔凉，一路哭哭啼啼回到家中。他叫着"奶奶"没人回答，到楼下屋里看了看没人，才抹着眼泪去了楼上。他呆坐良久，越想越觉得活着没着没落，便打开立柜，把春雪的衣服全部翻出来，一件件往自己身上比画、比画……

人不服老不行，二婶儿又伤心又累，回到家已觉得浑身没劲儿，便坐在门槛上想喘口气。她刚坐下就听到楼上有什么动静，喊了两声"条子"也没人答腔儿，只好挣扎着沿砖砌的外梯上楼去。她走到门口往里看了一眼，猛一下子惊骇地愣住了——"雪儿"站在床头，正把一根绳子往窗户框上拴……她呆怔片刻，颤声问："雪、雪儿，你这是干、干吗？"

"雪儿"听到动静回转头来，二婶儿更是惊得目瞪口呆——原来那不是雪儿，而是她的爱孙条子。只见他穿了一身春雪的红衣绿裤，脚上趿拉着一双高跟鞋，脸上抹油擦粉、嘴上涂着口红……这人不人鬼不鬼的样子，可把老人吓坏了，只见她大叫一声倒退了两步，身子后仰脑袋朝下跌到院子里。条子见状也慌了，叫着"奶奶"想下来，手忙脚乱间摔倒了，胸部侧棱着硌在了窗框上。他痛苦地大叫一声，一口鲜血喷出去丈八远……

夜深了，村子里静悄悄。偶尔从谁家传出孩子梦呓间的哭声，更衬托出这夜的宁静。半个月亮爬到天空，惨白的光线像给村舍涂上了一层冰冷的霜雪。天亮作为副村长和治保主任，习惯性地在村里村外到处走走看看。他路过条子家门口，见大门敞开着感到有点儿意外，迟疑一下便拐了进去。他没走几步就看到院子里躺着个人，不由惊讶地愣住了，片刻，他轻轻地叫了一声："条子！"

院子里静悄悄没人回答。天亮急步上前，刚想蹲下就闻到一股浓烈的血腥味儿。他感到不妙，仔细辨认才看清躺在地上的是二婶儿。老太太一动不动，脑袋底下有一摊黑乎乎的东西浮泛着微光。天亮大吃一惊，一迭声叫道："奶奶！老奶奶！"

老人家毫无反应。天亮忙蹲下身仔细查看，二婶儿的身子冰凉，已没了半点儿生命迹象。他惊骇地愣怔片刻，站起身大声喊："条子！条子叔！"

天亮没听到回答，急忙快步冲上了二楼。屋里黑乎乎吗都看不见，他顺手拉开了电灯——条子同样躺在地上，身下同样有一摊鲜血浮泛着微光。天亮更加骇然，惊愣片刻冲过去连叫带喊。条子紧闭双眼不回答，只是从鼻子里传出轻微的呻吟声。天亮蹲下身，轻拍着他的脸一遍遍问："条子叔，你醒醒！这是怎么了？条子叔……"

条子已处于昏迷状态，甭管怎么问也不回答。天亮傻眼了，惊慌失措一时不知该怎么办。他呆愣了好一会儿，跌跌撞撞冲下楼，撒腿往服装厂跑去……他这一跑不要紧，惊动了全村的大狗小犬，此起彼伏"汪汪汪"叫成了一片。它们的叫声又吵醒了窝里的鸡，公鸡母鸡扑打着翅膀跟着添乱。这一下可热闹了，整个村子在深更半夜全都醒了过来！

春雪回来了！花梅回来了！乡亲们都来了！有人跑去小医院找来了医生，医生简单检查了一下，跟大家一起七手八脚把二婶儿和条子送到了县医院……一直抢救到天明，权威医生下了结论：老太太没救了；条子摔断了两根肋条，命是保住了，可从今往后已成了"废人"，除了吃饭睡觉吗都干不了。乡亲们有人偷偷笑：嘿嘿，这个医生真高明，不摔他也是个“废人”！

麦茬在省里参加完“两会”十多天才回来，村里发生的一切他都不知道。守根从山西大同往回走了三四天，和麦茬几乎是前后脚进家。他在离开大林家时，本来就有一种不祥的预感，当看到躺在灵床上的二婶儿，一下子就蒙了。没人清楚地告诉他这一切是怎么发生的，但从人们言谈话语间他模模糊糊听到了事情的来龙去脉，大体知道和雪儿闹离婚有关。他主观地认为这一切都是麦茬在背后鼓捣的，不由对他憋了一肚子气。

一死一伤可是件天大的事，村子里霎时间流言四起，甚至有人提出可能是刑事案件。在大家要求下，天亮请来了公安干警，一番侦查后才否定了这种猜测。按农村的风俗习惯，一般家族办理婚丧嫁娶都有个本族辈分较大的明白人主事。田氏家族的主事人是老东山，多年的历练，使他对处理这种事程序已了然在胸，老驴拉磨一样有条不紊地安排着二婶儿的后事。二婶儿快九十了算是“喜丧”，家庭条件没说的，而且还要等守根和麦茬回来，所以大家商量着放七天。春雪要去医院照顾条子，心中有愧的她临走留下话：一定要把老太太的丧事办得风风光光，请个戏班子来热闹几天。

老东山派天亮开车出去十多里，请来了个唱河南坠子的草台班子。庄稼主子讲究喜事请着去、丧事赶着去，二婶儿一辈子做人硬挣让大家佩服，所以全村人都赶来帮忙。人们七手八脚借来六七家的大门扇，用废弃多年的石碌碡和水车大架在离条子家最近的三岔路口搭起了临时舞台，当天便打家伙开锣，唱起来连本戏《李天保吊孝》。农村人和城里人不一样，尽管当时电视已相当普遍，里面演出的节目比草台班子要好得多，大家还是愿意凑在一起，抢地儿占座、仰脖子瞪眼地看“高台”。

守根是第六天头午到家的，一进门便跪倒在二婶儿的灵床前悲痛欲绝。男的们和女的们“哭灵”不一样，女的们一般都是放开声音拉着长嗓、边哭边高一声低一声数念着老人对家庭的贡献、一辈子过来的不容易；男的们大都一开始抹不开面子尽量不出声，憋闷着哽咽、抽泣……任凭泪水鼻涕“哗哗”往下流，等到实在憋不住才张开大嘴，驴叫般喊一声“娘”，放开嗓子哇哇大哭，有的甚至哭到气绝摔倒在地。守根就是这样，直到人们惊叫着围过来，手忙脚乱地按人中、揪脖颈、掐虎口……折腾半天他才缓过一口气来。

麦茬是天擦黑儿才回来的，离村老远就听到了三声炮响。他心里“咯噔”一下，边开车边猜测谁家的老人没了。庄稼主子办丧事放炮也是有讲究的，华北平原一带大都放“二踢脚”，而且也不是乱放。人咽气摆灵床上后放三声，意思是告诉乡亲们自家的老人走了。老人生病期间当院人一般都来探望过，听到炮声就明白是怎么回事，忙赶过来帮着处理丧事；外人听到炮声，从传来的位置大体也能猜测出谁家的老人没了，关系不好的无所谓，关系好的也会赶过来帮忙。停尸期间不管三天、五天还是七天，每天四次大都只放三声。大早起放是为召呼当院人集合，因为晚上守灵一般都是直系亲属，稍远点儿的吃过晚饭待会儿就回家休息了；中午晚上放是通知人们过来吃饭，因为除了死者的亲人，不可能大家都在现场守着，那些请来和赶来帮忙的，见主家没事就回去忙自家的，听到炮声才过来吃饭，也有比较自觉的干脆就不过来了，等出殡那天再来；深夜十二点整要放三声“子夜”炮，据说这是通知阎王老子和诸路神仙鬼卒，阳世去旧人、阴间添新鬼，请他们多多关照。集中放炮是在出殡时，事主家会请来多名炮手，“咚咚嘎嘎”先放上吃顿饭的工夫，再随出殡的队伍一直放到坟地上。条件好的人家，办丧事买炮要开着拖拉机进城，花上千二八百拉一拖斗回来，再加上亲戚朋友们送的，能堆满半屋子一炕。

麦茬跪在灵床前，低头弯腰鼻子发酸却没掉泪。应该说他小时候对奶奶的感情还是挺深的，随着年龄的长大，尤其是他和雪儿在柳子地里事发之后，老人家恨他，他心中有愧远远瞅见奶奶的身影就躲着走，关系疏远感情自然越来越淡漠，他知道应该哭却哭不出来。守根心里本来就有气，见他一滴眼泪都没掉更是火上浇油，当着那么多人竟上前去狠狠给了他一巴掌。这一巴掌不光把麦茬打蒙了，也把在场的所有人都打愣了。他是出了名的“老好子”脾气，一辈子除了揍过花梅从没动手打过谁，现在竟然当着那么多人的面，把自己快五十岁、当书记的儿子的脸都打肿了！

麦茬是谁？他可不是当年那个无家可归、到处流窜的穷小子了！他当干部这么多年，还是个响当当的知名村支书，连各级领导都捧着敬着，谁敢动他一指头？现在，守根当着那么多人给他弄这么大难看、受这不明不白的窝囊气，他心里能不上火？他一时冲动，本想站起来和爹理论理论，转念一想还是算了吧，自己长到一百岁、哪怕当上县委书记也是他小子，老子打小子天经地义，没什么道理可讲。

大出殡那天，全村的父老乡亲差不多都来了。孝子队伍中谁打“人头幡”是很严格的，按照村里不成文的规定，甭管死者有多少儿子，打头幡必须是长子，长子不在了由长孙接替。现在二婶儿的长孙在医院里，主丧的老东山早就派人把正在学校准备高考的重长孙田天明接了回来。这小子念成了书呆子，一切规矩吗都不懂，只能像个木偶一样任人摆布。出殡时，他因手上没劲，连“瓦”都没摔碎，还是紧跟在他身后的二孝子守根补摔的。因为春雪走时留下话也留下了钱，老太太的葬礼自然是风光无限，比当年全村人为山堂办的那场都气派，让三里五乡的老人们很是羡慕了一阵子。只有一件事让守根心里不痛快，还和老东山吵吵了几句。

就是这两年刚刚时兴的，农村里有人自发成立了什么“殡葬公司”“家具出租公司”“婚丧嫁娶服务公司”……办事倒是比过去方便了，但少了一样就不沾，那就是钱。老东山图省事，自作主张请来了“殡葬公司”。守根回来后就和他闹翻了，他并不是心疼花钱，而是心里觉着别扭。以前谁家老人走了，当院的不说，关系好的乡亲就会扛着桌椅板凳什么的赶来攒忙，顶多管顿饭就行了，大家亲亲热热，显得多和美！现在一切冲着钱说事，没钱什么都办不成，那乡亲们的情分去哪儿了？老东山笑他是“老顽固”，说这是进步、是文明，一帮子年轻人也跟着瞎起哄。守根不服，拧着脖子抬杠：“狗屁进步！照这样下去，庄稼主子是不是也会变得和城里人一样？门对门住着，老死不相往来？一点儿人情味儿没有，咱还叫中华民族吗？”

几位老人也围过来帮守根说话，两拨人争得脸红脖子粗。还是麦茬说了句话：“既然东山叔都安排好了，就这么办吧。”

守根这才不吭声了，可心里那个别扭呵……现在这是怎么了？人们为什么变得只认钱不认人？尤其是那些年轻人，什么理想道德全不讲，整个钻到钱眼子里去了！照这样下去，往后这社会该往哪里走？他胡思乱想，躺在炕上翻来覆去烙大饼一宿没睡着。这老家伙真是没事找事，不就是当年在部队受了几年教育吗？这么多年了你叫得什么真？一个“老棺材瓤子”，想那么多干吗？

把老太太打发走之后，这个家就没人了。天明备战高考回了学校；条子和春雪在医院里；花梅原本就不怎么回来，现在在服装厂忙得脚打后脑勺儿，还要抽空儿去医院换班照顾条子。守根忙活了两天，请主丧的老东山和相关人员喝酒吃饭、归还家具、打扫现场和落满炮仗纸屑的门前地……等忙活完后他觉得浑身像散了架一点儿劲没有，心想自个儿可真是老了，有些事要抓紧办，有个最大的心愿必须尽快完成，也算给自己这辈子有个交代。那就是……他想入党！嘿嘿，七十岁的人了要入党？听起来有点儿……匪夷所思，可他的这点儿心愿不是现在才有的，而是要追溯到五十多年前。

守根当年算是俘虏兵，在解放军队伍里干了一年多就想过入党，可总觉着自己“出身”不好不敢说出来，直到当上了机枪班长，才鼓足勇气偷偷写了份《入党申请书》，在贴身小口袋里装了好长时间仍没敢拿出来。就在他下定了决心、终于想交给连指导员时，碰上了那场阻击战……流落回家后那些年，他忙着东奔西颠找部队；后来结婚成家赶上了“合作化”，自己本来名声就不好又拧着脖子当了多年“单干户”，入党的念头连想都不敢想；“文化大革命”那些年看到那么多老党员老革命被揪斗、被打倒，甚至被迫害而死，他这方面的心都凉了；改革开放后，人人忙着挣钱发家致富，正如他自己说的“日子富了，可‘思想’穷了”，这方面的想法越来越淡漠……现在静下心来想想那些牺牲了的战友、想想当年在部队时的那种心气儿，他突然觉得很惭愧，觉得这样活着对不住战友们也对不住自个儿；又想到自己岁数大了，就有了一种紧迫感，便拿定主意尽快和儿子谈谈。想到这儿，他猛一下子记起那份《入党申请书》自己还一直保存着，好像是“文化大革命”中怕“红卫兵”抄家掖在了一个椽子缝里。他心里一阵激动，蹬梯子爬高很快便找了出来，而且还意外发现，那份战友的名单也在同一个牛皮纸信封中。他不由骂了自己一声“老糊涂”，可不是，为这份名单，还专门开车去了一趟本溪，来回花了好几千块钱哩，多让人心疼！他打开那张《入党申请书》，还好，尽管当年自己掉井里时被水泡过，但由于放在贴身小口袋里，牛皮纸信封非常结实，表面还有一层隔水的油性，所以五十多年了上面字迹还能看清楚。他决定就这样交给儿子，也算代表了自己一辈子的愿望！

麦茬在村里忙活两天开了几个会，看到他离开这些日子各方面的工作都很正常，不由对天亮更加放心，便开始琢磨着自己是不是该早点儿退下来让他接班？他去了趟医院，看到条子半死不活地躺在病床上心里很不是个滋味。条子是重病号，在春雪强烈要求下，医院给他安排的病房是单间。他昏迷了两天两夜总算清醒了过来，现在上半身缠满了绷带，鼻子里插着氧气管正在输液。这小子真是一根筋，醒过来的头一件事，就是不顾医生和春雪的制止，发着昏强挣扎又蹬上了他来时穿的春雪的那条绿裤，还把那件碎花褂披在绷带外面，所以现在看上去真是不伦不类，让人哭笑不得。他见麦茬进来，还勉强笑了笑，叫了声“茬子哥”挣扎着想坐起来。春雪忙把他摁住说：“算了，医生说你现在不能动。”

麦茬简单问了问情况便退了出来。春雪见瓶里的液体还不少，吩咐条子要乱动也跟了出来，两人站在院子里说了会儿话。听春雪含泪讲述了事情的全过程，麦茬沉默着一时不知该说什么。这事尽管不是他引起的，但和他却有着直接关系。他一方面心疼这个傻弟弟又怪他不可思议、不通情理；另一方面知道春雪这么做完全是为了自己，也不好埋怨她什么。说来说去，条子已成了这样吗事也不能再提，只能等他好了以后看情况再说。

再说也不好说，这点儿春雪心里很清楚，由于担心麦茬听了犯腻歪，有些细节她并没讲出来。条子醒来后看到她，眼里的泪水便流了下来，然后用蚊子“嗡嗡”般的声音说：“姐，咱不离婚沾、沾不？”

春雪无法看他那像小猫小狗临死前一样乞求的眼神，忙别转脸把目光移开了。条子说完后就是一阵剧烈的咳嗽，痛得他浑身哆嗦蜷成一团。春雪忙倒了杯水递过去，条子却把她的手推开了，好不容易停住了咳嗽，他还是那句话：“姐，咱不离婚沾不？”

面对此情此景，春雪没法回答。她要是不答应，不知道条子还会干什么傻事；她要是答应，知道这家伙认死理，答应了的事他一定会纠缠到底。条子见她没吭声，泪水“唰唰”往下流：“姐，你说话呀！我就那么让你硌硬吗？！”

春雪连忙搪塞：“行了，等你养好伤咱再说。”

“不行！”条子目光执拗地盯着她说，“你不答应，我养伤干吗？活着干吗？死了你不就干净了？”

“医生不让你多说话，”春雪忙说，“快歇歇吧！”

“不行！”条子显得那么不近情理，瞪着大眼珠子坚持，“姐，让我死让我活，就听你一句话，你说呀！”

春雪被逼得没办法，不由撒气地提高了声音：“说、说，你让我说吗呀？这么多年咱们是怎么过来的，你心里不清楚吗？！”

条子像被她吓着了，瞪着双眸半天没吭声。春雪还是于心不忍，忙缓和口气劝慰：“好了，咱不说这个了，你好好养伤，等伤养好了，咱吗都好商量。”

没想到条子一下子变得疯狂起来，他先是捶打自己的脑袋，而后又拼命撕扯身上的绷带，边哭边拼尽全力喊叫：“我不活了！我不活了！你们让我死了吧……”他孱弱的身体竟能发出那么大声音，简直是在拿命在喊叫，把门外的护士都惊来了。这回是春雪被吓坏了，她愣片刻，忙过去摁住他的双手，一迭声说：“老天爷！你这是干吗？沾沾沾，姐答应你、答应你……”

条子紧抓住她的手，剧烈地咳嗽着吐出一口鲜血，再次昏迷了过去。护士见状，忙喊来医生进行抢救。春雪被吓得心慌腿软，挓挲着双手一屁股跌坐在凳子上，泪水扑簌簌流了下来……

守根后来也知道了二婶儿猝死的全过程，心里不免有点儿后悔，觉得自己那天实在不该当众给小子弄那么大难看，想找机会给他道个歉。在这方面，守根毕竟在部队受过几年教育，比没文化的死巴庄稼主老子强多了。多数当爹的明明知道自己错怪了孩子，或许能用行动表现出来，比方说倒杯水、盛碗饭……想让他跟小人当面道歉，怕是砍了脑袋也做不到。就算二婶儿那么清楚，一辈子讲直理，在这点儿上估计也够呛。一天晚饭后，守根去了村委会，他知道麦茬一般情况下都在那儿值班。应该是从土改时开始，农村干部就养成了一种习惯，就是轮流值班，每晚必有一人在村委会过夜。自从麦茬进了班子，金沙窝这个习惯稍有变化，只要他在家，一般都在村委会住。因为他反正是光棍一根，在那儿过夜也是一个人骨碌，大家乐不得就依了他。

这是发送完老太太后父儿俩头一回见面，刚开始气氛还真有点儿尴尬。麦茬斜靠在床上不知在琢磨吗事，迷迷糊糊似睡非睡，守根进来他竟没察觉。守根见状也没吭声，圪蹴在门槛上闷头抽烟，直到他装上第二锅，拿火镰打火的“嚓嚓”声才惊醒了小子。麦茬睁开眼，看到老爹竟意外地愣住了。守根嘿嘿一笑，算是和儿子打了招呼。麦茬这才坐起身问：“爹，你怎么这会儿来了？”

“没、没事。”守根说，“看把你累、累得……”

“没事。”麦茬忙起身，提暖壶想给爹倒水。守根摆了摆手：“甭倒，刚吃过饭，不渴。”

麦茬还是把水递到他手上，迟疑地问：“爹，您老……有事呀？”

守根点点头："是有件事想和你商量商量。"

麦茬不由笑了："爹，吗事你就说吧，还商量什么呀？"

守根一时没吭声，吧嗒了几口烟才说："那天，当着那么多人……爹给你弄难看了……过后才知道，真的不怪你。"

麦茬忙摇头说："爹，就这事？嘿嘿，老子打儿小子，天经……"

"不能那么说。"守根打断他，"老子也得讲理，错了就是错了，今儿算跟你赔个不是。毛主席说没有调查就没有发言权嘛……"

"行行行，"麦茬连忙说，"爹，我知道了……就这事呀？"

"不、不是，还有件大事，你得帮我拿拿主意。"守根说着，从怀里掏出那份《入党申请书》递到他手中。麦茬疑惑地打开来看着……守根指点着补充道："这是我五十多年前写、写的。"

"五十年前？"麦茬惊讶地抬眼看着他，"你一直保留到现在？！"

"是啊。"守根说，"这是我一辈子的心愿……你看沾、沾不？"

麦茬还没完全明白老人的意思，不由疑惑地问："爹，你的意思……是想现在入党？"

守根庄重地点点头："你看沾、沾不？"

麦茬拿着那张纸，一瞬间感觉到了它沉甸甸的分量，连连点头说："沾！沾！忒沾了！"

守根倒显得信心不足："爹只是想和你商量，可我都七十了……"

"七十怎么了？"麦茬说，"党章也没规定多大岁数不能入呀！"

"那倒也是。"守根点点头，又说，"这事，你得问问上边。"

"肯定没问题。"麦茬把《申请书》仍装回牛皮纸信封中，说，"明儿一早我去乡里，找上张书记一块去向县委书记汇报！"

这父儿俩当时可没想到，他们二人的这个决定，在一个人的推举下，后来会在河北全省范围内掀起一场轩然大波并荡及了全国。

杨春雪在医院里度日如年，倒不是伺候条子有多难，主要是心里不痛快，不知道今后，尤其是等条子养好伤出院回家后怎么办。她虽然被逼无奈答应条子不离婚，可实在是心有不甘，毕竟自己还有二三十年的日子，莫非还这么凑合着过？就算自己可以凑合，那茬子哥怎么办？难道就让他一根光棍要到老死？她尽管心里不痛快脸上还不能表现出来，因为条子眼下特敏感，只要看她脸色不对就像个孩子一样不吃不喝耍小性儿。

这天花梅来了，想替她回去待两天，一是厂里有事需要她拿主意；二来也能睡个囫囵觉。春雪实在忍不住，把她带到医院大门外，找了个旮旯大哭了一场。花梅也说不好该怎么办，毕竟麦茬和条子从名义上都是她的小子，手心手背都是肉，她这个当后娘的可是不想让人背后嚼舌头。她和黑嫂等人虽然都希望三人能一块过，可这里头有个关键点儿，条子要不离婚，麦茬就不能和春雪一条炕上睡，这日子可怎么过呀？花梅只能陪着春雪唉声叹气，劝她走一步看一步，等条子养好伤再说。

条子却是得了便宜卖乖，有了雪儿姐的承诺就任着性子耍开了，今儿高兴就特听话，吃饭喝水配合治疗；明儿不高兴就不吃不喝，甚至把屎尿拉在床上。春雪再怎么生气还不能说，一说他蹬鼻子上脸闹得更凶。春雪有时觉得他伤后像换了个人，心理和脾气都发生了说不清楚的变化。她讲什么道理条子都听不进去，只能耐着性子帮他擦洗，像哄孩子一样小心翼翼。

直到有一天黑嫂来了，情况才有了些变化。也说不清为嘛，条子从小就怕黑嫂，老说她是黑李逵，手里拿着把大斧子，多大了见到她都躲着走。乡亲们都不知道为什么，只有二婶儿清楚，因为小时候黑婶确实打过条子一巴掌。条子七岁那年和一群小孩儿去大食堂里玩，不知是哪个带的头，几个小家伙围着大水瓮撒尿被黑嫂看见了。她天生就是大嗓门吼了一声，别的孩子腿脚快都跑走了，条子落在最后边，她赶上去从后面一巴掌把他打了个嘴啃地……这事二婶儿知道了也不好说什么，毕竟怪自家的孩子忒淘气。从那之后，条子只要瞅见黑嫂的身影，就会像小猫一样躲着走。

那天黑嫂是进城赶集，顺便来医院看看。条子正为一点儿小事和春雪耍猴，举着只茶杯要往地上摔，看到黑嫂进门他立马就蔫了，把杯子放在床头柜上脸朝里躺了下去。黑嫂故意逗他，转过去看着他的脸问："条子，你这是想干吗？"

"没、没干吗，我困、困了。"条子说着闭上了眼睛。黑嫂还想说什么，春雪忙把她拉到了门口外。没等她开口说什么，黑嫂就埋怨道："花梅回去都对我说了……你们这样不沾，硬是把条子惯瞎了！"

春雪无奈地笑着："没办法，他现在这个样子，我能怎么办？"

"我看他没事呀，"黑婶说，"刚才不是要摔杯子？"

"他这会儿伤是好多了，就是变得越来越小性儿，只要不高兴就瞎折腾。"春雪叹息着，"我怎么觉着他像变了个人，也许养好伤就没事了。"

"你说得不对，就是被你们惯坏了。"黑嫂说，"甭看条子四十多了，他实际上还是个长不大的孩子，该惯惯，该管就得管！"

没等春雪说什么，黑嫂就拉她往外走："走，今儿咱就给他个点儿看看，陪我去赶集吧。"

春雪迟疑着："不行吧？万一他有事怎么办？"

"看他那样，能有吗事呀？"黑嫂说着走到门口，冲里大声说，"条子，你听好，我把你雪儿姐带走了，你再不听话瞎胡闹，我就不让她回来了！"没等条子回答，便硬拉着春雪出了医院的大门……这一来条子傻眼了。正像黑嫂说的，他生性胆小，这些日子依伤卖伤，还真是被春雪惯坏了。这一上午，他老老实实躺在病床上，口渴了也不敢喊护士进来。

春雪陪着黑嫂在集上逛荡，天头午才回来。条子见到春雪本想掉眼泪，看见跟在后面的黑嫂连忙忍住了。从这以后，他确实老实多了，直到伤好出院再没瞎胡折腾过。

这天一大早，麦茬开车去了乡里。张书记是本地干部，对守根的过去多少有些了解，他看到那份字迹略显模糊的《入党申请书》很受感动，二话没说便和麦茬去了县委。县委书记姓石，刚来无极时间不长，对守根的过去一无所知。听了张书记和麦茬的介绍，他很震撼，感觉到那张纸非同一般的分量，当即便打电话把组织部长叫了过来。四人经过简单商议，决定立即接纳魏守根为中国共产党预备党员，并把他的事迹通报全县！

守根的这一举动，再次震动了小小的金沙窝。仁者见仁，智者见智，乡亲们说吗的都有："这家伙就是跟人不一样，一辈子'老坚决'！""甭管怎么说，人家算是共产党的忠实信徒。""他呀，哼哼，净出这'幺蛾子'！""就是，七十了还入党，图吗呀？""图名呗，说不定还能当一任咱村的支部书记哩！"……听听，多数都是负面反应。守根才不听这些蝼蛄叫，当天晚上在小子带领下举行了入党仪式，第二天一早便背着铺盖卷出门，继续他看望战友老人的行程。

这时候，李长远已调县广电局工作多年。他听说此事，本想采访守根写篇报道，到村里找不到本人只得和麦茬座谈了一晌午，回去后写了篇通讯发表在《石家庄日报》上，题目就叫做《老英雄七十要入党》。有心人碰上了有心人，已在省委工作的栗粟看到这篇通讯，坐在办公桌前陷入了深深的思索……对于魏守根，他自然很熟悉，当年在无极当书记，没少听过守根的故事。记得自己还帮他找过部队，临调离无极前，还带领四大班子成员和中学生们把他从车站接了回去。还有，守根的很多事迹他到现在记忆犹新，比如在部队时用机枪打飞机扭转战局荣立特等功；几十年如一日坚持找部队；合作化时死活不入社；三年困难时献粮救乡亲……更想不到他的一份《入党申请书》保存五十多年，现在七十了还坚持要入党，这种锲而不舍的精神追求，在当今"一切向钱看"的社会风气下难能可贵，实在让人钦佩！他沉思良久，突然有种想再见见这位老人的冲动。

栗粟做人低调，从不喜欢张扬，他抽五一放假和星期天，坐公交专门去了趟无极。这是他离开十多年头一次回来，尽管已是省委领导他谁都没惊动，只是找了当年的办公室主任赵孟河，每人骑一辆自行车便去了金沙窝。麦茬大喜过望、热情接待是必须的，当年要不是栗粟力挺，他不可能当上村支书，也不会有这些年的作为，遗憾的是守根没在家。栗粟让麦茬找来了李长远，四个人边吃边聊把情况进行了核实。下午他想坐公交回去，麦茬当然不同意，亲自开车把他送回去并带上了些小米、绿豆、棒子糁儿什么的。

五一收假上班后，栗粟把守根的情况和自己的想法向省委主要领导做了汇报。省委书记很重视，当天召开常委会进行了专题研讨，大家一致同意栗粟的想法，认为在目前“一切向钱看”社会风气下，年轻人理想缺失、道德沦丧，树立魏守根这样的典型非常有教育意义。会议决定：承认魏守根为中国共产党正式党员，党龄从那场阻击战之日开始计算；并由栗粟牵头，组织农委、组织、宣传等相关部门，在全省范围内掀起一场“学英雄、树理想”的教育活动。

这可是大出魏守根的意外，他做梦都不会想到，自个儿竟再次成为社会关注的“出头鸟”。他生性内向，语言迟钝，最不愿做那些出头露面的事，觉得讲话远不如干活容易，还是那句话，宁可起一圈粪也不愿在会上发一次言。接下来的一段时间，省市县新闻单位的记者、作家、领导像“走马灯”一样纷至沓来，采访、座谈、照相……守根被弄得晕头转向、坐卧不宁，开头还勉强应付，后来干脆“三十六计走为上”，离开家继续自己看望战友爹娘的行动。新闻单位却没放过他，首先是《河北日报》发表了长篇通讯，题目仍叫做《老英雄七十要入党》，把他一生的所作所为做了更加详尽的报道；接着是各级报纸、广播、电视，连篇累牍报道了他的事迹，他的照片、头像也频频在报纸和电视上曝光；后来全国各地的新闻单位都赶来了，可惜谁都没能再见到这个故意躲出去的老家伙。

一个多月后，条子终于出院了。正像医生所断言的那样，他已成了个“废人”，甭说下地干活，连走几步路就累得像八九十岁的老人，连咳嗽带喘佝偻着腰像只大虾米。可甭管怎么说，他还是个大活人，挡在麦茬和春雪中间像一堵墙，谁都没办法挪开。春雪再也没敢提“离婚”二字，她要工作，还要照顾他和麦茬，跑来跑去两头忙，真是连上茅子里都带小跑儿。乡亲们看在眼里虽然心疼，可谁又能帮上什么忙？后来，还是老东山出了个馊主意：你俩就甭那么一本正经了，明铺暗盖吧，大家都能理解，没人会说三道四。

对老东山的主意，麦茬和春雪开始还不好接受，黑嫂、花梅等看在眼里急在心上，时不时地敲边鼓。也是两人的感情已积累到了一定程度，终于在一天晚上突破了坚守多年的底线。

那是一个夏日的初夜，麦茬又觉得心口憋得慌，便用手机给春雪打了个电话。春雪拿了药给他送去，刚从小医院出来就遇上了顶头风，霎时间尘飞沙扬刮得人睁不开眼。她低头弯腰走路都费劲，眼瞅着空中的黑疙瘩云一团团一块块，像奔腾的马群般从西北天际劈头盖脸压过来。她紧闭双唇、小跑溜丢儿紧往前赶，没走多远天上鸣雷闪电、制钱般的大雨点子便“噼里啪啦”砸了下来。她躲闪不及，转眼间已被淋成了落汤鸡。

春雪好不容易赶到麦茬家，等伺候他吃了药，想走已来不及，瓢泼大雨统治了整个世界。她站在屋门口，眼看着东西厢房瓦口里的雨水像两条飞龙，交叉着“哗啦啦”砸落在院子里。街上变成了河道，浑浊的洪流奔腾咆哮，一泻千里般冲出村口。她单薄的衣服早被浇透，纸一样紧紧包裹出来身子美妙的曲线。她自己都觉得不好意思，背转身想把小褂抖落开来，许是着了凉，接连打了好几个激灵。麦茬一直从旁注视着她，心里怎么想的咱不知道，只听他说：“把衣服脱下来拧拧水吧，小心着凉。”

春雪迟疑片刻，回头看他一眼慢慢解开了衣扣……就在此时，许是大风刮断了电线，倏一下子停电了，整个世界像突然被扣在锅底下，黑黢黢伸手不见五指。在春雪轻轻的惊叫声中，麦茬已把她紧紧搂进怀中……都是过来人，接下来的事咱就不多说了。关键是男女都一样，这种事不能有开头，只要有了第一次，往往是一发不可收，甚至沉溺于此。麦茬和春雪就是这样，接下来的日子里，两人都放开了，不管不顾，只要有空儿就在一块黏糊。再往后，春雪干脆编瞎话借口有事，前半夜陪麦茬，后半夜才回到条子身边。没多久，全村人都知道他俩明铺暗盖了，只有条子一个人蒙在鼓里。有人说他是装聋作哑，心里揣着明白却自个儿糊弄自个儿。实际上他们说得不对，条子真没那么多心眼子。

老守根躲出去了两三个月，这个世界上谁都找不到他。本来，麦茬不放心，临出门时给他买了部手机，可老家伙嘟囔他瞎花钱，放在背包里从没打开过。他真成了闲云野鹤，飘到哪儿算哪儿，飞到哪儿就在哪儿落地；反正背包里有的是钱，饿了就吃、黑了就睡，赶上有旅店就住旅店，没旅店就找个柴火窝，拿钱袋子当枕头，还得用腰带拴在手腕子上。这家伙命硬，一路上太平无事，只有一回非常悬乎，差点儿要了他的老命。

那天，守根从山西风陵渡去河南驻马店，半路上忽然下起了瓢泼大雨，那真是天昏地暗，正晌午变成了天头明，模模糊糊连脚下的路都看不清。他正走在一条山谷中，躲没地儿躲藏没地儿藏，只好顶了块塑料布往前赶。他蹚水过一条小河，刚下去时不过膝盖深，没想到走了一小半洪水从不远处的山口冲了下来。只见轰隆隆的咆哮声中，山洪像一堵半截墙，劈头盖脸席卷而来。守根可被吓傻了，想往回退已来不及，只得硬着头皮往前赶，转眼间浑浊的洪水已齐腰，而且挟裹着烂树枝子石头块，刮碰得腿肚子生疼。他不管不顾，连滚带爬挣扎向前，快到对岸时水已淹了脖子只往嘴里灌。他拼尽全力到了岸边，更没想到河坡又陡又滑，他一次次爬上去滑下来，跌进河底被灌了好几口水……最后还是背包救了他，像浮漂一样带着他冲下去半里多地才上了岸。守根被吓瘫了，狗喘气一样躺在泥地上半天才缓过劲儿来。他忽然想起钱和手机，忙打开背包一看，钱在塑料袋里安然无恙，这才松了一口气；再看看手机肯定是被水泡了，他按照出门时麦茬教的办法，鼓捣了有吃顿饭的工夫也没能打开，不由心疼得只嘬牙花子。

驻马店附近的林家庄是战友小林家，守根好不容易找到了却扑了个空，因为小林父母双亡，只有个弟弟当年也参加了解放军，南下去广东后就和家里失去了联系。他多少有点儿失望，从村里出来便转道往山东方向走去……这是他去的第六家，山东临沂杜家庄是第七家，最后一家是在河北保定的阜平，离他们当年那场阻击战的阵地不远。按他的计划，这一圈转下来，差不多就到了阴历的七月十五，正好是庄稼主子信奉的“鬼节”。他想顺路去跟战友们上坟烧张纸，把自己这些日子的行动向他们念叨念叨，再去干姐巧云家住两天，看看她们老两口，然后回家就尽量少出门，每年“清明”让儿子开车拉着他过来扫扫墓就行了。他这样想着，朝东北方向一路斜插了下去，大路、小路、庄稼地、田埂子……在华北平原这一带，他走到哪儿都觉着离老家不远，因为到处都是一马平川，种的庄稼也差不多：大海一样的棒子地一眼看不到边，间或有块棉花地、谷子地和山药地。山药是他们老家的叫法，他小时候一直这么叫，当兵后才知道这东西的学名叫红薯。

七月流火，日头烧得白晃晃，火蛋子一样烤着大地。秋庄稼正是疯长的季节，高高低低，都被晒得蔫头耷拉脑，用庄稼主子的话说——像骟了蛋的驴一样没有了精神。守根用破草帽扇着风，不紧不慢走着，晓行夜宿一路无话，到了杜家庄却万万想不到摊上了场官司。

杜家庄的战友叫杜平等，牺牲那年才十九岁。守根进村后左打听右问，好不容易找到他们家，看到的情景却让他非常生气！平等他娘九十了，是个又黑又瘦小的老太太，自个儿住在一间歪歪斜斜、看样子一阵风就能吹倒的破秫秸棚里。屋里又脏又乱、烟熏火燎一片黢黑，甭说电了，连个煤油灯都没有，只有半截小蜡插在窗台上。老太太耳聋眼不花，只是腿脚不好走不了道，一年到头只能歪在连席子都没有的土炕上，拉屎撒尿都出不了屋。屋里的味儿顶鼻子臭，守根进去被顶得差点儿出不上气儿来。再看老太太，不多的几根白发支棱着，脸脏得连眉眼都分不清；身上的衣裳一条一绺仅能遮体，黑乎乎看不出当初是吗颜色。

好在守根是庄稼地里长大的，下圈起粪的活干了一辈子，脏点儿臭点儿对他来说不算吗。他仔细看着满地的破砖头、烂瓦块，挑拣着下脚走到炕沿旁。老人并不糊涂，当守根说出平等这个名字时，她叫着“我那难见面的大小子啊”伸胳膊搂住了他，紧接着眼泪鼻涕就全流了下来。守根任她发泄，劝说了好半天老人才稍稍平静了下来。他拿出随身带来的卤煮鸡、点心、牛奶什么的，老太太眼都绿了，一句客气话顾不上说，大嘴马牙连吃带喝，一条鸡腿、又一条鸡腿；一块蛋糕、又一块蛋糕……守根在旁边看着心里还挺高兴，觉着自个儿这些东西买得值了。

老太太吃着吃着，守根心里莫名其妙地闪过个念头，担心她吃得忒急，一口气上不来被噎死了。谁知道怕鬼就来鬼，他心里的念头刚闪过，当老太太吃下最后一块鸡胸肉时，眼一闭腿一伸瘫倒在炕上。守根惊愣片刻，连声叫着“大娘”想把她扶起来，可是……眼瞅着老人咽了两口气没有了呼吸。他可被吓坏了，一迭声呼唤着掐人中、揪脖颈，紧折腾着就觉得老人的身体越来越凉了。守根傻眼了，挓挲着双手一时不知该怎么办。正在这时，一个胖娘儿们扭达扭达出现在门口。她连看都没往屋里看，只是把手里端的一碗烂面条倒进门槛旁的破锅里，说了句：“吃吧，撑死你个老东西！”转身便走……守根忙叫道：“同、同志，你等等！”

胖娘儿们受到惊吓似的回过头来，看看守根又看看老人，一脸疑惑地问：“你……是谁？干吗在这儿？”

守根心慌无智，结结巴巴介绍了自己，又说了老太太的情况。胖娘儿们眨眨眼睛，突然坐在地上大声喊叫起来：“快来人呀！杀人了……”

杨春雪够够的了，不知道这种偷偷摸摸的日子到吗时候才算一站。她曾想过买包老鼠药，下在饭里让条子吃下去，想是想当然没那么做，只能无奈地过着前半宿后半夜的生活。麦茬倒想得开，时不时劝她说：“人心没尽，这不比以前的日子强多了！”

条子像是吗都不知道，该吃吃该喝喝倒长了好几斤肉，养了几个月就闹着要上班，麦茬劝不住只得又把他安排回了机电队。这几年电工班早已承包给了个人，电工们都换成了年轻人。条子可不管这些，一上班就摆出领导的架势，指手画脚命令这个命令那个，弄得小伙子们哭笑不得。麦茬只能暗中做工作，让大家尽量让着他。小伙子们很听话，当面叫着"老班长"把他捧得高高兴兴，背后该干吗干吗。条子自得其乐，每天用粪筐背着那套电工工具村东机井上走走、村南加工厂看看，小日子过得挺滋润。

人不服老不行。花梅上了几岁年纪，精神头大不如从前，有时候坐在沙发上开会，她就一栽一栽打起了瞌睡。春雪和麦茬商量着让她从服装厂退了下来，每天在家做做饭就行了。这一家子表面看真的挺好，每到吃饭的时间，条子、麦茬、春雪围坐桌旁说说笑笑，花梅端菜上饭忙活个不停。天明和天爽正在准备高考，到星期天有时也回家来，小院里的笑声更加响亮。

不正这家伙后运还算不赖，全仗着有个好小子，要不他父母双亡、兄弟死了、媳妇走了，还不是孤寡老头子一个？多亏天亮在部队受教育走上了正道，回来这些年麦茬又多方关照，还帮他张罗了个好媳妇。野马拴上了笼头，想尥蹶子又有麦茬这杆鞭子时不时抽打着，他不老实也得老实。这不，去年儿媳妇又养活了个胖孙子，天亮倒没觉着怎么样，不正却喜欢得了不得，只要有点儿空儿就扛在肩膀、顶在脑袋上，满街筒子转悠着到处显摆。守根告老还乡后，他接替了养殖场场长职务，倒也尽心尽力，工作很卖力气。而且，许是上了几岁年纪，他完全没了年轻时的生性，日子长了乡亲们也改变了对他的看法。这天，他刚下工把孙子抱起来，麦茬就找上门来，让他跟着一块去捞守根。

守根摊上官司了，而且还是人命官司。那个胖娘儿们一阵子胡喊乱叫，招来左邻右舍看热闹，紧接着，杜平方就赶来了。他是平等的大兄弟，那个胖娘儿们的男人。过了一会儿，平等的小兄弟平分也带着媳妇赶了过来。这帮子不孝子孙围着守根，五马长枪逼他把事说清楚。守根本来嘴就拙，情急之下更说不成一句囫囵话。这些人鸡一嘴鹅一嘴，啄得他脸红脖子粗，吭哧半天也解释不清楚。实际上，不是他说不清楚，而是那些人成心要讹他，根本不想听清楚。

看热闹的人越来越多，那些人的嗓门儿也越来越高，到后来竟说他是图财害命；说他图谋不轨，想掐巴老太太。围观的人们抿着嘴笑，却没一人上前劝阻。守根急扯白脸，掏手机想报警，等拿出来才意识到手机坏了。他急切间大声喊："借、借光，哪位有手机，请帮忙报、报个警！"

还真有个穿衣打扮像城里人的小姑娘把手机掏了出来，没想到平方媳妇冲过去一把夺过手机，扯着嗓子喊："报蛋呀报！你就拿钱吧！"

这时，杜平分早把守根的行李卷打开了，高举起用塑料布包裹的整捆人民币说："没事了，让他滚蛋吧！"

守根一见就急了眼，忙冲过去抢夺："你、你们是土匪呀?!"

"你说谁是土匪?""就是，给脸不要脸是不?""揍、揍他！"几个男女喊叫着，一顿拳打脚踢把他撂倒在地，然后拿着钱袋子扬长而去。有人看不过眼，在他们身后喊："你们就这样走了？还管你们老娘不?"

胖娘儿们回过头来，指着守根说："那是这个老东西的娘，让他管吧。"

守根滚了一身土，脸也被打出来血，瘫坐在地上好半天爬不起来。几位好心人蹲下身，围着他七嘴八舌地说："这弟兄俩忒不是东西，在村里横行霸道没人敢惹。""就是，他们的老娘三十多岁守寡，屎一把尿一把把他们拉扯大……可好，你也看见了，他们是怎么对待老人的。""可不是，简直是猪狗不如。""去告他们！告这些六畜！"……守根站起来拍打着身上的土，那位城里人打扮的姑娘已把手机递了过来。他连连点头表示感谢，在那位姑娘的帮助下报警后后又给小子麦茬打了个电话。

麦茬和不正连夜出发，赶到当地派出所时已是第二天的后半晌儿。守根昨天报案后，没多会儿民警就赶来了。在那些好心人的证明下，守根讲清了事情的前因后果。民警检查了老太太的尸体，等去找平分弟兄俩时，他们已脚下抹油——溜了。民警把守根带回派出所，管了他三顿饭，还安置在办公室里住了一宿。麦茬对民警表示了感谢，想交点儿饭钱人家不收，要走时守根却说了句话："咱们走了，老人的尸体怎么办？"

不正拽拽他的衣角，小声说："叔，快走吧，那和咱有吗关系？"

民警也说："你们走吧，这事我们处理。"

守根却不动身，说："那俩兔崽子都跑了，天这么热，老太太的尸体很快就会……坏、坏了。"

麦茬忙问："爹，你是吗意思？"

"我想咱们还是把老人的后事办了吧，"守根说，"也算对平等在天之灵的一点儿……安慰。"

对他的这个想法，大家都感到意外。派出所长说："大叔，你的这份情我们替这家人领了，不过这事……你就覅管了。"

麦茬和不正也从旁劝说。可守根这老家伙一辈子认死理，甭管大家怎么劝他就是不上车。没办法，在民警的随行下，麦茬他们又回到了杜家庄。村里的百姓们感到很意外，纷纷赶来看热闹。面对这些乡亲，守根讲了可能是他这辈子最慷慨激昂的几句话："老乡们，杜平等是我的战友、我的兄弟。他是为我们这个国家牺牲的，为咱们今儿格的好日子牺牲的……他的娘就是我的娘，他的事就是我的事。今儿格，我为娘办理丧事，大家甭管是不是当院本家，都希望能搭把手，咱们风风光光把老人送走。"

守根的这番话，说得在场人心里都热乎乎的。村干部们站了出来，组织乡亲们设立灵堂、置办老人的寿衣、买棺木炮仗等丧葬用品。麦茬这是第二次对老爹另眼相看，第一次是他从本溪找到部队，被县委栗书记带领四大班子成员敲锣打鼓送回家来。他理解爹的心思，主动承担了全部费用，跑前跑后跟着忙活。当时天已晚了，大家商量着赶明儿就把老太太送走，守根却不同意，坚持按农村风俗——停尸三天。不正私底下劝说："叔，你傻呀？停一天就多花上千块，你图吗吔？"

守根不理他，仍坚持自个儿的想法，让村干部派人请来吹打班、垒上了长灶大锅、买肉买菜买馒头，热热闹闹办起了丧事。

世界上的事情就是这样，有时会发生意想不到的转机。就在第三天头上准备为老太太出殡时，平方和平分弟兄俩露面了。他们退还了守根的钱袋子，当着全村父老乡亲的面磕头下跪跟他赔礼道了歉。或许人心到底是肉长的，当时他们出于一时气愤和贪婪抢了守根的钱，在庄稼地里躲藏一宿，虫咬蚊叮起了浑身疙瘩，心里就后悔了。尤其是和家里通电话，知道守根竟然以德报怨为老娘大办丧事，他们像是再也没法心安理得，抱着钱袋子从棒子地里钻了出来……但两人抢劫的事实已经成立，民警坚持要把他们带走。还是守根为他们说好话求情，所长才带自己人走了。村支书喝令他们长跪在灵床前，抠鼻子挖脸一通训斥，乡亲们也鸡一嘴鹅一嘴，啄得兄弟二人痛哭流涕，连连认错。

事情像是有了个圆满的结局，守根心里很欣慰，大出殡后，他高高兴兴地坐上了小子开来的汽车。一路无话，等到家已是第二天一扑明儿，守根在灯下打开钱袋子，取出钱看一眼觉着有什么不对头，再仔细辨认……老家伙气得差点儿吐血，原来那一捆子钱都是死人票子。他一屁股坐在地上呆愣半天，有心返回去找那混蛋弟兄俩，想了想又忍住了。可不是，这事忒窝囊了，要传出去，还不被人笑话死？他只能一声不吭吃哑巴亏，气得在炕上躺了一天。麦茬当他是累了，也没往心里去。

后来发生的事守根当然不知道。平方平分弟兄俩发送老人没花一分还白捡了十万块钱，高兴得两天两宿睡不着。第三天分赃却发生了争执，平方说自个儿出力大应该多分一万，平分坚决不同意。弟兄俩说着说着动了手，老三捅了老二一刀子，结果是一个躺倒炕上半年起不来，另一个进去了。

转眼到了阴历的七月十五，按原计划守根该去阜平了。可因为上当受骗的事，他心里腻歪又没法对人说，只觉得浑身没劲打不起精神来，考虑再三决定等到十月一再说。按这一带的风俗，阴历十月一也是上坟烧纸的日子。

就在这俩多月里，发生了两件事让全村的父老乡亲目瞪口呆！

第一件是条子突然良心发现，主动要求和春雪离了婚。大家都为此感到高兴，说这小子长到四十好几终于开窍了；庆幸麦茬和春雪终于苦尽甜来，总算有了个让乡亲们放心的结果。这其中的缘由，世界上光怕只有条子一个人清楚，他要不说，肯定是个历史性的永久秘密。

条子改变主意发生在一个夜黑风高的晚上。春雪伺候他吃过晚饭说有事就出去了。他一个人守着电视看不知看了多少遍的《葫芦娃》，歪在沙发上迷迷糊糊就睡着了。不知天到什么时候，他被一声巨响吓醒，揉揉眼睛爬起来，到门口看到天上鸣雷闪电像要下雨。他担心雪儿姐挨淋，拿了把雨伞去了服装厂。春雪没在，黑嫂本想一句话把他打发走，不知出于什么心理又改变了主意。她知道春雪去了麦茬那儿，也清楚他们会干吗，便告诉条子说："你雪儿姐去麦茬家了，他们正……干好事哩，你快去看看吧。"

条子问了一句："他们干吗好事呀？"

黑嫂坏笑着："你去瞅瞅不就知道了。"

条子没多想，也不知她说的"好事"是什么，便提溜着雨伞往麦茬家走去。这时候，一阵狂风呼啦啦刮过，大地和村庄好像都在摇晃，干树枝、烂树叶子"噼里啪啦"往下都掉，紧接着，枣那么大的雨点子就兜头盖脸砸了下来。条子拿出吃奶的劲才把伞撑开，一溜小跑冲进了茬子哥家虚掩着的大门。可好，一个最不该让这个单纯的大孩子看到的场景赫然出现在他眼前。

以前，麦茬和春雪虽然知道村里人对他们的关系睁只眼闭只眼，但毕竟心里发虚，每次亲热都从里面掏着把大门从外边锁上，让人看起来好像家里没人。这回因为天气不好，估计不会有人来就大意了。再加上麦茬去县里开了十多天会，为捞守根又去了趟山东临沂，两人有二十来天没在一块，心情急迫就容易出错，春雪来时把大门随手一关也忘了插上“插关”。他们正在疯狂时外面风雨大作，所以条子“咣当”一声撞开大门二人竟没听见，都在全神贯注进行着公母之间那场最原始的搏斗。

条子本想直接进屋去，到门口听到里面的动静怪怪的，自个儿从没听见过便多了个心眼儿。他呆愣片刻，一闪身就去了窗户那儿……大夏天，两扇玻璃窗敞开着，屋里的一切都看得真真的——微弱的台灯光下，里面的两个人都光着屁股。他“雪儿姐”躺在床沿边，两条腿翘得老高，身子剧烈扭动着，闭眼皱眉嘴里发出“呵啊”的叫声，看样子非常痛苦。条子第一反应是她正受虐待，想立马冲进去和茬子哥理论理论。但他想弄个明白就没那么做，而是把目光转到了他哥身上。茬子哥站在他“雪儿姐”两腿间，浑身大汗正一下下使劲往前冲撞、冲撞……而这一下、一下，又一下，“雪儿姐”像是要被弄化了，竟然浑身哆嗦起来，嘴里的叫声也越来越高。就在条子迈步想冲进去时，就见他的哥和姐突然同时大叫了两声，呼呼喘着粗气紧抱在了一块，看那样儿，像是天在这会儿塌下来他们也不会分开。条子到这时才明白，“雪儿姐”好像不是在受虐待，忙把迈出去的脚收了回来。接下来，他又看到哥和姐亲了亲嘴，浑身瘫软地分开平躺下来，你瞅着我我瞅着你笑得那么甜蜜。他的目光往下，看到茬子哥两腿间的那条大狗鸡子，竟然像个小棒槌，比自个儿的大了不知多少倍，突然就有了一种自卑感。他再看看“雪儿姐”，面似桃花、两眼微微眯缝着，脸上那像吃饱了的孩子似的甜甜的笑模样，和自个儿在一起这么多年一次都没有过。就在这工夫，他像是一下子开了窍：也许这就是人们常说的幸福和满足吧！

雨越下越大，天和地好像连在了一起，雾蒙蒙吗都看不清楚。条子像明白了什么，又好像什么也不明白。他回转身，慢慢往外走，雨伞不知吗时候掉在地上，他早被淋成了落水狗。他像丢了魂散了架，踩着泥水一步步往家走，心里翻江倒海一直在想：这么多年，自个儿从没、也不能让“雪儿姐”有过一回这样的得劲和幸福，还死缠烂打占着她，是不是……忒自私了？

第二天一大早，春雪回到家里，见大门敞开着，屋里门也没关，不由有点儿意外。她在院里站一下，四处看了看，忙大声叫：“条子，条子！”

没人搭腔。春雪心里发虚，三步两步上楼去，进屋一看，见条子穿着衣服躺在床上，看样子睡得正香。她忙解释心虚地说：“夜里黑介雨忒大，我又没带雨伞，就在厂里睡了……”

条子不吭也不动。春雪往前走了两步，才看清楚条子的衣服像刚从水里捞出来的，把床单子都濡湿了。她有点儿不高兴，提高声音问：“你干吗连衣裳都不脱？看看把床单子都弄脏了！”

条子仍没动静。天色尚早，屋里光线很暗。春雪走到床边，才发现条子脸色赤红呼吸急促，她意识到什么，边伸手摸他的额头边问：“你怎么了？不得劲儿？”她的手还没摸着，就感觉到一股热气直往上冲，急切间连推带喊，“条子，你怎么了？你说话呀！条子……”

条子像个死人，只是没反应。春雪慌了，挓挲着双手一时不知该怎么办。这时，麦茬提溜着把雨伞进屋来，见状忙问：“怎么了？”

“条子像是发高烧，”春雪说，“喊他半天也不吭声。”

麦茬上前摸了摸条子的脸蛋子，惊讶地：“可不是，热得烫手！他这是烧迷糊了，还不快去叫医生！”

“嗯，嗯。”春雪点头答应着，脚步慌张地往外走……麦茬忙说：“还是我去吧。”他下了楼梯，又把春雪叫了出来，举着雨伞低声说，“昨晚，他好像去过……这是我在窗户根下捡到的。”

春雪一愣神儿，低声问：“老天爷！他是不是……看到什么了？”

麦茬点了点头。春雪更慌了：“这、这可怎么办？”

“能怎么办？咱就装不知道呗。”麦茬说着放下雨伞，急忙出门去找医生。春雪思思忖忖，脚步迟疑地上楼去。

条子没死也脱了层皮，医生又打针又输液，折腾到后半晌儿他才睁开了眼睛。春雪放下心来，不无高兴地拉着他的手说："老天爷，你可是把人吓死了！"

条子咧嘴笑了笑，突然说："姐，咱们离婚吧。"

春雪一愣，忙问："你……想起吗来了？"

"没、没吗。"条子放开她的手，背转脸说，"就离婚。"

春雪心里好像明白了什么，又好像什么也不明白，离婚是她多年的愿望，因此就没再问也没再说什么。

第二件事是天明和天爽同时收到了入学通知书，一个考上了清华，一个考上了北大。这可是条爆炸性新闻，要说小小的金沙窝，就是在全乡全县也是蝎子的屉屉——毒（独）一份！县电视台记者专门采访了二人，连续几天作为头条进行了报道。亲戚朋友赶来了！乡长县长赶来了！县委书记赶来了！县四大班子的头头脑脑们像穿梭，纷纷前来表示祝贺！守根高兴，麦茬高兴，春雪高兴，条子也高兴，乡亲们见到他们就抱拳作揖连连道喜。

春雪和条子刚办了离婚手续。麦茬正在兴头上，决定像庄稼主子办喜事一样，大摆宴席三天进行庆贺！刚开始，守根不同意："庄稼主子，干吗那么扬风奓毛的？一家子吃顿饭不就沾了？嫌人少不热闹，把本家当院都叫上。"

麦茬笑着说："这不是高兴嘛，图个吉利呗！"

"算了，算了，"守根说，"咱还是老实点儿吧，省得让人说闲话。"

"舅舅，你就让茬子哥任性一回吧。"春雪忙说，"他这辈子不容易，难得这么高兴哩。"

守根这才不吭声了。他这一辈子都是这样，甭管春雪说什么，他从没表示过反对。麦茬笑了笑，凑到春雪耳边小声说："还叫舅舅呀？"

春雪没说话，只是笑笑地红了脸。按麦茬的意思，趁三天宴席，把他们的事一块办了多好。春雪觉得刚离婚就结婚，好说不好听，怕人当笑话讲就没同意。实际上，他们后来结了婚春雪依然叫守根"舅舅”，说是先叫后不改，改了倒别扭。守根好打发，总是嘿嘿笑着说：“平辈儿，叫吗都一样。”

事情决定了，大家便分头忙活起来，杀了三口猪、宰了五只羊、买了两千多斤白面……消息传出去，乡亲们可高兴了！大人孩子们像盼过年一样，一个个添置新衣裳、推脑袋刮脸打扮自个儿。当家子的妇女们可有点儿遭难，这又不是结婚办喜事，该准备吗礼物呀？她们走东家串西家，你问我我问你，最后决定送钱最实惠，孩子们上学不是要花钱吗？守根听说后立马找到麦茬说：“这可不沾，咱不能借机会让乡亲们凑钱呀！那成吗事了？”

麦茬当即便在大喇叭上喊了出去：“事是要办，谁来都欢迎……但钱一分不收，谁拿来甭怪我把你请出去！”

地点定在了村委会，因为全村那个院子最大。到了规定日子的前几天，老守根又犯开了倔。前面说过，这两年村里各种服务公司应运而生，礼仪、做饭、出租家具……当然，一切都是明码标价，甭管干吗没钱不行。守根还是坚持说：“如今这是怎么了？甭管干吗都得冲着钱说话……乡亲、乡亲，那个亲去哪儿了？！”

也不是他一个人，凡是岁数大些的男女都怀念以前办这类事的情景。一家有事，全村人都赶来“攒忙”，盘锅垒灶、背桌子扛板凳，一天到晚你来我往，说说笑笑，要多热闹有多热闹，那份亲那份情，让人感到温暖、感到舒坦；现在可好，一手交钱一手交货，有钱好办事，没钱你就甭办，怎么想心里都觉着别扭。麦茬劝他说：“社会发展了，咱总得与时俱进，面对现实呀。”

守根梗着脖子说狠话：“吗现实不现实，要是这样咱宁可不办！”

麦茬没辙了，回家和娘商量。花梅皱着眉头说：“这老东西一辈子拧死理，可他说的也不是没一点儿道理……你去找东山叔和几个老辈子商量商量，大伙儿劝劝他呗。”

麦茬找到老东山和几位长辈，他们深有同感，都觉得守根说得在理。几个人大包大揽地说：“这事好办，你甭管了。”

麦茬走后，他们经过一番商量，分头下去挨门挨户做工作，没想到大多家长都同意按老规矩办。等到了正日子那天，不用喊不用叫，一大早人们便抬桌子扛板凳、提盆子拿碗到村委会集合，比开村民大会到的人都多。老守根可高兴了，边哈哈笑着和大家打招呼，边拿着毛笔在家具上做记号。

正是秋收前的农闲时节，地里没什么活，工厂也放了三天假，所以乡亲们差不多都到齐了。你看吧，男女老少，出出进进，大人喊、孩子叫，满院子是人，满院子欢声笑语。自从改革开放“分田到户”之后，人们各忙个儿的，尽管是同村住着，好多人竟然几年没见过面了。真是乡情淡漠，人心涣散，这次凑在一起大家都感到稀罕和亲切，说起生产队时的岁月，一个个言谈话语间平添了几分惆怅和怀念。尤其是当年的大小队干部都老了，谈论起当年在台上发号施令的日子更是感慨万千，有的人竟然情绪失控，当着那么多人的面泗泪横流。

村子小有好处，几十张大方桌每桌十人，挤挤簇簇都坐下了。天亮作为总调度，指挥得有条不紊、井然有序。天明和天爽披红戴花坐在主席台上，听着大家的祝福话、吉庆话，小脸儿通红，笑得嘴都合不上。最忙的还是那些大师傅，他们在不正的指挥下几乎是一宿没睡，围在一溜四五口大锅小锅的长灶前忙忙活活，早就把肉片、粉条、冬瓜菜熬好了掏进十多口大瓮里，等人到差不多了热热就能上桌。大白卷子杂烩菜，要多好吃有多好吃！那一整天，乡亲们吃吃喝喝、说说笑笑，一直到擦黑儿。男人们吆五喝六、猜拳行令，多少人侧侧歪歪走在街上找不到家门，更有的还没站起身就出溜到桌子底下……人们都说醉了整个村子，到如今谈论起来还笑个不停，笑过了又多了几分怀念，一个个不由唏嘘不已。

第二天早起出了点儿事，让大家像吃了个苍蝇般感到硌硬。就是熬菜的那口最大的锅不知吗时候被人砸坏了，黑黑的一个大窟窿已不能用。人们骂着胡街，不用猜也知道是“家具出租公司”的人干的“好事”，你不用他们的家具人家挣不到钱，不砸你的锅才怪呢。一口锅不值几个钱，报案又不值当哩，只是让人感到堵心。麦茬立马派人又去城里买回来一口，守根从此再没敢离开灶火台，当天黑介就铺了块席子睡在旁边。

第二天谁都没想到又掀了个高潮，麦茬和春雪一就两事，在现场举行了婚礼。本来他们已扯了结婚证，只是春雪想多了，计划到春节再举行仪式。可老东山和几位大辈子前几天集合时就商量好了，这两天见乡亲们又断不了关切地询问麦茬和春雪“吗时候过事”，他们便自作主张，先斩后奏。就在酒菜都已摆上桌时，老东山突然大声宣布：“吉时已到，麦茬和春雪的婚礼马上进行！”

麦茬虽然感到意外并不反对，只是瞅着春雪咧嘴笑；春雪站起身想反对时已来不及，老东山一声令下，大门外“呼啦啦”挤进来一群人。满院子人像听到了口令，一下子齐刷刷站起身，抻脖子瞪眼地观看。只见锣鼓队敲起来，小唢呐吹得震天响；一群孩子贴双喜字挂彩绸，又把大红花硬套在春雪和麦茬身上；几个小伙子“噼里啪啦”放起了鞭炮……全场振奋，欢呼声此起彼伏，就差把老天爷惊动下来了！在不正招呼下，人们强拉硬拽把二人请上了主席台。紧接着，又有人把正在看热闹的守根和花梅拉了上去。春雪笑也不是恼也不是，好像大闺女一样扭扭捏捏，一张粉脸憋得像大红纸。就在人们笑闹间，老东山又大声吆喝：“大家静一静，还有尊贵的客人上场！”

人们瞪眼瞅着，杨岐山和郑巧云在几个大闺女的搀扶下登上了主席台。麦茬和春雪一见都意外地愣住了。原来，前几天他们曾开车去请过这老俩，巧云因为身体不怎么好说不来了。没想到老东山下了功夫，头天黑介就派人暗中去接他们。巧云听说闺女要举行婚礼，再怎么不得劲也要来呀！

主要人物都上了场，就在老东山按程序宣布婚礼往下进行时，条子却跳了上来，说：“叔，我来当司仪！”

全场人再次惊呆了。老东山怀疑地问：“你、你沾不？”

条子点了点头，扯开嗓子喊：“一拜天地——”

真是放屁崩坑，各有一功。这小子吃吗吗不香干吗吗不行，谁都没想到在这方面却很有天分。多年来他日积月累，对婚丧嫁娶的程序门儿清，数念起来纹丝不乱。以前他也说过只是没人信，人们认为他是吹牛哩，今儿是现场表演……嘿嘿，这傻家伙还真的很像那么回事呢！让前夫主持婚礼？这在全世界怕是没有过。好在乡亲们都知道这小子傻不楞登，没人跟他一般见识，娶媳妇打人头幡——越热闹越好吧。没想到大家这么做倒成全了他，这小子从此之后变成了这方面的“专家”，谁家有事都请他去。他一干就上了瘾，真是乐此不疲，自制行头，白搭工夫，走西家串东户从不嫌烦。麦茬开始担心他身体受不了，没想到他跑跑颠颠、吆吆喝喝，一段日子后却腿脚利索、脸色红润，整个人精神了许多。麦茬这才放下心来，和春雪商量后专门找到三里五乡的村支书们打招呼……条子的生意更加红火，成天介忙得脚打后脑勺儿。他因为胆小没学会骑自行车，甭管多远都是靠两条腿，像个陀螺一样，经常是黑介白日连轴转，几天几宿回不了家。真是歪打正着，因为他从不收钱，事主家自然都是好吃好喝好招待，所以他的身子骨竟比前半辈子任何时候都壮实。俗话说得好，破罐子能熬过柏木梢。这小子活了八十七，多少年后竟比麦茬走得还晚。

麦茬和春雪开着面包车送俩孩子上学，顺便在北京逗留了十多天。麦茬开会办事来北京不少，春雪却是大闺女坐轿——头一回。他们兴致勃勃参观了故宫法源寺、逛遍了北海长城颐和园，大清早起来看了升国旗……两个人神采飞扬、心情愉悦，觉得是这辈子最放松最开心的日子。回来后不久春雪就发现了问题，一直正常的身上头一次没来。刚开始她并没当回事，认为是自个儿已到了更年期，不来就不来吧，女人早晚都是这么回事。后来觉着有什么不对头，便去村里的小医院做了检查。女医生却告诉个让她感到非常意外的消息——她怀上了！

春雪不相信，麦茬也不相信，认为是那个二五眼医生搞错了。他们又去县医院做了复查，结果竟然还是那样。两人你看我我看你，惊愕得半天说不出话来。就连从业几十年的医生都觉得意外，毕竟春雪已快五十了！消息一经传出，小小的金沙窝再次开了锅。乡亲们奔走相告，多数人都认为医生八成是搞错了，怎么可能呢？几个有经验的老娘儿们不以为然，人前人后撇着嘴冷笑：有吗稀罕呀？俗话说得好，五十出头，养活个孙猴儿，真是小村人少见多怪。用现在的话说，就是没文化真可怕！过了些日子大家才信了，全村人为他们祝福：真是老天有眼，这两个好人终于有了好报！

春雪又高兴又害臊，有好几天竟觉着没脸出门子。麦茬却张狂得厉害，见人便说逢人便讲，许诺到时候一定大摆宴席三天，再次请乡亲们做客！守根当然也高兴，但却看不上儿子那张狂的样子，私下里几次提醒：差不多就行了，当心乐极生悲没好结果。这老家伙真是乌鸦嘴，他这话说对了一半，乐极生悲的那个“悲”字没落在小子身上，却落在了他自个儿身上。

眼看到了阴历的九月二十九，守根决定出发去完成自个儿最后的心愿。他这回没背行李卷，只是随身带了一万块钱。因为他去的战友修林家离巧云她们村不过三五里路，他心里盘算着去修林家看看，在干姐家住两宿，十月一给烈士们烧完纸就回来，从今往后就再也不出远门了。

秋末冬初的天气一般都挺好，瓦蓝瓦蓝的天上干干净净，放眼望去看不到一朵云彩。只是风有点儿凉了，太阳虽说还是金子般明晃晃普照着大地，但已没了往日的威力，洒在身上感觉不出多少温暖。秋收过后的原野显得空荡荡，树木落叶花草凋零，只有满眼嫩绿的麦苗儿随风摇曳，那勃勃的生机才能让人感觉到生命的顽强和美好。

乡路弯弯，守根大步流星走着、走着……这条路他这辈子不知走过多少趟，连当年自家的毛驴都认识，他更是闭着眼都不会走错。出门的时候，小子又提出来开车送他，老家伙还挺不高兴：“你当我老不中用了?!”

麦茬无奈，只得苦笑着随他上了路。守根走了不过十多里，就觉着气短心慌，身上黏糊糊像是已出汗。他并不服气，想着当年日行过百夜走八十的威风硬撑着往前赶，可甭管双脚怎么捯腾就是走不出路来。他又强行了三五里，实在是腰疼腿软迈不开步，只好坐在路旁一块石头上，像条老狗一样“哈哧哈哧”喘粗气……一只大老渣围着他蹦蹦跳跳，转动着圆圆的小眼睛瞅他一眼，又瞅他一眼，那样子像是在笑话他的无能。

守根使劲吐了口吐沫，大老渣被吓得跳开了几步，伸着细细的小脖子看了一会儿，见他并没下一步的动作便又飞了回来，继续围着他转圈圈。守根没心情再理它，敲打着火镰火石抽了锅子烟，坐着坐着就觉着汗湿的后脊梁衣服贴在身上凉飕飕的不得劲儿。他感慨着岁数不饶人、真是老了，站起身继续往前赶，到战友修林家已是后半晌儿。这家的情况倒让他很欣慰，老太太八十七，身体还很硬朗，面色红润、皱纹不多，厚厚的头发白的少黑的多。说到大儿子修林，她掉了两滴眼泪，并没像别的老太太那样放声大哭。建林造林俩儿子也挺孝顺，儿媳妇孙媳妇把老人伺候得干干净净。守根头离开时想给老人留下几千块钱，两个儿子执意不收，你推我搡打架似的折腾半天也没留。

守根从修林家出来，一路感叹着人和人不一样，真是老天爷的拐棍——从天上插（差）到了地下。他走着走着又想到个事，就是不知为吗女的们一般都比男的们活得岁数大。可不是，算上赵小山他总共去了九家，其中有六家老太太还健在，两家父母都走了，只有一家留下了男老人。他开头想不明白，男的们看上去身强体壮、五大三粗，怎么就活不过多灾多难、病病恹恹的女的们？走着走着他想明白了，女的们这辈子豁着命成嘟噜成串地养活孩子不说，白日和男的们一样下地干活，回到家爬锅燎灶紧着做饭；黑介等男人睡下了，她们还要洗洗涮涮、飞针走线为全家准备衣裳……许是老天爷可怜她们这辈子忒苦忒累，诚心想让她们多活几年，等孩子们长大了也好享享福。可话又说回来，你老人家要是这么想，为吗不把人心摆摆平？她们享福的有，受罪的也不少呀？！再说了，这会儿女的们可不比过去，谁家娶个媳妇不是当祖奶奶供着？要是小子不孝顺，婆婆公公还得看她们的脸色，连句重话都不敢说；而且一家只让养活一个，她们比以前不是轻省多了？哪个不是“结了婚，脱了产，养活个孩子有了脸，抱着孩子绕街谝”？

守根一路胡思乱想，到干姐家天已擦黑儿。巧云知道他来，早烙好了大饼，熬好了小米绿豆粥，单等他到了炒俩菜就开吃。守根看见大饼，肚子里的馋虫一下子被勾上来。他等不及菜上桌，卷了张烙饼就大嘴马牙吃开了，这才想到自个儿光顾赶路，晌午饭都没吃。杨岐山坐在桌旁吸烟，瞅着他嘿嘿直乐。巧云炒了盘白菜豆腐和一盘腊肉鸡蛋，还上了一碟拌了醋和香油的小咸菜。守根话都顾不上说，一口气吃了三张烙饼，喝了两大海碗小米绿豆粥。

吃饱喝足，巧云先在蜂窝煤炉子上烧了壶开水，才去收拾饭桌刷锅洗碗。杨岐山泡了壶茶，说是从台湾带来的“高山茶”，好几千块一斤哩。守根喝了一口，又喝了一口，怎么喝也觉得没有北京的花茶末子好喝。不好喝也不能说呀，他勉强喝了一茶碗，便抱着烟袋锅没完没了地抽开了。两人有一搭没一搭地说着闲话，他才知道杨冬雪因教学成绩突出，被调阜平县中任教，媳妇和孩子也跟去了。杨岐山出钱给他们买了套房子，一家人每个月回来看看他们老俩。说到这儿，守根想起冬雪年轻时巧云常说，这小子吃吗吗不香、干吗吗不行，可现在人家不是过得挺好吗？由此他又联想到条子……嘿嘿，看来真是，寸有所长，尺有所短，老天爷饿不死瞎眼的大老渣！

巧云收拾完了，想坐下来陪他们一块说闲话，没想到两个老家伙正在抬杠。不知道他们怎么说到了好人和坏人，只听杨岐山说：“你说的不对。人之初，性本善。性相近，习相远。老祖宗的话肯定是对的。”

“瞎子放鹰——不见起。”守根叼着烟锅子说，“庄稼主子念庄稼理儿。每个人一落草，从娘胎里带出来的……那叫什么？天分，对，带出来的天分准定不一样。俗话说，一岁看大，三岁看老。要不为吗有的人能升官发财，有的人一辈子吃苦受罪？”

“那是因为生存环境不一样，所受的教育不一样。”杨岐山说，

"环境和机遇造就人嘛。"

守根一时没吭声，琢磨了半天才说："好像也不全是那么回事……咱不说升官发财还是吃苦受罪，就说从人品和德性上看，好人就是好人，坏人就是坏人。当多大官也有坏蛋，比方以前的秦桧、现在的林彪；平头百姓也有坏人，比方说李保证，这小子一辈子就没干过好事！"

杨岐山认识不正，也知道这小子挺操蛋，思索着一时没吭声。守根接着说："让我看这些人的坏根儿就是胎里带，家族血脉不好、传授不好。"

杨岐山笑着反问："那你的意思就是龙生龙凤生凤，老鼠生来会打洞了？"

守根点点头："虽说不全是这样，我看也差不多。"

"那人家老双河不是挺好的？"巧云说，"当了一辈子村干部。"

"这事我早就琢磨过。"守根说，"物极必反，隔代遗传。双河他老爷爷人强，挣了多大个家业？他爷就不行了，吃喝嫖赌，造光了家业落了个贫农。到不正这一代又返了过来，不正和歪歪都不是他娘的好东西！"稍停，他又认真地补充道，"真的，哪个村里都有这种人家，尽管是少数，但影响很坏。"

巧云思索地说："真是这么回事，我们村里也有一家人，大人孩子横竖不讲理，没谁愿意和他们打交道。"而后，她又说，"要我说看好人坏人有条……界线，有害人之心就算坏人；没有害人之心，甭管脏净、有没有本事都是好人。"

守根连连点头："对，姐说得太对了！"

"算了，算了，咱不说这些了。"杨岐山笑着，"反正世界就这样，有富人就有穷人，有好人就有坏人，如果没有坏人，这个世界不就不热闹了？"

第二天是阴历十月一，大早起巧云就把饭做好了，听听守根屋里没动静，也没叫他。守根睁开眼已是日上三竿，忙叽里咕噜爬起来，杨岐山已把洗脸水端到了屋门口。他稍愣了一下，“嘿嘿”一笑算是表示了感谢。杨岐山笑着说：“快洗脸吃饭，咱好去坟上给烈士们烧纸。”

守根意外地又是一愣：“你、你也去？”

“去呀，”杨岐山仍然笑着，“他们不是也都打过日本鬼子吗？民族英雄，人人都应该尊敬。”

守根听着这话心里舒坦。两人匆匆吃过早饭，巧云几天前就把香、纸和点心水果几样供品准备好了。二人相跟着出了门，在路过一家小卖部时，守根说要买烟酒，杨岐山也跟了进去。守根挑了两包“荷花”两瓶“老白干”，杨岐山早把钱交了。守根死活不干，说这是他对战友的一点儿心意。杨岐山笑着：“我不是说了，民族英雄，我也该尽点儿心意呀！”

守根还是不干。两人争执半天才达成协议每人出一半，就在柜台前一五一十数起钱来。卖货的小丫头瞅着他俩抿着嘴直乐。俩老家伙也觉得有意思，像大孩子一样哈哈笑着出了村口。

那天的天气杠晴杠晴，干干净净的蓝天上连点儿云彩丝儿都看不见。日头已升上了半空，明晃晃的光线铺天盖地洒下来，像是给空旷的山野泼上了一层富丽的金水。金水流溢间互相碰撞，折射幻化出一千条一万条金针银箭，刺得人睁不开眼还光想打喷嚏。

守根和杨岐山沿着山间弯弯的小路往上走。山坡很陡，小路坎坷，枯干的野草互相缠绊遮挡着时有时无，他们走了没多会儿已是气喘吁吁。两人擦抹着额上的汗水，你看我我看你，不由都无奈地笑了。他们好不容易来到烈士墓前，这里的境况更是一片荒凉，山包似的坟冢杂草丛生，墓碑被野藤怪蔓缠绕着已不见本来面目，看样子已好久没人来过了。守根心里很不是个滋味，想了想自个儿还是前年清明节来过。本来他是计划好每年要来一次的，去年因苏青松事件搅得人心惶惶，多少人找他借钱闹得不可开交，他心慌意乱一时忽下了。

守根心里骂着自个儿，动手清除那些一把抓不透的荒草。杨岐山怎么好意思看着，也用力撕扯墓碑上的藤藤蔓蔓。就这点儿活，他们干了有做顿饭的工夫，毕竟都是七十开外的人了，两人都累得满头大汗，“哈哧哈哧”喘息半天才缓过气来。守根撕开两盒香烟，一根根点燃了插满坟头。杨岐山把酒打开，拿一瓶绕坟三圈倒了个干净，把另一瓶交给了守根。守根摆好供品，点着香和纸，盘腿坐在墓碑前边往坟前倒酒边念念叨叨。杨岐山不熟悉他叫的那些人名，也听不清他念叨什么，圪蹴在旁用根木棍搅拌着让纸尽量燃烧干净。

赵小山、三来来、杜平等……守根把九位战友数念了个遍，分别告诉他们每家的情况，当然是报喜不报忧，尽量让他们放心。就在他数念完要站起来那一瞬间，一个让人无法理解的凶险猝然而至——杠晴的天上毫无征兆地响了声炸雷，一团火光凭空而降，紧接着，一根电线突然落下来，迅速卷曲着缠向守根的脖子……就在眨眼间，旁边的杨岐山下意识地猛然伸手推了他一下：“快闪开！”

守根毫无防备，退后半步跌坐在地，然后顺着山坡骨碌了下去……那根电线闪着刺眼的蓝光“噼啪”作响，一下子缠在了杨岐山的手腕上。他大叫一声重重摔倒在地，痛苦万状地龇牙咧嘴浑身痉挛，挣扎了没多会儿就再没了动静。守根急速往下滚动，像只球似的一发不可收，怎么努力也停不下来。他只能抱住脑袋，任凭树橛子、石头尖子挂烂了衣服、扎破了嘴脸和胳膊，直到重重撞在一块巨石上才停了下来，但他已昏迷了过去。

一切归于平静。在山下干活的人们都听到了那声炸雷，一个个伸长脖子朝这边看了半天也不知发生了吗事。他们边干活边议论：“这么好的天气怎么会打雷呀？”“就是，二八月响雷遍地是贼，眼下已进十月了。”“真是怪事，说不定这世道要变了。”……

再说，郑巧云在家剁好了白菜肉馅儿，正和面时也听到了那声响，寻思着是谁家过事放炮哩没往心里去。等她把饺子都捏好了，到门口看了几次不见两人回来。她琢磨着怎么也快了，就抱柴火烧了锅开水，结果左等不来右等不来，眼看天就晌午了还不见两人的踪影。

她叨唠着“俩老家伙这是怎么了”把灶膛里的火拍打灭，起身出门去找。一路上听收工往回走的人们议论打雷的事，她想到那一声响仍然没往心里去。她到了山根下，没走多会儿就看见不远处有个人躺在大石头旁。她稍愣神儿，手搭凉棚瞅了半天也没认出是谁，待走至近前才看清是血肉模糊的守根。她可是被吓坏了，忙蹲下身喊：“守根！守根！”

守根像个死人一样不吭声，被扎破的胳膊上血还在流。巧云更害怕，浑身哆嗦着提高了声音：“守根，你这是怎么了？岐山哩？岐山在哪儿？”

守根哼都没哼一声。巧云站起身惶然四顾不见丈夫踪影，忙叫喊着往山上跑去。可她心慌腿软，怎么着急也快不了，磕磕绊绊好不容易快到烈士墓前，老远就看见丈夫躺在墓碑旁。她呆愣一下，大叫着“岐山”扑了过去……杨岐山浑身的衣服已经烧焦，手心和脚心各有个焦黑吓人的大窟窿，人已经没有了任何生命体征。

“岐山，你这是怎么了？！”巧云只叫了一声，身子一软便扑倒在地上……

春雪接到娘的电话腿都软了，心慌得站不住。她靠在门框上掏出手机想给麦茬打电话，手指哆嗦着怎么也按不准键……麦茬听了也吓得够呛，急忙开车过来接上她。两人又回家取了几万块钱，才开足马力往阜平飞驰，到杨家庄天已黑了。

乡亲们早就把守根和杨岐山抬了回来。杨岐山已安置在灵床上，而且灵棚也搭好了，只是去县城置办装裹衣裳的人还没回来。杨冬雪一家三口身披重孝守在灵床前。巧云双眼哭得像烂桃，坐在屋门槛上发呆，整个人看上去都傻了。

守根躺在屋里床上仍昏迷不醒。他脸上青一块紫一块红一块，胳膊和胸部缠着绷带。医生已为他处理过，说别处都是皮外伤不吃劲，只是不知被吗东西硌断了根肋条，伤筋动骨一百天，估计他得躺俩仨月。

麦茬开车拐进杨家庄村口，老远就看见春雪家门口挂着的纸嘟噜。春雪说了声“准是俺爹没了”，就抽抽搭搭掉开了眼泪。麦茬把车停在大门外，没等停稳春雪已跳下去冲进了家门。她直冲到灵床前，“扑通”一声长跪在地，声泪俱下地哭喊：“爹，怎么了？你这是怎么了?!”

见闺女哭，巧云刚止住的泪水又流下了。她过去抱住春雪，娘儿俩哭成了一团。冬雪媳妇忙上前来，拉谁谁不起来，也就跟着哭开了。她们的小子被吓着了，站在旁边咧着嘴哇哇地大放悲声。冬雪流着泪过来，好不容易才把她们拉了起来。麦茬停好了车，进门来呆愣了一下，眼睛红红地到灵床前磕了三个响头。他擦抹着眼睛问巧云：“姨，这是怎么回事呀？”

“怎、怎么回事谁都说不清楚。”巧云边捯气边说，“俩人吃了早饭去烈士墓烧纸……我在家剁馅捏饺子，左等不来右等不来，天都晌午了还不见人影。我就去坟上找……谁知道一个在山根下摔得半死不活，一个在坟旁被电死了！”

麦茬和春雪听得似懂非懂，旁边守灵的人们你一言他一语，说到了那声炸雷，说到了那团火光……麦茬和春雪半信半疑：这什么季节了，天气又这么好，怎么会打雷呀?!

这时，在屋里看护守根的小伙子跑出来，惊喜地说：“醒了！大伯醒了！”

麦茬和春雪忙进屋去。明亮的灯光下，守根的眼睛还没完全睁开。他怔怔地转动着脑袋，看到麦茬和春雪不无奇怪地问：“你、你们怎么来了？我这是在、在哪儿？”他边说边挣扎着想坐起来。麦茬忙过去伸手摁住他：“爹，你身上有伤，不能动。”

“我身上有伤？”守根低头看看自个儿，愣愣地思索片刻，心里像是明白了什么。他转动着脑袋张目四望，急切地问：“姐夫！姐夫哩？”

麦茬忙说：“姨父在、在外边，在外边。”

“不、不行。我要去见他！”守根说着，不顾麦茬阻拦要起来。春雪忙说："舅舅，你这会儿不能动！"

"不行，我一定要见他！"守根挣扎着，一时间疼得龇牙咧嘴，一口口倒吸着凉气。麦茬和春雪紧拦着不让动，老家伙的眼泪都急出来了，他抡动着那只没伤的胳膊嘴里含糊地喊："他是为救我！他是为救我……"

麦茬和春雪一时不明白他说的是什么意思，四目相对地发愣。守根趁此当口，咬着牙强坐起身，伸腿就要下床。麦茬和春雪同时说着"小心"扶住了他。守根的腿没事，迈步往前走时胸部却一阵剧烈的疼痛。他深吸了一口气，伸手想推开麦茬和春雪，两人当然不肯放手。就这样，守根一步一挪，慢慢地迈出了门槛。在场所有人都惊呆了，一个个伸脖子瞪眼瞅着他。为守根救治的医生也在现场，首先大声呵斥麦茬和春雪："你们、真是瞎胡闹……他一个月内只能在床上躺着……要不肋骨错了位，一辈子都长不好！"

麦茬和春雪一时不知所措地发愣。守根趁机推开了他俩，硬挺着一步步走到了灵床前。医生着急地说着什么，箭步扑上前扶住了他。守根双膝微曲想下跪，迟疑间又改变了主意。只见他举起带伤的右手，颤巍巍向杨岐山行了个标准的军礼。众目睽睽之下，眼看着他额头上的虚汗滴答答往下流。他眼含热泪叫了声"姐、姐夫……"，身子一软便往下出溜。麦茬和医生手疾眼快同时抱住了他。在全场人的惊呼声中，守根再次昏迷了过去。大家一阵慌乱，七手八脚把他抬进屋放在了床上。好在他很快就醒了过来，只是一句话没说，眼里的泪水像发河一样往下流。他或许觉得这样忒没出息，扭脸冲墙再也不肯回头。医生用了点儿镇静药，他没多会儿就迷迷糊糊睡着了。

大家这才松了口气，留下春雪守在屋里先后退了出去。大主丧的是杨岐山的一个当家兄弟，他安排好前半夜和后半夜的守灵者，人们才陆续散去。麦茬忽然有个念头，凑近巧云低声说："姨，我姨父舍己救人，也应该算烈士……咱能不能和民政部门协商一下，把他也安葬在烈士墓中？"

巧云听罢连连摇头，说："都是对头冤家，埋在一块还不成天打架？”

麦茬没想到这一层，不由愣住了。巧云又说：“不沾，不沾，俺家一个人可打不过他们一群。”

一旁的杨冬雪插言道：“娘，麦茬说得有道理……现在讲两岸一家亲，国共又要合作了，还打什么架呀！”

巧云仍在摇头：“共产党的事有吗准儿呀？咱可不跟着瞎掺和！”

麦茬见此情况没再说什么。杨冬雪凑到他耳旁，微微含笑小声问：“你怎么还叫姨和姨父呀？”

一句话问了麦茬个大红脸。这是他和春雪结婚后头一次来丈人家，和春雪一样，多年叫顺嘴的称呼要改口还真有点儿别扭。事后，麦茬找了已是省委领导的栗粟，在阜平县政府的支持下，通过有关部门为杨岐山争取了个烈士名誉，并在杨家老坟里立了块墓碑。

说是伤筋动骨一百天，可守根在他的土炕上躺了一个多月就起来了。他的胳膊没事了，只是肋条还没完全长好，稍微一活动就疼得钻心。可这老家伙不听劝，每天一大早就起来了，打水泼地扫院子，往往没动几下就连累带疼满头大汗了。这些日子，麦茬一直陪在他身边，吃喝拉撒被累得够呛。吃喝不用他操心，有春雪包着；可这拉撒非他莫属，尤其是前二十多天，医生不让守根活动，连拉尿都在炕上。麦茬多少天就没脱过衣服，经心尽意伺候着，一天三遍还要为他擦擦洗洗。守根嘴里不说心里过意不去，才挣扎着尽量早点儿下炕。乡亲们看在眼里，都说守根有福，摊上个大孝子，比亲小子还亲哩！

不正心疼麦茬太累出了个馊主意，就是想撺掇守根和花梅复婚。可好，没等他把话说完就被花梅骂了个狗血喷头；守根听说了也差点儿没用推碾棍敲他。乡亲们知道了哈哈笑，说生成的骨头长就的肉，这小子一辈子没正形，不正这个名儿没白叫。

麦茬感觉累了，身心都累得够呛。他的心脏本来就不怎么好，这阵子经常觉得心慌气短，怕爹看出来只能强忍着。他有意一个多月没去村委会，把所有工作都交给了天亮。让他放心的是天亮干得挺好，村里的各项工作有条不紊，几个工厂和养殖场都运转正常，还把去年村里为担保还债借大家的钱连本带利还清了。麦茬拿定了主意，直接去了县委。县委书记听了他的想法，沉吟着好一会儿没开口。毕竟麦茬是全国人大代表、县委委员，不同于一般的村支书，他一时难下决心，最后答应开会研究研究再说。麦茬再次强调了自己的身体状况，陈述了要退下来的决心后回家等待。

春雪也向乡党委递交了申请书，要求辞去副村长和妇女主任职务。她的肚子已明显凸了出来，比同时怀孕的妇女要大得多。麦茬不放心，带她去县医院再次做检查，结果更是喜出望外：两个，一男一女龙凤胎！麦茬很少轻狂失态，此时也激情难捺，没出医院门就分别给守根、花梅和巧云打了电话。消息一经传出，甭说他们家人，全村的乡亲们都为之欢欣鼓舞、奔走相告！是呵，这一家人的大悲大喜、福祸相依，让所有知情者唏嘘不已。不正真是狗嘴里吐不出象牙来，拍打着麦茬的肩膀说："你小子能耐呀，一枪中俩！"

几天后，县委书记、组织部长和乡党委书记一块来到了金沙窝，当即召开了村民大会。书记亲自主持，组织部长总结了麦茬这些年的工作并进行了表彰，最后宣布了县委决定：同意魏麦茬由于身体原因辞去村支书职务，由李天亮接任。为一个村支书的任免动这么大的阵势，在无极县的历史上还是头一回，以后也再没有过。乡亲们并不感到意外，因为麦茬的身体状况大伙儿都知道，他的这步棋人们早就看出来了。感到意外的是李天亮，他虽说知道早晚有这一天，可事到临头仍觉得突然，一时心里没着没落的只发慌。会后他便找到了麦茬，哭丧着脸一口一个"叔叔"，求他千万要撒手不管。麦茬被他纠缠不过，勉强答应"扶上马送一程"。他虽然答应了，但以后村里的事却从没过问过。

其实，李天亮有在部队的历练和在村里这些年的摔打，能力和魄力领导这么个小村已绰绰有余。金沙窝的工作和百姓们的生活一切都没变化，唯一变化的是李保证。这老小子旧病开始复发，逢人便讲"我是支部书记他爹"，在村街上走着又像过去一样，恨不能像螃蟹一样把身子横过来。而且，他只要见到俊点儿的闺女，就不管辈分嬉皮笑脸往上凑，能有吗正经话呀？无非是见到丈母娘叫大嫂——没话找话浪三句呗！麦茬断不了敲打他：“你都是当爷的人了，非要人说你老不正经呀？咱学点儿好沾不沾？”

“学好？吗叫好吗叫不好哇？”保证不以为然地看着他说，“我早琢磨过，反正让人觉着得劲儿的都不是好事，比方说吸烟、吃糖、打麻将、搞破鞋；让人觉着不得劲儿的都是好事，比方大早起跑步、冬泳、吃药、出大力流大汗……也不知这规矩是哪朝哪代的老混蛋规定的！”

“这怎么是规定呀？”麦茬哭笑不得，不知该怎么解释。还是守根一句话说绝了：“这小子，哼！生成的骨头长就的肉，狗改不了吃屎！”

这老家伙说得也不对，现在不是改了？你见这会儿谁家的狗还吃屎呀？

2016年6月16日　初稿

2018年12月16日　定稿

图书在版编目（CIP）数据

故乡的泥土／章云天著．-- 北京：作家出版社，2020.1（2023.2重印）

ISBN 978-7-5212-0642-5

Ⅰ．①故… Ⅱ．①章… Ⅲ．①长篇小说－中国－当代 Ⅳ．①I247.5

中国版本图书馆CIP数据核字（2019）第151513号

故乡的泥土（全2册）

作　　者：章云天
责任编辑：李亚梓
封面题字：贾雪阳
封面设计：李　杨　田静波　郭　进
出版发行：作家出版社有限公司
社　　址：北京农展馆南里10号　　邮　　编：100125
电话传真：86-10-65067186（发行中心及邮购部）
　　　　　86-10-65004079（总编室）
E-mail:zuojia@zuojia.net.cn
http://www.zuojiachubanshe.com
印　　刷：固安兰星球彩色印刷有限公司
成品尺寸：152×230
字　　数：666千
印　　张：48.5
版　　次：2020年1月第1版
印　　次：2023年2月第8次印刷
ISBN　978-7-5212-0642-5
定　　价：98.00元

故乡的泥土

下

卑微而悲壮的人生，撕心裂肺的爱情挣扎，神秘诡谲的乡村往事……
本故事部分情节曾改编电视剧《在桃花盛开的地方》

官方微信

新书页面

上架建议：文学
ISBN 978-7-5212-0642-5
9 787521 206425 >
定价：98.00元（全2册）